글누림한국소설전집

대하

김남천 장·단편선

책임편집·해설 — 김외곤
문학평론가. 서원대학교 연극영화과 교수.
저서로는『한국 근대 리얼리즘 문학 비판』,『문학과 문화의 경계선에서』,『한국 현대 소설 탐구』등이 있음.

일러스트 — 장순복
1965년 서울 출생.
다수의 단체전과 개인전(북내면 이야기, 들녘에서 만나다)을 열었으며, 2007년 김준태 詩人과 통일시화전을 열었다.
지금은 작품 활동에 전념하고 있다.

글누림한국소설전집 17
대하 김남천 장·단편선

초판발행 2008년 12월 24일

지 은 이 김남천
펴 낸 이 최종숙
펴 낸 곳 글누림출판사

편집기획 홍동선
진   행 이태곤
디 자 인 이홍주
본문편집 김지향
편   집 권분옥 이소희
마 케 팅 문택주 안현진

주   소 서울시 서초구 반포4동 577-25 문창빌딩 2층(137-807)
전   화 02-3409-2055(대표), 2058(영업), 2060(편집)
팩   스 02-3409-2059
전자메일 nurim3888@hanmail.net
홈페이지 www.geulnurim.com
등록번호 제303-2005-000038호(2005. 10. 5)

값 15,900원
ISBN 978-89-91990-61-6-04810
ISBN 978-89-91990-67-8(세트)

출력·안문화사 **스캔**·삼평프로세스 **용지**·화인페이퍼 **인쇄**·한교인쇄 **제책**·동신제책

글누림한국소설전집 17

대하

김남천 장·단편선

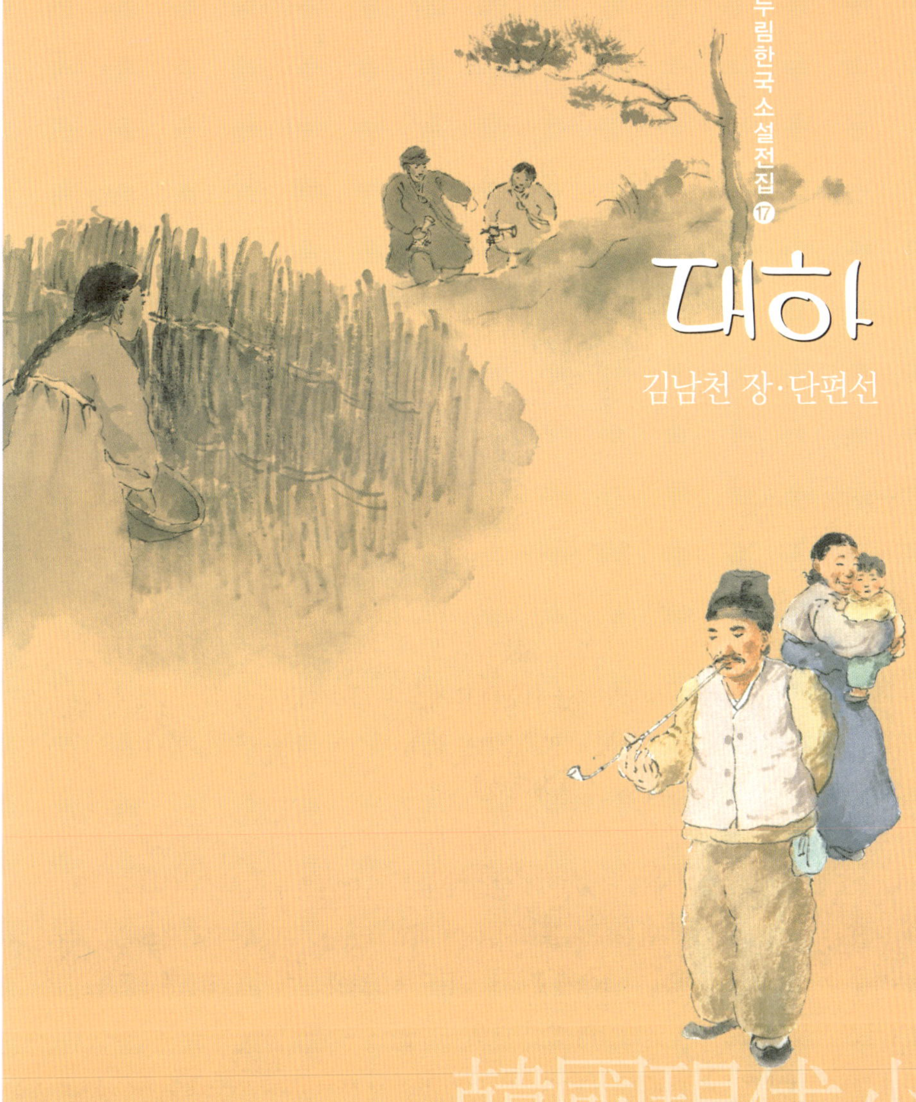

韓國現代小說

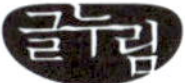

글누림

❙ 간 행 사 ❙

'글누림한국소설전집'을 새롭게 간행하며

디지털 환경에 익숙해진 문학 독자들을 위해 '글누림한국소설전집'을 새롭게 간행한다.

세계의 유수한 고전적 저작들의 목록 절반 이상이 소설이라는 것은 놀라운 일도 이상한 일도 아니다. 잘 짜인 한 편의 이야기인 소설은 사회가 지향하는 꿈과 소망을 고스란히 담고 있다. 소설을 언어로 직조한 시대의 세밀한 풍경화라고 하는 말은 그래서 가능하다. 소설이 그 짧은 역사에도 불구하고 인류 문화의 벗으로 자리 잡을 수 있었던 것도 이러한 특성과 무관하지 않다.

시대의 격랑 속에 한치 앞도 전망할 수 없는 오늘날의 개인은 소설 속에 담긴 과거의 시공간과 만나면서 인간의 보편성을 확인하고 자신의 개별성을 확장하는 정서적 체험을 하게 된다. 소설과의 만남은 단지 즐거운 독서 체험에 그치는 것이 아니라, 가치의 기준과 삶의 저변을 확장하는 문화의 실천인 것이다.

오늘날의 문학 환경은 과거에 비해 많이 변화되었다. 신세대를 위한 '글누림한국소설전집'은 시대의 디지털적 진화(?)를 고려하여 기획되었다. 무엇보다도 새로운 문화적 감수성으로 무장한 독자들에게 문자로 읽는 텍스트에 그치지 않고, 텍스트가 생산된 시대를 짐작하고 음미하며 즐길 수 있도록 배려한 것이 이 전집의 특징이다. 그 배려는 문학이 우리 삶에 기여하는 정서적·교육적 효과를 깊게 고려한 것이고, 동시에 역사가 주는 교훈과 달리 우리의 삶을 되비추는 거울과도 같은 성찰의 효과를 전제한 것이다.

'글누림한국소설전집'이 지향하는 기획 의도는 다음과 같다.

첫째, 이 기획은 문학교육 전문가들과 대학에서 문학을 강의하는 전공 교수들의 조언을 받아 이루어졌으며, 근대 초기로부터 한국전쟁 이전의 소설 중에서 특히 문학적 검증이 끝난, 이른바 정전(canon)에 해당하는 작품들을 중심으로 구성되었다. 정전이란 한 시대의 표준적 규범을 뜻하는 말로, 문학 정전이란 현대문학사에서 누구나 인정하는 성과와 질을 담보한 불후의 명작들을 의미한다. 이 전집을 통해서 근대 초기 이후 지금까지 삶의 이면을 관류하는 문학의 근원적 가치와 이념을 확인할 수 있을 것이다.

둘째, 이 전집은 디지털 환경에 익숙한 젊은 독자들의 취향을 고려한 편의성을 최대한 제고하고자 하였다. 이를 위해서 어려운 낱말에는 상세한 단어풀이를 붙여 이해를 돕고자 했고, 동시에 작품 속에 등장하는 인물들의 갈등과 내면세계를 삽화로 제시하는 한편 작품과 관계되는 당대의 풍속, 생활, 풍물 등의 사진을 본문과 함께 배치하여 다양한 볼거리를 제공하고자 했다. 아울러 작가의 산실이 된 생가와 집필 장소, 유품 등을 사진으로 수록하여 작가의 삶과 작품에 대한 총체적인 이해를 돕고자 했다.

셋째, 이 기획은 교양과목을 수강하는 대학생과 시험을 앞둔 수험생, 풍요로운 삶을 소망하는 일반 독자들에게 작가와 작품, 작품의 배경이 된 당대 현실에 대한 이해를 돕는 교양서로 기능하도록 배려하였다. 수록 작품들은 본래의 의미를 최대한 존중하면서 다양한 이본들을 발표 원문과 일일이 대조하면서 현대식으로 표기하였고, 박사과정 재학 이상의 국문학 전공자의 교정 및 교열 작업을 거쳐 모범적인 판본을 만들었다.

현재 우리 소설의 역사는 1백 년을 넘어서 새로운 전통을 쌓아가고 있다. 우리 소설들에는 우리의 선조들이 고심했던 역사와 풍속, 삶의 내밀한 관심과 즐거움이 한데 녹아 있다. 독자들은 소설과의 만남을 통해 우리의 문화가 이룩해온 정체성을 확인하고 상상하는 즐거움을 만끽할 수 있을 것이다.

'글누림한국소설전집'이 디지털 시대를 살아가는 21세기의 젊은 독자들에게 새로운 독서 체험을 제공해 주고 동시에 삶의 풍부한 자양분 역할을 하기를 희망한다.

글누림한국소설전집 간행위원회

목차

공장 신문

1

가을 바람이 *보통벌 넓은 들 무르익은 벼이삭을 건드리며 논과 논, 밭과 밭을 스쳐서 구불구불 넘어오다가 들 복판을 줄 긋고 남북으로 달아나는 철로에 부딪쳐 언덕 위에 심은 백양목 가지 위에서 흩어졌다. 뒤를 이어 마치 해변의 물결과 같이 곡식 위에서 춤추며 다시금 또 다시금 가을 바람은 불려왔다.

하늘은 파란 물을 지른 듯이 구름 한 점 없고 잠자리같이 보이는 비행기 한 쌍이 기자림 위에를 빙글빙글 돌고 있었다.

열두시의 기적이 난 지도 이십 분이나 지났다. 신작로 옆에 ‘평화고무공장’ 하고 쓴 붉은 굴뚝을 바라보며 *벤또 통을 누렇게 되어 가는 잔디판 위에 놓고 관수는 * ‘마코’를 한 개 붙여서 입에다 물었다. 점심을 먹고 물도 안 마신 판이라 담배가 입에 달았다. 한번 힘껏 빨아서 후우 하고 내뿜으며 그대로 언덕을 등지고 네 활개를 폈다. 눈은 광막한 하늘을 바라다보았다. 파—랗게 점점 희미해져서 없어지는 담뱃내가 얼굴 위에 어울거리다 풀숲을 스쳐서 오는 바람을 따라 그대로 없어지곤 하였다. 그는 연거푸 그것을 계속하였다.

— 염려 마라 우리에겐 조합이 있고 단결이란 무서운 무기가 있네.

신작로 위에를 뛰어가며 하는 직공의 노랫소리가 쟁쟁하게 들려 왔다. 철롯길 옆이라 먼 곳에서 오는 듯한 기차의 소리가 땅에 울려 왔다. 그 밖에 이 넓은 보통벌에는 가을 바람에 불리는 벼이삭의 소리가

1929년 원산 총파업
당시 노동자운동 사진

백양목

살랑살랑할 뿐이다.

때때로 관수의 마음은 몹시 가라앉았다. 혼자서 담배를 빨며 앉았으면 초조한 마음이 가라앉는 것을 느낄 수 있었다.

신작로

그는 최근에 이르러 자기가 완전히 초조하여 있다고 생각하였다.

이렇게도 해보고 저렇게도 해보고 자기 앞에 남겨 놓은 임무를 다하기 위하여 있는 데까지의 지혜와 경험을 털어서 모든 것을 해보았어도 일은 마음대로 되어 가지 않았다.

어떻게 하면 조그만 불평불만이라도 잡을 수가 있을까? 어떻게 공장 안에서 일어나는 불평불만을 대표하여 그의 선두에 설 수 있을까? 공장 노동자 속에 아직도 뿌리를 박고 있는 타락한 조합 간부의 힘을 어떻게 없이 할 수 있을까? 한번 손을 붙였다가 실패하면 그럴수록 자기가 우울해지고 초조해지는 것만 같았다. 같이 의논할 동무를 어떻게 획득할까? 여기에 대해서는 관수는 너무 의심하는 점이 많아 보였다. 수준이 높고 일에 대해서 경험을 가진 사람만을 획득하려는 관수의 이때껏 태도는 잘못이었다. 처음에는 소질이 있는 자, 경향이 괜찮은 자 이런 것으로부터 훈련을 쌓아줄 것을 생각지 못하였다. 여기에 대한 관심을 버리고 공연히 선두에 서겠다고 애써야 그것은 아무 소용도 없었다. 그렇게 수준이 높은 노동자는 지난 여름 파업 때에 다 없어지고 지금은 하나도 없었다.

관수도 무엇인지 똑똑하게는 몰라도 자기에게 결함이 있는 것을 알고 있었다. 그렇기 때문에 그는 그럴 때마다 누구의 가르침을 받고 싶었다.

지나간 여름 파업이 완전히 실패로 돌아가고 몹시 전열이 혼란해져서 입으로 옮길 수 없는 악선전이 공장과 공장을 떠돌 때에 돌연히 잠깐 참말로 번개같이 잠깐 동안 만났던 어떤 사나이한테서는 그 후 지금까지 두 달이 되어도 아무 소식이 없었다.

그 사나이가 지금 있으면 얼마나 좋을까 하고 그는 생각하였다. 침착한 태도로 말하던 그 사나이는 말하는 품으로 보아서 결코 이곳 사람은 아닌데 그때 파업의 사정과 또 파업 수습에 관해서 일후에 활동할 것을 어떻게 그렇게 똑똑히 아는지 몰랐다. 평양의 모든 일을 환하게 꿰어 두고 이곳서 사는 사람보다도 잘 알았다.

그를 만난 이후 관수는 혼자서 생각하였다. 물론 누구에게도 그것을 말할 수는 없었다. 자기에게 그 사나이와 만날 시간과 장소를 가르쳐 준 일환이는 그때 벌써 폭력행위 위반으로 끌려갔을 때였다. 좌우간 일환이와 어떤 관계가 있는 사람인 줄은 알 수 있었다. 그러나 일환이는 어떻게 이 사나이를 알았을까?

파업 때에 관수가 자기와 아무 면식도 없는 사람과 이렇게 만난 적은 여러 번 있었다. 그러나 이 방울 같은 눈을 가진 사나이는 그들과는 어느 곳인가 다른 곳이 있었다. 이 사나이를 다시 만난다는 것은 아무리 생각해도 공상 같았다.

"아마 일 개월 안으로 어쩌면 좀 늦게 다시 만나게 되든가 혹은 서로 소식을 듣게 될 것입니다."

"……"

그 사나이는 잠깐 머리를 숙이고 생각하다가 다시 머리를 들고 말을 계속하였다.

"일후에 누구를 만나서 인사를 할 때에 그 사람의 성명의 가운뎃자가 *타탸 줄이고 열한 글씨, 즉 획수가 열한 개이면 그 사람을 믿어 주시오. 또 그러노라면 같이 일할 동무들이 생기겠지요!"

말을 끝맺고 힘있게 악수를 하고는 다시 뒤도 돌아다보지 않고 가버렸다.

일 개월이 지나고 이 개월이 지나도 아무 소식도 없었다.

이렇게 언덕 위에 누워서 가만히 생각하면 그 사나이를 만나던 생각이 머리와 눈앞에 떠올랐다.

"타탸 줄 열한 획수."

"타탸 줄 열한 획수."

*

공장에서 기적이 울었다. 관수는 궁둥이에 묻은 마른 풀잎을 털면서 벤또 통을 들었다. 그리고 언덕길을 걸어서 공장을 향하여 걸어갔다.

"관수! 관수!!"

그는 그를 부르는 소리에 머리를 들었다. 그것은 공장 뒤였다. 두서너 직공이 손짓을 하며 빨리 오라고 하였다. 그러고 보니 신작로를 뛰어서 공장 문으로 모여드는 직공들이 많았다. 무슨 일이 생겼나?

"뭐이가?"

"뭐이가 얘⋯⋯?"

신작로를 뛰어오는 직공들이 지저귀었다. 관수는 벤또 통을 덜거덕 소리 안 나게 바싹 쥐고 언덕길을 달음질쳐갔다.

2

벌써 작업실로 들어가는 *낭하에는 남직공 여직공이 겹겹이 싸여 돌았다. 앞에 서 있는 자들은 얼굴이 노기가 올라서 붉으락푸르락하며 무엇을 소리 높여 고함치고 있으나 지금 달려온 맨 뒤에 선 직공들은 사건의 내용도 모르고 그대로 웅성웅성하기만 하였다. 어떤 젊은 직공은 앞에 선 직공의 뒤를 무르팍으로 떠밀고 후덕떡 하고 뒤를 돌려다보는 놀란 얼굴을 하! 하! 하고 웃었다.

관수는 사건의 내용을 알려고 귀를 기울였으나 잘 들을 수가 없었다. 발을 곤추고 앞을 넘겨다보았다. 일은 결코 낭하에서 일어난 것이 아니고 낭하에서 수도가 있는 물 먹는 방으로 가는 그 사이에서 생긴 것 같았다. 그는 어떻게 해서든지 그 속으로 들어갈 것을 생각하였다. 이번에는 일을 삼아 본다 하는 결심이 덤비는 가운데서도 생각되었다. 그는 몸을 틈에다 비어꽂고 가운데로 뚫고 들어갔다.

"물을 먹어야 살지 않우!"

그는 그 속에 얼굴을 들었다.

"좌우간 덤비지 말고 조용들 해!"

대답하는 소리는 완전히 떨리는 목소리였다.

"그 구정물을 먹으라고 수도를 막다니! 직공은 개돼지란 말요?"

너무도 그 소리가 커서 웅성웅성하던 소리가 잦아들고 그 목소리에 군중이 통일되는 듯하였다.

"좌우간 넓은 데 나가 이야기하지!"

"자— 넓은 데 나가서 합시다!"

　최전무의 말을 받아서 군중에게 외치는 것은 고무직공조합의 간부로 있는 김재창이의 목소리가 *정녕하였다. 관수는 재창이 목소리를 듣자 벌써 간섭하기 시작한 그의 행동을 직감하였다.

　"나가긴 뭘 나가! 여기서 하지!"

　관수는 반동적으로 그와 대항하여 이런 말씨가 입에서 튀어나왔다.

　"아— 그럴 거 없이 넓은 데 나가 잘 토의해!"

　재창이의 말에는 덤비지 않는 숙련된 곳이 있었다. 직공들은 관수의 말을 꺾고 재창이 말대로 돌아서서 마당으로 나갔다.

　"밀지 마라! 넘어진다!"

　"글쎄, 직공들은 개굴창 같은 우물에 가서 물을 먹으라니 합쳐 수도세가 몇 닢이나 하겠나! 너무 직공들을 짐승같이 여겨!"

　밀려나오면서 관수와 앞뒤에 선 직공들이 침이 뛰도록 지저귀었다.

　"파업 때에 들어준 대우 개선이란 뭐이야?"

　"그러게 말이다!"

　웅성웅성하며 마당 안에 꽉차도록 몰려나왔다. 여직공, 남직공, 늙은이, 젊은이, 시든 얼굴, 열 오른 눈— '투라' 실에서도 '노두쟁이' 고급 노동자들이 *배합사와 *화부들과 같이 머리를 내밀고 '하리바' 직공들의 이 행동을 보고 있었다. 마당에 나오지 못하고 창문에 방울 달리듯이 매어달려서 마당을 향해 있는 직공들도 있었다.

　"물을 안 먹이겠다고 수도를 막은 것이 아닐세. 그건 결코 그런 게 아니고……."

　최전무가 사무실에서 문을 열고 군중을 내려다보면서 지저귐을 억제하듯이 손을 내둘렀다.

　"그럼 물 먹겠다고 수도를 틀려던 직공의 뺨을 갈긴 건 누구요?"

비로소 한 개의 굵은 목소리가 군중을 대표하였다.

"그건 그 직공의 태도가 건방져서 일시 감정에서 나온 것이지, 결코!"

"듣기 싫다! 물 먹겠다는 것이 건방져?"

앞에서 누군가 소리쳤다. 일동은 그 소리에 가슴이 뭉클하고 갑자기 피가 얼굴로 오르는 것 같았다. 지난 여름 파업 이래 전무를 그렇게 욕해 보기는 이것이 처음이었다.

"여러분—"

군중의 한복판에서 관수가 쑥— 머리를 올려밀었다.

"전무의 말을 듣거나 전무와 말다툼을 할 것이 아니라 우리끼리 처리하는 것이 어떻소?"

"그게 좋수다!"

누군가 혼자서 손뼉을 *자락자락 쳤다. 그러나 곧 한 사람이 두 사람이 되고 그것이 일동에게 퍼져서 장안이 박수 소리로 찼다. 마당을 들썩 하는 박수 소리 속에 알지 못할 소리로 고함을 치는 자도 있었다. 그 바람에 기운이 나서 전무가 열고 섰던 문을 이편에서 콱 닫아서 전무를 방 안으로 몰아넣는 자도 있었다. 그럴 때마다 다시 박수 소리가 났다.

관수는 기회를 놓치지 않으려고 박수 소리도 마치기 전에 다시 말을 계속하였다.

"여러분 방금 일어난 일은 이때껏 먹어 오던 수돗물을 막고 저— 다릿목에 있는 우물에 가서 먹으라는 것입니다. 그 우물의 물은 감히 먹지 못할 만한 것인 것은 우리들이 잘 아는 바가 아니오?"

"그렇죠!"

창문에 매달린 여직공의 목소리였다. 그 소리를 키득키득 웃는 이도 있었다.

"그런데 벤또를 먹고 물을 먹으려고 밀려간 직공들의 앞에 서서 그 수도를 열라고 한 직공을 건방지다고 귓쌈을 때렸다니 그런 몹쓸 짓이 어데 있겠소!"

"그놈을 잡아 오자!"

하는 자도 있었다.

"이건 완전히 우리 전직공의 힘이 약해진 것을 기회로 우리들의 조그만 이익도 빼앗을려는 악독한 술책입니다."

"옳소!"

"그렇소."

"여러분! 파업 때에 들어준 그나마 몇 조건까지 지금에는 하나도 지키지 않는 *고주들의 행동을 보시오! 우리들은 종살이가 하기 좋아서 매일매일 냄새나는 고무를 만질까요?"

"결코 아니오—"

가늘고 높은 여직공의 목소리가 날 때에는 조금씩 웃는 사람이 있었다. 관수는 군중을 쭉 한번 살폈다.

"우리는 굶어 죽지 않으려고, 살기 위해서 일하는 거요!"

못을 박듯이 힘을 주어서 뚝 말을 끊고 그는 다시 군중을 살폈다. 군중의 얼굴에는 붉은 기운이 띠었다. 저편 사무실 문 앞에 있는 재창이의 얼굴을 보고 침을 한 번 삼키고 다시 말끝을 맺었다.

"우리가 지금 아무 대책도 생각지 않는다면 고주들은 하나씩하나씩 우리들의 이익을 뺏어서 갈 것이외다!"

……(원문 탈락)……이다 하는 자도 있었다. 관수의 말은 여기서 좀 끊어질 것같이 보였다. 그때에 재창이는 곧 군중을 향하여 말하기를 시작하였다.

고주
고용주.

“여러분—”

재창이가 군중의 눈알을 자기 얼굴 위에 모았다.

“이제 관수 동무가 말한 바와 같이 우리는 반드시 무슨 대책이 있어야 될 것이외다!”

“옳소!”

“그러나 우리가 지금 이렇게 흥분한 채로 일을 저지르면 죽도 밥도 안 되고 맙니다. 그리고 또 이런 데서 이렇게 회합을 하면 곧 위험도 하고 그러니까, 우리에게는 조합이 있습니다. 조합에 보고하여서 그의 처결을 기다리는 것이 가장 상책이라고 나는 생각합니다. 노동자는 조합에 단결해야 됩니다. 조합이 있는 이상 우리가 우리끼리 어물거리다가는 크게 망치고 맙니다. 그러니까 새로이 위원을 선거할 것도 없이 조합 집행위원이 있으니까 곧 보고하기로 내게 다 일임해 주시오!”

관수는 대단한 분함을 가지고 그의 말에 반박하려고 하였다.

“여러분! 우리는 우리끼리 일을 처리합시다!”

그는 힘을 줘서 주먹을 내흔들었다.

“관수! 여보, 자네는 법률을 모르누만! 이 이상 더 여기서 떠들문 위험해! 옥외집회로! 애— 야 쓸데없소. 같은 값에는 희생자 없이 일을 잘할 게지! 자— 그러니까 여러분 내게다 다— 맡기시오! 그리구 벌써 고주측에서 알렸는지도 모르니까 곧 헤어지고 맙시다!”

3

관수는 저녁때가 되어도 저녁 먹을 기운이 나지 않았다. 또 한개 그

타락한 간부에게 불평불만을 뺏기고 말았구나…… 그런 생각을 하면
몹시 분한 생각이 나면서도 그 간부한테 속아넘어가는 직공 일동이 미
워지기도 하였다. 내일이 되면 마치 아무 일도 없었던 것같이 기적은
다시 울고 직공들은 다시 묵묵히 신을 붙이고 그리고 그 재창이놈은
조합에 보고했으니까 무슨 교섭이 있을 터이라는 간단한 한마디로 모
든 것을 걷어치울 것이로구나.

관수는 오늘 그 좋은 기회에 조합간부인 재창이를 폭로하지도 못한
것이 몹시도 분했다. 원통하도록 후회가 났다.

재창이를 폭로하려면 조합도 글렀다고 해야만 된다. 그러나 지금 조
합까지 글렀다고 선전하는 것은 옳은 일일까? 이런 생각이 마음에 걸
려서 그는 항상 재창이를 폭로하기를 주저한 것이었다. 조합! ……아
무리 노동자의 이익을 대표한다 하여도 이제는 그것을 폭로하여야 될
것이라는 것을 그는 지금 생각하고 있었다.

어쨌든 오늘 일은 생각만 해도 우울해졌다.

담배가 떨어져서 *삿귀를 들추고 꽁초를 찾았다. 짓눌려서 납작해
진 조그만 꽁초를 주워서 곰방이에다 담아서 뻑뻑 빨았다.

"큰아야! 누구가 찾는데!"

부엌에서 그릇 *부시던 모친의 소리에 문을 열어 보았다. 한 공장
안에 있는 길섭이라는 직공이 문 앞에 서 있었다.

"들어오지 않구!"

"들어갈 것까지 없어. 좀 나오게!"

관수는 대를 톡톡 털고 밖으로 나갔다.

"내가 좀 이르게 올걸. 시간이 촉박했는데 공회당 앞에 큰 *뽀뿌라
나무 세 주가 있을 텐데 그 왼바른편 나무 아래에서 자네를 잠깐 만나

보자는 자가 있는데……."

길섭이는 굴뚝 뒤로 가서 관수에게 그렇게 전하였다.

"내게? 그런데 어떤 잔데?"

"좌우간 가보면 알지? 자네 알 사람일세…… 일곱 시 반인데 지금 곧 가야 될걸!"

관수는 머리를 끄덕끄덕하였다. 그가,

"그럼 가지!"

하고 대답했을 때 길섭이는,

"그럼 늦지 않게 이제 곧!"

하고 다시 한번 되풀이하였다.

"저녁 안 먹고 어델 나가니?"

그가 고무신을 신을 때 그의 모친이 뜰에까지 쫓아나왔다.

"괜찮아요. 곧 댕겨올걸!"

공회당

그는 공회당을 향하여 집을 나섰다.

관수는 길을 걸으며 생각하였다. 마음에 직감되는 것은 파업이 끝날 때 만났던 사나이의 생각이다. 그 사나이인가? 만일 그 사나이라면 어떻게 길섭이가 전할까? 그것은 그러나 물론 가능치 못할 일은 아니었다. 그러면 그 방울 같은 사나이인가? 그렇지 않으면 내가 알 만한 누구일까? 타탸 줄 열한 획수의 어떤 사나인가? 그는 여러 가지로 상상하며 저물어 가는 교외의 길을 걸었다. 그가 공회당 가까이 가서 어떤 상점의 시계를 들여다보았을 때 바로 정한 시간에서 일 분을 남겨 놓았었다.

그는 마지막 일 분간을 뛰어갔다. 공회당 뒤를 휘익 한번 휘돌아서 포플러나무 선 곳을 본즉 아무도 없었다. 그러나 곧 어떤 허름한 옷을 입은 사나이가 그 앞에 와 서서 담배를 붙였다. 관수는 가슴이 뛰었다. 그래서 언덕을 뛰어내려가며 본즉 그것은 자기 옆에서 일하는 창선이라는 직공이었다.

"여!"

그는 담배를 후— 내뿜으며 그에게 손짓했다. 관수는 좀 견주었던 곳이 어그러진 듯한 낙망을 느꼈다. 창선이면 물론 잘 안다. 창선이는 파업 이후에 신직공 모집에 끼어서 들어와 자기네 공장에서 일하게 된 직공이다. 이 사나이는 물론 타탸 줄과는 아무 상관도 없었다. 이 사나이가 내게 무슨 말이 있단 말인가? 관수는 마음속에 좀 불평을 느끼면서 창선 가는 길을 따라 묵묵히 걸어갔다.

"자네 지난 여름 파업이 끝났을 때 경상골서 어떤 사나이 만나 본 적이 있어?"

창선이는 담배를 훅훅 내뿜으며 그에게 말했다. 물론 창선이 말과 같이 그 사나이를 만난 것은 있다. 그러나 그는,

"그런 일 없는데!"

하고 머리를 내흔들었다. 창선이 이름자는 타탸줄도 아니고 열한 글씨도 아니었기 때문이다.

"없어?"

창선이는 잠깐 관수의 얼굴을 보았으나 곧 딴것을 생각한 듯이 벌쭉 웃었다. 그는 고개를 끄덕끄덕하며,

"내 이름은 사실인즉 박태순일세!"

그리고 손뼉을 내밀고 그 위에 '泰'자를 써 보였다. 타탸 줄 열한 획수!

관수는 다시금 창선의 얼굴을 들여다보았다. 그리고 그 순간 창선의 손목을 꽉 쥐었다.

“신용하겠니?”

“믿구말구!”

길가에서 사람의 흔적은 적었으나 손목을 갑자기 쥐는 것이 이상했으므로 그들은 곧 손을 놓았다.

“자세한 말은 다음에 하구 지금 곧 여덟 시부터 같이 갈 데가 있네!”

창선은 길 어구에 나선즉 선두에게서 왼편으로 굽어돌았다.

*

창선에게 끌려서 여덟 시 정각에 어떤 집을 찾아갔을 때 관수는 놀랐다.

거기에는 벌써 길섭이, 동찬이, 선녀, 창호, 보무 에미 등등의 사오 인의 얼굴이 등불을 둘러싸고 있었던 것이다. 그는 성큼 방 안에 들어서서 문을 닫았다.

4

기역자로 지은 넓은 '하리바' 안에서 이백오십 명이나 되는 직공들이 고무신을 붙이고 있었다. 가을 햇발이 유리창을 가로 비추고 *해뜩해뜩하게 떠도는 먼지를 나타낸다.

오정이 가까워 오는데 이 공장 안은 어저께 아무 일도 없은 듯이 침묵하였다. 베어 놓은 고무를 틀에다 씌우고 풀칠을 하여 손으로 통통치는 소리가 *노둔하게 들려 올 뿐이다. 그리고 직공들의 발자국 소리만이 공기를 더욱 무겁게 하였다.

관수와 창선이, 선녀, 길섭이 등은 몇 번인가 직공들과 섞여서 변소를 다녀왔다.

그들은 이따금 슬쩍 보고는 의미 모를 웃음을 남몰래 하였다.

드디어 열두 시 기적이 울었다. 그리하여 열두 시가 되도록 아무 일 없이 그러나 기미 나쁜 공기 속에서 직공들은 일을 하였다.

아무 소리도 없이 덜거덕덜거덕하며 직공들은 벤또를 가지러 갔다. 그리고 자기 각자의 벤또를 골라 가지고 두서넛씩 패를 지어서 공장 문 밖으로 나갔다.

관수는 다른 직공 세 사람의 틈에 끼어서 함께 벤또를 먹으러 갔다.

이 공장에서는 겨울이나 비 오는 날은 방 안에서 그대로 먹지만 대개는 들이나 벌에 나가서 먹었다.

"재창이는 조합에서 무슨 보고를 가지고 왔는지! 도무지 보이지 않누만!"

잔디판 위에 앉으며 관수가 직공들에게 슬쩍 말을 붙였다.

“아마 이제 무슨 보고가 있겠지!”

또 한 직공이 그렇게 대답하며 “에헤엠!” 하고 무겁게 궁둥이를 놓았다.

“엑키?! 이게 뭐이야?”

벤또를 풀던 한 직공이 벤또를 놓으며 여러 사람 앞에 종이 한 장을 내밀었다.

“에게? 내게두 있다!”

또 한 직공이 같은 종이를 내놓았다. 관수는 자기 벤또를 들쳐 보는 척하였다.

“내겐 없는데!”

“내게두 없는데!”

“건 내게두 없네! 좌우간 뭐이야?”

그들은 두 패로 갈려 그 종이를 둘러쌌다. 얇은 *미농지 한 장에 복사기로 *또글또글하게 하나 가득 써 있었다. 처음에 좀 예쁘게 굵은 글자로,

평화
고무   공장 신문   일
                      호

하고 씌어 있었다.

“공장 신문? 오—라! 우리 공장의 신문이란 말이로구나! 이건 또 누구 장난이야?”

직공 하나가 웃으며 그렇게 말했으나 그는 종이를 놓지 않고 좀 소리를 내 읽기 시작했다.

“얘! 이건 무슨 그림인가?”

미농지(美濃紙)
닥나무 껍질로 만든 썩 질기고 얇은 종이의 하나. 묵지(墨紙)를 받치고 글씨를 쓰거나 장지문 따위에 바르는 데에 쓰는 종이로, 일본 기후 현(岐阜縣) 미노(美濃) 지방의 특산물인 데서 생긴 이름이다.

또글또글
낟알이나 열매 따위가 단단하게 여문 모양이나 별 따위가 반짝반짝 빛을 내며 떠 있는 모양.

한 자가 아래쪽에 있는 그림을 가리켰다.

"요건 재창이 것이구나!"

"엣키! 요건 최전무 같다!"

"이게 뭘 하는 게야?"

관수가 종이를 자기에게로 향해 돌렸다.

"하하, 이게 지금 주는 건 돈이로구나!"

그 옆에 있던 직공이 그림 위에 쓴 글귀를 읽었다.

"최전무한테서 돈을 받는 몹쓸 놈 김재창이의 꼴을 봐라! 하하하!"

그는 종이를 놓곤 웃었다.

"애 거 재미난다. 좌우간 글을 읽어 보자!"

"지난 여름에 우리들의 파업을 팔아먹은 놈은 누구냐? 그건 김재창이 같은 타락한 조합간부다! 우리들은 그런 놈에게 조금도 우리의 일을 맡기지 말자! 그는 우리들의 마음을 팔아서 자기 배를 채우는 놈이다. 어저께 일어난 일도 우리끼리 처리해야만 된다. 우리의 마음을 꺾고 고주에게 유익하게 하려고 재창이는 우리 편인 체하고 나서는 것이다. 어저께 아무 일도 없게 무사히 한 덕택으로 재창이는 전무네 집에서 술 먹고 요리 먹고 돈 먹은 것을 왜 모르느냐? 벤또를 빨리 먹고 마당에 모이자! 그리하여 재창이를 내쫓고 우리끼리 지도부를 선거하자! 우리 편인 체하고 나서는 몹쓸 간부를 내쫓아라!"

"애! 건 굉장하구니!"

"그 다음 또 읽어라!"

"크게 쓴 글자만 먼저 읽자! 뭐이가 이게? 오오라 공자로구나! 거 잘 썼는데 꾸불꾸불하게 썼네! 공장 신문은 고무 직공의 전부의 것이다! 공장 신문을 믿어라! 공장 신문을 지켜라! 또 그 아래 ……(원문 탈

락)……들은 얼마나 이익을 보나? 전 평화고무 직공 형제들아! ……(원문 탈락)……의 준비를 하여라! 다른 공장 형제들도 늘 ……(원문 탈락)…… 준비를 하고 있다! 이제 곧 마당에 모여서 우리들끼리 지도부를 선거하자!"

거기까지 읽었을 때에 관수는 공장 문을 가리켰다.

"얘 저것 봐라! 벌써부텀 이걸 보구 모여드는 게다!"

"정말! 저것 봐라!"

관수가 후더덕 일어섰다.

"벤또 싸가지구 우리두 다 가자!"

"가자!"

5

박수 소리가 마당 안에 가득 찼다. 모임은 지금 한창 진행중이었다.

"자— 그러면 우리끼리 준비위원을 선거합시다!"

또 박수 소리가 났다.

"몇 사람이나 할까요?"

한 사람이 번쩍 손을 들었다.

"아홉 사람이 좋겠수다. 그런데 나는 창선이를 천거합니다!"

일동은 그 소박한 말을 웃으면서도 박수를 하였다.

"아홉 사람 좋소!"

"창선이 좋소!"

"여보! 나는 박센네 합네다!"

"박센네 예쁜이 만세—"

남자들이 박수했다.

"여보! 나는 관수요!"

"관수 좋소!"

이렇게 하여 아홉 사람 준비위원이 선거되었다.

"누구 연설해라!"

하는 소리가 나매 뒤를 이어 박수 소리가 났다. 창선이가 쑥 머리를 내밀고 좀 높은 데 올라섰다.

"여러분 이제야 우리들은 우리끼리 선거한 지도부를 가졌습니다. 우리들 아홉 사람 ……(생략)…… 준비위원회는 죽을 힘을 다하여 끝까지 여러분들의 의견을 대표하여 싸우겠습니다. 여러분 자— 일동이 ……(생략)…… 준비위원회 만세—"

"만세—"

"만세—"

《조선일보》, 1931. 7. 5~15.

물!

물은 사람에게 하루라도 없어서는 아니 될 중요한 물건의 하나인 듯싶다. 그런 의미에서가 아니라 물은 우리들과 특별히 뗄 수 없는 인연이 있는 듯싶다. 물— 여기에 다음과 같은 이야기가 있다.

당시 감옥의 모습

목포 형무소 모습

평(坪)
땅 넓이의 단위. 한 평은 여섯 자의 제곱으로 3.3058㎡에 해당한다.

합(合)
홉. 땅 넓이의 단위. 1홉은 1평의 10분의 10이다.

1

두 *평 칠 *합(二坪七合)이 얼마만한 넓은 면적을 가지고 있는지 나는 똑똑히 알지 못하였었다. 말로는 한 평 두 평 하고 세어도 보고 산(算)도 놓아 보았지만 두 평 칠 합 하면 곧 얼마만한 면적의 지면을 가리키는지 똑똑히 느껴 본 적은 없었었다.

그러나 나는 지금 길이와 넓이를 한 치도 틀리지 않게 두 평 칠 합을 전신에 느낄 수가 있었다. 그것도 손으로 세거나 연필로 계산하는 것이 아니라 전 몸뚱이를 가지고 그것을 느끼는 것이었다.

나는 두 평 칠 합의 네모난 면적 위에 벌써 날수로 일곱 달이나 살아 온 것이다. 두 평 칠 합을 전 몸뚱이를 가지고 느껴지는 것은 그 덕택이었다. 내가 이 두 평 칠 합에 살기 전에 석 달 동안 두 평 칠 합을 절반 가른 조그만 방 안에서 생활한 적이 있었었다.

그런데 그 조그만 방은 어쩐지 공연히 넓고 엉성하던 것이 그보다 배 곱이나 되는 이 두 평 칠 합이 이렇게 좁아 보이고 질식할 듯이 빼곡 차서 숨조차 마음대로 쉴 수 없는 것은 어떤 연고일까?

별로 힘든 연고는 없었다.

조그만 방에 생활할 때는 영하 십오륙 도를 상하하는 추운 동지 선

달이었고 또 게다가 별로 짐도 없는 방 안을 독차지하고 있었던 까닭이며 지금 이 방에는 열세 사람이 살고 있으며 그리고 또 시절이 *구십도나 되는 여름이었다. 이 외에 별다른 연고는 없었다.

하여튼 나에게는 두 평 칠 합이 몹시 *협착하고 빽빽한 듯이 느껴져서 어떻게 할 수가 없었다.

두 평 칠 합 구십 도 열세 사람— 나는 여태 이렇게 숨막히는 공기 속에서 이렇게 장구한 시일을 생활해 본 적이 없었던 것이다. 물론 나뿐이 아니겠지. 이 속에는 열세 사람 그리고 또 몇백 사람이 그가 끓는 솥 속에나 혹은 타는 불 속에서 살아 본 적이 없는 이상 다 매한가지로 이런 질식할 만한 공기를 숨쉬고 그 속에서 생활한 적이 없을 것이다.

땀은 흘렀다. 몸뚱이에 두른 옷이 전부 물주머니가 되도록 땀을 흘렸다. 그리고 땀때가 발갛게 *열독이 져서 말룩하게 곪아 올랐다. 그것이 바늘로 찌르듯이 콕콕 쏘았다.

물론 공장에서 일하는 노동자나 시골서 김 매고 물 뽑는 농군이나 또 부엌에서 밥을 짓는 여편네들도 우리들보다 못지않게 땀을 흘린다.

그러나 아무것도 하지 않고 멀거니 앉아서 부채질만 하는 사람들이 이렇게 땀 흘리는 것은 아무래도 보지 못하는 일이었다.

돌중같이 깎은 머리에는 땀때종이 모여서 헐고 진물이 흘렀다.

오후 세 시나 되었을는지 태양에 쪼인 벽돌바람이 후끈후끈하게 달아 왔다.

두 개의 창문을 높이 등뒤에 지고 꽉 막힌 두터운 바람벽을 향하여 세 줄로 앉은 돌중들은 무릎 앞에 책을 놓고 있었다.

이들 돌중 가운데는 한 개의 *하이칼라가 섞여 있었다. 그는 똥통과 이불 새에 허리를 펴고 누워서 *『강담전집(講談全集)』을 읽으면서 이

따금 버드나무를 그린 부채로 무릎을 딱딱 치고 있었다. 그러더니 그만 이마와 콧잔등에 구슬 같은 땀방울을 만들면서 잠이 들고 말았다. 이 작자는 한 달 전에 철도 청부사건에 *담합(談合)을 하고 몰려 들어온 일본 사람 청부사였다. 그는 동맥경화증(動脈硬化症)으로 혈압(血壓)이 높다나 낮다나 하더니 *횡와허가(橫臥許可)를 얻어 가지고 대낮인데 가로누워 낮잠을 자고 있는 것이다.

그 옆에 바로 똥통과 *타구가 놓여 있는 앞에 앉아 있는 간도 친구는 *『속수국어독본』을 엎어 놓고 불알과 새채기에 다무시(백선)약을 바르고 있었다. 기름기 도는 누런 약을 손가락 끝에 발라서는 연신 새채기 속으로 가져갔다.

이것을 물끄러미 바라보고 있던 독서회사건의 서울 친구가 *치분통 뒤에서 약봉지를 뒤적뒤적하더니 냄새 고약한 조그만 봉지를 손끝으로 꼬집어 들고 표정과 눈짓으로 몇 번이나 "이것 줄까?" "이것 줄까?"를 하였으나 저편에서 한 번도 이편 쪽을 바라다보지 않으므로 드디어 가느다란 목소리를 내었다.

"어어 어이 숫개 *옴약이 좋다, 이걸 발러."

그러나 그는 너무 머리를 돌리고 이야기를 하였었다. 드디어 그는 구멍을 따고 엿보고 있는 두 눈을 경계하지 못하였다.

"나니 하나시데 이루까(뭐라고 떠드는 거야)?"

서울 친구는 잠낀 묵묵히 앉아 있었으나 이윽고 버쩍 약봉지를 쳐들고 양해를 구하였다.

손에 든 약봉지와 두 다리를 벌리고 앉은 간도 친구를 번갈아 보더니 두 눈은 그대로 구멍을 닫고 가버렸다.

"에히 요놈이 셋째 잿끗하드면 다리에 봉퉁이 질 걸!"

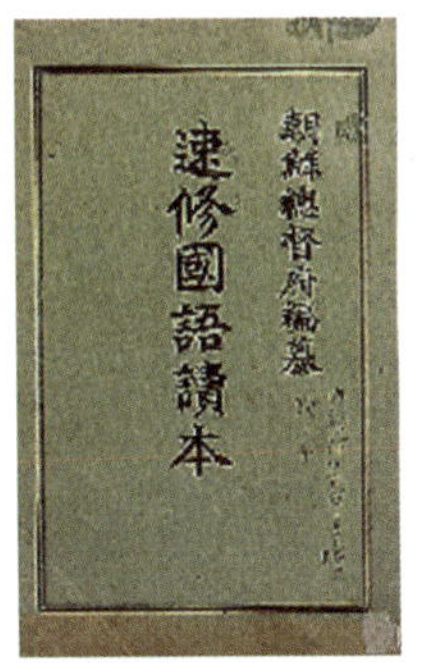

각기(脚氣)

비타민 B1이 부족하여 일어나는 영양실조 증상. 말초 신경에 장애가 생겨 다리가 붓고 마비되며 전신 권태의 증상이 나타나기도 한다.

나는 그의 뒤에 앉아 있었으므로 부채로 그의 등을 간신히 두드렸다. 사실 이렇게 더운 통에 맨장판 위에 오륙 시간 세이자(정좌)를 하면 다리가 *각기 앓는 사람 모양으로 될 것은 정한 이치였다.

공기가 들어올 구멍은 합쳐서 일곱 개나 되었다.

천장에 네 개 뒷바람 밑에 한 개 창문이 둘— 그러나 공기는 조금도 움직이지 않았다. 아무리 힘을 내어 부채질을 하여도 별다른 공기가 불리어 올 이치가 없었다. 옆의 사람의 땀 내음새가 후끈후끈 내 몸에 부딪칠 따름이다.

"이거 살 수 있나!"

이런 소리도 입에서는 나올 여지가 없었다. 벌써 한 달경을 두고 "이거 할 수 있나" "어서 구월달이 왔으면" 하고 되풀이하고 또 춥고 추운 뒤라 그런 한숨 말도 이제는 좀처럼 입에서 나오지 않았다.

숨을 쉴 때에는 똑똑하게 가슴이 거북스러운 것이 아니었다. 콧구멍으로 넘어가는 공기가 신선하고 청량하지 못한 탓이겠지. 심장과 폐가 그 공기를 마실 때에는 가슴이 뻑뻑하게 켕겼다.

신선한 공기 대신에 물— 그렇다. 물이 비록 폐로 들어가지 않고 똥집으로 흘러들어간다고 하여도 얼마나 가슴을 신선하게 할 수가 있으며 이 늘어진 신경과 정신을 얼마나 기운차게 동작시킬 수가 있을 것인가! 입 안이 빼빼 마르고 바짝 마른 물기 없는 목구멍만이 달각거렸다.

사실 나는 벌써 몇 시간 전부터 물을 그리워하고 있었다. 그러나 저녁을 먹을 때가 아니면 아무리 죽는다 하여도 물이 들어올 수 없다는 것을 나는 벌써 팔구 개월이나 경험한 것이었다. 그래서 아무리 가슴이 답답하고 목구멍이 말라도 물 생각을 하여서는 안 된다는 습관이 나에게는 꽉 박혀 있었다. 나는 책을 들여다본다. 모든 정신을 책에다 집중하자! 더움과 안타까움 그리고 물을 그리워하는 마음— 이 모든 것으로부터 나의 정신을 꽉 갈라서 책에다 정신을 넣어 보자!

사실 오랫동안의 경험은 나에게 어느 정도까지 이것을 가능케 하였다. 나의 눈은 명백히 활자의 하나하나를 세었다. 꼬박꼬박 활자를 줍듯이 나의 정신은 그것에 집중하였다.

"미, 네, 르, 바, 의, 올, 빼, 미, 는, 닥, 쳐, 오, 는, 황, 혼, 을, 기, 다, 려, 서, 비, 로, 소, 비, 상, 하, 기, 시, 작, 한, 다."

그러나 십 분도 못 계속하여 나는 내가 글을 읽고 있는 것이 아니라 활자를 읽고 있는 것을 깨닫는다. 나는 그 활자가 무엇을 말하고 있는지를 모르고 읽고 있는 것이다.

정신은 다시 풀어지는 태엽같이 팍 늘어지고 만다. 눈가죽이 무거워진다. 그리고 다시금 내 옷이 땀에 젖어 있는 것을 느낀다. 그리고 갑자기 머리털 밑이 따끔따끔 쏜다. 그리하여 내가 두평 칠합 방에 살고 있다는 것, 기온이 백 도라는 것, 물이 한 모금도 없다는 것 등등을 깨닫는다. 나는 바른팔에 힘을 넣어 부채를 내두른다.

2

양재기로 하나도 잘 안 되는 짠 국을 가지고 마른 목을 충분히 축일 수는 도저히 없는 일이었다.

나무통 그것의 크기는 작은 *바께쓰만 하였다. 이 나무통이나마 하나가 가득 차지 못하므로 물의 양(量)은 아무리 해도 세 되가 될까 말까 하였다. 그것이 저녁으로부터 내일 아침까지 열세 사람이 먹을 물

바께스
양동이.

이다. 조그만 국자로 더운 물을 하나씩 양재기에 덜어서 열세 사람에게 뼁—돌고 나면 처음 먹고 난 동무는 먹은 둥 만 둥하였다.

서로 제각기 퍼먹으면 불공평할 뿐 아니라 질서가 없어진다고 하여 '물 담당'을 하나 내세웠다. 그 '물 담당'이 물을 마음대로 시간을 보아서 분배하기로 결정되어 있었다.

"한 잔씩 더 하지."

맨 먼저 먹고 난 함경도 친구가 제안하였다.

"좋구만! 그거 한 잔 가지구야 어디 셈이 되는가."

나도 찬성을 표시하였다.

"셈이 안 된다구 먹어 버리면 밤엔 어떡하나!"

물통을 꽉 안고 '담당'은 움직이지 않았다.

밥을 먹고 나서 마루를 쓸고 그릇을 내보내고 할 동안은 약간약간 기회를 보아 말을 주고받고 할 틈은 있었다.

"밤에 죽는 것보다 지금 죽는 게 좀 나을까?"

간도 친구의 소리다.

"지금 누가 방금 숨이 넘어가는가."

그러나 물통을 안고 있는 동무도 물로 배를 채웠길래 뱃심을 버티는 것도 아니고 그도 또한 물통을 들여다보고는 몇 번이나 침을 달각 달각 삼키고 있는 것을 나는 잘 알고 있었다.

"한 통 가득가득이래도 줬으면 안 좋은가."

*"패통[報知器] 치구 교섭해 보지."

교섭을 한 달 동안 맡아 보게 된 전라도 동무는 아무 말도 안 하였다.

"한번 해보지, 질 *송사 어데 가서야 못 할까."

그러나 전라도 동무는 아직도 아무 말이 없었다. 교섭하는 것이 그리 유쾌하지 않을 건 누구나 아는 바이지만 이 동무는 어쩐지 이번에는 더욱 그런 마음이 덜 생기는 모양이었다.

"요구해두 주지두 않을걸!"

"글쎄 주지는 않는다 해두 이런 불만이 있다는 것만 알려 주는 것도 할 만한 일이 아닌가."

패통을 쳤다. 복도를 향하여 나무때기 떨어지는 소리가 들려 왔다.

물을 좀더 달라는 것— 이건 물론 *헴도 안 되는 소리였다. 그러면 물을 한 통 가득가득이라도 달라고.

물통 검사가 났다. 그리고 한 통 가득 준 것을 다 먹어 버리고는 그런다는 것이 교섭의 결과였다.

교섭은 끝났다.

"물이나 한 잔씩 더 먹세. 자— 어떤가?"

"저놈의 다무시는 물만 아는가?"

물 생각을 잊을 만하는데 다시 그런 제안을 한다고 '물 담당'이 꾸짖는 말이다.

"사실 *사슴이 쁘지지 하고 *듸리 타서 견딜 수 없으니 우선 먹어 보는 게 어떻소?"

사실 물이 없으면커니와 눈앞에 물을 보고는 참을 수가 없었다.

"이렇게 물에 마를 줄 알았다면 수통을 딀대고 먹일 때에 좀 실컨 먹고 올걸!"

나는 다 웃을 것을 예상하고 이 말을 하였다. 그러나 의외에도 나밖에는 아무도 웃는 사람이 없었다.

"자 구롬 물을 돌읍니다. 반대없소?"

"없소—"

"없소—"

물은 다시 양재기에 담겨서 한 잔씩 차례로 돌아갔다. 물을 마시고 누구나 아— 하고 입을 짭짭 다시었다.

3

"누가 이불을 깔고 자랬어 응?"

'삼백만 원'의 목소리였다. 그는 언젠가 이야기하다가 들킨 동무를 설교하느라고 국가가 너희들을 위하여 일 년에 삼백만 원씩을 쓴다는 말을 오륙 차나 겸해서 한 일이 있은 뒤부터 이런 별명을 얻었었다.

쪽물을 들인 세 겹 이불을 덮는 대신에 궁둥이 밑에다 깔았다고 그것이 규칙 위반이라고 꾸짖는 것이다.

사슴
'가슴'의 사투리.

듸리
'들입다'의 사투리.

그러나 이 '삼백만 원'이 들어왔다고 하는 데 대하여 우리들은 어떤 딴 종류의 희망을 가져 보았다. 이 '삼백만 원'은 규칙만 지키고 또 융통성이 없는 작자이지만 인도적인 쓸모가 약간 남아 있었다. 그래서 어떻게 잘 교섭하면 부채 사용과 또 음료수를 얻을 수 있을는지 모르겠다는 *일루의 희망이 우리들을 붙든 것이다.

"부채 교섭해 보지 삼백만 원인데."

어느 구석에서 이런 소리가 났다.

원래 부채는 사용하던 것이 누워서 부채를 부치면 잡담을 하여도 부채로 입을 가리우거나 또 부채질 소리에 누가 했는지 잡아 내기가 불편하다고 하여 금지당했던 것이다.

'삼백만 원'이 들어온 것을 안 바람에 더움과 물에 이겨 가면서 어떻게 잠이 들어 보려던 우리는 더움을 더욱 통절히 느끼게 되고 둘둘 흐르는 수도통의 물이 눈앞에 빙빙 돌고 공연히 부채 들지 않은 손이 헤 텅해 보였다.

나는 산 속에서 흘러내리는 물을 몇 번이나 눈앞에 그려 보게 되었다. 물! 물!

가슴이 바직바직 타고 숨이 목구멍에서 막히는 듯하였다. 나무숲을 거닐며 지나가는 저녁의 싸늘한 바람, 백양나무 잎새를 산들산들 흔드는 그 바람― 나는 일순간도 견딜 수가 없었다.

만일에 내가 이 두 평 칠 합 방에 살지 않는다면 이 견딜 수 없는 욕망― 그리고 지극히 정당하고 자연스러운 이 요구를 관철키 위하여 몸을 바윗돌에 부딪칠 것을 어째서 아꼈을 것이냐?

나는 열세 사람이― 그 속에는 나 자신도 끼어 있지만 도저히 사람 같이 보여지지 않았다.

생명도 없고 피도 없고 열정도 식은 열세 개의 고깃덩어리같이 생각되었다.

모두 죽었는가? 그렇다면 우리들은 물에 대한 요구가 전혀 식어지고 말았는가?

나는 후덕떡 일어나서 패통을 칠까 하고 몇 번인가 생각하였다.

그러나 나는 열정적인 것보다는 보다 냉정적이었다. 나는 그때에 내 옆에 누워 있는 '하이칼라'의 존재를 생각하였던 것이다. 그가 교섭하면 나보다도 용이하게 요구를 관철할 수 있는 생각이 번개같이 나의 머리를 지나친 것이다. 나는 '하이칼라'와 이야기하였다. 그리고 '삼백만 원'의 성질 인격 같은 것을 설명해 주고 한시라도 속히 교섭해 볼 것을 종용하였다.

패통을 치고 교섭을 개시하였다. 교섭은 일부분만 성공하였다. 부채는 사용하여라. 물은 수돗물밖에 없다. 그리고 취사장에 가야 길어올 수가 있다. 그러므로 좀 힘들다는 것이다.

이렇게 교섭이 끝났을 때에 딴 곳에서도 패통 떨어지는 소리가 들렸다. 이곳 저곳, 수삼처에서 그 소리가 들려 왔다.

한 십 분 지났다. 복도 저쪽에서 말하는 소리가 나더니 이윽고 바께쓰를 들고 덜각덜각 들어오는 소리가 들렸다.

아! 이 소리— 물이 바께쓰 속에서 흐느적거리는 이 소리— 나는 넓은 바닷가에 서서 하늘과 바다가 한 줄로 맞붙은 것을 보고 이 푸른 물의 웅대함에 놀란 적이 있었었다. 나는 흰 비단을 늘어뜨린 듯한 폭포수가 나무숲에 안기어서 떨어지는 광경을 보고 이 장대한 데 간담을 서늘케 한 적이 있었었다.

그러나! 그것이 무엇이리요! 나는 아무 강채도 없는 낡은 바께쓰에 들었을 한 말도 되나마나 한 이 물이 움직이는 소리를 듣고 이태껏 늘어졌던 신경의 긴장과 혈액의 약동과 그리고 심장의 용솟음쳐 옴을 느끼는 것이었다! 나의 눈앞에는 산 속을 고요히 흐르는 시냇물도 없었다. 백양목 사이를 스쳐가는 여름밤 저녁의 고요한 바람도 없었다. 그리고 방금 바른손에 쥔 부채도 나의 눈앞에는 없었다. 오직 저 바께쓰 속에 출렁거리는 물이 있었을 따름이다.

이윽고 식통문이 열리었다. 나는 급히 일어나서 양재기를 갖다 대었다.

물이다, 물이다.

"자— 한모금씩 차례차례로!"

나의 얼굴은 희색이 가득 차 있었다.

나는 딴 동무가 한 모금씩 마시는 동안 나의 차례가 오는 것을 기다리면서 그들의 입을 지키고 있었다. 알지 못하는 사이에 그들의 목구멍이 달깍거릴 때마다 나의 침도 달각달각 목구멍에서 소리를 내고 있는 것을 발견하였다.

나의 차례가 왔다. 나는 잠깐 침착히 물그릇을 받고 그것을 고요히 들여다보았다. 그리고 그릇에 입을 갖다 대고 덜거덕 한 모금 들어마셨다.

목구멍에서부터 똥집까지 싸늘한 물이 한 줄기로 줄을 그으면서 내려가는 것을 똑똑히 알리었다.

식도를 지난다. 위에 들어갔다.

그러나 그때에 곧 나는 불행하여졌다. 이것이 냉수로구나 하는 생각이 그때에야 비로소 가라앉은 나의 머리에 떠오른 까닭이다.

잘 자리에 냉수를 마시면 나는 반드시 설사를 하였다. 벌써 배가 이상하게 얼어 가는 것 같은 생각이 났다. 나는 끈으로 꼭 배를 동이고 다시 가로누웠다.

얼마나 잤는지 모르나 나는 오랫동안 이상야릇한 악몽에 시달리다가 겨우 눈을 떴다.

배가 아프고 위와 대장과 소장 사이를 물이 꾸르럭꾸르럭 오르내렸다. 진통은 몹시 심하였다. 그리고 뒤가 몹시 무거웠다. 나는 얼굴을 찌푸리면서 매어 단 *지리가미를 뜯어 가지고 몸을 일으켰다. 그리고 똥통 위를 보았을 때 벌써 그 위에 올라앉은 '다무시'가 웃는 얼굴로 나를 보고 있는 것에 부딪쳤다.

"배가 아퍼?"

그는 나에게 물었다.

"응! 설살세!"

나는 종이를 들고 똥통 옆에 가서 '다무시'가 내려오기를 기다리고 있었다.

『대중』, 1933. 6.

남매

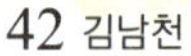

쨍쨍 언 작은 고무신이 페달을 디디려고 애쓸 때에 궁둥이는 가죽안장에서 미끄러져 떨어질 듯이 자전거의 한편에 매어달린다. 왼쪽으로 바른쪽으로, 구멍난 꺼먼 교복의 궁둥이가 움직이는 대로 낡은 자전거는 언 땅 위를 골목 어구로 기어나간다. 못쓰게 된 뼈만 앙상한 *경종(警鍾)은 바퀴가 언 땅에 부딪칠 때마다 저 혼자 지렁지렁 울고, 핸들을 쥔 푸르덩덩한 터진 손은 매눈깔보다도 긴장해진다. 기름 마른 자전거는 이때에 이른 봄날 돌틈을 기어가는 *율모기같이 느리다. 그러나 길이 좀 언덕진 곳은 미처 발디디개를 짚을 겨를도 없이 팽팽하게 바람 넣은 바퀴가 자갯돌과 구멍진 곳을 분간할 나위 없이 지쳐 내려가기도 한다. 심장은 뛰고 가슴은 울렁거린다. 이때에,

"남의 *쟁골 또 타네?"

하는 고함이 등뒤에서 나면 왈칵 가슴은 물러앉고 정신은 앞뒤를 분간할 겨를조차 없다. 앞바퀴를 돌각담에 박으면서 거의 엎드러지듯이 후덕떡 뛰어내려 돌아다보고 자전거의 주인인 면서기 대신에 계향(桂香)이를 발견하면, 두근거리는 가슴은 좀 가라앉으며 무엇보다 먼점 안심하는 빛이 그의 표정을 스쳐간

다. 뛰어내릴 때 부딪친 사타구니가 갑자기 쓰려 오고, 그의 두 눈이 녹초가 져서 뎅그렁하니 넘어져 있는 자전거를 보았을 때, 사슬은 끊어져서 흙받이 옆에 붙어 있고, 고무 페달만 싱겁게 핑핑 돌다가 멎는다. 녹슬어서 도금이 군데군데 벗겨진 핸들은 홱 비틀어져 있다. 고물상 먼지 구덩이에 박혀 있는 *항용 보는 엿장수의 매상품이다. 봉근(鳳根)이는 화가 벌컥 치밀었다. 무엇을 짓부수고 싶은 마음이 가슴속에 꿈틀거리지만 그대로,

"왜 이래 남 쟁고 배우는데."

하고 저만큼 대문 앞에 서 있는 누이의 얼굴을 노려보면서 울 듯이 눈살을 찌푸리고 말았다.

"너 누구 쟁곤데 물어나 보구 타네?"

봉근이는 아무 대답도 안 하고 사타구니의 아픈 곳을 부비며 너부러진 자전거를 세웠다. 돌담에 비스듬히 세우고 끊어진 사슬을 집어 차대에 얹고 다시 바퀴를 다리 틈에 끼운 뒤에 핸들을 바로잡았다.

"이전 *경쳤다. 그게 누구 쟁곤데 닐르는 말은 안 듣구 만날 쟁고만 타더니."

"차서방네 집에 온 멘서기핸데 차서방보구 허가 맡았다 뭘. *누는 괜히 *민하게 굴어서 사슬 끊어딘 건 난 몰라, 씽."

자전거를 끌고 기운이 빠져서 어슬렁어슬렁 계향이 앞으로 올라간다.

"이 새끼 차서방한테 허가 맡어서? 차서방은 아바지하구 강에 나갔는데."

주먹을 쥐고 머리를 치려는 바람에 봉근이는 자전거를 계향이에게로 탁 밀어 버리고 저만큼 물러 뛴다.

"아이구 애, 이 새끼."

겨우 넘어지려는 자전거를 붙들고 남치맛자락으로 입을 가리운다.

"새끼두 망하겐 군다."

계향이는 눈으로 봉근이를 노려보면서 어이가 없어서 웃어 버린다.

그리고는 목을 돌려 차서방네 집을 향하여,

"김서기 쟁고 건사하우. 결딴났수다."

하고 고함을 질렀다.

봉근이는 바자 틈에 돌아서서 손으로 언 가시나무 가지를 뜯다가 누이의 김서기 부르는 소리에 속이 또다시 활랑거려 힐끗 누이의 얼굴을 쳐다본 채 그대로 꽁무니를 뺄까 한다.

가시나무

"애 봉근아?"

하고 즐겨서 자전거는 탔으나 뒷감당을 맡아서 치를 *담력은 없는, 자기의 동생을 부드럽게 부르면서 계향이는 약간 쓸쓸함을 느끼었다.

담력(膽力)
겁이 없고 용감한 기운.

다랭이
다래끼. 아가리가 좁고 바닥이 넓은 바구니. 대, 싸리, 칡덩굴 따위로 만든다.

"애 봉근아, 쟁곤 내 말해 줄게. 집에 들어가서 *다랭이 가지구 아바지한테 쫓아가라. 꿍맹이 사냥 갔는데 앞강이 사람 탈 만하다더라. 오늘은 아마 큰 고기 잡는대. 주어 닙구 빨리. 어서 뛔가 봐. 또 멘세기 나오기 전에."

계향이의 낮은 목소리가 끝나기 전에 봉근이는 고슴도치 모양으로 대문 안을 향하여 굴러들어가 버렸는데 이윽고 차서방네 집이서 코르덴 당꼬바지를 입고 기성복 외투를 걸친 김서기하고 차서방의 딸 옥섬(玉蟾)이가 행길로 나온다.

"남의 하쿠라이(외제) 쟁골 가지구 왜들 새박드리 야단이야 응."

하면서 김서기는 물고 나오던 마코 꽁초를 불 붙은 채로 길가에 던진다. 그리고 사슬 끊어진 자전거를 바라보고는 침을 한번 쪽 내어뱉고,

"허허 오늘 큰코 다쳤다. 별수 있나, 계향이 하룻밤 *화대는 *마루키(丸木) 쟁고빵으로 털으야 됐디!"

"그거 이전 엿장세한데 팔든가 *페양 갖다 박물관에 보관하디. 멘장 나으리 타시는 구루마 하구는 너무 초라해."

하고 옥섬이가 깔깔 웃으며 분 떨어진 핏기 없는 얼굴로 계향을 바라본다.

자전거를 받아서 사슬을 빼 짐틀에 놓더니 김서기는 장갑 낀 손으로 안장을 툭툭 털며,

"이놈이 이래봬두 내 당나귀다. 말 갈 데 소 갈 데 없이 참 이놈 타구 세금두 많이 받았구 뽕나무 심으라구 야단두 엔간하게 쳤다."

"그리구 또 개새끼두 수없이 짖겠구."

"하하, 아닌게아니라."

하고 김서기는 계향이의 말을 다시 받으면서,

"이 종이 아직 시퍼렇게 젊었을 때 촌동리 어구를 접어들면서 한번 째르릉 하구 울리기만 하문 개새끼는 짖구 닭의 새낀 풍기구 고양이새 낀 달아나구 아새낀 모여들구 *촌체니는 바자 틈에서 침을 생켰는데, 이놈이 이전 다— 늙어서 이거 이놈 소리두 안 나네."

양쪽 쇠가 떨어져 없어져서 종은 손으로 누르면 찌륵찌륵 하기만 한다.

"오늘은 또 벨이 끊어졌으니 돈냥 탁실히 잡어먹게 됐군. 그저 이동네 오문 이랬거나 저랬거나 말썽이야."

"이왕이면 팔아서 소주나 사게, 날두 산산한데 한잔 먹구 니불 쓰구 낮잠이나 잠세."

제법 사내투로 반말로 받는 바람에 김서기는 입이 써서 멍하고 섰는

화대(花代)
기생·창기 등과 관계를 가지고 그 대가로 주는 돈.

마루키
일본의 성씨의 하나.

페양
'평양'의 평안도 사투리.

촌체니
'촌처녀'의 평안도 사투리.

것을 계향이는 다시 한번,

"여보시게 서기네 조카."

하고 간드러지게 웃었다.

"허 참 아침 흐더분히 잘 먹구 간다."

자전거를 끌고 골목을 나가려 할 때 계향이는 웃으면서,

"사랑하는 애인 만낼라문 쟁고 사슬 열 개 끊어두 아깝지 않네."

하고 그대로 웃으면서 옥섬이를 바라보았다.

"왜 이건 또 재수(在洙)가 안 와서 걱정인가?"

서너 발자국 가다 김서기는 목을 돌리고 지껄이는데, 옥섬이는 코만 한번 찡긋 하고,

"어떤 사람은 월급봉투두 터는데."

하였다.

"아이구 아서, 새벽부터 오늘 재수없다."

"재수가 왜 없어. 오늘 공일이니 집에 있을걸."

셋은 배를 추며 웃고 제가끔 갈라졌다.

"엣춰!"

"아이 차겁다!"

긴 남치맛자락이 첫추위 바람에 팔락거리며 노랑저고리의 자주고름이 종종걸음을 치는 대로 대문 안으로 사라져 없어진다.

어제까지 푸른 강물이 찬바람에 *하물하물 떨고 있더니, 오늘 아침 추위에 조양천(朝陽川)은 백양가도(白楊街道)서부터 천주봉(天柱峰) 밑 저쪽까지 유리창 같은 *매얼음이 짝 건너붙었다. 이번 겨울 들어 첫추위라 매운 바람이 등골로 숨어드는 것이 유달리 차갑다. 얼음이 약할

듯싶어 아직 강을 타는 사람은 하나도 없었고, 졸망구니 아이들이 새벽에 *가상으로 돌아다니며 아물아물 얼음 진 품을 발로 디뎌 보더니 지금은 그림자조차 간 데 없다.

계향이와 봉근이의 의붓아비 땜장이 학섭(鶴燮)이는, 강가에 셋방을 얻어 살면서 매년같이 매얼음 진 첫날을 놓치지 않고 꿍맹이와 작살로 고기를 낚는 데 재미를 붙였다. 이즈음 날씨가 겨울로 접어들자 며칠을 두고 소주도 덜 마시며 강변에만 정신이 팔려 있더니, 간밤에 분 바람이 잠자리에 맵게 숨어드는 품이 미상불 강을 붙였으리라 짐작되매, 오늘은 이른 새벽 머리를 털며 자리를 나오자 눈을 부비면서 강가로 뛰쳐나갔다. *알린알린 기름칠한 거울같이 건너붙은 것을 보고 강 한 중복판을 발로 쿵쿵 디뎌 보면서 언 품을 시험해 보더니, 아침밥도 이럭저럭 쏜살로 작살과 꿍맹이를 준비해 가지고 차서방과 함께 조양천 윗목으로 올라갔다.

한짝 고름이 떨어진 색 낡은 검은 두루마기를 노끈을 이어 칭칭 둘러 감고, 귀에다는 양의 털로 만든 귀걸이를 끼우고서, 빈 *다랭이를 든 채 강가로 줄달음질쳐 내려온 봉근이는 강 위를 획— 한번 두루 살폈다. 학섭이와 차서방의 그림자를 강 위에서 찾아보는 것이다. 그러나 두서너 개 소나무 충충 박힌 외에는 바위와 잎 떨어진 가닥나무뿐인 가난한 풍정— 산 밑의 깅은 은이불을 낄아 놓은 듯이 아침 햇발에 빛나는데 눈에 보이는 것은 끝없이 줄기 뻗은 얼른거리는 비단필, 개새끼 한 마리 찾아볼 수가 없다. 통쾌하게 건너붙은 강을 보고 흥분하였던 것도 삽시간 은근히 의심이 복받친다.

응당히 아버지와 차서방은 내 눈에 보이는 이 앞 강에서 허리를 꾸부러트리고 꿍맹꿍맹 얼음 위를 달리며 고기를 몰고 있을 터인데 사람

가상
가장자리.

알린알린
'알른알른'의 잘못된 말. 잔무늬나 비치는 그림자 따위가 물결지어 자꾸 움직이는 모양이나 물이나 거울 따위에 비친 그림자가 조금씩 자꾸 흔들리는 모양을 이르는 말.

미상불(未嘗不)
아닌 게 아니라 과연.

검은 두루마기

도 간 데 없고 하늘을 울릴 꿍맹이 소리도 들리지 않는다.

누이가 또 세무서 인(尹)상하고 놀려고 날 속였나. 사실 오늘이 공일이므로 계향이하고 정분난 세무서 윤재수가 대낮에 집에 올 것은 정한 이치다. 무슨 일이 있는지 이즈음은 만나면 잘 웃지도 않고 눈만 멀거니 마주보며 한숨들만 쉬었다. 자세한 곡절은 모른다 쳐도 금년 열한 살밖에 안 먹은 봉근이의 상식으론 그들이 돈 때문에 그러는 것이라는 단정을 내릴 수는 있다. 월급도 몇 푼 못 받는 인상과 좋아 지내는 것을 아버지와 어머니가 싫어하여 가끔 누이와의 새에 충돌이 있는 것을 보아 온 터이다. 오늘쯤 나까지 강으로 내보내고 무엇을 의논하든가 그렇지 않다 해도 대낮에 문 걸고 히히거리고 놀기라도 하려고 일부러 꾸민 수단일 것 같기도 하다. 싸릿개비로 튼 고기 비늘 붙은 초라한 종다랭이— 이것을 뎅그렁하니 쥐고
섰는 자기가 싱겁기 한량없어,

“제―미 나까타나 볼당 못 볼라구―”

하고 어른 같은 입버릇을 하며 침을 뱉었다. 그리고 휙 발굽을 돌리려고 하는데 그는 그때에 똑똑히 들었다! 얼음장을 울리고 천주봉을 무너트릴 듯한 꿍맹이 소리가 기관총의 소리같이 연거푸 공중에 진동하지 않는가!

“오! 차서방의 꿍맹이!”

그는 생선 잉어같이 펄꺽 기운을 떨쳐 강 가상으로 달음박질쳤다. 꿍맹이는 어디냐? 작살 든 아버지는 어디 있나? 목을 뽑고 굽어보니 과연 있다, 있다. 강이 휘돌아 굽어진 곳에 낡은 순사 외투를 입은 차서방이 꿍맹이를 울리며 화살같이 달아 나가더니 한번 유달리 높게 꿍맹이 소리가 나고 잠시 소리가 멎는 때에, 뒤쫓아오던 학섭이가 바른손을 번쩍 들었다가 긴 작살을 얼음 구멍으로 던진다. 이윽고 작살이 얼음에서 다시 나올 때에, 봉근이의 두 눈은 꺼먼 작살 끝이 팔뚝같이 번뜩어리는 생선을 물고 있는 것을 보았다.

“어—이!”

천주봉이 봉근이의 고함 소리를 받아서,

“어—이!”

대답한다. 봉근이는 아버지가 목을 돌리고 자기를 먼발로 바라볼 때에 다시 한 번,

“어—이!”

소리를 치고 다랭이를 번쩍 들어 보인 뒤에 강을 따라 위로 위로 뛰어갔다.

얼어붙은 자갈과 모래를 밟으며 쏜살로 달려가서 천주봉 앞까지 이르도록 차서방과 아버지는 한 번도 이쪽을 바라보지 않고 냄새 맡는 거먹곰같이 얼음장을 굽어 살피며 고기를 찾기에만 바빴다. 그러므로 목구멍에서 *쇳내가 나는 것을 참아 가며,

“아바지, 이재 잡은 거 머야?”

하고 헐레벌떡거릴 때 겨우 아버지는 목만을 이편으로 돌린 채 마치 봉근이가 떠드는 바람에 모여들던 *누치떼가 도망을 친다는 듯이 말 대신에 험상궂은 *상통을 지어 보였다.

봉근이는 핀잔을 맞고 나서 숨만 쓸데없이 씨근거리며 그래도 먼발로 본 팔뚝같이 번뜩이던 고기가 늦친가 어핸가 붕언가 알고 싶어 어정어정 강 가운데로 걸어들어갔다. 얼음은 몰아치는 찬바람에 표면이 굳어져서 언 고무신을 댈 때마다 물기 하나 돌지 않고 매츠럽기만 하다.

거울 같은 매얼음 속으로 모가 죽은 둥근 자갈과 물이끼와 모래알이 손에 잡힐 듯이 가깝게 보이고, 깊은 곳으로 갈수록 물은 파란 기운을 더할 뿐 지척지간과 같이 들여다보였다. 아버지들 있는 쪽으로 갈수록

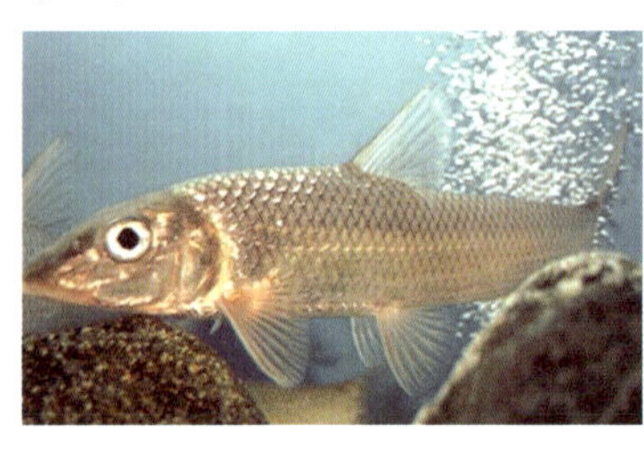

이따금 얼음 위에는 꿍맹이를 울린 자리와 먼 곳까지 *태 맞은 자리가
잦아지고 꿍맹이의 자국이 서너 개 함께 엉킨 가운데에 뚱그렇게 구멍
이 뚫렸는데 속에서는 물이 하물하물 올라 솟았다. 아까 잡아 놓은 늦
치는 바로 그 옆에 눈을 뜬 채로 등허리에 작살 자국과 붉은 피를 묻힌
채 아직 꼬리를 파르르 떨면서 가로누워 있었다. 봉근이는 만족한 듯
이 한참 동안이나 그것을 내려다보다가 침을 꿀꺽 삼키고 들었던 다랭
이에 손가락으로 입을 꿰어 옮겨 넣었다.

　둘러멜 만한 것도 못 되는 것을 억지로 무거운 것이나 지니는 듯이
다랭이를 어깨에 걸치고 나서 그는 약간 앞산을 바라보았다. 가당나무
숲 속에서 금방 산비둘기 한 마리가 푸드득 날더니 뒤이어 차서방의
꿍맹이 소리가 다시 자지러지게 울려 온다. 산비둘기는 산을 넘어 서
쪽을 향하여 하늘을 휘어돌아 없어진다.

　깍지통같이 주워 입은 차서방이 신이 나서 꿍맹이를 울리며,

　"예 간다!"

　"예 간다!"

　소리를 지르고 얼음 위를 암탉 풍기듯이 뛰어 돈다. 그 뒤론 무릎까
지밖에 안 오는 달구지꾼의 더럽힌 회색 두루마기를 입은 키가 늘씬한
학섭이가, 키가 넘는 작살을 얼음 속 생선 대가리에 겨눈 채 꿍맹이를
따라 이리 뛰고 저리 뛰고 헤번덕거린다. 봉근이의 가슴은 갑자기 두
방망이질을 하듯이 뛰었다. 그리고 무슨 큰 내기나 할 때같이 가슴이
죄어드는 것 같았다. 그래서 정신을 잃고 차서방과 학섭이가 콩알 튀
듯이 뛰어 도는 것을 바라보다가 알지 못하는 새에 자기도 그쪽으로
달려갔다.

　한 길이나 될까말까 한 맑은 물 속에는 어쩔 줄을 모르는 잉어 한 마

배래기
물고기의 배의 부분.

어름거리다
우물쭈물하다.

마름
마름과의 한해살이풀.
진흙 속에 뿌리를 박
고, 줄기는 물속에서
가늘고 길게 자라 물
위로 나온다.

리가 가끔 흰 *배래기를 번득이며 숨을 곳을 못 찾아 *어름거리고 있다. 그러나 잉어는 머리 위에서 연거푸 울리는 꿍맹이 소리에 어리둥절하여 *마름 포기를 의지한 채 우뚝 서버리고 만다.

"꿍."

하고 얼음을 뚫은 꿍맹이가 슬쩍 빗서기가 무섭게,

"휙."

소리를 내며 작살이 물 속을 가르고, 그 다음 순간 잉어는 흰 배래기를 하늘로 곧춘 채 마름 포기에 박히고 만다. 쇠로 벼른 작살 끝이 잉어 대가리를 끌고 얼음 구멍으로 다시 나올 때 봉근이는 기쁨에 입이 터져서 자기 아버지의 얼굴을 우러러본다. 함석을 가위로 오려서는 납으로 붙여서 물통을 붙여 가며 김치쪽이나 부친 두부를 손가락으로 집어넣고는 사이다 병에서 소주를 따라 마시는 느림뱅이의 땜장이 학섭이가 이렇게 재빠르게 날뛰는 적을 봉근이는 본 적이 없었다. 두 팔로 작살을 들고 꿍맹이 소리에 맞추어 고기를 찌르던 그 긴장한 재주, 그러나 기쁨을 참을 수 없어 봉근이가 발을 동동 구르며 손뼉을 칠 때 학섭이는 다시 *가랫잎을 깨문 듯한 험상궂은 얼굴로 봉근이를 쳐다보았다.

가랫잎
가래나무 잎. 가래는
호두 비슷하나 먹지
못함.

"촐랑거리다 물에 빠질라."

그러고는 또 아무 말도 안 하고 얼음장 속을 들여다보았다.

"한 놈은 어데루 갔을까?"

차서방은 꿍맹이를 집고 봉근이가 생선을 집어 건사하는 것을 보다가 콧물을 찡— 풀었다.

"일본집에 가문 오십 전은 주겠군."

이렇게 혼자말로 중얼거리더니 학섭이와 함께 도망간 고기를 찾으려 다시 허리를 구부렸다.

동지 가까운 겨울해는 짧았다. 그러나 해가 모우봉(暮雨峰) 위에서 남실거릴 때 학섭이네 일행은 다랭이에 차고도 한 꿰챙이가 될 만큼 많은 고기를 잡았다. 해질 무렵이 되매 강 위엔 엄청나게 큰 산그림자가 덮이어 등골론 산산한 바람이 숨어들었으나 한 짐 잔뜩 지고 팔이 굽도록 무겁게 든 봉근이는 손끝밖에는 시리지 않았다. 몸에서는 더운 김이 훈훈히 나고 잔등과 겨드랑 밑에는 땀이 찐득하게 흘렀다.

그는 앞서서 언덕을 올라오다가 골목을 휘돌아 자기 집과 차서방 집을 발견하곤 기쁨을 참지 못하여 소리를 지르며 달음박질을 쳤다.

"고기 한 다랭이두 더 잡았다. 어—이."

"옥섬아, 계향아—"

이렇게 소리소리 지르며 자기 집 대문 안으로 뛰어들어갔다.

봉근이가 고기 다랭이를 토방 위에 놓고 *세수 소랭이에는 꿰챙이에 꿰었던 것을 옮겨 놓았을 때 계향이는 세 살 난 관수(觀洙) 동생을 안고 윗방에서 나왔고, 어머니는 부엌에서 손에 물을 묻힌 채 뛰어나왔다.

"아이구 이게 웬 고기라니 *수탠 잡았다."

"그러게 내가 나가 보라구 안 하딘."

어머니와 계향이는 입이 벌어져서 고기를 내려다본 채 한참 동안이나 움직일 줄을 모른다.

"더 잡을 겐데 꿍맹이 소리 듣구 남덜두 나와서 고만 조꼼 잡았다."

봉근이는 제가 잡기나 한 듯이 뽐을 내는 것을 계향이는 웃으면서,

"욕심두, 그럼 남두 잡아야지 너 혼자만 먹간?"

하였다.

"테—테 차서방이랑 아바지두 우정 남몰래 잡을라구 웃꼭대기에서

부텀 잡아 내려오댔는데 모우봉 밑에 오네껜 모두 쓸어 나오는데 그래두 우리가 델 수태 잡아서.”

이러고들 있을 때에 뒤쫓아 차서방과 학섭이가 팔짱을 끼고 들어온다.

“왜 이건 보구들만 있니, 정 험한 건 물에 좀 씻구, 작은 건 추려서 한 오십 전 어치씩 께라. 저녁끼때 넘기 전에 어서 팔으야 돈냥이나 산다.”

학섭이는 작살을 두루마기 섶으로 닦으면서 투덜거리며 서둘러 대는데 차서방은 꿍맹이를 기둥 옆에 세우고 또 한번 코를 찡— 풀었다.

“큰 거나 팔구 작은 건 옥섬이네하구 논아서 찔게나 하디 머 걸다— 팔겠소.”

봉근이는 어이가 없어서 옆에 멍하니 서 있는데 계향이는 아이를 안은 채 아버지를 핀잔 주듯 하였다.

“애가 정신이 나갔구나. 이좀 벌이 없는데 이게 벌이다. 팔아서 쌀을 사든지 술을 사든지 하디 우리가 이런 생선을 먹으면 *밸이 꼴려서 죽는다.”

차서방도 팔자는 주장이었다.

어머니는 아무 말도 안 하고 서서 이 사람 저 사람의 얼굴들만 쳐다보더니, 그대로 부엌으로 들어가서 바가지에 물을 떠가지고 나온다.

“인내우다 내 할게. 어서 불이나 때우.”

학섭이는 손을 걷고 고기를 골라서 대강대강 씻기 시작한다.

“좀 냄겼다 한잔하야디.”

둘이는 쭈그리고 앉아서 중얼거린다.

“여부 있소. 팔다 남은 거 가지구두 술 한 된 치우겠는데.”

“아니 아마 이좀 이게 귀한 물건이 돼서 다 팔리리다. 미리 좀 내노

밸
‘배알’의 준말. 창자.

야디.”

“허리 끊어진 놈두 댓마리 되니 그걸 지지구두 너끈히 술 되는 없애겠는데 어서 다— 께서 팝세다. 한 오 원 벌문 메칠 두구 땟손에 시장치나 않게 안 디내리.”

봉근이는 아무 말도 안 하고 고무신을 마루 밑에 벗고 방 안으로 들어갔다. 뒤따라서 계향이도 들어온다. 계향이는 아이를 아랫방에 놓고 혼자서 샛문을 열고 자기 방으로 올라가 버렸다. 관수가 달랑달랑 걸어와서 아랫목에 서서 멀거니 농짝을 바라보고 있는 봉근이의 다리를 붙든다.

“형이 고기 먹어? 고기 먹어?”

이렇게 관수는 봉근이를 쳐다보며 잘 돌아가지 않는 혀로 말을 건넨다.

봉근이는 관수의 말도 들리지 않는 것 같다. 아니 지금도 문 밖에서 중얼거리고 있는 아버지와 차서방의 말도 들리는 것 같지 않다. 갑자기 사지가 노곤하여지며 귀와 발가락이 근질근질하고 머리가 횡하다.

지금까지 어깨에 메었던 것 그리고 팔이 휘도록 들었던 것— 느믈느믈한 피 뚝뚝 흐르는 생선들. 그 많은 잉어와 늣치 그리고 어해와 붕어.

밖에서는 언 땅에 물 쏟는 소리가 나더니,

“그럼 차서방은 아랫동네루 가우. 내 요릿집하구 려관으루 가볼게. 그리구 파는 대로 두붓집으루 오우다.”

하면서 대문 밖으로 나가는 기척이 들린다. 아마 고기를 다 꿰고 씻어 가지고 팔러 나가는 모양이다.

이윽고 웃방에서 계향이가 담배를 붙여 물고 연기를 푸— 내뿜으며 봉근이 옆으로 내려왔다.

"에나 이거 가지구 호떡이나 사머."

봉근이는 계향이가 쥐어 주는 십 전짜리를 보고 비로소 정신이 펄각 드는 것 같았다. 그는 설움과 분함이 금시에 북받치는 듯이 몸이 일시에 북— 떨리었다.

십 전짜리 *백통전을 잠시 물끄러미 들여다보다가,

"이까짓 돈."

하고 방바닥이 뚫어져라고 메어던진다. 그리고는 터져 올라오는 눈물을, 막을 길이 없는 듯이 펄삭 주저앉으며 엉엉 울기 시작한다. 백통전은 방바닥 위에 손톱자리만한 자국을 그리고 그대로 띠그르르 굴러서 방걸레 옆에 가 멎는다. 관수가 돈을 따라 그쪽으로 걸어가다가 봉근이의 울음 소리에 놀라 이쪽을 쳐다본다.

"이 새끼 무슨 버릇이야."

백통전
구리·아연·니켈의 합금인 백통으로 만든 돈.

계향이는 낯이 해쓱해지도록 가슴이 뭉클하였다. 그래서 담배를 내던지고 달려가서 돈을 집어 다시 봉근이의 손에 쥐어 주었다. 그러나 봉근이는 누이의 얼굴을 쳐다보지도 않고 돈을 동댕이쳐 내던지며 다리까지 버둥거린다.

"그까짓 돈 없이두."

울음에 섞여서 중얼거리다가 말끝을 덜컥 목구멍으로 삼켜 버린다.

"머이 어드래?"

계향이는 말끝을 쫓아가며 따지려 든다.

"호떡 안 먹어두 산다."

봉근이의 말이 채 떨어지기 전에 무섭게 쳐다보던 계향이의 바른손은 봉근이의 눈물에 젖은 왼볼을 후려갈겼다.

"이 자식 죽어 버려라."

계향이는 땅바닥에 넘어졌다가 다시 일어나 앉아서,

"왜 때려."

"왜 때려."

하며 대드는 봉근이를 남겨 두고 자기 방으로 조급하게 올라왔다. 그리고 이부자리 갠 데다 푹 얼굴을 묻고는 소리 안 나게 흑흑 느껴 울었다.

부엌에서 밥을 짓던 어머니는 방 안에서 남매끼리 다투는 소리를 송두리째 들을 수는 없었으나 계향이가 봉근이를 두들기는 원인이 어디 있는지를 알고 있는 만큼, 계향이의 주먹이 봉근이를 후려치는 소리는 자기의 가슴을 쑤시는 거나 같이 아프고 뒤이어 엉이엉이 우는 봉근이의 울음 소리에 피는 끓는 솥처럼 설레었다.

아침부터 종일 두고 하는 소리와 짓이 자기에 대한 *공치사와 *지청구뿐이었다. 그래도 아무 말 않고 내버려두었더니 에미 볼을 후려갈기지는 못해 강바람에 빨갛게 핏빛이 운 봉근이의 뺨따귀에 분풀이를 하고야 마는구나. 계향이와 봉근이의 아버지 김일구(金日九)가 죽은 뒤 얼마나 자기는 살아가려고 애를 태웠던고. 그때 자기는 겨우 스물여섯 살, 계향이는 아홉 살이고 봉근이는 세 살이 났었다. 아이 둘을 옆에 하나씩 끼고 홀몸이 된 자기는 할 수 있는 일이면 뭐든지 하려고 하였다. 광산에 가서 굴 속에 가서 혹은 기계간에 가서 장정과 같이 뼈가 가루 되도록 일할 생각도 먹었다. 그래서 죽는 한이 있어도 계향이가 가는 보통학교 이학년은 계속해 다니게 하려고 하였다. 그러나 일자리를 안 준 건 광산회산가 세상인가 몰라도 자기는 며칠 안 되어 세상 여편네가 먹는 결심이란 만일 굳건한 용단력이 있다면 죽음밖에 다할 길이 없다는 걸 알게 되었을 뿐 계향이— 그때는 봉희(鳳姬)라 불렀건만— 그의 공부도 가갸거겨에서 끊어지고 쌀밥이 조밥 되고 밥이 다시 죽이 되는 한 해 동안 해보고 난 것 부대껴 보고 생각한 끝이 재가(再嫁)였다. 그때 김학섭이는 말뎅이 금광이 한참 경기가 좋을 때라 하루에 손에 집는 게 돈이었다. 매일같이 생기는 함석지붕 *물수채, 학섭이는 하루 해 있을 때까지만 어물거리면 돈 이 원은 헐하게 잡았다. 지금 계향이가 자기를 나무라는 것이 재가한 데 있다면 대체 그때의 자기로서 이 길 아닌 어떠한 방향이 남아 있었단 말이냐. 그때 김학섭이는 게으름뱅이도 아니었고 술은 안 하는 축은 아니었으나 가끔 먹으면 걸걸하게 웃고 애들과 놀다간 씩씩 자버리곤 했다. 한푼 생기면 쌀보다 소주를 찾게 되고 술 한잔 마시면 한 되 사오라고 집안 사람과 *지트럭거리고 낮도 안 닦고 검버섯이 돋은 채로 쭈그리고 공술잔을 거두러 다

니게 된 것은 말뎅이 광산이 폐광이 된 뒤 평양을 거쳐 삼 년 전 이곳
에 온 뒤부터다. 그래도 자기는 기생으로 넣기를 얼마나 반대했을까.
그때 앞집 차서방 딸 옥섬이의 새옷이 부러웠는지, 찾아다니며 노는
젊은 녀석들과 시시덕거리는 것이 부러웠는지는 모르나, 기생 *권번
에 들어간다고 서두른 것은 애비도 애비려니와 기실은 봉희 자신
이 아니었던가. 기생 허가가 나와서 버젓하게 요릿집에 불리게
되는 동안 일 년 하고도 반 년이나 일 원 오십 전씩 월사금을 물고
소리선생이 왔다고는 삼 원, 검무선생이 왔다고는 오 원씩— 그
것을 마련하느라고 쓰인 앤들 어찌 애비에게 없었다 할까. 지금
돈푼이나 들여다 쌀되나 사는 날이 며칠이나 되었길래 벌써부터
서방에다 제 좋구 나쁜 걸 가리려 들고 얼핏하면 에미 노릇한 게
뭐냐구 지청구가 일쑤란 말이냐.

　어머니는 손끝에 물이 젖은 채 샛문을 열어 젖히었다.

　"이 애가 누구한테 할 분풀일 못 해서 아일 때리구 야단이가.
그래 네 에밀 못 잡아먹어 아침부터 독이 올라서 법석이냐."

　어머니가 성이 나서 덜렁거리는 바람에 땅바닥에서 돈을 만지작거리
던 관수가 *자겁에 놀라 샛문으로 달려가서 어머니에게 매어달리며 집
었던 돈을 내어 준다. 어머니는 관수를 부둥켜안고 올라와 나지도 않는
젖을 옷섶을 비집고 물려 주었다. 안팎을 *융으로 마두 때 묻은 저고리
속으로 맥없이 늘어진 젖통을 쥐고 힘들어 빠는 소리가 쭐쭐거리며 들
린다. 와락 한마디 화를 쏟으면 좀 속이 풀릴까 했더니 어머니의 속은
가라앉지 않고 오히려 하고 싶은 말이 더 목구멍을 치받치었다. 그는
목소리를 억지로 낮추어 차근차근 이르는 말같이 하려고 애쓰면서,

　"인젠 네 나이두 셀 쇠면 열아홉이야. 그만했으면 세상 *물계두 알

당시 기생의 모습

권번(券番)
일제 강점기에, 기생들
의 조합을 이르던 말.
노래와 춤을 가르쳐 기
생을 양성하고, 기생이
요정에 나가는 것을 감
독하고, 화대(花代)를
받아 주는 따위의 중간
구실을 하였다.

자겁(自怯)
제풀에 겁을 냄.

융(絨)
면사를 사용하여 평직
또는 능직으로 짠 후
보풀이 일게 한 직물.
촉감이 부드럽다.

물계
물건의 시세 또는 어떤
일의 처지나 속내.

구 집안 살림살이두 *채잡아 할 나인데 부모가 이르는 말이라믄 역정이 나서 한사하구 말대답이디. 애비가 한마디 하믄 열이 올라서 사흘 나흘 집안 사람을 못살게 굴구.”

이렇게 중얼거리면서 그는 우깐 딸의 기색을 살피느라고 말을 멈추었다.

계향이는 울기를 멈추고 이불에서 얼굴을 들고 멍하니 어머니의 말을 귓등으로 듣는 것 같았다. 그래서 어머니는 다시 일층 목소리를 낮추어서 타이르듯이 이야기를 꺼내려고,

“오늘 일만 해두 아침에 내가 한 말이.”
까지 하였는데 뜻밖에 계향이의 목소리는,

“듣기 싫여! 한 말 또 하구 한 말 또 하구.”
하고 말문이 막히도록 쏘아 버린다. 어머니는 말을 뚝 끊었으나 오히려 냉정하게 가라앉았다. 오냐 그것이 딸이 에미에게 대하는 태도라면 에미도 또한 이 이상 더 붙잡지 않으리라— 그의 해쓱해지는 낯빛은 이렇게 말하는 듯이 잠깐 묵묵히 앉았다가 갑자기 관수가 물고 있는 젖꼭지를 쭉 빼고 벌떡 일어섰다. 관수가 놀라 불띠가 튄 듯이 소리를 지르며 울기 시작한다. 어머니의 정신은 그러나 관수의 울음으로 헝클어지지 않고 일어서는 대로 와락 샛문을 잡아 젖히고 윗방으로 올라간다.

“이년!”
이렇게 한번 소리 지르기가 무섭게 어머니의 손은 계향이의 머리카락을 덥석 쥐었다.

“두말 말구 네 맘에 드는 서방 데리구 맘대루 치탁거리면서 살어라!”
그러나 눈시울이 약간 부어 오른 계향이도 비록 머리칼을 잡히기는

하였으나 매서운 눈초리로 어머니의 얼굴을 낮짝이 뚫어지라고 바라
보는 품이 예상보다 *녹록할 것 같지 않았다. 아랫방에서 관수와
봉근이가 달려와서 엉이엉이 울며
두 사람을 하나씩 부여안고 그
새에 끼어 선다.

　"너는 그래 서방 몰르구 이
태 살어왔니."
　한참 바라보던 계향이
의 빨갛게 핏빛이 운
입에서 이 말이 튀어
나오자 어머니는 정신이
아찔해지는 것 같았다. 연하여 계향이의 독살 오른 목소리가 어머니의
찌그러진 표정을 향하여 조약돌을 던지듯이 튀어나온다.

　"애비라구 가갸짤 변변히 가르쳐 줬단 말인가. 밥을 알뜰히 멕여서
남처럼 호사를 시켰단 말이냐. 기생질해서 양식 대구 몸 팔아서 술 멕
인 게 이붓자식 된 큰 죄가 돼서 술독에 넣어 치닥거릴 못 시켜 죽일
년이란 말이냐. 할 거 다 하구 틈틈이 내 좋은 서방하구 즐기는 게 원
수가 돼서 술 먹었노라구 아우성이요 술 안 먹은 건 정신이 말짱하다
구 에미 애비 된 자세루 사람을 졸라 대니 나가라면 나가지 엄매 그늘
밑에서 흔하게 잡은 물고기 한 마리 먹어 본 걸."

　홱 뿌리치는 바람에 어머니는 멍하니 잡고 섰던 머리카락을 놓치고
좀 앞으로 비틀거렸다. 계향이는 치맛자락을 쥐고 섰는 봉근이를 물리
치는 대로 방문을 열고 밖으로 나갔다. 저녁 산산한 바람이 열 오른 얼
굴을 차갑게 스치고 간다. 귀가 씽— 하고 다시 열리면서 방 안에서 아

이들 우는 소리가 유난히 요란스럽다. 그는 한참 동안 정신을 잃고 선 채로 앞산을 바라보았다.

곤하게 들었던 잠이 대문에서 두런거리는 말소리로 깨어 보니 창문이 훤하게 밝았다. 봉근이는 한번 잠이 들면 부둥켜 일으키기 전에는 누가 뭐라고 떠들어도 깨지 못하는 성미였는데 대문 어귀에서 웅얼거리는 술취한 아버지의 말소리에, 기겁을 하여 소스라쳐 깨어난 것은 이상스런 일이었다. 전에는 제 옆에서 술을 먹으며 노래를 부르고 별짓을 다 해도 잠을 깨어 본 일이 없는데 집이 바뀌어 잠자리가 달라지고 아버지가 주정을 하러 올 것을 미리부터 근심하면서 자던 때문인가? 어쨌든 그의 신경이 그만큼 아버지의 목소리에 예민해져 있던 것만은 사실이었다.

그것도 그럴 것이— 어제 저녁 물고기 사건으로 어머니와 누이의 싸움이 마루턱에까지 벌어진 채 누이는 생각을 돌리지 않고 그날 밤으로 대강한 것을 꾸려 가지고 봉근이와 함께 이 집— 이 고을 본바닥 기생 명월(明月)네 거리채 두 방을 빌려 가지고 이사해 버렸다. 방에다 불을 넣고 나서 계향이 누이는 위선 아랫방에 돗자리를 깔고 이러저러한 방치장만 해놓고는 돈 변통을 나가는지 그 발로 어디엔가 돌아다니다가 요릿집으로 불려간 모양인데 봉근이는 혼자서 윗간 아랫목에 이불을 펴고 엎드려서 학교서 배운 것을 두어 장 복습하는 척하다가 누이는 오지 않고 이사한 것을 모르고 있던 학섭이 아버지가 달려와서 집을 부수고 지랄을 치지나 않을까 근심하며 잠이 들었던 것이다. 꿈에도 여러 번 주독에 코가 빨개진 검버섯이 돋은 학섭이의 얼굴을 보며 자던 터이라, 그리 높지 않은 말소리에 이같이 눈이 뜨인 모양이다.

밖에서 들린 목소리가 무슨 말인지는 몰라도 그것이 아버지의 것임에 틀림없다는 것을 알았을 때엔 그는 약간 몸서리가 쳐지고 가슴이 두근거리었다.

누이— 누이는 아랫방에 들어와서 자고 있는가. 만일 누이가 없다면 이 봉변을 혼자서 겪지나 않을까 하는 생각과, 누이가 없으면 욕이나 몇 마디 하고 가버릴 것이니 오히려 누이가 간밤에 집에 오지 않고 좋아하는 '인상'하고 어디서 밤을 샜으면은, 하는 두 가지 생각이 서로 엉클리어서 머릿속에 뒤끓는다.

뒤쫓아 아버지가 대문 어귀를 돌아 뜰 안에 들어서는 발자국 소리가 난다.

"이 고약한 년 같으니, 배은망덕하는 년 같으니."

이렇게 혀꼬부라진 소리로 중얼거리더니 족제비 잡으려고 파놓은 구멍에 다리가 빠졌는지 쿵 하고 넘어지는 소리와 "에익" 하며 다시 일어나는 기척이 들린다.

마루에 올라서는 쿵 하는 소리를 들을 때엔 봉근이는 그대로 있을 수가 없어서 이불을 푹 뒤집어썼다. 안으로 건 문을 덜강거리며 열라고 야단을 친다. 아랫방에서 낑— 하고 잠이 깨는 기척이 들린다. 계향이는 낑— 하는데 입을 쩔갑쩔갑 씹는 자가 또 하나 있는 것을 보면 아랫방에서 자는 것은 계향이 누이뿐이 아닌 모양이니 만일 '인상'과 같이 품고 누웠다면 아버지와의 이 봉변을 어찌 감당할 것이냐. 항상 미워하고 말끝마다 욕 잘하던 '인상'이 계향이와 품고 누웠는 것을 다른 날도 아닌 오늘 이때에 본다면은 검버섯이 돋은 학섭이의 얼굴은 호랑이같이 무서워질 것이요 그의 두 손은 독수리가 병아리를 채듯 이 두 사람을 덥석 쥐고 갈래갈래 찢어 버리고 말 것이다. 봉근이는 머리 위에서 폭탄이 터지는 것을 기다리는 마음이었다.

이윽고 안에서 문 여는 소리가 나고 문이 삐익 소리를 내며 열리더니 웬일일까 그 뒤에 올 화약 터지는 소리가 들리지 않는다. 한참 문이 열린 채로 있더니 뜻밖에 학섭이는 서투른 말씨로,

"도—모 시쓰레이(실례했습니다). 하하, 오소레오이데스(송구스럽습니다)."

하고 굽실거리는 품이었다. 그리고는 문을 가만히 닫고 달음박질이나 치듯이 뜰을 건너 종종걸음으로 대문을 나가 버린다.

"하하하, 약코상 후루에데 이야가라(녀석, 벌벌 떠는 꼴이란)!"

아랫방에서 사나이의 목소리가 탁하게 들려 온다.

봉근이는 처음에는 자기의 귀를 의심하였다. 그러나 이불 밖에 얼굴을 내놓고 아무리 전후를 생각하여도 그것은 틀림없는 사실이었다.

'인상'하고 품고 있다가 학섭이한테 찢겨 죽는 한이 있다 쳐도 봉근이는 아랫방에서 계향이가 몸을 맡기고 있는 사나이가 '인상'이기를 얼마나 원하였을까. 그러나 그는 그 때문에 여태껏 아버지 어머니와 충돌하였고 또 이사까지 하게 된 학섭이가 매일같이 같이 자라고 원하던 식료품 가게의 젊은 주인이었다.

물론 계향이가 몸을 맡긴 사나이는 봉근이가 아는 것만 해도 *반타는 넉넉하다. 그러나 돈 없고 구차한 세무서 '인상' 윤재수하고 좋아 지내게 된 다음부터는 결코 다른 사나이와 잠자리를 같이하지 않았다. 아버지 어머니가 큰 돈이 떨어진다고 아무리 졸라도 들으려고 하지 않았고 구박이 심하면 심할수록 그는 더욱더욱 완강하게 그들과 싸웠다.

봉근이는 아버지한테 맞고 어머니한테 갇히우면서도 구차한 윤재수와 좋아하며 *종시 다른 남자에게 몸을 허하지 않는 계향이를 볼 때에,

무슨 숭고하고 신성한 것을 발견하는 것같이 누이가 우러러뵈었다. 평양 가서 여학교에 다니다가 방학 때마다 돌아오는 누구누구의 평판 높은 처녀들도 이렇게 신성하고 마음이 깨끗할 것 같지 않았다. 그는 학교 동무들이,

"깅호―꽁(金鳳根) 매부 한 다스? 두 다스?"

할 때에도 천연히 속으론 '네 누이들보다 깨끗하다'고 생각하면서 그는 부끄러움을 느끼지 않았다. 이 세상에 사랑도 쥐뿔도 없으면서 돈 때문에 명예 때문에 얼마나 많은 처녀들이 나이 많고 개기름 흐르는 사나이의 첩으로 시집을 가는지를 봉근이는 잘 알고 있었기 때문이다.

그렇던 계향이가 이것이 웬일일까? 물론 집을 뛰쳐나왔으나 간조(봉급) 찾을 날은 멀었고 돈 한푼 없이 살림을 해갈 채비가 막연해서 홧김에 먹어 놓은 술기운에 이 일을 저질러 놓은 것을 봉근이도 상상할 수 있다. 그러나 그러한 속에서 여태껏 부모와 주위와 싸워 왔길래 누이는 훌륭하였거늘 결국 돈 때문에 몸을 단 한 번이나마 맡기고 말았다면 어느 모를 취할 길이 있을 터이냐. 어머니와 다투고 집을 뛰쳐나오는데 봉근이가 쫓아나온 것도 그것을 믿고 따랐던 때문이 아니었던가!

봉근이는 모든 것이 더러워 보였다. 아버지, 어머니, 누이― 모두가 더럽고 구려 보였다. 세상에는 숭고하고 신성한 것은 도무지 찾을 수 없는 것 같았다.

벌써 해가 치밀어 앞으로 한 시간이면 학교가 시작될 것이다. 봉근이는 무거운 머리를 들고 맥없이 자리에서 일어났다. 아랫방에선 다시 잠이 들었는지 조용하다. 봉근이는 낯도 씻지 않고 아침도 찾아 먹을 생각 없이 책보를 들고 방을 나섰다.

"애 조반 안 먹구 발세 학교 가니?"

대문을 나서려고 할 제 이러한 누이의 소리가 들렸으나 그는 들은 척도 안 하였고 또 듣는 것까지도 더러운 것 같았다.

골목을 돌아서서 발샛길을 걸으며 봉근이는 더러운 하수구 속에서 비어져 나온 것같이 마음이 깨끗하고 일신이 가벼웠다.

아랫동리에서 오는 길과 합하는 곳에서 오학년 선생의 아들을 만났다. 그는 봉근이보다 한 학년 위인데 몸은 그와 비등하다.

코 흘린 자국이 발갛게 난 얼굴을 싱글싱글하며 서너 발자국 앞으로 뛰어가면서 훌쩍 얼굴을 돌리더니,

"깅호―꽁. 매부 몇이든지? 한 다스? 두 다스?"

하곤 닝금닝금 뛰어간다. 봉근이는 항상 듣는 이 말이 지금같이 모욕적으로 자기를 충격한 것을 경험한 적이 없었다. 어저께로부터 오늘 아침까지 보아 오고 겪어 온, 아니 나서 이만큼 자라기까지 경험한 가지가지의 더럽고 추한 것들이 함께 뭉쳐서 *덩지가 되어 그의 얼굴 위에 떨어지는 것 같았다.

"깅호―꽁. 매부 한 다스? 두 다스?"

다시 이렇게 곡조를 붙여서 외면서 선생의 아들은 저만큼 뛰어가고 있다. 봉근이는 더 참을 수가 없었다. 와락 두 주먹을 쥐고 모자도 책보도 길 위에 집어던지고 뒤를 쫓아갔다. 선생의 아들은 여느 때와는 다른 봉근이를 보고 겁이 나서 달음박질을 치는데 봉근이는 길이고 밭이고 얼음이고 분간 없이 지금 따르고 있는 것이 누구인지도 잊어버리고 두 주먹을 쥔 채 죽기를 한하고 자꾸만 쫓아간다.

『소년행』, 학예사, 1939.

덩지
좀 작게 뭉쳐서 쌓인 물건의 부피.

소년행

1. 찾아온 여인네

별로 깊은 잠을 들었던 것도 아닌 터이라 아래층 가게에서 자기 이름을 부르며 두런거리는 소리를 들으며 봉근이의 감았던 눈은 금시에 번쩍 뜨였다. 그러므로 뒤이어

"봉근아! 봉근아!"

하고 젊은 사람답지 않게 탁한 주인의 말소리가 들려와도 그것이 결코 *발한산을 먹고 누워 있는 봉근이를 약값 재촉에나 자전거 배달을 보내려는 게 아닐 줄은 짐작하였다. 그러는 그는 아무 말 없이 침대 위에서 비스듬히 모로 돌아누웠을 따름이다. 낡은 침대가 찌꺽찌꺽 울고, 그의 눈이 불에 타기나 한 듯이 꺼멓게 된 거미줄 얽힌 천장 대신에 손톱 자리가 풀숲같이 어지러운 바람벽을 바라보고 있었다.

약방의 내부 사진

"일 년 가도 개 한 마리 안 찾아오는 나에게 손님이 있을라구"

하고 생각하는 순간,

"녀석이 않는다더니 온 낮잠을 자나, 너 좀 올라가 깨워라, 손님 오셨다구"

하는 침착한 말소리가 다시 나면서 뒤이어 층계를 달려 올라오는 발자취 소리가 귀에 어지럽다.

"일어나! 누가 왔다."

문지방을 들어서면서 이렇게 성가신 듯이 오치고는 침대 옆으로 달려들어 봉근이의 얼굴을 들여다보면서 명식이의 표정은 능청스럽게

웃어보였다.

"이쁜 기생이다, 머리 지지구."

봉근이는 뜻밖의 말에 놀라면서 몸 위에 덮었던 털 떨어진 담요를 발길로 차고 상반신을 침대에서 일으켰다.

"누이가 올라왔나?"

다부지게 생긴 어린 얼굴이 점점 성글성글해지면서 코와 눈과 눈썹 사이가 벙하게 동떨어져가는 솜털이 부르르한 얼굴, 조숙한 소년이 청년기로 들어가려는 열여덟 살의 봉근이의 얼굴에 감출 수 없는 낭패와 초조가 흘러간다.

"어느새 이쁜 기생과 친했니?"

봉근이보다는 훨씬 어린 명식이는 이렇게 빈정대어보고도 부끄러운지 얼굴이 금시에 벌개진다. 그러나 봉근이의 얼굴이 조금도 헝클어지지 않고 정색한 대로 서서히 침대에서 내려올 제 명식이는 한 발자국 물러서면서 변명이나 하려는 듯이

"늘 보는 얼굴이더라"

하고 혼잣말같이 중얼거려본다.

이마에 흐르는 땀을 씻고 양복 저고리를 걸치면서 *층층대를 내려오는 동안 봉근이는 칠 년 동안이나 만나보지 못한 누이의 얼굴이 띵한 머릿속을 번거롭게 굴어 어쩔 줄을 몰랐다. 그리고는 연달아 어머니와 계부와 이복동생 관수(觀洙)의 모양이 휘끈휘끈 눈앞을 지나갔다.

가게와 통한 문을 열고 약장 옆으로 나와서 마주보는 여자의 상반신. '맨소래담'과 물감통 속으로 비스름히 유리 *좌장에 기대서서 물끄러미 전찻길을 내다보다가 문소리에 놀라서 봉근이 쪽을 바라다보는 콧날이 오똑하고 눈이 갸름한 젊은 여자, 그는 아무리 눈을 부비고

거듭 떠보아도 칠 년 전에 갈라진 자기의 누이 봉희(鳳嬉)는 아니었다. 평양서도 백여 리를 산골로 들어간 작은 고을에서 시골 기생으로 이곳 저곳을 헤매다가 황해도 신막(新幕)까지 흘러오는 동안 몸도 변하고 얼굴도 달라졌으리라, 산전(山戰)인들 안 겪었으랴 수전(水戰)인들 안 겪었으랴. 그러나 사람의 모습이 이렇게 변하고 크던 누이 작아질 리야 있겠느냐. 코도 눈도 입도, 아니 모습이 전혀 누이의 것이 아니었다. 이것이 만일 누이라면, 누이가 옆에 있는 나에게 달려와서, '봉근아' 소리를 치며 부둥켜안고 울지 않고는 못 견딜 것이다. 그러나 벌써 짧지 않은 동안 이렇게 마주보고 있어도 빤하게 쳐다만 볼 뿐 말 한마디 건네지 않는다.

"제가 봉근이올시다."

이렇게 말하며 그 여자의 앞으로 다가설 때에,

"네, 저 다른 게 아니라요."

하고 그는 제가 누구라고도 말하려 하지 않았다,

"다른 게 아니라요. 당신 누이가 어젯밤 시골서 올라오셨는데 길도 생소하다고 한 번 찾아오라고요. 그래 뭘 사러 나오는 김이라 일러주러 왔어요. 주소는 청진동 백이십× 번지. 개천 끼고 올라가다가 찾기 쉽습니다."

연세는 봉근이와 별로 차이가 없으련만 매일 어울리는 사람들이 난 봉 어른인 까닭인가 봉근이를 동생같이 다루면서 숨도 쉬지 않고 대번 에 쪼르르 이야기해버린다. 그리고는 또 한 번 번지를 가르치고 봉근 이가 어름어름하는 동안 여자는 문을 열고 전찻길로 걸어나갔다.

백화점으로 가는지 포근한 햇빛을 등에 지고 흰 두루마기를 발뒤꿈 치까지 끌면서 여자는 전찻길을 가로 건너가고 있다.

"누가 오셨다고?"

등 뒤에서 이렇게 묻는 약방 주인의 목소리에 멍하니 섰던 봉근이는 몸을 돌리고 어정어정 걸어서 뒷문으로 가기 시작한다.

"내 누이님이 올라오셨답니다."

"머 자네 누이가 있었나? 첨 듣는 소린데."

이야기도 하고 싶지 않고 머리는 다시 쑤시는 것 같아서 이 말에는 대답도 안 하고 이층으로 올라가 그는 침대에 다시 몸을 눕혔다.

'누이.' 칠 년 만에 만나는 누이. 열한 살 때에 보통학교 3학년을 헌 신짝같이 집어던지고 부모와 형제를 떼놓은 채 일백육십 리 길을 이틀 에 걸어 평양까지 도망쳐 나오던 기억이 천장 위에 어린다.

그러나 그는 지금 기생이 와서 가르쳐준 청진동 백이십× 번지를 좇 아가서 누이를 만나보고 싶지도 않은 것 같다. 내 모양도 변했으려니 와 그보다도 누이의 변했을 모습을 눈앞에 대하기가 두려웠다. 말라빠 진 누이의 손을 잡고 가슴에 얼굴을 묻으며 그동안에 지낸 고초를 이 야기하기도 전에 우선 가슴을 치고 목구멍을 올려붙일 슬픔을 터놓기 가 무서운 생각이 든다. 눈 가상엔 꺼먼 자국이 그려지고 뼈는 앙상하 여 *분독(粉毒)에 씻긴 낯가죽은 벌써 스물다섯 살이니 오죽인들 초라 해졌으랴. 그때에 팽팽하던 두 팔, 겨울옷을 입고 치마끈을 가슴에 잘

라매어도 터질 듯이 부어오르는 젖가슴이 지금은 버선짝같이 축 늘어져서 가슴인지 등인지도 분간키 어려워졌으리라. 얼굴엔 쥐깨가 내발리고 입만 쑥 나온 것이 웃을 때마다 구리같이 누런 금니가 드문드문 박혔을 나 많은 시골 기생. 머리칼은 빠져서 까마귀 둥지 같고 목만이 엉클하게 여미어지지 않는 때 묻은 *동정 속으로 쑥 기린같이 빠져있을 터이다.

'그 모양을 하고 뻔뻔하게 서울이 어디라고 올라왔나.'

보고 싶던 정도 *내토하고 싶던 가슴에 엉킨 사랑도 없어지고 슬픔과 분함만이 열 있는 봉근이의 머릿속을 꽉 붙들고 만다.

'찾어왔던 기생의 태도로도 짐작할 수 있다. 시골 기생의 늙은 꼴이 오작이나 초라하면 나를 찾아와서 그렇게 거만한 태도를 취할 것이냐. 나는 불과 약방의 일개 사환 아이다. 그러나 제가 잘 알고 존경하는 나이 많은 이의 어린 오빠라면 그런 건방진 태도를 취할 수 있을 것이냐.'

가슴이 설레어 머리를 움켜잡고 일어나서 바람벽에 몸을 기대니 저녁 햇발이 뒤창으로부터 벌써 봄이란 듯이 방 안으로 기어든다. 햇빛을 멍하니 바라보는 열 오른 봉근이의 두 뺨이 두 줄기의 방울이 쭈르르 흘렀다.

2. 만단사연

지금으로부터 달 반 전에 봉근이는 누이에게서 한 장의 편지를 받았다. 큰 봉투에 육 전을 붙여서 뒷등엔 '신막역전 해동관 내 김계향(新

동정
한복의 저고리 깃 위에 조븟하게 덧대어 꾸미는 하얀 헝겊 오리.

내토하다
안에 있는 느낌 따위를 밖으로 드러내다.

幕驛前 海東館內 金桂香'이라고 썼다. 계향이란 물론 봉희의 기생 이름이다. 봉투는 누가 써주었는지 잉크로 제법 쭉쭉 갈렸는데 속은 줄 친 편지 종이에 연필로 *더구리 부적같이 써 있었다. 심한 사투리와 말 안 된 곳을 문맥을 통하게 고쳐놓으면 다음과 같아진다.

"봉근아 봉근아".—이렇게 그 편지는 시작되었다. 지금 내가 자면 꿈으로 술 취하면 주정 푸념으로 혹은 반갑게 혹은 슬프게 부르던 네 이름을 연필을 들고 적으려 하니 가슴이 막히고 무슨 말을 먼저 적어야 할는지 정신이 아찔하다. 이 서툰 글씨가 네 손 속으로 가서 너의 입으로 읽혀지면서 내가 부르듯이 네가 되풀이할 것을 생각하니 형언키 어려운 그리운 정이 나의 가슴을 쩌개는 것 같구나. 나는 연필을 들고 한참 동안 묵묵히 생각한다. 나의 하는 짓이 싫고 더러운 집안이 마음에 붙지 않아 한 마디 말도 남기지 않고 겨울이 닥쳐오는 추운 날 집을 나간 채 소식을 끊어진 지 어언간 칠 년. 다시 돌이켜 생각해보니 네가 채신없어 보이는 타락한 나에게 싫증이 나고 술만 먹고 집안은 돌보지 않는 짐승 같은 의붓아버지와 그 틈에 끼어서 딸의 편도 못 들고 아버지 역정도 채 못 들면서 결국 무럭무럭 자라나는 너에게 더러운 꼴만 거듭 보이는 것이 마음에 맞지 않아 집을 버리고 나가버린 마음을 이해하지 못하는 것도 아니지마는, 네가 나간 뒤 열흘 스무 날 한 장의 엽서도 오지 않고, 어디 가 죽었나 살았나 소식이 끊어진 지 육칠 년, 나는 너를 한없이 원망하고 너를 어디서 붙들기만 하면 힘껏 마음껏 때려라도 주려고 마음먹은 것이 한두 번이 아니었다. 그러나 봉근아 단 하나의 나의 봉근아! 네가 나의 단 하나의 피를 가른 친동생이고 흙투성이가 되든 피투성이가 되든 몸과 정신을 적시는 *개암탕 속에서 언뜻 정신을 차릴 때 나의 슬픈 눈 앞에 단 하나의 빛이 있는 희망으로 나타나는 것이 단 너 하나뿐인 것에는 그날이나 지금이나 변함이 없다. 내 한 몸을 변변히 못 가져서 사랑하는 어린 동생을 붉은 홀몸으로 땡땡 언 엄동설한 추운 길 위에 내세우고 만 것을 알았을 때에, 나는 금시에 하늘을 잃은 것 같고 내가 서 있는 땅은 꺼져 들어가는 것 같았다. 너 보고 매일 하던 말 아마 너도 그것을 기억하리라. 이렇게 되고 보니 그 말을 지금 이 글 속에 적을 아무런 체면도 없다마는 내가 너에게 늘 해오던 말이 '너만은 공부 잘해 훌륭히 돼라'는 말이 아니었더냐! 네가 내 품에서 없어져버리고 어디 가서든지 입속으로 중얼거릴 것이 '더러운 년 같으니'란 저주하는 외마디 말뿐일 것이니 그것을 생각하는 나의 마음이 어떠하였을 것이냐! 그러나 네가 서울 있다는 말을 들었을 때 나는 그날 밤 잠을 이룰 수가 없었다.

너도 알지, 박 주사의 아들이라고 너 있을 때에 동경 가서 무슨 대학에 다니던 병걸(秉杰)이란 사람 말이다. 바로 어제 저녁 그 사람이 우연히 신막엘 내려서 밤에 이 집으로 술을 먹으러 왔더구나. 그는 사회주의가 뭔가 하고 다니다가 감옥살이를 치르고 지금은 강원도 어디에서 금광을 한다더라. 제 말로는 일전에 고향 갔다가 내가 신막 있다는 소리 듣고 지나는 길에 언제든가 꼭 한 번 들러보려고 했던 차에 우연히 서울 종로에서 *인단을 사러 어느 약방엔 들어갔더니 네가 거기 있더라는구나. 그래 동생 소식도 전하여줄 겸 이번에 평양 가는 길에 내렸노라고 하기에 나는 너 만난 듯이 반가워서 그를 붙들고 한밤을 울어 새웠다.

아! 무정한 봉근아! 사나이가 한번 마음먹고 고향

1920년대 후반 종로의 모습

을 떠난 바에 성공하기 전에는 다시 발길을 돌이키지 않는다는 속담
말대로 내가 너의 사람 된 품을 은근히 기꺼워하면서도 생사조차 알리
지 않는 너의 몰인정하고 박정한 것을 원망하지 않을 수 없는 것을 너
는 잘 알 수 있으리라. 그이 말에 몸이 건장하고 키가 훨씬 커서 몰라
보게 되었다니 그동안이 육칠 년이라 그렇기도 하련만은 그렇게도 몹
시 변하였니? 모르고 길 위에서 만나면 생판 모르는 사람같이 지나치
고 말겠구나. 지난 일은 어쨌거나 네 몸이 건강하다니 이 위에 더 기쁜
일이 어디 있니. 그동안 내가 고생한 것을 돌이켜 생각하고 어린 네가
맨몸으로 겪어나간 세상 고생이 어떠하였으리라는 것은 물으려 하지
않고 또 이곳에 적고 싶지도 않다. 어머니와 아버지는 그곳서도 할 것
이 없어 빈둥거리다가 회창 금광이 금값이 올라서 재흥하는 바람에 그
곳으로 이사를 해갔는데 관수 말고 또 하나 아이를 낳아 네 가족이 이
럭저럭 입에 풀칠이나 해나가는 모양이다. 나는 순천으로 안주로 정주
로 개천으로 화물 자동차 모양으로 흘러다니다가 이곳 와 있는 지 일
년이 되었다. 아무 데 가나 그 식이 당식이다. 네 말을 듣곤 금방이라
도 너를 만나러 뛰쳐가고 싶으나 네가 나는 버리고 달아나던 때보다도
더 형편없이 타락한 지금의 나다! 너를 보고 무슨 말을 하며 무슨 면목
으로 낯짝을 들 것이냐! 그러나 아무리 내 자신을 돌이켜보고 지금은
내 모양을 두루 살펴보아도 내 뼈다귀, 이것만은 너와 같은 한가지 물
건이 아닐 것이냐. 살도 더러워지고 가죽도 더러워졌으리라, 아니 그
속을 흐르고 있는 피인들 어찌 깨끗하다 할 것이냐! 그러나 뼈만은 너
의 것과 같이 돌아간 아버지의 것일 것이다. 내 뼈다귀는 너를 찾아갈
것이다. 너는 이것까지도 침 뱉고 발길로 차지는 않을 것이다. 무엇보
다 너의 소식을 듣고 싶다. 그러나 어데서 어떻게 만나면 좋을게냐, 그

것을 네 맘대로 지시해다오, 천 리라도 만 리라도 널 찾아가리라.

양력 이월 초사흘 봉희 씀

한 번 끝을 맺고 다시 옆으로 가늘게.

그런데 조용히 상의할 말이 있다. 네가 약방에 있다니 말이지 내가 몹쓸 병 때문에 허리가 아프고 맥이 없어 죽을 지경이니 신효한 약이 있걸랑 좀 가르쳐다오. 부끄러운 일이다.

하고 글씨까지 부끄러운 것이 새발같이 기어가게 써 있었다.

이 편지를 받고 봉근이는 사흘 동안을 생각하였다. 그리고는 간단하게 회답을 썼다. 그 속에는 편지를 하고 소식을 전할 마음은 여러 번 있었으나 굳은 결심을 하고 여태껏 지내왔다는 것과 누이와 집 소식도 알아보려고 무척 애써왔다는 것, 그리고 지금도 누이님을 만나보고 싶기는 하지만 우연히 만나면커니와 일부러 만날 필요는 없으리라는 것, 냉병에 쓰는 약은 여러 가지가 있는 모양이나, 어느 것이나 모다 비등비등하므로 이곳 약국에 특효약은 없다는 것 등이 씌어 있었다.

그랬더니 다시 누이에게서 그전보다 짧은 편지가 왔는데 될수록 서울 갈 기회를 엿보겠다는 것과 그리고 얼굴이 보고 싶으니 사진을 한 장 꼭 보내달라고 하고 사진 값으로 우선 돈 오 원을 보내노라고 하였다.

그러나 봉근이는 그 편지에는 곧 회답도 안 쓰고 사진은 물론 찍지도 않았다. 한 십여 일 뒤에 편지 받았느냐는 엽서가 또 왔으므로 봉근이도 엽서로 편지도 돈도 받았노라고만 간단히 적어 보냈다. 이 일이 있고는 그대로 한 달이 지났다.

3. 봄

　땀을 내었더니 몸도 *거분해지고 머리도 가벼워졌다. 그러나 잠이 들었다가도 한 침대에서 자는 명식이가 *군입질만 쩔갑거리면 펄딱 눈이 뜨였다. 다시 잠이 들려고 할 때엔 가위가 눌려서 한참 동안이나 애가 쓰였다. 머리를 풀어헤치고 얼굴이 파랗게 뼈만 남은 누이가 입을 *감물고 자기의 목을 누르려고 달려들었다. '누이가 미쳤어.' 이렇게 외치면서 손으로 뿌리치려고 하여도 목소리도 나지 않고 손발도 움쩍하지 않았다. 눈이 뜨이면 막혔던 숨이 콱 터지고 뒷잔등에 땀이 쭉 흘렀다. 밤은 몇 시나 되었는지 자동차 달리는 소리가 이따금 길거리에서 들려왔다.

　몇 번인가 이런 괴로움을 겪어나면서도 아침 햇발이 창문을 꽉 막은 간판 새로 스며들 때까지 봉근이는 침대에 누워 있었다. 같이 자는 명식이가 새벽에 겨우 잠이 든 봉근이를 깨칠까 염려하여서인지 어느새 혼자 가게 문을 열고 약장과 책상의 먼지를 문대길 때에 봉근이는 겨우 잠에서 깨어났다. 잠이 깨어서도 그는 침대에 그대로 번듯이 누워 있다.

　분함과 미움과 슬픔과 쓰라림! 이런 것이 한바탕 뒤범벅을 개면서 스쳐간 뒤엔 적막이 조숫물과 같이 그의 가슴에 스며들었다. 벌써 몇 번인가 경험해본 이 쓸쓸한 마음, 이것이 그의 온몸을 붙들 때엔 그는 아무 말도 안 하고 행길로 나가서 자전거를 탔다. 광화문 네거리로 태평통으로 *장곡천정(長谷川町)으로 휙

1910년대 후반 광화문 거리 모습

거분하다
몸의 상태가 거볍고 상쾌하다. 마음에 부담이 없이 가볍고 편안하다.

군입질
아무것도 먹지 않으면서 입을 다시는 일.

감물다
입술을 감아 들여서 꼭 물다.

장곡천정
'소공동'의 식민지시대 때 이름.

한 바퀴 돌아오면 마음이 거뿐하여 모든 것을 잊어버리고 다시 전화통에 손을 얹곤 '네네, 녹성당 약방이올시다' 하고 외칠 수가 있었던 것이다.

그러나 지금 봉근이는 자전거를 타려고 하지도 않는다. 이 불행한 심리 상태에 몸을 적시고 머리를 묻어보고자 한다. 적막과 마주서서 몸소 그것과 부대껴보고자 한다.

그렇다! 분함은 누이에게로 돌려보낼 감정이 아니었다. 누이의 육체가 물에 젖은 걸레 조각같이 더러워졌어도 수많은 사나이들에게 고기를 짓밟히고 피는 할퀴어 지금은 능금같이 건강하고 무성한 나무같이 아름답고 씩씩함이 하나도 찾아볼 길이 없어졌다 하여도, 그는 나를 쫓아오며 빛을 구하며 희망을 찾고 있지 아니하냐! 머리는 모든 이성에서 떠나고 감정과 정서는 타락하고 일그러져서 탄력 없는 살덩어리만이 뼈다귀 주머니 모양으로 축 늘어져 있다 하여도 오히려 그의 품에 나를 껴안아주고 나를 부둥켜안고 땅을 치며 통곡할 사랑과 정성이 남아 있다며는 그것을 받아들이고 그 속에서 같이 울고 웃는 것이 나에게 남은 단 하나의 아름다운 감정이 아닐 것이냐?

이렇게 생각하면서 봉근이는 아침 햇발을 머리 위에 얹고 청진동 백이십× 번지를 찾을 염으로 이 대문 저 대문을 기웃거리고 있었다.

문등이 달리고 누런 대문 두 짝이 번들번들 윤을 내고 있는 집, 최연화(崔姸化)라는 사기 문패가 붙어 있는 집이 청진동 백이십× 번지였다. '최연화라는 것이 아마 어저께 약방에 찾아왔던 기생의 이름일 것이다' 하고 생각하면서 약 배달을 가던 때와는 좀 다른 감정에 지배되어 봉근이는 가만히 대문을 밀어보았다. 새벽은 아니지마는 기생집으로는 이른 아침인지라, 대문이 아직 꼭 닫혔으리라 하였던 것이 뜻밖에 딸랑딸랑 방울 소리가 나며 미는 대로 한 짝이 스르르 열린다. '누구요?' 하는 듯이. 대문을 들어서서 왼편 쪽으로 한참 가다가 아마 부엌에서 아침을 짓던 식모일는지 문둥이같이 눈썹이 뻔질뻔질한 사십 가까운 네모가 진 여편네의 얼굴이 쑥 봉근이 쪽을 바라다본다.

"저, 말씀 좀 물읍시다."

이렇게 자기의 온 뜻을 전하고 식모가 대청으로 올라가 안방의 문을 열고 두런두런 하는 동안 봉근이는 가슴에 고동을 느끼며 침착해지려고 뜰 안과 집을 물색하였다. 새로 지은 집인데 부엌에 연달아 안방이 두 칸 대청 칸 반을 건너서 건넌방이 칸 반 그리고 대문을 들어서서 바른쪽으로 뚝 떨어져 방 한 칸이 있고 동쪽은 옆집 담장으로 막혀 있다. 한 달에 집세로 20원은 물어야 할 집이었다. 뜰 안엔 아무것도 없고 토방엔 고무신, 여자 구두 이런 것들이 비교적 단정하게 놓여 있다.

식모는 다시 대청에서 나와서 아무 말 없이 부엌으로 들어가버리고 한 십 분 동안 싱겁게 섰노라니 어저께 왔던 기생이 안방에서 나온다.

"아이구."

반가운 손님이나 맞는 듯이 갸름한 눈을 흰 손으로 부비며,

"누이님은 금방 목욕을 가셨는걸! 어쩔까."

하고 도톰한 입을 웃어보인다. 얼굴에는 아직도 수면 부족의 피로가 흐르고 머리카락이 거칠게 흩어져 있다. 짧은 치마 밑으로 보이는 긴 바지 그리고 목달이 긴 버선, 연화의 입은 옷품은 사 오 년 내로 평양 기생들이 집에서 입는 옷 풍속이다.

그가 안내하는 대로 대청에는 올라섰으나 여자의 방 안으로 성큼 들어설 용기는 봉근이에게 나지 않았다. 어저께 이 기생에게서 느꼈던 가벼운 불쾌―이런 것은 어제와는 딴판으로 친절해진 지금 태도로서

넉넉히 자취를 감추었으나. 아랫목에 깔아놓았던 붉은 달리아 무늬의 이불을 활짝 말아서 뒷목으로 밀어버리고, 방금 벗어놓았을 연둣빛 파자마와 가운을 집어서 윗목에 있는 이인용 침대 위에 던지는 것을 물끄러미 들여다보다가,

"어지러워 미안하외다만 자 들어오라구요."

하고 평양 사투리로 봉근이의 낮짝을 쳐다볼 때에 그는 말문조차 막혀 한참 동안 머뭇거리지 않을 수 없었다.

고리타분한 간장 내 같은 데에 분내와 담뱃내가 섞인 듯한 구역나는 냄새, 시골 기생의 방에서 늘 맡던 그런 냄새는 나지 않았다. 그러나 순전한 향수 냄새도 아니요, 머리칼 냄새도 아니요, 크림이나 분 냄새도 아니요, 여자에게서 나는 일종 악취인 듯하면서도 결코 싫지 않은 특별한 향기, 방석을 깔고 쭈그리고 앉았을 때 무엇보다도 먼저 코를 울리는 이 냄새가 여자의 냄새라는 것을 의식하였을 때 봉근이는 두방망이질을 하는 듯한 가슴을 진정할 수가 없었다. 뺨이 후끈하고 귀가 펄펄 붙는 듯하여 그는 낯을 푹 숙이고 묵묵히 앉아 있다.

"아직 몸에 열이 있소?"

대답도 못 하고 두어 번 도리질을 하고 나니 그는 자기의 이상한 태도가 부끄럽기 짝이 없었다.

"어저께 밤 깊도록 누이님이 기다리시던데, 혹 약방을 닫고 오나 해서."

이 말에도 봉근이는 대답하지 못했다.

"누이님도 육 년 만이나 칠 년 만이라니 오죽해요. 나를 시켜서 어저께 옷가지를 사다 놓으시고, 기쁨인지 한숨인지 옛말을 하면서 여러 번 말문이 막힙데다. 나와 다니는 남덩 어른들은 몰라두 웃어른 된 사

람의 정이야 어데 그런가요."

여자의 말이 웃어른 같은 말씨로 변하여갈 때에 봉근이는 비로소 누이를 생각하고 누이가 기탁하고 있는 이 집 주인을 눈앞에 대할 수 있었다. 그래서 한참 동안의 침묵을 깨뜨리고 문득,

"평양서 오신 지 오래야요?"

하고 봉근이가 얼굴을 들었을 때에 연화는 여지까지 정색하였던 표정을 금시에 허물고 무슨 큰 기특한 일이나 당한 듯이,

"내 사투리로 알았어요?"

하고 갸름한 눈을 오똑 세웠다.

그가 서울 여자가 아니고 한가지 평안도 사람, 그것도 평양 여자라는 것을 알아준 것이 유별하게 반가운

일제때 평양의 모습

듯이 여자는 오랫동안 그의 얼굴에서 예쁜 표정을 씻지 아니하였다.

"사투리보다도 치마하구 바지하구 버선!"

겨우 이 말 한마디가 봉근이의 입에서 다시 나왔는데 여자는 기쁨을 참을 수 없어 홀딱 일어서며 손을 부비고 한참동안이나 자기의 몸에서 치마와 바지와 버선을 훑어보았다.

봉근이는 여자의 노는 품이 처음에는 퍽 이상스러워 이것이 히스테리가 아닌가 하고 생각해보았으나 옥양목 버선 목달이 덮을락 말락 한 흰 파레스 바지 그리고 세 치 가량 위로부터 연옥색 저고리 밑까지 깡충하게 내려 드리운 연두 치마를 묵묵히 바라다보다가 힐끗 쳐다보는 여자의 얼굴에서 귀여운 어린아이 같은 표정을 발견하곤, 어저께 교만하고 빽빽하게 보였던 이 여자에게 한없이 정이 가는 것 같았다.

열세 살이나 열두 살 때부터 기생 학교를 다니고, 열다섯 살이 되나 마나 한 때 부모가 시키는 대로 남자의 살을 알기 시작하여, 평양과 서

울에서 수백수천의 사나이들의 속을 헤엄치듯이 하는 동안, 타고난 성품도 변하고 말씨와 행동에도 거짓과 아양이 끼어서 이만 *나쎄의 처녀들이 응당 가져야 할 모든 아름답고 귀한 모습이 없어져버렸을 최연화란 기생의 얼굴에 이렇게 순진한 한 조각의 표정이 남아 있는 것을 봉근이는 희한케 생각하고 있다.

입이 마음껏 벌어지고 눈에는 눈물이 글썽글썽하여 두 손을 어디다 놓을지 몰라 한 번은 치마를 만져보고 그 다음엔 서로 붙잡고 부비어 보는, 이런 자세와 표정은 결코 마음을 낡아야 하고 웃음을 팔아야 할 사나이들을 앞에 놓은 세련된 여자의 것이 아니었다.

봉근이는 자기도 모르게 멍하니 이 여자를 쳐다보면서, 옛날 자기가 제일 믿고 제일 숭고하다고 생각하던 누이에게서도 찾아보지 못하였던 무슨 청신한 것을 발견하는 듯하였다. 이 청신하고 맑고 깨끗한 정서 속에 몸과 마음과 머리를 맡기고 싶었다. 이것은 봉근이가 어렸을 적부터 여직껏 그리워하고 또 호흡하고 싶었던 빛과 공기였기 때문이다. 얼마나 오랫동안 봉근이는 이 빛과 공기에 굶주리고 목말라 있었던가?

"지금 참 모란봉이 좋겠다. 대동강, 능라도, 돌아나오는 버드나무 잎새하고 단군전 뒤 언덕의 잔디. 경재리랑 신창리 한바탕 싸 다녔으면 좋겠다."

평양의 모란봉과 대동강

여자는 침대에 걸쳐 앉아서 혼잣말같이 중얼거린다. 평양의 경재리(鏡齋里)와 신창리(新倉里)의 길 위에 봄빛을 안고 거닐고 있을 수많은 그의 동료들을 생각하는지. 그리고 봉근이는 아무 말 없이 흥분된 얼굴을 하고 묵묵히 그대로 앉아 있을 따름이다.

4. 넘을 수 없는 개천

눈물도 나지 않고 가슴을 치고 목구멍을 치받칠 만한 절통한 감격도 생기지 않았다. 당연히 만날 사람들이 한 두어 달 만에 서로 만나는 모양으로 아니 그것보다도 더 싱겁게 봉근이는 터무니 인사라고 할 만한 것을 누이에게 한 것 같지 않다.

지금도 봉근이는 바람벽을 기대고 까치다리로 앉았고, 그 앞에는 목욕에서 돌아온 누이가 머리를 대강 틀어서 도금 비녀를 찌르고 바른다리를 세우고 앉아서 담배를 피우며 창문 쪽을 바라보고 있건만, 별로 말할 만한 건드럭지도 없는 듯이 텅 빈 방안에는 담배 연기만이 무럭무럭 떠오르고 있다.

담배를 털다가 혹은 담배를 끄면서 누이는 여러 번 동생의 변한 얼굴을 바라보지마는 봉근이는 누이의 눈살이 얼굴에 부딪칠 때에도 일부러 멍하니 고리짝 위어 놓인 타올로 만든 낡은 잠옷을 바라보았다.

"너 그동안 데금이나 좀 햇?"

봉근이는 머리를 썰레썰레 내흔들었다.

"데금할 돈이 있나."

그러나 그는 한 달에 먹고 십 원 받는 중에서, 육 원씩을 다달이 내는 삼백 원 저축 저금에 부어놓고 있었다.

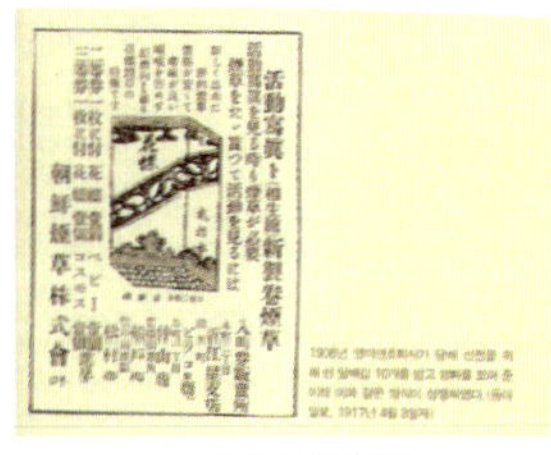

당시 담배 광고

"받는 걸루 군입질이나 하구 구경이나 가네."

봉근이는 이러한 누이의 물음에는 대답도 아니 하였다.

봉근이는 자기가 저축 저금에 다달이 육 원 씩을 부어 넣느라고 입을 것도 변변히 못 입고, 철마다 주인이 사주는 약복 벌로 이렁저렁 지낸다는 것을 이야기하면 누이가 얼마나 만족해하고 기뻐할 것을 알고 있다. 그러나 이러한 것을 누이가 묻는 것이 첫째로 불만하였다. 둘째론 장가 밑천도 장사 밑천도 안 될 적은 돈에다 무슨 큰 희망을 달고 있는 듯이 매달마다 쩔쩔매면서 꾸역꾸역 저금하기에 볼장을 못 보는 자기 자신이 한없이 초라하게 보일까 두려워하였다.

"그래두 장래를 생각할래문 지금부터 돈을 아까워하야지."

이런 말은 칠 년 전에 세무서 인상하구 좋아 지낸다고 어머니와 아버지가 야단을 칠 때마다 누이에게 타이르던 말과 비슷하였다. 열아홉 스물 전후의 기생들이 자기 신세가 불쌍해서 술 먹고 제 맘대로 휘뚜루마뚜루 하다가도 스물이 넘어서서 장차 늙으면 나는 무엇이 될 것이냐? 하는 문제에 눈이 뜰 때 돈을 모아야 한다는 생각을 가지게 되는 심리 상태의 변화를 봉근이는 잘 이해할 수 있었다. 그는 어렸을 때 자기 집에 놀러 오는 늙은 기생에게서 이런 것을 수많이 보아왔다. 그러나 칠 년 만에 만나는 누이의 입에서 이런 말을 들을 때에 그것을 진심으로 좋게 해석해 들을 겨를이 없었다. 누이는 결코 이런 소리를 입에 담아서는 안 될 사람으로 봉근이는 생각하고 있는 것이다. 봉근이가 아름답다고 생각하는 누이는 사회주의 하노라고 이리 덤병 저리 덤병 하다가 어찌어찌하던 끝에 금광 브로커나 된 박병걸이를 하늘같이 섬기고 그에게서 술장사 밑천이나 뽑아내려고 하는 그런 누이는 아니었다. 된 데라고는 반 닢 어치도 없는 놈을 ＊'카모'라고 따라와서 일생의 생계나 세운 듯이 '돈이 제일'이라고 동생에게 설교하려 드는 그런 누이는 아니었다. 박병걸이와 같이 오게 된 경위를 자랑같이 이야기할 때에 벌써 감출 수 없는 불만을 품었으매 그 위에 다시 돈 모으는 설교는 무엇이냐! 그는 누이와 자기와의 새에 메울 수 없는 무슨 큰 도랑이

카모
이기기 좋은 상대 또는
이용하기 좋은 사람.

생긴 것을 쓸쓸히 느끼고 앉아 있다.

공기가 이상하게 무거워진 것을 눈치 채고서인지 누이는 갑자기 웃으면서

"너 폐양 첨 나와서 여관에 있었지? 누가 와서 그러기에 그길루 자동찰 타구 폐양 나갔드니 발세 다른 데루 갔두나."

하고 옛날 이야기를 한다.

봉근이도 그때 생각이 나서 빙그레 웃었다. 여관의 사환 아이로, 양말 공장에 들어가 실 감는 소년 직공으로, 양복점 견습으로 들어가 단추 구멍만 하고 앉았던 생각, 그리고는 삼 년 전에 서울로 와서 약방 사환 아이가 된 만 육 년 동안의 과거가 휘끈휘끈 그의 머리를 스쳐갔다.

"그때 고생하던 이야기나 좀 해라."

누이는 다시 담배를 붙여 물며 동생의 얼굴을 보았다.

"건 해선 뭘 해, 재미있나?"

참말 봉근이는 누구에게도 자기의 지난 이야기를 털어놓고 하지 않았다. 부끄러울 것도 없고 수치 될 것도 없건만 재미가 없었다. 누가 이야기를 물으면 그대로 픽 웃고 말았다.

"넌 몰라보게 됐다만, 나두 변햇?"

이 소리에 봉근이는 힐끗 누이를 쳐다보고,

"뭘 변해."

한마디로 대답해버렸을 뿐이다. 사실 누이의 몸과 얼굴은 봉근이의 예상과는 여간 틀리지 않았다. 교통이 편하여지고 사람의 내왕이 빈번해진 탓일런가, 그전과 같이 도회 기생과의 차이가 심하지 않은 것 같다. 본래부터 눈이 크고 얼굴 모습이 미끈하던 누이는 그다지 심하게 시골 기생의 티는 보이지 않았다.

"그전보담 무던히 상했지?"

이렇게 누이는 동생에게 추궁한다. 그러나 동생은 또다시,

"뭘."

하고 빙그레 웃을 따름이다. 봉근이는 병이 있다는 말을 듣고 냉병이 심하면 자궁병을 겸하였을 것이므로 누이의 얼굴은 몹시 여위고 눈자위엔 검버섯이 끼어 있을 것을 상상하였다. 그러나 누이는 전보다 오히려 살이 찐 것 같다. 포동포동하여 물 샐 틈 없게 다부지게 아름답던 얼굴이 오히려 뺨따귀에 살이 올라 두 볼이 맥없이 목으로 흐르고 있다. 가슴도 탄력은 없으나 더 커진 것 같다. 눈은 더 *떼꾼해져서 영채가 없고 몽롱하게 술 취한 것 같이 맥이 없어 보인다. 확실히 건강한 청춘은 누이에게서 떠나고 말았다. 봉근이는 예상보다는 너무 능청맞게 비둥비둥하게 살진 누이의 몸에서 징글징글한 염증을 느꼈다. 그것은 전혀 그의 말하는 투와 말의 내용과 일치하는 것 같았다. 받은 편지 내용과는 너무 동떨어져 있는 것 같이 생각되었다.

이러고들 있을 때에 대청으로 통한 문을 똥똥 두드리면서

"실례지만 문 엽니다."

하고 연화가 열린 문틈으로 얼굴을 들이민다.

"허실 말이 태산 같으시겠지만 위선 아침을 먹읍시다. 벌써 열한

떼꾼하다
눈이 쑥 들어가고 생기가 없다.

신데."

하고 웃는다.

"난 가 먹지요."

하였다.

"아이고."

연화는 놀라는 표정을 하며 방 안으로 뛰어들어가

"그게 무슨 말이오. 채린 건 없어두 원."

하면서 봉근이의 손을 붙들어 앉힌다.

"어멈 이리루 상 디려오."

담뱃갑과 재떨이를 치우고 셋이서 둘러앉았는데 둥그런 큰 상에 조반이 들어온다.

막 상을 받아놓고 술을 들려 하는데 구두 소리를 내면서 박병걸이가 찾아왔다.

"*복상 오슈?"

먼저 계향이가 뛰어나가며 반가워 한다.

"머 지금 아침이슈. 응, 봉근이가 왔군, 지금 처음인가."

하면서 대청으로 올라서서 병걸이는 방 안을 들여다본다. 봉근이는 좀 불쾌하였으나 앉은 채로 끄떡 인사를 했다. 허리 잘라맨 *간복 외투를 벗으니 얼룩얼룩한 뱀의 꺼풀 같은 스타킹과 다갈색 *닛카 쓰봉이 나타나고 시곗줄 늘인 조끼 밑으로 혁대 고리가 번쩍번쩍한다.

"어서들 잡수시유, 난 더운데 여기 좀 앉았지."

"거긴 아직 칩습니다. 이리 들어오세요, 잡수신 데 오래 되시면 좀 같이 하실걸."

연화도 일어서서 방석을 들고 들어오라고 하나,

“나두 지금 막 먹구 옵니다.”

하면서 병걸이는 대청에 펄썩 앉았다.

“그래 봉근인 누일 만내 기쁜가? 오늘은 계향이한테서 한턱 졸라 먹어야겠군.”

뭣이 우스운지 일동은 하하 하고 소리를 치는 속에서, 봉근이는 덤덤히 앉아 있었다. 병걸이는 연화가 내어다 주는 방석을 깔고 담배를 붙여 물곤 코허리가 간지러운지 두어 번 금테 안경을 어루만졌다.

봉근이는 병걸이를 잘 알고 있었다. *내지(內地) 가서 학교에 다닐 때엔 안경도 안 쓰고 또 코 위에 오뚝하게 기른 수염도 없었다. 긴 머리칼을 하고 방학 때에 오면 *노 천도교당에서 연설을 하였다. 연설회가 끝난 밤엔 어데서 술을 처먹었는지 청년회 친구 두서넛과 곤드레만드레 취해서 자기 누이를 끼고 봉근이가 자고 있는 집으로 몰려왔다. 그리고는 다시 *칸즈메 해서 술을 컵으로 마시며,

“기생도 학대받는 계급이다.”

하고 주먹으로 술상을 울리고 야단을 쳤다.

그러면 감격하여 누이도 우는지 웃는지 모를 소리를 올리고 으악 하곤 고함을 치며 손을 두드렸다. 봉근이는 이때 모양을 묵묵히 생각해 보고 지금 마루에 앉아서 점잖게 구노라곤지 담뱃내를 이상하게 흑흑 소리를 내서 내뿜고 있는 병걸이의 모양을 내다보았다. 그리고는,

“자 우리끼리 먹습니다.”

하는 연화의 소리에 숟가락을 들고 김칫국을 연거푸 세 번이나 떠먹었다.

내지
일제 강점기에 '일본'을 일컫던 말.

노
노상. 언제나 변함없이 한 모양으로 줄곧.

칸즈메
통조림.

5. 내처 걷는 길

주사기를 닦고 소독기를 치우면서 방금 주사를 맞은 손님이 놓고 간 오원짜리 상품권으로 무엇을 살 건가 하고 봉근이는 이층에서 생각하고 있다. 병원에 가면 엄청나게 돈을 뺏긴다고 약방에 와서 남모르게 주사를 맞는 사람이 많았다. 두 달 석 달을 두고 '칼슘'이나 '살발산'을 맞는 사람, 혹은 '트리펠' 때문에 '트리파프라빙'이나 '판셉틴'을 장기일 동안 맞는 사람들은 약방에 들어와 슬쩍 눈짓만 하곤 봉근이를 앞세우고 이층으로 올라갔다. 증류수나 한 병 혹은 두고 쓰는 주사약을 한 개 올려다간 주사기를 소독하여 정맥이든 *피하(皮下)이든 의사 부럽지 않게 봉근이는 주사를 놓아주었다. 그러나 주사 값 이외에 수수료라고 받는 것은 결코 봉근이의 수입이 되는 것은 아니고 '주사약과 증유수와 알코올 대금'이란 명목 밑에 그대로 공공연하게 약방의 버젓한 수입으로 되었다.

그러므로 간혹 가다가 봉근이의 신세를 생각하는 사람은 돈으로나 음식으로나 혹은 상품권 같은 것으로 제 병을 고쳐주는 봉근이에게 선물을 하였다. 아무리 금고같이 굳은 주인도 이것까지 박탈할 체면은 없었다. 그래서 '봉근이 놈 큰 수 났다'고 중얼거리며 부정 행동을 시켜 큰 이익을 보는 것을 봉근이 때문에 하는 일같이 말하였다.

봉근이는 아무 말도 안 하고 시키는 대로 유쾌한 마음으로 주사를 놓아주었다. 그는 아무런 일이 있다 해도 약국의 책임인 주인 약제사에게 관계될 일이지 자기는 상관없다고 생각하였다.

그래서 지금도 벌써 한 달 동안이나 약방에서 '백단'과 '푸로타르

피하(皮下)
피부밑.

골'을 갖다 쓰며 하루 건너큼 '판셉틴'을 맞고 있는 서른 살이 될락 말락 한 포목상 점원이 봉근이에게 주고 간 백화점 상품권을 생각하고 있는 것이다.

우선 명식이의 운동화를 하나 사주리라 생각했다. 부정 행위에 대하여 입을 막노라고 하는 것이 아니라, 먹고 겨우 한 달에 3원 밖에 못 받는 어린 명식이가 퍽 전부터 물이 올라오는 운동화를 신고 있는 것을 봉근이는 마음에 꺼렸던 때문이다. 자기 해는 별로 살 것이 없었다. 누이가 내복과 스웨터를 사주었기 때문에 급히 사고 싶은 것은 없었다.

아래층으로 내려오니까 주인은 변소에를 가고 명식이가 혼자서 오도카니 앉아 밖을 내다보고 있다.

"너 운동화 구 *문 반이가?"

"아니다, 구 문이다."

이렇게 대답하며 명식이는 잘 다물어지지 않는 입술을 꼭 물고 '건 왜 묻니?' 하는 표정을 한다.

"너 하나 사줄란다. 아들 놈이 메기 아가리 같은 운동화를 신었으니 부친 된 마음이 오죽 아프냐."

이 소리에 명식이는 발딱 일어서며 먼지떨이개로 '엥히' 하고 때리는 헤눙을 한다.

"잠깐 댄녀오께."

봉근이는 자전거도 안 타고 백화점을 향하여 전찻길로 뛰어갔다.

연화. 그는 신막서 계향이와 같이 있던 그의 언니의 신신한 부탁으로 그런다고 하지만 봉근이의 누이가 지금 괴롬을 끼치고 있는 사람이다. 이랬거나 저랬거나 자기를 찾아온 거나 다름이 없는 누이를 자기 대신

종로 포목상 거리

문
길이의 단위. 신발의 크기를 잴 때 쓴다. 1문은 약 2.4cm에 해당한다.

에 제 집에 두고 몸을 돌보아주는 사람이었다. 그리고 그 후 몇 번인가 그 집을 찾아간 봉근이에 대하여도 결코 소홀한 대접을 하지 않았다.

그리고 지금 뜻밖에 생각이 나는 연화와 누이. 이 두 사람 중에서 먼저 연화의 생각이 떠오른 것은 이상한 일이라고 봉근이는 자기의 마음을 갈피갈피 뒤적여본다. 그러고 보니 자기가 몇 번인가 그의 집을 찾아간 것은 누이를 보고 싶다느니보다 연화를 보는 것이 유쾌하여 그런 것이 아닐런가 하는 엉뚱한 생각이 일어난다.

둘째 번에 누이를 찾아갔을 때 누이는 약방을 그만두고 자기가 술장사를 차려놓으면 자기와 같이 있자는 말을 하였으나 봉근이는 단마디에 거절하고 불쾌한 감정을 안고 돌아왔다. 그 다음을 좀처럼 찾아갈 생각이 날 것 같지 않았는데 열한 시에 약방 문을 닫고 주인이 자기 집으로 돌아간 뒤에 이상스럽게 누이 있는 집이 마음에 걸렸다. 역시 누이가 기다릴는지 모를 것이라고 찾아갔더니 연화는 요릿집에서 아직 돌아오지 않고 누이 혼자 있었다. 누이는 병걸이와 함께 다옥정과 서린정 부근으로 집을 보러 다녔다는 것을 말하고 병걸이가 자본을 얼마 내면 일 년에 그에게 얼마씩 이익을 배당하게 되느니 어쩌니 하고 봉근이에게는 듣기 싫은 소리를 늘어놓았으나 새로 한시가 되어 연화가 돌아오는 것을 보고야 그 집을 나왔다. 세 번째 가서도 누이는 방 안에 있고 연화가 대청에서 해바라기를 하고 있으므로 봉근이는 방 안에 들어가기가 싫고 대청에 앉아 있기를 즐겼다.

이런 것을 지금 차근차근 생각해보니 봉근이는 제가 연화에게 딴 생각을 부고 있지는 않는가 하고 얼굴이 붉어졌다. 결코 싫지는 않았다. 그러나 그럴 리는 절대로 없다고 봉근이는 자기 마음에게 타이른다. 천부당만부당한 일이라고 그는 다시금 또 다시금 생각한다. 그리고 자기가 누이보다 먼저 연화에게 선물할 생각을 갖게 된 것은 누이와 연화와의 관계를 보고 또 누이와 자기와의 관계를 생각할 때에 당연한 일이라고 생각하였다. 그는 남이고 누이는 자기와 같다. 그러므로 선물이라는 것은 남에게 우선해야 될 것이라고 되씹고 되씹고 하였다.

그는 명식이의 운동화를 사곤 누이의 지갑과 연화의 콤팩트를 샀다. 사놓고 생각해보니 우스웠다. 누이에게는 마치 돈 돈 하는 사람은 이게 제일이라는 듯이 지갑을 보내고, 연화에게는 아름다운 얼굴에 더러운 것이 붙을 때마다 이것을 보면서 문대라는 듯하였다. 그리고 보니 명식이 놈은 운동화 신고 하루 종일 자전거 배달이나 다니라는 것 같아서 퍽 유쾌하였다. 그것을 사고도 아직 얼마가 남았으므로 그는 상품권에 금액을 기입하고 상쾌한 마음으로 거리에 나섰다.

약방 앞으로 오니까 명식이가 배달을 가려고 자전거를 잡고 섰다. 그래 배달은 자기가 가마 하고 명식에게는 운동화를 주었다. 그리고는 자전거도 안 타고 배달을 떠났다.

수송동으로 배달을 하고 봉근이는 그 발로 누이 있는 집으로 갔으나 누이는 병걸이와 나가고 연화가 혼자서 축음기를 틀고 있었다. 봉근이가 들어가니까 연화는 축음기를 멈추고 그에게 방석을 권한다. 그러나 그는 대청이 따스하다고 방 안에 들어가지 않았다.

"낮에 어떻게 틈이 있었수?"

"요기 수송동 배달을 갔었어요."

연화도 버선을 신고 마루로 나왔다. 해 드는 데 나와 앉아서 손톱을 갈기 시작한다. 봉근이는 잠깐 주저주저하다가 종이에 싼 두 가지 물품을 내놓고

"이거"

하다가 주춤했다.

"네?"

하듯이 얼굴을 들면서 좀 의아하게 내놓는 물품을 들여다보다가 다시 봉근이의 얼굴을 쳐다본다. 봉근이의 얼굴은 물감같이 빨갰다.

"돈이 좀 생겨서 사왔는데."

겨우 여기까지 말하니까 연화는 눈치를 챈 듯이,

"네 누님 올리려고. 뭐요 이게."

하면서 두 가지를 다 끌어다가 두 손에 하나씩 쥐어본다. 그리고 갸름한 눈에 웃음을 그리면서 봉근이의 얼굴을 빤히 쳐다보았다.

"지갑만 누이."

이렇게 말하고 봉근이는 머리를 푹 숙였다가 대문간 있는 쪽을 바라본다. 그때에 대문 소리가 나면서 병걸이와 누이가 입을 헤 하고 웃으면서 들어오고 있다. 봉근이는 당황하여 물건과 연화를 번갈아 보았으나 연화는 물건을 쥔 채 일어서서,

"아이구 어데를 그리 다니시유, 다리들 아프시겠수."

하며 그들을 맞아들인다. 봉근이도 일어섰다. 그러나 그는 지금 들어온 누이와 병걸이에게 인사를 하려고 일어서는 것이 아니고 집으로 가려고 서 있었다.

"어떻게 낮에 틈이 있어 왔구나, 또 주인이 야단하지 않을까."

봉근이가 신을 신을 때 누이는 대청 위에 올라서면서 말하였다.

"아니 동생이 선물을 사가지구 왔어요."

봉근이는 이 말에 뒷잔등에 선뜻하는 칼을 느끼면서 연화를 돌이켜 보았다.

"이것은 누이님 올리구 이건 내 해라우."

하면서 지갑은 누이에게 주고 자기는 크림으로 만든 콤팩트를 두 손가락으로 집어 들어보았다. 그리고는 두 사람과 함께 하하 하고 웃었다.

"거 봉근이가 엉뚱한데. 연화 씨에게 콤팩트를 보낸 걸 보니까 아마 연애를 하는가 보아. 하하하하 기생 오빠는 하는 수 없어."

봉근이는 병걸이의 낯짝을 쳐다보았다. 금테 안경이 뒤로 젖혀지면서 콧구멍과 수염과 그리고 담뱃진에 까맣게 된 입 안이 껄껄껄 소리를 내고 있다. 봉근이는 그것이 사람인 것 같지가 않았다. 봉근이의 변한 낯색을 보고 벌써 연화와 누이는 웃음을 멈추었는데 병걸이만은 허리를 또 한번 추면서,

"봉근이가 *난봉이 난가 보아."
하고 혼자서 좋아한다. 봉근이는
신으려던 운동화를 벗어버리

고 대청 위로 뛰쳐 올라와 연화가 쥐고 서 있는 콤팩트를 빼앗아 그대로 뜰 안에 내어던졌다. 콤팩트는 돌에 부딪쳐 깨어져서 유리알 자박이 꽃잎같이 마당에 흩어진다.

"여보 난봉난 놈을 보려문 당신을 보우."

봉근이의 목소리는 열이 오르고 낯은 오히려 해쓱하다.

"사회주의 하노라구 꺼덕대다가 협잡꾼이 안 돼서 내가 난봉이 났소."

말이 끝나는 대로 봉근이는 *토방으로 뛰어내려 신을 끌고 대문으로 쏜살같이 걸어 나간다. 세 사람은 어안이 벙벙하여 봉근이의 하는 양을 움쩍도 못 하고 바라만 보고 있다.

그러나 연화는 큰 죄를 저지른 것같이 생각되어서 고무신을 끌고 대문으로 쫓아나갔다. 계향이가 미안한 듯 죄스러운 듯 갈피를 잡을 수 없는 표정을 하고 있다가 방석을 들어 병걸이에게 권하면서 눈물이 글썽글썽하여,

"복상 미안하외다. 어린 게 철이 없어서."
하고 침묵을 깨뜨린다.

연화가 대문을 열고 내어다 볼 때 봉근이는 벌써 골목을 돌아가려고 하고 있다. 그는 어른 티가 나는 봉근이의 뒷모양을 보면서 비로소 그의 연세가 열여덟 살이라던 말을 생각하였다.

눈물을 씻고 후 한숨을 내쉰 뒤에 약방엘 들어서니 마침 전화가 따르릉 운다. 봉근이는 전화통을 들었다. 남대문통 어느 회사에 약 배달 갈 일이다. 그는

"네네, 고맙습니다."

하고 전화를 끊은 뒤에,

　"보험 회사 사이 상 기나프루드 제 하나요"

하고 주인에게 배달 *전표를 청하였다.

　자전거 위에 올라타니 벌써 마음이 시원하였다. 마침 네거리의 교통 신호는 황색이다. 그는 넘어질 듯이 자전거를 눕히고 바른 쪽으로 길을 휘어잡곤 궁둥이를 안장에서 들고 아스팔트 위를 지치듯이 돌아간다. 뒤이어 찌르릉 하고 종이 울다 멎으면서 신호는 파란색으로 변하였으리라. 그는 바라다볼수록 판판한 넓은 길을 앞으로앞으로 달아 나갔다. 막 피어나는 가로수의 나뭇가지가 뒤로뒤로 밀려간다. 제비 같은 자동차와 산도야지 같은 *사이드카가 그의 경쟁의 대상이었다.

「조광」, 1937. 7.

전표(傳票)
은행, 회사, 상점 따위에서 금전의 출납이나 거래 내용 따위를 간단히 적은 쪽지.

사이드카
사람이나 짐을 싣도록 오토바이 옆에 달린 차량.

처를 때리고

남수(南洙)의 입에서는 '이년' 소리가 나왔다.

자정 가까운 밤에 부부는 싸움을 하고 있다.

그날 밤 열한 시가 넘어 준호(俊鎬)와 헤어져서 이상한 흥분에 몸이 뜬 채 집에 와보니 이튿날에나 여행에서 돌아올 줄 알았던 남편이 열 시 반 차로 와 있었다.

그는 트렁크를 방 가운데 놓고 양복을 입은 채 아랫목에 앉았다가 정숙(貞淑)이가 문을 열고 들어오는 것을 힐끗 쳐다보곤 아무 말도 안 했다. 한참 뒤에 "어데 갔다 오느냐"고 묻는 것을 바른 대로 "준호와 같이 저녁을 먹고 산보한 뒤에 들어오는 길이라"면 좋았을 것을 얼김에 "친정 쪽 언니 집에 갔다 온다"고 속인 것이 잘못이었다.

그 말을 듣고 남수는 불만은 하나 어쩔 수 없는 듯이 "세간은 없어도 집을 그리 비우면 되겠소" 하고 나직이 말한 뒤에 그대로 윗방으로 올라가서 자리에 누웠다.

정숙은 준호와 저녁을 먹고 산보한 것이 감출 만한 것도 안 되는 것을 어째서 자기가 난생 처음 거짓말을 하였는가 하고 곧 후회되었으나 준호와 산보하던 때의 기분으로 보아 준호도 그것을 남수에게 말하지 않을 것이라 생각하고 다시 두말없이 그대로 아랫방에 자리를 깔았다.

그것이 오늘 남수가 저녁을 먹고 나가서 준호와 만났을 때에 탄로가 난 것이다. 하리라고는 생각도 않았던 준호가 무슨 생각으론지 남수에게 그 말을 해버렸다. 참으로 모를 일이다. 물론 준호 역시 말해서 안 될 만한 불순한 행동을 하지는 않았다. 그 역시 그만 일을 숨기느니보다 탁 털어놓고 농담으로 돌리는 것이 마음에 시원했을 것이다. 그는 늘 남수를 우당(愚堂) 선생이라 부른다.

"우당 선생 부재중에 부인과 산보 좀 했으니 그리 아우." 쯤 말하고 껄껄 웃었는지 모른다. 아니 준호의 일이니 "내가 핸드백이 된 셈이죠. 어쨌거나 우당 선생 주의하슈. 그만 연세가 꼭 *스왈로를 기르고 싶을 시깁니다" 정도의 말은 했을 것이다.

이런 농담을 들을 때 남수는 얼굴에 노기를 그릴 수는 없었으나 마음만은 몹시 불쾌하였을 것이다. 가랫물을 먹은 듯한 찡그린 얼굴로 애써 웃어 보려는 남수의 표정이 생각된다.

원체 자기네들이 남수에게 그날 밤 일을 어떻게 말할까. 다시 말하면 속일까 바른 대로 말할까. 또 말한다면 어느 정도로 고백할 것인가를 협의해 두지 않은 것이 실수였다. 그러나 그런 협의를 해둘 만큼 그들은 남수에게 죄를 짓고 있다고는 생각지 않았다. 그런 죄를 의식하고 그런 협의를 할 필요가 있다고 생각했다면 그들은 저어도 양심의 가책 때문에 산보까지도 중지했을 것이다.

그날 밤의 산보— 그것은 정숙이 혼자만의 생각인지는 몰라도 물론 단순하게 길을 걷고 불이 아름답다느니 얼마 안에 꽃이 피겠느니 하는 것으로 시종된 것은 아니었다. 입으로 나온 말은 그 정도인지 몰

스왈로
제비족.

라도 정숙이가 가졌던 흥분만은 이상하게 높았던 까닭이다.

어쨌든 그 말이 준호의 입에서 탄로가 나서 그 자리에선 웃고 만 모양이나 밤에 돌아오는 대로 남수는 정숙에게 *치근스럽게 트집 비슷한 말을 걸었다. 그것이 벌어져서 드디어 싸움이 되었다.

지금 정숙은 팔을 걷어붙이고 남편에게 대든다.

왜 그랬으면 어떠우, 속였으면 어떠우. 밥 먹고 산보한 건 좋으나 속인 게 불쾌하다구. 밥 먹구 산보만 한 줄 안다면 속였다고 불쾌할 게 뭐유. 그 이상 딴짓을 했으리라는 더러운 생각이 없다면 불쾌할 게 뭐유. 내가 그날 밤 속인 건 털어놓구 말하믄 오도카니 양복을 입은 채 *맹초같이 앉아 있는 게 불쌍해서 속인 거유. 그래 어린애가 돼서 옷을 벗기구 자리를 깔아 주어야 되우. 언제 온다는 통지두 없는 걸 허구한 날 당신만 기다리구 있어야 옳소.

사흘 밤이나 기대렸수. 이날일까 저날일까 기대리다 지쳐서 저녁 전에 거리나 한바퀴 돌려구 나갔댔수. 돌아오다 길에서 만나서 준호 씨와 저녁 먹은 게 그리 큰 잘못이구려.

왜, 그렇게 채려 놓구 있다 맞아들이는 게 좋거들랑 기대리는 사람 생각두 좀 해보죠. 전보 치고 온다는 걸 내가 일부러 나가고 집을 비워 두었던가.

뭐이 어때요. 그게 속인 변명이 되느냐구. 안 되믄 말어요. 애써 변명허는 건 아니니. 만일 내가 일이 있어서 언니 집에 갔다 온다구 안 했다면 그날 당장에 오늘 같은 싸움판이 벌어졌을걸. 그래 그때 준호 씨와 밥 먹구 산보하다 온다구만 말했으면 거, 참, 잘했군 하고 칭찬할 뻔했수. 뭣이. 씨는 무슨 씨냐구 당신의 친구를 대접해서 부르는 거요.

준호 씨 준호 씨 자꾸 씨자를 넣어 부를 걸. 그 입에 발린 소리 좀 작작 해요. 그날 밤으루 당신이 엉뚱한 시기를 했을 게유. 질투에 불이 붙어 밤잠두 못 잘 게 불쌍해서 속인 겐 줄두 모르구.

왜. 어때. 흥. 너 같은 것에게 질투는 무슨 질투냐구. 그래 지금 하구 있는 당신의 생트집은 질투가 아니구 질투 사춘이유. 당신은 몇 살이 구 내 나이두 반 칠십에 당신은 내일 모레믄 사십이 아니오. 어제 오늘 길거리나 술집에서 만난 사람들인가.

옳아. 옳아. 내가 아무리 주릿댈 안길 년이믄 그런 어린애들과 *치 정(癡情)관계를 맺을라구. 푸. 그만두. 그만두. 그럼 그게 그 소리지 뭔 가. 그래 옳아 옳아.

뭣이 어째. 남이 말두 허기 전에 발이 재린 거라구. 저지른 죄가 있 어 미리부터 넘겨짚어 본다구. 그래 내가 행실을 망쳤단 말이지. 이 쓸 개 빠진 소리 좀 그만두어요. 사나이가 오죽 못났으면 제 여편네가 바 람이 날라구. 저두 저 부족한 줄은 아는 게다. 어째서 준호보구는 못 해봤노. 눈앞에 자기 원수를 놓구 왜 아무 말 못 허구 웃기만 했나. 그 리구는 지금 와서 나보구 이 야단인가.

흥. 죄는 준호에게 있는 게 아니라구. 속인 것이 죄라구. 그래두 자 기 여편네가 남에게 농락되었다는 생각은 갖고 싶지 않은 게지.

뭣이 어째. 이년이라구 이년. 말 잘했다. 반말하는 년 이년이라구 그 러믄 어떠냐구. 잘했다. 뭣이 더러운 년.

더러운 걸 볼라믄 거울을 보구 말해. 누가 더러운 놈인가. 제 여편네 를 농락했노라구 비웃는 놈을 앞에 놓고 뺨 한 개 못 갈기고 씁쓸히 돌

아와서 여편네보구 속인 게 잘못이라구. 왜 준호헌테 내가 반했수. 그
랬으면 어떡헐래요. 준호허구 산보할 때 난 행복을 느꼈수. 당신에게
준호에게 있는 게 있수.

더러운 놈허구 누가 살라는가구. 응. 안 살어두 좋다. 차남수 아니면
서방 헐 사람 이 세상에 없는 줄 아는가. 차남수가 하늘 같애서 내가
이 생활을 하고 있는 줄 아는가. 차남수가 나를 호강을 시켜서 내가 그
를 떠나면 거지질을 할 줄 아는가. 차남수가 위대한 인물이 돼서 내가
그를 떠나면 금시에 하늘을 잃은 듯이 미친년이 될 줄 아는가.

응. 안다 알어. 네가 어차피 그 말 헐 줄은 벌써부터 알었다. 네가 시
굴 있는 년을 이혼허지 않는 것두 그 심보가 어데 있는지 난 벌써부터
알었다. 십 년 전엔 그런 게 문제두 안 됐었다. 그건 너나 내가 가정 안
의 적은 사람이 아니었기 때문이다. 지금은 그걸 가지구 나를 내어쫓
을려는구나.

난 도마에 오른 고기다. 내 밑에 계집애 하나라도 있다믄 이 학대는
안 받었을 게다. 애는 운동에 방해가 된다구 수술을 해서 너는 나를 불
구자를 만들었지. 너는 시굴에 큰아들도 있고 딸새끼도 있으니까. 응.
그리구는 나는 병신을 맨들고 첩으로 떨어트리고 애새끼 하나 안 붙여
주고 지금 와서는 나가 달라구.

어디 말 좀 해봐. 무슨 큰 운동을 지금 하고 있나. 어째 나와 속이고
는 아이 만내러 시굴은 다녔나. 내가 비럭질해 온 돈으로 나 몰래 학비
는 왜 보냈는가. 너이 집은 아직 천 석은 한다드라. 그 머리털이 빠질
영감쟁이는 아들도 모로나. 내가 너이 돈 한 닢이나 쓴 줄 아니.

이놈 네 피를 뽑아 풀어 봐라. 그 피가 무엇으로 뛰고 있는가. 누구 때문에 아직도 피가 네 몸에 돌고 있는가.

누가 너를 옥중에서 구해 냈노. 네가 감옥에 있는 동안 육 년이란 허구 긴 날 너는 그래도 전보질을 해서 나를 부르드구나. *차입두 날 보구 시키드구나.

네 집에선 그때 돈 한푼 보탠 줄 아냐. 영감두 할미두 네 본계집두 그때만은 아는 척도 안 하드구나.

친정에서 친구들한테서 별별 굴욕을 겪어 가며 너에게 옷을 대고 밥을 대고 책을 대는 동안 네 영감은 아들이 옥에 간 건 그 몹쓸년 탓이라구 물을 떠놓고 빌드라드라. 어서 그년이 죽어야 아들이 화를 면한다구. 그래두 그런 소리두 내겐 내게 우스웠다. 난 너를 구해 내려구 뼈가 가루가 되도록 미친년같이 헤매었다. 그래 지금 와서 그 보수로 나는 너한테 헌신짝같이 버림을 받아야 하느냐.

너한테 십 년 동안 뼈가 가루 되도록 해바친 게 죄가 돼서 이년 소리를 듣구 더러운 욕을 먹어야 되니. 입이 밑구멍에 가 붙어두 그런 말은 못 하는 법이다. 입이 열 개래두 그런 수작은 못 하는 법이다.

감옥에서 나왔어두 벌써 삼 년이 되건만 네가 쌀 한 말을 사왔나, 네 계집 속옷 하라구 *융 한 자를 사왔나.

응 허창훈(許昌薰)이. 그렇다. 허변호사 그놈이 미친놈이다. 너를 여태껏 먹여 오는 그놈이 미친 놈이다.

아니 너는 세상에서 뭐라구 하는지나 알구 있니. 허변호사는 영리한 놈이라 차남수가 옛날엔 ○○계 *거두니까 돈이나 주어 병정으로 쓰구 제 사회적 지위나 높이려구 한다는 소문이나 너는 알구 있니. 또 차

청이불문(聽而不聞)
청약불문(聽若不聞).
듣고도 못 들은 체함.

남수는 자기가 이용되는 줄 알면서 그것을 거꾸로 이용하여 생활비를 짜낸다는 소문을 너는 알구나 있니. 그래 그게 청렴한 사람의 소위 *청이불문이냐.

응 그놈 허창훈이 놈. 내 오늘에야 이 말을 한다. 너는 그 집에 가서 구구한 말 한마디 하기두 싫어서 돈 관계엔 늘 나를 내세운 걸 알고 있지. 잊히지도 안하는 작년 가을 김장 때이다.

아 나는 이 말만은 안 하려고 했다. 그대로 잊어버리려고 했다. 그러나. 아아 가을비가 마른 오동나무잎을 울리던 것이 아직도 나의 귀에 새롭다. 나는 열린 창 밖으로 불빛이 쏟아져서 그 빛 가운데 빗발이 실발같이 *반득거리는 것을 보면서 허변호사가 나오는 걸 기대리구 있었다. 너두 잘 알고 있을 허창훈이의 응접실이다.

반득거리다
물체 따위에 반사된 작은 빛이 잠깐씩 자꾸 나타나다. 또는 그렇게 되게 하다.

나는 이십 분은 기대렸다. 그대로 와버릴까 하고도 생각해 봤다. 더러운 놈들 돈 몇 푼 가지고 사람을 골릴 작정인가 하구 분한 마음도 생겼으나 돈은 급허구 또 어제 오늘 사귄 사람두 아니구 제 편에서 와달라고 사람을 보낸 터이라 나는 분을 누르고 기대렸다. 응접실 문을 벌꺽 열드니 *닝글닝글 웃더라. 얼굴이 벌건 게 술을 처먹었드라. 쓱 들어서서 문을 닫고 다시 창문 있는 쪽으로 갈 때에 그의 몸에서 술 썩은 냄새가 쿡 코를 찌르드라. 문을 닫고 *창장을 내려덮은 뒤에 그놈이 하는 말이 비 오시는 데 무슨 용무가 계십니까. 그러면서 테이블 맞은편에는 의자도 있고 저편에는 소파도 있건만 그놈은 으슬으슬 내 옆으로 다가들드라. 내가 *비닭이 같은 처녀라면 모르거니와 나두 *천군만마의 속을 겪어 온 년이 그놈의 눈알이 붉어진 것과 씨근거리는 숨결과 그 말하는 투로 그 지더구하는 몸가짐으로 그놈의 속이 무엇을 탐내고

닝글닝글
'능글능글' 의 사투리.
음흉하고 능청스러운
모양.

창장(窓帳)
창에 둘러치는 휘장.

비닭이
비둘기

천군만마
천 명의 군사와 만 마리의 군마라는 뜻으로, 아주 많은 수의 군사와 군마를 이르는 말.

있는지야 모를 겐가. 이리같이 덤벼들면 나는 사자와 같이 대항하여 그놈을 가리가리 찢어 버릴 만한 기운은 있었다. 그러나 나는 모른 척했다. 애써 그놈의 변한 태도를 모른 척해서 효과를 내일까 했다. 그는 다시 말하드라. 무슨 의논허실 용무가 계시느냐구. 그의 목소리가 떨리고 나의 볼때기에 술 썩은 뜨거운 입김이 휙 스쳐 가면서 나는 갈구리 같은 손이 나의 젖통을 부여뜯는 것을 느꼈다. 나의 손은 번개같이 그놈의 뺨을 갈겼다. 그 잘칵 하는 소리. 그것은 그놈에게두 의외였고 나의 귀에도 뜻밖인 듯했다. 나는 의자를 옮겨 길을 막으며 문 있는 쪽으로 종종걸음을 쳤다. 그러나 한참 동안 그놈은 벙벙하여 어쩔 줄을 모르고 그 자리에 서 있드라. 그 짧은 순간 변호사 허창훈이도 그가 한 행동에 대하여 반성했을 게구 현관으로 뛰어나오며 나도 내가 당하고 또 행동한 것에 대하여 생각했었다. 나는 슬펐다. 눈물이 연거푸 볼편으로 쏟아져 흘렀다.

　나는 때렸건만 맞은 때보다도 분하였다. 나는 신을 어떻게 신었는지 모른다. 나는 비를 맞으며 오동나무와 노간주나무와 전나무 사이를 지나 대문 있는 쪽으로 걸어갔다. 정숙 씨 정숙 씨 하고 부르는 소리가 등뒤에서 나드라. 물론 허창훈이가 뒤쫓아오는 것이다. 그는 나뭇잎이고 나뭇가지고 풀숲이고 분간 없이 비 내리기 시작하는 뜰 안을 뛰어오드리. 그리고 나를 붙들드니 필석 그 앞에 엎드려 죽을 죄로 용서해 달라고 빌드라. 나는 발길로 찰까 했다. 그러나 잠깐 그것을 내려다보다가 그대로 그를 비껴서 대문을 향하여 걸었다. 그는 다시 쫓아와서 봉투를 내밀드라. 내가 뿌리치매 그는 나에게 꽂듯이 내던지고 총총히 뛰어가 버리드라. 나는 울면서 한참 그 자리에 서 있었다. 비는 더 세게 내렸다. 그래 그 봉투를 어떻게 했

노간주나무

전나무

는지는 네가 잘 알 게다. 배추를 사고 무를 사고 고추를 사고 소금을 샀다. 아니 마늘도 사고 미나리도 사고 굴도 샀다. 젓국도 샀다. 오늘 저녁 짠김치는 너도 먹었고 나도 먹었다.

아 아. 이것이 너의 친구다. 십 년 아니 이십 년이나 너를 돌보아 주는 애비보다 에미보다 낫다는 너의 친구다.

말 좀 해봐. 왜 아무 소리도 없나. 너는 지금 나를 보고 부르짖어야 한다. 이것을 여태 동안 감추고 네 앞에 티끌만치도 그런 빛을 보이지 않은 것두 내가 허창훈이와 치정 관계가 있어서이냐.

말해 봐라. 이것은 산보한 걸 속인 것보다두 결코 적지 않은 일일 게다.

또 네가 사나이라면 그 즉시로 칼을 들고 허창훈이를 쫓아가라. 그에게 돈을 던지고 그의 가슴에 칼을 꽂아라.

그놈이 돈을 낸다구 출판사를 하겠다구. 출판사를 하여 문화사업을 한다구. 너두 양심이 있는 놈이면 잡지책이나 내구 신문 소설이나 시 나부랭이를 출판하면서 그것이 다른 장사보다 양심적이라는 말은 안 나올 게다. 직업이 필요했지. 그 따위 장사를 하려면 왜 여태껏 눈이 말똥말똥해 앉았었나. 작년에 하지. 아니 재작년에 하지. 문화사업. 이름은 좋다. 우정이 두터운 봉사심이 많은 허창훈이를 *파트롱으로 해 가지구 문화사업에 착수한다.

흥 사회주의 이름은 좋다. 그 철없는 것들이 웅게중게 모여들어 선생 선생 하니 그게 그리 신이 나던가. 우쭐해서 갈팡질팡. 드럽다 드러워. 제 여편네 젖통 만지는 건 모르구 눈앞에 내놓는 지폐장만 보이나.
　징역이나 치른 게 장한 줄 아는가. 거지에게 돈 한푼 준 게 십 년 뒤
에두 적선인 줄 아는가.

　왜 때려. 왜 때려. 이놈이 내게 손을 걸어. 이놈. 이 도적놈. 이놈아.
이놈아 이놈아. 날 죽여라. 이 도적놈. 날 죽여라.

　네가 뭘 잘했기에 나에게 손을 거니. 이놈아. 날 죽여라. 죽여라. 자.
이걸로 날 찔러라. 응 이놈아.
　야 사회주의자 참 훌륭허구나. 이십 년
간 사회주의나 했기에 그 모양인 줄 안다.

질투심. 시기심. 파벌 심리. 허영심. 굴욕. 허세. 비겁. 인치키(속임수). 브로커. 네 몸을 흐르는 혈관 속에 민중을 위하는 피가 한 방울이래도 남아서 흘러 있다면 내 목을 바치리라.

정치담이나 하구 다니면 사회주원가. 시국담이나 지껄이고 다니면 사회주원가. 백 년이 하루같이 밥 한술 못 벌고 십여 년 동안 몸을 바친 제 여편네나 때려야 사상간가. 세월이 좋아서 부는 바람에 우쭐대며 헌수작이나 지껄이다가 감옥에 다녀온 게 하늘 같아서 백년 가두 그걸루 행셋거릴 삼어야 사회주의자든가.

그런 사회주원 나두 했다. 난 남의 은혜를 주먹으로 갚지만 못했다. 애 낳는 것까지 두려워 수술을 해가면서두 오늘 이 꼴 당하게 될 생각만 못 가졌다. 미련한 이년은 십 년이 하루 모양으로 남편을 하늘같이 알고 비방과 핍박 속에서 더울세라 추울세라 남편만을 섬겼건만 그날 뒷날 첩으로 되어 쫓겨나게 될 줄만 몰랐다. 두를 걸 못 두르구 먹을 걸 못 먹으면서도 남편에게 의식 걱정시켜서는 안 된다는 미련한 마음만을 먹을 줄 알았다. 남편에게 불만이 있고 가정 안에 울화가 있어도 그걸 누르고 참을 줄만 알았지 어디 대고 한번 떳떳하게 분풀이할 줄은 몰랐다. 그게 죄가 돼서 오늘 너에게 매를 맞고 주먹다짐을 당해야 하는구나.

왜. 왜 나가니. 왜 윗방으루 도망허니. 헐 말두 많을 게구 갈 길 힘두 많을 게구나. 좀더 때리고 가지 응 응.

흐윽 흐윽 흐윽—

2

힘없이 그는 쓰러진다. 아직도 귀 밖에서 처의 울음 소리가 들리건 만 그의 머리는 연기로 가득 찼다. 연기는 무거운 쇳덩어리로 변하고 다시 물 축인 해면같이 엉켜돌다간 구름같이 피어서 와사 모양으로 꽉 찬다. 아래로 몰렸던 피가 얼굴로 올라온다. 얼굴빛이 점점 붉어지고 머리칼 속에서 비듬이 따끔따끔 간지럽다. *관자놀이를 망치가 두드 린다.

푸 한숨도 제대로 안 나온다. 남수는 담배도 안 피우며 그대로 장판 위에 번듯이 자빠졌다. 십 촉 전등이 물끄러미 그를 내려다보고 있다. 눈을 감아도 천장에 얼굴이 나타난다. 안경 끼고 콧수염 난 점잖은 신 사의 얼굴. 남수는 우선 생각한다.

허창훈 군. 네가 내 아내를 어떻게 했나. 내 아내의 젖통을 도적하고 그 다음 너는 내 아내를 어떻게 할 작정이었나. 그 전 순간도 아니요 그 다음 순간도 아니요 바로 그 순간만 너는 내 아내를 약탈할 생각이 었나.

네가 내 아내의 젖통을 약탈하고 내 아내의 볼때기에 술 썩은 더운 김을 끼얹고 떨리는 목소리로 무슨 의논할 말이 있느냐고 물으면서 너 는 내 아내와 진심으로 무엇을 의논하고 싶었는가.

정숙이는 내 아내다. 내 애인이다. 내 동지다. 창훈이. 누구보다 네 가 그건 잘 알 게다. 너는 내 애인과 무엇을 의논하고 싶었는가.

나는 정숙이가 고백하는 이상의 일이 그날이나 또는 내가 이 세상에

관자놀이(貫子--)
귀와 눈 사이의 맥박
이 뛰는 곳. 그곳에서
맥박이 뛸 때 관자가
움직인다는 데서 나온
말이다.

없고 내 아내가 혼자 있던 날이나 아니 그 뒤에도 어느 때에도 너와 정숙이 사이에 있었다고는 믿지 않는다. 나는 안 믿으련다. 그 이상의 일이 있은 것을 가령 세상 사람이 모두 알고 세상 사람이 수군거리고 비웃더라도 나는 그것만은 믿지 않으련다. 믿지 않아야 나는 구할 수 있다. 그것을 믿게 되는 날 나는 무엇이 되느냐. 이 더러운 연놈들 하고 나는 칼을 들어 마치 어떤 치정극에 나오는 불쌍한 주인공 모양으로 너희들을 질투와 의분에 불타는 칼로 찔러 버려야 할 것이다. 너희들은 나에게 그런 연극을 시킬 작정이냐. 창훈이. 너는 네가 여태껏 나에게 베푼 수많은 은혜의 보수로 내 칼을 받아야 할 것이냐.

옳다. 나는 너도 또한 사람이던 것을 잊었다. 계집에게서 매력을 느낄 때에 그것이 자기에게 어떤 관계에 서는 계집인 줄을 잊고 성적 충동과 흥분을 느끼게 되는 동물적인, 아니 진실로 인간적인 한 개의 사람이란 것을 잊어버리고 있었다. 혹은 자기와 피를 같이 나눈 누이, 피를 같이 나눈 형이나 동생의 아내 혹은 삼촌댁 혹은 조카며느리 아니 제 애비의 젊은 첩 다시 말하면 자기의 서모다. 엷게 입은 옷 속으로 여태껏 생각도 안 했던 볼록한 젖가슴을 처음 볼 때 보루루한 솜털 속으로 흰 살이 등골로 흐른 것을 멀거니 볼 때 물기 품은 잼 같은 입술이 쫑긋쫑긋 웃고 있는 것을 눈앞에 직면하여 볼 때 자고 깨나서 기지개를 하는 순간 흘러내린 치마허리로 흰 살이 슬쩍 눈에 뜨일 때 커다란 못 같은 두 눈이 이글이글 타고 있는 것을 숨결로 느낄 때 아 이때에 그 누구더냐, 누가 감히 그 순간 그것이 자기 자신을 동물로 환원해 버리는 것을 느끼지 않을쏘냐.

하물며 제 동지도 아니요 이러저러한 친구의 마누라가 합체 뭐냐. 친구의 마누라쯤이 대체 뭐냐.

그런 일은 나도 있었다. 너도 있었다. 아니 세상의 모든 사나이에게 모두 있었다.

내 아내에게서 그것을 느낀 놈이 비단 허창훈이 하나뿐이랴. 준호도 그걸 느꼈으리라. 아니 준호에게 내 아내가 느꼈는지도 모르나 이건 마찬가지다. 아니 그전 옛날 청년회관에 출입하던 모든 남자, 그 중에서도 정숙이를 먹으려고 하던 몇 사람의 남자. 그들은 밤마다 생각하고 틈 있을 때마다 그것을 느꼈으리라.

내가 없는 동안 남자들이 정숙이에게 어떻게 굴었고 또 정숙이가 사나이들에게서 무엇을 느꼈으며 이것을 누르기에 얼마나 힘을 썼는지는 이 자리의 누가 감히 보증할 수 있을 것이냐.

그러나 옥중에 있는 동안 참말로 말할 수 있다만 나는 그것을 생각해 보고 안타까워하며 몸이 달아한 적은 한 번도 없었다. 그런데 이것이 웬일이냐. 나는 오히려 세상에 나와서 아내를 내 옆에 놓고 가끔 그것을 느끼니 이것이 대체 어찌 된 일이냐. 오히려 내가 없었을 때 일까지를 상상하고 나는 때때로 몸이 달아한다. 아내는 그전과 조금도 다름없이 굴건만 아니 그전보다도 더 얌전하게 집 안에만 들어 있건만 나는 그전과는 판이하게 그것을 느낀다.

나는 *의처병에 걸렸을까.

물론 이런 것은 나도 안다. 아내가 나에게 불만을 가지고 있다는 것 이건 벌써부터 내가 잘 알고 있다. 그것은 오늘 밤 방금 정숙이가 한 말로 증명할 수 있지 않으냐. 사실 나는 그에게 불만이 있다는 것을 느낀 적은 퍽 오래 전부터이다. 그러나 나에 대한 그의 불만이 이렇게 그의 전 몸뚱이에 혈관같이 퍼져 있는 줄은 몰랐었다. 그가 말하는 모든

의처병
공연히 아내의 행실을 의심하는 변대적 성격이나 병적 증세.

불만, 그가 내게 대들며 삿대질을 하듯이 들씌우는 모든 불평이란 것들이 하나도 거짓은 없고 그것 전부가 사실이라 할지라도 그리고 나역시 그것을 희미하게나마 생각하고 있었다 할지라도 나는 그것이 정숙이의 몸에 그렇게 뿌리 깊게 적어도 그러한 형태로 퍼져 있는 줄은 상상하지 못하고 있었다. 어디서 옛날의 정숙의 면모를 찾을 수 있느냐. 그의 생각 그의 관찰 그의 비판— 모든 관점이 다른 *염집 부인네보다 못하면 못하지 조금도 나을 것이 없다.

나는 울고 싶었다. 나는 때리고 싶었다. 그래서 나는 생전 처음 그를 갈겼다. 내 주먹은 몇 번 주저하고 또 몇 번은 스스로 억제할 수도 있었으나 드디어 나는 그를 갈겼다. 나는 아무 말도 못 하면서 그를 갈겼다. 아 그것은 나 자신을 때리는 것이었다.

창훈아. 너는 지금 말하여라. 너는 지금도 내 아내를 낚고자 나를 시켜 출판사를 만드느냐. 너는 내가 없을 때마다 정숙이를 찾아와서 돈을 가지고 내 아내를 압박하려느냐. 또 젖통을 부르뜯고 그의 얼굴에 더운 김을 내뿜을 터이냐. 그리고 뻔히 뭘 하러 온 줄을 알면서 닝글닝글 웃으며 무슨 용무가 계십니까 하고 내 아내의 옆으로 다가들 터이냐. 이것을 알면서도 나는 너와 함께 주식회사를 조직하여야 하느냐.

오냐 그런 것을 알면서도 나는 할 것이다. 네가 나에게 정책적으로 논다면 나는 너한테 지지는 않을 게다. 어떻게 했든 나는 눈을 감고 이번에 오만 원은 *출재(出財)시키고 말겠다. 네가 눈 가리고 아웅하면 나도 한다. 네가 내 아내에게 그런 행동을 한 이튿날 나는 너와 만났다. 그때 너는 천연스럽더구나. 너는 고민도 안 하였니. 네가 정숙이에게서 느낀 것은 애정이 아니고 성욕이냐. 성욕도 애정도 마찬가진 줄은 안다. 그러나 그 어느 것이냐.

아 이런 건 다 쓸데없는 질문이다. 최정숙이는 나의 아내다. 그러기에 나는 그를 때렸다. 그도 울면서 나에게 대들었다. 지금 그는 아무 말도 안 하고 윗방에 엎드려져 있다. 그는 제가 방금 무슨 말을 하였는지를 비로소 생각할 수 있을 게다. 그는 자기가 한 말에 스스로 놀랄 것이다. 내가 때린 주먹 자리를 지금 만져 볼는지 모른다. 멍울이 졌겠지. 그러나 그도 자기 볼때기를 때리고 머리를 문지른 것이 자기 자신인 것을 깨달을 것이다. 그 증거로 그는 지금 윗방에서 자지도 않으나 울지도 않고 그대로 조용하다. 부슥부슥 부은 눈은 지금 말똥말똥 무엇을 뚫어지게 바라보고 있을 것이다.

김준호. 나는 너에게도 말할 것이 있다. 너는 좋은 청년이다.

처음 나는 너를 내 처에게 총명한 청년이라고 말했더니 처는 나를 비웃으며 김준호는 경박한 청년이라고 완강히 나에게 반대했다. 글쎄 그만둬요 무슨 김준혼지 뭔지 당신은 어째 그리 감격하길 잘 허우. 사람이란 첫인상만 보구 어찌 그리 내막을 알 수 있수 하고 나를 톡 쏘아 붙였다.

그러나 너도 알다시피 지금은 너를 싫어하지 않는다. 너와 저녁을 먹고 너와 산보할 때에 내 처는 행복을 느낀다고 말하였다. 내 처는 너에게 반했다고 말했다. 이렇게 말하는 나의 아내가 진심으로 너에게 애정을 느끼고 참말로 반했는지 그것은 좀더 생각해 볼 여지가 있을 것이다. 감정이 격한 나머지에 일종의 반발로 약을 올릴 양으로 그럴 수도 있으니까. 그러나 너와 산보할 때 행복을 느낀다는 말이 전혀 근거가 없는 말이라고는 나도 생각할 수 없다. 나의 처는 드디어 이렇게 까지 질문하지 않았느냐. 준호에게 있는 것이 당신에게 있수.

그렇다. 나는 지금 나에게는 없고 준호 너에게만 있는 것을 생각해 본다. 너는 과연 나에게 없는 어떠한 것을 갖고 있느냐. 천박하다고 경멸하고 냉소하면서도 너를 만나면 기쁘고 너와 같이 걸을 때 행복과 흥분을 갖게 되는 어떠한 것이 너에게는 있느냐. 경박 그 자체가 너의 매력이냐. 그렇지 않으면 여자를 압도하고 그들을 *뇌쇄해 버릴 만한 두 살 난 표범 같은 억센 정열이냐.

나는 지금 내가 너를 처음 만나고 또 출판 주식회사의 계획을 함께 하는 동안 너에게서 느낀 솔직한 감상을 분석해 볼 흥미를 가지고 싶지 않다. 그것보다도 나는 지금 뚜렷하게 너와 나의 아내인 정숙이와의 관계를 추궁해 보고 싶다.

처는 아까와 같이 남편에게 불만을 가지고 있었다. 세속적인 불만 외에 여러가지 불만이 함께 엉클어져 있었다. 그것을 그는 명확하게는 인식하지 못하였고 또 그렇게 되는 것을 두려워하고 있었다. 그러나 그의 몸에는 이 불만이 흠뻑 젖어서 구석구석까지 침윤되어 있었던 것을 지금 깨달을 수 있다.

너는 그런 때에 우리들 앞에 나타났다. 찬란하나 포착할 수 없고 경쾌하나 걷잡을 수 없고 편협한 듯하면서 자기 행동에는 지극히 관대하고 무겁지 않으나 어디로 흐르는지 알 수 없는 *굴신자재(屈伸自在)한 성격— 이것이 정숙이의 눈에 강렬한 자극을 준 것이 사실이다. 그러므로 당장에 그는 반발하였다. 그까짓 경솔하고 천박한 자식. 신문기자란 부랑자가 아닌가. 이렇게 그는 입으로 공언하고 자기 내심에도 타일렀

뇌쇄(惱殺)
애가 타도록 몹시 괴로워함. 또는 그렇게 괴롭힘. 특히 여자의 아름다움이 남자를 매혹시켜 애가 타게 함을 이른다.

굴신자재
몸을 움직임에 막힘이 없이 자유로움.

다. 그러므로 그는 너의 말에 내가 찬성하여 허창훈이와 기타 호남지방
에 있는 돈 있는 이들을 움직이어 출판사와 인쇄소의 주식회사를 만들
려는 것을 속으론 비웃었을 것이다. 그런 놈하고 무슨 사업이냐.

그러나 그는 경멸하고 기피하고 증오하면서도 아니 그렇기 때문에
더욱더욱 너에게서 오는 자극을 일층 강렬하게 받았다.

나는 지금 나 자신에 대하여 끝까지 잔인하면서 이것을 추궁해
본다. 이렇게 하는 것은 나 자신에 대한 모욕이다. 나는 그것을 느
낀다. 제 여편네가 나이 어린 젊은 녀석에게서 제 서방에게 없는 매
력을 느껴 그것에 끌리어 들어가는 것을 냉혹하게 관찰해 나가는
과정은 준호야. 네게는 아무것도 아닐지 모르나 나에게는 큰 고통
이다. 준호야 너는 아마 다른 계집을 대하는 듯이 내 아내에게도
대하였을 것이다. 사실 네가 내 아내의 어느 곳에 매력을 느꼈을는지
는 도저히 상상할 수 없기 때문이다. 그러나 나는 네가 여자에게 대하
여 취하는 태도를 알고 있다. 그것은 의식하건 안 하건 여자에 대한
너의 비결이다. 너는 그것을 아무 여자에게도 사용한다. *여급, 기생,
처녀, 남의 부인— 더구나 권태기에 빠져 있는 중년 부인에게는 상당
히 강렬한 자극이 된다.

언뜻 보면 여자에게 흥미를 가지고 호의를 느끼는 듯이 보이면서 또
그렇지 않게 보이는 것, 다른 사람들은 낯을 붉히고 부자연한 태도를
가지고야 말할 수 있는 것을 대번에 싱글싱글 웃어 가며 참말같이 또
는 농말도 같이 말해 버리는 것— 이런 것이 여자에게 흥미를 던져 준
다. 어떤 때는 사랑하는 남자같이 행동하나 또 어떤 때는 전혀 딴사람
같이 대해 준다. 누가 자기의 애정을 고백하면 너는 여지없이 그를 환
멸의 심연으로 떨어뜨린다. 그러나 그가 완전히 단념해 버리도록 거절

당시 기생의 모습

여급(女給)
카페나 다방, 음식점 따
위에서 손님의 시중을
드는 여자. 여자 사환
(使喚).

도 안 하고 어디에곤 야릇하게 한 줄기의 실오리를 붙여 둔다. 너는 거침없이 표범과 같이 날째게 그들의 눈앞에서 정력을 휘두른다.

네가 그 이상 숨어서 이러한 여성들에게 어떤 행동을 취하는지는 나는 알 수 없다. 네가 네 앞에 나타나는 성적 대상에 대하여 생불과 같이 대하지는 않는다고 하여도 적어도 비루한 트릭을 써가지고 그들을 농락하지 않는 것만은 사실일 것 같다.

나와의 십여 년 동안의 생활에서 자극을 잃고 권태에 빠져 있는 나의 아내 최정숙이가 나에게서 찾을 수 없던 포착할 수 없는 매력을 너에게서 느끼기 시작한 것은 결코 이상한 일은 아니다. 나는 퍽 전에 이것을 느꼈다. 무엇보다도 정숙이의 지나치게 심한 너에 대한 과소평가에서 나는 언뜻 그것을 느꼈다.

하루는 정숙이가 저녁녘에 종로를 다녀오더니 이렇게 나보고 말하더라.

백화점에서 나오다가 바로 문 옆에서 준호 씨를 만났는데 웬 양장한 여자와 웃고 지껄이더니 내가 물끄러미 서서 보는 것을 눈치채곤 그대로 인사하고 갈라지지 않겠수. 그래 여자와 갈라지더니 시침을 떼고 내게로 오길래 풍경이 아름답구려 했더니 흥흥 하고 코웃음을 치며 둘이 한번 그런 풍경 만들어 볼까요 하겠지. 그래 내가 어린것이 그게 무슨 버릇없는 소리냐고 했더니 그럼 죄지었으니 차라도 어디서 먹읍시다. 그리곤 어딘지 낮에는 차 팔고 밤에는 술 판다는 무슨 바엔가를 앞서서 갑디다. 가면서 하는 말이 이제 그게 영화배운데 젖통 크기로 유명하우 하면서 싱긋싱긋 나를 보는구려. 그 하는 수작이 너무 천하고 품위가 없어서 욕이라도 해줄

1930년대 당시 미쓰코시 백화점

까 했으나 원체 버들가지 모양으로 바람이 몰아치면 부러질 사람이유. 그런데 또 찻집에 들어가서 하는 짓이 장관이죠. 당번 여급이 보아하니 *활량인데 이걸 턱 옆에다 앉히더니 자 내가 하나 물으니 대답하면 내가 한턱 내구 지면은 너의 제일 귀한 걸 내게 바쳐야 한다. 또 나도 제일 귀한 걸 바치라면 그걸 걸어도 좋지. 이러고는 그 앞에 있는 네모난 흰 종이를 쓱 들더니 자 이게 무슨 그림인가. 여급이 아무리 봐야 백지밖에. 쳐들고 보아도 안 보이고 스쳐 보아도 안 보이니 그 여자의 대답도 걸작이지. 하는 말이 바람을 그렸다. 바람은 눈에 안 보이니까. 준호는 고개를 쫑긋쫑긋하며 그 말도 비슷하나 가작이지 걸작일 수는 없다. 내 해석은 이렇다. 이 그림은 토끼가 거북이를 따라가는 그림이다. 거북은 앞서서 이미 이 종이 밖으로 달려가고 토끼는 늦어서 아직 종이까지 오지 못했다. 계집애도 좋아라고 손뼉을 치니 준호 하는 말이 너도 낙제는 아니니 키스쯤으로 용서한다고 막 야단이겠지. 그래 레이디를 앞에 앉히고 그게 무슨 쌍스러운 장난이오. 당신 동무 참 훌륭합디다. 그게 망나니지 뭡니까. 배라먹을 놈.

이 말을 싱글싱글 웃으며 듣고 있던 나는 마지막 말이 나올 때 언뜻 느꼈다. 정숙이 자신이 준호에게 의식적으로 반발하고 있다는 것을 그때에 눈치챈 때문이다. 이시적으로 애써 그를 밀쳐 버리려는 노력— 그것은 하면 할수록 더욱더욱 그 속으로 밀려 들어가기만 한다.

그리고는 매일에 한두 번은 반드시 내 처가 네 욕을 한다. 까분다. 부랑자다. 행실머리 없다. 이럴 때마다 나는 속으로 지금 제가 저 자신과 싸우고 있구나 하고 생각했다.

오늘 밤 싸움만 해도 물론 이렇게 될 일이 아니었다. 정숙이가 속인 것에서 시기심을 느꼈다든가 너희들이 산보할 때 무엇을 했을까 하는 것을 쓸데없이 상상하고 질투를 느끼고 트집을 건 것은 아니다. 내가 농말 비슷하게 이야기를 했더니 갑자기 낯이 해쓱해지며 쓸데없이 바빠한다. 나는 그때만은 가슴이 찌르르했다. 이것은 분석해 보면 질툰지 모른다. 몇 마디 오고 가고 하는 동안 쓸데없는 싸움인 줄 알면서도 걷잡을 수 없게 되었다.

자 준호 군 어찌 되었든 나는 군을 믿고 일을 계속하세. 군이 내 아내를 어떻게 했겠는가. 내 마누라는 감춘 것을 군은 스스로 고발하지 않았는가. 또 그 이상의 일이 있다 해도 나는 그것에 대해선 생각지 않으려네. 세상 사람의 웃음거리가 되어도.

어쨌든 최정숙은 내 아내다. 오늘 밤 한 말은 아내로서 할 만한 말은 아니었으나 그가 불만을 과장해서 지적하고 나에게 대든 것은 나에게는 좋은 약이 되겠지. 지금은 처가 저렇게 흥분하고 있으나 곧 본정신으로 돌아갈 것이다.

여하튼 출판사는 해야만 한다. 결심한 이상 꼭 해놓고야 말 것이다. 사업이 아니라면 장사라고 불러도 좋다.

주식회사가 되기까지는 허창훈이도 필요하고 김준호도 절대로 필요하다. 허창훈— 너는 돈을 가졌고 김준호— 나는 너의 기술이 필요하다. 자본가를 끌기 위하여는 김준호— 네가 꼭 있어야 한다.

아. 나는 마누라와 밤을 새워 치정 싸움을 일삼게 되었구나.

그러나 창훈아 준호야. 아니 누구보다도 정숙아. 나는 너희들과 함께 출판사를 하련다 아니 장사를 하련다.

3

일곱 시가 되어 햇발이 *영창에 퍼졌을 때에 아랫방에서 자던 정숙이는 일어나서 거울을 보았다. 눈알이 충혈이 되어 핏줄이 둥글고 퍼런 눈알에 실꾸리같이 엉키었다. 두어 번 눈을 서먹서먹 해보고 얼굴을 바싹 유리에다 들이대니 갑자기 *안계가 캄캄해지고 머리가 아찔하다. 그는 손으로 머리를 짚고 탁 엎드렸다. 코가 근질근질하여 손가락을 콧구멍 속에 넣어 보니 피다. 종이를 비비어 꽂고 그는 부엌으로 내려갔다.

새벽녘에 피로에 지쳐서 간신히 들었던 잠을 윗방에 누웠던 남수도 문소리 때문에 깨버렸다. 머리가 아프다.

그러나 눈이 떠지자 그는 벌떡 일어났다. 그는 어젯밤 일을 생각지 않으려 한다. 아니 자기가 혼자서 생각하던 끝에 얻은 결론만을 회상하려고 한다.

아내가 부엌으로 가서 덜걱거리는 것을 보니 그도 그가 한 말과 남수에게서 맞은 것에 대하여는 생각지 않고 그가 울다 남은 끝에 도달한 건강한 결론만을 지금 마음에 갖고자 하는 것이 분명하다고 남수는 생각한다.

이 방이 있는 집채와 안대문 하나로 사이를 둔 회사원네 집에서는

영창(映窓)
방을 밝게 하기 위하여 방과 마루 사이에 낸 두 쪽의 미닫이.

안계(眼界)
눈으로 바라볼 수 있는 범위.

아이들이 벌써 참새와 같이 재깔댄다. 아버지와 함께 라디오에 맞추어 체조를 하려고 모두 일어나서 자리를 개는 모양이다.

남수도 그들과 같이 체조를 할까 하였다. 그러나 명랑한 결론만을 생각하고 라디오 체조를 할 만큼 단순할 수는 없었다. 무엇보다도 그의 명랑해지려는 노력은 밥을 지으려고 부엌에 간 줄 알았던 아내가 금시에 아랫방으로 돌아와서 펄석 앉으며 땅이 꺼져라고 깊게 짚은 긴 한숨에 부딪쳐서 깨지고 말았다.

역시 아내는 어제 일을 깨끗이 잊어버릴 수 없는 모양이다. 그는 자기의 입으로 쏟아진 말에 대하여 생각하고 있는가 그렇지 않으면 남편에게서 맞은 것을 분하게 회상하고 있는가.

한숨— 그것은 분할 때보다도 후회할 때 흔히 나오는 물건이라고 남수는 생각해 본다. 그렇다면 그는 자기가 쏟아 논 말에 새삼스런 두려움을 일으키고 땅에 흩어진 물을 다시 주워담을 수 없는 자의 경지를 헤매고 있는 것이나 아닐까.

남수는 측은한 마음이 생겼다. 아내의 괴로움이 남수 자신의 뼈에 사무치는 것 같아서 아내가 불쌍해졌다.

뭘. 자기는 그만 것을 이해하고 용서해 줄 만한 포용성과 관대한 마음은 가지고 있건만— 이렇게 생각하고 그는 아랫방으로 내려가서 아내의 등을 뚜덕뚜덕 두드려 주며 그를 위로해 주고 싶은 충동을 느낀다.

그러나 샛문을 열어 젖힐 용기는 나지 않는다.

그때에 조간신문이 왔다. 마루 위에 대문 틈으로 들이치는 소리가 싸르르 하더니 턱 한다. 그는 미닫이 여는 소리를 내고 마루로 나가 신문을 집었다. 신문을 왈가닥 소리를 일부러 내며 이리 뒤치고 저리 뒤치고 한다.

아내는 지금 남편이 일어나서 어느 날과 다름없이 기지개를 하고 신문을 뒤적거리는 것을 알았을 것이다. 어젯밤 전에 없던 싸움이 벌어졌건만 남편은 아무렇게도 생각지 않는다. 이런 것을 남수는 정숙이에게 보여 주고 싶었다.

남수는 신문을 *들이뜨리고 뜰로 내려갔다. 태양을 향하여 낑 하고 기지개를 한 뒤에 칫솔질을 하고 냉수에 세수를 하였다.

정숙이도 다시 부엌으로 나온다. 세수를 하노라고 구부리고 서서 다리 짬으로 남수는 정숙이의 모양을 슬쩍 본다. 뾰루퉁한 듯도 하나 얼굴은 무표정에 가깝다. 늘 하는 버릇으로 낯을 씻기 전에 얼굴을 크림으로 닦는 모양이다.

이제는 되었다. 이해는 성립되고 화해가 되었다. 남수는 방 안에 쭈그리고 앉아서 다시 신문을 본다. 정숙이는 부엌에서 왔다갔다한다.

"우당 선생 기침하셨습니까."

준호의 목소리다. 대문 밖에서 이 소리가 날 때에 일순간 가슴이 덜컥 내려앉고 바빠서 들었던 것을 떨어뜨릴 뻔한 것은 남수뿐만이 아니었다. 부엌에서 솥을 가시던 정숙이도 혈액순환이 정지된 사람 모양으로 한참이나 어찌 된 셈인지를 몰랐다.

준호— 모든 것의 원인을 지은 장본인이 지금 찾아온 것이다.

목소리는 디시금 안대문 밖에서 들려 온다.

"우당 선생 아직 주무시우."

뜰로 뛰어나간 것은 남수나 정숙이나 동시였다. 그러나 남수는 마루 위에서,

"네 나갑니다."

하고 대답만 하고 문은 정숙이가 열었다. 허리를 구부리고 대문을 들

어서더니,

"단잠을 깨워서 미안합니다."

하고 두 사람을 번갈아 본다.

"지금이 몇 신데 여적 잘라구."

남수는 손을 내민다. 그에게 악수를 청하는 것이다. 이것으로 모든 문제는 해결되는 듯이 내심에도 기뻤다. 그들은 손을 쥐고 흔들었다. 손을 놓고 나서 얼굴을 돌리고 옆에서 뻔하게 보고 섰는 정숙을 보더니,

"며칠 동안에 상하신 것 같습니다. 머 몸이 편찮습니까."

한다. 정숙은 불시에 얼굴을 만져 보고,

"뭘 상하긴 그렇거니 하니까 그렇죠. 또 나는 봄을 타서."

하고 간신히 웃어 보였다.

"네 봄을 타서요. 좋으십니다. 봄을 타는 건 대단히 좋은 일입니다."

준호는 싱겁게 껄껄 웃는다.

"망칙해, 봄을 타는 게 좋긴 머이."

"그런데 광대뼈 옆에 퍼런 건 무업니까."

준호가 쳐다보는 바람에 정숙이는 얼굴이 발개지는 것을 느끼며 손으로 멍울진 곳을 만져 보았다. 아직도 좀 아프다. 그러나 그는 아픈 것을 참아 가며 몇 번 그것을 손으로 꾹꾹 누르고,

"어느 거 이거 여기 뭐 있어. 아무렇지두 않은걸요. 아마 버짐인 게죠."

하며 얼굴을 좀 돌렸다.

"자 어서 올러오슈 이렇게 뜰 안에서 이럴 게 아니라."

윗방에 둘이 마주앉아서 담배를 붙어 물었다. 뭘 하러 이렇게 어젯저녁에도 만난 사람이 오늘 새벽에 또 찾아왔는가 하고 궁금도 했으나 어쨌건 그가 찾아 준 것은 아내와의 화해를 위하여 좋은 기회가 되었

다고 남수는 기뻐하였다.

한참 담배를 태우면서도 준호는 용건 될 만한 말은 꺼내지 않고 잡담만 한다. 그래서 남수는 말이 좀 끊어졌을 때에,

"그런데 오늘은 머 누가 돈을 새로 내겠다는 사람이나 생겼수. 미상불 좋은 소식을 가진 것 같은데."

하고 준호의 눈치를 보았다.

"머 용건 없이 놀러는 못 올 집이오."

하고 준호는 싱긋이 웃더니 천천히 담뱃불을 끄고 얼굴을 정색한다.

"다른 게 아니라."

이러면서 준호가 이야기한 것은 다음과 같다.

준호는 남수들에게는 비밀히 어느 신문사에 취직 운동을 하고 있었는데 오늘 아침에 그것이 결정이 나게 되었다는 것이다. 그러므로 출판회사 조직에는 금후에도 조력은 아끼지 않겠으나 직접 관계는 끊어야 할 것이며 이삼 일 후부터는 출근을 하게 될 판이므로 자기가 나서서 모아 놓은 것을 인계해 주겠다는 말이다.

"어차피 봉급생활을 할 바엔 신문기자를 몇 해 좀더 해보려고 합니다. 그리구 이번엔 사회부로 가서 총독부 출입을 하라고 하므로 조건도 좀 좋고 또 여러 가지로 배울 것도 있을 것 같애서—"

원수와 마주 대하여 앉아서도 불쾌한 낯을 나타내지 않을 만한 사교적 세련은 치러 왔건만 이때만은 남수도 웃는 낯으로 장래를 축복한다고 기쁨을 표시할 수는 없었다. 소한테 물렸다는 말이 속담에 있거니와 남수는 이 어린것한테 한 밥 잘 먹히고 만 것이 되고 말았다.

남수는 말이 잘 나오지 않았다. 속이 찌르르 하고 물 끓듯이 가슴이

부글부글 끓어 오른다.

내 마누라를 농락한 놈이 이놈이다, 하는 생각이 새삼스럽게 생겨나며 이놈이 나를 농락하고 말았구나, 하는 분격한 마음이 끓어오른다.

제가 먼저 제안하고 제가 선두에 서서 일을 꾸며 놓고는 그 뒤에 숨어서 그는 취직 운동을 하였다. 그리고 일이 막 되어 가려고 할 즈음에 돌연히 뱀장어 모양으로 빠져나가는 것이 무슨 행동이냐.

"또 종잇값이 좀 내릴 것 같드니 오늘 시세도 그만인걸요. 앞으로 내릴 가망은 없는 모양이구려."

준호는 출판사 경영 앞에 암초까지를 암시하고 마치 남의 일을 비방하듯 한다. 남수는 주먹을 부르쥐고 그의 볼때기를 후려갈길까 했다.

그러나 냉정히 주먹을 굳게 쥐고 생각해 보면 제가 미련한 놈이었다. 그는 아무것도 모르고 부엌에서 밥을 짓고 있는 처를 갈기고 싶었다.

"이년 이런 놈하고 산보할 때 너는 행복을 느끼느냐."

이렇게 처를 두드리고 싶었다. 그러나 그 때리고 싶은 마음은 결국 제 자신에게로 돌아오는 불쌍한 심리였다.

준호는 호주머니에서 문서를 꺼내서 우물거리고 있다. 남수는 아무것도 눈붙여 보지 않으며 창문 있는 쪽을 멍하니 바라보고 있다.

라디오 체조의 호령 소리가 갑자기 그의 귀에 어지럽다.

『소년행』, 학예사, 1939.

무자리

1

학교에서 집으로 돌아오면서 운봉이는 적지 아니 긴장하였다. 마지막 시간에 치른 담임 선생의 태도에 분개에 가까운 흥분을 품은 때문이다. 시간 마감이 가까워서 선생은 교과서를 집더니 느닷없이 상급 학교 지원할 생도들은 손을 들라고 한다. 늘상 제 혼자일 망정 생각해 오던 바가 있으므로 운봉이도 바른손을 창칼같이 기운차게 뽑아들었다. 육십 명 넘는 중에서 단 다섯 아이뿐이다. 누구라고 돌아볼 것도 없이 금융조합장의 아들, *양조소 하는 집 아이, 의사 아들, 이 고을서 제일 부자라는 김 *좌수 손자, 그 틈에 뜻밖에도 김운봉이의 바른 팔이 섞인 것이다. 이 선발된 행운아 다섯 명 중에서 김운봉이의 야무진 얼굴을 발견한다는 것은 선생뿐 아니라 여러 아이들도 뜻밖으로 생각하는 바이었다. 선생은 안경 낀 눈으로 대충 건듯건듯 세어보다가 운봉이의 얼굴 위에서 한참 동안 눈을 떼지 않았으나 이윽고,

　*"요로시."

하고 잠깐 창밖을 내어다 보았다. 운봉이는 손을 내리고 그의 얼굴 위에 많은 눈총이 들이 쏠리는 것을 귀 따갑게 느끼면서도 헛눈을 팔지 않고 면바로 칠판 쪽만 바라본다.

"깅움뽀(김운봉)."

선생의 나직하나 밑힘 있는 부름에 운봉이는 '하이' 하고 기척하였다.

"운봉이는 어느 학교를 지원할 생각인가?"

"경성제일고등보통학교올시다."

경성제일고등보통학교

선생은 말대답도 뜻밖이란 듯이 고개를 끼우뚱한다. 반의 모든 아이들도 숨을 죽이고 긴장하여 있다. 방 안의 긴장한 기분이 압력이 되어 운봉이의 적은 몸을 향하여 육박하는 것 같은 착각에 운봉이는 숨이 가쁘고 눈이 곧아오고 목이 마르는 것 같다. 누가 뭐라고 부드럽게 등이라도 두드려주면 금시에 눈물이 콱 쏟칠 것만 같다.

"아버지와 어머님과두 다 의논했을 테지."

이 물음에 운봉이는 선뜻 대답하지 못한다. 경성제일고보 지망이 온전한 제 생각뿐이었기 때문이다. 머릿속이 혼란하여 횃불같은 것이 두서너 개 엉켜 돌고 거반 깎게 된 머리칼 밑이 때끔때끔하야 안타깝게 가려웠으나 운봉이는 움칫도 안 한다. 입술을 약간 떠는 듯하다가 제 귀에도 유난히 높으리만큼 '하이!' 하고 대답해버렸다.

선생은 운봉이의 태도에서 눈치를 챈 모양이나 그 이상 더 묻지 않고,

"그럼 아부지께 오늘이든 내일이든 될수록 빨리 학교로 한번 오십사고 여쭈어."

다시 잠깐 생각하는 듯하는데 하학 종이 우니까 멍하니 그것이 끝나는 것을 기다려,

"이저는 가을도 중추로 접어들었으니까 입학 시험 준비하는 사람은 물론, 그렇지 않은 제군들도 열심히 공부해주기를 바랍니다. 그리구 상급 학교 지원하는 생도는 사무실에 잠깐 들러주시오."

경례가 끝나고 단에서 내려서려다가 다시 운봉이 쪽을 향하여,

"운봉이는 안 와두 좋으니까 아버지께 말씀만 여쭈어 응?"
하고 교실을 나가버린다.

교실에서 일어난 일이란 이것뿐이다. 이 적은 사건이랄 것도 없는 조그만 일이 운봉이에게는 대단한 흥분을 일으키는 원인이 되는 것이다.

첫째로 그는 선생을 속였다. 물론 속인 것이 발각이 안 될 수는 있다. 아버지께 미리 가서 일러놓으면 그만이다. 그러나 그가 흥분하고 또 그 흥분이 분개에 가까운 것으로 옮아가는 데는 다른 이유가 있었다. 지원한 생도 다섯 명 중에서 자기를 따로 취급하는 것이 그에게는 단순하지 않았다. 그리고 아버지를 학교로 오시라는 것도 그에게는 원치 않는 일이다.

아버지는 폐인에 가까운 사람이기 때문이다. 학교서 부른다고 쉽사리 올 사람도 아니거니와 외려 학교나 선생을 욕지거리나 안하면 용할 형편이다. 물론 운봉이가 상급 학교를 가느니 안 가느니 같은 건 그에게는 문제도 안 된다. 이런 아버지를 학교로 오시라는 건 선생님이 모르시고 하는 소린지는 모르되 운봉이에게는 여간 불쾌한 일이 아니다.

어머니 역시 운봉이가 *경성으로 유학을 가느니 어쩌니 한 것을 찬성한 적도 없고 또 찬성할 건덕지도 없었다.

이런 형편이고 보니 담임 선생이 운봉이의 지망을 뜻밖으로 생각하는 것도 무리가 아니고 또 한 반 아이들이 곧 터져나오려는 조롱인지 선망인지도 모를 웃음을 참고 두리번두리번 운봉이의 *상판대기를 유심히 바라보는 것도 결코 이유 없음이 아닌 것이다.

그러나 운봉이로서는 누가 뭐란대도 꼭 한 곳 믿는 곳이 있었다. 서울 간 지 이태가 가까워오는 동안 한 달에 이십 원씩은 꼭꼭 송금해오는 누이를 믿는 것이다.

서울로 떠나갈 때에 "내가 서울루 가는 건 너 공부시킬 준비루 다 미리 가는" 게라고 한 말도 있지마는 일 년 전에 친히 제게로 한 편지도 있다. "네 공부 하나는 뼈가 가루 되는 한이 있어도 내가 맡어 시킬 것이니 공부만 열심히 하야라. 네가 서울서 바루 내가 볼 수 있는 눈 앞에서 고등학교에 댕길 생각을 하면 몸에 벅차는 괴로움도 낙으로 변한다."

육학년도 이학기로 접어드니 특별히 전 같은 입학 준비는 없다 쳐도 자연히 마음 설레고 졸업 후의 일이 이야기되었다. 아무개 아무개가 평양 어느 학교를 지망하느니 서울 어느 학교를 지원하느니 하는 소리를 벌써부터 들어온 지 오래다. 그 애들은 그 애들로서 넉넉히 그만 공부를 시킬 만한 집안이므로 별다른 이야깃거리가 될 것도 없다. 이런 소리를 귓등으로 들을 때마다 운봉이는 누이의 편지만 혼자서 뇌어보고 속으로 뱃심만 단단히 먹을 뿐이다. 운봉이 보고는 어느 학교에 가려느냐구 묻는 놈조차 없다. 그는 가만히 '중등 학교 입학 시험 문제집'을 사다 두었을 뿐이다.

오늘 비로소 선생의 물음에 그는 기운차게 손을 뽑아들고 여태껏 마음으로만 새겨두었던 것을 발표해놓았던 것이다.

다시 한번 어머니에게 다짐을 받아보고 서울 있는 누이에게로 똑똑히 기별을 해둘 것, 그리고 선생에게는 아버지나 어머니는 사정 때문에 학교에 올 수는 없으나 이러저러한 이유로 자기의 상급 학교 지원은 틀림없다고 말해버리리라고 혼자서 생각해본다. 아버지에겐 말해봤자 소용도 없을뿐더러 오히려 *분경이나 일으킬지도 모르니 어머니에게만 물어보자. 그러나 어머니도 누이가 알지 내가 아니 하고 씽긋이 웃어버리고 말 것이 분명하다. *에이쿠소! *꼬라, 백성, 양, 꼬라사, 시험 쳐서 들 놈은 나 하나밖에 없다. 누이에게 *하가키로 편지를 쓰자.

그는 갑자기 유쾌해지기나 한 듯이 바른 팔을 내두르며 소래기를 질러본다.

"완, 투, 스리, 꼬라, 백성, 양, 꼬라사!"

뛰다보니 거리 어귀다. 좀 *점직해서 길 건너를 쳐다보니 완일네 자전거포다. 마침 완일이는 펑크난 걸 때우느라고 기름 묻은 당꼬 쓰봉에 툭 튀어나도록 궁둥이를 실리고 연신 꺼꿉 서서 도야지같이 돌아간다. 운봉이는 죽어라 하고 달음박질을 하야 그 집 앞을 지나갔다.

본시 운봉이가 완일이를 송충이처럼 꺼려하기 비롯한 것은 누이가 서울로 가기 바로 전 아직도 담홍이라는 이름으로 이곳서 기생 노릇을 할 때부터였다. 하루는 자전거 살로 작살을 만들려고 완일네 가게 밖에 서서 컴컴한 굴 속 같은 데를 들여다보고 있었다. *파쇠로밖에 못 쓸 낡은 자전거가 집게와 *모루 앞에 다섯 틀이나 먼지에 파묻혀 있는데 새 자전거는 한 틀밖에 없다. 선반위에 부속품들이 널려 있고 조그

만 유리장 안에는 빤뜩빤뜩하는 쇠바퀴가 몇 개 걸려 있다. 광고 포스터를 발라서 구멍이 따군따군한 낡은 바람벽을 감추어놓았다. 운봉이는 나무 상자 안에 그득히 담겨 있는 자전거 살을 물끄러미 바라보다가,

"완일이 사이상 나 쟁곳살 하나 주구레."

하였다. 코로 흥얼흥얼 수심가를 넘기며 자전거를 만지던 완일이는 훌쩍 얼굴을 돌이며 이쪽을 보더니,

“응? 너 누구가? 응, 너 담홍이 오래비로구나. 쟁곳살은 뭘 할란?”

운봉이는 싱긋이 웃으며 그러나 얼굴이 발개져서 대답하였다.

“쏠챙이잽이 할라구 작살 맨들래요.”

“작살을 맨들래. 작살을 *쯔꾸루까. *요시, 주지, 내 주지.”

그러더니 한 뭉텅이 아마, 한 여남은 개 덥석 들고 그의 곁으로 온다. 그는 기뻐서 손을 내밀었다. 쇠줄로 작살을 만들려고 여러 번 못을 거꾸로 꽂고 뾰족한 놈을 밑으로 하자니 동그란 대가리가 거치적거려 방망이로 귀를 죽이려다가 손만 다치고 만 일이 있기 때문에 운봉이는 오랫동안 자전거 살이 그리웠었다. 그걸 지금 듬쑥 열 개나 집어주려는 것이다.

완일이는 어슬렁어슬렁 그의 옆으로 오더니 꺼멓게 기름과 때에 그슬린 손으로다 운봉이의 손을 잡고 또 한 손에 든 자전거 살을 옮겨 쥐어주었다. 받아가지고 손을 뽑으려고 하니 완일이는 그의 귀에다 입을 대고,

“나 너이 매부디?”

하면서 담뱃진에 건 이빨로 닝글닝글 웃었다. 운봉이가 팩 그의 손을 뿌리치니 자전거 살이 쫘르르 흩어져서 널장판 위에 떨어진다. 운봉이는 그 길로 입을 감물고 강 있는 골목길을 도망치듯 장달음을 놓았다.

이런 일이 있은 뒤로부터는 줄창 운봉이를 볼 적마디 “야 쟁곳실 줄라” 하든가 누이가 서울로 간 뒤에는 “학구 보구 싶다구 편지 왔네?” 하고 놀려대었다. 학구란 건 한 오래 옆집 기생의 오빠로 지금은 광산에 다니는데 처음 완일이가 하는 말이 무슨 뜻인지 몰랐으나 그 뒤 차츰 알아보니 학구가 담홍이에게 마음이 있었던 모양이었다.

그러는 중에 어느덧 완일이한테 놀린 날은 재수 없는 날이고 무사히

지나친 날은 재수가 있다고 운봉이는 혼자서 작정해버렸다. 이 푼수로 치면 오늘도 재수가 좋아야 할 게다. 그런데 그는 집 대문을 들어서자 저보다 일찍이 학교에서 돌아온 누이동생 운희한테서 아버지가 갑자기 위독하시다는 말을 들었다. 그는 허둥지둥 방으로 뛰어 들어갔다.

2

아버지라야 실상은 신통찮은 아버지였다. 뻬드러지기라도 했으면 싶다고 어머니는 울화가 뻗칠 때마다 옹알대고 *시악을 퍼붓던 그런 아버지다. "에구 언제문 이 꼬락서닐 안 보구 사나." 하루도 몇 번씩을 뇌는 통에 어머니의 표정은 모르는 새에 *포달스럽게 굳어져버렸다. 반반히 떨어진 눈썹 자국이 물결같이 도두 서고 미간엔 밭고랑처럼 주름이 잡히고 입술은 탄력 없는 꺼풀이 이그러져서 드문드문 빠진 어금니까지 드러나 보인다. 아버지는 이런 때 두 다리를 쭉 뻗고 괴침도 못 가눈 채 종이 까풀처럼 누런 상판이 묵묵히 눈을 내려 감고 어머니의 지청구를 귓등으로 흘리고 앉았다. 반찬 *가시 같은 노란 수염이 찰깍 붙은 가죽 위에 지저분하다. *상고머리로 깎았던 머리가 새 둥지 모양으로 어수선하다. 어머니의 아우성을 그는 그린 듯이 움직이지 않고 받아넘기는 것이다. 아편에 잔뜩 취했을 때이다.

약이 떨어지면 이와는 정반대다. 오늘 아침만 해도 벌써 어저께 저녁부터 약 기운이 *진해서 안절부절을 못 하고 몸을 가누지 못하다가 새벽이 되자 집이 떠나가라고 지랄발광을 하고 드디어는 가슴을 두들기면서 통곡을 하였다.

시악(恃惡)
자기의 악한 성미를 믿음. 또는 그 성미로 부리는 악.

포달스럽다
보기에 암상이 나서 악을 쓰고 함부로 욕을 하며 대들 듯하다.

가시
물고기의 잔뼈.

상고머리
머리 모양의 하나. 앞머리만 약간 길게 놓아두고 옆머리와 뒷머리를 짧게 치켜 올려 깎고 정수리 부분은 편평하게 다듬는다.

진하다
다하여 없어지다.

　운봉이가 강에 가서 세수를 하고 들어오는데 운희가 운규 놈을 업고 울먹울먹하며 대문으로 나온다. 어디를 가느냐, 왜 들먹거리느냐고 물으려는데 기왓골이 울리도록 고래고래 지르는 아버지의 높은 언성이 방에서 들려온다. 대체 뼈에 가죽만 씌운 것 같은 몸에서 그리고 어느 때는 모기 소리만큼도 분명치 못한 목소리가 어쩌면 저렇게도 요란스러우랴 싶게 이런 때의 아버지의 언성은 파격적으로 높았다.

　"모두 벼락을 맞을 년덜 같으니, 집안이 망할라니 암탉이 승이 세서 글쎄 이년들 먹구 살구서야 공부두 공부 아닌가. 또 간나 새끼들이 공분 해 뭘 할 텐가. 아니 제년들이 진사 급겔 할 텐가 뭔가. 아냐 오늘 당장에 담임 교사 놈을 찾아가서 떼오구 말으야지. 나이는 벌써 오래잖아 *성년할 텐데 소리두 배우구 춤두 배와둬야 제 밥벌이나 안 하나. 또 간나이 녀두 자식인 바에야 길러준 애비 에미 모른다구 할 텐가. 서방 얻어 가기 전에 밥술이나 벌어주야 에미 애비두 허리를 펴잖나. 저 계집년이 몹쓸어 자식을 덜 되게 가르킨단 말야. 이 담홍이란 년 안 보았겠나. 요년이 낫살이나 차서 겨우 화댓닢이나 벌라 하니께 저년이 귓속질을 해서 서울루 쫓았겠다. 저년, 송가의 딸년 같으니. 그놈어 뒤상 *속알머리가 고약하니 딸 하나 둔 게 저 모양이

성년
신체나 지능이 완전히 발달하여 법적 권력을 행사할 수 있다고 간주되는 나이. 만 20세 이상.

속알머리
소갈머리. 마음이나 속생각을 낮잡아 이르는 말.

야. 뒤상 죽을 때 제 딸년마자 데리구 갔으문 이 고약스런 기구한 팔자나 면할 걸. 이년 이 송가의 딸년 생게두 없어지지 않구 내 속을 태우네? 이 *주릿댈 안길 년아. 모두 소리 안 나는 총이 있으문 좋겠다. 아니 이, 운희란 년 어데루 살짝 도망쳤나. 제 에미 년이 빼돌렸겠지. 이 아새끼 놈은 또 새박에 나가더니 어데루 갔나. 그놈어 새낀 물구신한테 홀렸나. 새박이면 눈이 짜개지기가 무섭게 강으로 내빼니 물구신이 잡아다 뼈두 안 남기구 삼켜버릴 간나 새끼덜 같으니.”

한참 뜸한 것 같더니 그 다음엔 화가 천둥 같아서 주먹으로 *샛문을 뚜들기며,

“아니 이 송가의 딸년이 이대루 나를 생매장할 테냐. 이 마른 벼락을 맞을 년아. 아이구 이년아. 아이구 복통이야, 아이구 가슴이야.”

넋두리로 변하다가 목을 턱 놓고 초상당한 것 같이 섧게 울어댄다.

소문난 집이라 웬만해서는 창피할 것도 없지만 이른 새벽에 곡성이 진동하니 동리 사람 보기도 미안하다. 하는 수 없이 낯이 새파랗게 질린 어머니가 물 묻은 손을 치마에 씻고 괴춤에서 일원짜리 한 장을 꼬깃꼬깃 개킨 채로 아버지에게 집어 던진다. 장판에 낯을 파묻고 엉이엉이 울어대는 아버지는 종이 떨어지는 소리에 귀가 반짝 열리는지 시름이 고개를 들어 쥐 낚는 고양이처럼 지폐장을 각채들인다. 울음을 두어 번 어린아이같이 떨칵떨칵 삼킨 뒤에 푸시시 일어난다. 누장판 같은 바지를 *괴춤만 움켜잡고 커다란 고무신을 철레철레 끌면서 운봉이의 옆을 지나서 뿌르르 대문으로 나가버린다. 그의 안중에는 운봉이도 아무도 없었던 것이다.

아침에 이렇게 나갔던 아버지가 그날 오후 네 시에 임종을 맞이했다는 것이다. 꿈같은 일이나 그것이 현실이었다. 운봉이는 구긴 봉투를

한 장 들고 우편소로 가는 길이다. 누이에게 전보를 쳐야 한다.

그렇듯이 지체밀망을 하던 폐인이라고 할지라도 역시 남편이었고 또 아버지였다. 언제나 이 꼬락서닐 안 보구 살 거냐구 아침까지도 지청구를 퍼붓던 어머니도 미적지근한 *복닥재 모양으로 식어들어가는 초라하고 빈약한 육체를 앞에 놓곤 누구보다 더 바빠하고 손 붙일 곳을 몰라 쩔쩔매었다. 약을 과히 써서 중독이 되어버렸다 한다. 의사도 손을 떼고 지금 겨우 달락달락하는 희미한 숨결만 거두면 뼈와 가죽 새에 최최하게 흐르던 다 말라버린 핏줄은 영영 굳어져버리리라 한다.

운봉이는 울지 아니하였다. 어찌할 바를 몰라서 초점을 못 잡는 두 눈알을 부리부리 굴리던 어머니가 두서없이 내뱉는 말을 좇아 그는 낡은 봉투지를 찾아들고 우편소로 뛰어가는 것이다. 사실 그에게는 '죽음'이라는 것이 어떤 것인지가 실감을 가지고 느껴지지 않았다. 또 그 것을 새겨서 연상해볼 여유도 없었다. 손땀이 찐득하게 묻은 봉투지를 뒤적여 뒷면을 찾아보니 희미하게 '경성부 관철정 ×× 번지 *카후에 구로네코 내. 김설자 요리' 라는 삐뚤삐뚤한 글자를 골라 볼 수 있었다. 학교에서 배운 대로 그는 전보 용지에 그대로 옮겨 쓰고 전문(電文)에는 '치치 기토쿠 스구 고이오 토우토'라고 썼다. 집으로 뛰어오는 노상에서 의사를 만났으나 그는 운봉이를 모른 체한다. 뛰던 걸음을 멈추고 아버지의 병세를 물으려고 하나 땅만 들여다보며 의사는 운봉이의 거동을 무시해버린다. 의사는 묵묵히 걸어가다가 골목을 휘어 돈다. 대문을 들어서면서 운봉이는 어머니와 운희와 운규의 곡성을 듣고 멍하니 서 있다. 뜰 안에서 낯을 돌리니 *초벽한 것이 다 떨어져서 수숫대가 뼈다귀 모양으로 앙상하게 드러난 바람벽이 눈앞에 있다. 여태 껏 황망한 가운데도 그의 마음과 머리 밑을 찐득이 흐르고 있던 '내일엔 서울서 누이가 온다'는 생각이 펄깍 달아나고 다른 생각이, 무엇이 불쌍하고 *최최한 아버지를 금방 가져가버렸다는 생각이 귀가 황황거 릴 만큼 그의 머리를 휩싸버린다. 두 귀가 징하니 울고 콱 막혔던 콧구 멍이 횡하니 열리는 순간 그는 비로소 눈물이 올라 솟구는 것을 깨닫 는다.

3

삼일장이니 *성복제니 오일장이니를 딱히 작정해두지 않았다. 운명 한 날 밤에 앞집 명월이 오빠 학구가 광산에서 돌아와서 밤경할 사람 들을 윗방에 모으며 화투판이니 마작판이니를 차리고 문밖에 초롱도 장만해 걸어놓은 뒤, 사주 잘 보는 이한테 가서 날을 받아왔다는 것이 사일장, 다시 말하면 성복날이다. 운봉이 어머니는 나흘 동안이나 묵 혀둘 경황이 없다 생각했으나 잠자코 아무 말이 없다. 그로서는 삼일 장이니 오일장이니 별로 아랑곳할 게 없었다. 전보 쳐서 하루를 지나 면 서울서 담홍이가 올 것이므로 그를 기다리고 있으면 그만이었다. 기다린다고 하여도 아들과 달라 그가 없으면 입관을 못 한다든가 하는 격식으로 그를 기다리는 것이 아니었다. 아닌 게 아니라 얄따란 소나 무 관을 사다가 둘쨋날 되는 날 아침 벌써 입관을 해버렸다. 딸을 못 보았다고 죽은 이가 저승에 못 갈 리는 없을 게다. 담홍이 오기를 기다 리는 것은 장례비가 생기기를 기다리는 거나 마찬가지였다. 운명한 뒤 다시 전보를 친 것까지 시간으로 따져서 그 이튿날 하루종일 차 시간 마다 기다렸으나 담홍이는 오지 않았다. 베 한 필을 못 사고 무명 한

끝을 바꾸어오지 못한 채 돈전개니 *만장이니 하는 데도 염을 내지 못하고 그 이튿날을 그대로 보내게 되니 어머니는 설움 같은 건 생둥생둥해져서 없어지고 걱정이 불쑥 앞서지 않을 수 없었다. 그러나 담홍이가 이렇듯 늦어지는 것은 갑자기 준비가 없었다가 장례비를 충분히 마련하노라니 자연 이리 되는 것일 게라고 제 마음에 타이르고 안심하려 들었다.

운봉이도 누이의 일이 궁금하였다. 그의 생각 같아선 전보가 떨어지자 곧 출발할 테니 적어도 그 이튿날은 올 게라 하였다. 명색이 상주라고 차시간마다 정거장에 친히 나가 기다리진 못하나 운희와 운규가 나갔다가 시름해서 빈 몸으로 들어오는 것을 보면 한없이 낙망이 갔다.

"누이가 아침 차에두 안 완?"

학구는 일을 쉬지는 않았으나 광산에서 돌아오면 찾아왔다. 사흘째 되는 날 아침 *밤대거리를 끝막고 돌아오는 길에 운봉이가 실심하여 토방에 앉아 있는 것을 발견한 것이다. 머리를 쩔레쩔레 흔드는 것을 보더니,

"아니 거 어떻게 된 판국인가"

하고 혼잣말로 중얼거리며 운봉이 옆에 *구럭을 놓고 궁둥이를 앉힌다. 몇 사람 안 되는 밤경꾼도 날이 훤히 밝자 뿔뿔이 돌아가 버려 큰일을 치른 집 같지 않게 조용하다. 운봉이는 아직도 두서없는 생각에 골똘해 있다. 정작 아버지가 돌아가버리니 처음은 한없이 서러웠으나 그것이 이틀을 지내는 동안 종적을 잡을 수 없이 사라지고 운봉이 제 일이 자꾸만 생각났다. 학교에는 그 뒤에 가지 않았으니 선생의 말대로 실행은 안 했더라고 좋으나 제 생각같이 상급 학교에 갈 수 있겠는가가 하루바삐 안타깝게 알고 싶다. 엽서로 누이에게 물으려던 참이니

만장(輓章/挽章)
죽은 이를 슬퍼하여 지은 글. 또는 그 글을 비단이나 종이에 적어 기(旗)처럼 만든 것. 주검을 산소로 옮길 때에 상여 뒤에 들고 따라간다.

밤대거리
주로 광산에서, 밤낮 교대로 일하는 경우 밤에 일하는 대거리.

구럭
망태기(물건을 담아 들거나 어깨에 메고 다닐 수 있도록 만든 그릇. 주로 가는 새끼나 노 따위로 엮거나 그물처럼 떠서 성기게 만든다) 의 잘못된 말.

누이가 오게 된 것은 이 문제만으로 보면 맞춤이라고도 생각할 수 있다. 아버지의 죽음은 상급 학교 가는 문제에는 별반 지장이 되지 않을 것이므로 담홍이 누이의 확답만 있으면 그만이다. 처음에는 슬프고 바쁜 통에 통히 그 문제에 생각이 가지 않았으나 누이가 이틀사흘째 되어도 오지 않으매 불숙 이러한 근심이 치밀어올랐다.

"누이한테서 편지 온 게 원제가?"

학구는 운봉이를 잠깐 솔깃하니 바라보면서 묻는데 운봉이는 좀 통명스럽게

"한 달 됐나 몰라."

한다. 주소의 이동을 염려하는 것이다. 이것을 그때서야 알아차리고 운봉이는,

"명월이 뉘한텐 편지 안 왔나?"

하고 되레 학구에게 물어본다. 그러나 학구는 멍하니 마당만 바라보고

있을 뿐 운봉이의 말에 대답하지 않는다. 무슨 생각에 골똘해 있는지를 운봉이가 의아스레 생각하는 것 같아서 한참 동안 물끄러미 움직이지 않던 고개를 약간 들면서,

"발세 펜지 서루 안 하는 데 오래다."

하고 자기도 무심결에 가느다란 한숨을 짓는 듯하다. 그렇게 친하던 사인데 그리고 이번 일에도 안일을 맡아서 돕고 있는 터에 어찌하야 담홍이와 편지 왕래가 끊어진 지 오래인가? 응당 이것이 설명되어야 할 것을 학구는 운봉이의 표정에서 간취하고 제가 쓸데없는 발설을 한 것을 뉘우쳤다. 그래서 그는 속으로 은근히 쩔쩔매며,

"괜하니 쓸데없는 일 때문야. 인제 오문 다 풀어버릴 테지."

하고 어색하게 중얼대었다. 명월이와 담홍이가 거래가 끊어진 것은 순전히 자기 때문에 생긴 일이기 때문이다.

　담홍이가 서울로 간 지 얼마 안 되어 눈이 부시게 휘황찬란한 사진이 담홍이 집으로 왔다. 뒷굽 높은 구두쯤에 새삼스레 놀랄 필요는 없겠으나 이 고을서 보지 못하던 경쾌한 양장과 머리 모양에는 눈을 뒤솟지 않을 수 없었다. 양복이라면 여 *훈도의 쿠렁쿠렁하고 몸에 붙지 않는 *곤색 세루거나 여름에 *오카미 상들이 *고시마키 위에 들쓰는 *간탕후쿠만 보아온 눈에 담홍이의 사진은 노상히 *일경을 시키게 함에 충분하였다. 그것을 받아들고 운봉이는 윗거리에 있는 양복점 안에 사진틀에 넣어서 주루니 매어단 서양 사람들을 연상하였다. 서울 가는 데 반대하던 아버지도 이 사진에는 만족한지 물끄러미 쳐다보다 휙 던져주며 "소갈 머리 없는 게 하이카라만 부리넌 게건" 하고 핏기 없는 피부를 궁상맞게 함칠거리며 입 가상에 웃음을 띠운다. 물론 이 사진은 빈틈없이 총총히 붙여서 매어달았던 길쭉한 사진틀을 내려서 다른 것

훈도
일제 강점기에 초등학교의 교원을 일컫던 말.

곤색 세루
검은 빛을 띤 남빛 세루. 세루는 모직물의 하나로 서지 비슷하나 그보다는 바탕이 얇고 올새가 가늚.

오카미
요정이나 여관 등의 여주인.

고시마키
여자가 일본 옷을 입을 때. 아래 맨살에 두르는 속치마.

간탕후쿠
간편한 여자용 여름 원피스.

일경
한바탕 놀람.

을 뽑아내고 맨 가운데다 모셔서 걸었다.

그렇게 한 지 며칠 뒤에 운봉이가 학교에서 돌아오면서 막 대문소리를 내고 들어오는데 방문이 열리고 황망한 표정을 얼굴에 드러낸 채 두 손에 무슨 종이 조각 같은 걸 들고 학구가 *어마지두 뛰어온다. 어인 영문을 몰라 더 놀다 안 가느냐고 말을 건네려는데 그는 뿌르르 나가버린다. 방 안에 들어와보매 집 안엔 아무도 없다. 마실을 갔는지 아마 앞집에나 뒷집에나 잠깐 다니러 갔을 테지만 방 안은 휑하여 학구의 수상한 행동을 알아낼 길이 없다. 마침 방바닥에 인화지 조각이 하나 남아 있어서 사진틀을 쳐다보니 담홍이의 양장한 사진이 없었다.

이러한 작은 사건과 자전거포 하는 완일이의 놀리는 수작밖에 운봉이는 담홍이와 학구의 내막에 대해서는 알지 못한다. 그러므로 지금도 학구 때문에 담홍이와 학구의 누이동생 명월이와의 새에 의가 상한 것은 짐작할 도리가 없었다.

"담홍이 서울 간 데가 발쎄 이태가 되나."

싱겁고 면구스러운 김에 해보는 말임에 틀림없으나 벌써 학구의 밑에서 어떤 기미를 눈치 챈 운봉이에게는 이러한 학구의 말은 더욱 부자연한 것으로 들리지 않을 수 없었다. 스물둘 난 학구와 열네 살 난 운봉이의 대화가 부자연해가려고 할 때 마침 운봉이 어머니의 갑작스런 울음이 문창을 울리듯이 요란스럽게 들려온다. 따라서 운규가 이에 못지않게 큰 소리로 울어댄다. 이 바람에 학구는 껑충 일어나서 방으로 들어서며,

"이전 고만두슈. 돌아가신 이가 운다구서 머" 하다가 그 다음 말이 잘 나오지 않아 "운규 웁네다. 어린것덜 봐서래두 오마니가 울문 되갔쉥까" 하고 어루만진다. 운봉이도 슬며시 기둥을 지고 일어섰다.

　그러나 다행히 참말 다행히 그 다음 차로 담홍이가 왔다. 웬걸 낮차에 올 게냐구 아무두 정거장에 나가지 않았더니 바로 그 차에 온 것이다.

　"서울서 옵네다" 하는 어떤 여인네 소리가 대문 밖에서 나므로 운봉이가 뜰로 뛰어가보니 담홍이는 아래위 흰옷으로 긴 치마를 두르고 문턱을 넘어서고 있었다. 갑자기 할 말이 없어 토방 위에서 어물어물하고 있는데 방 안에서 담홍이를 본 어머니가 흰 포창 친 뒷뭇을 향하여 궹궹 처울기 시작한다. 그 바람에 담홍이와 그 뒤를 따라오던 여인네와 고리짝을 하나 지게 위에 진 머슴 아이의 시선은 일시에 방 안으로 쏠린다. 운희만이 침착하게 운규를 업고 마중 나서더니 토방 위에 올라서는 언니의 앞으로 가서 푹 치마폭에 얼굴을 묻는다.

　담홍이는 커다란 핸드백을 들고 처음부터 아무 말이 없다. 머리는 푸시시하니 헝클어져 있으나 눈은 그전같이 뚱그런 게 차 속에서 시달린 탓인지 떼꾼하다. 눈 가상엔 약간 검버섯이 끼고 낯 색이 바짝 희게 질려서 윗니 틀이 좀 두드러진 것 같다. 운희와 운규를 한참 묵묵히 내려다보다가 슬며시 옆으로 돌려세우고 고무 신은 토방에 벗어놓고 방 안으로 들어간다. 나지막한 평풍을 둘러세우고 그 위로 흰 포장을 늘인 뒷목을 한참 동안이나 바라보고 섰으나 그는 무표정에 가깝다. 목을 놓고 울던 어머니가 이마와 얼굴에 뒤엉키는 파뿌리 같은 눈물에 젖은 머리카락을 두 손으로 치켜올리면서 반가움인지 슬픔인지 노염인지 분간키 어려운 표정으로 그를 쳐다볼 때 비로소 담홍이의 커다란 두 눈에는 핑하니 물기가 떠올랐다.

4

장례를 치르고도 담홍이 누이는 가지 않았다. 남에게 매인 몸이란들 *삼우제도 안 치렀는데 그대로 가버릴 리는 없을 터이니 아무런 갈채비도 차리지 않는 것은 이상할 것도 없으나 가지고 온 고리짝을 끌러서 그 속에 든 알맹이를 펼쳐놓을 제 운봉이는 누이가 서울을 아주 떠나온 것이 아닌가 하는 의심이 안 생길 수 없었다. 철이 지난 백구두, *선기가 나서부터는 입지 못하는 여름 옷가지, 무엇보다도 푸른 모기장, 이런 것들은 집에다 버리고 가려고 일부러 싣고 온 게라면 몰라도 그렇지 않은 바엔 닥쳐오는 가을이나 겨울엔 소용없는 물건들이었다. 그리 크지도 않은 고리짝 속엔 이 대신에 별로 몸에 지닐 만한 물건도 없다. 벌써 일 년 반이나 지난 일이기는 하나 처음 서울 가 몇 달 만에 박아 보낸 사진과 같은 양장은 어느 구석을 털어도 나오지 않았다. 지금은 입지 않는 여름 옷가지가 몇 벌, 주름살이 고깃고깃 구긴 대로 뭉치어 있으나 별반 값나는 옷가지는 아니다. 지금 당철에 입을 옷은 하나도 없다.

또 하나 수상한 것이 있다. 누이는 적어도 백 원 한 장은 가지고 오리라 생각했던 것이 내놓는 것을 보니 사십 원이 좀 남짓할 뿐이다.

"전보를 일찍 받었더면 좀더 돈이래도 둘러보잘 게 내가 그 집을 나온 지가 얼마 된 때문에 이틀을 걸려서야 나 있는 하숙을 찾어왔으니 급작스레 돈 맨들 구멍이 있어야지."

그래 아무런들 주인한테 고맷돈이야 못 두를 것이냐고 어머니는 생각하는 모양이나 딸의 모양이 뜻밖에 최최한데 질리어서 그는 아무 말도 안 하였다. 위선 삼우제나 지내놓고.

그래서 통히 이런 것에는 눈이나 마음을 팔지 않고 삼우제까지를 치렀다. 뫼에 갔다 오니 방은 휑한데 아편쟁이 아버지 대신에 웃간 구석에 초라한 혼백상이 하나 뎅그렁하니 놓여 있다. 이 혼백상만 해도 하루 세 때를 변변히 해 바치지 못할 처지하면, 그리구 *삭단제니 *졸곡제니는 말도 말고 죽은 날 삼 년 동안 제사는 해야 안 하느냐고 말이 많아져서 아예 당초에 법식 따라 하지 못 할 바엔 혼백을 불사르는 게 어떻느냐는 말까지 있었으나 남들이 보나 마나 해도 그럴 수는 없다고 저렇게 인조견 자박이나마 늘여두게 한 것이었다.

삼우제까지를 치르고 나면 아버지를 위한 의무는 위선 풀어져 버린다. 담홍이 누이는 저만 바란다면 서울로 돌아갈 수도 있고 운봉이와 운희는 학교에를 다시 가야만 한다.

저녁을 이럭저럭 치르고 나서 마실 왔던 학구 어머니마저 다녀가니 처음으로 단출하게 가족끼리 방 안에 모이었다. 운규는 며칠 동안 바쁜 틈에 들볶인 탓에 벌써 아랫목에 네 활개를 펴고 곯아떨어졌고 운희는 궤짝 뒤와 발치 구석과 혼백상 다리 밑으로 머리를 틀어박고 흩어진 책을 모으기에 바쁘다. 한참씩 꺼꿉 서서 다리를 뒤로 뻗고 데기 닥거리다간 먼지 묻은 책을 꺼내들고 "운봉이 산술책 못 봤"하곤 이편을 본다. 모아온 책을 시간표대로 책보에 싸서 머리맡에 놓고 휑하니 아랫목으로 내려가는 폼이 어뎅가 처녀 꼴이 난다. 아버지가 학교를 떼서 기생으로 넣어야 쓴다고 고래고래 소리를 지르며 안달을 부릴 때마다 밥도 채 못 먹고 책보를 들고 학교로 뛸 때엔 아직 철딱서니 없는 어린애만 같더니 저렇게 채국채국 제 할 일을 치른 뒤에 뒷골방에서 요와 이불을 꺼내다 쪼르르 깔아놓는 것을 보면 제법 색시 티가 나는 것 같다.

윗방 샛문턱에 팔굽을 세우고 멍하니 이것을 보다가 운봉이는 밖으로 나왔다. 나와도 갈 데가 없다. 학구한테나 갈까 했더니 그는 지금 밤대거리가 되어 이곳서 한 오 리 가량 되는 광산 기계간에 가 있을 게다. 아무 데도 가고 싶지 않아서 캄캄한 토방에 쭈그리고 앉았다.

운희가 책보를 꾸리는 것을 보나 마나 벌써부터 운봉이도 내일은 학교에 가야 할 것을 생각하고 있었다. 그는 아까부터 이 생각에 골똘했다.

아버지는 이미 세상에 없으니 담임 선생이 데리고 오라던 말은 소용없이 되었다. 그러나 공부를 시키고 안 시키는 열쇠를 쥐고 있는 장본인이 와 있다. 내일 학교에 가는 바엔 이 문제를 단단히 다짐을 받아가지고 가야만 할 게다. 지금이라도 선뜻 방 안으로 들어가서 바람벽에 기대어 한 다리는 뻗고 또 한 다리는 세우고 왼 팔로 머리를 무르팍 위에 고인 채 움칫도 안 하는 담홍이의 낯을 붙들어 세우고 '누이야 나 서울 공부 시켜주지?' 한다든가 '전에 약속한 거 잊지 않았지'라든가 해놓으면 만사는 결단이 날 게다. 그러나 이 한마디 말이 용이하게 입 밖에 나오지 않는다. 떨어진 제가 한 이태 된다고 별로 서먹서먹해진 탓도 아닐 게다. 아버지 세상 떠나자 이건 또 무슨 구살 맞은 변이냐고 눈총을 맞을까 두려워 그러는 것도 아닐 게다. 제 입에서 이 한마디가 나온 뒤에 누이의 입에서 어떠한 판단이 내릴지가 은근히 무서운 것이다.

'염려 마라. 그것만은 결심한 대루 잊지 않았다.' 이 말이 과연 제게

당시 남학생의 모습

올 수 있는 합당한 말일 거냐. 만일 이 말 대신에 '학교가 다 무슨 태평
세월에 하는 치다꺼리냐' 소리만 나오게 된다면 그대에 자기가 당할
불행을 대체 어떻게 처치할 것이냐. 모든 것이 끝이 난다. 모든 것이
불행하게 끝이 난다. 이 불행을 한 시각이라도 멀리 물리쳐보겠다는
의식하지 않은 생각이 그로 하여금 누이와 대뜸 들어가 담판하는 것을
망설이게 하는 것이다.

그러나 부질없는 상상은 곧잘 화려한 환상이 되기 쉽다. 누이에게
말해볼 게냐 말 게냐를 골똘하게 생각하다가도 어느 새엔지 공상은 그
를 학교로 끌고 가서 교실 속으로 몰아넣는다.

"운봉이는 어느 학교를 지원할 생각이냐?"

이렇게 선생이 묻는다.

"경성제일고등보통학교올시다."

기운 타게 운봉이가 대답한다.

"학비는 누가 댈 참이냐?"

"서울 있는 제 누이가 대기로 되었습니다."

선생도 놀라고 생도들도 놀란다. 선생도 부러워하고 생도
들은 더욱 부러워한다. 운봉이는 만면에 웃음을 잠그고 의기양양하다.

자꾸만 이런 생각이 앞을 선다. 누이와 담판하여 이러한 결과를 낳
게 되면……운봉이의 행복은 하늘 가로 둥둥 뜬다.

운봉이는 토방에서 일어난다. 어찌 되었든 누이에게 물어보자. 낯을
돌려 아랫방을 보니 전등을 윗방으로 올려 걸고 아랫방을 캄캄하다.
그동안 얼마나 시간이 흘렀는지 그들은 벌써 잠에 취한 모양이다. 운
봉이도 윗방으로 들어가서 전등을 끄고 제자리에 누웠다. 하는 수 없
이 이야기는 내일 아침으로 미루어야 한다. 그는 잠을 청하려고 눈을

당시 여학생들의 수업
모습

감았다.

　잠이 오지 않는다. 눈은 감기는데 머릿속이 생둥생둥해서 잠을 들 수가 없다. 한 주일 가까운 피로에 지쳐서 자리 속에 몸을 눕히자 온몸은 안식을 요구한다. 그러나 머릿속이 이상스럽게 새록새록하다. 간혹 졸림에 휩쓸려도 가위에 눌리었다. 그런데 아랫방에서 이야기 소리가 난다. 무엇한테 바짝 눌리었다 펄딱 소스라쳐 깨는데 아랫방에서 말소리가 들려오는 것이다. 잠귀에나 똑똑히 들렸다.

　"너 언제 몸이 있선?"

　어머니의 묻는 말이다. 이 말만 가지고는 그것이 누구에게 묻는 말인지 똑똑하지 않다. 운희보고도 물을 수 있는 말이기 때문이다. 그러나 아무런 대답도 없다.

　"담홍이 발쎄 자네?"

　또다시 어머니의 재우치는 말이다. 그 물음이 담홍이 누이에게로 가는 것임은 똑똑해졌다. 그러나 자는지 깨고도 덤덤한지, 담홍이 누이의 대답은 들리지 않는다. 이어서 어머니의 긴 한숨이 들려온다. 그러나 그 한숨이 채 끝나기 전에,

　"넉 달째야."

하는 가는 목소리로 누이의 대답이 들려왔다. 또다시 아무 말이 없고 감감하다. 이 짧은 대화가 무엇을 의미하는 것인지는 운봉이에게도 족히 이해할 수가 있었다. 그러고 보니 누이의 얼굴과 옷맵시와 고리짝의 내용이 대충 설명이 되는 듯싶다. 임신 사 개월이라면 배도 어지간히 불렀을 게다. 쿠렁쿠렁하니 긴 치마를 두르고 두 손을 늘상 앞치마 자락에 읍하던 것이 생각힌다. 그러나 어머니에게는 그런 재주를 가지곤 좀처럼 숨길 수가 없었던 모양이다.

"아이 애비는 뭘 하는 사람이냐?"

한참 만에 다시 어머니의 묻는 말이다. 사실 아이를 배어서 이미 넉 달이 지낸 바엔 그 아이의 아빠가 누구인 것을 아는 것이 어머니에게는 제일 긴요하였다. 물론 어디 사람인데, 성은 무엇, 이름은 무엇, 본은 어디 하고 묻는 것이 아니다. 그런 건 아무 소용이 없다. 직업이 뭐냐 좀더 뾰죽하게 털어서 말하자면 부자냐 가난뱅이냐, 돈냥이나 실히 낼 사람이냐가 궁금한 것이다. 어머니의 간단한 물음에는 이런 내용이 들어 있었다.

담홍이도 어머니의 묻는 뜻을 지나치게 잘 안다. 그러므로 이러니저러니를 길게 늘어놓는 것이 아무 소용도 없는 것, 그리고 긴요한 것을 말하지 않고 딴 변두리를 빙빙 돌았자 어머니의 손만 더 클클하게 할 것을 잘 알고 있다. 한참 만에 제가 제 자신을 비웃기라도 하는 어조로,

"돈 낼 만한 사람 같으면 *고리짝 싸가지구 왔겠수."

이 한마디는 모든 것을 설명하고, 해석하고, 결단지었다. 전보 친 뒤부터 자꾸만 뒤틀려나가던 담홍이에 대한 예측이 지금 이 한마디로써 그 전부가 설명된 것이다. 그러나 무엇보다도 이 말이 가져오는 타격이 그들에게는 한없이 컸다.

어머니의 입에서는 숨소리조차 안 나온다. 그럴 리야 없겠지 아무려면 그럴 리야 있겠느냐고 여태껏 속으로 되씹고 되새기고 하던 것이 이 한마디에 여지없이 부서져버린 것이다.

그러나 이 말에 의하여 타격을 받은 것은 어머니뿐만이 아니었다. 윗방에서 이들의 대화를 듣던 운봉이는 거의 머리빡이 돌덩이처럼 감각을 잃어버렸다.

방 안에는 칠흑같이 검은 침묵이 질식할 듯 꽉 찼다. 운규와 운희의

고리짝
고리. 키버들의 가지나 대오리 따위로 엮어서 상자같이 만든 물건. 주로 옷을 넣어 두는 데 쓴다.

숨소리만이 버러지 울음같이 고요하다. 꿈에 누구한테 쫓기는지 운희가 몸을 뒤채며 끄궁거리고는 입을 쩔갑거리며 깊은 숨을 짚는다. 또다시 숨소리.

하룻밤을 뜬눈으로 새우다시피 하고 아침 일찌감치 운봉이는 자리에서 일어났다. 그는 책보에 교과서와 잡기장과 참고서를 함께 꽁꽁 싸놓았다. '중등 학교 입학 시험 문제집'도 떠꿍을 한참 물끄러미 내려다보다가 다른 책과 함께 보에 쌌다. 그것을 아버지 혼백상 다리 밑에 놓고 밖으로 나갔다. 그는 간밤에 작정한 대로 실행한다.

첫 실행으로 학구를 찾았더니 아직 광산에서 안 왔다. 올 시간이 되었는데 어인 일이냐고 물었더니 명월이가 새벽에 시장한 김에 오다가 묵집에 들렀을 게라고 한다.

운봉이는 묵집으로 갔다. 학구는 구럭을 옆에 놓고 *감발하고 *지카다비 신은 채 다리를 죽 뻗고 앉아서 파르스름한 녹두묵에 마늘장을 쳐서 후후 불며 넉가래 같은 술로 연신 퍼넣고 있다가,

"운봉이 너 웬일이가. 들어오나라"

하더니 부엌 쪽을 향하여

"오마니 나 더운 묵 오 전어치만 더 주"

한다. 운봉이는 아무 말도 안 하고 방 안으로 들어갔다.

"학구 형이 만낼라구 집이 갔댔서."

"날? 날 만낼라구?"

학구는 입에서 술을 빼며 눈이 동그래진다. 뜨거운 묵을 혀끝으로 슬슬 돌리다가 꿀꺼덕 소리를 내서 삼켜 넘긴다. 빤히 쳐다보는 바람에 운봉이는 *점직해서 씩 하니 웃었다. 학구도 벼룩하니 마주 웃는다.

녹두묵

감발
버선이나 양말 대신 발에 감는 좁고 긴 무명천. 주로 먼 길을 걷거나 막일을 할 때 쓴다.

지카다비
노동자용 작업화.

점직하다
부끄럽게 느껴지는 데가 있다.

“학구 형이, 나, 형이 댕기는 기계
간에 넣었다우.”
　그대로 웃는 낮으로 졸라보았다.
　“머? 네가? 학곤 어떡하구. 내년
에 졸업인데 학곤 어떡하구.” 
　그러나 운봉이가 이 말에 대답
하지 않으메 학구도 제우쳐 묻
지 않는다. 학교에 다니다가 그
만두고 광산으로 가게 되던 육
칠 년 전의 자기의 사정이 지금
운봉이를 찾아온 것이라고 그는
이해한다. 묵이 올라왔다. 상 귀퉁이로
마늘장을 밀어놓으며,
　“어서 묵이나 머”
하고 운봉이에게 권한다.
　묵을 먹고 학구를 따라 행길에 나서니 가을 아침의 맑은 햇발이 몸
에 상쾌하다.

「조광」, 1938. 9.

대하
(大河)

이 고을엔 밀양 박씨(密陽朴氏)가 두 집이 있었다. 방선문(訪仙門) 안 *향약전 옆, 바로 길서방네 대장간 윗집에서 국수 장사를 해서 그날 그날을 살아가는 집이, 이 고을서 벌써 오대째나 산다는 박리균(朴利均)네 집이다. 그의 동생 성균(成均)이네는 그곳서 다섯 집 위로 올라 와서 *마방을 한다. 아이들은 올숭졸숭 도야지 무리처럼 많으나, 지금 쓰고 있는 초가집 나부랭이밖에 재산이라고는 아무것도 없다. 비록 마 방이나 국숫집으로 살아가고 땅조각 손뼉만한 거 하나 없다고 하여도, 저는 양반이노라 재었다. 조상에 정승을 지낸 이가 있다든가, 대신이 나 명신이나 명장이 난 것이 아니다. 이 고을 와서 이대째 되는 이가 아전을 다니다 청년의 몸으로 죽었는데, 그의 처 성씨(成氏)가 어린 아 들을 남겨 두고, 남편을 따라 목을 매어 죽어 열녀가 되었다는 것이다. 이 고을 읍지(邑誌)에도 기록되었다고, 박리균네 형제는 술에 얼근하 면 그것을 한문으로도 외고, 또 풀어서 염불처럼 흥얼거리기도 한다.

"성씨는 박귀성의 처니 성논산의 장녀라. 부 박귀성이 사(死)하매, 애 호(哀號)하며 *자액하야 사하니, 향인(鄕人)이 성씨의 시체를 그 부(夫) 와 일분(一墳)에 장(葬)하였도다. 성씨의 *시년(時年)이 이십삼이러라."

방선문을 척 나서면 왼편에 쭈르랗게 나란히 한 많은 *비각 중의 제 일 초라한 것이, 성씨의 열녀비가 들어 있는 집이다. 지붕 기왓골에서 잡초가 나오고, 추녀 끝에 참새가 둥지를 틀면 박리균네 형제는 손수 풀을 뽑고 새 둥지를 집어 치웠다. 그러나 비각은 바른쪽으로 찌그뚱 하니 넘어져 갔다. 수선을 하든가 다시 집을 고쳐 지으려면 적잖은 돈

향약전
예전에, 우리나라에서 나는 약재가게를 중국 약재가게에 상대하여 이르던 말.

마방(馬房)
마구간을 갖춘 주막집.

자액(自縊)
스스로 목을 매어 죽음.

시년(時年)
그때의 나이.

비각
비를 세우고 비바람 따 위를 막기 위하여 그 위를 덮어 지은 집.

이 들 게다. 기둥을 하나 모양은 숭하나 넘어지려는 쪽에다 버텨서 겨우 그것을 의지해 나갔다. 그것은 마치 양반이라고 으스대는 그의 환상이, 마지막으로 운명(殞命)을 기다리고 있는 거나 같이 적막하게 보이었다.

"박성권이 같은 놈이 합체 뭔가. 밀양 박가노라 해서 남의 체면만 망쳐 놓지만, 그놈이 어데매 돌 박간지 누구 알 놈이 있단 말야. 어데서 돌아먹던 놈이 도덕질이나 해서 돈푼이나 잡아 가지굴랑, 내가 밀양 박감네 하지만……."

박리균은 국수 먹으러 온 사람을 붙잡고 곧잘 이런 푸념을 하였다.

강선루

그의 말처럼 아닌게아니라, 밀양 박가노라고 하는 또 한 집안이 이 고을에 살고 있다. 강선루(降仙樓)에서 방선문까지 가는 중턱, 바로 구룡교(九龍橋)가 있는 데서 여남은 집 아래로 내려온, 제일 지대가 높은 곳에 큰 집을 잡고 살았다. 그 집 주인이 금년에 갓 마흔인데 이름이 박성권(朴性權)이다.

박리균이가 박성권을 가리켜 돌 박가니 뭐니 하지만 물론 그도 밀양 박씨다. 그의 조상에 아전 이상을 다닌 이가 있는지 없는지 모를 따름이다. 효자문이나 열녀문 선 게 없는 걸 보면 확실히 박리균네처럼 으스대고 내벌일 건덕지는 없는지 모른다.

그는 본시 이 고을 사람이 아니다. 은산(殷山) 고을서 근 이십 년 전에 이 고장에 왔다. 그의 조부는 아전을 다니며 *창미(倉米)를 농간해서 적지 않게 돈을 모았다고 한다. *녹미를 저당잡고 돈을 꾸어 주든가, 녹미를 싸게 샀다가 봄이나 여름에 쌀값이 오를 때 팔아서 돈을 잡았다는 게다. 물론 제 앞으로 있는 쌀이나 저당잡은 쌀을 백성에게 쌀

창미(倉米)
창고에 쌓아 비축하여 둔 쌀.

녹미(祿米)
녹봉(祿俸)으로 주던 쌀. 녹봉(祿俸)은 벼슬아치에게 일 년 또는 계절 단위로 나누어 주던 금품을 통틀어 이르는 말. 쌀, 보리, 명주, 베, 돈 따위이다.

떨어졌을 때 주었다가, 추수 때에 엄청난 이를 붙여 도로 받아서 그것으로 땅을 샀을 게다. 어쨌든 그는 적지 않게 돈을 모았는데, 성권의 아버지가 도박과 말년엔 평양 출입을 하여 이 땅에 갓 들어온 아편까지를 빨며, 주색을 겸해서 홀딱 올려 버렸다. 그가 명껏 살지도 못하고 죽었을 때 재산은 얼마 남지 아니하였다.

아버지의 삼년상을 치르고 나서 얼마 안 지나 곧 *갑오년 난을 맞았다. 그때에 박성권은 스물을 넘어서 서너 살, 혈기가 넘쳐흐르는 한 포락이었다. 모두가 산골로 강원도로 피란들을 갈 때에, 이때야말로 대장부가 한번 활약할 시기라고, 박성권은 처자를 피란 가는 친척에게 부탁하고 자기 혼자 집에 남았다. 자산, 순천, 평양, 중화, 황해도에까지 내왕하며 병대를 상대로 장사를 하였다. 농토에서 떠난 대담한 많은 농군들이 이때에 군수품 운반에 종사하였는데, 대부분 그 보수를 은전으로 받았다. 이 은전을 성권은 살 수 있는 턱까지 엽전으로 사서는 남몰래 땅 속에 묻어 두었다.

전쟁이 끝나서 피란에서 돌아와 보니, 박성권은 아내와 첩과 자식을 데리고 은산서 들어와 이 고장에 자리를 잡으려 들었다. 그가 어째서 은산서 살지 않고 이 고을로 이사를 하였을까. 뒷날 돌아가는 말엔 그 곳에는 가난한 친척이나 푸네기들이 있어서, 돈 잡은 줄 안다면 그 치다꺼리를 일일이 섬거 나가기가 바쁠 것이매, 전과 같이 붉은 주먹 두 개밖에 아무것도 없노라고 허통을 뽑고, 슬쩍 밤벌이 떠난다고서 이리로 이사해 버린 것이라 한다.

처음 오자마자는 두뭇골에다 자그마하게 집을 세운 걸 보면, 그 말도 딴은 그럴듯한 소리다. 몇 방 안 되는 작은 집에다 첩 큰댁을 함께 몰아넣고, 아이들 셋을 각각 제 어미를 붙여 갈라 넣어 버린 것이다.

갑오년 난
동학농민운동(東學農民運動).
조선 고종 31년(1894)에 전라도 고부의 동학 접주(接主) 전봉준 등을 지도자로 동학도와 농민들이 합세하여 일으킨 농민 운동. 고부 군수 조병갑의 횡포와 착취에 대한 항거에서 발단하여 한때는 관군을 무찌르고 삼남 지방을 휩쓸었으나, 결국 중국 청나라와 일본의 개입으로 실패로 끝났다. 후에 항일 의병 투쟁과 3·1 운동으로 계승되었다.

그러나 일 년이 지나서 피란 갔던 읍 사람들이 모두 돌아와서 돈에 궁한 이가 집을 팔 때, 그는 헐값으로다 지금 쓰고 있는 커다란 거릿집을 사고 장터로 나서면서, 예전 살던 집은 새로 꾸리고 늘려서, 첩과 첩의 몸에 생긴 아들을 살도록 맡겼다.

박성권이가 행길 장터로 나서기까지는 그의 아내와 첩을 본 사람이 적었다. 그러므로 밀양 박가라는 낯모를 녀석이 두뭇골에 와서 사는데 대담하기 짝이 없는 젊은 놈이라느니, 그에게는 아들 삼형제가 있는데 건방지게 색시를 둘이나 갖고 산다느니, 그가 소문에 돈이 있다느니 없다느니 하는데, 그게 사실일까 하는 등류의 소문이 고을 사람의 입에 오락가락하였을 뿐이다.

제일 먼저 궁금하게 생각해 한

건 물론 박리균네 형제였다. 저놈이 밀양 박가라고 하면서 행세를 해보려 드니 과연 사실일는가. 일변, 여편네들은 그의 아내와 첩의 얼굴을 보고 싶어 애썼다. 그러나 명절 때 소재에도 안 오르고, 그넷줄 밑에도 안 나서고, 널뛰러도 나오지 않는다.

그러던 박성권이가 이 고을서 제일 간다는 집을 *넝큼 사버리고 첩 큰댁을 갈라서 두 살림을 벌여 놓았다. 시시부시한 풍설이 휙 날아가 버리고, 새 소문이 이어서 홍역처럼 고을 안에 퍼져 나갔다— 은산서 온 것만은 확실하다. 그의 사촌이나 육촌이 은산서 더러 산다. 그런데 피란도 안 가고 돈을 잡으려다 고생만 죽게 했지 전과 한모양으로 백수건달, 하는 수 없어 남부여대하고 고향을 떠났다는 녀석이 갑자기 어인 돈이 솟아나서, 집이니 뭐니 하고 저런 치다꺼릴 하는 것일까— 이게 한 가지 의문이었다.

그래서 박리균네 형제가 자기네 영업을 이용하여, 국수 먹으러 오는 사람, 마방에 들어서 자고 가는 사람, 또는 *장돌림으로 평안도 일대를 *연자매 돌듯 하는 *도붓장수나 돌림장수들에게 널리 수소문해 본 결과, 그가 피란 가서 아무도 없는 동안 큰돈을 벌었다는 사실을 탐지해 내었다.

그를 깔보려 차비를 차리던 박리균네 형제는 감칠 맛이 덜해서 입이 좀 밍밍했다 뿐 아니라 은근히 그를 그렇게 볼 놈이 아니라고 두려워도 하였다. 그러나 그들은 자기네와는 파가 다른 밀양 박가로서 양반이 못 된다고 술만 마시면 여전히 '성씨 는 박귀성의 처니 성논산의 장녀라'만 되풀이하고 세월을 보냈다.

그러나 부인네들은 부인네들끼리의 호기심이 따로 있다. 부엌문 틈 으로나 *바자 틈으로, 의관을 갖추고 오르내리는, 기골이 장대하고 얼

넝큼
머뭇거리지 않고 잇따라 빨리.

장돌림
여러 장으로 돌아다니면서 물건을 파는 장수.

연자매(研子—)
매의 하나. 일반 맷돌보다 수십 배나 크고, 사람 대신 소나 말이 돌리게 되어 능률도 그만큼 높다.

도붓장수(到付——)
이리저리 돌아다니며 물건을 파는 사람.

바자
대, 갈대, 수수깡, 싸리 따위로 발처럼 엮거나 결어서 울타리를 만드는 물건.

장옷을 입은 여성

장옷을 입고 다니는
당시 모습

굴 생김새가 비범한 박성권을 본 적이 있고, 또 그의 아들도 금년에 대여섯 날지 말지 한 녀석이, 자완두 두루마기에 전반 같은 *영초 댕기를 드리고, *절게나 *막서리를 따라서 다니는 것을 본 적이 있으나, 아낙 두 사람의 얼굴을 영 볼 수가 없었다. 본댁은 어떻게나 생겼는가, 작은댁은 예쁘게 생겼는가, 본댁은 이 고을서 한 십 리 나가 있는 갱고지 전주 최씨의 딸이라는데, 작은댁은 어디서 얻어 왔을까, 새파랗게 젊은 아이 적에 대가리에 피도 채 안 마른 녀석이 어디서 첩을 맞아 왔는가, 그때는 돈도 없고 가난한 때일 텐데— 생각하면 할수록 꼭 고 첩년의 상판때기를 보고 싶어 죽을 지경이다.

하루는 동서끼리 짜고, 그 옆집 음해 잘하기로 유명한 늙은 노파를 꾀어 가지골랑, 두뭇골 위턱에 있는 선앙제터에 가노라고 길을 떠났다. 노파와 리균의 마누라는 삭가지를 쓰고, 성균이 처는 아직 삼십이 안 된 젊은 축이라고 시양목 장옷을 둘러쓰고서 뒷고샅으로 빠져서 두뭇골로 갔다. 선앙제 터 부근에서 어물어물하다가, 처음 의논한 대로 그들은 쏜살로 박성권네 첩의 집으로 들어갔다. 밤에는 이곳 와서 자는 일이 많지만, 박성권은 조반만 먹으면 큰집으로 가는 것을 그들은 이야기를 들어 미리부터 잘 알고 있다. 노파가 앞서서 들어가며,

"주인 아주마니, 물 좀 얻어먹으레 들렜소다. 선앙제 터에 깄다가 목이 말리시……."

하였다. 셋이서 한참 앉아 집안의 가도와 작은댁의 생김새를 눈이 뚫어지게 보고 난 뒤 만족하여 돌아왔다.

그런데 집 차림이나 가도 범절에 대한 평판은, 거의 셋이 보는 바가 일치했으나, 얼굴에 대한 비평은 두 패로 갈라졌다. 음해 잘하는 노파

와 작은동서가 일치하여, 얼굴 바로 된 데 없다는 주장을 펼쳐 놓고, 맏동서 다시 말하면 리균의 아내는, 여자의 생김새가 아주 놀라운 미인이라 선전했다. 그리고 노파가 저러는 건 원체 음해로 사는 이니까 다시 말할 게 없는 일이고, 작은동서가 그 여편네 얼굴 바로 된 데 없다는 건, 제가 아직 젊으니만큼 샘하는 마음에서 나온 게라 설명하고, 제가 보는 바가 가락꼬치 아니면 관역이라 쟀다.

노파는 노파대로, 또 다른 소문을 퍼뜨려 놓았다. 그가 알아낸 거는, 열일곱에 시집와서 열여덟에 첫아들을 낳았다는 것뿐인데, 그는 활짝 늘이고 부연해서, 박성권이가 한포락 적에 투전판에서, 남의 갓 시집 온 색시를 도적질해 업어 왔다고 훼방을 놓았다. 이 이야기는 사실과는 엄청나게 동떨어진 소리지만, 원체 조작된 말이 재미나서 마치 사실인 거나처럼 퍼져 나갔다. 다른 두 동서도 당자의 입에서 그렇게 들었노라고 *허설대었다. 이 소문은 오랫동안 이 고을에 잦아져 있었다.

그러나 박성권네 *후간, 토굴처럼 으슥하고 바윗돌처럼 굳은 담벽으로 둘러 지은, 그다지 크지 않은 두 칸에, 한 절반씩 땅을 파고 들여 놓은 커다란 독이, 세 개가 있는 것을 아는 이는 하나도 없었다. 이것을 손수 들어다 파묻은 절게가 두 사람 있기는 있으나 무엇 하려고 그런 것인지는 아무도 모른다. 그러므로 그 독 속에 대원 *일화 은전이 그득그득 들어가 있는 것을 아는 이는 더욱 없었디. 갑오란에 엽전 및 냥씩과 바꾸어서 모은 그 은전을, 그는 이렇게 깊게 간직해 두었던 것이다. 집안에서나 혹은 절게나 막서리들이 하는 말엔, 그 후간 토굴에는 특별한 대감님을 모셔 두었다고 한다. 물론 한편 구석에 선반을 매고 백지 조박을 늘인 당지기가 몇 개 올라가 있는 것은 사실이다. 이러한 소문을 퍼뜨려 놓은 것은 도적을 방지하기 위한 박성권 자신의 계책이었던 것이다.

좋은 밭이나 논이 날 때마다, 은값이 센 것을 보면 조금조금 은전을 팔아서, 남의 눈에 들지 않게 토지를 샀다.

한편 돈놀이를 무섭게 하였다. 기일에 들여놓지 못하면 집이고 토지고 사정 없이, 다 꿰어 들였다. 집 시세는 얼마 보잘 게 없으므로 대개 토지를 잡았다. 세간이 아직 넉넉하고 땅덩어리나 가지고 있는 집이라면, 일 년 만에 이자를 꼬아 매고 꼬아 매고 하여, 이삼 년 안팎에 원금보다 이자가 몇 곱이 되게 만들었다. 그의 재산은 눈 위에 굴리는 눈덩어리처럼 불어 나갔다. 그러나 그가, 이 바닥에서 갑부라는 것을 아는 이는 적었다.

얼마 지나지 아니하여 그를 박성권이라고 부르는 이는 없어졌다. 언제 누가 부르기 시작했는지, 세상 사람들은 그를 박참봉이라 존대해서 불렀다. 그의 집에 드나드는 앞에 나선 녀석들이 아첨하느라고 지어 바친 존칭인지 모르나, 박리균이더러 물어 볼라치면 그는,

"아니 여보게. 참봉 참봉 하니 그게, 머, 제법 베슬이나 같애 뵈나, 돈으로 산 *차함(借喊) 참봉이라네, 돈으루다 산 거."
하고 등골에 꽂았던 담뱃대를 쪽 뽑아선, 천둥 같은 화풀이를 하느라곤지 애꿎은 담배만 푹푹 피웠다.

그러나저러나 그는 박참봉이다. 앞으로 사십을 잔뜩 치어다보는 서른일곱 살 될 때 그는 벌써 다섯 남매의 아버지가 되었다. 그때까지 아들을 부르기를 큰놈이니, 또 은산서 난 놈을 은산놈이니, 셋째니 뭐니 하고 불러 왔는데, 집의 격식을 갖추기 위하여 당당한 항렬을 지어 붙일 생각을 했다. 물론, 그의 부친은 박순일(朴淳逸)이요, 그의 이름은 박성권이니, 금수목화토(金水木火土)로 제법 항렬이 섰던 것이 분명한

차함
실제로 근무하지 않고 벼슬의 이름만 가지던 일. 또는 그런 벼슬.

데, 맏아들을 낳았을 때, 박순일은 주색과 아편에 취해서 바른 이름을 지어 주지 않고 큰놈이니 장손이니 하다가 죽고 말았다. 스물 전후의 박성권— 아니 우리도 세상 사람들의 호칭을 따라, 이제부터 가끔 그를 박참봉이라 불러 주자— 그 박참봉이 삼십을 넘기까지는 아이들에게 특별한 관심을 갖지 아니하였다. 원체 어려서 소시적부터 아들이 흔했으니까 대를 못 이을 염려도 없고, 또 쇠운에 처하여 돈을 잡느라 갖은 모험을 다 치러 나는 통에, 통히 처자에 대한 애착을 붙여 볼 날이 없었다. 그래서 그는 겨우 서른일곱 살 될 때에, 아들의 이름들을 지어 주게 된 것이다. 죽은 아버지가 '순(淳)'자로 삼수 변이고, 자기가 '권(權)'자로 나무목 변이니, 이제는 불화(火)자 드는 자를 생각해 내야 한다. 수생목(水生木)이요, 목생화(木生火)이기 때문이다. 하루 종일 해를 보내며 이책 저책 뒤적거리다가, 빛날형(炯)자를 생각해 내었다. 자기 이름이 마지막 자에 항렬이 들었으니 이번에는 형자를 가운데 넣어서 지어야 한다. 그래 지어 낸 이름이 이러하다.

형준(炯俊)이, 형선(炯善)이, 형걸(炯杰)이, 형식(炯植)이, 딸이 하나 있으나 제석에 팔았다고 제석네라 부르던 걸 고쳐서 보패(寶貝)라 하고, 그대로 항렬에 넣지는 않았다. 형선이와 형걸이는 동갑인데, 형선이가 한 달 먼저 났다. 형걸이가 첩의 소생, 그러므로 서얼에 드는 때문에 그를 셋째라고 부르지 않고, 금년에 두 살 난 형식이를 셋째라고 불러 왔다. 여태껏 형걸이는, 자산서 저의 어미가 낳아 갖고 은산으로 왔다고 자산놈이라 부르고, 이와 구별하여 형선이를 은산놈이라 했다. 큰놈 혹은 장손이 형준이로 되고, 은산놈이 형선, 자산놈이 형걸, 셋째가 형식으로 되고, 제석네가 보패로 된 셈이다.

이름을 다 지어 놓고, 그는 아들 셋을 죽 불러 앉히고 이것을 발표하였다. 표면에 나타내지는 않았으나, 속으로 제일 반가워한 것은, 셋째는 자기인데도 불구하고 어린 형식이를 셋째라고 부르는 데 반감을 가지고 있던 자산놈, 다시 말하면 형걸이었다. 그는 첩 소생이어서 받는 갖은 차별 중에서, 남에게까지 그대로 내밝히는 이름 위에 있는 모욕을 가장 꺼려 왔다. 그 밖에 다른 아이들도 무슨 놈, 무슨 놈 하고 그 '놈'자가 귀에 거슬리던 차라, 대개들 기뻐하는 모양이었다.

"그라구서 제석네의 이름은 보패라구 고쳤다. 보배 보자 조개패자, 그러니 보패라구들 불러라. 식구에게나 절게에게나, 막서리에게나, 또 작인이나, 종들에게 전부 일러둘 게니 너이덜두 서루 새 이름으루 불러라."

아들 셋을 내보낸 뒤에 마누라를 불러서 가르치고, 종들에게 이것을 말해 두라고 명령하였다.

맏아들 형준이는 그때 열아홉 살이어서, 제 방이 따로 있고 또 아내를 갖고 있었다.

밤에 일찌감치 자리에 누워서, 젊은 아내가 등잔불 밑에서 물레질을 하는 것을, 멍하니 바라보고 있었다. 붕붕, 붕붕 찌끄덕, 붕붕, 붕붕 찌끄덕, 하는 단조로운 물레질 소리가 기름 조는 소리와 어울려서 그의 귀에 자장가처럼 숨어들었다. 그는 졸림이 오는 것 같아서, 낑 하고 돌아 엎드려 담배를 한 대 피워 물었다. 아내는 실토리가 불룩하니 배가 불러지면, 가락꼬치에서 뽑아 내고 새것을 꽂았다. 물렛줄이 닿는 가락꼬치에, 나무꼬챙이로 기름을 묻혀서 바르고 흘낏 남편 있는 쪽을 바라본다. 남편은 담배를 다 빨고, 그의 옆구리 있는 쪽을 뚫어지게 바라보다가, 아내의 힐끗 보는 눈초리를 받아 씽끗하니 웃는다. 아내는 부끄러워 물레를 아

물레

까보다 더 빠르게 돌려 댔다. 남편은 줄을 올리느라고 벙끗 왼손을 들 때마다, 높이 졸라맨 띠가 끌러져서 흰 살이 젖통 있는 옆으로 희게 번 뜩번뜩 보이는 것을 그대로 바라보고 있다가,

"귀드끄런데 고만두구 이전 자."

하고 털썩 베개 위에 머리를 눕히었다. 밝은 데서 말을 주고받기는 아 직 서로 부끄러운 시절이다. 젊은 아내도 남편의 마음을 알아차리고, 곧 일어나서 불을 끄고 옷을 끄르기가 부끄러웠으나, 남편의 명령이니 감히 뉘 말이라고 거역할 게냐고 제 자신에게 타이르면서, 인차 물레 질을 그만두었다. 물렛줄을 벗겨 놓고, 입을 모두어 동그랗게 구멍을 만든 뒤에, 그 구멍으로 숨을 혹 내뿜어서 그는 등잔불을 껐다. 캄캄한 밤이다. 옷 벗는 소리가 살랑살랑 들려 온다. 저고리를 벗고, 치마를 벗어서 윗목으로 둘러친 병풍에, 남편의 옷이 걸린 옆을 손으로 더듬 어서 걸어 놓는다. 다시 앉아서, 손으로 곰곰이 누벼 놓은 누비 허리띠 를, 젖가슴과 허리로부터 끌러 놓고 삼성 바지를 벗는다.

남편은 한 가지 한 가지 아내의 몸에서 벗어지는 것을 안타까이 기 다리다가, 여기까지 와서는 나직이 참았던 한숨을 내쉬었다. 아내는 마지막으로 버선을 뽑고, 무명 속옷 하나만 입은 채 가만히 이불을 들 친다. 아내는 긴 원앙침— 시집올 때 해가지고 온 베개 한옆에 머리를 눕히고, 곱게 빗어서 땋아 얹었던 머리꼬를 가만히 끌러서 머리맡에 풀어 놓고, 남편 있는 쪽에 등을 돌리고 모로 누웠다.

"오늘부터 이름이 달라졌다."

느닷없이 하는 남편의 말에 자칫하면 웃을 뻔했다. 낮에 시어머니한 테 들은 말이다. 그는 아무 말도 안 하고 캄캄한 속에서 처음 입을 생 긋이 열고 마음놓고 웃어 보았다.

한참 있더니 남편은 아내 있는 쪽으로 몸을 돌이키고, 다리로 약간 아내의 무종아리를 새려 감듯 하면서,

"내 이름이 형준이다. 빛날 형자 준걸 준자. 형준이. 이 댐부턴 그렇게 불러라."

하고 얼굴로 그의 등골을 부빈다. 이번에는 남편의 하는 말이 진정 우스웠다. 대체 자기가 어디다 대고 남편의 이름을 부른단 말인가. 시집온 지 이 년이 되건만, 여보 하고, 남편을 불러 본 적도 한두 번이 되나마나 하다. 그런 자기를 보고 이 담부턴 형준이라고 부르라는 건, 과시 어처구니없는 장난의 말이 분명하다. 장손이든가 큰놈이든가 남이 부르니, 그것은 남들이 부르는 이름인 줄만 알았지, 여편네가 입밖에 낼 이름이 아닌 것을 그는 잘 알고 있다. 남편이 등골에 얼굴을 부비는 것이 간지러워, 온몸에 오싹하니 소름을 돋치면서 아내는 홱 돌아누웠다.

"둘째 이름은 형선이, 두뭇골 자산놈 이름이 형걸이, 애기 이름이 형식이, 그리고 제석네는 보패라고 했다."

다시 한번 '내 이름은 박형준' 하더니 한 팔을 북 아내의 목 밑으로 넣어 그의 머리를 끌어안는다. 아내는 가슴이 벅차서 한참 막혔던 숨을 푸— 쉬면서,

"이제 여름부텀 애기 아버지라구 그럴 테에요."

하고 간신히 말하고는, 엉겁결에 왼손으로 남편의 등을 안았다. 형준은 비로소 다섯 달 뒤에는 그가 아버지가 될 것을 생각하고, 아내의 약간 두둑한 배를 속옷 위로 가만히 만져 보았다.

그럭하고 삼 년이 지났다. 박참봉 성권이가 갓 마흔에 난다. 아들의 이름을 애명 이름으로 부르는 이는 하나도 없어졌다. 오직 보패만은

금년에 열두 살이 나건만, 모두 제석네라고 부르지, 좀처럼 보패라고 부르는 이는 적었다. 그러나 그까짓 계집애 이름 같은 건 아무렇게 부르거나 계관할 게 없다. 이 밖에 맏아들 박형준이가 벌써 일남일녀를 갖고 있다. 손자놈이 네 살에 난다. 그리고 금년에 갓 낳은 딸년이 있다. 손자 이름을 성기(成基)라고 지었다.

마흔이 되어도 박참봉의 포학하고 아구통 센 성격은 수그러지지 않았다. 원체 사십이 인생의 한창이니 정력은 더욱 왕성하여 갔다. 큰댁 최씨(崔氏)는 마흔두 살인데 가끔 영감이 한방에 들건만 금년 다섯살 나는 형식이를 막내둥이로 하고, 단산이 된가 보다. 형걸이 어머니, 다시 말하면 박참봉의 작은댁 윤씨(尹氏)는 서른일곱이니 아직도 한창인데, 어찌 된 셈인지 열여덟에 날 때 자산서 형걸이를 낳은 뒤, 그 아이가 금년에 열아홉이 되도록 아무 소식이 없으니, 그도 또한 단산이 된지 오랜가 보다. 서른일곱이라도, 생산이 적고 바탕이 이쁘던 윤씨는, 얼굴에 주름 하나 없이 젊은이 같았다. 두뭇골집 뒤뜰 안에다 돌로 칠성탑을 모아 놓고, 생산이 있게 해달라고 치성을 드리고, 영감이 젊은 *작첩을 않게 해달라고, 후간에 대감을 모셔 놓고 날마다 손이 발이 되도록 빌었다.

이렇게 마음을 쓰는 탓인지, 아직 눈에 띄게 박참봉은 몸을 달리 갖지는 않았다. 염려될 것까지는 없어도 그 대신 그는 술을 몹시 좋아하였다. 큰집에 있을 때나 작은집에 있을 때나, 무시로 술상을 청하므로, 안사람들은 항상 술안주를 준비해 두었다. *포육이니, 명태니, 과일이니, *건조구니— 이런 것은 언제나 벽장에서 떠나지 않았고, 육질도 어교 같은 걸 끊지 않았다. 고기 사냥 잘하는 영감을, 평양서 하나 데려다가 큰집 사랑 뒷방에 두어 전념하여 물고기를 낚게 하고, 겨울에

작첩(作妾)
첩을 둠

포육(脯肉)
얇게 저미어서 양념을
하여 말린 고기.

건조
말린 조기.

는 젊은 축들을 시켜서 매〔鷹〕를 가지고 꿩사냥을 시켰다. 소시적부터 잘하는 술인지라, 이즈음은 한포락 때처럼 폭음은 하지 않으나, 술을 몸에서 떼는 날이 적었다. 손수 술은 양조해 쓰고, 가끔 배와 *새앙을 담가서 이강주를 만들고, 살구를 넣어서 술맛을 돋우어도 보고, 때로는 살모사나 구렁이를 독한 술에 녹여서 보약으로 마시기도 하였다. 술 탓에 다소 위장이 상한 것도 사실이겠으나, 원체 기운으로는 무엇에게나 져본 적이 없는 강인한 분인지라, 그런 건 조금치도 괘념치 않았다.

술은 취하여서도 돈과 밭과 집안 가도와 자식들은 잊지 않았다. 누구에게나 상의하는 적이 없는 그는, 술이 얼근해서 혼자 사랑에 누운 채, 노 이것저것 궁리하고 있었다. 무엇을 한번 결정하면 무엇이든지 해놓고야 마는 괴팍한 성질이 있다. 자신만만하여 묵묵히 실행하는 그의 꿋꿋하고 휠 수 없는 성격은, 그의 생각한 바가 한 번도 그릇된 적이 없는 데서 오는 자신에 의하여 배가되었다. 그리고 그는 돈의 위력을 누구보다도 확신하는 날카로운 선견의명을 갖고 있다. 그는 아직 문벌이나 가문이 행세를 하는 세상인 줄 알건만, 이런 것이 자기의 돈 앞에 *궤배할 날이 머지않아 올 것을 확신한다. 무엇보다도 이십 년 전에 사두었던 은전이 이즈음 행세하게 되는 것을 은근히 믿는 때부터 그의 자신은 더욱 든든해졌다.

맏아들은 서당에서 한문 공부를 시킨 후엔 별반 신식 공부를 시키지 않는다. 그는 집을 물려 지킬 장남이니, 그만 공부면 충분하다 하였다. 돈놀이하는 것과, 추수하는 것과, 집안일 전체를 감독하고, 사람을 부리는 재주만 배워 두면 그만이라 하였다. 또 아들 자신도 제 동생놈들이 기독학교(基督學校)가 생겼다고, 서당을 집어치우고 그리로 들어갈 때에, 함께 몰려갈 염을 내지 않았고, 삼 년 만에 이것이 없어지고 군수가 주해서 동명학교(東明學校)가 설립될 때에도 새 학문을 배우려 하지 않았다. 하기는 동생들이 대번에 심상과 삼년생이 되고, 이듬해에는 고등과 일년이 될 판인데, 지금 겨우 일학년 학생이 되는 것이 부끄러워서 안 가겠다고 했다는 말도 지어낸 말만은 아닐 것이다.

아들의 혼인에도 박참봉은 머리를 썼다. 맏아들 형준은 이미 삭명(朔明) 경주 김씨(慶州金氏)와 혼사를 지내, 벌써 장손과 손녀를 보았고, 또 보아하니 가도 범절이 옳아서, 며늘아이의 하는 품이 상냥하고 손 쓰는 법도, 맏며느리 되기에 흠잡을 곳이 없다.

둘째 아들 형선이는 한고을 안 상부(上部), 강선루 뒤에 있는 연일 정씨(延日鄭氏)와 혼사를 작정하여, 편지도 부쳤고 *선채도 보냈다. 오래지 않아 장갓날이 올 것이다. 정씨 집안일은 한고을 안이니 손에 끼어들게 잘 안다. 지금은 그만두었으나 벼슬도 높았고, 또 재산도 상당하다.

염려가 된다면 형선이와 동갑 되는 형걸이가 다소 문젯거리가 된다 하겠다. 서자인 때문에 좀처럼 좋은 혼처가 생길 성싶지 않은 것이다. 그러나 어디 상당한 집안에 규수가 있는 줄만 알면야, 못 될 일이 세상에 있으랴 하고, 그것도 별반 마음에 언짢게 새겨 두지는 않는다. 형걸이놈이 성질이 왈패스럽고, 키도 한 달 먼저 낳은 형선이보다 훨씬 큰 것은 그렇다 쳐놓고, 제 맏형놈보다도 닷 분 가량이나 커 보이는 것이 좀 못마땅하였다. 크는 키는, 안 자라는 키와 함께 인력으로는 어찌할 수 없는 일이라

쳐놓아도, 심술이 짓궂은 것만은 딱 질색이었다. 어렸을 때부터 서당에서나 학교에서 남의 아이를 상처가 나도록 때려서 말썽을 일으키는 적이 한두 번이 아니다.

작은댁이 귀하다고 뱀을 길러 그런가 하면 또 그런 것만도 아닌 것 같다. 박참봉 자기가 어렸을 때 그렇게 포학스런 말썽꾼이던 것을 그는 형걸이놈이 일을 저지를 때마다 가끔 생각해 보고, 혼자 속으로 빙그레 웃어도 보는 것이다.

그건 어쨌건 박참봉 성권네 가운은 활짝 뻗칠 대로 올라 뻗친 셈이다. 그가 만족할 뿐 아니라 온 가족이, 그리고 표면으로 보기는 종이나, 절게나, 막서리나, 작인이나, 모두 만족해하는 것 같았다. 그는 때때로 뒤꼍에 나가 십이봉(十二峰) 밑으로 유유히 흘러 대동강을 이루는 비류강(沸流江)의 강물을 만족하니 바라보았다. 이십 년 가까운 동안 저 강물은 나와 함께 노력과 공포와 기쁨을 일시에 휩쓸어 삼키면서, 몇천 년 한날처럼 대동강으로, 황해 바다로 흘러가는, 그의 걸음을 멈춘 적이 없었다.

2

복수(福手)나 복인(福人)을 갖고 말하자면, 박참봉 이상 갈 사람이 이 고을 안에 있을 성부르지 않다. 재산을 두고 보아 그러하고, 자식이 사남일녀요, 손자 손녀가 모두 건강할 뿐 아니라, 생산된 자식 중에 *역참을 당한 것이 하나도 없으니, 이것을 두고 일러도 또한 그러하다. 가족이 모두 산해진미에 짓물리고, *사라능단(紗羅綾緞)에 휘감기

역참
자식이 부모보다 먼저 죽음.

사라능단
얇은 사(紗)와 두꺼운 단(緞) 따위의 비단을 통틀어 이르는 말.

어 있고, *비복이 방 안에 찼고, 막서리와 절게가 앞뒷방에 그득하고, 소와 말이 또한 한두 필이 아니니, 어느 모로 따져도 복에 떠 있는 사람을 부르자면 그 이상 가는 이가 없을 게다. 그러나 자기 일에, 자기가 나설 수는 없다. 그래서 자식 잘 기르는 구훈장(具訓丈)을 데려다, 형선이의 머리를 올리고 성복을 시키기로 했다.

오늘은 박참봉의 둘째 아들 형선이가, 강선루 뒤 정씨 집으로 장가를 드는 날이다.

박참봉은 지난밤은 큰집 사랑에서, 처남 되는 최관술(崔寬述)이와 같이 잤다. 그는 형선이가 장가가는 데 후행을 가기 위하여, 어제 저녁 이 고을서는 한 십 리 폭이나 되는 갱고지서 일부러 들어온 것이다. 최관술이는 삼십 고개나 겨우 넘었겠는데, 주둥이 위에 *자개 수염을 뻐드럭하니 기르고, 또 머리를 반반히 깎았던 것이 적지 않이 좋았다. 낡은 습관을 엄숙하게 지키는 집안이라면 *동학(東學)에 취한 최관술이를 보내서 안 될 일이 많겠으나, 마침 사돈 되는 정봉석(鄭鳳錫)이가, 이즈음 예수를 믿기 시작했다는 말이 돌아다니리만큼 개화사상에 흥미를 갖는 이므로, 이 고장서는 하나밖에 없는, 서울 출입 자주 하는 처남으로 손우수를 작정한 것이다. 신식으로다 내뻗치자면, 최관술이 당할 놈이 없으리라고 생각했던 것이다.

둘이 다 하시에 자리에서 일어났다. 박참봉은 머리맡에서 *실쩍을 내어, 머리카락을 몇 번 상투 있는 쪽으로 치쓸어 올리고, 안방에서도 들릴 만큼 한 번 목을 돌우어 침을 뱉었다. 하기는 이 기침 소리는 자고 깨나면 이즈음 유난히 목이 걸걸해지는, 가래를 돌우느라고 하는 것만이 아니라, 비복이나 마누라에게 자기가 기침을 하였노라고 알리는 신호로도 되었다. 자리끼 물을 북 끌어다가 양치를 울걱울걱 하고, 옷 괴춤을 허리띠로 가눈 뒤에 담뱃대를 끌어 나무재떨이에 떵떵 울렸다.

관술이는 윗목에 깔았던 요 속에서 닝큼 일어나서, 조끼 주머니를 만지더니 담뱃갑을 꺼낸다.

"*히로가 마츰 두 대 남았으니, 형님 이거 한 가치 피워 보소."

하고 한 가치는 제가 물고 또 한 가치를 내대면서, 이편 한 손으론 담뱃갑을 비비어 내버린다.

"응, 히로."

하고 입 속에서 중얼거리더니, 담뱃대에 담으려던 잎담배를 놓고, 관술이가 주는 궐련을 받아 든다. 입술 가운데에 오므라뜨려 물고 주머니에서 부싯돌을 꺼내서 불티가 튀게 마주치고 있는데,

"아니 이 닢성내를 쓰지, 거, 머 시끄럽게."

하면서 선반 위에 올려놓은 긴 대팻밥을 하나 꺼낸다. 대팻밥 끝에는 노란 인(燐)이 유황색으로 반짝반짝한다.

"다 됐쉐. 괜한 돈을 색여, 이게믄 심심치두 않구 좋은걸."

손끝으로, 불붙어 오르는 불깃을 꼬집어 들고 궐련 끝에 갖다 댄다. 서너 모금 뻐금뻐금 빠니 불은 담배에 옮아 붙는다. 관술이는 슬며시 잎성냥을 다시 바나나 뭉치처럼 묶어 놓은 속에 꽂고, 박참봉에게서 담뱃불을 빌려 온다.

"이놈 좀 독했으믄 좋겠데, 원 김빠진 술맛 같애서."

"깡초만 잡숫던 이야 뽕닢 말리어 피우는 맛일 걸요."

안방에서 마누라가 나오더니,

"구훈장 아직 안 왔지요."

하고 물으며 자리를 가만가만히 개어 놓는다.

"내 자리는 내 개리다. 두어 두소, 뉘님."

하는 것을,

"두어 두게. 내 개게."

하면서,

"누구 사람 보낼까요?"

하고 재처 묻는다.

"두어 두소. 어젯밤 사람 보냈으니, 안 오리. 머, 그리 바쁘게 하구 어데 한 백 리 길을 갈랴우. 한 고을 안인 걸. 어서 최주사 세숫물이나 떠다 올리우다."

안으로 난 외짝문을 열고 마누라는,

"세숫물 사랑에 떠라."

하고 소리를 지른다. 문을 열어 잡은 채,

"어떻게, 조반 전에 해장들 하실라우."

하면서 영감과 제 오라비를 번갈아 본다.

"누님 고만두슈. 오늘 남의 집이 가면서 새벽부터 취하겠소."

하고 관술이가 말하는데, 참봉은 못 들은 척하고 나직이,

"구훈장이나 오거든."

할 뿐이다. 마침 구훈장이 마루 위에서 기침을 두어 번 한다.

"들어오우. 지금 안 온다구 사람 보내려든 참이오."

흰 두루마기에 갓을 단정히 쓰고 두 손을 맞비비면서, 오십 줄에니든 구훈장이 들어서니, 최관술이 약간 궁둥이를 들었다 놓고, 주인 마누라는 살며시 뒷문으로 나간다.

"아직 새벽엔 춥습니다."

바른손으로 수염을 한번 싹 내려 쓸더니,

"얼음 풀린 데가 얼마 됐다구 춥지 않겠수."

하는 주인의 말에 또 한번 손을 마주 비비며 세웠던 다리를 주저앉힌다.

　세숫물이 나오고 이어서 술상이 들어왔다. 그러나 모두들 가볍지 않은 책임을 앞에 둔 만큼 석 잔 이상은 하지 않았다. 곧 술상을 물리고 조반상을 받았다.

　아침을 먹고 나선 구훈장을 데리고 안방 윗간으로 들어갔다. 이 방에서 형선이가 땋아 늘였던 머리를 올려 틀고, 옷을 바꾸어 입고 *사모관대를 하게 마련이다.

　문을 열어 보니 방 안이 텅 비었다.

사모관대를 한 모습

마바리꾼
마바리(짐을 실은 말)를 몰고 다니는 것을 직업으로 삼는 사람.

　“형선이 건너오구, 또 대야에 물이랑, 얼깃이랑, 모두 준비해 오나라.”

　이렇게 부엌과 맞은 방 쪽을 향하여 분부를 내리고,

　“자 구훈장 들어앉으소. 최주사두. 난 밖에 나가 *마바리꾼이랑, 권매상꾼이랑, 모두 조반들 먹었나, 좀 돌아보구 올 게니.”

　참봉은 담뱃대 쥔 손으로 뒷짐을 지고 중대문을 지나 마당으로 횡하니 나간다. 허리끈에 찬 주머니와 담배쌈지와 돋보기가 움직일 때마다 일시에 출렁출렁 그네를 뛴다.

　산산이 풀어 헤친 머리를 한편 목에 늘어뜨리고, 형준이와 함께 형선이가 토방으로 나서서 이편 마루로 옮아 선다. 형준이는 벙글벙글 웃는데, 형선이는 윗눈시울을 내리깔고 얼굴이 불그레해서 부끄러워한다.

　“어째 머릴 안 깎구 그러는가 했더니, 장가갈 때 상투 한 번 틀어서 색시한테 뵐랴구 그랬구나.”

하면서 저이 외삼촌인 최관술이가 바라보며 웃으니, 신랑 될 사람은 아무 말도 안 하고 씽긋이 웃기만 한다.

"왜, 좋으냐."

하고 껄껄 웃다가, 문지방으로 들어갈 때 펑퍼짐한 웃지개를 보고는,

"아, 저 녀석, 저 어깨통 보게. 옛적으로 치자면 아들 삼형제는 밑졌다."

사실 열아홉 살이라면 대단히 늦은 장가다. 지금 머리를 밴밴히 깎고 히로를 붙여 물고, 서울 출입만 하는 최관술이 자신이, 열네 살에 장가를 들었는데, 그때에는 이것도 늦은 장가라고 아들 둘을 밑졌다고들 야단이었다.

"너이 색시가, 열아홉 되두룩 장가두 못 간 게 대체 어찌 된 병신인가 하구, 지금쯤은 조마조마해서 아침두 못 먹었을라."

하고 또 한번 제쳐서 놀려 대니, 건넌방에서 주인 마누라가 신부 댁에서 어저께 살쌍과 함께 가져온 신대의 옷을 들고 건너오면서,

"색시두 열아홉인걸, 이즈음 개화한 사람들이라 그래야 된답데."

하며 말참견을 한다. 문 밖까지 와서 마루에 아직도 그대로 서 있는 저희 오라비에게 옷보를 주며,

"아니 들어가지 왜 이러구 섰누."

한다. 관술이는 그제야 옷 보퉁이를 받아 들고 방 안으로 들어가서 문을 굳이 닫았다.

밑으로 땋아 내렸던 머리카락을 잡아 올려다 바짝 죄서 상투를 틀고, 농이로 바드득바드득 죄니 머리 밑이 아픈지, 형선이는 눈살을 잔뜩 찌푸리고 꿇어앉아 있다.

"아프냐? 고것쯤이야 뭘, 남의 체니를 잡앗또리 할래문, 그만 아픔은 참으야지, 고, 좀, 밧싹 더 잡어댕겨 주우."

“외삼촌은 괘니 그럽네다레.”

하고 형선이는 처음으로 입을 연다.

“어째서 언짢으냐. 네 형보구 물어 보름. 내 말이 괜한 말인가. 그런데, 너 참 색시를 한번 본 적이나 있니?”

이 말에는 형준이가 웃으면서,

“아마 본 적이 있게 혼삿말이 난다니 좋와서 하루 종일 밥두 안 먹었지.”

하니, 형선이는,

“내가 왜 밥을 안 먹어, 여느 때보다 한 그릇이나 더 먹은걸. 뭐이 슬퍼서 밥을 안 먹어.”

하고 흥 하니 코웃음을 친다.

“옳다. 그 말이 잘한 말이다. 늦장가들면서 기쁘믄 기뻤지, 슬퍼서 밥 안 먹을 일이야 없을 거라.”

이러는 새에 상투는 다 틀어 올렸다. 상투 끝에 새빨간 산호를 꽂고 나서는,

“인젠 세수를 하시게.”

하고 구훈장이 다시 한번 낯을 숙이어 형선이의 새로 단장한 얼굴을 엿본다.

머리채가 드리어서, 해에 그을리지 않은 곳이 유난히 희었다. 뒷데석이 허청하여 솜털만이 보르르하고, 덜미가 형선이 자신에게도 한결 가뿐하다. 온순한 얼굴이, 덤부룩하던 머리카락을 다듬어 올리니, 갸름하여 더욱 이쁘장스럽다. 코밑에 수염으로 될락말락한 솜털이 아직 애승이답게 보수수하다. 그러나 웃통을 벗어붙이고 꺼꿉 서서 세수를 하는 걸 보니, 팔과 어깨와 가슴이 어른 부럽지 않게 두드럭두드럭하다.

'저 팔과, 저 가슴과, 저 어깨로……'

이렇게 등뒤에서 멍하니 아우의 모양을 내려다보던 형준이는, 제가 장가들던 날을 생각하면서 속으로 빙그레 웃었다. 이제 다시 올 수 없는 시절이나, 지금 생각하여도 가슴이 울렁거리는 감격의 날이었다. 형선이 혼사가 대략 작정되었을 때 색시 선을 본다고, 어머니와 두뭇골 서모와, 그리고 형준이의 처가 셋이서, 정봉석이네 집을 찾아갔던 일이 있다. 이제 혼사는 절반 이상 된 혼사요, 이것은 일종의 형식에 지나지 않지만 다녀온 뒤엔 모두 색시 인물이 깨끗한 것을 칭찬하였다. 밤에 형준이가 아내더러 물으니, 얼굴은 반달처럼 실한데, 눈이 갸름하고, 콧날이 오뚝하고도 끝이 뾰죽하지 않으며, 무엇보다 자그마한 입술이 귀엽더라고 한다. 뒷자태가 바르고, 땋아 늘어뜨린 머리채가 궁둥이 밑에까지 치렁치렁하더라고. 그래 은근히,

"자네 체니적보담두 곱던가."

하고 물었더니,

"별말씸을 다."

하면서 옆구리를 약간 찌르는 듯하고,

"나 같은 촌 체니가 머."

하면서 씩 웃는다.

"난 그래두 자네가 제일 고우데."

하고 또 한번 빈정대었더니, 진정 노하기나 한 듯이,

"아이가 둘씩 되는 늙은 할밀 두구……."

하면서 나직이 한숨까지를 짓는다. 지금 겨우 스물셋에 이렇게 낙심을 하는가. 그래서 두득두득 잔등을 두들겨 주었다. 그러나 그의 육체에서 전날과 같은 땐땐한 굳은 탄력이 없어진 것만은, 형준이 자신도 어

찌할 수 없는 사실이었다.

　이튿날 형선이놈이 학교에 갔다가 오는 걸 붙들고서, 연자간 뒤로
갖다 세우고,

　"너 형선이, 호박이 넝쿨째 떨어졌다."

하니, 무슨 영문인 줄은 모르고,

　"왜, 내가 무슨 삼십육계를 했소."

한다.

　"엑키, *삼십육계에만 호박이 떨어지냐. 그보담두, 이건 참 진짜루
다 횡재한 셈이다. 아니, 네 혼삿말 난 정좌수 딸이 양귀비 찜쪄 먹게
곱드라는구나."

하고 어깨를 툭 내려쳤다. 아우는 와락 형의 팔을 자기 어깨로부터 뿌
리치고 힝하니 달아나며,

　"괜한 소리."

하였지만 그의 입은 터진 팥자루처럼 벌어져 있었다.

　이렇게 한갓 되지 않은 생각을, 형준이가 두루두루 하고 있는 동안,
형선이는 소금으로 양추질을 하고, 더운 물에다 낯을 씻었다. 그리고
는 옷보퉁이를 끌러서 흰 명주바지에 옥색 저고리를 입고, 그 위에 도
리불수 조끼를 입은 뒤에, 삼성 버선을 한편으로 몰아쳐 신고 나서 옥
색 대님을 질끈 졸라매었다. 훌쩍 일어나서, 장날 화장수한테 갓 사다
매었던 실로 땋은 허리끈을 뱀 사리듯 내동댕이치고, 전반처럼 넓게
접어 온 새 끈으로 바지 괴춤을 느즉하니 잡아맨다. 새총 바지가 된 무
종아리를, 잡아 내려서 옹구뽈 바지통을 만들고, 덤덤히 자기 옷 입는
품을 바라보고 섰는 세 사람의 눈이 부끄러워, 슬그머니 돌아서서 두
루마기를 쳐들어 올렸다. 그래도 웃음이 자꾸 나와서 참기가 거북하

다. 괜한 실없는 웃음이 이렇게 실뚱한 가슴속에서 우러
나오는지, 자기로서도 제 마음을 알 길이 없다.

두루마기를 입고 난 뒤에, 다시 단령을 입고 사모를 쓰
고 각띠를 띠었다. 이제는 *사선을 들고 말안장 위에 올
라앉기만 하면 그만이다.

그러나 곧 출발을 하지는 않았다. 이렇게 성복을 하고
아버지와 어머니를 뵌 뒤에, 다시 두루마기까지를 벗고
나서 그는 비로소 여태껏 굶었던 빈 뱃속에 아침밥을 넣었다. 그
러나 밥도 잘 안 먹혔다.

단령

사모

사선
예전에, 벼슬아치가 외
출할 때 바람과 먼지를
막기 위해 얼굴을 가리
던 제구.

십이봉 밑을 꽉 얼어붙었던 두터운 땅덩지 같은 얼음이, 시루
떡처럼 구멍이 숭숭 뚫어져서 그것이 노전떼만큼씩이나 크게 틈
이 갈라지더니, 연사흘을 두고 쉬일 새 없이 너부주룩하니 흘러
내렸다. 이것이 맑히 흘러내린 뒤엔, 물이 유난히 탁해지고, 수위가 눈
에 띄게 부풀어 오른다. 다시 물이 맑아지고 수위도 제대로 가라앉을
무렵이면, 십이봉 양지바른 곳엔 산들산들 바람이 불고, 나뭇가지마다
물이 올라서 목화씨같이 엄눈에 살이 오른다. 아침 저녁은 추우나, 대
낮에 해가 쨍쨍 내리쬘 때엔 포근하게 따스하다. 긴 하루 해가 지리하
게 졸림을 부르는 시절이다. 바로 오늘이 그런 날씨다.

얼마 아니해서 오정이 되리라는 때에, 형선이는 많은 사람이 둘러선
가운데서 받들어 주는 사람도 없이 말안장 위에 닝큼 올라앉았다.

박참봉네 행길 건넛집은 이칠성(李七星)이네 집이고, 윗집은 나카니
시 상점이고, 아랫집은 조그만 사탕장수라고, 깨엿도 놓고 호두엿도
놓았는데 진소위 사탕이라 명칭이 붙는 것으론 채다리과자와 얼음과
자가 작은 나무통에 들어 있는, 김용구네 집이다. 사나이라고 생긴 건

아이까지 나서고, 늙은 여편네들도 부엌 챙 바자 앞에 나섰다. 바자 틈으로 힐끗힐끗 흰 그림자가 보이는 것은, 행길가에 나설 수 없는 젊은 아낙네와 나이 찬 처녀들이 숨어서 행길 쪽을 엿보는 탓이다. 나카니시네 집에서는 본시 나카니시가 혼자 홀아비생활을 하고 있으니, 다른 누구가 나설 이도 없다. 처음에 체부(遞夫)를 다니면서 처음 이곳에 온, 이 나카니시는, 그 뒤에 *진위대(鎭衛隊)가 없어지면서 수비대가 얼마간 주둔해 있을 때에, 용달을 맡아서 일 년 안짝에 적지 않은 이를 보아 지금은 제법 큼직한 잡화상이 되었다.

　아래 윗거리에서도, 부잣집이고 행세하는 집들간의 혼삿날이니만큼, 많은 사람들이 쓸어 모이었다. 이 집과 친히 내왕하는 사람은 박참봉 옆에 서 있고, 거래가 그리 많지 않은 사람은 저희끼리 두세 사람씩

패를 지어 수군거리며 말 있는 행길 가운데를 구경하고 있다.

신랑이 타고 있는 둘째 번 흰 말이나, 후행이 탈 갈색으로 팡파짐하니 다부지게 생긴 노새나, *안부(雁夫)가 탄 맨 앞에 자그마한 당나귀나, 모두 박참봉 제 집에서 친히 기르는 짐승들이다. 흰 말과 당나귀는 먼 길을 갈 때나, 추수할 때 타작하러 가느라고 가끔 타고, 노새는 연자질을 시키느라고 손수 먹여 기른다. 길 가운데 서서 수많은 눈이 저희들을 보고 있는 걸 아는지 모르는지, 발굽을 울리며 커다란 눈을 꺼벅거리고 탈 사람들을 기다리고 있다.

마바리꾼에게 줄 것으로 흰 무명 세 필을 한 끝씩 풀어서, 안장과 짐승의 코숭이와 꼬리 있는 데까지 희게 줄을 늘인 것이, 풍족해 보여 볼 품이 좋았다. 말꾼들은 말초리가 끝에 붙은 채찍을 등골에 꽂고, 말꼽지를 단단히 받게 붙들고서, 그 중의 한 사람은 말의 머리를 가만가만히 쓸어 주고 서 있다. 기러기를 안은 구훈장이 탄 당나귀 앞에 저만치 앞서, 권마성꾼 둘이 서서 박참봉 쪽을 눈이 찌그뚱해서 바라보고 있다. 이들의 고함 소리가 청 높은 염불처럼 거리를 뒤흔들 때엔, 말방울이 울고, 말꾼의 채찍이 보기 좋게 말 궁둥이를 후려갈기는 때이다.

모든 준비가 되었는데 박참봉과 후행 갈 최관술이가 대문 안에서 무슨 일인가 수군거리고 있다. 사람들의 시선은 모두 그쪽으로 쏠려 있다. 말탄 채 벌써 적지 않은 동안을 기다리고 서 있는 구훈장과 신랑도, 궁금해선지, 하나는 기러기를 안고, 또 하나는 뻔히 사선을 든 채 그쪽을 바라보고 있다.

이야기는 최관술이가 쓰고 있는 국자보시를 벗고, 갓을 대신으로 쓰라는 교섭이다. 그러나 최관술이는 좀처럼 박참봉의 말을 듣지 않는다.

지금까지 이 고을서 쓰는 개화된 신식 모자는 두 가지밖에 없었다.

학도들이 쓰는 삽포— 다시 말하면 학생모자가 그의 하나요, 학도 아닌 사람이 쓰는 국자보시가 다른 또 하나다. 국자보시라는 건 헌팅 비슷한 건데, 이곳서는 그것을 도리우치라고도 안 하고 국자보시라 한다. 물론 그것을 쓰는 사람도 별로 없다. 최관술이가 금테로 만든 개화경을 코허리에 걸고 검정 명주 두루마기에 발목덜미까지 높이 엮어 올린 구두를 신고, 반반히 깎은 머리 위에 뎅그렁하니 올려놓은 것이, 이 국자보시란 게다. 그는 다시 울퉁불퉁한 황양목을 껍질을 벗겨서, 옹지 있는 곳을 약간 불로 태워 그것을 개화장이라 짚고 다닌다.

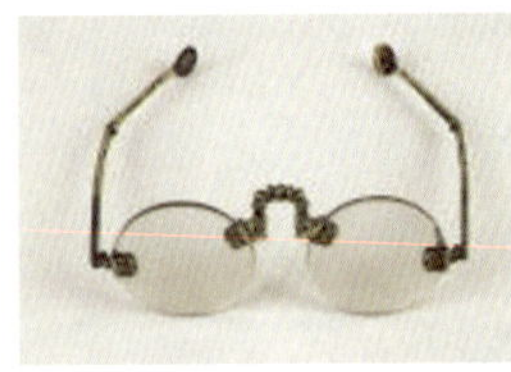
당시의 개화경 = 안경

개화장(開化杖)
짧은 지팡이를 개화기에 일컫던 말.

다른 것 다 말고, 저 덥부룩하니 깎은 머리 위에 홀랑하니 방정맞게 올라앉은 꼭지 있는 바리깨 같은, 국자보신가 젓가락보신가 한 것만 벗어 버리고, 그 대신 구훈장처럼 점잖은 감투와 갓만 써준다면, 그까짓 코허리가 시근시근한 개화경이니, 개백정들이나 들고 다닐 *개화장이니 한 것 같은 건, 그런대로 모른 척도 할 수 있을 것 같다.

처음 박참봉은 이왕 신식 사람을 보내는 바엔, 그가 어떠한 모양을 하건 눈감아 두려 했었는데, 정작 말이 나서고 사람들이 모인 가운데서 처남이 하고 있는 품을 바라보니, 아무래도 마음 한모퉁이가 께름하고 믿음성이 가지 않아 참을 수가 없는 것이다.

그러나 당자가 우겨 대는 판국이니, 지금 이 자리에서 아옹다옹 다투고 있을 수도 없는 형편이다. 소견대로 하라고 내맡기니, 최관술이는 자개 수염을 한번 비비고, 성큼성큼 개화장을 둘러 가며 노새 있는 쪽으로 걸어간다. 말을 타고 개화장을 두를 수도 없는 터이라, 말 옆에 우뚝 서서 몽둥이를 휭휭 객쩍게 둘러본 뒤에, 그놈을 난뜨럭 말안장 앞에다 가로 찔러 끼운다. 휙하니 말 위에 올라타더니 한번 개화경을

햇빛에 번쩍하니 빛내이고,

"자, 가자구."

하면서 발뒤꿈치로 노새 배통머리를 가만히 두어 번 찌른다. 이 말이 떨어지기가 무섭게 잔뜩 대기하고 있던 권마성꾼이,

"아— 아으아—"

하고 앞에서 목청을 돋워 세워서 소래기를 지른다. 당나귀가 아장거리고, 신랑 탄 흰 말이 꼬리를 두어 번 치다가 떼꾹떼꾹 걸어간다. 새서방은 사선으로 얼굴을 가리고 눈앞에 우쭐거리는 먼 앞길을 황홀하게 비치어 본다. 손우수가 탄 노새도 냉금냉금 발굽을 두어 번 구르듯 하더니, 방정맞게 외해행 소리를 치며 앞말을 따라간다. 말이 강선루를 바라보며 앞으로 움직이는 대로, 권마성과 말방울 소리에 맞추어 구훈장의 갓과 신랑의 사모와 손우수의 국자보시가 후물후물 춤추듯 한다.

강선루 앞에서 망을 보던 아이놈이, 먼 데서 권마성 소리가 나고, 말과 사람이 움직이는 것을 보더니, 풀맷돌처럼 날쌔게 달음질을 쳐서 정좌수네를 향하여 뛰어간다. 눈앞에 정좌수네 집 대문이 보이고 그 앞에 많은 사람이 아물거리는 걸 보고는 바른팔을 내두르며,

"샛시방 온다. 구릉다리께 지냈다."

하고 아직 구룡교에 다다를 겨를도 못 된 것을 보탬을 해서 지저귀어 댄다. 이 아이놈의 소리를 받아 가지고, 대문 밖에서 어정대머 잔심부름을 하던 축들이, 두서넛 안마당으로 뛰어들어가며,

"샛시방 구릉다리께 지낸 지 오래다니, 어서 상 준비하우."

하고 소래기를 지른다. 이 말은 순식간에 마당과, 후간과, *청간과, 부엌과, 움 안에까지 퍼져 나갔다.

*과방간에서 큰상을 고이 든 과방꾼들이 약과 *과줄을 산같이 괴어

청간(廳間)
대청(臺廳).

과방간(果房間)
과방(果房). 큰일을 치를 때 음식을 차려 놓고 내가는 곳

과줄
꿀과 기름을 섞은 밀가루 반죽을 판에 박아서 모양을 낸 후 기름에 지진 과자. 속까지 검은빛이 난다. 강정, 다식(茶食), 약과(藥果), 정과(正果) 따위를 통틀어 이르는 말.

놓은 목구를 옮겨 주고 옮겨 받으며,

"빨리빨리 합세다. 샛시방 문 밖에 왔답네다."

하고 수선을 피운다. 신랑이 들어앉아 큰상을 받을 안방 웃간에 돗자리를 깔고, 그 위에 호랑요를 깔던 이 집 막서린가 누군가는 뒤꼍에 펼쳐 놓은 산수 병풍을 바라보면서 툇마루로 뒷걸음을 치다가, 엉겁결에 *실족을 하여 뜰 가운데 비스듬하니 나가떨어져 뒹굴었다. 남이 아프거나 말거나, 모두 와— 하고 웃는 가운데서, 넘어졌던 자는 궁둥이를 턱턱 털며, 소리난 것 봐선 별로 다친 곳도 없는지 제풀에 벌씬 웃고 돌아서는데, 사랑 뒷문을 열고, 떠들어 대는 안마당에 눈을 돌렸던 정좌수가 일의 사연을 알고 별반 상처난 것도 없는 것을 안즉,

"덤베지들 말구 조심조심히 해라."

하고 나직이 기별을 하고는 문을 도로 닫는다. 부엌에서도 이것을 내다보고, 국숫물을 끓이던 용네 어미가, 뒤뜰 안 움 잔등에서 떡에 참기름을 바르고 있던 주인 마누라에게 달려가서,

"마루에서 떨어져서 누가 다리를 상한가 봐요. 지금 막 밖에까지 샛시방이 왔다는데. 다리를 삐었는지 부러뜨렸는지 일어나질 못하고 쩔름거립네다."

누가 상하였다는 바람에 주인 마누라가 떡함지를 놓고 부엌으로 뛰어나와 안뜰을 내어다보니, 별로 그런 일이 일어난 것 같지도 않다. 모두 음식을 들고, 과방간으로 왔다갔다하는데, 어디 한 사람치고 몸에 상처를 입은 이가 있는 성싶지 않다.

"누가 업구 사랑엘 갔나."

하고 용네 어미가 그 뒤의 일을 조사하러 뜰 안으로 나가려는 것을 원반 할 만두를 빚고 있던 부인네 하나가,

“상하긴 뭐이 상했다구 용네 엄매는 저러구 댕기나.”

하는 바람에, 두룩두룩 여러 사람의 얼굴을 번갈아 쳐다보는데 벌써 주인 마누라는 용네 어미의 허풍선인 것을 알아차리고 그대로 떡함지 있는 움 잔등으로 간다.

사랑에서는 신랑 일행이 오기를 대기하고 있는, 인접과 손대들이 모두 의관을 갖추고 부슬부슬 일어나 밖으로 나간다.

“권마성 소리가 안 들리니 아직 강선루 앞에두 안 온가 부다. 너머일 즉 나가 뭘 하간.”

하고 정좌수는 여러 젊은이들에게 말하였으나, 자기 자신도 일어나서 갓을 쓰고 흰 두루마기를 입었다.

강선루의 옆 담장을 휙 돌아서니,

“아— 아으아—”

하는 권마성 소리가 유난히 높이 들려 오고 이어서 구훈장 탄 당나귀가 빼뚝빼뚝 나타난다. 신랑 탄 흰 말과 그 뒤로 최관술이의 국자보시가 보이면서, 올숭졸숭한 많은 아이들이 옆으로 뒤로 따라선 것이 보인다.

“기러기 안은 건 구훈장이구, 손우수는 갱고지 최주사로구만.”

하고 눈 밝은 젊은이들이 떠들어 대는 것을, 정좌수는 대문 아래 서서 먼발로 일행이 올라오는 쪽을 바라보고 있다

새서방이 왔다는 바람에, 일하던 사람들까지 일손을 놓고 모두 대문 밖으로 몰려나왔다. 부인네들만이 안타까운 생각을 누르고서 부엌 안에서 허성대었다. 본시 바탕이 없는 여편네들만은 사나이 장정들 틈에 끼어, 시시덕거리며 말 위에 탄 신랑을 보고, 다시 노새를 탄 최주사의 모양을 웃었다. 이 고장서는 볼 수 없는 가죽구두를 신고 머리 위에도

뭔가 별스러운 걸 썼다. 미상불 이들에게는 생각도 못 했던 일이므로, 놀랍고도 우습지 않을 수 없었다.

여럿이 부축해서 신랑을 말께서 내려 세우니, 파란 명주 두루마기를 입은 젊은 인접이 두 사람, 그를 안내해 대문 안으로 데리고 가고, 안부와 후행은 손대가 나서서 사랑으로 인도한다.

"최주사, 수구러히 오셨습네다."

하고 인사를 하니, 어느 새에 빼어 들었는지, 개화장을 두르며 걸어오던 최관술이는, 바른손으로 국자보시를 벗어 들고,

"천만에 말씀이올세다. 퍽이나 바쁘시겠습네다."

하고 전부터 안면이 있는 정좌수에게 마주 인사를 한다.

"춘부장께서도 안녕하시겠습지요."

하고 다시 한번 정좌수가 인사말을 하니,

"덕분에 건강하올세다."

하고 대답한다. 그들은 사랑으로 들어갔다. 엮어 올린 구두끈을 끄르느라고, 한참이나 마루에 꺼끔 서서 어물거리는 최관술이를, 행길에 서서 바라보고 있던 어린 아이놈들은 구두 속에서 나오는 것이 흰 버선이 아니고 까마툭툭한 양말인 데 또 한번 놀라,

"야 저게 구두 버선이다. 가죽으루다 맹그른 겐데, 아마 백 냥 남아 한대."

하고 한 아이가 아는 듯이 설명을 한다. 나카니시 상점에서도 구두 버선은 파는 것이 없었다. 한 켤레밖에 없는 구두 버선은, 가죽으로 만들기는 샘스러, 발뒤꿈치가 나간 것을 삼성 조박지로다 잡아 옭아 매었다. 그러나 최관술이는 의기양양해서 개화장을 마루에 세워 놓고, 개화경을 번쩍이면서 방 안으로 들어간다.

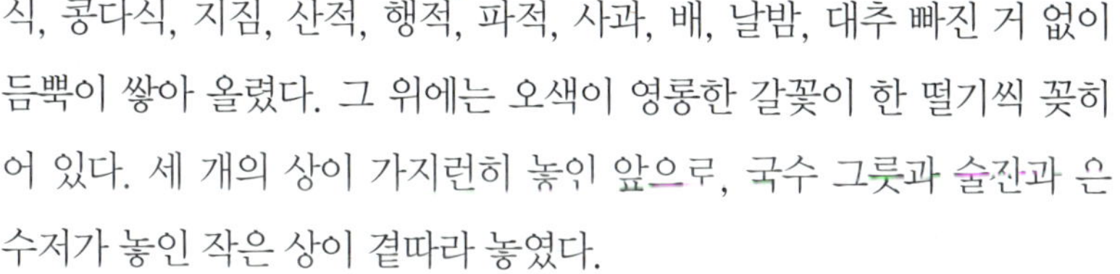

안방 윗간에서는 지금 막 큰상을 들인다. 가운데 앉은 신랑의 상이 들어가고 양쪽에 앉은 두 사람 인접의 상이 들어간다. 절편, *증편, *이차떡, 조차떡, 설기떡으로 높직하니 다섯 목구가 높은 축대처럼 올라 앉았는데 흰 과실, 붉은 과실이 한 목구씩, 약과가 첨성대처럼 한 목구, 이 밖에 깨다식, 콩다식, 지짐, 산적, 행적, 파적, 사과, 배, 날밤, 대추 빠진 거 없이 듬뿍이 쌓아 올렸다. 그 위에는 오색이 영롱한 갈꽃이 한 떨기씩 꽂히어 있다. 세 개의 상이 가지런히 높이 앞으로, 국수 그릇과 술잔과 은수저가 놓인 작은 상이 곁따라 놓였다.

구훈장네 서당에서 지난 밤새도록 구훈장더러 *단자를 베껴 가지고 온 어린 총각아이들이, 마루에 한 뭉치 모여 앉아서 단자 들일 준비를 하고 있다. '입월복기삼(立月卜己三)'이니, '좌칠우칠횡산도출(左七右七橫山倒出)'이니 뭐니 하고 여남은 장 써가지고 그 중의 한 장을 인접

설기떡

증편
여름에 먹는 떡의 하나. 멥쌀가루를, 막걸리를 조금 탄 뜨거운 물로 묽게 반죽하여 더운 방에서 부풀려 밤, 대추, 잣 따위의 고명을 얹고 틀에 넣어 찐다.

이차떡
'인절미'의 방언(평안).

단자(單子)
혼인할 사람의 사주를 적은 문서.

을 통해서 들이니, 신랑의 학식을 시험하느라 사람은 *백차일 치듯 마루와 뜰 안에 둘러섰다.

부엌 안에서 작은사위의 얼굴을 엿보지도 못하고 서 있는데, 큰딸이 쪼루루 사람들 등뒤에서 신랑의 얼굴을 보고 와서,

"얌전한 게 새서방이 곱게 생겼소다."

하는 바람에 주인 마누라는 벌써 오무라지기 시작한 볼편과 입 가상으로 *해족하니 웃음을 짓는다. 용네 어미가 또 손을 내두르면서 뛰어 들어오며, 큰딸이 있는 것도 모르곤지,

"큰사위 둘 가지구두 못 당하겠쇠다. 아니 이게 남중절색이 아니외까. 오마니두 참 잘 맞었단 말요. 엥이 나두 고런 새서방이나 한번 얻어 봤으믄."

하고 객쩍게 웃어 보다가, 옆에 입을 딱 다물고 섰던 이 집 큰딸을 발견한즉,

"어머니는 딸두 잘 나섰거니와 사위두 잘 맞으신단 말이에요. 아니 어쩌면 큰사위가 그렇게 인물이 절색인데 또 작은사위마저 저렇게 곱답네까."

하고 다시 마당으로 뛰어나간다.

인접에게서 단자가 온 것을 힐끗 보더니 들려 주는 붓은 받지도 않고, 형선이는, 옆에 있는 인접에게,

"그대루 물레 주우."

하고 나직이 말한다. 모든 사람은 적지 않이 실망하였다. 서당 공부도 상당히 했고, 벌써 몇 년째 기독학교니 동명학교니를 다니는 학도니만큼, 십여 장의 단자 같은 건 훌훌 써 내갈길 줄 알았던 그들은, 아예 들이댈 척도 안 하는 신랑의 태도에 실망을 느낀 것이다. 그러나 어쩔

수 없는 일이다. 상을 안 주겠다면커니와, 딴말 없이 물리라는 데는 다
시 두말이 있을 수 없다. 인접이 대신하여 커다랗게 '퇴(退)'자를 써서
내갈기니, 이 소리를 부엌에서 들은 신랑의 장모는,

"단자상은 따루 채려 올릴 게니, 큰상은 그대루 둬두소."
하고 밖을 향하여 소리를 질렀다.

"큰상은 웃어룬들이 계시다니 보내 올려야 하겠소다."
하고 다시 뇌우친다.

큰상을 놓아 둔 채 원반상이 들어왔다. 만둣국에 흰밥을 만 것이다.
인접이 권하는 대로 신랑은 술을 들어 원반을 몇 술 떠먹었다.

"만두 세 개는 먹어야 첫아들을 본다네."
하고 어느 늙은 노파가 놀려 대니 모두들 와 하고 웃어 댄다. 그러나
형선이는 만두 한 개를 먹었을 따름이었다. 사랑에서는 *주안이 한참
벌어져 있었다.

주안(酒案)
술상.

3

보부(寶富)는 사촌 오라비 되는 강선루 앞, 정영근(鄭永根)네 집에서
하룻밤을 잤다. 윗방에는 오라비 되는 정영근이가 큰아들을 데리고 지
고, 아랫방에는 올케가 작은아들과 젖붙이 아이를 끼고 아랫목에서 잤
다. 비록 사촌 오빠네 집이라도 이렇게 제 집을 나와서 딴 곳에서 자보
기는 이번이 처음이었다. 정영근은 진위대에 장교로 다니다가, 그것이
없어진 뒤엔 학교에 체육교사로 있다. 새벽에 일어나면 일곱이 난 아
들을 깨워 가지고, 비류강에 가서 낯을 닦고 강변으로 다니면서 나팔

을 불었다. 그는 학도들에게 나팔도 배워 주었다.

이불 속에서 오무라져서 자던 잠이 헌뜻 깨니, 아랫방에서는 아직 모두 새벽잠에 취하여 있다. 먼저 천장을 보고, 바람벽에 걸린 것을 휘둘러보고, 이것이 내 집이 아니라, 사촌 오라비네 집 아랫방이라는 것을 생각하고, 동시에 제가 어젯밤 올케와 함께 강선루 뒤, 자복사 골목을 지나서 물 옆길로 이곳까지 온 것을 연상한다. 처음 언뜻은 그가 어째서 이리로 와서 난생 처음 딴 집에서 밤을 새지 아니하면 안 되었는가를 생각지 못한다. 그러나 어젯밤 이곳까지 와서 아랫목에서 자라고 권하는 것을 기어코 윗목에다 자리를 잡던 것과, 불을 끄고 자리 속에 들어서 모두 숨소리를 높이고, 또는 코를 골면서 잠에 깊이 취하도록, 자기는 두 눈이 새록새록한 채 잠이 오지 않던 것과 구름 같은 생각과, 또 생각에 따르는 까닭 모를 가슴의 심한 동기와, 약간 잠이 들면 꿈이나 가위에 눌리어 이불만 뒤채던 모든 것을 두루두루 생각하고는, 비로소 훤하게 밝아 오는 오늘이 자기에게 있어 일생에 가장 큰 날이라는 것을 의식하는 것이었다. 오늘, 열아홉 살 맞는 처녀 정보부는, 여태껏 자랑으로 삼아 왔던 삼단 같은 긴 머리를 끌러서 틀어 올리고 연두 회장저고리에 붉은 치마를 입고, 생전 처음 보지도 못한 남의 집 총각과 더불어 앞으로 아득하게 벌어질 생활의 광야를 향하여 처음 그의 열쇠를 열어 젖히려는 것이다. 오늘 하룻밤 동안에 운명의 신이 가져다 주는 열쇠를 그가 두 손으로 꽉 바로잡는가 못 잡는가로써, 그의 일생의 행복은 결정이 된다. 그의 가슴이 두근거려 거의 덮은 이불을 울릴 듯하고, 그의 머리가 천근인 양 무거운 채 지척을 가눌 수 없는 건, 모두, 이 긴박하고 재릿재릿한 중요한 순간을 맞이하여, 당연히 가져야 할 순결한 육체와 정신의 피할 수 없는 자세인 것이었다. 호기심과 초조와 알지 못할 환희와, 감격과 흥분이 함께 뒤엉켜서 장마 때의 성난 비류강처럼, 마지막에는 묵직한, 공포의 한줄기 흐름이, 옥같이 맑고도 돌같이 딴딴한 그의 야무진 탄력 있는 육체를 스치고 흘러갔다.

그 사람은 어떠한 사람일런가. 이런 생각도 가끔 머리에 떠오르지 않음이 아니었다. 아버지 어머니나 웃어른들께서 오죽이나 자기를 위하여 잘 택하여 놓았으랴마는, 그럴수록 자꾸만 생각히는 것도 남편될 사람의 얼굴 모습과 몸가짐이었다. 안 생각하려고 해도, 그리고 이런 걸 생각하는 건 자식 된 도리로서나, 또는 *이무 백 년을 같이 늙게 마련이 된 그이를 위하여서나, 그릇된 행위인 것을 생각하면 생각할수록, 자기도 모르게 꿈결같이 사나이의 얼굴이 빙그레 웃으며 지나간다.

물론 이 젊은 총각의 얼굴이, 박참봉, 박성권의 둘째 아들, 박형선이의 틀림없는 얼굴인지는 알 길이 없고, 또 사진도 아니고, 초상화도 아니고, 머리에 떠올랐다가는 구름같이 사라지는 하나의 환영이매, 누구를 붙들고 물어 볼 길도 없다.

언젠가 저녁녘에 행길로 난 부엌문 챙 바자 안에서 구정물을 내버리려는데, 영근이 오빠와

이무
'이미'의 평안도 사투리.

또 한 총각이 나팔들을 끼고 위쪽으로 올라간다. 이화정이나 천주봉 앞으로 나팔 연습을 가는 모양이었다. 영근이 오빠를 따라가는 총각은 검정 두루마기에 머리채는 땋아 늘인 채 사포를 썼는데, 콧날이 세고, 눈이 이글이글하고 웃을 때는 옥 같은 흰 이빨이 가지런히 나타났었다. 활개를 치면서 영근이에게 무슨 말을 하면서, 언뜻 보부가 있는 쪽을 정면으로 바라보고 지나간다. 물론 잘게 수숫대로 엮은 바자 안에 있는 이가 젊은인지 늙은인지, 밖에서는 거의 여잔지 남자인지도 분간치 못하였을 것이되, 처녀의 마음은 무슨 죄 될 일이라도 저지른 것처럼, 부엌 안으로 옹패기를 들고 뛰어들어왔다. 놀란 비둘기의 심장처럼, 그의 가슴은 발딱발딱 뛴다. 그는 부끄러워, 종에게 그대로 부엌일을 맡겨 버리고, 어머니가 있는 방으로 올라와 버렸다. 조금 지나더니, 위쪽 강가에서, 띠따띠따 하는 쌍나팔 소리가 산을 울리며 그의 귀에까지 들려 왔다.

어머니가 꿰매고 앉았는 삼성 버선에, 볼을 받느라고 무릎 앞에 다가앉아 보나, 유량한 나팔 소리가 일으키는 심장의 고동은 머물려고 하지 않았다. 저 나팔 소리는 오빠의 것인가, 총각의 것인가. 아마 먼저 가르치듯이 거침없이 조자가 맞아떨어지는 것은 오빠의 것이리라, 그리고 좀 서투르게 이따금 동떨어진 큰 소리를 내는 것은 혈기가 가슴에 넘쳐 있는 총각의 것이리라. 다시 함께 어우러져서 쌍나팔이 맞은 산에 우렁차게 반향이 될 때엔, 어느 것이 뉘의 소린지 분간할 수가 없고, 이상스럽게 가슴만 두근거렸다. 가끔 나팔 소리는 멎고 조용해진다. 벌써 다 불었는가 ― 이렇게 생각하고 있는데, 마침 장옷도 쓰지 않고 영근네 언니가 왔다. 그래서,

"오라바니는 이제 누군가하구 나팔 끼구 위쪽으로 가시드라."

하고 넌지시 알려 대었더니,

　"응, 박참봉네 작은아들하구 나팔 불레 가시는가부든."

하고 올케도 천연히 대답한다. 그래 그 적에 본 키 크고, 눈이 으글으글하고, 웃으면 흰니가 새하얗게 내보이는 총각이, 박참봉네 작은아들인 것을 비로소 알았고 이따금 언뜻 그 얼굴이 그의 눈앞을 지나가곤 하였다. 그 뒤 얼마 지나서 박참봉네 둘째 아들과 보부의 혼담이, 정식으로 벌어지려 할 때, 밤 깊어 남들이 이무 잠들었을 때, 혼자 총각의 얼굴을 생각해 내려 했으나, 여태껏 무시로 나타나던 그 얼굴이, 머리에서만 아물거리고 도시 눈앞에 떠오르지를 않았다. 그는 이것이 무슨 조화의 일인지 알 수가 없었다. 아른아른 나타날 듯 나타날 듯하다가도, 바람에 불려서 흩어지는 안개처럼 휙 산지사방으로 날아가 버리곤 한다. 귀신에 홀린 거나 같아, 밤새껏 안타까워한 적이 있었는데, 또 그 뒤엔 무슨 일을 할 때 같은 때, 생각도 안 하는데, 마름질하던 옷감이나, 아궁이에 이글이글하게 타오르는 불길 가운데, 그 얼굴이 뻔히 떠오르는 때도 가끔 있었다. 그는 자기와 혼사가 된 박참봉의 둘째 아들 박형선이는 그때의 총각인 줄 확신하였다. 연세로 따져 보아도 그러하고 학교의 학급으로 생각해 보아도 틀림없는 그 총각이었다. 그는 은근히 만족하였다.

　그러므로 신랑이 장가오는 날은, 색시 될 처녀가 집에 있으면 안 된다고, 이렇게 하룻밤을 사촌 오빠 집에서 지내고, 아침— 그에게 있어서는 다시 두 번 올 수 없는, 이 거룩한 아침을 이불 속에서 맞이하면서, 적지 않이 흥분과 감격을 맛보아 가며 그의 눈앞에 문득 그려 보곤 하는 사나이도 또한 나팔을 끼고 사촌 오빠와 웃으며 지나가던 억세게 생긴 그 총각이 아닐 수 없었다. 그도 어느결엔가 박참봉은 연세가 같

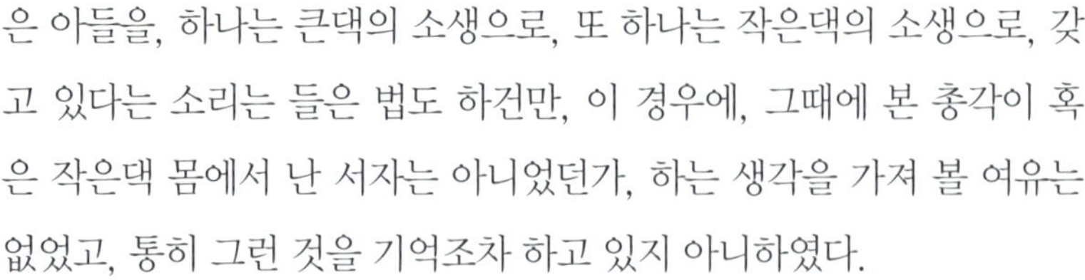

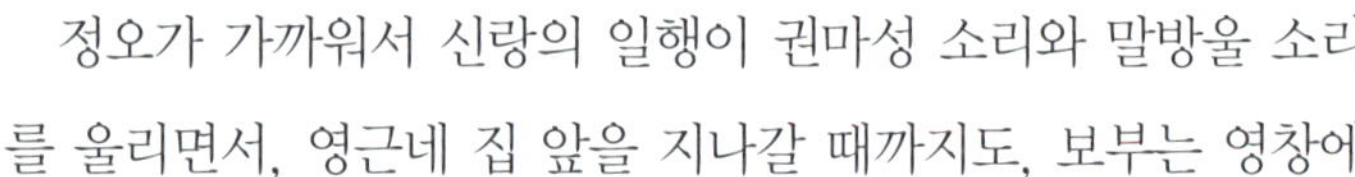

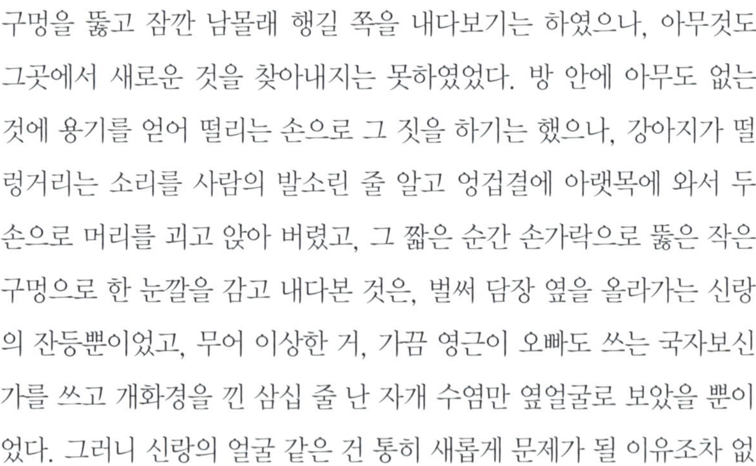

족두리와 화관 – 신부
머리에 쓰는 것

은 아들을, 하나는 큰댁의 소생으로, 또 하나는 작은댁의 소생으로, 갖고 있다는 소리는 들은 법도 하건만, 이 경우에, 그때에 본 총각이 혹은 작은댁 몸에서 난 서자는 아니었던가, 하는 생각을 가져 볼 여유는 없었고, 통히 그런 것을 기억조차 하고 있지 아니하였다.

그러므로 *분지로 얼굴을 단장하고, *녹의홍상에 칠보 족두리를 한 뒤에 신랑방에 들어가서 내리깐 곁눈으로 흘낏 새서방의 얼굴을 볼 때까지, 이런 환영을 품은 채로 있었다면, 그는 졸지에 사람이 바뀐 거나처럼 놀라서, 기절을 하였을는지도 몰랐을 것이다. 그러나 운명은 그에게 끝까지 짓궂지는 않았다. 졸지에 환영을 갈기갈기 부숴 버려서, 처녀의 가슴을 대번에 몽땅 구렁텅이로 차던져 버리지는 않고, 먼저 그에게 자그마한 암시를 보내서 처녀의 굳은 가슴속을 헝클어 놓았다.

정오가 가까워서 신랑의 일행이 권마성 소리와 말방울 소리를 울리면서, 영근네 집 앞을 지나갈 때까지도, 보부는 영창에 구멍을 뚫고 잠깐 남몰래 행길 쪽을 내다보기는 하였으나, 아무것도 그곳에서 새로운 것을 찾아내지는 못하였었다. 방 안에 아무도 없는 것에 용기를 얻어 떨리는 손으로 그 짓을 하기는 했으나, 강아지가 떨렁거리는 소리를 사람의 발소린 줄 알고 엉겁결에 아랫목에 와서 두 손으로 머리를 괴고 앉아 버렸고, 그 짧은 순간 손가락으로 뚫은 작은 구멍으로 한 눈깔을 감고 내다본 것은, 벌써 담장 옆을 올라가는 신랑의 잔등뿐이었고, 무어 이상한 거, 가끔 영근이 오빠도 쓰는 국자보신가를 쓰고 개화경을 낀 삼십 줄 난 자개 수염만 옆얼굴로 보았을 뿐이었다. 그러니 신랑의 얼굴 같은 건 통히 새롭게 문제가 될 이유조차 없었다. 그러던 것이 그만 늙은 종이 점심인가를 가져오느라고, 대낮이 훨씬 기울어서 부엌문으로 들어와 펼쳐 놓은 일장 보고가, 의문을 던져 주는 계기가 되어 버렸다.

"아니 참 샛시방두 곱기는 한걸. 키는 자그마한 이가, 얼굴이 갤숨하구, 눈이 또 자그마하니, 생글생글한 게, 퍽 정지가 있고 상냥하실 게라구 말씀이 많습데다. 거저 복받으시는 집안덜은, 사위를 맞어두, 고렇게 얌전한 이만 쏙쏙 뽑아다가 삼으신단 말이에요. 자, 어서 마음놓구 원반이나 좀 잡수아 보시굴랑, 인제 아마 누가 초벌 단장시키러 오실 게구만요."

이런 말도 그대로 어리벙벙하니 지나쳐 버렸으면 좋을 것을, 무슨 혼으론지, 그만 정신이 별똥같이 말똥말똥해서 처음 몇 마디를 놓치지 않고 귀담아들어 버린 것이, 약이라면 약이요 탈이라면 탈이었다.

키는 자그마하고, 얼굴이 갤숨하고, 눈이 또 자그마하니 생글생글하다— 이 늙은이의 하는 말을 몽땅 그대로 귀담아듣는 것도 안 될 말이지만 보부 자신이 생각하던 것과는 너무도 뒤틀리는 형용이었다. 아무리 늙은 눈이기로서니, 어금비금한 건 몰라도, 이렇게 정반대의 것을 보았을 리야 있을 텐가. 두어 술 떠먹고, 또다시 음식을 권하며 수선을 피우려 드는 것을, '어서 가서 우리 오라비를 보내라'고 부탁해서 노파는 쫓아 버렸다. 그를 보낸 뒤에 방 안에 혼자 앉아서, 다시 제가 기억하고 있는 총각의 얼굴과, 늙은 종이 한 말을 대조해서 이리저리 되새겨 가며 생각해 본다. 아무리 새기고 되새겨 보아도, 도무지 통하질 않는 말이었다. 고얀 년의 늙은 것이 나를 놀려먹느라고, 조작의 말을 가지고 씩둑거린 것이나 아닐까, 그래서 일부러 생김새와는 정반대의 형상을 그려서, 나를 깜박 속였든가, 밤에 신랑 방에서 어리둥절한 채 흠뻑 흠살을 맞히려던 거나 아닐까. 정녕 그럴 것이다. 그년의 늙은 것이 나를 골릴 양으로다 심술궂게…… 하고 픽 웃으려던 때에 문득 번개처럼 생각히는 것이 있다. 박참봉 성권이는 나이 비등비등한, 아니 동갑 연세의 아들을 둘을 두었다는 말, 그 중의 하나는 큰댁의 소생이요, 또 하나는 작은댁의 소생이라던 말, 쌍둥이같이 자라나지만 불과 한 달의 차이라는 것, 그러고서 새겨 보니 아우가 형보다도 훨씬 크고 장대하다던 말까지 언젠가 귓등으로 들은 법하다. 아뿔싸, 자기는 어째서, 여태껏 이것을 까막하니 잊고 있었던가.

여태껏 머릿속으로 그려 보고, 눈앞에 나타내어 보고, 남몰래 가슴속에 품어 보던, 나팔 든 키 크고, 눈이 이글이글하고, 웃으면 가지런한 이빨이 새하얗게 내뵈는 총각은, 오늘 밤에 두근거리는 가슴을 진정하면서, 백 년 앞날의 생활의 첫 열쇠를 같이 더듬어 찾을 남편 될 사람이 아니었고 야속스럽게도 시동생이 될 사나이였다. 다른 사람도 아니고 바로 시동생이 될 사나이, 그를 남편과 바꾸어서 남몰래 사모해 왔다는 것은, 이 어이 이렇도록이나 야속할까 보냐.

부끄럼이 일시에 솟구쳐 오른다. 이런 변도 세상에 있을 거냐. 사연이 확실히 드러나진 않았더라도, 보부가 사람을 바꾸어 생각했던 것만은 틀림없는 일이라 확신해 버리는 것이다. 아니, 확신할 수밖에 없는 일이었다. 그는 이 이상 더 이 자리에 머물러서, 저 억세게 생긴 나팔 든 총각을 눈앞에 그려 보며, 마음을 즐겁게, 또는 안타깝게 향락해 볼 수는 없었다. 그것은 용서할 수 없는 일이었다. 이 원망스런 환영을 가루가 되도록 부숴 버리고, 그 가루를 다시 안개처럼 날려 없앨, 새로운 또 한 개의 환영을 급작히 붙들어 세워야만 한다. 여태껏 사나이다운 얼굴이라고 생각하던 총각의 얼굴은, 지금 이 시각부터 당장에, 징그

럽고, 추잡하고, 망측하고, 해괴하고, 더러운 얼굴이라는 것을, 억지로
라도 제 마음에 타일러야 한다. 눈에도 보여서는 아니 된다. 머리에 떠
올라도 아니 된다. 마음속에 숨어들어서는 더욱 아니 된다. 웃거든 침
을 뱉어야 하고 가까이 오거든 밀치고 윽박질러야 하고, 뭐라고 말이
라도 건넬 듯이 입술을 벌름거리거든, 주먹을 부르쥐고 볼편을 후려치
든가, 코와 입술 있는 데를 각재고 쥐어뜯고 해야만 한다.

그러나 대체 자기는 그 원망스러운 총각 대신에, 어떠한 새로운 환
영을 그려 보아야 한단 말인가. 키가 작다고 한다. 아니 자그마하다 했
으니 채 작다는 것과는 다르다. 눈도 자그마하다고 말했다. 얼굴은 개
르스름하고— 그러나 이런 것만으로는 도무지 사람의 형상을 그려 볼
재주가 없다. 밤까지 기다려야 할 것인가. 그러면 밤이 될 때까지 아직
도 몇 시간을 어떻게 아무렇지도 않은 것처럼 백지상태를 유지해 갈
수가 있다는 말일까. 이왕에 아무 일도 없다면야, 앞으로 아무것도 생
각지 않으며, 일 년도 이 년도 기다릴 수 있을 것 같다. 그러나 마음 한
귀퉁이에 자리를 잡고 있던, 총각의 환영을 들어 내기 위하여는, 그것
에 대신할 새로운 것이 있어야 할 것이다. 귀신 *당지기를 들어 내려면
은, 성경책과 예수가 필요하지 않았던가. 보부는 제 마음을 도무지 가
눌 수가 없었다.

사실 그가 번개같이 이곳에 생각이 미쳤을 때, 귀밑과 얼굴에 솟구
쳐 오른 것은, 부끄럼으로밖에는 나타나지 아니하였으나, 이루 헤아릴
수 없는 여러 갈래 복잡한 생각이, 일시에 머릿속을 향하여 몰아쳐 쏟
아지는 바람에, 가슴은 물차관처럼 설레이고 폭포처럼 쿵덩시어 한참
은 정신을 종잡을 수가 없었다.

한마디로 말하여 부끄럼이라고 할 수도 있을 것이다. 그러나 그 속

당지기
서당이나 당집을 맡아
보살피는 사람.

에는 아버지 어머니에 대한 죄스러운 생각, 남편으로 작정된 이에 대한 미안한 마음, 아뿔싸 이 일을 어쩐단 말인가, 하는 마지막 판국에 항용 사람들이 가지는 일종의 낙심, 그리고 확실히 그 어디엔가, 여태껏 마음속에 그리고 있던 사나이를 놓쳐 버리는 데서 오는 가벼운 미련과, 거기에 따르는 실망에 가까운 심리, 다시 마지막으론 그 총각이 다른 사람 아닌 제 시동생 될 사람이라는 데서 오는 망측스런 생각, 이런 것이 뒤범벅을 개는 가운데를, 설령 아무도 알 리 없고, 또 누구 하나 본 이도, 엿들은 이도 없다손 치더라도, 그의 마음에 오랫동안 품고 지냈던 것이 사실이므로, 마치 몸을 간음당한 때나처럼 줄기찬 자책과 회오가 등골을 스치고 지나가지 않지는 못했던 것이다.

그는 두 다리를 세운 가운데로 얼굴을 푹 파묻고 오랫동안 낯을 들지 못하였다. 두 눈과 코와 볼편을, 함께 쳐받치고 있는 손가락 사이로 어느새엔가 눈물이 쭈르르 젖어 흐른다. 이 눈물이 어이 된 것인지, 무슨 영문으로 흘러내리는 것인지 그것은 보부 자신도 알 수 없었다.

그러나 얼마를 지나니 아무런 일도 없었던 것처럼, 마음과 머리가 가뿐하다. 구름은 지나가고, 햇빛이 환하니 그의 가슴을 비추는 것 같다. 가장 중대하고 거룩한 시각을 앞둔, 처녀의 마지막 감상인 것처럼 눈물은 그의 마음에 있던 모든 협잡물을 맑히 씻어 가지고 깨끗하니 흘러가 버린 것 같다.

올케가 늙은이를 한 분 데리고 초벌 단장을 시키러 온 것은 마침 다행이었다.

'이저는 쉬 저녁때는 됐으니, 어서어서 서둘러서 몸을 닦고 단장을 하자'는 게다. 목욕은 어젯밤 집에서 하고 왔으니, 지금 다시 할 필요도 없고 또 할 수도 없었다.

올케는 젖먹이를 아이에게 업히어 밖으로 내몰더니 부엌으로 가서 물을 끓여 왔다. 웃옷을 벗고 속적삼만 입으니, 가슴이 구릉처럼 부풀어서 앞이 잘 여미어지지 않는다. 꼭 집어 허리띠에 꽂아 놓으나, 꺼꿉서면 흰 가슴이 팡파짐하니 엿보여서 부인네들끼리지만 부끄러웠다.

단장시켜 주는 늙은이는 옛날에 기생으로 있던 이다. 항용 불러 평양집 어머니라고 한다. *빗접고비와 분합과 분첩을 내놓고, 다시 쪽집게와 실꾸리를 꺼내어 대야 옆에 펼쳐 놓는다. 명주실을 가늘게 비벼서, 이것으로 얼굴에 아직도 보르르한 솜털을 밀어 버렸다. 배배 비벼서 상에다 대고, 쭉 밀면서 끌어 젖히면, 눈물이 폭폭 쏟아지게 때끔때끔하다. 다른 곳은 그런대로 참을 수 있겠는데, 이마의 관자놀이와 목덜미를 밀 때는, 땀이 바지바지 솟아나는 것이 노상이 참을 수가 없었다. 입을 다물고 다리에 힘을 주었다. 평양집의 손이 떨어질 때엔 저도 모르게 긴 한숨이 터져 나왔다.

"뼈근하웨니. 체니루 색시 되기가 엔간한 줄 암마."

이렇게 늙은이는 비수까지 먹이며 암팍스럽게 털을 밀었다. 낯이 술 먹은 사람처럼 후끈후끈하다. 이것이 끝나면 쪽집게를 들고 눈썹과 이마를 지었다. 이것은 때끔때끔하여 *누선(淚線)을 직접 건드리는지, 눈물과 콧물이 연해 흐르기는 하지만, 아까 것에 비하면 한결 덜 아팠다. 위선 이렇게 해놓고는 평양집은 가버렸다 나머지 두번 화장은 저녁을 먹고 집으로 가서 신랑 방에 들어가기 전에 마저 하자는 것이었다.

이러구러 긴 이른 봄날도 저물어 갔다. 비류강 위에는 산산한 찬바람이 움직이지 않는 물 위에서 잔잔한 물결을 희롱하고 있다. 움이 트일락말락한 나뭇가지들이 바람이 지나갈 때마다 포르르하니 떨었다. 십이봉 화줏머리(華柱峰) 위에 낫 같은 뾰족한 달이 파랗게 질려서 걸려 있다.

이제는 영락없는 밤이다. 자복사 골목을 올케와 함께 올라가서 살그머니 뒷문으로 들어가는데 개가 뿌르르 쫓아 나오며, 앞발을 들고 쿵쿵 냄새를 맡느라곤지 코끝을 박는다.

"이가이, 이가이."

올케가 회청박이 신으로 개를 뿌리치며 가는 것을, 보부는 나직이,

"월아 월아."

하며 손을 내두르며 따라갔다. 하루 종일 안 보았다고 개일망정 반가워하는 것이다. 오늘 집에서는 큰 잔치가 벌어졌었는데 보부, 너는 어디 갔다가 해가 지고 바람이 찰 때에 뒷문으로 찾아 들어오느냐고 짐승은 수상스레 생각하지는 않는가. 부엌으로 들어가니 모두들 큰방에 들어가고, 넓은 부엌엔 등잔불이 하나 부뚜막과, 찬장과, 돌상과, 토방 위에 지저분한 음식 그릇을, 간들간들 졸며 비추어 주고 있다.

부엌 이편 두 칸 방으로 보부는 올케를 따라 들어갔다. 그곳에는 어머니와 언니와 평양집이 있을 따름이다. 모두 그를 쳐다보며 해족하니, 벌심하니, 또는 바륵바륵하니 웃었으나, 보부는 이내 눈을 깔고 낯을 돌려 버렸다. 마음이 어딘가 *설뚱하다. 발치 구석에는 단장하고 입을 옷과, 머리에 지니고, 옷고름에 찰 패물이, 혹은 보퉁이에 싼 채, 혹은 상자에 든 채 채근채근히 널려 있다.

다시 웃통을 벗어붙이고 목에서, 가슴에서, 겨드랑에서 얼굴에 이르기까지 한번 더운 물로 씻어 내렸다. 이제부터 본격적인 단장이 시작되는 것이다.

얼굴에는 분을 뽀얗게 바르고, 볼편과 입술엔 약간 연지를 찍었다. 난생 처음 바르는 분이건만, 본시 살결이 고운 보부의 얼굴은 분첩으

설뚱하다
마음이나 분위기가 들뜨고 어수선하다.

로 두어 번 두들기기가 무섭게 혹은 코에 혹은 볼편에 혹은 양미간
과 이마에, 얼룩이 안 가게 골고루 퍼져서, 물을 뿌려 놓은 흰 옥처
럼 깨끗하고도 부드러웠다. 연지를 찍은 곳은 붉은 혈조가 떠오른
것처럼 귀엽다. 입술은 본래 앵두보다도 빨갛다. 눈썹은 실낱같이
있는 듯 만 듯하면서도, 정기차게 뻣뻣하니 여덟 팔자를 그리며, 관
자놀이께를 향하여 꼬리를 빼물고 뻗쳐 나갔다. 듬뿍한 숱진 머리
칼은, 윤나고 향기 좋은 동백기름을 함뿍이 머금고, 까만 *공단처
럼 반뜩거린다. 이것을 성키성키 땋아서 뒤로 나지막하니 쪽을 짓
고, 작은 비녀와 커다란 뚝절을 일직선으로 가로질렀다. 나래를 활
짝 벌린 두 놈의 봉황이 입을 맞비비고 있는 장식이 노랗게 눈부시
다. 칠보 족두리를 바르게 탄 흰 가리마 위에, 냉큼하니 가볍게 올
려놓고 멀찌감치 눈을 떼어 바라보니, 그리 밝지 않은 불빛에서도,
금, 은, 유리, 마노, 파려, 진주 등이 영롱하게 반짝거려, 마치 하늘
의 한 부분을 떠다 얹어 놓은 것 같다. 모두, 아무 말이 없다. 평양
집은 황홀히 바라보다가 혀를 한번 찬다. 말은 안 하여도, 과시 하
늘에서 따온 선녀가 어찌 이럴 수 있으랴는 감탄하는 표정이다. 어머
니도 언니도 올케도, 한가지 여자의 몸으로 태어나서, 이렇게 이쁘게
생겨날 수 있는 것은 어느 신령님의 점지하시는 일인가 싶이, 그리고
자기네들도 젊었을 처녀 시절에 이렇도록이나 아름답고 이뻐 본 적이
있었던가 싶이, 멍하니 보부의 단장한 얼굴을 바라보고 있을 뿐이다.
다시 딸기처럼 빨간, 밤알만한 알에, 은실과 금실을 수놓은 두 알의 타
니가, 얼굴보다도 더 하얀 두 귀밑에 매어달렸다. 목을 약간 움직이는
대로 타니는 풍경처럼 귀엽게 하늘하늘 떨고 있다.

　꼿꼿하게 치뻗친 오뚝한 콧날의 동그스름하니 모가 죽은 봉우리가

곱게 단장한 신부의 모습

혼례복을 입은 신부의
모습

공단(貢緞)
두껍고, 무늬는 없지만
윤기가 도는 비단. 고
급 비단에 속한다.

개름하다
귀여우면서도 조금 긴
듯하다.

시울
약간 굽거나 휜 부분의
가장자리. 흔히 눈이나
입의 언저리를 이를 때
에 쓴다.

파탈(擺脫)
어떤 구속이나 예절로
부터 벗어남.

팔신 무너지듯 하면서 콧구멍이 약간 발름발름하더니 드디어 한 입술이 발신하니 웃는다. *개름한 두 눈의 *시울이 긴 속눈썹에 덮이어 까만 손톱자리같이 움직이지 아니한다. 둥그스름한 탐스런 얼굴이 만족하게 미소를 띠어 보는 것이다. 그러나 인차 머리를 돌려서, 발치 구석에 놓은 옷보퉁이를 어루만지듯 하여, 이 웃음은 아무개의 눈에도 띄지 아니하였다. 부리나케 웃음을 삼켜 버리고, 그대로 조심성 있게 일어나서 옷을 갈아입는다. 연두회장 도리불수 저고리에 버선 바닥에까지 치렁치렁하는 노을처럼 붉은 홍치마다. 저고리 앞자락이 치마에 잇닿는 데서부터, 노리개며, 장두며, 치통이며, 호랑이 발톱이며 하는 갖은 패물이 연달아 매어달렸다.

밤은 얼마나 으슥했는가. *파탈하고 아랫목에 뎅그렁하니 앉아 있는 신랑의 방에는, 흰쌀 위에 세워 놓은 촉대 위에서 붉은 홍촛불이 너울너울 춤을 추고 있다. 사모와 단령은 모두 벗어서 넣고, 두루마기까지도 벗어서 뒷병풍 위에 걸어 놓았다. 이야기하러 왔던 말동무들도 일찌감치 밤참을 먹고 물러간 뒤이다. 아랫방과, 뜰 안과, 사랑과, 건넌방과 부엌이 웅성웅성하건만 벌써 한참 동안이나, 형선이가 무료히, 그러나 적지 않이 긴장하여 홀로이 앉아 있는 이 방 안은 괴괴하다시피 고요한 분위기에 싸여 있다.

갑자기 밖이 요란스러워졌다. 이 급작스레 요란스러워진 동정 속에서, 신랑은 시각이 임박한 것을 알아차린다. 일어나서 옷을 입을까 하다가 모른 척해 버리는 것도 한 재미라고 언뜻 생각해 본다. 그는 침착해지려고 애쓴다. 누군가 나직하나 똑똑히 들릴 수 있도록 '색시 잡아넣는다' 하는 소리를 지저귀며 마당을 건너간다. 방마다 문이 열리는 소리. 어스름하던 뜰 안이 문마다 불빛을 배앝아 갑자기 새벽 먼동이

튼 것처럼 훤해진다. 누가 문 밖에 와서 창문에 기댄다. 이어서 창구멍 뚫는 기척이 들리고,

"샛시방이 아랫목에 반뜻이 앉아 있다."

하는 소리가 들린다.

"두루마기 닙언?"

"다 파탈하구 그린 듯이 앉았다."

아뿔싸, 이 소리는 어서 두루마기를 입으라는 말은 아닌가, 참말 신부를 처음 대하면서 아무리 사나이기로니 두루마기도 안 입는다는 것은 이치에 어그러지고, 예법에 뒤틀려도 한방이 없는 소리다. 그는 갈팡질팡하는 자리잡지 못한 그의 두 다리를 의식하면서, 발딱 일어나서 두루마기를 병풍에서 집어 들었다.

두루마기를 들고 그것을 채 펼치지도 못했는데, 마루 위에 유난히 높은 비단 쓸리는 소리가 나고 이어 앞문이 방싯하니 열린다. 촛불이 한번 활개를 치고 꾸풀꾸풀 뱀처럼 몸을 뒤챈다. 두루마기를 입을 겨를도 없이 벙하니 들어오는 사람을 바라보고 있는데, 중늙은이의 여인네가 앞서 들어오고, 이어서 찬란한 눈부시는 의상이 고요히 움직이며 방 가운데로 들어온다.

"머 안 닙으믄 멜한가. 어서 벗은 채루 두시게."

하고 여인네가 인상 있게 웃으면서 두루마기를 손에서 빼앗듯 하여 다시 병풍에 건다. 색시는 무릎

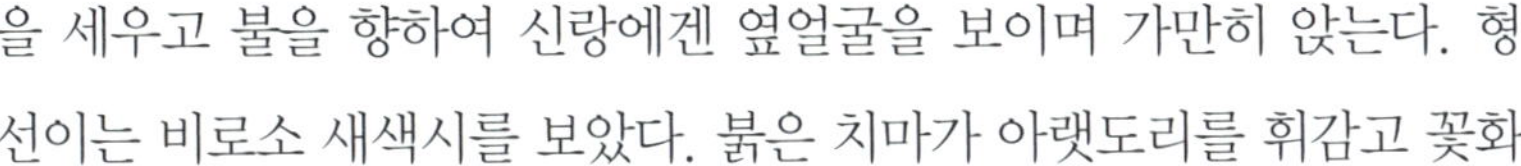

을 세우고 불을 향하여 신랑에겐 옆얼굴을 보이며 가만히 앉는다. 형선이는 비로소 새색시를 보았다. 붉은 치마가 아랫도리를 휘감고 꽃화

분처럼 단장한 미인을 쳐받들고 있다. 이쁜 꽃화분이다. 이렇게 생각
하는 순간 언뜻 얼굴을 보았다. 그리고 기름을 발라 틀어 올리고, 명주
실로 빤질빤질하게 밀어 올린 얼굴이건만, 볼편에서 목과 귀밑으로 흐
른 곡선이 얼마나 부드러운 것인가를 겨우 인식한다. 그는 만족하였
다. 그리고 아직도 연두 도리불수의 비단이 반사하여 붉은 촛불과 어
울려서, 아름다운 무지개가 뽀오얗게 품기는 색시의 얼굴을 멍하니 바
라보고 있다.

그새에 데리고 들어온 여인네는— 아마 이 집 친척 부인네로, 다복
하고 팔자 좋으신 부인넬 게다— 병풍을 한목으로 몰고 그 뒤엔 준비
하여 두었던 요와 이불을 내려다가, 아랫목에다 깔아 놓는다. 이불을
들고 그의 옆을 지나가려 할 때에야, 비로소 신랑은 한참 동안이나 자
기가 굶주린 사람처럼 색시의 얼굴을 정신없이 바라보고 있던 것을 깨
닫고, 부끄러운 김에 눈을 아랫목으로 돌리고 허성대어 본다.

"자, 오늘은 곤할 텐데 어서덜 자리에 들으시게. 그러구 큰상에 났든
사과하구 배하구 밤이 있으니, 다른 건 말구래두 이 사과 한 알만은 둘
이서 나누어 먹으시게. 전해 오는 말에 이걸 나누어 먹어야, 의좋게 아
들 딸 낳구 잘산다니, 자, 그럼 넌두."
하고 이번에는 색시를 향하여,

"넌두 인제 딴사람이 아니니 그렇게 앉었지만 말구. 자, 그럼 난 나
갈게 첫날밤을 재미나게덜 보내시게."

다시 한번 병풍 뒤를 살펴본다. 병풍 뒤는 두꺼운 바람벽밖에 아무
것도 없는 것을 다시 한번 살핀 뒤에 두 젊은 남녀가, 하나는 자리 옆
에 서 있고, 또 하나는 아까대로 불 있는 쪽을 향하여 그린 듯이 움직
이지 않고 앉아 있는 것을 보면서, 절반은 뒷걸음을 치듯 사뿐히 앞문

을 열고 나간다. 밖에서는 많은 사람들이 둘러서서, 숨을 죽이고 방 안에서 들려 오는 말소리를 엿듣고 있었는지, 여인네가 문을 나서자 웅성웅성하고 갈피를 잡을 수 없는 말소리가 일어난다. 말소리는 인차 조용해졌으나, 이따금 키득거리는 소리와, 참았던 숨을 깊게 짚는 소리가 들려 오는 것을 보면, 아직도 사람들은 흩어지지 않은 모양이다. 이들은 오랫동안 문 밖을 떠나지 않는 풍속인 것을 방 안에 있는 두 사람은 잘 알고 있다. 새로 이루어지는 침방을 지켜 주는 것이 처음 이런 풍속의 근원이었는지 모르나, 그들은 호기심이 명령하는 대로 불을 끈 뒤에도 손가락으로 문풍지나 창호지를 뚫고, 귀나 눈을 들이대고, 방 안에서 나는 소리와 눈에 띄는 광경을 보고 듣고 하며, 즐거워하는 것이었다.

한참 그대로 사진을 박으려는 사람들처럼 움직이지 못하고 신랑과 신부는 서 있다. 누가 먼저 뭐라고 할런가, 또 하여야 하는가, 이들은 아는 것 같으면서도 모르는 것 같다.

무료히 그럭하고 섰다가 무슨 결심이나 새로이 먹은 것처럼, 앉은 사람에게 시위하는 것 같은 심리상태를 제 스스로도 의식하면서, 뚜벅뚜벅 신부의 앞을 지나간다. 그리고 촛불 앞에 가서 우뚝 선즉, 무슨 말을 할 것처럼 멍하니 서서 신부를 머리 위로부터 내려다본다.

"어서 옷을 벗기지 않구."

이런 소리가 문 밖에서 들려 온다. 누가 구멍으로 엿보다가 안달증이 나서 하는 소린가, 그렇지 않으면 놀리는 소린가, 이 소리에 용기를 얻어서 신랑은 바른손을 약간 들었으나, 그 손으로 신부의 몸을 만지지 못하고, 훌적, 아직도 너펄거리는 촛불로 손을 가져간즉, 불 심지의 밑을 자르듯 하여 불을 꺼버린다. 방 안은 캄캄해졌다. 신부는 사나이의 손이 몸에 닿을 것을 의식하고 마음 졸여 하다가, 불이 껌뻑 꺼지는 바람에 등골에 냉수를 끼얹힌 듯한 놀람을 느끼고, 캄캄한 질식할 듯한 공기 속에서 비로소 푸 한숨을 나직이 짚었다.

조심성 있이 신랑은 신부의 앞을 걸어간다. 그는 잘못하여 신부의 발이나 손을 짚을까 저어하는 것보다, 치마를 짓밟든가, 또 활기를 치다가 *족두리나, *뚝절이나, 타니를 후려 떨구지나 않을까를 마음에 생각하고 있는 것이다.

아랫목에 가더니 펄석 주저앉아, 대님을 풀고 제 조끼 단추를 끄른다. 캄캄한 데서 하는 것을 볼 리야 있으랴마는, 밖엣사람들은 비단 쓸리는 소리로 이것을 분별하였는지,

"샛시방두 원, 제 옷고름만 끌르지, 재미없다. 색신, 뭐, 꾸어 온 보릿자룬가."

하는 실없는 부인네들 소리가 난다. 그러는데 누가 아마 신부의 어머니든가 친척 되는 이의 목소린지,

"인전 고만덜 보시소, 젊은 사람덜이 주름이나 좀 페라구, 인전 고만덜 두소."

하고 말소리가 뜰 가운데서 들려 온다.

"그러잖아두 재미없어 고만두겠소다. 어린애덜두 아닌 나차른 색시 샛시방이, 이야기덜이나 좀 하던가 하지 슴슴해서 어디 보갓쉥가."

문설주에서 두서넛 물러가는 소리가 난다. 그리고는,

"그럼 안녕히들 주무시우, 난 내려가겠소다."

하는 인사의 말도 들려 온다. 이제는 보는 사람이 없어졌을 게다. 설령 밑질긴 한두 사람이 보고 있다손 치더라도, 어서 사나이 할 구실을 하고, 편히 쉬어야 되겠다고, 신랑은 생각하면서, 그러나 역시 말로는 내

족두리
부녀자들이 예복을 입을 때에 머리에 얹던 관의 하나. 위는 대개 여섯 모가 지고 아래는 둥글며, 보통 검은 비단으로 만들고 구슬로 꾸민다.

뚝절(−節)
비녀의 마디. '죽절(竹節)'에서 나온 말이다.

지 못하고, 가만히 팔을 뻗쳐 신부의 손목을 더듬어 쥐었다. 따끈하고 포근하다. 그러나 아무 반응도 없이 잡히는 대로 가만있다. 가만히 이쪽으로 이끄는 듯하니, 색시는 제 편에서 몸을 쳐들고 끌리는 쪽으로 쏠리듯 한다. 가만히 있었으나, 역시 조그만 인력으로도 움직여 동할 만한 준비는 되어 있었던 것이다.

보부는 삼촌댁에게 이끌리어 신랑의 방에 들어와서, 불이 꺼질 때까지 눈을 깔고, 땅 밑만 바라보았지 곁눈 하나 팔지 않았다— 이렇게 삼촌댁에게나, 신랑에게나, 또는 문구멍으로 들여다보는 사람들의 눈에는 보이었다. 그러나 아무도 모르게, 그는 재치 있게 꼭 한 번 신랑을 쳐다본 적이 있었다. 얼굴이 잘생겼는가, 못생겼는가, 대체 눈은 어디에 붙었고 코는 어디로 솟아났는가 이런 것을 알기 위하여 사나이의 얼굴을 도적질해 본 것은 아니었다. 내일 아침 문창이 훤히 밝아 오면, 자는 얼굴을 제 얼굴 바로 밑에서 얼마든지 바라볼 수 있을 것이요, 또 바라보고 그것이 어떻게 생겼든 간에 이제 이렇게 그와 한자리에서 잠을 이루고, 그것을 예식을 갖추어 세상에 발표해 논 뒤이니, 어떻게 할 도리가 있는 것도 아니다. 부모가 작정했고, 세상에 발표했고, 그리고 오늘 모든 사람에게 인정을 받고 축복을 받았다. 그가 절름발이라도 살아야 하고, 그가 애꾸눈이라도 모셔야 하고, 그가 곱사등이라도 섬겨야 할 것을 보부는 잘 알고 있었다. 남이 수상히 생각하리만큼 눈알을 굴리며, 남편의 생김새를 물색하려 들 만큼 조급하지도 않다.

그러나 그는 조심성 있게, 아무도 눈치채지 못하게라도 해서, 그의 얼굴을 보지 않을 수 없었다. 보지 않고는 참을 수 없었다. 삼촌댁이 자리를 들고 아랫목으로 가고, 사나이의 타는 듯한 눈길이 자기의 얼굴에서 그쪽으로 쏠리었다고 생각하는 순간, 내리깔았던 윗눈시울이

파뜩하니 나래를 치면서 사나이의 얼굴을 날쌔게 보아 놓았다. 비록 바로 보지는 않았을 때에도, 얼굴 앞에서 허청대는 사나이의 키가 대충 얼마나 하다는 것은 그림자처럼 눈어림으로 짐작할 수 있었고, 그래서 그의 키가 큰 키는 아니라는 생각을 가만히 품어 볼 수는 있었으나 제 눈으로 비록 짧은 순간이나마 바라본 사나이는 예상과 같이 사촌 오빠와 나팔을 끼고, 언젠가 구정물을 쏟을 때에 행길을 지나, 이화정으로 올라가던 그 총각은 아니었다. 결코 놀라지는 않았다. 역시 '생각대로 그이는 아니었구나' 하는 체념은 필시 가벼운 실망의 이면인지도 모르기는 하지만, 어떻게도 할 수 없는 불행이 이제부터의 자기의 생활을 찾아올 것 같은, 그런 불길한 예감은 조금치도 들지 아니하였다. 그러므로 그의 얼굴이 어떻게 생겼던지, 그것을 확실한 인상으로 의식지 못하면서도— 사실, 그는 그가 나팔 든 총각인가 아닌가를 직감적으로 분별하였을 뿐이지, 이 사나이의 얼굴이 어떤 인상을 주었는지 종잡을 수가 없었다— 사나이가 손을 뻗쳐서 제 손을 더듬어 이끌 때에, 사나이의 입김 가까이 제 몸을 실릴 만한 마음의 여유는 가지고 있었다.

　나는 오늘부터 이 사람의 것이다. 이 사람에게 몸과 마음을 통히 바쳐 버린 사람이다. 아니 그대로 속속들이 이 사나이에게 맡겨 버려야 할 몸이다. 그러므로 여태껏, 자기의 마음 한귀퉁이에서 어른거리던 나팔 들고 키 큰 총각의 환영은, 그것이 설령 자기의 시동생이 될 사람이건, 누구이건, 한 개의 마귀에 불과하였다. 이리하여 그는, 여태껏 총각을 그리던 제 마음을 마귀가 가르친 사념(邪念)이라 생각하고, 더 일층 자기를 죄인으로 의식하면서 미안한 마음으로 새로이 맞는 남편에 대한 깊은 애정을 인도하려고 하는 것이었다.

사나이의 손이 긴 뚝절을 더듬어 뽑고 있다. 침착하나, 더운 입김이 그의 귓바퀴에 와서 설렌다. 손은 약간 떨리는 듯하나, 실수 없이 그것을 머리에서 뽑는다. 다시 족두리를 내린다. 사나이의 두 손이 앞 이마 위에서 간지럼을 피우듯 허청거릴 때 색시는 손수 그의 손을 끌어다가 함께 족두리를 끌러 내리었다. 끌러 놓은 것을 가만히 윗목 상 위에 옮겨 놓고는 한참 아무 말이 없이 앉아 있다. 족두리를 끄를 때에 손을 도왔으니, 인제는 제 스스로 옷고름을 끄르라는 것일까. 그러나 족두리나, 뚝절이나, 비녀와 달라, 어떻게 제가 제 손으로 옷고름이야 끄른단 말인가. 여태까지 속옷으로 감싸고, 허리띠로 동여매고, 속적삼과 저고리, 바지와 치마로, 누가 볼세라 보일세라 감축하여 둔 가슴과 배와 다리를 어떻게 대담하게, 버릇없게도 내 손으로 끄를 수 있단 말인가. 만일, 이대로 사나이가 내버려두고, 저 혼자 자릿속에 누워 버린다면, 자기는 이대로 혼자, 요렇게 청승맞게 댕그러니 앉아서, 동녘이 훤히 트이고, 창문에 해가 들도록 눈 깜박 안 하고 세워도 그만이다— 이렇게 속으로 생각하고 있는데, 그러나 사나이란 역시 다정하였다.

치마끈을 끄른다. 장난을 하느라고 여러 곱을 매어 논 것이라, 한 매듭씩 끄르고 있다. 미안해서 그 다음은 제가 맡아서 끌렀다. 그랬더니 사나이는 저고리 고름을 끌러 준다.

끌러 줘야 되는 건 다 끌러 주었다. 치마끈과 패물 찬 끈을 끌렀으니, 바지나 속옷 끈은 제 스스로 어떻게든지 할 게다. 저고리 고름도 끌러 주었으니, 벗거나 말거나는 색시 제 마음에 달렸다. 그래서 형선이는 제 해만 훌쩍 벗고 속옷만으로 자리에 들어가 버렸다. 이 이상, 사나이기로니 어떻게 뻔뻔스레, 추근추근하게, 손을 끌든가, 말을 붙이든가 할 수야 있을 것이냐. 그래 베개 위에 머리를 눕히고, 조용히 색시의 거동만 캄캄한 속에서 기다리고 있다. 잠시 조용하다. 형선이의 가슴이 둘럭둘럭하는 것이 들려진다.

보부는 사나이의 벗은 옷을 채국채국 접어 개킨다. 그러더니 그것을 윗목 병풍 밑에 사뿐히 올려 민다. 한참 또 가만히 앉아서 어떻게 할 바를 모른다. 아니 무엇을 어떻게 해야 할지는 빤히 알고 있으나, 그걸 내처 할 용기가 더럭 나지 않는 것이다. 누가 말을 걸든가, 아까처럼 손목은 아니라도 바지 밑이라도 잠깐 잡아 당기는 체해도, 그는 그걸로 언저리를 삼아 대담한 용기를 내볼 수도 있을 것 같은데, 안타까운 경우를 만들어 놓은 사나이는 야속하게도 자기를 혼자 내버려 둔 채, 잠자리 속에서 까딱도 안 한다.

그러나 형선이 역시 그렇게 짓궂지는 않다. 제가 어떻게라도 손을 쓰지 않으면, 색시는 언제까지나 저렇게 끈을 끌러 놓은 옷을 입은 채, 이부자리 옆에 앉아서 밤을 샐는지도 모르겠다는 것을 생각지 못할 만큼 무정하지도 박절하지도, 또 등신도 아니다. 그래 성큼 일어나서, 저고리를 활짝 벗겨 버리고, 치마도 훌훌 풀어 버린 뒤에, 덥석 팔을 끌어다 긴 베개의 한옆에 머리를 베어 주고 싶은 마음은 간절하나, 그렇게 왁살스런 행동도 할 수 없어, 그에게 행동의 디딤보가 될만한 구멍수만 틔게 주는 것이다. 형선이는 끙 하고 기지개나 펴듯이, 한 다리로 이불의 절반을 둘러 감고 아랫목으로 돌아 뒤채어 누웠다. 이불 소리가 와스럭와스럭 나고, 사나이의 끙 하는 소리와, 가볍지 않은 몸집이 뒤채는 소리가 함께 엉켜서 뒤설릴 때에, 색시는 눈치 빠르게 치마와 웃저고리만을 벗어 버리고 가만히 자리로 몸을 옮겨 놓았다. 그러나 몸을 누이는처럼만 하였으나, 살이 사나이에게 닿을세라, 얼굴이 베개에 닿을세라, 이러노라니 다시 몸을 도사리고 댕그러니 앉아 있는 거나 같았다.

이때에야 나 어린 사나이의 가슴엔 표범 같은 피가 꿀드럭하니 목구멍을 치받았다. 그는 비로소 성난 짐승처럼 몸을 뒤채면서 색시를 베개에 눕히고 또다시 이불을 그의 몸 위에 덮어 주었다.

모든 것이 끝났다. 이불 안이 몹시 더우나, 이젠 잠만 들면 그만이다.

그런데 아뿔싸, 또 한 가지 잊은 것이 있다. 아까 여인네가 신신 부탁하던 큰상에 놓았던 사과 한 알— 이것을 먼점 생각한 건 형선이었을는지도 모르나, 곧 몸을 일으켜 사발에서 사과를 집어 온 건 오히려 보부였다. 이것을 잊어버린 채 사나이가 자버리면, 이거야말로 큰 낭패가 아니냐, 그는 속으로 행복되게 부귀를 누리면서 첫아들 낳고 잘 살아 보기를 이렇도록이나 저도 모르게 희망하고 있는 것이다. 사과를 집어 가지고 와서 다시 자리에 누웠다. 그리고는 용기를 내어 그것을 가만히 사나이의 얼굴 위에다 가져갔다. 사나이는 그것을 받아서 한입 덜컥 깨물어 서벅서벅 씹으면서 그대로 색시에게 준다.

캄캄한 가운데서 비로소 해죽이 만족한 웃음을 웃어 보며, 그리고 비로소 이불 속에서 사나이의 체취가 코로 풍기는 것을 취하듯이 느끼면서, 먹다가 준 사과를 입으로 가져간다.

그때이다. 바로 그때이다. 마루가 쿵 하고 울리고 적지 않은 돌덩이리 같은 것이 꽝 하고 문설주를 짓부순다. 덜컥 놀랐다. 사과는 손에서 떨어뜨리지 않았으나, 거의 기겁을 하여 색시는 사나이 가슴에 낯을 묻듯 하였다.

"아니 거 누구?"

뒤이어 문 여는 소리, 하나, 둘, 셋— 아랫방과 건넌방과 사랑방의

문이 어금비금하여 일시에 열린 것이다. 그러나 아무 소리도 없다. 개 짖는 소리가 난다. 농 하고는 너무 심하다— 이렇게 생각한 건 보부뿐만도 아니었다. 뜰 안이 소란해졌다. 누가 마루에 와서 그곳에 던진 큰 돌을 들어 내리는지,

"아니 이게 웬 돌이야. 적지 않게 큰데. 이런 원 망할 놈들이 안 있나."

누가 대문 밖에 쫓아 나가 보고 오는지,

"발세 강 있는 쪽으루 없어졌는데, 누군지 알 수 있나. 키는 훨씬 큰 놈 같은데……."

이 말에 보부는 가슴이 뚱하였다. 키 큰 사람— 그것이 누구였을까. 만일 이것이 단순한 농이나 장난이 아니라면, 두 사람의 결혼에 불만이나 불평을 갖고 있는 자의 행위라는 건, 언뜻 누구나 생각할 수 있는

일이다. 이런 까닭인지, 뜰 안에서는 대문 닫는 소리만 이어서 나고는,

“거, 누가 농두 세게 한다.”

정좌수의 일부러 신랑 들으란 듯이 하는 말을 마지막으로, 모두 제 방으로 들어가서 조용해지고 말았다. 자기 딸에게 마음을 두고 있던 놈의 행위라고 보는 게 누구나의 첫 짐작이니 만일 이야기가 벌어지는 때엔 결코 적지 아니한 문제로 될 것을 그들은 알아채고 있는 것이다.

보부는 부모나 또는 새로 맞는 남편에게 자기가 오해를 받을까 두려웠다. 아무도 없었다. 실로 자기가 누구에게 손짓, 눈짓 한번 해본 일도 없거니와, 또 어느 사나이한테선가 그런 걸 받아 본 적도 없었다. 단 하나, 그러나 생각히는 당자도 결단코 모르게, 시동생이 될 나팔 든 총각을, 지금 같이 누워 있는 남편인 줄 알고, 마음에 홀로 그려 본 바가 없다고는 할 수 없으나, 그것을 알 사람은 아무도 없다. 물론 알고 모름이 문제가 아니리라. 그렇기 때문에, 돌 던지는 소리가 요란스럽게 나고, 이어서 키 큰 놈이 물가로 뛰더란 말을 듣고는, 보부 역시 그의 마음을 선뜻 두드리고 지나는 것이 없지 않진 못했다. 키 큰 사람이 어찌 한둘일 것이냐. 그러나 키 큰 놈이 물가로 뛴다는 말과 함께, 그의 가슴을 두드린 것은 역시 나팔 든 총각, 아니 자기의 남편과는 불과 달로밖에 차이가 없는 시동생이 아닐 수 없었다. 사실 그이는 아닐런가— 자기 자신으로서도 수상하리만큼 이런 생긱이 문득 난다. 만일 그이라면 어째서 자기 형 되는 사람의 장가 든 방에 와서 이런 행패를 할 것인가. 그가 나를 사모할 리는 만무한 일, 자기가 그를 홀로 생각해 온 것은 사실이라 할지라도, 그가 자기를 자기처럼 이토록 생각해 오지 않은 것만 사실이 아닐 거냐. 그렇다면 그가 오늘 우리들의 행복을 방해하거나 불만해하거나 할 리도 없을 것이요, 다시 이러한 행패

질을 할 리도 만무한 일이 아니냐. 역시 그는 아니다. 그러면 대체 누구일까. 까마득하다.

남편은 어떻게 생각하고 있는가. 만일 남편이 자기를 의심하려 들면 얼마든지 의심할 수 있는 건덕지다. 애매한 이 일을 어찌한단 말인가. 부끄러운 줄도 모르고, 사나이의 가슴에 얼굴을 묻은 채 숨도 변변히 못 쉬며 처분만 기다릴밖에 없다. 무슨 변명이 있을 것이냐, 아니 터무니 자기에게 알 수 없는 영문 모를 일에 대하여, 뭐라고 입을 떼서 이러니저러니 할 수가 있을 것이냐. 매를 치면 매라도, 벌을 주면 벌이라도 받아야 할 판국이다. 이렇게 생각하면서 그대로 남편의 가슴에 얼굴을 묻고 있는데,

"어서 사과나 마자 잡수."

이어서 사나이의 억센 팔이 그의 가슴을 둘러 감는다. 남편에게서들은 첫번 음성이고, 그에게서 받는 첫번 포옹이다. 아니 어머니의 품을 떠나 나이 찬 이후, 고이고이 감축해 두었던 제 몸에 다른 사람의 팔이 와 닿은 처음이다.

아무렴, 역시 남편밖에는 없다, 그의 말 한 마디와 한 번의 억센 포옹이 모든 것을 원만하게 해결하는 것을 지금 그는 감격과 함께 느끼고 있다. 이 남편을 무슨 일을 겪으면서도 섬겨야 한다. 아니 몸을 부숴서 가루를 만들어 모시고 섬겨도, 결코 충분하다고는 할 수 없을 만큼 커다란 존재로 생각하였다. 그는 눈물이 풍풍 솟구쳐 오르는 것을 참지도 않으면서, 사나이 품에 안겨 그가 먹다 준 사과를 깨물었다. 눈물이 사과에 묻었는지 입맛이 짜다. 그는 한 입 두 입, 덤성덤성, 소리가 나게 씹고 있었다. 눈물은 사나이의 가슴에까지 번져 옮았다.

4

다른 날따라 없이 형걸이는 늦잠을 잤다. 여느 날 같으면 학교 뒤 솔밭이든가, 강가에 나가서 나팔을 불든가, 그러잖으면 학교 운동장에 가서, 철봉을 하는 것이 아침 먹기 전에 형걸이가 하는 버릇처럼 된 일과이었는데 오늘따라 그는 늦잠을 자고 있다.

그러나 창문이 훤하니 밝은 것을 모르고, 이불을 막 쓰든가, 베개에서 떨어져서 침을 흘리든가 하면서 늦잠을 자고 있는 것이 아니라, 두 눈을 멀뚝멀뚝 뜨고서 뎅그렁하니 번듯이 자리 위에 누운 채 일어나지를 않는 것이었다. 그는 처음 어째서 이날 아침이 다른 날 아침과 달라서, 자리에서 일어나기가 싫은지 자기 스스로도 알지 못하는 것 같았다. 아버지가 어젯밤은 큰집에서 자고 없으니, 늦게 일어나도 꾸중할 사람이 없어서 그런 것일까. 그러나 아버지는 그가 늦게 일어나건 이르게 일어나건, 그런 데는 별반 참관하지 않는 이다. 지금 저 사랑방에 아버지가 앉아서 담뱃대를 땅땅 뚜드린다든가, 그러잖으면 기침을 유별나게 한다든가, 또는 아침상을 설령 받고 있다고 하여도,

"형걸이놈은 생게두 안 니러났니. 어젯밤 늦두룩 논 게로군."

하고쯤 *상기에 나앉은 작은댁에게 물이 뵐는지는 몰라도, 그 이상 이러니저러니 하든가 그러지는 않을 것이다. 물론 어머니는 일어나는 것이 늦으면, 그의 방에 찾아 들어왔다.

"해가 한 빨이나 솟았던데 넌 생게두 자네."

라든가, 그러잖으면,

"오늘은 나팔 불러 안 가네."

상귀(床-)
상 바닥의 귀퉁이.

라든가 하고 그의 자리 옆에 서서, 발심하니 웃으면서 아들의 자는 얼굴을 내려다보는 것이다. 오늘도 벌써 한참 전에 방문을 열어 보고 갔었다. 그러나 아들이 눈이 멀뚱멀뚱한 채 누워 있는 것을 보고는 아무 말도 안 하고 방싯하니 열었던 방문을 닫아 버렸다. 형걸이는 눈닦아 보진 않았으나, 어머니가 어째서 오늘따라 아무 말이 없는지, 그리고 어째서 나들이옷을 갈아입고 새벽부터 집을 나가는 것인지, 그리고 다시 아침도 먹지 않고 어디로 가는 것인지, 이런 걸 그는 비로소 똑똑히 의식한다.

아니, 그가 이렇게 오늘따라 해가 한 발은 샘스러, 좀 허풍을 치는이라면, 거의 중천에 올라왔다고까지 서둘러 댈 시각에, 잠도 안 자며, 시름없이 자리 위에 누워 있는 것은, 그런 걸 모두 다 잘 알고 있기 때문이라고도, 말할 수 있을 것이다.

사실, 그는 잘 알고 있다. 왜 자기가 자리 속에 누워서 일어나기가 싫고, 어머니도 아무 말을 못 했는지, 형걸이는 잘 알고 있다. 오늘 아침은 불과 한 달 상관으로 어엿한 형이고, 뿐만 아니라 큰어미의 소생이기 때문에 자기보다도 소중한 대우를 받는 형선이가 정좌수 집으로 장가를 드는 날이었다.

그래서 아버지는 어젯밤, 두뭇골로 오지 않고, 그대로 큰집에서 잔 것이고 (물론 아버지라고 장근 두뭇골만 와서 자는 것은 아니었으나) 다시 어머니도 새옷을 갈아입고 아침도 들기 전에 큰집으로 간 것이고, 방문을 방싯하니 열고 아들의 누워 있는 것을 보면서도 아무 말 못 하고 그대로 문을 닫아 버릴 수밖에 없었던 것이다.

어머니가 가서 한참 만에 큰집에서 사환아이가 왔다고, 삼남(三男)이가 문을 열고 전고를 한다.

"큰댁에서 조반 잡수시라구, 나오시라구, 사람이 왔어요."

그대로 큰댁에서 조반 나와 잡수시라구 사람이 왔다면 될 것을, 혹시나 실수할까 어린것이 지나치게 마음을 쓰노라, 되레 우스꽝스런 말이 된 것이, 어쩐지 불쾌해서 형걸이는 아무 대답도 하지 않았다. 그랬더니, 뻔하니 듣고도 대답하지 않는 것을 알고 있건만, '잡수시라구 나오시라구'를 또 한번 외고 섰다. 만일 대답이 없으면 작인의 아들 삼남이는 하루 종일이라도 이러고 섰을 참인가 하고 생각하니, 형걸이는 와락 분노가 치밀어 오르면서도, 한편 가련한 생각이 들었다. 그래서,

'난, 여기서'까지는 성난 목소리를 질렀다가, 그 다음 '여기서 먹는다구 그래라'는 나직이 부드럽게 말하였다. 그러나 성이 나서 말하거나, 부드럽게 말하거나, 그런 건 아무것도 아랑곳할 게 없다는 듯이 그대로 표정 없는 얼굴을 한 채 문을 닫고는,

"여기서 잡수신다구 그러시라구 그러시래."

한다. 형걸이는 이 말소리를 방 안에서 가만히 듣고 누웠다가, 작은 발자국 소리 둘이 대문으로 사라지는 것을 들으면서 벌떡 자리에서 일어났다.

아이놈의 하는 짓도 좀되고 불쾌한데, 아침들이 이러고 누워 있는 자기 모양도 어지간히 싱겁게 보여지는 것이다.

'우리 청년 학도들은 용감하고, 쾌활하고, 대범하고, 희생심이 있이야 한다.'

산술선생이나, 역사선생이나, 지리시간에나, 체조시간에나 언제나 들어 온 말이다.

옷을 주워 입고, 공기를 바꾸느라 마당으로 난 문을 열어 젖혔다. 일어서서 자리를 개려고 하는데, 부엌에서 중년세나 되는 종이 들어와

서, 이게 무슨 일이시냐구 말로는 안 냈으나, 황송해하는지 황겁해하는지, 분간할 수 없는 표정으로 이불을 빼앗듯 한다.

그는 아무 말도 안 하고 밖으로 나왔다. 봄날 아침의 해는 광선이 따사하다. 한참 눈이 시도록 태양을 겨누어 응시를 한 다음 그는 낯을 닦았다. 방 안에 들어오자 밥상이 나온다. 방금 함지에 이고, 큰집 종이 아침을 날라 온 걸 그는 잘 알고 있다. 그러나 그는 예전대로 아침을 먹고 학교에 갈 준비를 한다. 혹시 학교가 늦을는지도 모른다고, 좀 황황히 서두르면서 두루마기를 입고, 등골로 *주의 속에 들어간 머리채를 쭉 뽑아 내다가 문득 생각히는 곳이 있다. '이 머리채'— 그것을 앞으로 끌어다 놓고 한참 동안이나 들여다본다. '이 머리채'— 세 갈래를 잡아서 미츳하니 땋아 내려가다가 맨 끝이 꺼먼 댕기로 맺혀 있는 이 머리채.

"에히, 오늘은 세상없어두 이놈의 머리채를 잘러 버리구야 만다."

다시 휙 잔등께로 넘겨 버리는데 체조하듯 하는 그의 바른손 속에 굳은 결심이 들어 보이었다.

사포를 쓴 뒤에 문 밖에 놓은 갓신을 신고 집을 나섰다. 학교는 얼마 멀지 않다. 두뭇골 개울의 징검다리를 건너서, 논두렁길 같은 작은 길을 한참만 가면 곧 학교의 운동장이 나선다. 솔밭 중턱에 *문묘(文廟)가 있고, 그 옆에 *서원(書院) 자리가 있다. 이것이 교실이었다.

대문을 나서서 큰 버드나무와 우물과 느티나무만 돌아서면 학교 운동장이 바라보인다. 검정 두루마기를 입은 채, 새끼줄 넘이를 하는 학생도 있고, 주의를 벗어 걸고 철봉에 매달린 학도도 있다. 아직 시간이 좀 있는 성싶다. 그러고서 쳐다보니 해는 생각던 것보다는 그리 높이 솟진 않았다. 학교 뒷산 솔밭 위에 한 칸쯤 솟아 있다. 그는 뛰지 않고 책보를 바른손에 들고, 갓신에 힘을 주어 병정처럼 뚜벅뚜벅 걸을 때 만족을 느낀다. 머리채가 물결치듯 잔등에서 꾸풀대며, 궁둥이께를 댕기가 스척거리는 것이 오늘 아침은 유난히 마음에 거슬린다. 제법 철석 소리가 나는 것도 같다. 이놈을 오늘 몽땅 잘라서 내 버려야 속이 시원할 게다 하고 생각하니 마치 누구에게 오래 묵은 원수를 갚는 것 같은 통쾌한 생각이 들었다.

　형걸이는 고등과 일년이다. 그러므로 심상과(科) 생도는 그를 만나면 걷던 다리를 딱 모아 붙이고 경례를 한다. 그 대신 고등과 이년생, 삼년생을 만나면, 그가 경례를 해야만 한다. 경례를 하는 것이나 받는 것이나 모두 유쾌하였으나, 윗학급에서 자기보다 나이 어린 놈이 없는 건 더욱 다행하였다. 어떤 자는 경례를 붙이고는 격식을 갖추느라곤지, 입으로 나팔을 부는 자도 있다. 손대봉(孫大鳳)이가 그 중의 하나다. 이는 그의 어머니가 양덕 온천(陽德溫泉) 대탕지(大湯池) 뒷산, 대봉산(大鳳山)에서 산신령께 치성을 드리고 온정을 했더니 산덕과 물덕을 입어 잉태해 낳았다 해서, 이름마저 대봉인데, 부모가 완고해서 승혈(僧血)이 만강(滿江)이라고 머리를 깎지 못한 채 있으나, 신식이라면 머리를 싸

대봉산

매고 대서는 자이다. 그는 상급생을 만나면, 제가 그렇게 하고, 하급생을 만나면 그들에게 이 짓을 시켰다.
　지금 형걸이가 운동장 어귀에 세운 '동명학교'의 현판이 붙은 대문을 지나가는데 운동장의 커브를 손대봉이가 껑충껑충 뛰면서 이편으로 굽어 돈다. 조끼 바람에 사포는 벗어 던지고, 머리채는 거치적거린다고 뱅뱅 둘러 머리에 가뜬하니 틀어 붙였다. 재빠르게 다리를 놀리

지 않고 성큼성큼 *조자를 맞추는 품이 아마도, 대운동회에 할 이인삼각(二人三脚)을 연습하고 있는 모양이다. 먼눈만 팔다가 형걸이의 한 칸쯤 앞에서 비로소 그를 발견하고, 엉겁결에 넘어질 듯이 다리를 가누지 못한 채, 겨우 기척을 하고 경례를 붙인다. 형걸이도 걷던 걸음을 멈추고 경례를 받는데, 숨이 하늘에 닿도록 헐럭시면서도 왼손을 말아서 입에 대고, 대봉이는 나팔조로 기운 있게 한 곡조 불어 넘긴다.

"띠다디따, 띠다디따, 땃따띠따 띠 띠다디 따—"

손대봉이는 심상과 삼년생인데, 작년에 평양서 열린 대운동회에 갔다 와서부터는, 이렇게 경례 뒤에는 꼭 나팔을 불었다. 대봉이를 본떠서 이렇게 하는 학교가 늘어 갔으나, 또 같이 평양 나갔던 학도 중에는, 손대봉이가 하는 것은 괜한 제 조작이지 평양 대성학교라든가 다른 곳 학도들 중에 나팔 부는 시늉을 하는 자는 하나도 없다고, 그의 하는 것을 비방하는 자도 있었다. 그러나 대봉이는 태연하니 이렇게 해서 지금까지 내려왔다.

퍽 전에 한 학도가 체육교사 정영근에게, 경례 붙이면서 나팔 부는 것이 격에 어그러지지 않는 게냐고 질문한 적이 있었으나, 교사는 그렇게 하는 것도 무방하다고 말하였다고 한다. 정교사 역시 손대봉이를 두고 말하는 것을 잘 알고 있었다. 대봉이는 상급생뿐만 아니라, 선생을 만나도 한가지로 경례 뒤엔 나팔을 불었기 때문이다. 정교사는 처음 손대봉이한테서 이런 경례를 받을 때, 잠시는 웃으면서도, 좀 얼떨떨했었다. 그러나 그의 하는 품이 군대식으로 엄격했기 때문에, 적지 않이 만족했던 것이 사실이었다.

"형선이 장가간다구 오늘 아침은 늦었구나."

경례를 치를 때만 엄숙하고, 이것이 끝나면 그들은 너, 나 하는 장난 친구다.

"남이 장가드는데 내가 늦을 턱이 뭔가. 앞집 체니 시집가는데, 뒷집 총각은 목매러 간다든가."

농말을 하면서도 형걸이는 좀 언짢았다. 시간에 늦어진 것은 아니나, 여느 때보다 늦게 온 것은 사실이고, 또 늦어진 까닭이 형선이의 장가든다는 데 있었다는 것도 부인할 수 없는 사실이기 때문이다.

"그런 게 아니라, 내가 결심한 게 하나 있넌데, 넌두 나하구 같이 하자."

"결심이 또 무슨 결심인가. 네가 결심을 했건 말었건, 내가 너하구 같이 따라가야 된다껀 또 어떻게 하는 말인가. 내가 네 색시란 말가, 네 집 비복이란 말가."

"이놈은 색시하구 비복밖엔 모르냐. 그런 게 아니다, 좀 이리루 오나라."

형걸이는 대봉이를 끌고 커다란 은행나무 곁으로 간다.

"너 인제 이걸 짤라 버리자."

그리고는 빙그레 웃으면서 머리채를 만져 보았다.

"지금 난 깎군 못 배겨 낸다."

대봉이는 여느 때 없이 얼굴 위에 난색을 나타낸다.

"난두 내 오마니 때문에 못 깎구 뒀넌데 오늘은 결심했다. 쓸데없닌 걸 붙여 둘 리가 하나두 없구, 매사에 방해되는 놈을 달아 둘 턱이 하나두 없구, 또 이가 끓구 구질구질하다. 자 인제 난 깎는다."

"우리 청년학도는 용기가 있어야 된다. 엣다 나두 깎았다."

둘이는 하하하 웃고 학교 사무실께로 올라간다. 형걸이는 머리채를 뽑아서 한 손으로 주무르면서 걷는데, 대봉이는 머리에 틀었던 놈을 끌

러 내리고 이마와 머릿속에 젖은 땀을 댕기 끝으로 묻혀 낸다. 그러더
니 별로 길지도 않은 노르스름하니 불이 붙은 머리채를 횡횡 둘러대며,

　무쇠 골격 돌근육

　소년 남자야,

　문명의 정신을

　잊지 말아라.

　우리는 덕을 닦고

　지혜 길러서

　문명의 선도자가

　되어 봅세다.

하고 창가를 불러 댄다. 두 사람은 조자를 맞추어 걸으면서 언덕을 올
라갔다. 그들은 한번 결심한 생각이 다른 데로 흩어지지 않게 하기 위
하여, 저도 모르게 애써 딴 잡념이 섞이지 않게 노력하는 것이다. 깎은
뒤에 일어날 것을 생각하면 혹 이 결심이 흩어질는지도 모른다. 그래
서 그들은 곧 학교의 심부름꾼인 사채를 불러서 이발기계를 들고 나오
라고 했다.

　"이제 얼마 안 해 *상학 나팔 불 텐데."
하는 것을 강제로 끌고 나오면서 형걸이는,

　"나팔은 내 불게 우선 대봉이부텀 머리를 깎아."
하면서 달래었고, 한편 대봉이는 언덕 옆에 있는 돌각담 위에 올라서
서, 운동장과 교실을 향하여 커다랗게 소래기를 질렀다.

　"고등과 일년생 박형걸이와, 심상과 삼학년생 손대봉이가 머리를 깎

는다."

머리 깎느라고서 시간에 늦어졌다면 선생도 그다지 나무라지 않을 걸 그들은 알고 있다. 학도들은 머리 깎는 걸 보자고 모두 이리로 쓸어 올라왔다. 그들은 황철나무 밑에 놓인 청결통 옆으로 가서 쭉 둘러선다. 손대봉이가 웃저고리의 동정을 꺾어서 밖으로 접고, 둘러선 가운데 가 꺼꿉 서 앉는다.

"형걸이하구 대봉이하구 머리를 깎으니 아무래두 내일 해는 서편에서 뜰라는가 부다."

고 누가 중얼대는데, 벌써 삭발한 지 오래인 길손이가 가운데로 들어서면서,

"머리채는 내 들구 있지."

하고 댕기를 잡아 쳐들어 준다.

"내 머리에 기계가 와 닿을 때에 창가나 한마디 불러 주게."

하는 손대봉이의 말이 농말 같지 않고, 어딘가 비장한 데가 있는 것 같아서, 형걸이는 솔선해서 창가를 메겼다.

왔도다 왔도다
봄이 왔도다.

하고 메길라치면 일동은 거기 맞추어서,

왔도다 왔도다
봄이 왔도다.

하고 우렁차게 따라갔다.

　　새벽 맞는 이 산천에
　　봄이 왔도다.
　　만물은 때를 좇아
　　빛을 발하니,
　　춘풍 화기중에
　　은혜 깊도다.

*창가 소리가 나는데, 똑딱거리면서 이가 드문드문 빠진 기계는, 대봉이의 머리를 밑으로부터 깎아 올라간다. 가장자리부터 올라가다가 맨 위 꼭대기에 가서 잠깐 기계를 멈추었다. 댕기 들고 있던 길손이가 바른손으로 잡아당겨 보니, 한 줌만큼만한 머리카락이 아직도 머리 위에 붙어 있다.

"자 마저 깎는다."

사채도 좀 긴장해서 두 손으로 기계를 머리카락 속에 박는다. 모두 조용하다. 기계 소리가 사채의 두 손이 움직거리는 대로 유난히 높이 들려 온다. 마지막 한 번을 휙 밀어 내면서 기계를 뽑아 올리니, 댕기 달린 머리채는 홀랑 머리에서 떨어졌다. 길손이가 고놈을 냉큼하니 쳐 들고, '손대봉이 만세'를 부른 뒤에 청결통에다 집어넣는다. 대봉이는 머리를 털며 헤벌심하니, 웃는지 또 울지나 않으려는지, 분간키 어려운 표정을 하며 서운해서 일어선다.

인제 형걸이 차례가 왔다. 그는 *각담 위에 책보와 사포를 놓고, 그 위에 다시 두루마기를 벗어 얹는다. 팔소매를 성큼성큼 걷어붙이려니,

"옛다, 형걸이 큰일 치를낸다."

하고 누가 놀려 댄다. 그러는데 마침 사무실에서 상학 나팔이 들려 온다. 이 소리를 들으며 사채가,

"한 시간 하구던가, 점심시간에던가 마저 깎자."

는 걸, 모두,

"그래서는 안 된다."

"그리다간 못 깎구 말는지두 모른다."

고 반대해서, 곧 깎기로 하고 둘러섰던 학도들은 교실로 갔다.

"선생보구는 내 말하마."

하고 손대봉이는 아까보다는 좀 기운이 나서, 학도들과 어깨를 걸고 가는 것이 보인다. 형걸이는 한번 손을 둘러 뵈고 가만히 앉았다. 사채는 빗자루로 기계를 한번 쓴다. 나사를 풀어서 소제를 하고, 안약 병에 넣은 석유를 꺼내서 쇠자박이 맞닿는 데다 바른다. 다시 나사를 죄고 귀밑에다 대는 듯하면서 팔로 기계를 가만가만히 놀려 본다. 만문한가 뻑뻑한가 그 소리를 들어 보는 게다. 사온 지 일 년이 남짓한 것인데 이 고을서는 둘밖에 없는 기계인지라, 하루도 열 명 가까운 사람을 깎아 대니 그놈이 성할 이치가 없다. 언저리에 동녹이 슬고, 이가 두세 개 빠져서 가끔 털을 꽉 문 채 옴짝도 안 하는 때가 있다. 그러나 기계는 으레 좀 뜯기 아픈 것으로 모두들 알고 있기 때문에 그만 것쯤은 상관치 않았다.

선뜩하고 쇠가 형걸이의 데석에 와 닿는다. 그러더니 똑딱 소리를 연신 내면서, 찬 금속물은 머리를 한 바퀴 오르내린다. 머리에 부는 바람이 갑자기 차서 등골이 산뜩하였다. 머리채가 털석 하는 소리를 내며 귀 옆을 스쳐서 그의 눈앞 까만 흙마당 위에 떨어져 뒹군다. 그러나

기계는 아직도 머리를 다스리느라고 그냥 오르내리기만 한다. 빗자루로 머리를 확확 쓸어 내리니 시원하기는 비할 데 없으나, 또 한편으로는 걷잡을 수 없는 서운한 생각이 뿌엿하니 가슴을 치받쳤다. 바른손으로 가만히 머리를 만져 보니, 여느 때 같으면 기름진 머릿발이 미츳할 텐데, 바늘 끝처럼 손뼉을 찌르면서 착각같이 손은 허전허전하다. 내 것이 아닌 것처럼 손맛이 온통 변해 버렸다.

"수구했네."

하고 옷을 털며 일어서서, 머리채를 청결통에 팽개쳐 넣는데, 까만 긴 머리채에 어리어서, 어머니의 적막한 얼굴이 떠올랐다. 그는 눈앞에 떠오르는 어머니의 얼굴을 뿌리치듯 하면서, 곧 두루마기를 입고 사포를 썼다. 사포가 귀 있는 데까지 거침없이 쑥 떨어지고 안에 대인 가죽이 싸늘적하다. 그는 책보를 끼고 장달음을 놓아 교실로 뛰어들어갔다.

점심시간에는 집에 오지 않고, 형걸이는 향교 가까이 있는 길손네 집에 가서 그와 둘이 길손이의 점심밥을 나누어 먹었다. 어쩐지 집에 오기가 싫었다. 어머니는 아직 두뭇골 집으로 돌아오지 않았을 것이므로 머리 깎은 것을 들킬 염려도 없을 것이요, 하기야 아무 때라도 한

번은 겪어야 할 판이니, 어머니의 눈을 피하느라고 그런 것만은 아닐 것이나, 여러 가지 생각이 겹쳐서 그저 어쩐지 집으로 가기가 싫었던 것이다. 오후에 한 시간을 하고는, 백 명 가까운 전교 생도가 두루마기를 벗어붙이고 신에 *들메를 한 뒤에 대운동회의 준비를 위하여, 연합 체조의 연습을 정교사의 지휘로 한 시간쯤 하였다. 이것이 끝난 다음엔 형걸이는 집으로 돌아와야 한다. 그대로 산에나 강에나 가서 나팔이라도 불고 싶으나, 우선 책보를 집에 갖다 두어야 할 게요, 책보는 아무렇게나 들든가 또는 병대들의 가죽부대 모양으로 둘러진다손 치더라도 나팔이 집 안에 있었다. 그래서 그는 교문을 나서며 한참 생각다 못하여 그대로 혼자서 산으로 올라갔다. 따스한 양지바른 곳에서 낮잠이나 자보려는 것이다.

대성전(大成殿) 뒤 솔밭 속을 지나서 삼송정(三松亭) 앞 언덕으로 돌아왔다. 작년 가을에 말라 버린 누런 잔디에 봄날의 따스한 태양이 함뿍 내려쏟고 있었으나, 아직 푸른 움은 트지 않았다. 그는 책보를 베고 사포로 얼굴을 가린 뒤에 번뜻하니 나가넘어졌다.

역시 눈을 감아도 잘라 버린 머리채와 어머니 생각이 머리에 떠올랐다. 어머니는 삭발한 것을 보고 놀랄 것이다. 여태껏 형걸이가 몇 번이나 머리를 깎으려고 할 때마다, *관례(冠禮) 지내는 것을 본 뒤에 깎으라고 한사코 말려 온 것을 오늘 아침 이렇게 깎아 버렸으니, 그이 사발과 형선이의 혼례식과를 맞붙여서 생각할 것은 사실이었다. 어머니는 기필코 형선이가 장가드는 것에 불만하여 삭발을 해버린 것이라 생각할 것이다. 그렇지 않아도 자기가 어엿한 본댁이 아니고, 또한 단 하나뿐인 아들이 서자의 대우를 받는 것을 마음 아파하던 윤씨로서 형걸이의 이 행동은 적지 않은 충격으로 될 것이다. 형선이가 오늘 장가를 든

들메
신이 벗어지지 않도록 신을 발에 동여매는 끈. 또는 그렇게 동여매는 일.

관례
예전에, 남자가 성년에 이르면 어른이 된다는 의미로 상투를 틀고 갓을 쓰게 하던 의례(儀禮). 유교에서는 원래 스무 살에 관례를 하고 그 후에 혼례를 하였으나 조혼이 성행하자 관례와 혼례를 겸하여 하였다.

정좌수 집 둘째 딸 보부를 본 적은, 형걸이로서는 한 번도 없었다. 그러나 윤씨는 처음 형걸이를 보부와 혼사 지낼 의향으로 그를 수소문해 보았고, 다시 그는 영감더러 그 뜻을 전해 본 적도 있었다. 박참봉은 혼처는 적당하고 규수가 인물로나 무엇으로나 훌륭한 것을 듣기는 하였으나, 정좌수가 필시 형걸이를 서자라고 나무랄 것을 생각지 않을 수 없었다. 그래서 윤씨의 말이 나오자마자 지금 정씨 집 규수하고는 형선이와 혼삿말이 있다는 헛소리를 하고, 또 혼사는 비록 한 달의 차이라도 순서가 있으니, 우선 형선이를 보낸 다음에야 형걸이 차례가 아니냐고 말했다.

영감이 적자나 서자를 그다지 차별하지 않는 것을 알고 있는 이상, 아무리 마음은 내켰었다고 할지라도 이 말에 거역할 수는 없었다. 그래서 그만 형선이와 정씨 집 규수와 혼사가 되어 버린 것이다. 형걸이는 이런 것을 자상하게 알지는 못하나, 한번 어머니가 정씨 집 딸이 훌륭한 게 있다는데, 네 맘이 어떠냐구 물어 본 일이 있었다. 그 뒤 그는 윗동리에 사는 동무들께 눈치채이지 않게 의중을 떠보고, 그 규수가 인물이 절색이고, 또 자기 부친에게서 한문과 언문 공부를 했고, 바느질도 잘한다는 것을 알았다. 그러나 어머니는 다시 그러한 말을 하지 않았고, 뒤이어 형선이와의 혼사가 성립이 되고 말았다.

어머니가 오늘 아침 형걸이의 태도에 아무 말을 못 건넨 것도 이런 일이 있는 때문이었고, 또 형걸이 자신도 어머니의 심경을 모르는 바 아니다. 그러나 가슴에 솟구쳐 오르는 지향없는 울분을 또한 어떻게 처치할 길이 없었다. 그 울분을 억눌러서 삭발로 인도해 놓은 것만 지극히 온당한 행동이었다고 아니할 수 없을 것이다.

머리는 깎아 버렸다. 어떻게 되었든 이왕 머리는 깎아 버린 게다. 사실 장가를 들 때 머리를 깎았으면 어떻고, 또 상투를 틀었으면 어떨 게 냐. 사모, 단령에 각대와 목화를 몸에 안 붙이고, 그대로 사포와 두루 마기라도 그만이 아니냐. 언제 갈지도 모를 장가를 기다리면서 오래잖 아 오월 단오가 오면, 대운동회가 있어, 각처에서 많은 학도가 모여들 텐데, 그때까지 귀찮게 머리 꽁지를 달고 다니는 것만이 더한층 창피 한 일이 아닐 수 없다. 그러나 그건 그렇다 치고 어머니의 슬픔은 어떻 게 생각해야 할 게냐.

생각이 자꾸 두루두루 맴을 돈다. 아무것도 생각지 않기 위하여 잠 을 청하나 좀처럼 눈을 붙여 볼 수가 없다. 그래서 그는 마지막으로 늘 상 잠 안 올 때마다 해보는 방법을 써본다. 콧속에다 힘을 주어 어느 정도까지 숨을 막아 놓으면, 머리의 중추가 뗑해진다. 이것을 잠깐동 안 계속하면 머릿속이 혼란해지고, *와사 같은 것이 꽉차는 것 같아지 면서 이윽고 진공상태에 가까워지는 것을 느낀다. 이렇게 해놓으면서 일변 건둥으로 하나 둘을 세어서 백까지만 가면 알 도리가 있다. 과시 머리가 횡해 오면서 여든여섯을 세는데 팔삭하니 눈가위가 무거워 온 다. 여든일곱은 채 세지도 못했다. 그는 잠이 들고 말았다.

얼마나 잤는지, 누가 고양이처럼 살그머니 와서 그의 얼굴을 가렸던 사포를 젖힌다. 눈을 떠보니 장옷도 안 쓴 젊은 색시다. 해는 이미 지 고 사방엔 산산한 저녁 바람이 일기 시작한다. 솔밭을 지나는 바람소 리가 개울물 흐르는 것 같다.

웬 한 여자가 이런 산등에, 장옷도 안 쓰고 또 남의 젊은 총각이 자 는 데를, 버릇없이 무엄하게도…… 하면서 자상히 쳐다보니 두칠이 아 내 쌍네였다.

쌍네라면, 장옷을 쓸 리는 없다 쳐도 어인 일로 해 저물어 이런 곳에

와사(瓦斯)
가스(gas).

를 왔었을까. 나무하러 갔던 두칠이를 마중 나왔다가, 해 지는 줄을 모르고 찬 땅 위에 누워 있는 젊은 총각이, 상전댁 도령님인 것을 발견하고 잠을 깨우는 것인가, 하고 뻐언히 쳐다보아도 얼굴을 숙인 채 아무 말이 없다.

형걸이는 슬며시 일어나 앉았다.

"누구, 두칠이를 마중 나온 길이냐?"

물어 보아도 대답이 없고 손을 읍한 채 가만히 서 있다. 슬그머니 화가 동했다. 그래서 훌쩍 일어서서 마주서는데, 핏뜩 마주 쳐다보는 얼굴이 한없이 아름답다.

스물두 살, 형걸이보다 그러므로 세 살이나 위이다. 그는 비로소 그의 앞에서 어려서부터 그의 집에 팔려 와서 잔뼈가 굵은 종간나도 아니요, 지금은 막서리 두칠이의 아내도 아닌 하나의 난만한 원숙한 여자의 육체를 발견하는 것이다. 붉게 큼직한 입술이 쫑긋쫑긋하고, 퀭하니 뚱그런 눈에는 꺼먼 그림자가 약간 어리어 있는 듯하다. 머리는 좀 흩어진 채, 흰 수건 뒤로 꺼먼 댕기의 꼬둘채가 늘어져 있다. 앞섶을 팽팽하니 여미어서 불룩하니 터져 오르는 젖가슴을 겨우 가누고 있다. 그는 손과 팔을 본다. 추운 삼동간 물에 튼 손잔등은, 그러나 벌겋게 달뜨면서, 팔소매 안에서 흘러 내려온 흰살과 비스듬하니 잇대어서 아마, 그것이 어깨와 가슴으로 부드러운 구릉처럼 뻗어 있을 것이다.

이렇도록 아름답고 탐스런 색시를 어째 자기는 여태껏 몰라 보았을까— 이렇게 생각에 취해 황홀히 바라보는 순간, 그는 색시의 손을 덤석 쥐었다. 색시의 얼굴에 붉은 물감이 쪽 돈다. 귀는 얼굴보다도 더 빨개졌다. 폭 수그린 얼굴, 등골에 나풀거리는 솜털이 형걸이의 두 눈을 간지럽게 한다. 무어라고 말하려고 하나, 말문이 막혔는지 목구멍이 움직이지 않는다. 밤은 벌써 산을 캄캄하니 둘러 감았다. 가슴을 치받는 정열이 가리키는 대로, 그는 색시의 손을 이끌고 솔밭 숲속으로 뛰어든다.

덤성덤성 끄는 대로 소와 같이 유순하게 따라올 줄 알았던 색시가, 그 자리에 오뚝 선 채 움쩍도 안 한다.

"저는 남의 아내 된 몸이에요."

그러나 지금 와서 이 소리는 형걸이의 행동을 제어할 아무 힘도 없었다. 그것은 쌍네 자신도 잘 알고 있을 것이다. 대체 두칠이는 뭐고, 두칠이의 아내란 뭐냐. 그는 삼십이 되도록 절게로 있다가, 작년에 겨우 쌍네를 아내로 맞은 것이 아니냐. 쌍네를 주지 않았으면 그는 지금도 더벅머리 늙은 총각으로, 을씨년같이 지냈을 것이요, 쌍네 역시 종간나로 늙어 꼬부라질 것이 아니냐. 지금 그들이 어엿한 부부처럼 제법 '남의 아내 된 몸이에요' 하지만 지금도 그대로 박참봉네 집에 매여 있는 비복과 다를 게 없다. 도련님이 이끄는데 '남의 아내 된 몸이라'니 어디다 대고 하는 무엄한 수작이냐— 그러나 이런 것까지를 구차하니 생각할 필요도 없었다.

성난 호랑이처럼 휙하니 쌍네의 몸을 낚아 들고, 성큼 앞으로 바꾸어 안은 뒤에 그는 으슥한 솔밭 속으로 뛰어들어간다.

색시는 발버둥을 치며 네굽질을 히는 듯하더니, 그내로 벌썩 봄을 도련님께 실으며 두 팔로 그의 목을 둘러 감는다. 뜨거운 입김을 사나이의 목덜미에 쏟으면서, 그러나 그것과 함께 형걸이의 귀에 들린 말은 뜻밖이었다.

"아무리 매인 사람이래두, 너무 숙보지 않아요."

그러나 그 다음 말은 더욱 그를 놀라게 하였다. 떨어지게 해라를 하

면서,

"넌두 첩자식이라고 수모 사는 일은 없냐."

도무지 쌍네의 말소리가 아닌 것 같았다. 어디다 뫼를 쓰고 어느 하늘에다 머리빡을 솟구고 이런 죽여 마땅할 수작을 쏟아 놓는 게냐, 하고 품에 안은 쌍네를 보니, 그는 조금 전에 낚아 안은 쌍네가 아니었다. 녹의홍상에 큰머리를 해 얹은 새색시, 이는 정녕 정좌수 집 둘째 딸이 아니냐고 기겁을 하는데—

빽 그의 귀에서 요란한 소리가 난다. 깨어나니 꿈이었고, 그의 옆에는 나팔을 든 손대봉이가 웃고 서 있다.

"산에서 낮잠이 뭐야. 귀신한테 홀릴라구. 옛말도 몰라, 산에서 자다 여우한테 홀린 말."

대봉이의 말이 귀에 잘 들리지 않는다. 그는 지금껏 취해 있던 꿈에서 아직 깨지 못한 채 있는 것이다. 가슴이 두근거리고 머리는 뗑하고, 나팔 소리에 고막이 윙 운다. 아직 긴 봄날의 해는 십이봉 화줏머리 위에 높이 떠 있다.

"머, 정말 꿈이래도 꿔댄나."

털썩 그의 옆에 앉는 대봉이를, 윙하니 덮쳐서 깔고 앉고, 멱암치를 내리눌렀다. 느닷없이 몰아치고 덮쳐 대는 바람에, 미처 손쓸 새도 없이 밑에 깔린 대봉이는, 들었던 나팔을 마른 잔디 위에 내던지고 바른 팔로 형걸이의 한 손을 잡아 비틀었다. 두 다리에 힘을 넣어 뒤채는 바람에 둘은 함께 부여안은 채 언덕을 굴러 내려간다.

한 번 뒤채고, 두 번 고비를 돌고, 또 한 번 굴러 내리려는데, 조그만 솔포기에 걸려서 두 살덩어리는 멈칫하니 언덕에 걸렸다. 밑에 깔린 건 형걸이고, 위에 타고 앉은 것이 대봉이다.

‘이 자식’ 하고 멱살을 내리누르려다 두 눈이 서로 마주쳤다. 밑에 깔린 형걸이가 먼저 벌심하니 웃는다. 위에 타고 앉았던 대봉이도 따라서 웃었다. 그 다음엔 소리를 내서 웃었다. 이윽고 그들은 손을 털고 일어났다.

우물에 물을 뜨러 나왔던 길손이 어머니는, 바로 조금 전에 집 앞을 지나 올라가던 손장이 아들 대봉이가, 삼송정 앞에서 웬 총각하고, 맞닥뜨려 단판 씨름을 해서 나가뒹구는 걸 보고, 물동이를 우물가에 놓은 채 집으로 뛰어들어왔다.

톱으로 널쪽을 헤고 앉았는 길손이를 보더니,

“어서 손장이네 집에 가 알려라. 큰일났다, 큰일났어. 그 애가 누구하고 칼을 번쩍이면서 맞닥뜨릴 하는데, 지금쯤은 모두 누혈이 낭자해서 나가넘어졌는지도 모르겠다. 어서 손장이네 집에 가 알리우라구. 원 저 일을 어떡허나. 남의 집 외아들, 불공 디리고 치성 디려서 낳은 걸 원 하눌도 무심하다.”

길손이가 뛰어나와 보니 언덕 위에는 두 총각이 가지런히 서 있다. 하나는 대봉이고 하나는 형걸이다. 그래서 지금도 야난났다고 덤벼 대면서 대문 밖으로 나오는 어머니를 보면서,

“아니, 어데서 누가 싸웠단 말인가.”

하고 의아해하니,

“넌 눈깔이 썩어졌네, 저 삼송정 언덕도 안 보이네, 저기 저.”

하며 삼송정을 가리키나, 안개 낀 그의 눈에도 나란히 서 있는 두 총각밖에 보이는 게 없었다. 아, 이놈들이 대체 어이 된 일인가, 눈을 비비며 다시 보는데,

“엄맨 노망했건, 노망해서, 어서 물이나 길어라 애.”

하고 길손이는 늙은 어머니를 핀잔 준다. 이윽고 산에서는 나팔 소리가 들려 온다. 길손이 어머니는 아직도 혼자 마당귀에 서서 삼송정 쪽을 바라보며, 내가 아마 죽을 날이 머지않은가 보다 하고 쓸쓸하니 제 신세를 한탄하고 있었다.

두뭇골 집에 돌아와서 종보고 물어 보니, 형걸이는 아무 말 없이 큰집에서 가져온 조반을 먹고, 학교로 시간 맞추어 갔다고 한다. 그가 대문을 나간 뒤에도 퍽 오래 지나서야, 나팔 소리가 학교에서 났다고 하니, 그리 늦게 일어나지 않은 것도 알 수 있었다. 그런데 어쩐 일인지 점심을 먹으러 오지 않았다고 한다.

무슨 바쁜 일이라도 생겼던 게지, 아침 잘 먹고 갔으면 뭐 그리 배가 고프랴, 하고 저로서도 생각하고, 또 근심하는 종에게도 말하였으나, 학교가 필한 뒤에도 일찌감치 돌아오지 않으니, 윤씨로서는 근심이 되지 않을 수가 없었다. 삼남이와 종을 시켜 학교와 또 강가에 나가 찾아보라 했으나, 학교는 텅 빈 채 아무도 없고, 강가에도 그럴듯한 사람의 그림자가 보이지 않는다고 한다.

그런데 해가 거의 넘어갈 무렵에야 손장이 아들하고 둘이서 대문을 들어선다. 형걸이는 모자를 푹 쓴 채 제 방으로 들어가 버리고, 손대봉이가 일부러 안마당을 겅충겅충 걸어오더니, 영창문을 열고 앉았는 윤씨를 보고, 토방 밑에서 사포를 벗어 인사를 한다.

"그새 안녕하신가요."

"대봉이 오래간만에 오는구나. 그런데 너 머린 웬일이가."

대봉이는 머리를 한번 바른손으로 북 쓸어 보면서,

"거치적거리구, 말째서 오눌 깎았이오. 학교에서도 깎으라고 해서."

그러고는 헤벌심하니 웃어 보인다. 그러나 윤씨는 웃지 않고,

"너 어머니랑 아버지 보이셨네."

하고 재우쳐 묻는다.

"낮에 뵈었어요."

"그래 잘했다고 그러시던?"

"그럼 깎은 걸 뭐 별수 있나요?"

"장가도 안 가고 머릴 깎으면 쓰나. 학곤지 뭔지, 원 무슨 영문인구."

"머리 깎아야 산술 잘한대요."

"전에 사람들은 그래 과거한 사람도 없고, 진사 급제한 사람도 없다더라."

"학교 공부가 서당 공부와 같은가요. 그러게 서당에서 신식 공부는 모르지요."

윤씨는 아무 말도 안 하고 담배를 피워 문다. 이윽고 대봉이는 형걸이 방 있는 데로 걸어간다. 토방에 갓신을 벗어 놓고 방 안으로 들어서면서 눈을 찔금하는데, 형걸이는 약간 혀를 빼보았다.

대봉이가 형걸이 방으로 건너가는 것을 보고 윤씨는 영창문을 닫았다. 아무래도 두 놈의 하는 품이 께름하다. 대봉이가 인사를 하는 거야 언제나 놀러 오면 하는 일이지만 머리를 갓 깎고 우정 그걸 보이듯이 토방 밑에까지 와서 나부라지게 밧절을 한다든가, 그놈이 이러니저러니 말대꾸를 하는 거라든가, 또는 형걸이가 이쪽을 본 체 만 체하고 제 방으로 휭하니 들어가 버리는 품이라든가, 모두가 무슨 까닭이 있어 보인다. 그래 윤씨는 담뱃대를 놓고 마당으로 나와 신을 신고 뜰 안을 건너갔다. 아들의 방문을 드윽 열면서,

"너 점심은 어떻게 햄."

하고 물어 본다. 대봉이는 사포를 벗고 맨 머리째, 다리를 펴고 앉아서 나팔을 닦다가, 문 여는 소리에 다리를 끌어 세우는데, 형걸이는 사포를 귀에 닿게 꼭 쓰고 다리를 세우고 앉았다가, 어머니의 낯을 바라본다.

"바빠서 길손네 집에서 얻어먹었어요."

"남의 집에서 그렇게 얻어먹어 버릇 하면 쓰나."

하고 형걸이의 귀 옆을 보았다. 구레나룻에 비죽이 내밀던 머리카락이 하나도 없고 새하얗다. 가슴이 뚱 하고 물러앉는다.

어머니의 얼굴이 갑자기 변하는 것을 보고, 형걸이는 황급히 낯을 푹 숙였다. 어머니는 아무 말도 못 한다. 한참 그럭하고 섰더니, 문을 닫고 다시 안방으로 건너가 버린다. 무어라고 말할는지 도무지 생각이 엄두에 오르질 않던 것이다.

한편, 어머니가 삭발한 것을 알고도 아무 말 못 하고 건너가, 잠잠하니 소식이 없는 걸 본 형걸이는, 윤씨와는 다르지만, 역시, 그는 그대로 또한 마음이 언짢지 않을 수가 없었다. 삭발한 걸 지금 새삼스럽게 후회한다든가, 그런 마음은 터럭만치도 없다. 해야 될 것을 해버린 데 불과하다. 단지 이것 하나만이 원인이 되어, 어머니가 슬퍼한다든가 노여워한다면 손대봉이처럼 그런 걸 무시해 버려도 무방할 것 같다. 그러나 그의 삭발이 가져오는 문제는 결코 그런 것만이 아니었다.

온몸을 내던져서, 죽어라고 분풀이를 해대야만 할 곳이 어디엔가 꼭 한귀퉁이 남아 있는 것 같다. 누구를 실컷 뚜드리든가, 그러잖으면 누구한테 늘어지게 맞아 보고도 싶다. 그랬으면 한결 가슴이 후련하고 속이 시원하니 뚫릴 것 같다. 그러나 누구를 때리고, 또 누구에게 맞아야 할 것이냐. 그 대상이 그에게는 똑똑지 않았다. 간지러운 것처럼 안타깝다.

　그는 대봉이가 간 뒤에, 저녁을 대강 먹어 치우고, 번듯이 방 가운데 누웠다가, 맨머리 바람으로 어머니의 눈을 피해 방을 나와 버렸다. 강에 나가 시원히 바람이라도 쏘이면 좀 나을 것 같다.

　두뭇골서 흐르는 작은 개울물은 구룡교 다리로 흘러서 비류강으로 들어간다. 그는 이 개울물을 쫓아서 작은 길을 더듬어 큰 거리로 나간다. 밤은 벌써 캄캄하다. 바람이 살랑살랑 앙상한 나무를 건너간다. 달이 실낱같이 차다.

　임강정(臨江亭)을 지나 강선루의 우중충한 큰 그림자를 무시무시하게 먼발로 바라보면서 그는 천추봉 있는 쪽을 향하여 강을 따라 거슬러 올라간다. 휘파람을 불어 본다. 그러면 마음이 좀 시원할 것 같다. 권학가(勸學歌)를 조자를 맞추어서 날카롭게 불어 넘겼다. 그의 휘파람 소리는 냉랭하니 괴괴한 밤하늘에 퍼져 나간다. 뒤에서 발자취 소리가 나는 것 같다. 휘파람을 멈추고 돌아보니 허연 두 여자의 그림자

가 강선루 뒤 자복사 골목으로 들어간다. 그들은 곧 각담에 가리어 보이지 않는다. 승선교(乘仙橋) 밑 여울물 소리가 와— 귀에 새롭게 들려온다. 소나기 소리 같기도 하고 또 어떤 때는 가는 빗소리 같기도 하다. 그는 방수성을 내려서 마른 잡초를 헤치고 강가로 나갔다. 물 있는 쪽은 더 캄캄하다. 하늘이 비친 곳만 초승달을 거꾸로 마주 그리면서 좀 희끄무레하다. 가만히 앉아 본다. 물 위에서 오는 찬 김이 머리에 시리다. 손을 담가 본다. 얼음 같다. 그걸로 머리를 적시어 본다.

그러는데 선뜻 생각이 떠오른다. 지금 탑 골목으로 가는 두 여자는 정좌수 집 사람은 아닌가. 올라가던 골목이 그곳이다. 신부가 어디 가서 숨었다가 신랑 방에 단장하고 들어가려고 지금 그의 친척집 부인네와 함께 돌아오는 길은 아닌가.

뒤를 돌아다보니 강선루의 커다란 그림자, 그리고 그 뒤에 자복사의 오뚝한 탑, 그 뒤로 인가가 있는지 없는지 그대로 꺼멓다. 정녕 정좌수의 딸, 형선이의 새색시다, 하고 생각하면서 그는 손을 털고 일어섰다.

낮에 산에서 꾼 꿈 생각이 불현듯이 솟아난다. 정좌수 딸의 녹의홍상하고 큰머리한 몸집, 두칠이 처 쌍네의 풍만한 육체, 그는 그의 가슴이 갑자기 물차관처럼 설렁거리고, 커다란 몽둥이 같은 것이, 가슴으로 뿌엿하니 치받쳐 오르는 것을 느낀다. 코에서 더운 김이 훅 하며 내솟는다. 그는 한참 멍하니 서서 제 욕망을 진정시키려고 애쓰다가, 그대로 느리게 발을 옮겨 놓으면서 다시 길 위에 나섰다.

그는 한참 뒤에 자복사 골목을 올라가고 있는 자신을 발견하고 잠깐 주춤하였다. 그러나 그는 그 길을 더듬어 올라가기를 멈추지는 않았다.

5

긴 거리가 끝나고 방선문을 쑥 나서면, 왼편으로 박리균네 조상 할머니 성씨의 것도 함께 끼여 있는, 다섯 여섯 낡은 비각이 서 있고, 다시 그 비각에 연달아서 맨머리만 뎅그렁한 비석이 초라하게 상판때기가 얼금덜금 더럽힌 채 두서너 개 서 있다. 그 앞은 널찍한 마당인데, 말뚝이 총총히 들어선 걸로도 짐작할 수 있겠지만, 하루 엿새마다 벌어지는 장날, 크게 우시장이 서는 곳이다. *항용 불러서 소우전 마당이라 한다. 이 마당 한편 모서리가 뚫리어서, 공동묘지와 손우개로 통하는 작은 길이 있고, 또다시 바른쪽 언저리가 그대로 줄기차게 뻗어서, 커다란 황철나무를 서너 너덧 세운 채, 평양과 원산으로 통하는 새로 생기는 신작로와, 망지다리〔望柱橋〕에서 마주 붙고 있다.

이 밖에 허리끈 같은 가는 길이 신작로를 바른 질름을 해서 각각 두 갈래로, 하나는 돌차니고개〔咄嗟嶺〕를 넘어 평양 가는 방향으로, 또 하나는 망지고개를 바라보면서 원산 쪽으로 개울과 산을 더듬어 올라가고 있는 것이 보인다.

황철나무의 푸른 눈이 터서 이파리가 파릿파릿 내발리고, 그 밑에 깔린 풀에서 포르스름한 새싹이 돋아 오르고, 아무도 모르게 누가 떠다 옮긴 진달래가 한 포기 분홍빛 꽃을 피우고 있는 따스한 어떤 날 오후도 퍽이나 기울어서, 말발굽 소리를 요란스럽게 울리면서 흰 말이 하나 방선문을 지나 날쌔게 달려오더니, 소우전 마당으로 한 바퀴 횡하니 돌아서, 신작로로 통하는 황철나무 밑을 땅에 붙듯이 휘감아돌고, 흰 먼지를 뽀얗게 날리면서 망지다리를 향하여 달아나고 있었다.

항용
흔히. 늘.

말은 구름 속을 달리듯 거침없이 달아난다. 신작로는 흰 먼지와 말발굽 소리에 휘엉켜서 멀리 가물가물하게 달아나는 흰 말과 그 위에 탄 젊은 기수를 덤덤히 바라보고 있다.

흰 말은 행인 없는 신작로를 날 듯이 달아간다. 멀리 망지다리를 왼쪽으로 휘돌면서 원산 가는 길을 잡아서, 망주산 고개를 쏜살처럼 댓바람에 스쳐 올라간다. 고개를 거반 올라갔다. 그런데 웬일일까. 말은 갑자기 요란스럽게 코를 불면서 앞발을 까맣게 들어서 하늘 허공을 들이찬다. 탔던 기수는 까풀 하고 안장에서 떠올랐으나, 말목에 몸을 딱 붙이고 능숙하니 말을 잡아 길 위에 세운다. 기수는 말꼽지를 잡아당겨서 무서운 속력으로 달아나던 말을, 길복판에다 잡아 세우려던 것이다. 뛰던 말은 그 바람에 한번 앞발을 높이 들고, 공중을 휘젓듯이 살판을 뛰려다가, 우르렁 하고 코를 불면서 길을 가로 잡고, 기수의 시키는 대로 급정지를 한 것이다. 말은 아직도 뛰던 속력이 몸에 남아서 건정건정 신작로를 짓밟으며 돌아간다. 호둘기 바람에 학생 모자를 뒷데석에 붙이고, 턱에다 끈을 맨 젊은 기수는, 말채찍과 말꼽지를 왼손에 몰아 쥐고, 바른손으로 말의 등허리를 뚜덕뚜덕 두들겨 주면서, 찐득하니 흐른 땀을 수건을 내어 문대어 준다. 말은 주인의 애무를 달게 받으면서 눈을 꺼뻑거리고 섰다. 이윽고 말 위에 탄 기수는 고개 아래턱을 내려다본다. 그곳에 삼십 장정이 소를 몰고서 작은 지름길을 더듬어 신작로로 올라오고 있었던 것이다.

"그리다 어쩌실려구 그리우."

버룩버룩 웃는, 수건을 질끈 동인 장정은 두칠이었다. 말탄 총각은 이 말엔 아무 대답도 안 한다. 그는 물론 형걸이었다.

"말 참 용하게 타시는군."

이 말에도 대답지 않고, 형걸이는 소와 사람이 신작로 위에 오르기
만 기다리고 있다.

"어데루 가나?"

"나무 실으레 삼밭이 가는 길이웨다."

"삼밭이? 삼밭이가 삼십 린데, 이제 가믄 어떡헐라구?"

"요좀 달이 있는데. 좀 늦어선 오갔지요."

그는 소와 두칠이가 고개를 더듬어 올라가는 것을 바라보고 있다가,

"그럼 잘 댕겨 오우."

하고 처음으로 두칠이에게 하우를 했다. 그랬더니 두칠이는 휙 돌아보
면서,

"예, 조심히 들어가시우."

한다. 형걸이는 두칠이가 고개를 다 넘도록 그곳에 서 있다가, 이윽고
말을 지름길로 들이세웠다. 말은 앞을 굽어보며 배배 꼬인 좁은 길을
내려간다. 형걸이는 말꼽지를 느리게 잡고 뒤로 몸을 젖히듯 하면서
말이 꺼득꺼득 하는 대로 허리를 흔들거린다.

형걸이는 지금 말 위에서, 두칠이가 밤이 퍽이나 이슥해서야 집으로
돌아올 것을 생각하고 있다. 오늘은 보름이 인제 얼마 안 남았으니, 밤
에는 밝은 달이 우렷하니 산과 들과 집과 강물을 밝혀 줄 것이다. 개나
리와 진달래와 병꽃이 활짝 핀 밤, 나뭇가지미디 새 움을 끼고, 철 이
른 버들가지가 파랗게 향기를 뿜는 밤, 달에서 흐르는 이슬을 받아서
무어라고 종알거리며 피어 나오는 파란 잔디. 이 밤에 형선이는 얼마
전에 데려온 정좌수 딸과, 젊은 감격을 나눌 것이고, 두칠이의 처 쌍네
는 오래간만에 해방된, 흠썩하고 탐스러운 몸을 가누지 못하여, 강물
쪽으로 향한 큰집 막간 좁은 한 칸 방에서 혼자 몸을 뒤채고 있을 것이

다. 그는 혼자 있을 때 무엇을 생각하고 있을까. 나무 실러 간 남편 두
칠이가 돌아오기를 기다리고 있을까. 혹은 아무것도 생각지 않은 채,
뚫어진 창문 틈으로 숨어드는 달빛에, 커다랗게 부풀어 오른 가슴을
내맡기고 곤하니 잠이 들어 있을까.

말은 평지를 걷는다. 딴눈도 팔지 않고 뚜벅뚜벅 단조롭게 걸어간
다. 형걸이는 비로소 눈을 들어 멀리 물이 불은 사창못과, 그 옆에 선
커다란 두 개의 황철나무 가지에 삼 년 전부터 있는 낡은 까치 둥지와,
그리고 그 뒤로 비스듬히 밭을 넘어서 보이는 학교의 운동장을 바라보
며, 생각을 털고 바른손을 높이 들어 말궁둥이에 채찍을 준다. 말은 껑
충 하고 뛰기 시작한다. 채찍이 또 한번 궁둥이를 휘갈기니, 말은 몸을
펴고 길 위를 날기 시작한다. 밭샛길을 더듬어서 방선문엔 들르지 않
고, 산 밑을 거슬러 올라가면서 말은 단숨에 학교 운동장까지 줄달음
을 쳤다.

운동장에는 형선이도 있고 길손이도 있고, 대봉이도 있다. 그 밖에
도 두서넛 있었다. 그들은 활짝 두루마기와 모자를 벗어붙이고, 삼신
에 들메를 깐 듯하니 한 뒤에 경주연습을 하고 있었다. 철봉 밑에 백묵
으로다 땅바닥에 줄을 긋고 그 위에 바른 발을 하나씩 내짚고 있다. 발
은 백묵을 타고 신호가 나기를 긴장하여 기다리고 있다. 길손이는 줄
밖에 서서 신호를 부르고, 다른 네 명이 뜀을 뛸 참이다. 철봉을 하던
이태석이도 손을 비비며 그것을 바라보고 섰다.

"하나."

길손이는 기운 있이 불러 댄다.

"두울, 셋!"

셋 소리와 함께 네 사람은 달아난다. 길손이는 흰 줄 위에 서서 뛰어

가는 경주자를 뒤로부터 바라본다. 형걸이는 말 위에서 내렸다. 말을 나무에 매고 그는 운동장으로 넘어 들어온다.

경주는, 운동장 저만큼 서 있는 황철나무를 치고 돌아오는 거다. 떨어지고 앞서고, 뒤엉키면서, 제각기 황철나무를 손뼉으로 갈기고는 그들은 되짚어 뛰어온다. 형선이가 맨 앞이다. 그 다음이 대봉이다. 나머지 두 사람은 한 칸만큼씩 떨어져 있다. 그러더니 거반 가까이 와서 대봉이가 바싹 채치는 바람에, 형선이는 입을 감물고 애를 다하나, 한 발만큼 떨어져서야 금을 넘었다.

"형선인 요좀 기운을 너머 빼서, 하하하."

하고 태석이가 웃어 대니, 잔디 위에 펄신하니 앉아서 푸푸 하고 헐떡거리던 형선이는,

"에라 망할 자식, 내 우정 졌다."

하고 벌떡 일어선다.

"그래, 덕분에 내가 한 번 이겼다."

하면서 형걸이를 보고 대봉이는 눈을 찔끔한다. 형걸이는 아무 말도 안 하고, 풀판 위에서 손을 땅에다 대고 휙휙 살판을 몇 번 뛰었다. 그러고는 다시 두 팔뚝을 걷어붙이고 철봉으로 가서 윅윅 턱걸이를 몇 번 했다.

"대운동회 때 씨름누 할라는가 몰라."

하고 태석이가 잔디 위에 앉으면서 말하니, 형걸이가 그 옆에 펄신하니 마주앉으면서,

"단오에 씨름을 안 할라구."

한다.

"글쎄 대운동회하는데 어데서 할까."

하고 형선이도 그 옆에 와 앉는다. 그는 장가를 들고서 곧 머리를 깎았다. 대봉이는 며칠 전에 두 번째 깎아서 새하얀데, 형걸이와 형선이는 머리 깎은 지가 한 달이 훨씬 넘어서 수북이 돋았다. 장가갔다 사흘 만에 돌아와서 형선이는 머리를 깎고 학교로 왔다. 그 뒤에 한 달이 지나서 곧 색시를 데려왔다. 농말이 아니라 그가 학교를 필하면, 이렇게 동무들과 노는 동안도 색시 생각이 나서 안절부절을 못 할 지경인 것이 사실인 것이다. 그러므로 늘 이겨 오던 대봉이한테, 마지막에 힘이 모자란 것을 놀려 대는 태석이의 말도, 미상불 바로 맞힌 말이 아닌 것은 아니었다.

"대운동회는 하루믄 안 되나. 그러니 첫날은 방선문 소우전 마당에서 씨름 붙이구, 대음날은 솔밭 소재에 예펜네딜 구눌 띠우구, 사흘 째 되는 날 여기서 운동회하믄 그만 아닌가."

형걸이는 형선이의 말을 잡아서 자상하게 설명해 들려 주듯 한다.

"글쎄 그렇게 하믄 몰라두, 씨름을 붙인다게 되믄 하루엔 아마 못 될 게라."

형선이는 아우의 말을 별로 바로잡는 것은 아니나, 다시 좀 제 의견을 세워 보려 한다.

"안 되믄, 소재 오르는 날, 사나히들끼린 씨름 붙이믄 그만이지."

별로 아무개에게서도 말이 없다. 형걸이는 생각난 듯이 말 있는 쪽을 잠깐 돌아본다. 그 바람에 모두 말을 바라본다. 말은 뜯어먹을 풀도 없어서 시름하니 눈만 꺼먹거리고 서 있다.

"운동회 때 어데어데서 올려넌지 몰루나, 안즉."
하고 길손이가 손을 조끼 주머니 속에서 아무적거리며 물으니, 말을 멍하니 바라보던 대봉이가,

"작년에 페양 왔던 고장선 거반 다 올 게다. 그렇거믄 위선 페양."

하고 넌떡 손을 들어 꼽으면서,

"쉰천, 은산, 자산, 엥유, 강세, 농강, 이것만 해두 *닐급이지. 거기다가 대드리에서 올 게구, 기창이랑 아마 이런 데서두 올 게다. 강동이랑 양덕 촌놈덜두 올래나. 아마 거긴 안즉두 학교가 없는지두 몰라."

길손이도 조끼 속에 넣은 손으로, 대봉이를 따라 손가락을 꼽아 세고 있다가, 대봉이의 말이 뚝 떨어지자,

"아야, 거 법정힌 많갔넌데, 다 오믄 열한 고장이구나. 아따 인제 참 굉장하갔다."

하고 두 손을 쫙 들어 열을 만들었다가, 다시 또 엄지손가락 하나만을 번쩍 들어 본다.

"그럼 *패일날 백일장은 어떡허나."

이렇게 형선이가 또다시 걱정을 하는 것을,

"그까짓 패일놀이 좀 번디문 어때. 대운동회가 한 달이 있으믄 올 텐데, 그때나 한번 본때 있게 해야지."

하고 제 맘대로 할 것처럼 형걸이가 가로맡아 이야기한다.

"패일날은 백일장보다두 비류강에 등불 띄우는 게 더 보기 좋더라. 백일장은 전부 협잡이 많아서 원."

하고 태석이도 한말 추렴에 든다.

한참 또 덤덤히 앉아 있다. 저녁해는 화줏머리 위에 너웃너웃한다. 둘러앉은 젊은 축들은 모두 저저끔 생각에 취하여 멍하니 딴 곳만 바라본다.

—형선이는 처음은 파일날 생각을 잠깐 하다가, 곧 색시 생각을 하고 있다. 저녁이 다 되었을 텐데 기다리지 않을까, 가봐야겠는데, 먼저

닐급
일급.

패일날
사월 초파일(初八日).
우리나라 명절의 하나.
음력 4월 8일로 석가
모니의 탄생일이다. 이
날에는 파일등을 단다.
8일 및 9일의 이틀 밤
에는 집집마다 여러 가
지 모양의 등에 불을
켜 달고 그 아래서 물
장구를 치거나 풍악을
하고, 딱총과 불놀이를
하며 느티나무 잎을 넣
어 만든 시루떡과 검정
콩을 쪄서 먹는다.

일어서면 놀릴 게고…….

—형걸이는 언뜻 두칠이 처 쌍네가 지금은 큰집 부엌에서 뭘 하는가, 연자간에 있는가 물을 긷는가, 물에 나가 다리를 걷어 올리고 물속에서 빨래를 헹구지는 않는가, 이런 걸 생각하다가, 다시 대운동회할 때든가 씨름터에 다른 이는 몰라도, 그는 구경 올 수 있으려니, 두루두루 이렇게도 생각해 보고 있고…….

—대봉이는 작년 평양 대운동회에 나갔던 걸 회상하고, 그때 그 굉장하던 광경을 이 자그마한 고을 안에다 이모저모 옮겨다 놓으면서 있고…….

모두 제가끔 생각이 갈라졌는데, 길손이는 씨름이 한창 어울리는 생각을 하고 있었던지,

"가기 전에 씨름이나 한 번씩 하자."

하고 방정맞게 궁둥이를 털고 일어선다. 이 바람에, 모두 달콤한 생각이 깨어져서 푸수수 일어나는데, 그럭하고 생각하니 참말 씨름이라도 한 판씩 했으면 싶은 표정들이다.

이런 땐 서글서글하니 형걸이가 불쑥 잘 나선다.

"옛다, 한 판 어느 놈이구, 절구 굴리듯 해보자."

하면서 사포를 휙 풀판에 던지고 반반한 잔디 위에 무릎을 꿇고 앉으면서, 번쩍 두 팔을 내벌린다.

"한번 어울려 볼까."

하면서 연세가 제일 많은 태석이가 허리 괴춤을 죄면서 대선다. 길손이는 제 허리끈을 풀더니 삳타래를 만들어서 두 사람이 마주앉은 데로 던지고, 또 한 학도도 허리끈을 풀어서 형걸이를 준다.

그들은 삳타래를 바싹 올려 끼고 서로 맞붙어서 슬슬 어른다. 형걸

이는 한 손으론 샅타래를 끼고, 또 한 손으론 태석이의 궁둥일 뚜덕뚜덕 뚜들겨 본다.

"아니, 이거 아즈마니가 이렇게 살지게 길러 줌뎅까?"

하고 말하니, 태석이는,

"엑키 버릇없게, 누가 그런 죄 될 말두 하나."

하면서 일어서려고 어름어름한다.

"버릇없는 걸 볼라믄."

이렇게 말을 해놓고, 훌떡 형걸이는 일어서면서 그 다음은,

"어르라."

소리를 요란하게 불러 댄다. 들어 던지려고 하나, 태석이가 배를 주지 않아 맞붙지를 못하고, 그 다음 배지기를 들어 날쌔게 휙 감아 던지며,

"오눌 나죽에 아즈마니께 미안하다구 그러우."

하고 땅에 손을 짚은 태석이를 굽어보며 손을 털고 다리를 뽑는다. 태석이는 형걸이를 바라보고 벌신벌신 웃으면서, 그대로 두 손을 땅에 짚고 궁둥일 쳐들고 앉았다.

"자, 이젠 형제끼리 한번 붙어 봐라."

하고 대봉이가 형선이의 손을 끌고 잡아당기니, 형선이는 눈을 약간 찌푸리며,

"에라, 씨름은 무슨 씨름."

하면서 손을 뿌리친다. 형선이의 생각을 알아채고 형걸이는 인차 모자를 쓰면서,

"저낙이나 먹으레 가자."

하고 말 있는 길가로 뛰어간다. 형선이가 바로 집으로 가는 길이니, 그

에게 말을 맡기고 자기는 곧바로 두뭇골 집으로 가면은 십상 좋겠는
데, 형선이는 몸을 아껴서 본디부터 저 혼자는 말을 타지 않았다.

그래 형걸이는 그들을 뒤에 두고 말잔등으로 뛰어올랐다. 길손이 혼
자서 향교 앞으로 도로 올라가고, 나머지 여럿은 쭈르니 일자로 서서
거리로 통하는 긴 길을 뭐라고 떠들어 대면서 내려오고 있다.

이들의 중얼거리는 소리를 등뒤에 남겨 놓고, 형걸이는 말 궁둥이에
채찍을 하나 주었다. 말은 네 다리를 골고루 놀리면서 건성건성 뛰기
시작한다. 피 덩치처럼 붉은 해가 십이봉을 넘느라고,
하늘과 산봉우리를 주홍빛 놀로 물들이고, 비류강 있
는 앞쪽은 파르스름하던 신록이 까맣게 싸여 보인다.
형걸이는 그곳을 먼발로 바라보면서, 말 가는 대로 맡
기고 있다. 말은 이윽고 우물께를 지난다. 그런데 웬

붉은 석양

일인지 뚜벅뚜벅 걸음을 늦추며 코를 한번 부르릉 불어 본다. 이 소리
에 놀라 길 앞을 보니, 두칠이 처 쌍네가 양푼에 무엇을 넣어 들고, 큰
길을 이리로 오다가, 두뭇골 가는 작은 길로 들어서려는 것이 보인다.
말은 하루 세 때 그에게 먹을 것을 주는 쌍네를 그곳에서 발견하고 반
갑다곤지 코를 한번 불어 본 것이다. 형걸이는 생각지 않았던 곳에서
뜻밖에 쌍네를 만난 것이, 처음은 가슴이 뚱하였으나 그 다음은 적지
않이 반가웠다. 쌍네는 말이 아는 체하는 것이 고맙고 반가워서, 말께
대고 발신하니 웃어 보다가 힐끗 말 위에 탄 형걸이를 쳐다보곤, 얼굴
에서 황급히 웃음을 거두고 총총히 작은 길로 들어서 버린다.

말은 그대로 거리를 향하여 뛰어간다. 형걸이는 쌍네의 종종걸음을
쳐서 걸어가던 양푼 든 뒷모양과, 말을 보고 발신하니 웃다가 제 두 눈
과 부딪치자 웃음을 거두던 표정과, 낡은 흰 수건으로 머리를 두른 밑

으로 약간 보일락말락하던 해에 그을지 않은 살커리가, 얼마나 희고 보드랍던가를 말 위에서 생각해 보고 있었다. 말은 행길로 나섰다. 형걸이는 그 길로 곧장 외양간에 가져다가 말을 매어 두기가 싫고, 비류강을 줄기차게 건너간 승선교를 한번 건너갔다 오고 싶었으나, 불현듯이 다시 무엇을 생각하고 말이 가는 대로 내맡겨 두었다. 말은 제 외양간을 찾아갔다.

말을 외양간에 매고 사랑 앞마당을 지나는데, 중문 안뜰을 지나서 형선이 처 보부가 뒤뜰 안으로 들어가는 것이 번끗 들여다보였다. 형걸이는 잠깐 주춤하니 서서 그의 뒷모양을 바라보듯 하였으나, 이윽고 아버지 눈에 띄지 않게 휭하니 사랑 마당을 빠져서 다시 행길로 나와 버렸다. 그는 다시 향교 길로 들어서서 지금 마주 내려오는 형선이, 대봉이 들과 인사말로 헤어지곤 곧 우물께에서 두뭇골로 가는 작은 길에 들어섰다. 해가 넘어가 버리니 갑자기 벌판 위에는 꺼머룩한 장막이 땅 위에 기어들고, 동녘만 희멀그럼하니 트여 있다. 형걸이는 외로운 길 위에서 잠시 주저앉아, 제가 생각하고 있는 일을 수습하려고 하였다. 그러나 이렇게 저녁을 먹을 염도 안 하고 길 위에 앉아 있는 것이, 두뭇골로 갔던 쌍네가 돌아오는 것을 은근히 기다리고 있기 위함이란 걸, 스스로 의식하기엔 그다지 오랜 시간이 필요치는 않았다.

그는 잠깐 놀란나. 내가 진정 쌍네에게 밤을 두는 섯인가. 이것을 면바로 생각하는 것은 여러 가지로 지금의 형걸이로선 겸연쩍었다. 그는 여태껏 이런 질문이 저의 속에 떠오를 기미가 엿보일 때마다, 그것을 회피하여 멀리로 도망질을 하였다. 저의 마음이 두칠이 처 쌍네에게 끌린 것이 진정에서 나온 것인지, 그것조차 그는 분간키 어려웠다. 아름답기나, 깨끗하기나, 신선함이 어이 보부를 따를 것이냐, 그러나 그는 이무 형수였다. 그를 번끗 먼발로라도 본 뒤에는, 형선이는 어떻게 복을 탄 놈이기에, 저렇도록이나 이쁘고 훌륭한 색시를 맞을 수 있었던가 하는 희미한 오기가 뒤따른다. 그러나 곧 그 생각은 쌍네의 활짝 핀 난만한 얼굴이 덮어 버리고 만다. 과연 이것은 보부를 그리워함인 때문인지, 쌍네에게 맘이 더 쏠리는 탓인지 제 마음을 종잡을 수가 없다. 종잡을 수 없는 만큼, 그대로 그런 생각이 나올 여지가 없도록, 덮어 버리려는 노력이 앞을 서는 것이다.

그는 생각하려 하지 않는다. 두칠이 처는 또한 이미 두칠이 처다. 그는 남의 아내다. 그러나 또 한편으론 그는 그의 집 종이었고, 지금도 그의 집 막서리다. 어떻게도 할 수는 있으나, 그런만큼, 한편으론 창피도 하다. 이러한 여러 갈래로 벌어진 문젯거리가 쌍네를 기다리고 있는 이 어둠이 찾아든 외로운 길 위에 총총히 뿌려져 있는 것을, 그는 의식하곤가 못 하곤가 그대로 한참 동안이나 덤덤히 앉아 있을 뿐이다.

사실 그는 이런 것과는 딴것을 생각하고 있었다. 눈, 코, 입, 등골, 그리고 가슴, 저고리 속에 감춰진 채 불룩한 가슴, 이런 것을 두루두루 언뜻언뜻 머리에 떠오른 대로 생각하고 있는 것이 사실이었다.

저편 쪽에서 희끄무레한 것이 나타났다. 이 그림자가 이쪽으로 가까이 오는 것만 알고도 그의 가슴이 울렁거리기에는 충분하였다. 그는 먼발로 어떤 희끄무레한 그림자를 발견하자, 이렇게 가슴을 두근거려 본 적이 기왕에 있었던가, 가까이 오는 그림자가 쌍네의 것인 줄을 똑똑히 알고, 길 위에 몸을 숨기고 그가 제 앞으로 다가오는 것을 이렇게 산란스런 마음으로 기다려 본 적이 지난날에 있었던가, 남의 아내, 아니 자기 집 비복, 어렸을 땐 업으라고도 하고, 끄덩이를 낚아채며 때려 대기도 한 이 종간나를 지금처럼 가눌 수 없고 종잡을 수 없는 생각으로 기다릴 날이 찾아올 것을 예상인들 한 날이 여태껏 있었던가— 그러나 거의 이런 걸 생각할 나위도 없을 짧은 순간에 지나지 않았다. 그대로 마음이 설레는 것을 빡 눌러 버리고, 한 줄기 모든 감정을 운전하는 커다란 힘에 이끌리어, 그는 불쑥 몸을 일으키었다.

뜻하지 아니한 사나이가 불쑥 길 위에서 솟아나는 바람에, 빈 양푼을 들고, 말 여물을 누가 주었는가, 여직 말이 먹을 것을 못 받고 자기가 오기를 눈이 빠지게 기다리고 있지는 아니한가— 이런 얌전한 생각에 싸여서 종종걸음을 쳐오던 두칠이 처 쌍네는, 적지 않이 놀라서 거의 소리를 지를 듯 기겁을 하며 길 위에 오똑 섰다. 그러나 길 위에서 일어난 사나이가 다른 사람 아닌 상전의 도련님, 지금 양푼에 별식이라고 설기떡을 가져다 주고 오는, 두뭇골집 도련님, 바로 그이라는 것을 발견하였을 때 쌍네의 놀람은 또 한번 더하였다.

어둠이 낮색을 희끄무레하게 감추어 버린 뒤라, 형걸이의 얼굴에 불그레하니 떠오른 상기된 표정을 알아볼 수는 없었으나, 뭐라고 이야기를 걸려고 하다가 주춤거리며 푸 내뿜는 입김이 얼마나 홧홧하니 뜨거운 것인지는 넉넉히 분간할 수 있었다. 두 눈이 벌겋게 핏줄이 내발린 것은 물론 쌍네에게는 자상하게 보이지 아니하였다. 그러나 힐끗 쳐다보는 사나이의 눈이 이상한 불길에 횃불처럼 이글이글 끓고 있어, 그는 대번에 그 눈살을 피해 버리고 말았다. 이러한 사나이의 표정이 어떠한 의사를 표시하는 것인지는 쌍네로서도 직감할 수 있었기 때문이다. 어떠한 예상치 못했던 말이라든가 행동이, 자기의 몸 위에 떨어질 것을 고요히 기다리기나 하듯이, 쌍네는 머리를 숙이고 가만히 형걸이의 앞에 서 있다.

“어데 갔더랬소.”

모든 감정을 억누르고, 겨우 이 한마디를 하느라고 형걸이는 부득부득 애를 썼다. 그러나 이 한마디 말이 지금의 형걸이의 마음을 표시하기에는 너무도 동떨어지고, 또 싱겁기 짝이 없었다.

그러나 이 한마디 말이 두 사람에게 동시에 이상한 어울리지 않는 어감으로 느껴진 것은, 그것이 형걸이로서는 뜻하지 아니하였던 존대의 말이었기 때문이다. 쌍네로서도 난생 처음 이러한 조심스런 말을 들어 보았다. 한편 형걸이는 제 입으로 금방 나온 말이 어떻게 된 영문인지 도무지 제 말 같지가 않았다. 그는 겨우 제정신을 찾아 붙든 듯이,

"두뭇골 갔더랬어?"

하고 어인 일인 줄을 몰라 덤덤히 서 있는 쌍네에게서 눈을 돌리듯 한다. 가느다란 한숨이 나오며, 그는 비로소 감정이 한소끔 끓어 오르다 잦은 때처럼, 고요한 적막을 느끼면서 평정을 찾고 있는 제 자신을 발견한다. 그는 여유를 만들려고 마주선 데로부터 한 보를 물러선다. 다시 쌍네를 굽어보았을 때, 그는 오무라졌던 목을 들고 안심한 표정을 얼굴에 그리면서,

"두뭇골 댁에서 저녁 늦으시다구 기다리시든데요."

하고 다시 발밑을 내려다본다. 길만 비켜 주면, 이 이해할 길 없는 장소에서, 어서 몸을 빼 달아날 것을 그의 생각은 희망하고 있는 것이다. 형걸이는 그러나 쌍네의 그러한 말은 무시하듯 덮어 버리고,

"두칠인 삼밭이루 가드만, 아마 늦게야 올 걸."

하고 쌍네의 눈을 빤히 들여다본다. 땅거미가 이무 캄캄한 어둠으로 변한 속에서, 커다란 두 눈이 색시의 눈 속을 들여다보려고 눈시울을 활짝 뻗치는 것이다.

쌍네는 지금에야 비로소 형걸이의 여태껏의 수상한 행동을 알아차

린 듯하여, 진정으로 부끄럼을 느꼈다. 일순간 그는 비복의 지위를 망각한, 순수한 하나의 젊은 색시인 자기를 의식한다. 그러나 곧 그는 두칠이의 아내요, 다시 두칠이는 지금 눈앞에 선 도련님네 막서리요, 자기는 여태껏 이분의 비복이던 것을 생각하고, 그 말에는 아무 대답도 하지 않는다. 죽을 용기를 다하여 길을 비켜 달라는 듯이, 고개를 숙인 채 한 발자국을 나서서 바른편 개굴 쪽으로 몸을 뽑으려고 하는데, 덤석 형걸이의 커다란 팔이 그를 붙들어 버린다.

"누가 보믄 어떻게 하실라구."

말로는 이렇게 부드럽게 건네 보면서도, 그는 팔 속에서 가슴을 밀어 던지며 파득여 보았다. 물론 그의 연약한 팔 힘이 형걸이의 굳게 껴안은 가슴과 팔을 거역할 힘은 없었다. 그러고 있는 새에 형걸이의 입술은,

"밤에, 달이 넘어갈 때."
하고 알아들을 수 없는 소리로 토막말을 조약돌처럼 배앝으면서, 낮을 돌리는 쌍네의 입술을 찾아서 더운 김을 내뿜다가, 드디어 기진한 듯이 양푼 든 팔을 늘어뜨리고, 팔 속에 파묻히고 마는 색시의 얼굴을 눈앞에 가까이 부둥켜 올린다. 한참 만에 다시 생각난 듯이,

"놔달라구요."
하고 몸을 뒤채 보는 것을, 또 한번 얼굴을 더듬어 입술을 빼앗은 뒤에 그는 겨우 쌍네에게서 팔을 떼었다. 쌍네는 고개를 푹 숙인 채 형걸이의 팔 속에서 몸을 뽑더니 양푼을 한 손으로 추켜 들고 덤덤히 길을 좇아 뛰어간다. 그는 아직도 '두칠이가 오기 전에' 하던 형걸이의 목소리를 귀밑에 새록새록하니 생각하면서 큰길로 올라섰다.

겨우 발그레하니 빛을 내는, 한 귀가 으스러진 달이 얇은 구름 속을 지나가는지 길이 포근하게 희다. 쌍네는 흐르는 눈물을 씻지도 않고, 이 눈물이 자기에게 행복을 가져다 주려는 것인지, 불행을 가져다 주려는 것인지를 분간치 못한 채, 흰길 위를 종종걸음을 쳐서 뛰어갈 뿐이다.

형걸이는 쌍네가 길 위에서 보이지 않게 되도록 우두커니 그 자리에 서 있었다. 쌍네가 향교 골목을 돌아서 행길 쪽으로 몸을 숨겼을 때, 그는 달을 쳐다보고, 다시 두뭇골 쪽으로 가만가만히 발을 옮겨 놓았다.

6

쌍네가 박참봉 댁에 종으로 팔려 온 것은 지금으로부터 십삼 년 전, 그가 아홉 살 났을 때였다. 그는 이 고을서 삼십 리 서편으로, 강 둘을 건너가면, 마주 보이는 모래 언덕 위에 있는 서창(西倉)이라는 작은 부락에서, 가난한 농가의 딸로 태어났다.

쌍네 위로 딸 둘은 이미 같은 농가에 팔린 뒤였고, 그의 집에는 쌍네 밑으로 아들 둘이 있었다. 그가 팔리던 해에는 장마 뒤에 *역병이 돌아서, 그의 모친은 많은 동네 사람들과 함께 세상을 떠났다. 그 전해에 가뭄이 들어서 이 지방 전체에 큰 흉년이 들었었는데, 또다시 장마에 역병까지 겹친 터이라, 가을이 되어 역병은 까라졌으나 밭에서 거둘 것은 아무것도 없었다. 시골마다 농토를 떠나서 유리하는 방랑민이 길을 덮고, 남부여대하여 함경도나 황해도 쪽으로 이주하여 가는 부락민이 초겨울까지 끊이지 않았다. 쌍네의 집 가족도 그 중의 하나였다.

아버지는 얼마 되지 않은 그릇 자박 바가지짝을 꿰어 매어 짐을 꾸려 지고, 네 살 난 놈을 그 위에 올려 앉히고 여섯 살 난 놈과 쌍네의 손목을 이끌면서, 가을도 이미 저문 시퍼렇게 흐린 날 늦은 아침에 서창을 떠나 고을로 들어왔다. 방선문 안 박성균네 마방에서 하룻밤을 쉬어서, 세월 좋다는 원산으로 사백 리 길을 떠나려는 판이다.

네 살 난 놈은 이럭저럭 짐 위에 올려 앉히고 간다 하여도, 여섯 살 난 놈과 쌍네가 연속하여 사백 리 길을 가려면 신작로도 나기 전 험한 길을, 열흘이 걸릴지 보름이 걸릴지 종잡을 바가 없다. 하루라도 바삐 가서 겨울이 닥쳐 오기 전에 자리를 잡아야 할 판인데, 열흘 동안 노비를 쓸 것조차 주머니 속에는 남아 있지 아니하다. 어디 말이나 당나귀라도 하나 얻어서 아이를 태우고 들어갔으면 싶으나, 물론 그렇게 할 돈이 있을 리 만무하다. 밤이 새도록 어린것을 눕히고 생각한 끝이, 드디어 남들이 다 그렇게 하는 한 가지 방도이었다.

짐을 덜고 노비를 장만하는 일거양득의 길, 그것은 쌍네를 종으로 파는 길밖엔 없었다. 오십이 가까운 아버지는 집을 떠날 때까지는, 결단코 이런 방도만은 취하지 않으려 하였다. 그러나 정작 삼십 리 길을 걸어서 첫날밤을 맞아 보니, 어린 세 아이를 데리고 먼길을 떠나서 오랫동안 여행을 한다는 것이, 거의 불가능한 처사인 것을 깨닫지 않을 수 없었다.

한방에서 자는 마바리꾼에게 *상론했자 별 뾰족한 수가 생길 리 없다. 처음은 속으로 노염도 갔으나, 백이면 백 사람의 입이 한결같이 그 방도밖에를 생각지 못할 때, 그는 드디어 이 길을 취하지 않을 수 없었다.

박리균에게 부탁하여 종으로 쌍네를 살 사람을 수소문하였으나, 역시 지금 한창 세간을 늘리고 세력을 부리려 드는 박참봉 성권네밖에, 이런 흉년에 뭉텅이 돈을 던져 사람을 살 이는 이 고을에 있는 성싶지 않았다. 그래도 박성균이는 박참봉이 종은 무슨 얼어 빠질 종을 또 살 게냐고 가보지도 말라고 하였으나 결국은 그 집에서 맡아 버리기로 작정이 되었다. 박참봉네 집에는 벌써 나이 찬 종이, 한 집에 하나씩 있어서 별반 새로운 손이 필요치는 않았으나 한편으론 헐값으로 살 수 있는 것이고, 또 한편으로 심술궂은 박리균네가 뒤에 있다는 것을 알고 부쩍 쌍네를 데려다 두기로 채비했다. 그때 몸값이 이백 냥, 아무리 흉년이기로니 삼백 냥은 내라고 졸라 보았으나, 이제 겨우 아홉 살 난 것을 이백 냥에 싫거든 그만두라는 판에, 그만 하는 수 없이 그 값에 흥정이 된 것이다.

아버지는 작은놈을 둘러업고, 짐과 큰아이를 나귀에 싣고서 방선문 밖으로 내키지 않는 길을 떠났고, 쌍네는 그날부터 박참봉네 집에 매인 재산이 되었다.

그때 서른 살이 겨우 넘은 젊은 박참봉의 아낙은, 쌍네가 울고 앉았는 것을 처음은 위로하며 달래다가, 그 다음은 도고하게 음성을 가다듬어 훈계의 말을 한 뒤에, 박참봉은 나릿님, 자기는 마님, 아이들은 도련님이라고 부를 것을 가르치고, 나이 찬 종은 연세에 따라 형 또는 오마니라 부르라고 일러 주었다.

'네 나이 아즉 열이 안 된 어린아이니 대소범절을 가르쳐 주거니와, 첫째는 순종, 둘째는 공경, 셋째는 저 맡은 일을 감당할 거, 이걸 잊지 말고 행실머리를 바로 가져야' 옳다고 다시 당부하였다. 그 다음부터는 쌍네는 마음대로 울지도 못하는 신세로 되었다. 서각이나 자리 속에서 간혹 눈물을 흘리다가도 누구의 인기척이 나면, 불시에 눈물을 털고 일어서서 그린 듯이 낯색을 고쳤다.

두칠이가 절게로 오게 된 것은 쌍네가 와서 삼 년이 지난 뒤, 그러므로 지금부터 만 십 년 전의 일이 된다. 그때에 두칠이는 스물한 살의 나이 찬 총각이었다.

박참봉의 장인 되는 갱고지 전주 최씨네 작인으로 있는 김바우의 셋째 아들로 세상에 났으나, 형제가 많고 집이 가난하여 나이 차도록 장가도 들지 못하고, 거듭하는 흉작과 살림에 쪼들려서, 드디어 두칠이는 *절게살이를 떠나게 되었던 것이다. 어엿한 부역 병모가 있고, 형제 동기가 수두룩한 몸으로, 절게살이를 떠난다는 것은 장본인으로서도

절게살이
머슴살이.

섭섭한 일이었으나, 돌이켜 생각하면 이 밖에 성가할 뾰족한 딴 수가 보이지도 않을 뿐더러, 제 하나가 희생이 되지 않으면 그해 농사는커녕, 열 넘는 가족이 금시에 굶어 뻐드러져야 할 궁박한 형편이었다. 그래서 김바우는 최초시를 찾아가서 사연을 아뢰고 박참봉 댁에 절게를 살게 해줍시사고 간청을 대었다.

박참봉은 작금 이삼 년 동안 계속되는 흉작과 역병에 농토를 던지는 자가 부쩍 늘어서, 그 동안 한달갈이를 넘게 헐값으로 사둔 것이 있었으나, 작인의 이동이 심하고 맞차운 작인을 만나기도 힘들고 귀찮아서, 어디 절게를 몇 더 늘려서 금년부터는 자농이라도 해보려던 참인데, 두칠이 같은 장정이 제 발로 기어 들어오겠다는 것은 마침 십상이긴 하였으나,

"거 원, 장인영감이 그렇도록 부탁한 게니 두어 보기는 하겠네마는, 지금 있는 손두 남아돌아 걱정인데, 알다시피 곡가는 비싸고……."

이렇게 한번 척 늘어져 본 뒤에, 담배를 떵떵 떨면서, 무릎을 꿇고 겁신겁신 절을 하고 있는 바우와 두칠이를, 먼발로 보는 둥 마는 둥,

"아무려나, 자농을 얼마 해서라도, 어데 내 집에 찾아 들어온 사람을 몰아낼 도리야 서는가. 하니 그 폭을 요량해서, 일일랑 부지런히 해준다믄, 뒷날이라도 해롭진 않을 테야. 농가에서 한참 곤궁할 대목이니 좁쌀이나 두어 섬 가져다가 쓰려는가."

하고 뒷마무리를 해버렸다.

이리하여 조 두 섬을 미리 받아다 먹고, 그해 일 년은 그대로 살아주게 마련이 되어 버린 것이다.

다음해부터는 돈 서른 냥씩을 받기로 되었다. 이 밖에 그가 박참봉 댁에서 받는 것이란 세 때의 끼니와, 두루마기 없는 겨우살이 한 벌,

이른 봄에 푸중의 적삼, 단오 대목 해서 희중의 적삼, 여름에 베등지게, 가을에 솜바지 저고리— 이렇게 옷가지나 얻어 입고 발에 두르는 감발 두 감에, 머리에 동여맬 수건 세 채가 고작인 것이다.

이럭저럭 삼 년을 살아 보았으나 별 싹수가 보이지도 않았고, 스물두세 살의 한창인 시절을 남의 일로 허송하는 것도 생각해 보면 헤먹기 짝이 없어, 절게살이를 그만두고 갱고지로 돌아가서 농사를 도울까고도 생각해 보았고, 그의 본집에서는 그렇게 하기를 은근히 권해 보았으나 막상 사 년이 접어드는 봄이 오니 두칠이는 박참봉의 컴컴한 절게방을 떠나려 들지 않았다. 그는 아무 말 없이 절게살이를 계속하면서 소처럼 되게 일만 하였다. 그에게는 미상불 딴 궁리가 없지 않진 못했던 것이다. 열여섯을 맞아 지금 한참 피어나려는 쌍네, 그를 은근히 두칠이는 탐내고 있었던 것이다.

그러나 쌍네는 비록 비천한 몸이기는 하나, 피어나는 처녀의 마음이라, 두칠이 따위를 안중에 둘 리가 없다. 그와 나이 동갑세인 도련님으로 형준이가 있고, 그보다는 삼 년씩 아래지만 형선이와 형걸이가 있다. 종 된 몸으로 어디다 뇌를 쓰고 도련님께 마음일 망정 두어 보랴마는, 뚱그렇게 맑은 그의 두 눈은 싫도록 그들을 보아 온 터이다. 이들을 익히 보아 온 처녀의 눈이, 여드름이 툭툭 튀어 올라 벌겋게 관 상판때기와, 어느 윤동짓달에 빗어라도 보았던가 싶은, 마구 땋은 머리채를 빙빙 둘러 꾹 찌르고, 무명수건을 휭휭 둘러 감아 놓은 저, 어수선한 머리빡과 때와 땀에 전 무명옷 주제에 마음이 끌린다든가 쏠린다든가 할 리는 만무한 일이었다.

어렸을 때는 하루 세 때 제법 밥상이라도 날라다 주던 것이, 나이 차면서는 면바로 그의 얼굴을 쳐들지도 않으려 들고, 밥상 같은 건 나 많은 종에게 내맡기고 두칠이의 옆에 가까이 오는 것조차 모피하였다.

그러나 쌍네는 자꾸만 커갔다. 열여덟으로 접어드니 고된 노동과 하찮은 의식(衣食)에 눌려서도, 꽃은 제 시절을 잊어버리진 않는다. 얼굴을 덮었던 솜털은 새하얀 살결에 몰려서 떨어져 벗어지고, 볼편에는 불그레한 살이 도동하니 올랐다. 쩍지는 일었을망정 입술의 색깔은 유난히 붉어지면서, 가슴은 적삼 속에서 눈에 띄게 부풀어 올랐다. 치마 밑으로 궁둥이의 뼈가, 탄력 있는 근육에 흡신하니 둘러싸였다. 인제는 누구의 눈에도 나이 찬 색시의 것으로서, 부끄러움 없을 발육을 보인 여자의 육체였다.

두칠이의, 자라나서 몸에 겨운 성욕은 마침 스물일곱의 무서운 고개를 넘고 있었다. 어느 으슥한 여름날 저녁, 두벌 기음을 늦게까지 조밭에서 매고 온 두칠이는, 제 방에서 저녁상을 받았다. 그날따라 나 많은 종은 심부름을 가고 밥상을 들고 온 것은 쌍네였다.

굵은 *맹패치마로 아랫도리를 두르고, 말라 올라붙은 배등지게가 하이얀 살을 그대로 내놓았다. 밥상을 그의 앞에 놓으려 할 제, 상에는 통히 정신이 없는 두칠이는 눈으로는 푹 수그린 쌍네의 가리마를, 그리고 두 손으론, 상 언저리를 잡은 쌍네의 활짝 걷어붙인 두 팔을 덥석 붙들었다. 상은 그런대로 방바닥 위에 고이 놓였으나, 벌떡 일어서는 두칠이의 무릎이 갓짠지 냉국을 밀어 엎었다. 성난 짐승처럼 두 팔이 쌍네의 웃통을 낚아채려 들 때, 쌍네는 발로 문턱을 벗디디고, 찰거머리 같은 사나이의 손을 털어 버리려 든다. 냉국물이 쏟아져서 발등을 적시고, 이어서 잎숟가락이 그릇에 부딪쳐서 왱가당거리며 소리를 내었으나, 두칠이의 귀에는 들릴 염도 안 했다. 무서운 힘으로, 버둥거리는 쌍네의 몸을 방 안으로 끌어들이려고 하는데 인기척이 났다. 잡았던 손을 놓는 바람에 쌍네는 토방에 뒤로 나가자빠지고, 두칠이는 십리 길이나 뛴 것처럼 숨을 헐떡이며 컴컴한 방 안에 넘어져 버렸다.

"아니 쌍네가 왜 이러니."

하는 나직한 목소리가 늙은 종의 말소린 것이 분명할 때에, 두칠이는 다소 안심하였다. 이러한 사연의 내용을 알아차리고 뜰 안에서도 아무 말이 없다. 쌍네는 늙은 종의 옆에서 어깨춤을 훌쩍훌쩍 추면서 어청어청 부엌 쪽으로 걸어가고 있었다.

이 일이 있은 다음부터는 누구의 눈에도 띄리만큼, 두칠이의 앞에 나서기를 쌍네는 꺼렸다. 한번 그가 밀마당질을 하려 두서넛 일꾼과 방선문께를 갔는데, 쌍네더러 점심밥 광주리를 여다 주라니까, 그는 상전마님의 명령인데도 불구하고 한참이나 부엌에서 주춤거렸다. 쌍네를 가엾어하는 늙은 종이, 제가 간다고 나서는 바람에 별일은 없었으나, 박참봉의 아낙은 그때부터 두칠이를 꺼려하는 쌍네의 태도에 관심을 갖지 않을 수 없게 되었다.

박참봉은, 두칠이가 고된 일에 불평도 없이, 육칠 년 동안이란 긴 세월을 소처럼 근직하게 일해 내려온 것이, 자라나는 쌍네에게 맘을 둔 탓이라고 넘겨짚어 오는 데가 퍽이나 오래였다. 그러므로 마누라 최씨가,

"두칠이란 놈이 쌍네보고 무슨 장난을 쳤는지, 밭에 점심도 인 가지고 갈랍네다레."

하고 알려 바칠 때, 입에 물었던 담뱃대를 빼물고,

"두칠이 나이 얼마 안 해 삼십이 아닌가."

하고 대답했을 뿐이었다. 다시 입에 담뱃대를 물고, 뻐금뻐금 연기를 내뿜는 박참봉의 옆얼굴을 물끄러미 바라보던 그의 마누라는 지금 말

로는 안 하지만 속으론 영감이 '참 그러고 보니 쌍네가 오래지 않아 스물이 되는구만' 하고 어쩌면 새삼스럽게 활짝 피는 쌍네의 팡파짐한 궁둥이께를 생각하고 있는지도 모를 게라고 선뜻 생각해 보고 얼굴이 좀 붉어졌다. 그러나 마누라는 아무 말도 안 하고 안방으로 물러가 버렸다.

그런데 또 한 가지 작은 사건이 마누라의 눈에 띄었다. 맏아들 형준이가 삭명 경주 김씨의 집으로 장가를 들던 날, 쌍네가 아침밥도 안 먹었고, 밤이 이슥해선 뒤뜰 안 벌통 앞에서 시름없이 우는지 한숨을 짚는지 멍해 앉았더라는 게다.

형준이가 장가를 들자 곧 색시를 데려왔으니 부부간 의가 나쁜 처지도 아닌 바엔, 쌍네가 아무리 공연한 생각을 품어 보았자 이러니저러니 말썽이 일어날 리도 없었으나 한 해를 넘어 열아홉이 된 몸짓을, 가만히 눈붙여 보매 쌍네의 얼굴이 점점 남의 눈에 띌 만큼 아름다워지는 것이 사사모사로 일을 저지를 위험성이 없지도 않았다.

맏아들은 그대로 아무 일 없다 쳐도, 장차 형선이와 형걸이가 장성해 가고, 또 한편으론 돈 모으는 재미에 작은댁 이외에는 딴 염을 못내었던 영감도, 아니할 말로, 이제부터는 어떻게 몸을 가질는지 모를 일이었다. 그렇게 생각이 뻗치니 한시라도 빨리 묘방을 써야 될 것처럼, 그리고 꼭 아들이나 영감이 그런 잘못된 골로 빠지고야 말 것처럼, 갑작스레 생각이 들고 말았다. 그래서 두루두루 혼자 궁리한 끝에 얻은 것이 한 가지 지혜였다.

그런 어떤 날 오라비 되는 최관술이가 사랑에 온 것을 조용히 안방으로 불러들였다. 관술이는 그때 동학인가 뭔가를 믿기 시작한다고 처음 서울 출입을 하기 비롯할 무렵인데, 매부 되는 박참봉에게 개화사상과 동학을 깨우쳐 드린다고 자주 사랑에 발길을 하던 때이다.

"두칠이를 우리집 쌍네에게 장가들이는 게 어떨까 해서 의논하는 말인데, 주사는 어떻게 생각이 감마."

하고 누이가 물으니, 삭발하고 개화경을 낀 관술이는, 그때는 아직 갓을 쓰고 다녔는데, 한번 버릇처럼 갓끈과 수염을 만져 보고는,

"개화사상은 서학이나 동학이나를 물론하고 모두 비복을 해방하라는 주장이올시다. 그러니 쌍네가 낳는 계집 자식을 일후에 다시 종으로 잡아 둘 생각만 없으시다면야, 물론 그렇게 하시는 게 지당한 일이올시다. 그런데 원 형님이 들으실는지 모르겠습니다."

하고 공손히 누이에게 말한다.

"거야 임자 형님도, 두칠이가 쌍네에게 맘을 두고, 고된 일도 아무말 없이 십 년 가까운 세월을 이 집에서 지내 온 걸 알고 계시니까."

이렇게 말하기는 하였으나 관술이 누이 최씨는 속으론 물론,

'영감이야 반대하든 말든, 어서 두칠이와 쌍네를 부부를 만들어 줘야 모든 일이 안심이 된다. 만약에 이 말에 반대를 놓을 지경이면, 그 이면이 아무튼 구린 게 분명하니, 무슨 이유를 붙여서라도 뜻대로 작정을 지어야만 할 게다. 가령 마지막에는 쌍네가 형준이에게 맘을 두었던 게 이러저러한 걸로 보아 틀림없는 일이니, 지금은 장가들어 얼마 되지도 않으니 딴맘을 먹을 새도 없을 게로되, 계집의 밈이란 꼭 두부 모를 뜨게 하는 고양이의 도굿과 같아서, 이대로 내버려두었다가는 집안에 백년의 화를 남길는지도 모를 게라든가, 쌍네의 생김새가 계집애로서 영악하고도 간사스러워, 종차론 형선이와 형걸이에게도 어떤 한갓 되지 않은 행실머리질을 할 염려도 없지 않아 있다든가— 어떻든 간에 영감이 깨우쳐 알도록은 있는 말 없는 말을 다 해서라도, 이 일만

은 작정을 보아 둬야 한다.’
고 생각하고 있는 것이다.

　그러나 이렇도록 주밀스레 갈피갈피 생각하고 궁리해 둔 걸 채 털어 놓기도 전에, 박참봉은 마누라 최씨의 의견을 그대로 단마디에 좇아 외려 마음이 께름칙했다. 요렇게 반갑게 대답이 나올 리도 만무하고, 다굿통이 센 영감이 많은 돈을 먹여서 사놓은 재산을, 이렇게 대수롭잖이 놓아 줄 이치가 없는데, 혹은 속으로 무슨 딴속을 차려 볼 생각이 있지는 않은가. 두루두루 되새겨 보아도 그럴 법한 생각이 도무지 머리에 떠오르질 않는다.

　“개화문명이 모두 그렇다고 하니 시세에도 좇을 겸, 아니할 말로 아이들도 나이 차서 장성해 가는데, 종차로 무슨 실수를 저질러 놓을는지도 염려가 되고요, 이모저모 그렇게 하는 것이 십상일 것 같애서 권해 본 말씀이웨다으레.”
하고 최씨는 다시 한번 다져 놓은 뒤에 뒷일을 자상하게 상론해 두었다.

　박참봉 내외의 생각이 일치하고도 또 얼마를 그대로 지낸 뒤에, 하루는 두칠이가 노는 날을 택하여, 박참봉은 사랑으로 그를 불러다 앉히고,

　“네 나이 내년이면 스물아홉이니 오래잖아 삼십이야. 네가 내 집이 온 지도 팔 년이 됐으니 인제는 성가를 할 나이 아닌가. 너는 잊었는지 모르지만, 내가 너보고 처음 해둔 말도 있지 안한가, 일만 부지런히 할 지경이면 뒷날 결단코 해롭겐 안 할 테라고. 그래 어떤가, 네 맘만 내킨다고 보면 쌍네도 이왕 나이 차랐으니.”

　여기서 좀 말을 끊고 두칠이의 낯짝을 바라보니, 그의 얼굴엔 기쁜 표정이 가득하였으나 그 커다란 입을 벌신하니 웃어 보이며,

“나릿님 처분에 다시 이를 말씀이 있습너니까.”

하고 굽신 머리를 굽혀 절을 할 뿐이다. 두칠이의 얼굴에 떠오르는 감출 수 없는 즐거움을 넌지시 바라보고,

“네 처 될 년으로 말할 지경이면, 아홉 살에 제 애비가 원산으로 가면서 내게다 맽긴 것인데 그때 한참 바른 돈에 적지 않은 금액을 지애비 손에 들려 주었더란 말일세. 그러고 보니 오늘날 그 이자를 따진다고 들어도 수천금에 이를 것이야. 하나, 내가 너에게 그렇게 야박수레굴 생각은 없어 (이 대목에서 약간 긴장했던 두칠이의 얼굴에 안심의 빛이 돌며, 또 한번 굽신 허리를 굽히고 두 손을 무릎 위에서 맞부비어 본다.) 또 하나 너에게 말해 둘 건, 년에게서 나오는 소생이 만약 딸자식이고 볼 지경이면, 고것이 고대로 내 집에 메우는 것이 되는 건 여태껏 내려오는 관습이로되, 내 생각하는 바가 따로 있어, 종차론 그런 풍속을 없이 할 생각이니, 아들을 낳건 딸을 낳건 그건 너희들 맘대로 기르란 말이세. 금년은 이대로 지내고 내년 추수나 치른 뒤에 머리나 올려 주고, 물역 쪽 막간을 맡아서 살아 보게나 그래.”

이 말이 끝난 다음 두칠이는 코가 땅바닥에 닿도록 절을 하고 제방으로 물러 나왔다. 절게로부터 *막서리로 되는 것이 기쁜 게 아니다. 인제 누가 뭐래도 그 탐스런 쌍네가 제 것이 될 테니 그것이 기쁜 것이다.

그러나 그 이튿날 쉬 저녁때쯤 해시 사랑에서 물러 나온 쌍네는, 두칠이와는 반대로 두 눈에 눈물이 어리어서 그대로 서각으로 뛰어갔다. 아무도 없는 *재통에서 그는 한참 동안을 울어 보았다. 울어 보니 무슨 소용이랴. 좋건 글렀건 내년 가을이면 그는 두칠이의 아내가 되고 마는 것이다. 먼 데로 도망을 가거나, 목숨을 끊어 강에 던지거나, 비상을 먹고 살을 썩이든가 해버리기 전에는 울어 보나 버둥거려 보나, 그

막서리
남의 막일을 해 주며 사는 사람.

재통
'변소' 의 방언(평안).

는 두칠이의 아내가 되어 버리는 것이다.

뜻에 합당한 남편이라면 종신을 종으로 지낸다고서 무슨 원한이 남으랴, 그 남편이 절게면 어떻고, 생기는 딸자식이 대를 이어 종살이를 한단들 무슨 유한이 있을 거냐— 더구나 종간나보다 막서리의 처가 얼마나 훌륭한 지원지, 절게보다 막서리가 얼마나 월등한 *지벌인지, 쌍네에게는 알 수 없는 일이었다. 막서리가 된다 해도 하는 일, 당하는 일은 매한가지가 아닐 거냐, 그럴 바엔 마음에나 내키는 사나이와 한 세상 살아 보고 싶은 것만이 단 한 가지의 소원이었다. 마음에 내키는 사나이 아니면 안 된다고 작정한 사나이라도 있는 것이 아니다. 그러나 저 두칠이에게만은, 징그럽고 구질구질하여 마음이 도무지 끌리지 않는 것이다.

지벌(地閥)
지체와 문벌을 아울러
이르는 말.

　그러나 신세타령을 한다고 든다면, 아예 당초에 그의 아버지가 그를 종으로 팔았을 때부터, 일은 이렇게 되기로 마련이 된 것이 아니냐. 지금 이 지경이 되어서 이러니저러니 조밥이다 쌀밥이다 하고 가리려 드는 것이 어리석은 일이 아닐 수 없었다. 쌍네는 그것을 모르는 것이 아니다. 그렇기 때문에 그는 박참봉이 하는 말에 푹 머리를 수그린 채 아무 대꾸도 못 하고 사랑을 물러 나온 것이다.

　일은 작정한 대로 가혹하게 실행이 된다. 그리하여 그 이듬해 가을에는, 쌍네는 두칠이의 아내가 되어, 박참봉네 큰집 물역 쪽으로 있는 막간방에서, 두칠이의 오랫동안 막혀 쌓였던 정욕의 가없은 대상이 되어 버렸다.

　우렷한 달빛이 창에 훤하다. 두칠이 처 쌍네는 비류강 쪽으로 향한 막간방에 혼자 자리도 안 깔고 번듯이 누워 있다.

　그는 두뭇골 댁에 설기떡을 갖다 두고 오던 길에, 형걸이를 길 위에서 만나 뜻하지 않았던 변을 당하고, 한참 동안은 흐르는 눈물을 씻지도 않고 그대로 종종걸음쳐서 행길로 나왔다. 물역 쪽으로 난 뒷대문으로 돌아서 저희 방을 옆으로 보며, 그는 안뜰을 지나 부엌으로 들어왔다.

　"어떻게 이리 늦었느냐"는 말에, 두뭇골서 베 *도투마리 감는 걸 잠깐 도와 주고 온 탓이라고 거짓말을 할 만치, 그때에는 벌써 사라앉은 마음을 가질 수 있었다. 방 안에서 그 말을 듣던 최씨는,

　"심부럼 간 사람을 잡아 놓구 일을 시키문 어쩌자는 겐가."

하고 혼자 두뭇골 작은댁을 나무라고 있었다. 말이나 노새나 당나귀나 소의 여물들은 어찌 됐는가고 물었더니, 늙은 종이 전부 갖다 주었다고 한다. 그래 쌍네는, 떡 한 그릇과 두칠이가 오거든 주라고 밥과 오

도투마리
베를 짜기 위해 날실을 감아 놓은 틀. 베틀 앞다리 너머의 채머리 위에 얹어 두고 날실을 풀어 가면서 베를 짠다.

가리 찌개와 김치를 함지에 얻어 이고, 제 방으로 돌아왔다. 좁은 부엌에 함지째 놓아 두고 그는 그대로 방 안에 들어왔다. 저녁 생각이고 뭐고 도무지 배가 고픈 것 같지가 않다. 가슴이 금시에 울렁거리다가도 얼마 전에 길 위에서 당한 일이 꿈은 아니었던가, 내가 미쳐서 어느 귀신에게 홀렸던 거나 아니었던가 하는 생각이 들면, 영락없이 그리 된 일임에 틀림없는 것도 같아서, 가슴은 철썩 물러앉고 낯에서 피가 쭉 밑으로 흘러 버려서 가벼운 현기증조차 느껴지는 것이다. 사실 꿈에도 당해 보지 못한 일이었다. 그와 동갑 되는 맏도련님 형준이가 삭명으로 장가를 드는 날 밥도 안 먹고 밤에는 뒤뜰에 있는 벌통 앞에서 한숨을 짚었다는 것이, 그 뒤 늙은 종이나 작인의 마누라들간에 한갓 되지도 않은 주둥아리의 군입심감이 되었다고 하나, 그거라고 별로 도련님에게 마음이 달떴던 때문도 아니었다. 다른 집 따라 없이 열여덟이 되도록 도련님들의 혼사를 지내지 않는 이 댁 풍속이, 남들은 이러니저러니 시비질을 하지만, 어느 겨를에 시집이고 뭐이고 가마 탈 세월이 올 것 같지도 않은 쌍네에게는, 상전의 도련님이 아직 장가갈 염도 안 하는데, 하여 적지 않이 위안이 되던 것이 사실이었다. 그 위안조차 형준이의 혼사로 인해 부서지고 말았으니, 그러잖아도 마음이 산란스러워 참을 수 없는 낯세에, 한숨이나 눈물이 나와 솟구쳐 오르지 않을 리 만무였다. 대체, 저를 이 고장에다 내버려두고 원산 쪽으로 살 길을 찾아 길을 떠나간 지가 십 년이 되었건만, 생사의 소식조차 전하지 않는 아버지와 어린 동생들은, 지금은 어디서 어떻게 살고 있는지, 죽어 뼈 드러져 흙이 되어 버렸는지, 귀신이 되어 어느 허공에 실 끊어진 종이연 모양으로 너풀거리고 있는지, 궁금하다기보다 그립고, 그립다기보다 안타깝고, 안타깝다고 가슴을 부여뜯을 땐, 우선 눈물이 낯을 적셔 버린 뒤이었다. 나를 어쩌라고 이 구덩이에 몰아넣고— 이렇게 원한까지가 뒤섞이면 이런 세상 한평생 살아가느니 오히려 목숨을 끊어 자결을 해버림만 같지 못하다는 욕된 생각까지 들게 되는 것이었다. 이런 생각을 겨우 진정하고 마음을 수습하노라니, 아침밥도 굶었던 것이요, 밤이 으슥해선 뒤뜰 안에 혼자 앉아 시름없는 세월도 보냈던 것이다. 도련님의 품에 안긴 꿈이라니, 어느 하늘에 머리를 솟구고 무엄하게도 입 밖엔들 낼 수 있을 것이냐. 그렇던 그것이 얼마 전에 꿈도 아닌 생시에, 도련님 중에서도 가장 미츳하고 깨끗한 두뭇골 도련님과, 어엿하니 길 위에서 벌어졌다니, 귀신에 홀렸다는 생각을 가짐도 과시 무리는 아니었다. 그러나 아무리 생각하여도 꿈은 아니었다. 눈을 바로 뜨고 창문을 바라본다. 창살 구멍이 저렇게 똑똑히 보이고, 그 틈으로 하늘 중천에 한 모가 이지러진 보름 가까운 달이, 물 같은 달빛을 뿌리고 있는 것이 저렇도록 분명히 보이는데, 귀신에 홀렸다는 건 더구나 안 될 말이다. 혀를 내어 입술을 빨아 본다. 아직도 쌍긋한 두뭇골 도련님의 침맛이 남아 있다. 불보다 더 따가운 도련님의 입술이, 볼때기와 인둥께를 미칠 듯이 돌아가다, 겨우 제 입술을 찾았을 때에 느꼈던 감격이, 아직도 이 몸에 남아 있다. 꿈은 결코 아니었다. '달이 넘어갈 때' 하는 도련님의 더운 입김과 함께 배앝은 말이 생각힌다. 그는 불현듯이 물역 쪽으로 통한 문을 열고 밖으로 나갔다. 내문에 이르기 전 저만큼에, 나지막한 가시 울타리가 있고 작은 문이 달려 있다. 필시 도련님이 오신다면, 물역 쪽으로 돌아서 뽕밭 머리를 지나 이 울타리 문으로 들어올 게다. 아직 두칠이가 나무를 싣고 돌아오지 않았으므로 바깥 큰대문이 열려 있으나 그 문을 지나자면 사랑 마당과 외양간을 지나고 서각 뒷목을 돌아와야 이곳에 이를 것이니, 남몰래 이 방을 밖에서 찾아들자면 물역 쪽, 이 울타리께로 오는 것이 가장 곧바르고 틀림이 없다. 안으로 통하는 외짝문이 있으나, 그것은 다시 부엌을 넘어서야 바깥 뜰 안으로 통할 수 있다.

그는 버선발로 뛰어나가 걸렸던 울타리 문을, 밖에서 밀면 수이 열릴 수 있도록 빗장을 뽑아 놓았다. 달을 쳐다보니 십이봉 위에 아직도 두 발만큼이나 떨어져 걸려 있다. 저놈이 진 때라면, 두칠이가 올 때일 텐데, 하고 무심코 생각하고 나니 자기가 과연 도련님이 찾아오기를 기다리고 있는 것일까 하는 생각이 든다.

그는 방 안으로 들어와 문을 닫고 아랫목에 아무것도 깔지 않은 채, 번듯이 드러누웠다. 두칠이 생각이 난다. 그가 매일처럼 고된 몸도 돌아보지 않고, 달게 구는 것이 그렇도록이나 싫던 쌍네로서, 도련님을 맞아들일 마음의 준비가 이왕부터 마련되어 있어서던가 하는 생각이 든다. 아무리 비천한 몸이기로니, 그리고 두칠에 대한 애정은 있거나 없거나, 자기는 남의 아내 된 몸이 아니냐. 생각을 돌이켜보면, 생뚱한 총각에게, 입술을 뺏기고 품에 안겼던 것만 해도 죄스럽고 원통한 일인데, 그는 제 스스로 남편 아닌 딴 사나이가 찾아들라고 문을 열어 주고 있지는 아니한가.

그러나 그는 다시 일어나서 문을 걸러 나가려곤 하지 않았다. 길 도중에서 남편인 두칠이가 무슨 이변이라도 만나서 새벽녘에나 돌아오면, 아니 그대로 삼밭 농막에서 밤을 새고 동녘이 훤히 터서야 돌아오면은— 이렇게 그의 마음 한귀퉁이에선 은근한 기원을 올리고 있는 것이 사실인 것이다. 그는 부질없고, 거추장스럽고, 찌껍찌근한 다른 생각은 일체 하지 않기로 기를 쓴다. 단 하나 도련님과 길 위에서 만나서 헤어지던 대목만, 몇 번이고 몇 번이고 되풀이해 보는 것이었다.

아무것도 모르고 덥벅덥벅 좁은 길을 양푼을 들고 걸어오던 것과, 길 가운데서 불쑥 허연 것이 솟아오를 때 기겁을 하여 놀랐던 것과, 그 것이 뜻하지 아니한 두뭇골 도련님인 데 또 한번 가슴이 놀라고 거진 소리를 지르려다 그 다음은 어쩐지 몹시 부끄러운 생각이 들던 것과— 여기까지는 대충대충 빨리 생각을 채치고, 도련님이 그에게 존대의 말을 엉겁결에 건네던 고비에서부터는, 될수록 느리게 발걸음을 쓸데없는 곳에서 마실을 시키면서 끌어 오다가, 입을 맞춘 뒤에 몸을 뽑아, 달이 구름장을 지나가는 우렷한 길 위를, 종종걸음을 치며 까닭 모를 눈물을 흘리던 *고팽이까지를 그는 양껏 향락해 보는 것이다. 이것을 되풀이하여 싫증이 나기 전에 도련님의 발자취 소리가 뽕밭 머리에서 들려 오기만 한다면, 그 뒤에는 두칠이 따위가 소를 몰고 돌아오든 말든, 아무 계관이 없을 게라고까지 생각이 드는 것이다. 그는 여태껏 무수하니 두칠이와 잠자리를 같이하였고, 머리 올린 지 반 년 만에 유산까지를 치른 경험이 있지만서도 이렇게 도련님의 애무를 상상해 보고 있을 때엔, 마치 아무개에게도 몸을 허락한 적이 없고, 고이고이 싸두어서 누구 하나 손끝도 얼씬 못 한 처녀인 것처럼 자기가 생각되는 것이다. 사실 길을 막고 물어 볼 말로, 시집이라고 든 지 달로 쳐서 일 년 하고도 반 년 동안, 한 번인들 이러한 감격에 몸을 맡겨 본 적이 있었더가 싶었다.

두 손을 들어서 가슴을 눌러 본다. 제 가슴을 제 팔로 꽉 껴안아도 본다. 그러나 엉겁결에 한 손에 양푼을 든 채 도련님께 껴안겼을 때와 같은, 벅차고도 울렁거리던 형언할 수 없는 감동이 좀처럼 솟아나지는 않는다. 그는 푸 한숨을 짚고 몸을 뒤챈다.

어느 동안에 창문 있는 쪽이 어둑어둑해져 갔다. 울렁거리는 가슴을 가누지 못하며 창을 바라보니, 달이 산봉우리 뒤로 거지반 떨어져 간다. 그는 두 팔로 낯을 꼭 가리고, 이 일을 어찌할까냐고 고함을 지를 듯 안타까워한다. 그것은 달이 떨어지니 인젠 곧 도련님이 올 게라는 두려움 섞인 심리의 발작인지, 넘어가는 달을 잡아 두고 싶은 간지러운 희망의 표시인지, 그로서도 도무지 종을 잡을 수가 없었다.

그런데 아뿔싸, 사랑 쪽으로 난 큰대문이 활짝 열리는 소리가 나며, 확실히 두칠이의 말소리로 이라 쩌쩌 하는 소 모는 소리, 큰 나무 바리가 대문 문설주에 싹 하고 대이는 소리조차 똑똑히 들린다.

두칠이가 왔다. 도련님은 아니 오고 두칠이가 왔다— 이 생각이 그의 머리에 뚜렷하니 새겨질 때 쌍네는 머리에서 손을 떼며, 꿈에서 깬 듯 '잘됐다' 하고 가느다란 한숨을 짚었다. 두칠이는 오락가락 육십 리 길을 소를 몰며 다녀오고도, 아무런 불평 없이 사랑 마당에서 나무만 부리고 있다.

쌍네는 가만히 일어나서 컴컴한 방 가운데 잠시 서보았다. 뗑해진 머리를 두 손으로 부둥켜 들고 또 한번,

"이르게 오길 잘했다."

하고 소리가 나도록 중얼대어 보았다.

7

한 달 전에 부임해 온 문우성(文宇誠) 선생에게서 산술을 배우고 나면, 고등과 일학년의 오늘 학과는 그것으로 마지막이 된다. 그러나 매일처럼 하학한 뒤에 한 번씩 전교 생도가 정영근 교사의 지휘로 시행

하는, 대운동회 목표의 연합체조 연습이 아직 남아 있었다. 그래서 형걸이는 책보를 끼고 이십 명 가까운 학도들과 교실을 나와서 곧 운동장으로 내려간다. 고등과 일학년 학도 중에는 머리를 안 깎은 총각 학도는 대여섯 되었으나, 상투를 틀고 초립을 쓴 학도는 둘밖에 없었다. 그러나 윗학년으로 올라가면 나이 찬 새서방이 많아서, 이들은 관을 썼거나 또는 초립이나 갓을 썼다.

초립

학교에서는 머리채를 땋아 늘어뜨린 총각은 물론, 이렇게 상투를 튼 장성한 학도들에 대하여, 벌써부터 삭발을 장려해 왔고, 더구나 대운동회까지는 될수록 전교 학도가 모두 머리를 깎아야 한다고 훈계할 때마다 주의해 내려왔는데 아직까지도 머리를 그대로 둔 자가 상당히 많았다. 이들은 연합체조에 참가하기를 꺼렸다. 사실 이들 중에는 고을서 몇십 리씩 떨어져 있는 시골서 상당한 한문 공부를 치른 삼십 가까운 청년이 대부분이었다. 그들은 공부를 끝내면 연합체조를 피하여 그대로 교실에 남아 버리든가, 날씨가 좋은 날은 산으로 가든가 해버리는 수가 많았다.

정교사는 이러한 학도들의 태도를 가장 엄격하게 다스리기를 주장해 왔으나, 너무 심하게 취급하고 보면, 그렇지 않아도 수효가 적은 학교가 달아나 버릴 염려가 있으므로, 방임주의를 써오는 것이 학교의 정책이다.

교실에서 운동장으로 오는 길에, 손대봉이가 한반 학도 두서넛과 삼송정 쪽에서 내려오는 것과 맞대었다. 그들은 한 시간 전에 공부를 끝마치고 산에서 시간을 기다리다가, 연합체조 연습에 참가하기 위하여 지금 운동장으로 내려오는 길이다. 형걸이를 보더니 대봉이는 두어 발자국 뜀을 뛰듯 하여 그의 옆으로 오면서,

"갈 때에 *쟁고 구경 함께 가자."

하고 형걸이의 등에 손을 얹듯 한다. 형걸네 큰집, 알기 쉽게 말하면 박참봉네 거릿집 행길 건넛집은 이칠성이네 집이다. 그가 평양서 며칠 전에 자행거(自行車)를 사왔다는 것은, 이 고을 안에 하루 동안도 안 걸려서 쫙 소문이 퍼졌다. 그래서 어제 그제, 그 집 앞에는 광대나 잔치패가 왔을 때처럼, 사람들이 꼬이고 아이들이 모여들었다. 칠성이는 박참봉네 근방에 살면서 이모저모로 그의 그늘을 입는 터이라, 자행거를 사온 이튿날, 곧 그놈을 밀고 그 집 사랑 뜰 안으로 와서 온 가족에게 구경을 시켰다. 그때엔 형걸이도 있었고, 물론 안부인네들도 일부러 중대문을 닫아건 뒤에, 문틈으로 자행거를 놀리는 놀라운 광경을 내어다보았었다.

대봉이는 처음 칠성이네가 자행거를 사왔다는 소문을 들었을 때, 그까짓 쟁고 같은 걸 뭐 별게라고들 파리떼처럼 꼬여드는가, 작년에 평양 갔을 때 자기는 그런 쟁고를 잔나비가 나뭇가지 위에 놀듯이 재주 있게 타고 노는 걸 봤는데, 칠성이쯤이야 인제 겨우 길이나 섬기나마나 할 정도일 게니, 그까짓 게 뭐 구경거리가 되느냐고 동무들께 호통을 뽑았었는데, 며칠을 지나니 먼발로만 휙 보고 온 자행거의 실물이 보고 싶고, 또 그때 평양서 보기에 반들반들하고 복잡하던, 그놈 자행거의 기곗속 된 모양을 손으로 만져 보고 싶어서, 어제오늘은 적이 안달증이 났었다. 그런데 또 한 가지 은근히 그의 입맛이 당기는 데가 있다. 그건 얼마 전에 평양서 얻어 온 칠성이의 마누라를 어쩌면 또 한번 볼 수 있을는지도 모를 게라고, 그래서 그야말로 뽕도 딸 겸 님도 볼 겸이다.

그런데 듣는 말에 어제 아침부터 칠성이는 문을 닫아걸고 자행거 구경을 시키지 않는다는 것이다. 처음은 조사하노라고 사람들이 꼬여들면, 연방 안장도 두드려 보고, 또 종도 울려 보고, 발디디개를 횡횡 돌려도 보고, 흥에 겨운 때는 그놈을 타고 삐툴삐툴하면서 길 위를 한바퀴 돌아보기도 했는데, 한 사나흘 계속하니 그 다음은 이 일이 시끄러워졌다. 그는 본시 *도붓돌이를, 어렸을 때는 상자나 멧산자 보따리를 지고 다니면서, 그 뒤 좀 돈푼이나 모아서는 당나귀로, 이 부근 몇 고장 장날을 빙빙 돌던 것이, 이즈음 일 년 동안 좌전으로 돌려 앉고 이어 평양 출입을 자주 하면서, 가까이는 세매끼장사라고 제법 반찬, 미역, 쌀가마니 등속을 갖다 놓았다. 제 말로는 이왕 신작로도 났으니 이놈을 타고 바삐 평양 내왕을 할 참으로 이 자행거를 사왔다는 것인데 며칠 동안 이걸로 인해 장사도 못 하고 분주히 돌아가다, 생각하니 공연한 짓 같아서, 그 다음부터는 일체 구경을 안 시키기로 한 것이다. 가령, 돈 회계를 좀 하려고 문서책을 펴놓고 주먹구구를 하는데도 아이놈들이 와서는,

"쟁고 구경 합세다."

*부처끼리 깨가 쏟아지게 맞상을 하고, 짠지외다 고등어외다 하고 서로 입맛을 다셔 가며 저녁을 먹는데도 아이놈들이,

"쟁고 좀 봅세다으레."

하고 해게를 먹인다. 이놈을 겪어 나가기가 시끄러워, 누구 말마따나 돈이라도 받고 구경을 시킬까 하고도 생각해 보았다가, 그대로 '쟁고 못쓰게 됐다'고 고장을 빙자하여 헛청간에 고이 세워 두어 버린 것이다. 그러니 대봉이의 낯이나 세력으로는 이놈의 자행거를 구경할 수가 없다. 형선이가 누구보다도 십상 일등이겠으나 그와는 사이가 좀 좋질 않고, 그래 *아삼륙으로 친한 형걸이의 덕을 입자는 판이다.

도붓돌이
물건을 가지고 이곳저곳 돌아다니며 파는 장사.

부처(夫妻)
부부.

아삼륙(二三六)
마작에서 쓰는 골패의 쌍진아·쌍장삼·쌍준륙의 세 쌍. 쌍비연이라고 하여 끗수를 세 곱으로 친다. 서로 꼭 맞는 짝을 비유적으로 이르는 말.

"난두 타는 걸 보니 안즉 될 날 멀었데. 네가 평양서 잰내비 놀리듯 하는 걸 본 눈으루 본다문야, 구역이 나서 견데 배기겠나."

이러고서 형걸이는 대봉이를 놀려먹는다.

"내가 안타까이 보고푸단 건 아닌데, 길손인가 누구 말인가를 들은즉슨 암만 봐두 새것 같지두 않구, 꼭 남이 쓰다 낡은 것 같다대그려. 그래 그런 것두 살펴볼 겸, 또 어물어물하다 우리 그놈 좀 얻어 가지굴랑 한번 타는 걸 배와 두는 것도 십상이 아닌가."

"누가 빌려 준다덩가. 지금 아마 제 여편네하고 둘을 놓구서, 어느 걸 빌리겠냐구 물으면 여편네를 내놓면 내놨지 쟁고는 안 될 판인데."

그러나 형걸이 자신도 자행거를 얻어서 배우자는 말엔 귀가 으쓱했다. 말을 타고 몰아치는 맛도 장쾌한 일이거니와, 쇠로 만든 두 바퀴 달린 요놈의 기계에 난뜨럭 올라앉아, 횡횡 둘러서 제비처럼 날아다니는 맛이란 더없이 기막힐 듯싶다. 그래서 어떻게 참 대봉이 말마따나, 그 자행거를 좀 얻어 탈 묘한 방책은 없을 건가 해서 궁리를 하면서 걷고 있는데,

"그깐 놈 쟁고 싫다믄 여편네두 좋지."

하고 대봉이는 여전히 딴 변두리에서 흥얼거리며 따라온다.

그러나 그들은 벌써 운동장 가운데 들어와 있었고, 이어서 나팔 소리가 나고, 정교사가 채찍을 들고 뛰어나오는 바람에, 학년을 따라 바삐 나란히를 해야 할 판이었다.

'추립' 하고 호령을 부르는 소리를 듣고, 가로세로 술렁술렁 뛰어가며 제자리를 찾느라고 바쁘면서도, 아직 대봉이와 형걸이는 각각 자행거와 연줄을 가진 생각에 머리를 묻고 있었다.

그러므로 '기척, 우로 나란히, 내렷, 번호, 우향 앞으로 갓!'을 빨랑

빨랑 해치우고, 종대 사열 행진에서 횡대로 변하는 대목을 몇 번인가 되풀이하면서, 한 반 시간 동안 운동장을 빙빙 돌아 행진을 하는 것으로 오늘의 체조연습이 끝났을 때에, 그들은 인차 칠성이네 집으로 달려갔다.

대봉이는 밖에 서서 잠깐 기다리고, 형걸이만 흠없는 집이라고 덥벅덥벅 안으로 들어가며,

"칠성이네 형님 있수궤."

하고 제법 존대를 해서 부른다.

"촌에 가구 없이요."

하는 부인네 말소리가 나더니 이어서,

"나오셨소."

하고 형걸이에게 인사를 한다. 안에서 나는 소리를 들으니, 밖에서 이렇게 섰을 게 아니라, 좀 능청맞지만 따라 들어가야 할 게라고, 대봉이도 어슬렁어슬렁 형걸이의 뒤로 대섰다. 젊은 부인네는 방문을 열고, 한 발은 문턱에 얹고 왼손으로 문설주를 쥐고 서서 형걸이와 이야기를 하려다가, 웬 한 모를 총각이 어슬렁거리고 들어서는 바람에 잠시 감추듯 하다가,

"아니, 머, 칠성이네 형이 안 계신가."

하고 이쪽에서 묻는 바람에, 다시 얼굴을 문 밖으로 엿뵈면서,

"촌에 가시오."

하고 또 한번 대답하곤, 이번에는 낯을 감출 염도 아니한다.

"그럼 이거 안됐네그려."

하고 대봉이가 형걸이를 바라보면서 눈을 한 번 찔끔한다.

"글쎄."

하고 대봉이에게 대답한 뒤에, 두 총각은 안방을 향하여 일시에 벌신
하니 웃었다. 이 웃음에 색시도 따라 웃을 듯하다가, 다시 무슨 일로
그러느냐고 묻는 게 인사라고 생각했는지, 뭐라고 입술을 날름거려 하
는 것을 형걸이는 인차,

"아즈마니, 그런 게 아니라요."

하고 한 발자국 안뜰로 들어선다.

"나는, 머, 우리 사랑 마당에서 쟁고 놀리는 걸 봤으니께루, 또 볼것
두 없는데 저 손대봉이가, 아즈마닌 모르시는지 모르지만 이 아레 손
장이네 자제 되는 이예요. 그래 저 사람이 쟁고가 첨인데 좀 구경시켜
달라구, 그래서 둘이 왔던 길이웨다으레. 그런데 형님이 없으니 머, 일
은 다 틀렸지요."

하고 뒤를 돌아다보면서,

"아무려나 자네가 신수는 나쁠세. 며칠이 되두룩 안 와 보구설랑, 똑
안 계실 때 온당께 그게 무슨 얼어붙을 운수란 말인가."

하고 지정머릴 친 뒤에,

"그래, 머 먼 길 떠나셨나요."

하고 이번에는 색시에게 묻는다. 형걸이가 드물게 볼 만큼 제법 주워
섬기는 게 희한하고 또 한편으로 이놈 혼자서 잘 해먹누나 하는 심술
도 나는 터라, 어느새에 대봉이는 형걸이의 옆에 와서 빤히 색시의 얼
굴을 바로 쳐다보고 있었다.

그는 속으로,

'자행거 열 번 타느니 이 재미가 십상이다. 이왕이면 가지런히 마루
에 나란히 앉어서 이야기나 했으면……'

이런 걸 생각하고 있는데,

"알메〔卵山〕루 아침 떠났으니 일을 보구래도 아마 내일 저녁에나 오실가 부외다. 그러나저러나 쟁고 구경이야 머 주인 없다구 못 하실 게 있겠소. 저 헛간에 딜여 세우구 보재기를 씌워 놨으니께루, 가만 계시소."

쪼루루 부엌으로 돌아 내려가는 품이 신을 끌고 나올 모양이다. 대봉이는 형걸이를 보고 한번 혀를 날름해 보인다.

"괜찮다."

그러나 형걸이는, 자행거를 보는 게 괜찮다는 겐지, 색시 얼굴이 괜찮다는 겐지 잘 분간하지 못했다. 오히려 형걸이는 이때에 잠깐 두칠이 처 쌍네를 연상하였다. 어차피 자행거 얻어 타기는 파이다. 자행거나 만지면서 남의 여편네와 잡소리를 흥얼거리는 것도 그다지 입맛이 당기진 않았고, 그럴 바엔 길 위에서 한 번 간단한 포옹이 있은 뒤에 한 달이 넘도록, 조용한 기회나마 붙들지 못한 채 내려오는 쌍네의 얼굴이라도 한 번 보고 싶던 것이다. 그래서 칠성이 아내가 부엌에서 나오기 전에,

"쟁고는 다 탔다. 난 간다."

하고 나직하니 말하니,

"쟁고보담 색시가 좋다."

하면서 대봉이는 또 한번 눈을 찔끔한다. 칠성이 처는 누런 삼신 낡은 것을, 뒤축을 질끈 눌러서 끌고, 맨발을 하얗게 벗은 채 부엌에서 뜰 안으로 나오면서,

"온, 쟁곤지 뭔지를 신주 때가리 모시듯 하니……."

하고 콧구멍을 발름발름해 본다. 젊은 총각들에게 미상불 악의를 갖지는 않는다는 표적일 게다.

"이거 온 여러 가지루 안됐습네다."

하고 대봉이가 가로맡아 인사를 하니, 그는 붉은 갑사댕기를 뻿드럭하니 빼어 올린, 커다란 머리를 수건도 안 쓰고 흔들거리며 아무 말 없이 헛간문을 열고 들어간다. 헛간 안에서는 소금 냄새, 미역 냄새, 반찬 비린내— 이런 게 함께 엉켜서 적지 않이 코를 울려 대는데, 대봉이는 색시의 뒤에 이어 대서면서, 그의 궁둥이께를 뚫어지게 바라보았다. 뜰 가운데 남아 있던 형걸이는 빨랫줄에 걸린 여편네의 속옷다리를 아무 생각 없이 바라보다가,

"그럼 천천히 구경하구 나오게, 난 집에 가서 말을 끌구 나올게……."

하고 혼자서 대문으로 뛰어나가니, 대봉이는,

"아, 같이 나가지 어드르나구 그러나."

하고 황황히 서두르는 척했으나, 속으론,

'일은 십상 잘 된다. 그놈두 눈칫밥은 안 먹구 살게 생겼는걸.'

하고 은근히 기뻐하였다. 그렇다고 대봉이가 금방 아무도 없는 이 헛간 속에서 남의 집 부인에게 어떻게 나쁜 행동이나 뭐, 그런 걸 저질러 보려는 건 아니다.

대봉이는 이무 시집간 손위의 누이와 단 두 동기간이니, 말하자면 그는 손장이의 독자다. 독자라고 귀해하기는 다른 집 자식들의 몇 배 더했으나, 그리 부자는 되지 못한 때문에 그다지 훌륭한 곳에 대봉이의 혼처를 정하지는 못했다. 밀양 박가, 그중에 박리균네가 그래도 양반이라고 그는 마방을 하는 리균이 동생 성균이의 맏딸, 지금 열아홉 나는 금네〔金女〕와 혼사를 작정하였다. 벌써 *폐백도 끝나고 초여름이 오면 장가를 들 판인데, 금년 열여덟 살째 잡히는 그는 그 집에 장가드는 걸 그다지 달가워하진 않는다. 그 집이 공연한 양반 타령뿐으로 실

속은 아무것도 없는 건달판인 것도 그리 반갑지 않은 조건이었으나, 그보다도 금네가 마음에 들지 않았다. 동네가 같으므로 몇 년 전까지도 그는 금네를 눈 익히 보아 올 수 있었다. 질쿠냉이를 잘한다는 소문과 마방인 때문인지 음식솜씨가 놀랍다는 칭송이 자자하다고 하나, 대봉이에게 그런 건 다 매력이 되진 못한다. 오히려 무명하고, 명주 짜고, 물레질하는 그런 질쿠냉이를 잘한다든가, 그런 것보다는, 언문이라도 몇 자 안다든가, 아니 통히 그런 것보다도, 얼굴이 얌전하고 살커리나 흠석하다면야 별 불만이 없을 것 같다.

금년이 열아홉이니 한창 피어나는 연세라, 이삼 년 전과는 물론 달라졌을 것이다. 그러나 대봉이는, 그가 이 년 전에 마지막으로 박리균네 국숫집 부엌에서 금네를 본 기억이 지금껏 머릿속에 남아 있다.

그때 본 바로는 바짝 말라서 살커리는 바르고, 얼굴엔 핏기 하나 없는데 웬한 여드름인가 붉지도 않은 *차랍 같은 게 계적지근히 깔려 있던 것이다. 저런 걸 뭣이 얻어 가려나 하고 속으로 은근히 그의 남편 될 사람을 동정했었는데, 그 남편 될 사람이 바로 손대봉이 자기여야 한다는 것이다.

처음 중매쟁이가 왔다 갔을 때, 그는 어머니에게 '난 장가 안 간다'고 한번 제겨 보았으나, 그러잖아도 장가가 늦었는데 그게 무슨 수작이냐고 단댓바람에 코를 떼었다. 그때에 털어놓고, '두끼비 진둥 같은 그 따위 상판때기를 한 체니는 죽어도 싫다'고 선후를 가려 자상하니 말했더라면 좋았을 걸, 그대로 장가만 안 간다고 제겨 보았으니 될 리가 없다. 어머니가 친히 선을 보고 와서 혼자말처럼 하는 말이,

"볼따구니에 살 달린 건 *미욱해 못쓰는 법이니라, 목이 좀 행금하구 볼편이 가든하야, 상냥하구 영리해서 웃어룬 공경두 잘하는 법이니

차랍
'찰밥'의 방언(평안).

미욱
하는 짓이나 됨됨이가 매우 어리석고 미련하다.

라. 게다가 자대는 바르구, 난하지 않구, 질쿠냉이랑 임석시세가 일등 가니, 예서 더 좋은 혼처는 구할래야 없을 게다. 아무려나 대봉산 신령님의 덕을 끝끝내 입는가 부다."

하고 마지막에는, 가을쯤 잔치를 치른 뒤, 새 곡식이 나면 양덕 대탕지 뒷산 산신령께 떡말 어치나 해가지골랑, 치성을 드리러 가야겠다고까지 말하고 앉았었다.

어떤 때는 색시가 막연히 그리워서 장가간다는 게 그리 싫지도 않았으나, 흠썩한 남의 색시나 처녀를 보면 금네를 데리고 일평생을 지낼 생각이 한심했다. 방선문께를 지날 땐, 인제는 처삼촌이 된다고, 박리균이가 눌러 논 국수에 점심을 먹고 가라고 그를 불러들이는 게 또 하나 질색이었다. 한번 마지못해 따라 들어갔더니 박참봉네 음해질과, 또 노상 외는 '성씨는 박귀성의 처니 성논산의 장녀라'를 되풀이하면서 집안 자랑을 해대는 것과, 안 했으면 좋을 걸 끝으론 조카딸 금네의 자랑까지 늘어놓는 데는, 아닌게아니라 *학질을 뗄 뻔하였다. 그래 그 다음부터는 그 집 앞을 피해서 물역으로 다니든가, 간혹 할 수 없을 때 붙들리면, 지금 막 점심을 먹고, 술을 빼면서 오는 참이라고 거짓말을 하였다.

어떻든 금네에게 장가들기는 싫은데, 바싹 우겨서 싫다는 소리도 못하고, 한편으론 타고난 성질로 탐스런 색시라도 보면, 진수작이라도 하면서 지정머리를 쳐보고 싶은 것이다.

지금 칠성이 처가 자행거 위에 덮었던 보자기를 잡아 젖히니, 아래 위를 한번 훑어보면서,

"그놈 참 묘하겐 생겼군."

하고 안장을 툭툭 두드려 보고, 다시 핸들을 손끝으로 만져 본 뒤에,

학질을 떼다
간신히 괴롭거나 귀찮은 일을 벗어나다.

　"요놈이 아마 종이지요."

하고 동글납작한 흰 쇠로 된 놈을 이리저리 바라보노라니, 색시는 기쁘드룸한 표정으로 만족하니 서 있다가, 필시 이 총각은 종을 울릴 줄 모르는 모양이라고, 가만히 바른손을 얹어 따르릉 한번 고놈을 틀어 보았다. 대봉이는 짐짓 놀라는 척하며,

　"이크 이게 무슨 소리웨까. 아니, 거 참, 그 속에서 요란한 소리두 납네다. 그래 이 안장에 올라앉아, 이놈으루 길을 잡아 섬기면서, 가끔 개새끼나 사람이나를 만나면 요놈을 째르릉 하구 울려 댄단 말입지요.

허허— 참.”

　그러고 나선 또 발디디개와 사슬 있는 쪽을 살펴보고, 바퀴를 손끝으로 눌러도 본다.

　“아마 칠성이 형님은 잘 타지요.”

하고 색시의 얼굴을 쳐다보니,

　“머, 갓에 사온 게 잘 탈 새 있나요.”

하면서 또 발신하니 웃는다.

　“오늘 아침 알메루 가셨다면서 왜 쟁골 안 타구 가셨나. 오라 길이 사나우니.”

　“그럼은요. 길두 사납구, 또 험한 길에 잘 타지두 못하는 어른이 실수하믄 어떡해요. 그래서 인제 평양 갈 때나 타신대요.”

　여기까지 오고 보니 인젠 별로 더 할 말도 없다. 그만 잘 구경했노라고 인사의 말이나 하고 나와 버린다든가, 퇴짜 맞을 걸 각오하고 라도 한번 길에서 타보았으면 싶다구 염치없이 대들어 보든가 할밖에 없는데, 그래서 그는 또 한번 자세히 자행거를 살펴보는 척하다가,

　“아즈마니 댁이 평양이시란데 어데신가요.”

하고 물어 본다.

　“사창마당이에요.”

　“사창마당? 오라 그럼 바루 설수당꼴 맞은쪽인가요.”

하고 들은 풍월로 대붕이가 집어 섬기니,

　“아니 피양엘 갔더랬나요.”

하고 칠성이 처는 놀라는 듯하면서도 반겨하는 표정이다.

　“머, 작년에 한 번 운동회 때 갔더랬시요. 그때 쟁고를 보기는 했는데.”

이 소리를 듣더니 칠성이 처는 손잔등으로 입을 가리며,

"애개 망칙해라, 그런 걸 종을 못 친다구."

하고 웃어 본다.

"보기나 했지 실자루 만져야 봤이야지요."

하고 대봉이도 따라 웃는다.

"거 칠성이 형님이 여간 본때가 있는 게 아니란 말이에요."

하고 이번엔 혼자말처럼 푸념을 치면서,

"피양 아즈머니 넌뜨럭 얻어 오더니, 이번엔 또 쟁골 사오구, 좌우간 이 고을선 뭐이턴간, 일등이구 처음이닝께루."

칠성이 처는 이 말엔 좀 낯이 발개지면서,

"온 벨소릴 다 합네다. 그까짓 나 같은 거나 평양서 줘다가 뭘 하겠소. 괜하니 평양물만 디려 놓지."

"아니 왜요. 온 난두 가봤지만, 평양이라구 아즈머니보담 인물 나은 이 어데 또 있습뗑까."

이 총각이 기어이 나를 놀리려 든다고 생각하면서도 속으론 결코 불쾌치는 않아서,

"그까짓 촌에 와서 썩기야."

하면서 한탄조로 나온다.

한편 대봉이를 칠성이네 집에 남겨 둔 재 행길을 건너서 큰집 대문을 들어선 형걸이는, 오른손 쪽으로 보이는 사랑방 윗목에 선 고기잡이꾼 평양 영감이 그물코를 꿰매고 앉았고, 아버지는 아랫목 문갑 앞에서 커다란 주판알을 따지며 *치부책을 뒤적거리고 있는 걸 보고는, 이어 중대문 앞을 지나 연자간으로 돌아가 보았다. 연자간에는 처맸던 헝겊을 눈에서 벗기고 맷돌을 끌다가 그대로 서서 마른 여물을 먹고

치부책(置簿冊)
돈이나 물건이 들고 나고 하는 것을 기록하는 책.

섰는 노새가 코를 벌심거리고 있다. 노새를 몰고 쌀을 뒤채 놓던 사람
은 어디로 갔는지 없다. 쌀이 멍석과 멕함지에 담긴 채로 재지풍이 앞
에 버려져 있고, 키와 채 같은 게 그대로 흩어져 있는 걸로 보아, 금방
까지 일을 하다가 짐승에게 마른 여물을 주고, 자기는 어디 잠깐 물을
먹으러 부엌으로 가거나, 그렇지 않으면 오줌이라도 누러 간 게 분명
하였다. 쌍네가 돌아올 때까지 이곳에 섰을까, 그러나 그는 일부러 보
고 싶어 찾아온 것처럼 보이는 건 싫었다. 역시 말 외양간으로 돌아가
서 말을 보고 오는 길에 우연히 들른 것처럼 하는 게 자연스러울 것 같
다. 그래서 발길을 돌려 외양간으로 가려는데 발자국 소리가 등뒤에서
난다. 쌍넨가 하고 돌이켜 보았더니, 열두 살 난 누이동생 보패였다.

　"오라바니 왜 여기 세인."

　내심을 들킨 것 같아 좀 부끄러웠으나,

　"말 오양간에 가던 길이다."

하고 그대로 가던 길을 내처 걷는다. 외양간에는 당나귀는 없고 흰말
이 혼자 우두커니 서 있었다. 형걸이는 한참 그곳에 서서 말을 바라보
고 있다. 이윽고 쌍네가 연자간으로 나왔는지 보패와 이야기하는 소리
가 도란도란 들린다. 그는 그대로 돌아서서 연자간으로 왔다.

　"당나귀는 어쨌."

하고 딱히 누구에게라고 없이 물어 본다.

　"두칠이가 타구서 보항〔步行〕 가서."

하고 쌍네의 옆에 섰던 보패가 대답하니,

　"어데 멀리루?"

하고 재처 물어 본다. 이렇게 물어 놓고 쌍네를 보았으나, 그는 얼굴이
발개져서 공연히 좁쌀 멍석만 뒤채고 있었다. 형걸이도 자기의 묻는

말이 품고 있는 내용에 생각이 미쳐서 잠깐 주춤하였다. 그래서 이야기를 딴 곳으로 돌릴 양으로,

"작은오래비 뭘 하던?"

하고 또 한번 물어 보았다.

"몰라, 작은형님 방에서 뭘 하는지."

"작은형님은 뭐 하던?"

하고 이번엔 좀 탈선된 질문이긴 하나 보부를 물어 본다.

"작은형님은—"

하고 들고 섰던 빗자루로 맷돌이 지나간 뒤를 한번 쓸어 올리고,

"작은형님은 아마 성경책을 보든가, 바느질을 하든가 그러구 있겠지."

"성경책?"

"그럼. 예수책 말이야. 찬미책 말구 또 하나 두꺼운 거 있지 않네."

형걸이는 잠깐 덤덤히 서 있다.

"머 작은형님은 예수를 믿는다던?"

하고 좀 있다가 물으니, 보패는 비를 놓고 멍석귀로 나앉아서 쌀장난을 하면서,

"내가 한번 물어 봤더니 믿지는 않는대. 믿는 사람은 이방 사람관 혼사 안 한다는데,"

하고 제법 자즈레하니 이야기를 꺼내려 든다. 그래서 형걸이도 기독학교를 좀 다녀서 예수교 문제는 다소 알면서도, 보패의 이야기를 듣느라고 짐짓,

"이방이라니 무슨 말인가."

하고 물어 본다.

"이방두 몰라, 예수 안 믿는 사람, 이방 사람들, 것두 몰라."

하고 보패는 생글생글 웃는다.

"그럼 예수를 믿는 사람이드면 우리집과 혼사를 안 할 텐데 이방 사람덜끼리가 돼서 혼사를 지냈단 말이구나."

하니 쌍네가 이 말에 처음 발신하니 웃는다.

"그래 또 맏오라바닌 뭐 하던?"

"맏오라바닌 낮잠 자구, 맏형님은 애기 젖 먹이구."

모두 늘어진 상팔자로다 하고 형걸이는 생각했으나, 물론 말로는 내지 않았다.

"작은오래비 오눌 너보구 멜하지 않던?"

하고 또다시 물으니,

"멜하긴 뭘, 학교 댕기란 거? 아버지가 알지 누가 아나."

그러더니 무엇을 생각했는지 홀딱 일어서서,

"그럼, 난 해지기 전에 앞집 탄실이하구 둘이 가갔다."

하고 중대문께로 뛰어간다.

"아니 어델 간단 말이가."

하고 뒤에서 물어도, 보패는 대답지 않고 치맛바람을 내며 뛰어만 간다. 멍석에서 멕함지에 조를 옮겨 담다가 남매끼리 주고받던 말끝을 받아서,

"산나물 뜯으러 같이 가자구 그러는 걸, 일 때문에 어데 갈 수가 있어야지요."

하고 쌍네가 별로 형걸이에게 대답하는 말 같지 않게 끝을 우물거리고 만다. 대답해 줄 생각으로 시작은 해놓았으나, 도련님과 단둘이 있는 것을 생각하니, 갑자기 마음이 설레던 것이다.

　그러나 마음이 설렁거리긴 형걸이도 매일반이었다. 달 전에 길 위에서 잠깐 동안 감격을 나눈 뒤 얼굴만은 가끔 마주볼 기회가 있었으나, 단둘이서 말을 주고받긴 이번이 처음이다.

　둘은 한참 동안 이상스런 분위기를 몸과 마음에 느끼면서 덤덤히 서 있었다.

　다 찧어진 쌀을 퍼다가 재지풍이에 옮기고, 새로이 조를 퍼 넘겨야 할 텐데, 도련님의 두 눈이 볼때기에 따가워서 도무지 옴짝달싹할 수가 없다. 그래서 그는 멕함지에 붙듯이 쪼그리고 앉아서, 공연한 쌀만 모았다 폈다 하고 있다. 한참 만에 형걸이의 기침 소리가 난다. 무슨 말을 하려는 게다 하고 귀를 기울이는데,

　"보항을 어데로 갔어?"

하고 좀 떨리는 목소리다.

"한 이틀 걸리는 먼 길이래요."

겨우 이 말을 대답했는데, 사랑 마당에서 두런거리는 소리가 들려온다.

형걸이는 지금 아버지와 사랑 마룻전에서 이야기를 하고 섰는 것이 손대봉인 것을 알았다.

"그럼 말궁이 있는 데 가보겠습네다."

하는 대봉이 말소리는 쌍네도 들었다. 이 바람에 쌍네는 훌쩍 일어나서 연자매께로 가서 노새를 세우고, 이어서 비와 바가지를 들고 맷돌 뒤로 돌아갔다.

"여기서 뭘 하구 섰나."

하고 대봉이가 싱글싱글 웃으며 형걸이의 등뒤에 선다.

"노새는 연자망질하구, 당나귀는 어데 촌에 가구, 흰말밖엔 없는데, 그래 쟁고는 어떻게 좀 얻어 탄?"

형걸이는 본정신으로 돌아와서 대봉이를 마주본다.

"쟁고, 쟁고를 타긴 어떻게 타, 말이나 끌구 방선문께 나가자. 그놈이나 좀 타보게."

이윽고 형걸이와 대봉이는 말궁이 있는 데로 갔다. 형걸이가 외양간으로 들어가서 말을 풀어 내다 대봉이에게 꼽지를 잡히고, 자기는 안장을 꺼내다가 등허리에 얹는다. 끈을 말 배통이에 깡듯하니 추켜 매고 말꼽지를 받아 잡는데, 대봉이는 나직한 목소리로,

"애, 밤에 칠성이네 집에 놀래 가자. 가만히 보니 칠성이 처가 적적해하길래 우리 둘이 밤에 마실간다구 했다."

대봉이의 추근추근스럽고 붙임성스러운 데 어처구니가 없어서, 형걸이는 벌신벌신 웃고 있는 그의 얼굴을 뻔히 쳐다보고 있었으나 이윽고,

“난 싫다. 안 갈란다.”

하고 대답해 버린다.

“왜, 무슨 일이 생겐? 누구 오늘 밤 오라는 이래두 있던?”

이 말엔 아무 대답도 안 하고 형걸이는 흰말을 마당 가운데로 내세
웠다.

8

한가한 게 지나치면 권태로 된다. 호랑이라도 잡을 한포락에, 제가
맡은 일이라고 특히 지정된 것이 없고, 긴긴 해를 집안 구석에서 빙빙
돌기란 하루 이틀은 몰라도, 그것이 몇 달이고 몇 해고 기약 없이 계속
되면, 어쩔 수 없는 권태로 되어 젊은 육체를 늘어지게 휘감고 돈다.

형준이는 스물이 넘어 두 해로 접어드는 한창인 시절에 별로 할 것
이 없다.

이따금씩 말을 타고 *농막을 돌아보는 것과, 추수 때에 타작하는 데
를 좇아서 따라 도는 것과, 평양 영감을 동무해서 가끔 고기사냥을 가
는 것과, 그리고 마음이 내키면 겨울에 매사냥에 한몫 끼여 싸다니는
것, 이것이 그의 일 년 동안에 하는 전부의 일이다.

그러나 추수 때에 농막을 찾아 타곡한 것을 나누러 다닌다든지 장마
뒤에 밭을 돌아보는 것 같은 것도, 결코 그의 혼자서 맡은 전임이 아니
었다. 이것을 하기 위하여 따로 사람을 두었다. 그러므로 일이 바빠서
손이 모자랄 때, 그는 마음이 내키면 말을 타고 소풍 삼아 나가 보는
것이다.

농막(農幕)
농사짓는 데 편리하도
록 논밭 근처에 간단하
게 지은 집.

이런 것조차 제가 책임진 일이 아니고 보니, 그 밖의 집안 가도에 관계되는 일은 하나도 그의 간섭 밖에 놓이지 않은 것이 없다. 해도 좋고, 안 해도 괜찮은 일, 장난삼아 심심풀이로 하는 일, 이것은 젊은 사람의 정력을 이끌어들일 만한 힘을 갖고 있진 못하다.

세간살이의 한 부분을 맡아서 해나간다든가, 땅이면 땅, 돈이면 돈, 장사면 장사, 무엇이든가 제가 어느 정도까지 자유로 조처할 수 있는 어떠한 업이 있어야 할 것인데, 박참봉은 아직 장남인 형준이에게 그것을 허락지 않았다. 자기의 그 시절을 회상하다 보면 형준이의 연세가 부족하다든가 그렇진 않을 것인데, 어딘가 아직도 앳되게 보이는 게 호락호락하고 위태위태하고, 또 한편 아들에게 일을 맡기기엔 박참봉의 연세가 너무 젊다. 지금 갓 마흔, 아무리 많은 일에 몸을 잠가도 남아 돌아가는 정력과 궁리를, 유치한 아들에게 의지할 필요가 없었다.

박참봉이 스물 안짝에 가도 범절을 맡아서 치러 나가고, 다시 그만한 어린 낫세로 기울어진 살림을 부둥켜 세운 데는, 시대나, 또는 박참봉의 성격이나, 그런 것이 적지 않게 관계되었겠지만, 그의 부친 되는 박순일이가 일찍부터 집안일을 돌보지 않고, 사시장철 집을 비우고 재산의 탕진에만 정열을 써버린 탓에, 소시에 벌써 크고 작은 모든 일에 스스로 단련을 치른 때문이라고도 할 수 있을 것이다.

그러나 형준이는 본시 성격이 박참봉 같지 않은데다, 환경과 경우가 그의 아버지와는 판이하다. 그는 아버지가 하다가 남은 사소한 일에, 심심풀이로 손을 댄다든가 하는 외에 별 일거리가 없는데, 그것조차 밑으로 비복, 절게, 막서리가 수둑하니 있어서, 그의 할 일이란 아무것도 없어진다.

형준이가 만약 장남이 아니고, 집안을 계승할 책임이 있는 종자(宗

子)가 아니라면, 농막을 한부분 갈라 받아 세간을 낸다든가, 무슨 딴 일을 시켜서 살림을 새로이 배설해 줄 도리도 있을 것인데, 처지가 그렇게 된 터라, 그는 어차피 이 집을 떠날 수는 없는 팔자였다.

그런데다가 첫째 형준이는 돈을 자유로 쓰지 못한다. 제 몫이라고 도맡아서 들이고 내는 것이 없으니, 한푼 돈이라도 소용될 대로 아버지나 어머니에게 타서 써야만 한다. 먹고 입는 것이 하나도 부족됨이 없고, 또 저 혼자 독립된 것이 아닌데다가, 밖으로부터 사들여야 할 것이 거의 하나도 없는 탓으로 별반 용돈이라고 소용이 없다. 한편 술이나 딴 장난에 취미를 갖지 못한 때문에, 여태까지 돈이라고는 필요치도 않던 것이다.

그가 유족한 집 장남으로 태어나서 상당한 연세에 이르도록, 주색이나 잡기에 빠지지 않은 데는 아직 그의 아내에 대한 애정이 권태기에 들어가지 않은 것도 한 가지 이유가 되겠지만, 함께 어울릴 동무로서 맞차운 이가 없었다는 것도 이유가 될 것이다. 아버지가 나이 아직 사십 줄에 있는만큼 형준이보다 조금 나이 지긋한 사람은 모두 아버지의 친구요, 그보다 조금 처져 붙으면 곧 형선이와 형걸이의 친구들이다. 그래 그와 동년갑에 맞차운 동무가 있어서, 같이 어울려 다녀야 할 것인데, 다행히 그런 작자가 아직까지 없었다. 그는 밤이 아무리 무료하고 적적하여도, 제 집 밖으로 나갈 줄을 몰랐다.

그러나 이무 색시를 얻은 지도 사오 년이 지난 뒤라, 결혼 당시의 단꿈도 식어 버리고 벌써 아들 하나 딸 하나의 어미가 된 그의 아내는, 사나이의 변함없는 정열의 대상이나 매력이나가 되기에는, 이모저모로 부족한 느낌을 주지 않을 수 없었다. 땐땐하던 근육이 탄력이 없어지고, 젖은 본시부터 밑으로 처져 붙어 커다란 박참외 같은 것이 아이를 둘씩 기르는 동안에 훨씬 더 모양 없이 늘어지고, 밑배와 한가지로 포동포동하고 매끈하던 젖가죽에는 살이 터서 번득번득하는 줄기가 지고 얼룩이 졌다. 눈썹과 머리카락이 유난히 엷어지고, 이들도 볼편에 살이 빠져서 좀 나온 듯하다. 게다가 맏며느리 노릇 하랴, 아이들에게 시달리랴 하여, 밤이면 실꾸리도 몇 개 못 걸고 곯아떨어져서, 남편의 애무도 때로는 시끄러울 때가 있는지, 별로 만족해하는 기색이 없다. 형준이는 이 봄을 맞이하면서 확실히 자기의 심경이 변하는 것을 느끼는 것 같았다. 마음이 지향없이 달뜨는 것 같고, 공연히 싱숭생숭한 것 같으면서 어떤 때는 가슴속에 잔인스럽고 포악한 발동이 치밀어 오르는 것처럼 막연하니 느껴지기도 하는 것이다.

이러한 자기의 심경이 무엇을 요구함인지를 확실히 종잡지 못하는 그는, 얼마 전에 생각다 못해서 나카니시 상점과 칠성이네 세매끼장사와 용구네 과자방을 예로 들어서 자기도 이러한 여러 저자를 도합한 것만한 커다란 잡화상을 벌여 보겠다고 아버지에게 상론하였으나, 아직 이르다고 승낙을 받지 못했다. 장사라는 직업을 천직으로 삼는 것이 이르다는 것인지 형준이가 그러한 것에 손을 대는 것이 이르다는 것인지, 형준이는 한참 동안 아버지의 말뜻을 몰라서 쭈그리고 앉았는데,

"장사라는 게 우리의 못 할 업이라구는 생각지 않는다. 그러나 건넛집 칠성이나 나카니시와 어울려서 가게를 벌이기에는 이모저모로 시기가 안즉 일러. 또 칠성이에게 돈 융통해 준 게 있으니 그 애 하는 걸 당분간 보아 가는 것이 위선 상책이야."

박참봉은 아직도 모든 영업이나 장사를 *대금(貸金)으로 얽어 두는 것을 가장 현명한 책이라고 생각한다. *돈변을 놓은 이상엔, 밭이거나 집이거나 장사거나 언제든지 필요한 때는 내 것이 될 수 있다고 믿는

대금(貸金)
돈을 꾸어 줌. 또는 꾸어 준 돈.

돈변(−邊)
돈변리(−邊利). 빌린 돈에 대한 이자.

것이다. 그러므로 칠성이의 장사는 내 장사나 같다고 생각하는 것이다. 장차 잡화까지를 널리 벌여놓게 되는지도 모르나, 무섭게 불어 나가는 돈 이자 앞에 그의 상점이 얼마나 견뎌 나갈는지는 볼 만한 거라고 그는 지금 생각하고 있는 것이다. 이자를 실컷 뽑아먹다가 낚아챌 수도 있는 것이요, 그대로 두면 이는 이대로 먹고 그의 은인까지 되는 것이다. 남에게 머리를 굽히며 손수 나가 장사를 벌일 필요가 없다고, 그가 굳이 생각하는 것도 까닭이 없음은 아니었다.

형준이는 아버지가 저녁을 먹고 두뭇골 집으로 가버린 뒤에 사랑에 불을 켜고 잠시 아버지가 앉았던 보료 위에 우두커니 앉아 보았다. 문갑과 벽장에는 쇠를 채워 버렸다. 박참봉은 문서는 대개로 큰집 사랑 벽장과 문갑 속에 넣어 두고, 현금은 두뭇골 집 사랑에 붙은 골방 깊숙이 간직해 둔다. 그러나 그가 방을 나가 버릴 때엔 어느 곳에든가 굳이 자물쇠를 잠가 두는 것이었다.

한참 그럭하고 앉아 있는데 마당에서 바깥 큰대문 잠그는 소리가 들린다.

"거 누구."

하고 위엄 있게 불러 보니,

"저올세다."

쌍네의 나직한 목소리가 대답한다. 문을 잠그는 소리가 난 뒤에 밖에서는 잠시 아무 기척이 없다. 무슨 호령이나 분부나가 들릴까 하여 잠깐을 그럭하고 서서, 쇠고리에 손을 얹은 채 기다려 보는 것이다. 그러나 사랑에서는 다시 아무 소리도 나지 않는다. 등잔불이 창문에 붉을 뿐이다.

동안이 퍽 떠서야 댓돌을 내려서는 좀 높직한 쿵 하는 소리와, 마당을 지나가는 신발 끄는 소리가 들려 왔다. 발소리는 점점 멀어 가더니 이윽고 없어져 버린다. 서각 위를 돌아 물역 쪽으로 쌍네는 제 방에 돌아가 버린 것이다.

형준이는 잠시 동안을 더 그럭하고 보료 위에 앉아 있다. 그는 막연히 지금 쌍네가 대문을 잠근 것으로 연줄이 닿아,

‘인젠 오눌 밤중으로 내 집에 둘어올 사람은 없겠구나.’

하고 생각해 본다.

‘두칠이는 돈을 받으러 회창으로 보행을 갔다.’

그는 다시 두칠이가 보행 떠나던 것을 회상한다. 바로 어제 저녁 이맘때, 박참봉은 저녁상을 물린 뒤 두칠이를 불러다 앉히고, 회창으로 보행갈 것을 말한 뒤에,

*“보행전(步行錢)으론 스무 냥을 적었다. 길두 사납구 나귀도 놀구 있으니 그놈을 타구 일쯔감치 떠나거라. 꼭 이번엔 받어 들고야 오랬다구서, 당나귀를 들이매구 너는 아랫목에 가 자빠져 누웠거라. 그런 괘씸한 놈이 안 있나. 사람을 속여두 분수가 있지. 요즘 사푼 변이 어디 있다구, 생색을 해준 것두 모르굴랑.”

이렇게 말하면서도 기둥뿌리를 뽑아서래도 이번엔 꼭 돈을 받아 갖고 오라고 당부한다. 이튿날, 즉 오늘 아침 동이 훤히 터서 쌍네가 나귀 멩이를 들고 나더니 해가 불쑥 치밀자 두칠이는 바깥 큰대문으로 나귀를 내세우고 회창을 향하여 떠나갔다.

‘이틀, 어쩌면 삼사 일 걸릴는지두 모르겠다.’

형준이는 훌쩍 일어나서 문을 모두 걸쇠로 돌려 닫고 불을 껐다. 평양 영감 방으로 가보니 그는 아침 일찍이 자리를 치러 나가 보겠다고 중얼거리며 그물을 꿰매고 있었다.

보행전
길품삯

"피양 영감 장기나 한번 둡세."

하니 허리가 좀 꼬부라지고 머리에는 거의 허옇게 된 상투를 고치 송이만큼 댕글하니 세워 놓은 영감은, 그물을 놓고 뒤꼍에서 장기판과 쪽이 든 구럭을 내놓는다.

그러나 장기를 절반도 안 두어서 곧 형준이는 싫증이 났다. 본시 얼마 두고 싶어서 시작한 장기도 아니다. 멍하니 빈 사랑에 혼자 달랑하니 앉았기도 멋쩍고, 그렇다고 어디 바람을 쐬러 나갈 만한 곳도 없고, 제 방으로 돌아가 일찌감치 잠자리에 들자니 마음이 생숭해서 발길이 내치지를 않는다. 그런데다가 그는 지금 오랫동안 생각만 해 오던 것이 오늘 밤을 기약하여 벌어질 것 같은 막연한 생각이 그의 마음속에 이루어지고 있는 것을 느끼고 있는 것이다. 그래서 그 시각이 올 때까지 그는 어떻게 해서든지 시간을 허비해야만 한다. 평양 영감을 도와 그물코를 꿰맬까 했다가, 장기판을 보고서 그래도 두어볼까 하는 한갓 되지 않은 생각으로 장기쪽을 손에 들었던 것이다.

그러나 평양 영감은 그렇지 않았다. 오늘 밤 안으로 그물을 고쳐 놓고 일찌감치 자릿속에 들었다가, 아침 새벽에 강으로 가려고 될수록 재빠르게 손을 놀리던 때에 서방님이 들어와서 한참 물끄러미 섰더니 장기를 두자고 하는 것이다. 처음엔 이 양반이 남 바빠서 이러는데 한가한 작자들이 나무 그늘에서 팔자 푸념을 하노라고 두는 장기는 어이자고— 이렇게 좀 내심에 끌리지 않는 걸 할 수 없이 시작은 했었으나, 오십이 넘어 육십이 가깝도록 취미라곤 장기 두는 것밖에 없는 그로서는 정작 두어 가니 바짝 입맛이 당기던 것이다. 그래 어둑시근한 등잔불 밑에서 장기판을 보살피느라구 눈을 잔뜩 찌푸리고 말 가는 길, 차 가는 줄, 뛰어넘는 포, 엇비듬히 덮치는 상, 졸망구니 귀사와 졸병들을 빈틈없이 쫓아가고 있는데, 서방님이란 이가 어이 된 일인지 뻔한 것을 덤뻑덤뻑 먹히는 채 내버려두는 것이다.

찻길에다 말을 내세운다든가, 불과 한 수만 앞일을 생각하면 뻔한 곳에도 정신없이 중한 포를 염나들게 마련이든가, 도무지 장기판에 정신이 있는 성싶지가 않다.

"장운이."

하면, 뒷일을 생각지도 않고 그대로,

"멍훈."

하고 아무렇게나 막고 마는 것이다. 그래 너무 패가 기울어지는 것도 외려 재미가 없어,

"아니 서방님 찻길이 아니웨까."

하고 말을 가르쳐 주기도 했는데,

"에히 손에 잡히질 않으니 그만둡세."

하고 아직도 말쪽이 많이 남아 있는 걸 장기쪽으로 헝클어 버리고, 번뜻이 양손을 뒤로 의지하여 노전 위에 기대 버리고 만다.

"왜 자미가 없쉥까."

하고 평양 영감은 약간 웃어 볼 뿐이다. 하나하나 장기쪽을 구럭에 넣어 제자리에 걸어 놓고 장기판을 뒷바람에 세우더니 다시 그물틀을 끌어다 댓바늘만 놀리고 있다. 그는 서방님이 번뜻이 누워서, 아무것도 바르지 않고 갈빗대처럼 서까래가 까맣게 보이는 흙매질한 천장을, 정신없이 바라보고 있는 것을 마음에 생각지도 않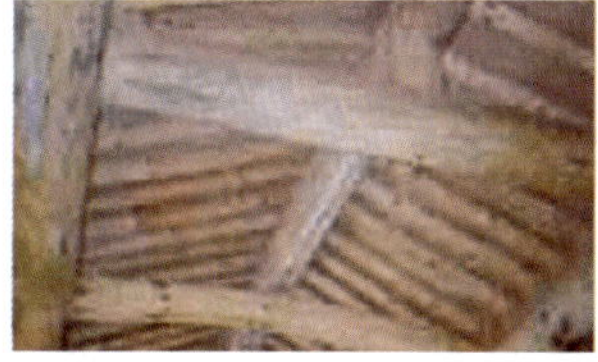

서까래

는지 통히 그쪽으론 눈도 팔지 않으면서 그리고 조금 전에 하던 일을 중단하고 서방님과 장기를 두던 것도 솔챙히 잊어버린 듯이, 꿰어진 그물코만 고르고 앉아 있다. 머리는 희나 얼굴은 몇 해째 해에 그을려서 까마룩하니 탔다. 붉은 낡은 궤를 하나 물매질한 뒷바람벽 앞에 댕그러니 놓고, 그 위에 영감이 덮는 얇은 요와 이불이 땀에 전 목침과 베개와 함께 올라앉았다. 네대틀 그물이 걸려 있고 여름에 쓰는 삿갓이 하나 걸려 있을 뿐 그러한 가운데 그물틀을 무릎 앞에 놓고 평양 영감이 그림처럼 고요하게 앉아 있는 것이다. 그러한 공기와 분위기 속에 형준이는 오래 누워 있을 수 없었다. 영감내가 홀아비내와 섞여서 나고, 거기에 물비린내와 생선 냄새까지 풍긴다. 초조한 젊은 마음이 이러한 풍경 속에 누워 있으면 속만 더 질식할 듯이 답답하다.

형준이는 평양 영감 방에서 나와 제 방으로 갔다. 제 방에 들어오기 전에 그는 맞은 방에서 형선이와 제수가 불을 켜놓은 채, 형선이는 책을 읽고 제수는 버선코라도 꿰매는지, 혹은 둘이 다 무슨 책을 읽고 누웠는지 이따금씩 도란도란하는 나지막한 말소리가 들려 오는 것을 잠깐 귀를 기울여 듣고 섰다가, 이윽고 큰 안방을 바라본다. 형식이와 보패는 잠이 든 모양이나 불이 아직 발갛게 켜져 있다. 물레질을 붕붕 하고 있는 것은 늙은 종이기 분명한데 어머니도 나직이 기침 소리가 나는 걸 보면 무슨 톱명주를 뽑고 있든가 바느질에 손을 대고 있든가 하는 모양이다.

　—아직 밤이 이르다.

　그는 제 방문을 열고 안으로 들어갔다. 아랫목에 딸자식을 끼고 누워서 아내는 불을 켜놓은 채 잠이 든 모양이다. 그 다음 자리에서 성기란 놈도 자고 있는데 형준이의 자리는 윗목에 깔아 놓아 두었다.

　형준이가 들어오는 바람에 아내는 자던 눈을 뜨고 눈이 시어서 잠시 방 가운데 선 남편의 얼굴을 쳐다보았으나, 그대로 눈시울을 두어번 비비고 다시 아이께로 몸을 돌린다. 물렸던 젖을 별안간에 뽑는 통에 아이가 끙끙거린 때문이다. 무어라고 입 안으로 둥얼둥얼 아이를 달래다가 저도 마저 잠에 취해 버린다.

　형준이는 제자리에 가 앉아서 아내의 자는 것을 바라보고 있었다. 그럭하고 앉았기가 무료해서 그는 담배를 붙여 물었다. 몇 모금도 못 빨았는데, 가운데서 자던 성기가 담뱃내에 기침을 콜럭콜럭 짓는다. 그래서 그는 다시 담배를 끄고 방싯하니 문을 열어 연기를 뽑았다.

　그는 옷을 입은 채 자리에 누워 본다. 건넌방에서 나던 물레질 소리도 그쳤다. 형선이 방에서 들려 오던 도란도란하던 말소리도 없어졌다. 아이들의 숨소리에 섞여서 아내의 코고는 소리가 들려 올 뿐.

형준이는 불을 껐다. 캄캄하다. 뜰 안도 까맣다. 방마다 불을 끄고 잠자리에 든가 보다. 캄캄한 속에 혼자 누워 있으면, 여태껏 흐리멍덩하니 생각되던 것이 눈앞에 벌어지기 시작한다― 두칠이 처 쌍네, 얼굴, 가슴, 궁둥이.

형준이는 벌떡 자리에서 일어나 앉았으나, 방문은 소리 안 나게 열었다. 가만히 방문을 닫고도 그는 토방 위에서 한참을 그럭하고 서 있다가, 방 안에서 여전히 숨소리와 코고는 소리가 들려 오는 것을 알고야 이윽고 뜰 아래 내려섰다.

마루 밑에서 자던 검정개가 뿌르르 기어나오더니, 형준이 앞에서 꼬리를 설레설레 젓는다.

'끼 개' 하고 나직이 꾸짖으니 개는 형준이 앞에서 물러섰으나, 중문께로 헐럭시며 달아난다. 혹 깊이 잠이 들지 못한 이가 있어, 제 인기척에 놀라 눈에 띄지나 않을까 저어하여, 방 앞을 지날 때는 형준이 쪽에서 짐짓 나직이 기침을 한다.

그는 중대문께로 가서 소리나지 않게 빗장을 뽑고, 몸 하나가 겨우 나갈 만치 문을 열었다. 좀더 활짝 열어 젖히면 빼그득 하는 귀 째는 소리가 들려 오는 것을 알고 있는 때문이다. 개도 주인의 뜻을 받아, 살짝 문틈으로 몸을 뽑고 사랑 마당 가운데로 뛰어갔다가, 다시 형준이 옆으로 달려오면서 나직이 코를 쿵쿵거린다.

"끼 개."

"끼 개."

이렇게 꾸짖어서 개를 달래 놓은 뒤에, 그는 서각 뒤를 돌아 외양간 옆을 지나서 물역 뒷대문께로 가만가만히 발을 옮겨 놓았다.

캄캄한 가운데서도 별이 총총 박힌 하늘은 희끄무레하게 트여서, 그것이 십이봉의 웃줄웃줄한 봉우리에까지 잇닿았다. 그는 수숫대 바자에 손을 얹고 잠시 그곳에 서 있었다. 저만큼 굳이 닫은 뒷대문이 있고, 그것과 잇대어서 두칠이가 사는 막간방 부엌이 있다. 그 방 안에 지금 쌍네가 혼자 곤하니 잠이 들어 누웠을 것을 생각해 본다.

드디어 형준이는 이렇게 바자를 짚고 주저거릴 필요가 없다는 생각을 가진다. 무슨 큰 결심을 한 듯이 용감 있게 덥벅덥벅 걸어간다. 그러나 방이 가까워 오매 다시 발소리는 낮아지고 걸음은 떠졌다.

이윽고 그는 부엌문 앞에 서 있다. 인제는 문걸쇠에 손을 대고 그놈을 낚아채고 들어가서 다시 한번 샛문을 열면은 그만이다. 그러나 그렇게 단순하고 간단한 행동이 생각대로 되질 않는다. 몇 번을 주저하고, 몇 번을 더 걸쇠에 손을 대었다 떼었다 하다가, 팔에다 힘을 넣어 잡아당겨 보았으나, 뜻밖에 안으로 문이 걸렸다.

아뿔싸. 그는 손을 떼고 잠시를 또 그럭하고 서서 마음을 진정해 본다. 벌써 그때엔 가슴이 한소끔 끓어 올랐다가, 뿌엿한 것만이 묵중하니 남고, 낯에선 피가 쭉 흘러내릴 때였다.

어째서 문을 잠갔을까. 그러나 다시 생각해 보니, 언제나 이렇게 문을 안으로 잠그고 자는지도 알 수 없었다. 만일 장근 이렇게 문을 잠가 두진 않는다 해도, 두칠이도 없는 때라 휙 문을 닫고 들어가던 김에 그대로 덜컥 문걸쇠를 *돌쩌귀에 얹어 논 것인지도 알 수 없었다. 그러니까 문이 걸려 있다는 걸 괴이하게 생각할 것도 없고, 두어 번 덜강덜강 흔들어 보다가,

‘이, 부엌문 열어라’ 하고 나직이 분부를 내리면 그만일 게다. 그러면 아무리 깊이 든 잠이라도 푸시시하니 눈을 뜨고, 잠시는 누구가 이 아닌밤중에 문을 열라고 이러는 것일까 하고 수상히 생각해 볼 것이

돌쩌기
문짝을 문설주에 달고 여닫기 위한 쇠붙이로, 암수 두 개의 물건으로 됨.

나, 곧 덜렁거리는 소리는 부엌문이라는 걸 알 것이고, 이어서 문 열라고 분부하는 이는 상전 댁의 누구라는 거, 아니 목소리로 보아 그이가 맏서방님이라는 걸 알 것이다. 그러면 곧 고의 다리를 끼고 치마를 두르고 머리카락을 만지면서 보스락거리느라고 바빠할 때 자기는 또 한번,

'어서 문 열어라' 하고 재우치면, 거의 넘어질 듯이 덤비면서 문을 열 것이다. 그때엔 아무 말 말고 따라 부엌으로 들어가, 그의 손목을 잡고 방 안으로 들어가서 그럭하고, 또 그럭하고, 그러면은 될 것이다. 이렇게 두루두루 생각해 보고 문을 낚아채 흔들려고 하는데, 도란도란 말소리가 들리는 것 같다.

형준이는 처음 제 심장의 고동 소리에 제가 놀란 거나 아닌가 하여 주춤했으나, 그것과는 달리 제 가슴에서는 달락달락하는 맥 뛰는 소리가 여지껏 들리고 있다. 그러면? 혹시 쌍네가 잠꼬대를 하면서 중얼거린 게나 아닌가. 그래서 다시 귀를 기울여 보는데 벌써 말소리는 들리지 않았다.

어디서 또 달려오는지, 검정개가 발뿌리에서 설레댄다. 뒷발로 개를 뿌리치면서 손을 문걸쇠에 갖다 대는데, 이번에는 확실히 사나이의 음성이 방 안으로부터 들려 온다. 뭐라는 소린지는 몰라도 짤막한 말로, 그건 똑똑히 사나이의 음성이었다. 그렇다면 그 음성이 누구의 것일까? 두칠이의 것이 아닌 건 뻔하다.

두칠이가 아니라면 이 방 안에 쌍네와 함께 캄캄한 속에 불도 안 켜고 드러누워 있는 사나이는 대체 누구일 것이냐.

잠깐 동안 그 자리에 서 있다가, 형준이는 이 방 앞에 처음 찾아올 때와 다른 목표로 그의 마음을 돌려잡아 버렸다. 그는 몇 발자국 물러

섰다가, 발소리를 짐짓 크게 구르면서 뒷대문께로 돌아가서 빗장을 뽑고 *강역으로 통한 토방으로 돌아섰다. 목소리를 가다듬어 쌍네에게 호령을 하려 하는데, 문은 오히려 방 안으로부터 열리고 캄캄한 속에서 젊은 사나이가 불쑥 나왔다.

강역
논밭의 경계.

9

박참봉은 오늘, 유난히 유쾌한 아침을 맞이할 수 있었다. 그가 이 고을에 이사와 근 이십 년 동안 큰일 작은일에 훼방을 놓고, 앞으로 뒤로 방망이를 들던 박리균네 형제가, 인제 드디어 박참봉한테 완전히 굴복할 날이 왔기 때문이다.

갱엿
푹 고아 여러 번 켜지 않고 그대로 굳혀 만든, 검붉은 빛깔의 엿.

두뭇골 집 사랑에서— 형걸이 모친 윤씨는 일찌감치 자리를 떠나 안방에서 평양 영감이 잡아들여 온 물고기를 조리는데, 간을 맞추어 장을 두어 주고 *갱엿을 청간에서 내다가 간장이 한소끔 끓어 오를 때에 넣으라고 종에게 이르고 있었고, 박참봉은 혼자 자릿속에서 새벽잠에 아직 취해 있었다.

그런데 대문 밖에서,

"박참봉 어른 기침하셨쉥까."

하는 목소리가 들려 왔다. 그가 박리균이가 아니면 그의 동생일 게 분명한 건, 어제 저녁에 사랑에 와서 대충 이야기를 맺고, 내일 아침 박리균이든가 박성균이를 직접 들여보내겠노라고 한, 중간에 선 김생원의 말로써 짐작할 수 있었다.

박참봉은 부르는 음성을 듣고, 그게 누구라는 걸 짐작하고도 인차 자리에서 일어나지 않고, 삼남이란 놈이 대문간에 나갔다 와서 전갈을 할 때까지 베개에 머리를 눕힌 채 있었다.

그는 힘들게 일어나서 옷을 대충 주워 입고 자리를 부욱, 요포단을 가운데로 접어서 뒷목으로 밀어 놓은 뒤에, 사랑문을 열어서 공기를 뽑았다.

“들어오라구 그래라.”

이렇게 이르고 그는 버릇인 기침을 두어 번, 그 다음엔 자리끼 숭늉 남은 걸로 입을 가시어 타구에 뱉었다. 아랫목 보료 위에 돌아와 담뱃대를 들어 소털 같은 기새미를 담으려는데 박리균이가,

“너무 일러서 이거 안됐소외다.”

하며 들어온다. 오십이 넘어 감투 쓴 머리에는 흰 털이 많이 섞이고, *궁이 끼고 초라스럽게 생긴 갤쯤한 상에는, 잔주름과 노란 수염이 채 신머리없어 보인다. 이 상판때기가 술이 얼근하면, 연신, “성씨는 박귀성의 처니 성논산의 장녀라”만 되풀이하니, 과시 볼 만한 일일 게라고 박참봉은 속으로 생각하면서,

“어서 들어오십시오. 머, 이번에 또 큰 배푸를 가지셔서, 아무러나 시세에 따라 남보담 먼저 손을 써보는 것두 괜찮은 일이웬다. 담배나 한 대 붙이우다.”

부스럭부스럭 두루마기 속에서 주머니를 만지는 품이, 집문서를 꺼내려는 게 분명한 걸, 박참봉은 또 한번,

“자 한 대 붙이우다.”

긴 담뱃대를 물고 있는
모습

하고 기새미 담은 옥초합을 밀어 내놓는다. 그러니까 박리균이도 주머니 만지던 손을 빼서, 담배를 한 대 담는다. 옥초합을 밀어 놓고, 놋화로에다 긴 담뱃대를 박고 뻐끔뻐끔 빨아 올린다.

"어젯밤 김생원한테서 대강한 이야기는 들었는데, 머 거기에 더 다른 말씀은 없겠습지요."

담뱃대를 물고, 문갑 옆 사방침에 의지하여 척 한마디를 한 뒤에, 다시 이어서,

"두 집문서에, 사백 냥, 육자 변으루."

하고 이야기의 요령을 추려서 말하니, 박리균이는 물고 있던 담뱃대를 급작스레 쪽 소리가 나게 입에서 뽑고, 안 나오는 웃음을 노란 수염 오라기 옆에 그려 보면서,

"머 틀릴 리가 있가쉥까."

하고 저보다 여남은 살이나 아래인 박참봉에게 껀듯 머리를 숙이듯 한다.

박참봉이 쇠를 들고 뒷벽장문을 열려고 일어서는데, 박리균이는 주머니에서 집문서 두 장과 표 쓴 걸 내놓느라고 앉은 자리에서 아무적거린다.

문서와 표를 훑어본 뒤에, 박참봉은 사백 냥의 돈을 박리균이 앞에 내놓았다.

"그럼 집을 곧 떨어 고쳐야 단오에 쓰게 되겠군요. 그러구 이왕이니 계루 방선문 비각두 떨어 고치기루 하지요."

이 마지막 말은 적지 않이 박리균의 귀를 간지럽게 할 줄 알고 하는 말인데, 오히려 그는,

"첨엔 그렇게두 생각해 봤는데, 내 집을 떨어 고치구, 또 내 아우의 집두 대강 고칠 곳이 많아서 돈이 자랄 것 같지가 않구만요. 그래 비각 같은 건 차차루 하구, 우선 두 집에 달린 열 넘는 식구가 살구야 볼 일이 아니웽까."

하고 자기를 완전히 죽여 버리듯이 박참봉의 말에 빌붙고 만다.

"암 그 다 이를 말씀이웽까. 비각이 밥 멕여 주는 건 아니닌 게루. 아무려나 생각은 잘하신 생각입네다. 이제 종차루야 객줏집두 새법을 좇어야지 마방을 가지구야 마바리꾼이나 재웠지, 어데 점잖은 손을 맞을 수가 있쉥까. 신작노두 나구, 인제 평양과 원산 새에 길이 열리구 볼 지경이면, 아마 점잖은 객이 많이 들릴 게구, 지금 칭량사(測量師)나, 모두 이런 신식 양반들이 통히 이 큰 객주에 들게 될 게 아니웽까."

아무려나, 처음은 적지 않이 마음이 불쾌한 대로 하는 수 없이 김생원을 이 집에 보내 돈 교섭을 시켰을 값이나, 이왕 이리 된 바에는 별수 없는 일이었다. 겉으로라도 기쁘두룸해서 물러 나갈밖에, 뒷일을 위해서는 별 도리가 없었던 것이다.

물론 박리균이도 단오에 열리는 대운동회를 기회삼아 제 집을 떨어 고쳐 신식 여관을 차리고, 동생 성균네 집은 그래도 좀 성성하니 그대로 낡은 곳만 고쳐서 마방과 국숫집을 차려 보자고, 형제간 성론이 되어 돈을 내려고 할 때, 처음부터 박참봉을 생각했던 것은 아니었다. 그러나 이집 저집 다녀 보아도 집을 잡고 돈을 줄 곳은 없었으나, 끝으로 나카니시네 집에서는 틀림없이 되리라고 생각했던 것이, 운동회 앞두고 잡화상을 부쩍 늘릴 생각인지 돈이 바르다고 거절을 당하여, 결국 하는 수 없이 박참봉에게로 사람을 보내 본 것이었다.

박참봉은 박참봉대로 딴 배짱이 있었다. 종차론 여관이나 잡화상 같은 것이 성해 갈 눈치가 뻔하지만, 제 손으로 그런 걸 벌여 보기엔 아직 시기상조라고 본다. 그러나 이런 걸 남보다 먼저 손쓰는 편이 결국 이긴다는 것도 또한 뻔한 일이고 보니, 구차한 일은 남에게 시켜 놓고 자기는 뒤에서 실권만 잡아 두는 게 어느 모로 따져도 영리한 계책이라고 생각하는 것이다.

그러므로 누가 여관 같은 걸 차려 놓겠다면, 손해나지 않을 정도로 돈을 융통해 주겠다는 것이 박참봉의 본배짱인데, 마침 날아 들어온 불벌레가 박리균네 형제다.

그래 그는 두 집 문서를 잡고, 그 중의 한 채는 단오 전에 곧 떨어 고칠 것을 약조로, 그편에서 요구하는 대로 한 푼도 깎지 않고 알돈 사백 냥을 돌려 주기로 한 것이었다. 여관이 잘 되면 잘 되는 만큼씩 변리를 물어 가느라 바쁠 것이요, 생각대로 잘 안 되면 일이 년 안짝에 집을 뺏기고 바가지쪽을 차게 될 판이다. 그야 어찌 되었건, 박참봉으로서는 무엇으로든지 한번 박리균네 형제를 꿇려 엎으려고 별러 오던 참이다.

박리균이를 보내고 나서, 그가 만족하여 아침 밥상을 든 것도, 과시 까닭이 없지 않진 안 했던 것이다.

그런데 유쾌한 일이 뜻밖에 불쑥 생겨난 뒤에는, 가끔 또 불유쾌한 일이 뜻하지 않은 곳에서 튀어나오는 것도, 살아가노라면 흔히 볼 수 있는 일인 성싶다.

박참봉이 아침을 먹고도 한참 동안이나 두뭇골 사랑에 앉아서, 문서를 정리하고 표를 뒤적여서 채국채국 꿰매 간직하고, 어젯밤 김생원과 먹었던 술찌꺼기를 터느라고 *밀수를 타서 시원하니 배를 씻은 뒤에, 오늘은 제법 날이 따가우니 자리 그물이나 한떼 들고 평양 영감과 매생이나 강 위에 띄워 볼까나— 이렇게 척 기분을 돋우면서 감투 바람

밀수
미수(설탕물이나 꿀물에 미숫가루를 탄 여름철 음료)의 평북 방언.

에 두뭇골서 큰집 사랑으로 나왔던 것이다.

마당엘 들어서니 평양 영감이 그물을 추녀 끝에 널고 있다가,

"날새 안녕하시웽까."

하고 인사를 한다.

"낮에 어데 넘은 강에나 가볼까요."

박참봉은 영감을 위로하느라, 얼마 전부터는 깍듯이 예를 하였다.

"나리께서 자리를 치시구, 절랑 어데 쏘가리나 좀 낚아 봅세다. 잠수를 했으믄 쏘가리놈이나 찔러 내겠던 걸, 늙어서 건 못 해두, 돌꼬미나 미끼해서 어데 멫 놈 낚아 봅세다."

아마 평양 영감도 박참봉의 유쾌한 낯을 대하는 건 기쁜 일임에 틀림없는가 보다.

담뱃대를 물고 박참봉은 마당을 한번 휭하니 돌아본다. *연자간으로, 곡식이 가득하니 들어가 있는 토굴 앞으로, 외양간으로 가서 말을 한참 들여다보고, 그 다음은 다시 이쪽으로 돌아서 바자를 넘어 파종해 놓은 나무샛과, 잎이 파란 과일나무를 바라보고, 뒷대문께까지 갔다가 다시 되짚어서, 사랑 마당으로 돌아오는 것이다. 모두 평온하다. 소는 밭갈이를 나가고, 노새는 연자간에서 쌀을 찧고, 그리고 재지풍

이 옆에는 두칠이 처 쌍네가 수건을 쓴 채 겨와 먼지에 싸여서 여전히 일을 하고— 그래서 그는 유쾌한 김에 중대문을 들어가 안마당을 돌아보는 것이다. 며느리들이 인사를 한다. 큰댁도 인사를 한다. 손주란 놈이 뿌르르 뛰어나온다. 그는 아이를 좀해서 안아 주는 성질이 아니다. 그러나 오늘은 어인 일인지 성기가 걸어나오는넝걸   큼 들고 또 한 대문을 들어가 뒤뜰 안으로 간다. 가시 울타리 앞에 커다란 살구나무가 있고, 그 밑이 대감인가 토궁인가 무슨 귀신인가를 모신 볏집 주저리

창포

에 흰 백지를 매단 복낟가리가 있고, 그 주위로 창포가 한창 자라나고 있다. 머리칼로 꼰 빨랫줄이 중간에 장때기를 한 개씩 세우고, 이편 추녀에서 저편 추녀까지 살대처럼 건너가 있다. 움이 저렇게 저만큼 보이는데, 모란꽃과 함박꽃이 푸릇게 자라 나오고 있다. 늦은 봄에서 이른 첫여름으로 옮아 가는 계절의 태양볕은, 뜰 안에 쨍쨍하니 함뿍 퍼붓고 있다.

모란꽃

“이놈, 너 웬 밥을 이렇게 먹었노.”

“뚱게 뚱게 뚱게뚱.”

이렇게 손자보고 중얼대면서 박참봉은 다시 중뜰 안으로 나온다.

“에끼, 그놈 무거워 못 들겠다.”

토방에다 성기를 놓으니,

“얘 성기 오늘 호사했구나, 하루바니한테 다 안겨 보구.”

함박꽃 ＝ 작약

하고 형식이를 문턱에 세우고 앉았던 그의 할머니는 손을 너울너울 아이에게로 내미는데, 형준이 처는 부엌문에 있

었다. 그들은 시아버지가 중대문을 나가서 없어지도록 그럭하고 서 있었다.

집 안팎을 한번 돌아보아, 모두 평온하고 흡족한 것을 제 눈으로 친히 본 뒤에, 박참봉은 더욱 만족하여, 오늘은 강 위에 매생이나 띄우고, 고기나 낚으면서 고추장 불림에 술이나 한잔 들이켜 보자고 내심에 생각하면서, 문갑과 장간과 벽장을 보살핀 뒤에 옷을 깡충하니 갈아입으려던 때이다. 맏아들 형준이가 조용히 할 말이 있다고 사랑으로 나와서 박참봉 앞에 꿇어앉는 것이다.

대님을 풀어서 버선을 바꾸어 신으면서,

"그래 무슨 말인지 해봐라."

'혹시 얼마 전처럼 또 잡화상 같은 걸 벌여 보겠다고 그러는 거나 아닌가, 만일 그렇다고 보면 박리균네가 집을 잡히고 돈을 내어다, 마방 대신에 커다란 여관 객주를 시작하겠다는 것까지를, 소상하니 말하여서 이제 일이 년만 그대로 집안일을 보살피고 있으라고 타이르리라.'

속으론 이렇게 생각하고 있는데, 뜻밖에 형준이는,

"형걸이 혼사가 어떻게나 되어 가는가요."

하고 첫 허두를 시작한다.

'맏형 된 몸으로, 나이 차도록 장가를 들지 못한 아우의 혼사 걱정을 하는 건, 지당한 일이다. 그래 새삼스럽게 어데 좋은 규수래도 맞차운 곳에 생겼다는 말인가.'

속으로는 이렇게 생각해 보면서,

"지금두 거저 그러하구 있다."

하고 대답한다.

"머 맞차운 집에 규수가 없어서 그러는 겐가요."

“글쎄, 말하자믄 그렇다구두 할 수 있지만, 그래 어데 될 만한 곳이래두 있더냐.”

“아니올세다. 너머 좋은 델 고르다가 시기를 놓치든가, 잘못이 생기든가 할까 봐서 하는 말씀이올세다.”

“좋은 델 고르는 게 아니라, 정 너절한 데 피한다는 게 온당한 말일 게다.”

여기서 박참봉은 말소리를 좀 낮추어 가며,

“너이덜과는 사정이 다르질 않냐. 어데 웬만한 데는 그쪽에서 잘 안 들을 것 같애, 멀찌감치 비쳐만 보구서 마는 일이 많구, 또 체면이 있으니 마구 처져 붙을 수두 없구. 그래 안즉은 거저 여기저기 비쳐만 보구 그러한 채루 있다.”

형준이는 아버지의 설명을 듣고도 물러 나가질 않고 한참 동안 그럭하고 앉아 있다. 자리에서 일어나서 안방을 향하여, 고기사냥 갈 테니 점심 준비를 해서 매생이 맨 데로 가져다 두라고 이르려는데, 피끗 형준이의 얼굴을 보니 아직도 할 말이 남아 있다는 듯이, 입주둥이를 약간 히둘거리고 앉았다. 그래서 다시 박참봉은 자리를 바로하고 한번 아들의 얼굴을 쳐다보았다.

“다름이 아니오라, 형걸이를 그대루 두다가는 창피한 꼴을 보겠습너니다. 어젯밤 으슥해서 마당을 한번 돌아보는데, 형걸이가 두칠네 방에서 나오는 걸 봤습너니다.”

단바람에 죽 일러바치고 형준이는 잠시 낮을 수그리었다. “마당을 한번 돌아보는데” 하고 간단하니 말하였으나, 그 한마디 속에 실로 이루 말할 수 없는 수만 곡절이 들어 있던 걸 생각지 않을 수 없었던 때문이다.

　물론 박참봉은 이 말에 적지 않이 놀랐다. 아닌밤중에 두칠이 없는 쌍네 방에서 형걸이가 나오는 걸 봤다는 것이 무엇을 의미함인지는 설명치 않더라도 뻔한 일이기 때문이다. 박참봉은 잠시 아무 말도 하지 않는다. 그런데 형준이는 이러한 아버지의 태도에 기운을 얻었는지, 다시,

　"그래, 제가 잡어 세우굴랑, 지금 혼삿말이 여기저기서 빗발치듯 하는데, 네가 몸 처신을 이렇게 하구 보면 어떻게 되겠느냐구 일렀습더니, 그는 잠자코 섰다가, 누가 뭐랬는가구 하는구만요. 그래 밤두 늦었으니 인젠 가 자라구 하구서, 두칠이 처보구 몇 마디 기갈이래두 할까 했다가, 외려 덮어두는 게 창피가 덜할 것 같애서 그대로 내버려뒀습너니다."

　박참봉은 여기까지 말하도록 잠자코 앉았다가 아들의 말이 떨어지자 곧,

　"알갔다. 이전 네 일이나 나가 봐라."
하고 안문 쪽으로 터거리를 돌렸다. 또 무슨 말을 내친김에 좀더 늘어놓으려다가, 형준이는 아버지의 말에 좀 무색해져서,

　"예."
하고 나직이 대답하곤, 푸시시하니 안뜰로 통한 문을 열고 나갔다.

　형준이가 나간 뒤에 박참봉은 잠시 동안을 멍히니 앉았다가 바꾸어 입었던 옷을 다시 갈아입었다.

　평양 영감이 재촉이나 하듯이 윗마루로 올라와서 방문을 벙싯하니 열어 보는 것을,

　"난 또 갑재기 볼일이 생겨서 못 갈까 부외다. 내일이나 가보갔수다."
하고 말해 버린다.

박참봉은 지금 당한 일이 적지 않게 불쾌했던 것이다. 평양 영감은 얼굴에다 웃음을 띠면서 매생이 놀음을 재촉하려다가, 느닷없이 거절을 당하고 나서 어인 일인지는 모르고, 좀 메사해서, 방문을 닫았다. 그가 그물과 낚시를 들고 매생이죽을 둘러메려 할 제, 박참봉이 감투 바람으로 횡하니 대문을 나가는 걸 바라보고 속으로 혼자, 무슨 일이 생겼나 보다, 하고 생각해 보았다.

박참봉은 담뱃대를 뽑아서 횡횡 내두르며, 향교 골목을 돌아 밭샛길로 들어서서 두뭇골로 댓바람에 쫓아갔다. 물론 형걸이는 학교로 간 뒤이다.

감투

그러나 박참봉이 지금 두뭇골 집으로 되짚어 오고 있는 것은, 형걸이를 불러 세우고 책망을 한다든가, 사실의 진부를 가리려든가, 뭐 그러기 위하여선 아니었다. 그러므로 형걸이야 있건 없건 상관은 없었다.

그러나 대문을 들어서서, 그가 완전히 두뭇골로 돌아왔다는 걸 의식하였을 때, 금방, 제가 하고 있는 행동이 좀 채신머리없이 느껴진다. 그만한 일에 제가 고기사냥 가려던 걸 중지하고, 부리나케 두뭇골로 쫓아왔다는 건 생각해 보면 창피스런 일이 아닐 수 없었다. 아들이 비복의 방에 들었다는 것― 그것이 가령 형준이 말대로 사실이라고 해볼 값이라도, 이렇게 큰 변이 난 것처럼 서둘러 댈 거야 없지 않느냐 말이다.

이렇게 생각이 가니, 그는 그대로 방 안에 들어가기가 싫었다. 실인즉 작은댁과 형걸이의 혼삿말이나 두루두루 급히 이야기해 볼 양으로 달려온 것인데, 그것 역시 급히 서둔다고 신통하게 잘 될 일도 아니고, 또 그다지 시각을 다툴 만한 일거리도 아니었다.

사실 박참봉의 이러한 저 자신조차 종잡을 수 없는 수상한 행동의 동기가 된 것은, 유쾌한 아침을 갑자기 흐리게 한, 그것에 대한 분통이었다. 형준이가 그런 걸 듣고 형걸이의 혼처를 너무 고른다느니 뭐니 하는 게, 마치 작첩(作妾)에 대한 무엄한 비평같이 들려서 그게 못마땅했던 것이다. 그러나 형준이의 말에 이러니저러니 타박을 하고 싶은 지향없는 격분이, 이렇게 그로 하여금 두뭇골로 통한 길을 부리나케 쫓아가게 마련해 버린 것이다.

그는 다시 마당을 횡 돌아 무어 잊어버린 거나 찾는 양, 구석구석을 기웃거리다가 그대로 대문을 나와 버렸다. 그 다음은 누가 보면, 느지막이 두뭇골 집에서 조반을 먹고, 지금 행길 큰집으로 가는 길이란 듯이, 늘어지게 담배를 뻐금뻐금 빨면서, 왼손을 하나 주먹을 만들어 뒤꽁무니에 대고, 구룡교 옆으로 개울을 끼고 나와서 행길로 올라선 것이다.

평양 영감은 벌써 강으로 나가 버린 뒤였다. 그래서 곧 다래끼나 광주리에 점심을 담아 보내라고 이르고, 박참봉은 무심결로 자리그물을 한떼 더 들고 물역 뒷대문께로 나갔다. 그런데 채 뒷대문을 나서기 전에, 제 방에서 나와 토방으로 돌아드는 두칠이 처 쌍네를 만났다. 오늘 잡아 두 번째 보는 얼굴인데, 형준이의 말을 들은 뒤이라 쌍네의 얼굴이 아까와는 달리 보였다. 그렇거니 해서 그런지, 저편에서 낯을 붉히고 여느 때보다 더 머리를 숙이고 길을 비킨다.

“애, 너 점심을 넣어 놨을 테니 매생이 있는 데루 니구 나오나라.”

예사대로 이렇게 이르니,

“예.”

하고 대답하기는 하나, 쌍네가 저쪽으로 사라져 없어졌을 때, 박참봉은 제가 지금 말만은 여전히 하였으나 속은 좀 주춤거리던 걸 되새겨 본다.

　'저게 처음은 종간나드니, 막서리의 처를 지내서, 인제는…… 그렇다. 인제는 셋째 아들의 정부란 말이다.'

　이런 걸 생각해 보면서, 그러나 이상하게도 그것이 별로 형걸이의 못된 소행인 탓도 아닌 것처럼 느껴지는 것이다. 그러므로 이렇게 일을 저질러 놓은 형걸이에게 급작스레 미움이 가든가 그렇진 않던 것이다. 강가에 나서면서는 박참봉은 벌써, 그런 지저분한 시끄러운 생각은 애써 털어 버리려고, 매생이가 있는 방수성 아래를 눈에 손을 얹고 먼발로 내려다보다가,

　"폐양 영감, 잠시 매생이를 돌려 붙이우. 난두 가치 갑세다."
하고 고함을 질렀다. 매생이는 기슭을 떠나서 고기잡이터로 막 여울을 훑으려고 하던 참이었다. 그는 삿갓 쓴 머리를 소리나는 쪽으로 돌려 보고, 그것이 박참봉 나리라는 걸 알자, 아무 말도 안 하고 매생이를 궁개로 돌려 대며 다시 말뚝을 박은 기슭으로 저어 온다. 이것을 보고 섰다가 박참봉은 방수성을 내려서서, 어청어청 아래 청파니〔靑坡〕께로 향하여 걸어갔다.

　"아니, 머, 일을 다 보셨습너니까."
하고 비로소 벌죽하니 웃으면서 한 손으론 꽉 매상죽을 붙들고 박참봉을 맞아들이는데, 그는 그물을 먼저 들여놓고 낑 하고 배 안으로 들어서면서,

　"대강 다 봤수다."
하고 배 가운데로 온다. 다시 매생이를 떼려는 걸,

　"가만있수, 좀 끓일 것과 술을 넣으라고 했으니 인제 누가 니구 나오리다."

저만큼 방수성 위에서 아랫길을 잡아 쌍네가 광주리에 무얼 담아 이고 이쪽으로 걸어오는 것이 보였다.

해는 따가우나 바람은 비류강 위를 스쳐서 싸늘하다.

급작스레 쏘가리 생선국을 끓여 반주로 한 그릇 먹고, 박참봉은 얼근히 취해서 두뭇골 집으로 왔다. 어두운 시 한참 뇌는 초여름 밤인데 저녁때부터 날이 흐릿해 오더니 밤중 안에 비가 오려는지 공기가 제법 훗훗이 물쿤다.

사랑으로 들어오니 작은댁 윤씨가 등잔을 돋우고 자리를 깔아 놓고 기다린다.

"저녁은 머 잡수셨소."

“잡아 온 걸루 쏘가리 생선을 끓여 먹었지. 그래 참 고기 디레 왔던 가.”

“쏘가리 두 놈하구 지가리 새끼 메기 새끼랑은 끓여서 형걸이랑 주 구, 모래무치랑 마지랑은 장조림을 해두었지요.”

박참봉은 발을 뽑고, 자리끼를 부욱 끌어다 벌떡벌떡 마시는데,

“부주주하시거던, 오미자나 밀수를 타올 걸요.”

하고 말로만 텀을 한다. 그러나 박참봉은 물을 한참이나 마시고,

“형걸인 집에 있나.”

하고 묻는다.

“좀전에 바람 쏘인다구 나가두군요.”

“또 나가서?”

박참봉의 낯을 다소 언짢은 기색이 지나간다. 그러더니 곧 되짚어서,

“어젯밤은 어느 때에나 돌아왔나.”

하고 묻는다.

“글쎄요, 자정 전이었겠지요.”

윤씨의 대답에 박참봉은 아무 말대꾸를 않고 한참을 멍하니 등잔불 만 바라본다. 아직 사십 전인 윤씨는 눈매와 자태가 그대로 이쁘게 젊 은 것 같다. 다른 날따라 없이 찌풋한 영감이 어인 까닭인지를 모르고,

“어서 저고리랑, 이 감투랑, 좀 벗으시구 누우시구려.”

하면서 감투를 벗겨 문갑 위에 놓고, 손수 저고리를 벗기고 또 허리끈 도 끌러 준다.

“해가 따거운지 좀 타셨구려.”

그러나 몸을 맡긴 채 박참봉은 자리에 누울 염도, 윤씨 말에 대답할 염도 안 하고 있더니,

"형걸이 놈이 밤에 어데 가 노는지 몰라."

하고 느닷없이 형걸이 말을 또 묻는다.

"글쎄요, 저 학도덜끼리 어데 뫼여 놀든지, 교사네 집엘 가든지 그러겠지요."

박참봉은 자리에 누워 버린다. 그러더니 또 일어나서 물을 한 모금 더 마시고,

"담배 붙일까요."

하고 묻는 데는 대답을 않고,

"청시울서 무슨 소식이 없었나."

하고 묻는다.

"오늘 저녁 해 넘어가기 전에 중매 여편네가 왔는데, 하는 말이 채 말은 안 뗐으나 될 성부르다구 하긴 합데다만, 원 색시나 가문이 맘에 들으야지요."

"왜, 그 집이 어드래서."

"어드렇다니요. 망조에 들어 기우는 집안이 아니웨까."

"망조에 들었거나 집안이 기울거나, 규수나 똑똑하믄 그만이지, 처갓집 국물을 얻어먹을 차빈가, 누가."

"글쎄, 세간이야 어찌 됐건, 규수가 똑똑하믄 그만이라지만, 처갓집 두 너무 가난히구 보면 *사사모사로 시끄럽지 않은가요. 그러나저러나 규수나 얌전하다믄 모르겠는데, 말을 들이니 질쿠냉이두 변변히 못하구, 아이가 또 영리하질 못하다누만요. 게다가 또 궁합이 안 맞는다는가 부외다."

"궁합이 안 맞아? 그럼 그른 혼사지."

질쿠냉이를 못 한다든가, 생김새가 좀 영리칠 못하다든가, 한다는

사사모사(事事某事)
('사사모사로' 꼴로도 쓰여) 여러 가지로 부딪치는 일마다.

것쯤은 어떻게든 우겨 대 볼 길도 있을 것이고, 더구나 사돈집이 쇠운에 들어서 세간이 기울어져 간다는 것 같은 건 소뱅이 문제도 안 되는 말이라고 재겨라도 보겠는데, 실소린진 몰라도 궁합이 맞지 않는다는 덴, 박참봉도 어이할 방도가 없었다. 그래 그는,

"뭐이 뭔데, 궁합이 안 맞나."

하고 좀더 소상히 천착해 본다.

"겉궁합이 토끼하고 뱀이라서 맘이 덜 내키는데, 속궁합은 또 말할 수 없게 나쁘답네다그래."

이 말을 듣고 박참봉은 붙여 주는 담배를 몇 모금 빨다가 이어 윤씨에게 주고, 자리에 누워 버린다. 누비이불을 사뿐히 덮어 주면서,

"불을 끄리까."

하고 윤씨가 묻는 것을,

"오늘 밤 형걸이 둘어오거들랑, 인전 밤에 아여 밖에 나가질 말라구 일러두게."

하고 눈을 한번 감아 본다.

"아니, 왜요. 어데 못 갈 델 간답디까. 기 애가."

윤씨가 좀 실색한 빛으로 묻는다. 박참봉은 그렇게만 말해 두고, 사실은 깨우쳐 말하지 않으려고 한참 동안 망설이다가,

"그 녀석이 두칠이 처를 봐 댕긴다니, 원, 하구많은 계집 중에."

이렇게 말하고 이야기를 채 아물지 아니하니, 윤씨는 깜짝 놀라,

"그게 무슨 말씀이웨까. 형걸이가 막서리 처를 보아 당기다니, 어데서 음해의 말씀이라도 들은 게지. 차마 그럴 리야 있겠소. 그래 어데서 진정을 알아보셨나요."

"글쎄 그렇게만 알구 있어. 여러 말 옮길 게 없이."

박참봉은 몸을 한번 뒤채고 푸 술 냄새 섞인 한숨을 내쉬었다. 윤씨는 무얼 말하려고 입술을 나불나불하며 그의 옆에 앉아 있다.

10

박참봉이 은산서 솔가하여 두뭇골로 왔다가, 행길에다 큰집을 사고 첩 큰댁을 갈라서 두 집 살림을 벌여 놓고 얼마 안 해서, 박리균네 동서끼리와 옆집 음해 잘하는 노파와 셋이, 선앙제 터에 갔다 오는 길이라고 두뭇골 작은댁에 들러서, 박참봉의 첩 윤씨의 얼굴 생김새를 보고 간 일이 있었다. 그때 그 음해 잘하는 노파가, 윤씨의 얼굴을 치쳤다 내리쳤다 하던 끝에 그가 알아 온, 열일곱에 시집 와서 열여덟에 첫아들 낳았다는 두 가지 사실에다, 된 소리 안 된 소리를 잔뜩 부연해서 하는 말이, 박참봉 성권이가 한포락 적에 투전판에서, 남의 갓 시집 온 색시를 도적질해 업어 왔다고 훼방을 놓고 다녔다.

그때 이 고을 사람들은 원체 남의 음해 잘하기로 이름이 난 늙은 것의 수작이니, 뭐 믿을 만한 소리가 되겠느냐고 하면서도, 결국 일 종 시기하는 마음이 따라서 그대로 그 말을 받아들이고 말았다. 그 뒤에 다시 그의 내력을 조사해 보는 사람이 있었다면, 사실과 어금비금한 이야기를 전할 수 있었을 것인데, 십 년, 십오 년, 이렇게 살아가면서 아이들이 장성해 가고, 박참봉네도 점차 이 고을선 토박이 사람이 되어 가는 데 따라, 사람들의 호기심은 사라지고 이젠 다시 윤씨의 경력을 알고자 하는 이조차 없어졌다.

윤씨는— 그의 아이 적 이름은 탄실(誕實)이었다— 사실 열여섯 낳을 때 순천(順川) 고을로 시집을 갔던 적이 있었다. 그의 친정은 자산(慈山) 고을서 오 리 가량 시골로 들어간 곳에 있는 파평 윤씨(坡平 尹氏)로서, 처음은 집안도 훌륭하고 세간도 넉넉해서 행세하는 집안이었으나, 말년에 쇠운이 들어서 집안은 갑자기 기울어지고 역참(逆慘)이 잦아서 그만 말 아닌 형편이 되어 버렸다. 친정의 불운을 지니고 시집을 갔었던지, 그가 시집 가 반 년이 못 되어 새서방이 장마 났을 때 창말 앞으로 *반두 사냥을 나갔다가, 거센 물결에 휩쓸려 세상을 떠나고 말았다. 본시부터 시어머니와 *새가 나쁘던데다, 이런 일이 일어나고 보니, *왕신이 붙어 왔다고 *비양청 소리가 높고, 집안이 모두 뻘기 뽑듯 하는 바람에, 세간을 둘러 싣고 순천서 자산 친정으로 돌아와 버리지 않으면 안 되었던 것이다.

친정에는 늙은 부모와, 올케가 아이 둘을 데리고 살고 있었는데, 오라비는 *연전에 *상한으로 좀 앓다가 급작스레 죽어 버렸다. 대감이 동했다나 무슨 왕신이 동했다나 해서, 지난 가을에도 큰 도야지를 잡고 굿을 하고 철철이 토사를 하건만, 집안은 바로서지 않고 세간만 점점 줄어들었다. 양주의 희망은 딸 아래로 하나 있는 열 살 난 아들과 손자 오뉘가 있을 뿐인데, 며느리의 청상처럼 혼자 늙는 것도 보아나기 거북스러운 터에, 이번엔 한번 더 덮쳐서 과부 된 딸까지를 한 집에 두고 속을 썩여야 할 판이었다.

딸 탄실이가, 농바리를 싣고 초라한 *보교를 타고 대문을 들어서는 날 저녁, 어머니는 방 안에서 울기만 하고, 아버지 윤초시는 온다는 소식을 미리 듣고 종일토록 술을 마시느라 집에 있지도 않았다.

그러나 집안이 불편하려니 시누이 올케, 두 과부끼리의 새가 또 그렇게 알뜰치를 못했다. 같은 팔자에, 함께 서로 위로하고 도우면서 살아갔으면 좋을 것이, 성격인가 성질인가가 서로 틀려서 하나는 우들푸들하고, 또 하나, 탄실이는 나이 아직 열일곱이니 철인들 뭐 제대로 들었겠나마는, 포돌거리고 용졸거리는 편이어서, 같이 부엌에서 나돌다가도 가끔 충돌이 일어나는 것이다.

말썽이라야 별반 큰일로서 벌어지는 것도 아니고, 찌갯거리나, 행주질이나, 부침개질이나, 또 바느질감 다루는 것 같은, 세세한 일거리로 의견이 맞지 않아 가지곤, 처음은 뭐라고들 쏭알거리다 그 다음은 서로 새프드름해졌다가, 무슨 딴 트집이 생기면 이어 언성이 높아지는 것이다. 그러고선 종시 어머니의 귀에까지 들어가 큰말이 나오고, 그러다가 어찌 되면 늙은 아버지 윤초시의 귀에까지 가서, 집안이 발끈 뒤집히는 적지 않은 소동이 일어나게 되는 것이었다.

가뜩이 화가 나서 마음을 붙잡지 못하던 때에, 안에서 소동이 튕겨 나오고 보면, 윤초시는 그리 잘지는 않으나 바짝 성미를 돋우어서 높은 소리를 지르고, 때로는 다된 세상 잘 되긴 파이니, 모두 다 제각기 집을 떠나고 말자고 고래고래 야단을 부렸다.

'메누리 성화 딸 성화를 무슨 등이 빠질 염병 앓을 녀석이 보아 간다느냐'고 '너이년들이 집안을 옳게 만드는 년들이거들랑, *항우 같은 샛서방덜을 잡아먹구 청승맞게 소년 과부들이 됐겠느냐'고 마지막에는 할 말 못 할 말을 가리지도 않고 입으로 나오는 대로 주워섬기는 것이었다. 이렇게 한바탕을 고아 대고, 어디 또 술을 마시러 나간 뒤에는, 어머니가 안방에서 지청구를 올렸다. 어머니는 절반이 통곡조로 나온다. 그럭하고 보면 올케는 제 방으로 돌아가서 아이들을 안고 역시 울음을 올리고, 시누이는 윗방에 가 콜작콜작 눈을 쥐어짜고 앉았는 것이다. 그러나 소동은 이것으로 끝나는 것이 아니었다. 윤초시가 술이 취해 돌아온 뒤가 편안할 리 만무하였다. 그는 문을 들어서면서 손에 닥치는 대로 집어서 땅에 굴렸다. 세간일랑 홰까닥 부수어 버리고 모두 내 손으로 죽여 버리자는 것이다. 아이들 울음 소리가 집 안팎에 떠나가라고 높을 때에, 겨우 어머니는 영감의 몸을 붙잡아 떼어 말리고 며느리는 손을 빌며 죽을 죄로 잘못했노라 빌어 보는 것이다. 그러면 아버지는 생뚱한 어머니를 붙잡고,

"이년, 네년이 바루만 가르쳤으면 집안이 이럴 수가 있능가. 당초에 네년이 낳기를 고약스레 낳고, 길르길 덜되게 길러서 집안이 망조가 들었다."

하고 고래고래 기왓골이 떠나가라고 소리를 지르는 것이다.

"예, 다 내 잘못이왼다. 그러니 어떡허겠소. 마음을 진정하시소. 아이들두 잘못했누라구 일후엔 채심하겠다니 오눌만 참아 두시소."

하고 어머니는 설설 기면서 영감을 겨우 자리에 눕히는 것이었다.

이렇게 탄실이가 소년 과부가 되어서 친정살이를 해가며, 집안에 적지 않게 염증을 바치고 있을 때, 하루는 사랑에 시퍼렇게 젊은 박성권이가 찾아왔다. 성권이 아버지 박순일이가 다섯 해 전에 삼백 냥을 육자 변으로 지은 것이, 하나도 세음이 되지 않았다고 그 돈을 회계하고자 찾아온 것이다.

그때 박성권이는 아직 은산 있었고, 그의 아버지 순일이가 아편으로 인연해서 평양서 객사를 한 지 일 년 뒤이었다. 순일이가 죽기 전 몇 해 동안 주색으로 아편으로 재산을 탕진해 버리고, 성권이가 스무살이 될락말락한 때 집안을 상속했으나 남은 거라고는 *채권(債權)이 얼마 있을 뿐이었다.

열아홉 수가 나빠서 아직도 앞이 청청하던 아버지 순일이를 객지에

채권(債權)
재산권의 하나. 특정인이 다른 특정인에게 어떤 행위를 청구할 수 있는 권리이다.

서 잃었다고 간혹 사람들은 말하였으나, 박성권이나 그의 가족들로 보면, 끝끝내 자식에게 *성화를 시키지 않고 그런대로 그만큼 해서 세상을 떠나 준 것이 오히려 다행하다 할 것이다. 남들이 들으면 욕할 말로 성권이나 그의 아내 최씨나가, 아버지 순일이가 세상을 떠났을 때, 어떤 종류의 안도를 품었다는 것이 *근경에 가까운 말일 것이다. 사실 얼마 아니 남은 채무자를 찾아다니며 그것마저 말끔하니 싹 씻어 거두어서, 그 껌뎅인가 하이얀 가룬가 한 놈의 약값으로 들이밀었다면야, 장례비조차 없어져서 시체는 거적 장사를 겪고, 남은 가족은 당분간일망정 바가지쪽을 차고야 말았을 것이다. 제아무리 박성권이란들, 소도 디딤발이 있어야 언덕에 오른다고, 맨주먹 둘을 달랑하니 쥐고 나서서는 어디 돌려 대고 발자국도 떼놓지 못했을 것이다. 평양서 시체를 모셔다가 뫼를 쓰고 일년상을 치른 뒤, 문서를 추려 들고 박성권이는 채무자를 쫓아 돌았다. 아버지와 달라서, 포악하고 아귀통이 센 그는 사정없이 채무자를 닦아 세웠다. 아버지라면 낯이 있고 의리가 있어 차마 못 할 짓을, 그는 눈을 내려감고 막무가내라고 닥치는 대로 해냈다.

이렇게 해서 박성권이는, 자산 파평 윤씨네 이 집에도 찾아오게 되었던 것이다. 성권이는 아버지보다도 연세가 지긋한 윤초시를 사랑에 들어서자 대번에 후려 놓고 보았다.

"그래, 사람이 세상을 떠났는데도 이렇다 하는 조상 한마디 없고, 그런 무지몽매한 행동이 어디 있단 말요."

사실 윤초시는 이 말에 할 말이 없었다. 제 집안에 참변이 잦고 재앙이 떠날 날이 없어서 경황도 없었지만, 박순일이의 아들이 아직 연소하여, 제 아비 순일이처럼 양순하고 보면, 별반 채무 독촉도 안 하리라고 태평하니 생각했던 것이, 제 집에 발을 들여놓고 통성한 뒤에 대뜸

하는 말이 이 말이니, 그러잖아도 정신이 나간 듯했던 윤씨가 질겁을
한 것도 무리가 아닐 것이다.

"글쎄 여보게 내 사정말을 좀 들어 보게그려."

이렇게 윤초시가 말 허두를 내다가 박성권이의 기색이 온당치 못한
것을 보곤 이어 말투를 고쳐서,

"바루 춘부장한테 내가 돈을 얻어다 쓰던 그해에, 금점인가 뭔가가
아주 쫄딱 망쌀이 지지 않았겠소. 그렇게 된 다음부터는 어찌 된 세상
인지, 머, 내 집안 말 이렇게 털어놓구 히기두 부끄러운 일이지만서두."
하면서 사정을 말하기 시작한다.

"먼저 내 작은아들놈이, 장가들 달에 등창났다구, 장가를 앞두구 설
랑, 덜싹 그렇게 되고 말드니, 그 다음은 큰아들놈마저 이리 되고, 마
즈막에는 갓 시집갔던 딸년마저 남편을 앞세우고 내 집에 돌아왔으

니…… 자, 이렇게 집안이 아주 마지막 망조가 들고 보니, 어데다 낯을
들구 문 밖에 나가기나 하겠소. 그래 두문불출을 하구설랑, 난두 밖에
나가지 않구, 또 찾어오는 사람두 될수룩 피하구, 이래서 아주 딱 세상
관 담을 쌓고 지내 오질 않었겠소. 내가 돌아가신 춘부장 어른과야 의
리로 보나 뭘로 보나, 그런 일이 생겼다문야 당장 좇아가, 참 대소 범
절을 왼통 맡아 치러두 과하다 하진 못할 겐대, 내가 그만 환장을 했었
구려. 아니 참 내길래, 여태 목숨이라고 이걸 붙잡고 살어 나가지, 웬
만한 이라면야 벌써 구구하게 이러고 있을 린들 있겠소. 그러니 머 박
재장께서두 그걸 언짢겔랑 애여 생각질 마시굴랑 춘부장 살어 계실 때
나 조곰두 다름없이……."

그러고는 안 나오는 웃음까지 주름 잡힌 얼굴에 그려 보는 것
이다. 그러나 *방갓을 쓰고 앉았던 박성권은, 그의 얼굴은 눈 붙
여 보지도 않고,

"아시다시피 우리가 지금 누구 사정을 한가하니 듣고 앉았을 처지가
못 되는 것이, 선친이 그럭허시다 세상을 떠나신 뒤, 내가 오죽하면야
이 모양을 하구서 남의 사랑을 찾아다닐 리가 있겠습니까. 그러니까
머, 조상을 했너니 안 했너니 따위는, 거야 말루 지내가는 말에 지나지
않는 게 아니겠소. 나 역시 잔뜩 쇠운에 든 집안을 맡어 가지구 남의
구구한 사정인들 모를 리야 있갔쉥까. 아니할 말루 과부 사정은 과부
가 안다구. 그러니깐두루 조상을 오느니 뭐 이런 따위를 가지구야 어
데 이러니저러니 할 건덕진들 되겠습니까. 무철한 맘에 괘씸히 생각이
됐던 걸, 그대루 터져 논 게 그리 된 게니께루. 그러나저러나 저두 안
즉 *궤연을 모시고 있는 몸에, 오래 타처에 와서 묵을 수도 없는 터인
즉슨, 묵은 조를 한번 뒤여서 세음이나 보게 해주셔야 하겠수다."

방갓
예전에 상제가 밖에 나
갈 때 쓰던 갓.

궤연
죽은 사람의 영궤와
그에 딸린 모든 것을
차려 놓는 곳. 영궤는
상가(喪家)에서 모시
는 혼백이나 가주(假
主)의 신위를 모시어
놓은 자리.

박성권이의 말은 추상처럼 윤초시에게는 냉랭하게 생각이 되었다. 제 애비와의 친교를 보더라도 *존장에 대하여 이럴 법이 없을 텐데, 아무리 채권자이기로니 포악스런 언행이라고 괘씸한 생각이 드는 것이다. 그러나 어찌할 도리가 없었다. 빚진 죄인이란 말처럼 그는 노염이나 분통이 나는 걸 숨기고 어디까지나 이 젊은 놈의 마음을 농간해서, 그걸 풀어 놓도록 힘쓰는 외에 별 방도가 없던 것이다.

"글쎄 온, 아까 말씀 올린 걸 또 되풀이하는 것만 같지만, 내 신상이 지금 이 형편이 됐으니, 아까 박재장 말씀대루 과부 사정은 과부가 안다고, 어데 좀더 액운이 물러가고 형편 몰리는 게 페일 때까지, 참, 이런 말씀 올리기두 미안스럽기 짝이 없지만, 어떻게 좀 사정을랑, 좀……."

누가 보기에도 창피하리만큼 윤초시의 입과 눈가장엔 비굴한 표정이 떠돌고, 그의 반백이 된 머리는 저절로 굽신굽신하였다. '좀' 소리를 자꾸만 되씹고 앉았는 품은, 박성권이 눈에도 참말로 보기에 난처하였다.

그래서 애써 그의 얼굴은 보지 않기로 하고, 무어 미리부터 생각해 갖고 온 바를 쪼루루 외어 바치듯 한 뒤에 위선 자리를 털고 자산 고을로 들어가서, 누구든가 앞에 설 사나이를 다시 들여보내, 어떻게든 작정했던 대로 실행을 할 채비를 차렸다.

"글쎄 이러쿵저러쿵 할 거 없이 사 년하구두 일곱 달 치를, 육자 변으로 일 년에 한 번씩 표를 된 셈치고, 회곌 놔보구레. 들으니께루 안즉두 윤초시 집엔 밭두 있구 집두 남었다니, 아무것두 없는 맨 건달판이라믄 몰라두, 지닌 게 있으면서야 남의 빚 못 갚겠다구 하겠습니까. 그러니까 다 회곗조를 깨끗허니 해치우굴랑, 그 댐엔 또 누구든 *중흥

하는 편에서, 서로 도와 주게, 이렇게 하는 게 일의 순조가 아니갔쉥까. 자산 고을 가서 볼일이 좀 있으니깐 밤에 사람을 보내든지, 내가 나오든지 하오리다. 나는 나대로 회계한 게 있으니께루, 자알 어데 바루 문서를 살펴보우다."

이 말이 떨어지자 박성권은 불쑥 일어선다. 윤초시가 머리를 들지도 못하고 박성권이의 하는 말을 듣고 있다가, 새하얗게 낯이 질려서 따라 일어섰으나, 입술을 파르르하니 떨고 있을 뿐으로 한참 동안은 말도 변변히 못 한다. 방갓 쓴 박성권이의 뒷몸집이 대문으로 없어진 뒤에야 혼자서,

"이런 변이 있나."

또 한참 만엔,

"이럴 수가 세상에 있나."

그러고는 푹 바람벽에 기대 앉은 채, 정신이 빠져나간 것처럼 어릿어릿하여 눈을 감고 있었다.

윤초시 딸 탄실이는 사랑에 방갓 쓴 손님이 온 건 알았으나 그게 어인 사람인지는 알 턱이 없고, 전날 같으면 절게든가 막서리든가를 시켜서 물을 길을 것인데, 이즈음은 시누이 올케 간 누구나가 손수 두레박을 들고 물동이를 이지 않으면 안 되는 때문에, 그날도 대문 밖으로 나와서 자산 고을로 통하는 길 어구, 커다란 버드나무가 선 우물가에 나가 물을 길어 갖고 오던 참이었다. 부엌에서 직발 우물로 통하는 뒷문이 있어, 사랑 앞을 지날 턱이 없으므로 바깥 손님에게 얼굴을 보인다든가, 그럴 리는 없었는데, 막 물동이를 이고 우물에서 서너 발자국 길 위로 나서다가, 대문에서 불쑥 횡하니 베로 만든 상복 자락을 날리면서 나서는 방갓 쓴 손님과 정면으로 마주치고 말았다.

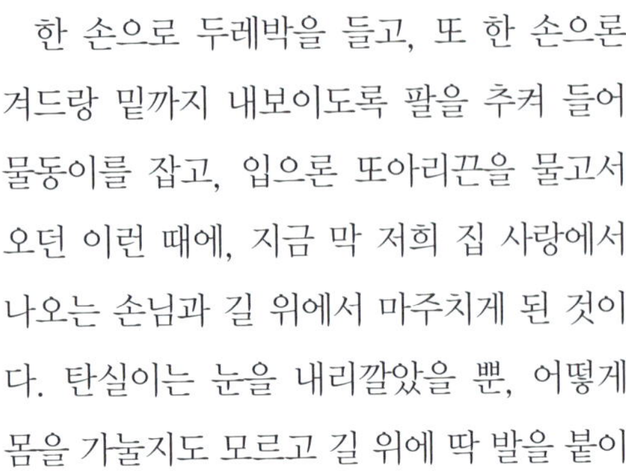

　한 손으로 두레박을 들고, 또 한 손으론
겨드랑 밑까지 내보이도록 팔을 추켜 들어
물동이를 잡고, 입으론 또아리끈을 물고서
오던 이런 때에, 지금 막 저희 집 사랑에서
나오는 손님과 길 위에서 마주치게 된 것이
다. 탄실이는 눈을 내리깔았을 뿐, 어떻게
몸을 가눌지도 모르고 길 위에 딱 발을 붙이
고 서 있다. 머리카락에 물이 흘러서 이마 위에 거
분하니 흘러내리지는 않았는가, 아니 앞가슴이 어떻
게 면바로 아미어지기나 했는가, 치마폭은 제대로 아
랫도리를 둘렀는가, 이런 걸 갈피갈피 생각할 겨를도
없이, 그대로 고 모양을 하고 방갓 쓴 사나이에게 관
선을 당하고야 말았다.

　박성권은 방갓 밑으로 차근차근히 마주선 젊은
여자, 지금 토실토실 볼편에 살이 오르는 것으로
미루어 열여덟을 넘을 것 같지는 않은 젊은 색
시를 훑어보고, 가만히 길을 비키었다. 물동이
가 방갓 밑을 스칠 듯이 지나가서, 그것이 윤초
시 집 뒷문으로 들어가는 것을 본 뒤, 그는,
　'처녀는 아닌데, 그것이 아마 윤초시의 딸로, 바
로 과수가 되어 친정살이를 한다는 그 여자이렷다.'
하고 생각해 보며 고을로 들어갔다.

　그런데 윤초시는 사랑에서 한참 동안을 멍하니 앉아 있다가, 그대로
나가자빠져 정신을 잃고 까무러쳐 버렸다. 본시부터 들락날락한다던

그의 정신이 그만 아주 틀려지고 만 것이다. 집안이 온통 서둘러서 겨우 정신은 피어났으나, 그는 아무런 말도 자유로 지껄이지 못하게 몸이 아주 반편이 지고 말았다. 눈하고 입하고만 히물히물하고는, 손도 발도 그리고 말하는 것까지도 그의 기능을 잃어버린 것이다.

자산 고을서 일볼 것이 있다고 하던 박성권이는 그날 저녁에 임풍헌네 집에서 술을 먹고 앉아서 윤초시 딸, 탄실이의 일을 미주알고주알 물으며, 임풍헌에게 탄실이를 어떻게 할 수 없겠느냐고 상론을 하다가, 부엌 사람이 전하는 말로 윤초시가 급작스레 전신 불수가 되었다는 소식을 들었다. 성권이는 적지 않게 놀랐다. 그에게 손끝 하나 어쩌지는 않았으나 윤초시가 전신 불수가 되도록, 기절을 했든가 정신을 잃었든가 한 직접 원인이, 그에게 있는 것은 누구나 부인할 수 없는 일이었기 때문이다.

"아니 그래 재장이 그만 그 소년 과부한테 홀딱 반해 버렸단 말씀이오니까."

하고 껄껄 웃어 가며,

"그까짓 것쯤일랑은 염려두 마시우. 지금 그 집에서두 왓작·곔을 받혀 오구, 게다가 또 그 색시 가마 타구 시집가긴 인제 파이니, 어쨌건 내게다 맡겨만 두시소그려."

하고 떠들어 대던 삼십 활량인 임풍헌도, 윤초시가 전신 불수가 됐다는 말을 듣고는, 취해 오던 술이 금방 깨기나 하듯이 어안이 좀 벙벙해서 멀거니 성권이의 얼굴을 쳐다보았다.

그러나 박성권이는, 저의 생명 같다고 추상같이 울려 대던 채권을, 그대로 탄실이와 바꾸어 버리자는 생각을 먹을 만치 호기가 있었으나, 임기하여 웅변하는 재치도 갖고 있었다. 그는 이어 술상을 물리고 임풍헌을 남겨 두고 혼자서 윤초시네 집으로 달려갔다.

그가 윤초시 집 사랑에 이르렀을 때에는, 사랑에는 다른 식구들도 나와 앉았다가 인차 물러가고 윤초시 마누라만이 병자 옆에 앉아 있었다. 윤초시 마누라는 낮에 이 방갓 쓴 젊은 녀석이 다녀가자 이런 변이 생겨난 것을 알고 있기는 하나, 처음부터 언성도 높이지 않고 도란도란 주고받던 이야기 끝에 일어난 일인지라 (어떤 이야기였는지는 지금도 모르고 있으나 그때에 서로 손가락 하나 오락가락하지 않은 것만은 알고 있었다) 그에게 미움이 가기는 했으나, 어인 영문인지를 몰라 가벼운 호기심 같은 것이 나지 않는 것도 아니었다. 대체로 윤초시 마누라나, 또 이 집 가족이나, 인근 동네 사람들이나는, 이렇게 윤초시마저 이 모양이 된다는 건 소뱅이 귀신이 발동한 것에 틀림없다는 생각을 굳이 하고 있었다. 그러므로 누구에게 미움이 가기 전에, 귀신, 말하자면 왕신이든가, 대감이든가, 성주나, 지운이나, 이런 게 동한 게라고 그것을 두려워하는 마음이 우선 앞을 섰다.

"상복을 한 죄인이 이렇게 누누이 찾아와 미안하올세다."
하면서 좀체로 방 안으로 들어오지도 않으려는 것처럼, 성권이는 마루 위에 있었다. 마루 위에 성권이가 올라선 것을 먼발로 희미하게 바라보던 아랫목 자리 위에 번뜻이 누운 윤초시는, 낯색이 좀 달라지며 상판때기가 수상하니 히물히물 경련하고 입 모습을 쫑긋거려, 삽시간에 표정을 자꾸만 번개처럼 바꾸며 돌아갔으나, 그것이 웃는 겐지, 노하는 겐지, 분해하는 겐지, 기뻐하는 겐지는 보는 사람마다 생각할 탓에 달렸었다.

"아, 윤초시 어른께서 이게 갑자기 무슨 변이오니까."
이렇게 적이 슬픈 표정을 낮에 띠며 말하니, 윤초시는 성권이의 얼굴을 바라보던 눈을 덥벅 감아 버리고, 그 다음은 어깨를 추면서 눈물을 흘린다. 필시 이 방갓 쓴 젊은 녀석에게 무슨 곡절이 있다고 그의 마누라가 생각하고 있을 때에, 박성권은 여전히 고즈넉한 표정을 낯에서 없애지 않고,

"갑자기 이 변을 당하셔서 대단히 놀랐었을 게라고 짐작됩네다. 저는 은산골 사는 박성권이라는 사람이온데, 제 선친이 바로 순박 순(淳)자와 편안 일(逸)자로 여쭙는데, 작년에 세상을 떠났습너니다. 선친의 유언이 자산 윤초시 어른께서 사 년 전에 돈 얼마얼마를 돌려 쓴 것이 있는데—"

이렇게 마루에 앉은 채 이야기를 시작하다가, 이 대목에서 뚝 끊고 잠시 윤초시의 얼굴과 그의 마누라의 낯을 번갈아 쳐다본다.

'인제는 영감이 기절을 한 까닭을 알겠다. 과연 이 박순일의 아들놈이 돈 채근을 와서 무슨 포학한 말찌더기를 한 때문에 이렇게 갑자기 기절을 하여 정신을 잃은 것임에 틀림이 없다.'고 윤초시 마누라가 생각하자, 금시에 슬픔과 미움과 원한이 뒤섞여 돌개바람 같은 종잡을 수 없는 표정의 선풍이, 화끈 그의 얼굴을 지나간다. 이 표정을 슬쩍 바라본 박성권은 이어서 곧 다음 말로 옮아간다.

"약차 이만저만한 이유로, 그 윤초시 어른께서도 이 근경에 여러 모로 재산에 손실이 들었어. 그러허니 우리도 한께 기울어 가는 살림에, 본시부터 없는 것과는 달러, 있다가도 없는 것처럼 딱한 일이 또 어데 있느냐. 그런즉슨 일후에 내가 죽은 뒤일지라두, 만약에 윤초시 어른네가 다시 옛날처럼 큰 세상살이를 한다면야 더 말할 나위도 없지만, 그렇지 못할 지경이면 나와의 친교로 보아서도 돈냥간을 가지고 어떻게 머 가박스리 그렇게 할 처지가 아니야, 하니 네가 친히 찾어가서 이

아비의 뜻을 전해 올려라, 이렇게 말씀이 계시고 세상을 떠나셨는데, 내가 미천한 몸으로 큰집을 이었고, 또 한편으론 궤연을 모시고 있는 몸이라서 먼길을 떠나지도 못하다가, 오늘 낮에 겨우 이렇게 댁을 찾어오게 되었던 것이올세다.”

다시 방갓 밑으로 눈을 들어 윤초시 마누라를 쳐다본다. 그는 비로소 안심하는 빛을 얼굴 위에 내고, 지금까지 희미하게나마 원한과 미움이 가던 이 사나이가 결코 그럴 이가 아니고, 어쩌면 뒷날일지라도 저희 집을 돌보아 줄 그러한 사람이 될는지도 모를 게라는 생각을 가짐에 이르렀었다. 그런데 이 사람이 나가자 윤초시가 곧 노전 위에 나가자빠져 버렸으니, 그건 또 어인 일일런가. 이렇게 아직도 채 풀리지 않은 의심을 눈과 눈썹 새에 약간 남기고 있는데, 박성권이는 또 이야기를 계속하려고 몸을 좀 도사리고 앉는다. 몸을 움직일 때에야 윤초시 마누라는, 손이 여적 마루 위에 앉아 있는 것을 깨닫고,

“아니 참, 내 정신이 빠져서, 어서 이 방 안으로 좀, 들어오시지요. 그리구 문일랑 닫으십세다.”

하고 자리에서 일어나는 것을, 여기두 좋다고 몇 번을 더 사양하다가, 박성권이는 방 안 윗목에 들어와 앉는다. 문을 닫은 뒤 박성권은,

“윤초시 어른께 처음 인사를 여쭙고, 또 선친의 생각하신 바가, 약차이만저만하시다고 아뢰었더니, 그때에 무척 놀라시는 기색을 보이시고, 좀 어릿어릿하시는 것 같길래, 저는 인차 자산 고을에 볼 것도 있으니 그만 물러가겠노라구 아뢰지 않었겠습너니까. 그랬더니만, 그게 무슨 소리냐구, 내 집이 아무리 누추하나마 그럴 수가 있겠느냐구, 막 제 손을 끌어 앉히고, 피차에 이렇게 지낼 집안간이 아닌데 하시는 걸, 급히 다녀갈 길이라고, 그러시거들랑 잠시 동안 집안 이야기나 서로

나누자구, 이렇게 말씀을 올렸습지요. 그래 저로서도 그간 선친께서 타곳으로 떠다니시다 돌아가신 뒤, 미천한 제가 집이라구 맡아서 *생도를 세운다는 게, 다행히 식구가 적어서 이럭저럭 지내는 가지만, 그게 이루 참 형언할 수 없는 역경을 맞은 게나 다름이 없습네다. 안즉 나이 있으니 우리야 머 어떻게든 못 살어가겠습너니까. 그랬삽더니 존장께서는, 아무려나 그렇다니 마음이 적이 놓인다구 말씀하시면서, 내 사정일랑은 이루 말할 수 없이 참혹하다시면서 금점에 실패하신 뒤 가지가지 역참과 화환이 들어서, 대체 어인 변이 이럴 수가 있겠느냐구 그러시더니 적이 흥분하셔서 낯이 하얗게 질리신 채, 지낸 일은 그렇다 치고 종차루 이걸 어찌면 좋겠느냐구, 가령 내가 금시라두 세상을 떠난다든지, 노덕이 아차 하는 날엔, 무철한 것덜이 그대루 쪽박을 차고 나서는 판이 아니냐구. 그러시길래 저는 또 위안엣말씀이나마 그게 무슨 말씀이심너니까, 이 조카가 뼈가 성한 턱까지는 그럴 리가 있갔습너니까 했습더니, 제 손을 꽉 잡으시면서, 이렇게 고마울 게 없겠다구, 다른 것 다 말고, 무슨 순천 고을서 *상배를 당하시구 돌아와 계신 아가씨가 계시다든가, 그 말씀을 누누이 하시두만요. 그래서 저두 그런 염려일랑 아여 마시고, 제에게 맡기시라구 이렇게 이야기를 맺구, 자 시각이 바쁘니 고을을 갔다가, 다시 또 찾어뵈올 날 소상한 말씀을 상론합자고, 그 길로 자산 고을로 들어갔던 것이올세다. 그때 어덴가 좀 신색이 달르신 것 같기는 했으나, 또 이런 변이 생길 건 미처 짐작도 못 했었는데, 참 이제 뭐라구 말씀을 올릴는지, 기여 제가 왔기 때문에 이렇게 되셨다는 걸 생각하니, 한 몸을 어떻게 바쳐야 옳을는지……."

잠시 허리를 굽혔다가, 윤초시의 마누라가 적이 감사해하는 표정을

생도(生道)
생로(生路). 살아가는 방도.

상배(喪配)
'상처(喪妻)'를 높여 이르는 말. 아내의 죽음을 당함.

보고는,

"그저 박복한 놈은 가는 곳마두 일만 저지르고 다니니 참."

하고 다시 한번 채쳐 본다. 그랬더니 윤초시 마누라는,

"원 그게 무슨 말씀이오니까. 다 그리 되실 팔자 소관이지요. 몇 년째 이 집이 받어 오고 겪어 나가는 액운이, 인자 아마 마즈막 *고패를 도는가 보외다. 조상의 뫼를 잘못 썼든지, 전생의 무슨 업원인지, 대체 이럴 변이 어데 있갔소. 인제는 시금쪽해서 설움두 안 나구, 눈물두 안 나구, 아무런 일두 암찍하기 싫어서, 존신 섬길 생각두 없어지고 말었소. 성주가 동하셨다느니, 지운이 동하셨다느니, 대감님이 노하셨다느니, 왕신이 화를 내셨다느니, 그래 마즈막에는 무슨 살이 들었다고 살풀이까지를 해가면서, 굿이라, 경이라, 푸닥거리라, 토사라, 머 이 몇 년간 장구 소리 끊은 적이 없건만, 세상살이는 날로 망조가 들어서 기울어 가니, 이게 대체 무슨 변이겠소. 인젠 입에 신물이 납네다. 아무 꼴 보지 않고 그만 목숨을 끊어 죽어 버렸으면, 이 이상 더 상팔자는 없겠는 걸 자식덜 생각을 해서 그럴 수도 없고, 그래 이걸 세상이라고 살아오자니……."

윤초시가 이때에 눈을 부릅뜨고 얼굴을 붉으락푸르락하고 몸을 뒤채듯 야단을 치니,

"아니 왜 이러시우. 글쎄 영감마저 왜 이렇게 날 성화를 시키려구 이러우."

하면서 이불을 덮어 주며, 미음 사발을 들었다, 밀수 그릇을 들었다, 약사발을 들었다 하면서 서둘러 보나, 모두 합당치 않다곤지, 그대로 안면 근육을 히물히물 떨고만 있으니,

"아이구 원통해라, 그럼 씨원히 뭐라고 말씀을 한마디 할 것이지, 이

럴 변이 어데 있소."

하고 울음조로 나온다. 그랬더니 윤초시도, 기여 눈을 감고 쭈루루 낙숫물 같은 눈물만 볼때기로 흘린다.

이때 박성권은 의젓하니 몸을 일으키어 윤초시가 누운 자리께로 가서, 덤덤히 그의 얼굴을 내려다보다가,

"존장 어룬, 마음을 진정하시오. 그렇게 흥분하시믄 신상에 더 해로우십네다. 아무 염려 마시구, 또 부탁하신 말씀은 그대로 제가 뼈가 가루 되는 한이 있을지라두 실행하겠사온즉 아무 염려 마시구, 마음을 진정하셔서 몸을 고치셔야 안 합네까. 지금, 이 오마니께도 다 말씀을 올렸으니 염렬랑 아여 마시구, 푹 마음을 노시구 몸 치료를 하셔야 안 하겠습너니까."

하고 엄숙하게 위로조로 나오니, 말귀를 알아듣곤지 못 알아듣곤지, 윤초시는 그대로 눈물만 흘린다. 옆에 앉은 초시 마누라도 따라서 홀짝홀짝 울어 대면서,

"영감, 이제 다 이 재장한테서 자상한 말씀을 들었소와요. 뜻대로 할 터이오니 아무 염려 마시고, 하루 바삐 깨끗하니 탈을 놓아 주소고레."
한다.

"그럼 저는 고을 들어가서 볼일을 마저 보구, 또다시 떠날 길에 한번 찾어뵈옵구 가겠습너니다."

따로 누구에다 대고 하는 말이 아니고, 두 사람 윤초시 부부에게 아뢰듯 하면서 성권은 몸을 뽑듯이 하여 사랑방 문턱을 넘는다.

"이거 원, 저녁두 못 대접하구, 참, 이게 원 도리가 아니외다."

이리하여 박성권은 윤초시 집을 물러나와 그 길로 자산 고을 와서 하룻밤을 잤다.

그런데 윤초시는 새벽에 해가 치밀어 오를 때 기여 정신을 잃어, 다시 깨어나지 못한 채, 까무라친 게 영영 주검이 되고 말았다.

아침을 먹기 전 부고를 듣고, 박성권은 고을서 대강 장례에 쓸 물건을 사서 지고 상갓집으로 나가, 사흘 만에 장례를 치르고, 이어 윤초시의 딸 탄실이를 소실로 맞게 마련하였다.

그러나 박성권이가 탄실이를 소실로 맞고도 곧 은산 있는 저희 집으로 데려올 수는 없었다. 전부터 잘살던 끄트럭이라 집이나 방은 넉넉하였으나, 아직 아버지의 삼년상도 치르지 못한 처지였다. 그래서 탄실이가 그 이듬해에 형걸이를 낳고도, 한 해를 지나 삼년상을 치른 뒤에야, 자산서 친정살이를 그만두고 겨우 은산으로 옮겨 왔다.

그 뒤에 곧 갑오년 전쟁이 일어났고, 전쟁이 끝나자 박성권은 *솔가하여 지금 사는 이 고을로 이사를 하여 처음으로 두뭇골에 집을 세웠다.

열여섯에 까다로운 시부모 밑에서 시집살이를 했고, 그 다음은 친정살이를 삼 년 가까이 해본 뒤에, 작은집 살이로 들어선 윤씨— 탄실이었으니, 어디서 한 번이나 남에게 고함을 치며 버젓한 살림을 가져 본 적인들 있었으랴마는, 두뭇골 와서 큰댁과 큰댁의 소생과 함께 작은집에서 볶아 댈 때처럼, 속을 썩이고 속 상하는 세상을 살아 본 적도 없었다. 원체 박성권이가 마누라나 첩의 소리에 귀를 기울이거나, 첩 큰댁 싸움에 참견을 하거나, 그럴 이도 아니고 아예 처음부터 첩 큰댁 간에 말썽 같은 게 생기도록 내버려둘 위인도 아닌 탓에, 작은댁의 대우를 받고, 서자의 취급을 받는, 윤씨와 형걸이만 억울한 세상을 살았다. 이즈막과도 달라서 서모에게는 오문절도 안 하던 그때 시속이라, 언언구구가 수모나 모멸 아님이 없었으나, 이에 대해서 단 반 마디의 대꾸조차 건넬 수 없는 처지다. 이런 생활이 일 년 이상을 계속되었다면 어

떻게 그의 팔자를 영영 고치기라도 해야만 할 결심을 먹었을는지도 몰
랐을 것이다. 본시 추근추근치 못한 성질은 올케와의 한부엌 살림에
적지 않게 누군누군해졌지마는, 아직도, 성미껏 해선 한바탕을 포달거
려 보아야 시원할 것을 그대로 삭이려니, 하루 종일 골치가 지끈지끈
쑤셔 내는 적이 없지 않았다.

　박성권이가 행길 거리에 집을 사고 큰댁과 그의 소생을 그리로 옮
긴 뒤, 옹졸스럽기 짝이 없던 첩 큰댁 한집살이를, 이러나저러나 면하
게 된 다음에야 숨을 내쉬고 제법 살림 같은 살림을 배포해 볼 수가
있었다.

　집도 활짝 늘려서 앞마당을 갖춘 사랑도 세우고, 전에 쓰던 방은 대
개 청간이나 토골로 고친 뒤 새로이 의젓하니 안방을 늘려서, 행길 큰
집처럼 크지는 않으나, 무어 불편을 느낀다든가 그렇진 않을 만큼은
아담하고 청초해졌다.

　비복도 거느리게 되어 부엌에 드나들 염려도 없어졌고, 영감은 거지
반 이 두뭇골 집에 와서 자고 조반상을 받았으므로, 음식 시세나 그런
것도 결코 옹색을 느끼지 않게 채비를 차리도록 마련이 되었었다.

　윤씨는 작은댁이거나 소실이거나 하는 아름답지 못한 칭호를 받을
값이라도, 인제는 제법 큰집을 도맡아 갖고 사는 어엿한 부인네가 되
었다. 아직까지 자산서 살고 있는 친정에는, 박성권이가 얼마간의 재
물을 지니게 해주어 재정상 교섭을 끊어 버린 뒤부터는 친정 걱정도
덜고, 친정이라야 어머니는 그 뒤 얼마 해서 세상을 떠나고, 남은 건
남동생 하나이었는데 그는 평양 있는 먼 일가로 *여각(旅閣)을 보고 있
는 집에 가 있는 지 오래이므로, 인제는 그다지 생각을 쓰거나 그렇지
않아도 좋을 식구뿐이었다.

여각(旅閣)
조선 후기에, 연안 포
구에서 상인들의 숙박,
화물의 보관, 위탁 판
매, 운송 따위를 맡아
보던 상업 시설.

윤씨는 앞이 트이는 제 팔자를 과히 안심하여 느끼게 되었고, 이럴수록 이게 모두 존신의 점지하신 덕분이라고, 저희 집 친정에서 어렸을 적부터 눈 익히 보아 온 대로 각색가지 귀신을 섬기기 시작하였다. 안방 뒤의 복낟가리하며, 대문에는 *수문장, *상기둥엔 *성주, 작은 기둥엔 *사방으로 *지운, *청간엔 *제석, 부엌에는 종왕, 방 안 천장 밑에는 *손각시까지 모셔 놓고 사철로 토사, 때때로 *굿과 *푸닥거리, 선앙제며, *살풀이며 이루 들어 말할 수 없이 마귀를 섬긴다는데, 또 이 밖에 통선암에 불공이나 *치성을 드리는 것까지 잊지 않았다.

그런데 어이 된 일인지 세존님이 노염이나 갔는지, 형걸이를 낳은 뒤에 다시 태기가 없어서 연년이 세존제를 지내고 칠성단 묻어 놓고 밤마다 물을 떠놓고 빌어 모시지마는 그 뒤엔 까막하니 소식이 끊어졌다. 처음 몇 해에는 거의 한 번도 들어 본 적이 없었고, 이 근경에나, 그것도 일 년에 몇 차례씩 겨우 방을 같이하는 큰댁이 딸과 아들을 낳아 보패와 형식이를 얻었는데 윤씨는 그 뒤 어찌 된 셈인지 자식을 가져 보지 못하였다.

그러나 단 하나인 형걸이가 그래도 아들인 것, 그 아들이 생김생김도 출중하고 인물도 성글성글하여 사나이답게 생긴 것만은 윤씨에게 더없는 기쁨을 주었다. 어렸을 적엔 서당 아이들과나 또 큰집 형준이나 형선이와도 곧잘 싸움을 하였으나, 한 번도 그 애들한테 져보는 적이 없고 뒷날 말썽거리는 남겼으나, 그런대로 상판때기를 들지 못하고, 매나 얻어 건사하며 풀이 죽어 다니는 것보다는 낫다고 생각하였다. 더구나 연세로 따져도 형걸이가 셋짼데, 서자라고 분수엘 넣지 않고 형식이를 셋째라고 부르는 대신, 그를 자산놈, 자산놈 하고 불러 대는 것에 참을 수 없는 아니꼬움을 느끼던 윤씨는, 형걸이가 큰집 아이

들에게 지지 않고 어디 코통이라도 터치고 들어오는 게, 한편 시원스
럽기도 했던 것이다.

　작은댁이나, 서자라고 푸대접을 받을 때는 혼자 속을 썩일 밖에 별
도리가 없던 것이, 형걸이가 나이 차서는 그런 빛만 보이면 어느 놈이
고 맞붙어서 해대었다. 항용 제 소생이 누구에게 상처를 입히든가 한
때에는, 뒷마무리를 하느라구 어머니가 그의 집을 찾아가서 미안하단
말이라도 올리는 게 습관이었으나, 아이들 싸움을 갖고 이러니저러니
첩 큰댁 간에 말썽을 만드는 건 박참봉이 극히 싫어하는 성미였으므
로, 혼자 속으로는 큰댁 최씨가 무슨 앙심을 먹는지 몰라도, 입 밖에는
터럭끝만큼도 그런 기척을 내발리지 못했다. 그러므로 이건 마침 십상
이라고 무슨 일이 있어도 시치미를 똑 뗐다가, 간혹 얼굴을 대할 때거
나, 그럴 때에 한두 마디,

　"온 형걸이 성화에 참 속상해 죽을 일이외다. 아이 놈이 어떻게 그리
세차고 포악스리 생긴 놈인지 원."
하고 인삿마디나 해두면 그만이었다.

　그러나 형걸이가 열 살을 넘어 총각꼴이 보일 때부터는, 윤씨에겐
한편으로 딴 걱정이 새로이 불쑥 솟아 올랐다. 그 근심은 형걸이가 열
아홉이 잡히도록 줄창 계속되어, 지금 그의 가장 높은 고팽이에 올랐
다고 할 것이다. 그것이 형걸이의 혼사 걱정이었다.

　형걸이가 돌아오는 걸 기다리느라고 윤씨는 안방에 혼자 불을 돋우
고 앉아 있다. 저녁부터 흐리고 물쿠던 날씨는, 밤이 이즈막해지니 기
여 비가 내리기 시작하였다. 빗발은 굵지 않으나 바람이 좀 있어서, 우
수수하니 나무를 울리고 마루에까지 빗발이 풍겨들었다. 윤씨는 사랑
으로 나가 등잔 심지에 불을 켜보았다. 영감은 종일 강에서 해에 그을

려 혼곤한데다, 얼근히 술에 취하여 나직하니 코를 골며 자고 있다. 윤씨는 자리의 주위와 앞뒷문을 한번 보살피고 불을 끈 뒤에 다시 안방으로 돌아왔다. 종을 먼저 재우고 그는 자리도 깔지 않은 채, 구름처럼 솟아오르는 생각과 추억에 서리어서 담배만 빨고 앉아 있다. 박참봉이 제 아버지 윤초시를 지레 죽게 만든 불측스런 위인인 걸 알 턱이 없는 윤씨는, 제가 순천서 첫서방을 여읜 때부터 친정으로 쫓겨와서, 그 다음 올케와 철딱서니 없는 싸움을 거듭하는 생활이며 다시 박참봉을 몸에 가까이할 때로부터 은산 살림, 두뭇골 살림에 이르기까지를, 몇 번이나 되풀이하면서 되새겨 추억하면서도, 종시 그런 건 의심해 볼 염도 아니했다. 물론 지금 그가 그 비밀을 알았다고 했자, 박참봉에게 아버지 원수를 갚거나, 이 집에서 몸을 빼내어 영영 딴사람이 되거나, 그렇진 못했을 값이지만, 무슨 일에 영감더러 화풀이나 넋두리라도 할 때엔 영감을 공박하는 유리한 조건으론 될 수 있었을 것이다. 그러나 이 비밀을 대충이나마 눈치채고 있던 임풍헌이 갑오년에 어디론가 종적을 감추어 버린 뒤에는, 이 비밀은 영원히 박참봉 혼자의 비밀이 되어 버리고 말았다. 벌써 박참봉과 같이 살게 된 이후로 스무 해 동안, 물론 적지 않게 충돌이 일어났다든가, 불만이 있었다든가 한 일이 없진 않았다고 하여도, 영감이 그를 위하고 사랑한 것만은 사실이라고, 윤씨는 만족하여 그를 섬겨 오는 것이었다.

형걸이의 혼사, 그걸 두고 말해도 제가 작은집이고, 또 형걸이가 서자라는, 어떻게 할 수 없는 팔자 때문에 뒤틀리는 일이지, 박참봉이 큰댁 아이들과 차별을 두든가, 그런 때문에 그리 되는 것이 아니란 건 윤씨도 잘 알고 있다. 영감은 오히려 형걸이가 계집애처럼 얌전하거나 그렇진 못해도, 사나이답고 좀되지 않은 성격에 다른 아이들보다도,

희망이나 기쁨을 느끼는 것이 사실이었다. 그런데 혼삿말이 한참 잦은 이즈음에, 형걸이가 막서리 처의 방으로 드나든다는 건 아무리 생각해도 모를 일이다. 영감이 적지 않이 노해서, 형걸이를 밤엔 일체 문 밖에 나가지도 못하게 하라니, 인제 장차 일어날 일이 혼삿말에 못지않게, 성홧거리가 되지 않을 수 없었다.

그런 건 또한 종차로 일어날 일이라손 치더라도, 우선 눈앞에 매달린 일로, 형걸이가 들어오면 뭐라고 말을 붙여서, 머리 깎은 이후, 여러 모로 뒤설킨 그의 감정의 문을 두드려 볼 수 있을 것인가— 이렇게 사뭇 생각에 잠겨서 윤씨는 대문에서 발자취 소리가 나기만 기다리고 있다. 비가 약간 멈칫했다가 다시 또 퍼붓는다. 그러나 발자취 소리는 좀처럼 들려 오지 않는다.

그리 익숙지도 못한 담배를, 얼마나 정신없이 빨아 뿜었는지, 돌려 닫은 방 안에는 연기가 자욱하여, 등잔이 안개 속에 서린 *어화(漁火) 같은데, 머리까지 아찔아찔하다. 그는 일어나서 바람이 풍겨들지 않는 윗문을 한 짝 열어 놓았다. 희미하나마 불빛이 쑥 뜰 안으로 내뻗쳐서, 비단실 같은 빗줄이 반뜩반뜩한다. 연기가 외곬로 몰려 나가다간, 비바람이 휙 몰아치면 꾸풀꾸풀 천장으로 출렁대면서 찬 공기와 환기가 된다.

담뱃내가 다 나가서 문을 닫으려고 하는데, 중대문 소리가 난다. 인제야 형걸이가 돌아오는 것이다. 그는 문에 빗장을 지르더니 어머니 방에서 불빛이 훤하니 비치는 걸 보고, 곧바로 제 방으로 들어가려다가 잠시 이쪽을 바라본다. 우산도 못 얻어 쓰고 삿갓을 쓴 채, 갓신 신은 발은 대님을 풀어 활짝 걷어붙였다.

"형걸이 너, 인제 오네."

어화
고기잡이하는 배에 켜는 등불이나 횃불.

하고 불을 내대이면서 물으니,

"오마니 여태 안 주무시우."

하면서 삿갓을 벗으며, 옷에 묻은 빗방울을 턴다.

"네가 안 들어왔는데, 비는 오구 해서 어떡허나 하구 기대리던 참이다."

"비 같은 거 오는데 머, 무슨 일 있을라구요."

하면서 형걸이는 제 방으로 들어가 버리려고 한다.

"그대루 좀 왔다 가거라. 자기 전에."

한 발을 토방 위에 올려놓다가 주춤하면서,

"저요?"

하고 뻔한 걸 한번 더 물어 보며, 형걸이는 고개를 숙이고, 토방 위를 삿갓을 든 채 건너온다.

"아니 우산두 못 얻어 쓰구 왔네? 어델 가 놀댔길래."

어머니의 말에 어디란 말은 못 하고,

"우산이 머, 집집이 그렇게 흔한가요."

하고 종시 낯을 면바로 들지 않은 채 발에 묻은 진탕을 만지기나 하듯, 어름어름하고 토방에 서 있다.

"좀 둘어오나라."

"발두 진데, 머."

"게 걸레 있는데 씻으려무나."

형걸이는 방 안에 들어온다. 그러더니 그제야 대체 무슨 일이요 대관절, 하듯이 낯을 어머니께로 바로 쳐든다.

"게 좀 앉거라."

담뱃대를 놓고 어머니는 휭하니 아랫목에 가 앉는다. 형걸이도 윗목에 앉았다.

"아버지가 너 어데 밤에 댕기는지 걱정하시더라. 그러구 인제부텀은 밤에 나가지 말게 하라구 말씀하시드라."

댓바람에 *요진통을 쪼루루 말해 놓고, 윤씨는 아들의 표정을 먼발로 바라보았다. 흐릿한 불빛에도 눈에 띄게 휙끈, 낯색이 변해지는 걸 알 수가 있었다. 그러나 형걸이는 아무 대답이 없다. 그저 덤덤히 앉아 있을 따름이다. 그 동안 그의 안색은 몇 번이나 변하는 것 같았다. 그러나 이윽고 머리를 들어 어머니를 바라본즉 곧,

"그 말씀밖엔 따루 하실 말씀이 없으신가요."
하고 물어 본다. 별로 아무 감정도 안 섞인 나직한 말소리다. 그러나 어머니는 잠시 당황해한다.

"그렇다. 그래 너는 어째서 어룬 묻는 말엔 대답을 않느냐."

어머니는 처음은 그렇지도 않았던 것이, 말을 끝막을 때엔, 어딘가 아들을 책망하는 어조로 나온 것 같아서, 제 자신이 가벼운 흥분에 싸인 것을 느낀다.

아뿔싸— 이렇게 감정을 돋우어 할 말이 아니었는데, 이 녀석이 불쑥 밸이라도 나서 뺑하니 건너가 버리든지 하면, 외려 말하지 않음만 같지 못하지 않은가. 어머니는 말만은 그렇게 해놓고도 내심은 어지간히 캥겨도는데,

"어데 갔던 줄을 미리 아시고들, 물으시는 것 같애서 대답지 않었습네다."
하고 여전히 침착하게 대답한다.

침착하니 존댓말로 대답하는 형걸이의 말이, 윤씨에게는 되레 폐부를 건드리는 데가 있었다. 차마 그렇게 둘러엎어서 말할 줄은 몰랐기

때문이다. 막서리 처를 보아 다닌다는 말이 사실이라면, 낯을 붉히며 머뭇거리다가, 무어 두어 마디 발명하는 말이라도 중얼대고 말 것이요, 만약 그 말이 생뚱한 지어낸 말이라면, 그게 무슨 당치 않은 말이냐고, 지금 막 아무개네 동무 집이든가, 교사의 집에서 오는 길이 아니냐고 어엿하니 뻐겨 대고, 횡하니 제 방으로 건너가 버릴 줄로 알았던 것이, 어머니의 한 말을 엎어 가지고, 버젓이 내가 두칠이 처를 보아 다니우, 하듯이 밝혀 놓고 마는 것이, 윤씨에게는 천만뜻밖이었던 것이다.

"그래두 난 그 말이 정말루 들리질 않아서 물어 본 말이다."

어머니는 낯을 좀 수그린다. 이 말을 듣고, 그 말하는 투가 어딘지 쓸쓸한 것 같아서, 형걸이도 좀 마음이 언짢은지 낯을 따라 수그린다.

"원 또 얼마나 미욱스리 자주 단니믄, 남의 눈에 띄게 단긴단 말이냐."

이 말은 아들의 얼굴을 바로 보지 못하면서 어머니가 하는 말이다.

"누가 자주 갔나요. 큰집 맏형이 저두 맘치구 나왔다, 서루 들킨 게지요."

'아니, 맏형 형준이가?'

그러나 이 말은 입 밖에 내지 않고 윤씨 혼자 속으로 중얼거린 말이었다. 그는 다시,

'그리군 제 스스로 영감에게 고해 바치다니.'

하고도 생각해 보았다.

그러나 이런 걸 들고 이러니저러니 하면 동기간 의리도 상할 것 같아서, 윤씨는 다시 뇌지 않고 한참을 덤덤히 앉았다가,

"아무리 남아의 몸이라 할지라두 제 몸은 제가 사랑하구, 제 처신만은 바루 가져야 하느니라. 그 애가 아무리 맘에 든다 해두 신분이 있지

않으냐, 또 너는 지금 한창 혼삿말이 사방에서 자자한데, 소문이 밖에 래도 나가면 창피두 하려니와, 다른 일에두 밑지는 일이 아니냐.”

그러나 이때에 형걸이는 불쑥 일어났다.

“전 장가 안 갈래요.”

그러고는 훌쩍 문을 열고 아직도 비가 내리는 뜰 안으로 나간다.

“아니 뭐?”

하고 따라 윤씨도 일어섰으나, 다른 말이 나오질 않아, 그는 한참 동안 방 가운데 서 있었다. 이윽고 방문 있는 쪽으로 가보니 형걸이는 벌써 제 방에 들어가 버린 뒤이었다.

11

장로교회당은 구룡교에서 강선루 쪽을 향하여 올라가다가 왼편으로 꼬부라져서 임강정 있는 바로 그 맞은 집, 전날 김이방네 집 자리였다. 모서리에 부엌을 두고 양쪽 기역자로 두 칸씩 방을 들였던 것을, 모두 뜯어고쳐서, 부엌을 메우고 양쪽 바람벽을 친 뒤에 높직하니 마루를 놓아 그곳에 *강도상을 만들었다. 행길 쪽으로 있는 기역자의 한쪽 두 칸 방이 남자 예배석이요, 안으로 꺾인 기역자의 또 한쪽 두 칸 방이 부인네들의 예배석이다. 지붕은 영세대로 두어 두고, 대문만 고쳐서 높직하니 돌지붕을 넣고, 그 꼭대기에 맵시나게 나무로 열십 자를 만 들어 세웠다. 그 옆에 사다리처럼 다섯 여섯 층계를 만들어서, 노전으 로 위를 덮고 그 밑에 종을 매어 달았다. 김이방네가 청간으로 쓰던 방 을 고치고 늘려서, 평양서 온 이조사네가 살고, 그 윗방이 새로이 동명

강도상(講道床)
교리를 알기 쉽게 설명 할 때 책이나 원고를 놓고 보기 위하여 앞에 놓는 상.

학교 교사로 온 문우성이가 기숙을 하고 있었다. 문교사는 평양 일신학교 출신으로 예수교의 독신자였고, 학교에서는 산술, 역사 등을 가르쳐 주는 서른도 안 된 젊은 선생이었다.

모란꽃이 한창이니 오월 단오는 아직도 좀더 있어야 한다. 모란꽃이 져서 떨어지고, 가시울 밑과 논두렁 같은 데 창포가 줄기차게 성하고, 신작로 기슭에 부득꽃이 피고, 마지막으로 함박꽃(작약)이 활짝 피어오르면, 이곳에 단오절이 찾아온다.

그때까지는 아직 보름 하고도 얼마가 더 남아 있다.

밤새에 내리던 비가 활짝 갠 화창한 공일날이다. 동명학교 학도 박형선, 박형걸, 손대봉, 이태석, 김길손 등은 아침 예배를 보고, 찬미책들을 옆구리에 낀 채 우슬렁우슬렁 문교사의 뒤를 좇아 모란꽃이 핀 살구나무 밑으로 몰려 나왔다.

이들 중의 몇 사람, 손대봉이나, 형걸이나, 형선이는 어렸을 때, 아직 동명학교가 생기기 전 서당을 그만두고 기독학교를 얼마간씩 다닌 적이 있어서, 기독교에 대해선 결코 판 백지가 아니었다. 그러므로 그들은 요한 삼장 십육절이니, 삼장 찬미니, 주기도문이니, 이런 건, 그 참뜻을 알지는 못할 값이라도 제법 소리 높이 읊어 대기는 하였다. 그러나 그들은 안식일을 지킨다든가, 예배를 본다든가, 밥 먹을 때나 잠자리에 들 때에 기도를 올린다든가, 그런 건 도시 할 염도 안 했고, 찬미책도 성경책도 사지 않았다. 학교가 기독학교니 옛말 듣는 소로 성경말을 들었고, 창가 배우는 여대로 찬미를 불렀던 것이다. 무당이 굿할 때 하는 사설이나, *조사나 *영수가 올리는 기도나, 때때로 장난삼아 숭내를 내고 웃고 떠드는 장난감이 되기는 매일반이었다.

그러므로 기독학교가 폐지된 뒤에는 예배당엔 갈 염도 안 했고, 성탄일 같은 때에도 구경삼아 가면 가고 안 가면 말고 하는 그런 정도이었다.

그러던 것이 문교사가 부임해서 얼마 안 해, 이들은 다시 예수를 믿는다고 예배당에를 다니기 시작한 것이다.

문교사가 부임된 뒤부터라고 하여도, 그가 공부시간마다, 줄창 예수교 선전을 했다든가 그런 때문은 아니다. 본시 문교사는 강서 태생이라고 하는데, 인물이 깨끗하고 새 지식이 해박해서, 이 고장에 오자 곧 학도들의 마음을 사로잡고 말았다. 동명학교 교사라야 한문 선생 같은 건 서당 훈장과 다를 게 없었고, 신식 학문을 배워 주는 이라야 어느 시골학교를 한 해나 두 해, 대충대충 건너뛰며 배워 갖고 온 나 많은 분들뿐이었고, 그래도 정영근 교사 같은 이는 체육이나 조련을 가르치는 관계로 젊은이들의 마음을 끌었으나, 이 역시 너무 엄하고 세차서, 학도들이 가까이하긴 힘든 사람이었다. 그러던 판에 대성학교 물도 먹었고, 지난봄에 일신학교도 졸업했고, 그래서 신학문이나 개화사상엔 발이 활짝 넓은데다가, 또 하나 엎쳐서 예수를 믿는 덕에 *양인들과도 교제상이 넓어 이즈음은 양서를 이책 저책 뒤적여 보는 판이니 학도들이 홀딱 반해 버릴 건 정해 논 이치였다.

대성학교

이조사의 소개로 이 고장 학교에 부임이 되었는데, 그는 오는 대로 그의 윗방에 기숙하고 검소한 독신생활을 시작하였다.

처음 그는 처자도 안 거느리고 혼자만 달랑하니 찾아와서, 단정한 독신 생활을 하는 것이 일반의 주목을 끌었다. 그가 강서에서도 명문의 자제라는 걸 안 뒤에는, 일반은 더욱 그의 생활을 괴이하게 생각하

양인(洋人)
서양 사람.

였다. 마누라와 의가 나쁘든가 그렇지 않으면야, 청청한 몸에 안타까이 외지에 와서 홀아비 살림을 한다느냐고, 부인네들까지 문선생의 이야기를 입심거리로 삼았다. 아마 상처를 한 뒤이거나 그렇지 않으면 어디 첩이라도 두었다가 이 고장 형편을 보아 *종차로 데려오려는 겐지 모른다거나, 이렇게들 소문을 놓다가, 이즈음은 예수 믿는 집 부인네들 입에서 나온 말로, 엄격한 양반 집안의 자손이라, 아들은 개화사상에 떠서 교사질을 나다녀도, *자부(子婦)는 타 고장에 내보낼 수 없다고, 저렇게 혼자 나와 다니는 게라는 소문이 퍼진 뒤에는, 아마 그 말이 *비등할 게라고, 다시 딴 소문을 퍼뜨리지는 않았다.

그러나 학생들간에는 그가 독실한 기독교 신자라는 것이 한 가지 이야깃거리가 되었다. 학도들 중에는 유학을 세우는 집안에서 자라나서 서학을 싫어하는 이도 있었으므로, 어떻게 되어 저런 점잖은 선생님이 예수를 믿는다더냐고, 수상히 생각하는 이도 있었지만, 고을서 자라나서 기독학교를 치른 학도들에게는 전과는 다른 태도로 예수교를 다시 한번 돌아보는 힘있는 동기가 되었던 것이다.

그러나 학도들이 문교사를 좇아 예수교 회당엘 드나들게 된 직접 동기는 모두 제각기 딴 모습을 띠고 있었다.

위선 형걸이는 문교사와는 다른 학도들보다 유달리 가까워질 까닭이 있었다.

문교사가 고등과 일년 교실에서 수학을 가르치기 몇 날째 만에, 학과를 마치고 하학할 무렵이 되어, 미취자를 조사해 본 적이 있었다. 장가 아니 간 학도는 두서넛 되었으나, 선치도 안 싸고 통히 약혼조차 안 한 학도는 스무 명 가까운 한 반 학도 중에 박형걸이 혼자뿐이었다.

생김새도 비범하고, 차림차림이나 몸 가지는 품이 결코 가난한 집 아이도 아닌데, 어인 까닭으로 아직 조혼사상의 희생이 되지 않았는가 하여 퍽 이상하게 생각하였다. 물론 개화사상이 들어온 뒤에는, 열 한두 살 나이에 장가를 보내지 않으려는 개화해 가는 집안도 드물하였으나, 열아홉이 되도록 혼사도 정하지 않았다는 건, 그의 집안이 상당히 개명한 신식 집안이거나, 그렇지 않으면 필시 무슨 곡절이 숨어 있을 게라고 생각하였던 것이다. 문교사는 교실을 나오면서, 형걸이를 불러, 밤에 틈이 있거든, 내가 기숙하고 있는 집이 바로 예배당 안에 있는 이조사네 집 윗방이니, 한번 놀러 오라고 말하였다.

자상한 형걸이의 설명과, 그 설명 속에 얼키고 설킨, 형걸이와 형걸이 모친 윤씨의 고민을 낱낱이 듣고, 문교사는 신분의 차별이나, 적서의 구별 관념이나가, 모두 어떤 시대의 찌꺼긴가를 소상하니 가르치고, 지금 문명하는 시대에는 그런 차별이 절대로 있어서는 안 될 것을 말하였다. 이어서 그는 비복을 해방할 것과, 미신을 타파할 것과, 조혼사상을 물리칠 것과, 생활 습속을 개량할 것을 말하고, 이것을 위하여 몸을 바침이 청년 남아의 할 것이라 가르치었다. 형걸이는 문교사의 이야기를 알아들을 대목도 있고, 터무니 무슨 곡절인지 영문인지를 모르고 넘기는 대목도 많았으나, 문교사의 하는 말은 모두 옳은 말이라고 생각하면서 잠잠히 듣고 있을 뿐이었다. 이런 일이 있은 다음부터는 형걸이와 문교사와의 사이는 유별난 *교의로써 맺어져서, 시제의 엄격한 관계는 잊지 않으면서도 어딘가 그것을 넘는 정의를, 피차간 느끼고 있었다. 바로 형걸이가 쌍네와 가까이하기 비롯한 전후의 일이었다. 그러나 형걸이는 쌍네와의 관계에 대해선 절대로 입을 다물고 아무 의논도 하지 않았다. 그리고 인제 다시 혼삿말 같은 덴 귀도 안 기울이리라고, 내심으로 굳이 작정한 것도, 문교사에게는 말하지 아니

교의(交誼)
사귀어 친해진 정.

하였다. 그는 얼마 안 해 공일날이나 삼일 밤 예배 같은 때엔, 회당에 다니는 교인이 되어 있었다.

형선이가 예배당에 다니게 된 건, 또 다른 경로를 밟아서였다.

형선이는 그의 갓 데려온 아내, 보부가 예수는 믿지 않노라 하지만, 뒤주 속에 시집올 때 성경책과, 찬미책과, 예수가 승천할 때의 그림과, 십자가 앞에서 꿇어앉은 그림 등속을 넣어 갖고 온 것을 알고 있었고, 정좌수도 *회당에 다니진 않으나, 기독교를 배척지 않는다는 건 잘 알고 있었다.

"예수 믿는다구 뭐랄까 봐 그러나."

사실 보부는 귀신이나 마귀를 존신이라고 섬겨 오는 집안에서 예수교 문세를 중얼대다가 시집살이도 못 하고 쫓겨온 색시를 알고 있었고, 비록 새신랑 되는 형선이야 그러랴마는, 빈정대는 말에도 틈새기를 보이지 않으려고,

"믿으면 믿는다고 밝히지요. 믿지 않으니까 않는다구 하는 게지요." 하고 새침을 뗀다.

"그럼 성경책은 웬 겐가. 그리구 목수 아들인가, 그 텁석부리 말이야, 그 사람 하눌루 올라가는 그림인가, 그건 다 웬한 겐가?"

"심심할 때 이야기책 대신에 보믄 어떤가요. 그림이야 머, 비단필이나 삼성에 붙은, 딱지를 모아 두는 어대지요."

그러나 형선이가 바륵바륵 웃으면, 보부도 그 웃음이 무엇을 말하는지 알면서도 그대로 따라서 바륵바륵 하고 웃었다.

그런데 문우성 교사가 온 뒤에, 그가 예수를 독실하게 믿는 걸 알고 얼마를 지나서, 형선이는 밤에 제 아내더러,

"새루 온 문교사가 예수를 믿는대. 아주 독실하다는데. 난두 회당에

나 갈까."

하고 말해 본 적이 있었다. 이때에도 남편이 제 마음을 중떠보는 줄 알고, 아무 대답이 없었다.

"그 찬미책하고, 성경책하고, 좀 꺼내 주게."

그때에야 비로소, 남편의 말이 진정인가 농말인가를 판별해 보려는 듯이, 바느질에서 눈을 떼고 남편의 얼굴을 쳐다본다. 별로 농의 말 같지가 않아서,

"건 뭘 할라구요."

하고 한번 물어 본다.

"두뭇골 형걸이두 믿구, 모두 가는데, 난두 가볼까 하구."

"머, 남이 믿으면 믿으시나요."

"자네가 믿길래 믿어 보려네."

농말인 줄은 알면서도 보부는 발신하니 웃으면서,

"망측해라, 누가 머 믿는답디까."

한다. 그러나 그는 곧 옷가지 *호던 걸 반짇고리 속에 넣고 일어나서, 옷뒤주를 열고 그 속에서 성경책과 찬미책을 꺼내었다. 어딘가 기쁘드름한 홍조를 띤 빛이 얼굴에 떠올랐다. 형선이가 그걸 한 손으로 받아 쥐니, 보부는 다시 아래께 문을 열고 서랍에서 성화를 꺼낸다.

"이 그림이 십자가에 못 백혀서 사흘 만에 예수 승천하는 그림, 이건 겟세마니 동산에서 예수가 기도 드리는 그림, 이건 예수 어렸을 때 그림, 이게 마리아라구 예수 오마닌데, 참 곱게 생겼지요."

보부가 하나하나 가르쳐 주는 걸, 덤덤히 바라보고 있다가 형선이는, 얼굴을 비스듬히 쳐들어서 보부를 바라보며,

"한다하는 조사 영수 찜쪄 먹겠군."

호다
헝겊을 겹치어 바늘땀을 성기게 꿰매다

하고 히죽이 웃었다. 그는 아내의 지식이 넓은 데 만족한 것이다.

"난두 기독학교 댕겨서 성경줄이나 들었건만 원. 그래두 찬미는 몇 마디 하지. 어데 이번 주일에 가볼까."

"가보시구려. 아무러나 개화하신 이들이야, 마귀 섬기는 것보담 월등 낫지요."

인제는 보부가 정면으로 권하는 판이다. 형선이도 속으론 '짜장 그러렷다' 하고 생각했으나, 아무 말도 안 하고 성경책을 뿌르르 펼쳐 들었다.

"자네 가구 싶어 어떡하겠나."

책장을 공연히 펄각펄각 뒤치면서 형선이가 물어 본다.

"가구 싶으면 가나요. 내외하는 아낙이 그렇지요, 머."

"내 용서 맡어 줄게 자네도 같이 가세나."

그러나 남편의 이 말이 농말인 건 뻔했다. 그러므로 보부는 씩 웃으면서,

"남덜 다 갈 때 차차 가지요."

한다.

"지금두 머 남덜이야 안 댕기나, 많이덜 댕기는데."

"그래두 난 후댐에 갈래요. 어서 당신이나 열심히 믿우. 나야 애기나 낳거던 장옷 쓰구 댕기지요."

형선이는 아내의 갑자기 발그레해지는 얼굴을 홀린 듯이 한참이나 쳐다보다가,

"인제 밤두 깊었는데 자리 깔구 불 끄지."

하였다.

형선이는 그 다음 공일날부터 예배당엘 갔다.

이 밖에 손대봉이는 형걸이의 권유, 그리고 김길손이나 이태석이는 다시 이 손대봉이나 형걸이의 인도로 예배당에 출입하게 된 것이다. 대봉이는 예수교란 건 어떤 겐데, 그 진리는 뭐이고, 죽으면 천당에 가고, 뭐, 이러퉁한 말은, 하나도 쓰지 않았다.

"애 길손아, 이 댐 공일에 회당에 가자."

한마디 툭 던지면 저쪽에선,

"겐 뭘 하레."

하고 반문한다. 그러면 곧,

"너, 색시랑 체니 구경 안 할련? 함께 찬미하구, 기도 올리구, 오라바니, 누님 어쩌구 한다. 재미있다."

이렇게 꼬여 대면 처음엔,

"망할 자식."

하고 어깨를 툭 치며 웃고 돌아서지만, 공일날 아침엔, 일찌감치 조반을 먹고,

"대봉이 있나."

하고 찾아왔다. 대문 밖으로 나가면 기척하고, 경례하고, 입나팔 분 뒤에,

"문선생님두 믿는다지."

하고 엄숙하니 딴전을 울린다. 그러면 대봉이는,

"그럼, 문선생님이 믿길래 가는 게지, 될 밀인가."

하는 것이었다.

이렇게 해서 그들은 각각 예배당에 다니기 비롯한 것이다.

예배가 끝나면 남자들이 먼저 다 나가 버린 뒤에 한참을 더 기다렸다가 부인네들이 장옷을 쓰고 회당에서 나와, 자기 집으로 돌아가게

되어 있었다. 마침 남자반 예배석에서는 나 많은 축들이 상론할 게 있다고 빈자리가 없으므로, 부득이 문교사는 청년들을 데리고 뒤꼍 살구나무 밑으로 온 것이다.

"지금 조사님 말씀대로 마귀를 불살라 버리는 예배가 두세 고장 있는데, 거기 참례하려거든 점심덜 잡숫고 다시 이리로 모여 주시오. 그러나 머, 장년반에서 참례할 테니까 우리 청년이 전부 몰려갈 필요는 없고, 역시 먼저 주일처럼 미신 타파의 전도대를 두어서 친근한 집이나, 흠 없는 집에 가서 각각 성경책과 찬미책을 나누어 주면서, 우리 하느님 말씀의 진리를 펼쳐 놓는 데 노력하시는 게, 더욱 안식일을 지키는 본정신에 합당할까 합네다. 우리의 생활의 실제를 들어서, 귀신이나 마귀를 섬긴다고 굿과, 푸닥거리와, 토사와, 경과, 점과, 살풀이와, 치성 같은 데에 피땀을 흘려 모은 재산이 얼마나 생뚱하게 흘러 버린다는 것을 실지상의 있는 일을 들어서 설명하고, 개화한 외국인들의 훌륭한 생활을 자세하게 비교해 가면서 깨우치도록 말씀하고, 이 찬미책과 성경책과 그림 등속을 두고 보라고 나누어 주시오. 한 번 그렇게 해논 집은 그 뒤 끊임없이 자주 놀러 다니면서, 무슨 사소한 일을 들어서라도 늘상 하느님의 진리를 들어 말씀하십시오. 동시에 우리가 날마다 말하는 생활풍습의 개량 같은 거나, 비복의 해방 같은 거나, 이런 걸 널리 들어서, 어서 우리 어두운 생활에서 광명한 세계로 나아가자고 권유하십시오. 끝으로 가장 주의할 것은, 무례하게나, 또는 감정이 상하게 하지 말 것. 무엇보다 먼저 친밀해지는 게 중요하니까. 그리고 가도가 엄격한 집에 무시로 안방을 엿본다든가, 이런 건 우리 청년들이 오해를 받기가 쉬우므로 절대로 주의하고 명심하여야 하겠습네다."

이 말을 들으며 형걸이는 모란꽃 포기 옆에서 잠깐 딴생각을 하고

있었다. '안방을 엿본다든가, 이런 건 우리 청년들이 명심하여 삼가야
겠다는 걸' 들으니 언뜻 두칠이 처 쌍네 생각이 났다. 형선이가 빤히
형걸이를 쳐다본다.

'혹시 형선이도 형준이 입에서, 내가 두칠이 처 방에서 나오더란 말
을 듣고, 그 일을 알고 있는 것은 아닌가. 그렇다면 형수 되는 정보부
나, 온 집안이 알고 있을는지도 모를 일이다.'

이렇게 생각하니 낯이 후끈하면서 형준이에게 미움이 가고 잠시 동
안일지라도 제 얼굴을 뻔히 쳐다보던 형선이에게도 미움이 가는 것
같다.

퍼뜩 대봉이를 보았더니, 그는 지금 칠성이 처의 생각을 했었던지
형걸이를 보고 벌쭉하니 웃는다.

"그럼 두 분씩 갈러서, 한 분이 성경과 찬송가를 각각 한 책씩 들고
그림은 큰 거 작은 거 합해서 다섯 장씩, 이렇게 나누어 들고 곧 떠나
주십시오. 밤 예배에 다시 오실 때에, 전도한 결과를 자세하게 말씀하
시도록 해주시오."

잠깐 부인네들의 예배석을 끼웃하여 바라보더니,

"부인네들도 다 갔으니 인제 각각 헤어지시오."

형걸이와 대봉이는 한 패가 되었다. 그들은 임강정 앞으로 나와서
비류강 가상으로 내려왔다. 방수성 위에 서서,

"뉘 집 뉘 집이 가볼까."

하고 형걸이가 물어 본다.

"네 소견대로 한 집 가구, 내가 앞장서서 한 집 가구, 이번엔 이렇게
한 번 갈라서 해보자."

대봉이의 대답을 가만히 되새기더니,

"넌 어데 갈라구 생각한 곳이 있네? 난 한 군데 있다."

하고 형걸이가 말한다.

"뉘 집이가? 너부텀 말해 봐라."

"왜, 방선문께 나가노라믄, 국숫집이 있지, 박 누구라든가, 그 집 아니믄 그의 아우 마방하는 집으로 갈란다."

형걸이의 말이 채 끝나기가 무섭게 태봉이는 달려들었다.

"이놈 뭐 어드래?"

멱살을 받쳐 쥐려고 하니, 형걸이는 고개를 뒤로 젖히면서,

"안 그러마, 안 그러마, 다신 안 그러마."

하고 껄껄 웃어 댄다. 형걸이가 가자는 집은 박리균네와 그의 동생 박성균네 집인데, 대봉이가 인제 며칠 안 있다 박성균의 딸 금네한테 장가드는 걸 놀려 대는 말이었기 때문이다.

대봉이는 성이 삭았어도, 좀 입맛이 밍밍한지 시푸드름해 있다.

"왜, 그 말에 노했나."

하고 물으니,

"망할 자식, 노하긴 누가."

하고 씩 웃으며 시원스레 대답은 했으나, 그 싫디싫은 금네한테 장가들 걸 생각하니, 미상불 속이 상해 기분이 울적하지 않진 못했던 것이다.

한참 동안을 아래쪽으로 덤덤히 걸어가다가,

"내가 생각한 곳은 강선루 앞인데, 그리루부텀 댕겨 갈까. 우리 일갓 집 뒤채에, 새루 평양서 이사해 온 집이 있다."

하고 대봉이가 말하는 것을, 형걸이는,

"그럼 그럭하지."

하고 그 말에 따라간다.

그들은 다시 길을 뒤집어 임강정 골목으로 올라와서 행길로 나섰다. 대봉이는 앞장을 서서 바른쪽으로 올라가다가, 관가 우물께로 꺾어서 돌아간다. 한참을 가다가,

"이 집 뒤채다."

하고 대봉이는, 어떤 돌집 앞에 와 선다.

"이 뒤꼍으로 돌아 들어가면, 따루 떨어진 집이 있다."

잠깐 더 그대로 서서 설명을 하다가, 가만히 형걸이 귀밑에다 입을 대고,

"기생집인데 괜찮을까."

하고 나직이 물어 본다.

"글쎄."

하고 형걸이도 그의 말이 뜻밖이고, 도시 생각조차 안 했던 곳이라, 잠깐 동안 머뭇거리며 새겨 보다가,

"귀천의 차별이야 두겠나. 그러니 관계야 없겠지만서두, 글쎄 원 우리 학도 신분에."

하고 망설이는 기색을 보인다.

"그럼 괜찮다. 차별을 없애는 게 종교의 목표가 아닌가. 어쨌거나 뒷감당은 내 할게 따라만 오게. 난두 이사왔다는 소식을 들었을 뿐이지 한번 본 적은 없다. 뽕두 딸 겸 뭣두 볼 겸이지."

대봉이는 그의 팔을 끌듯이 하며 앞장을 선다. 형걸이도 싫지는 않다. 들어가는 걸 발뺌해 줄 건덕지나, 발명할 수 있을 만한 트집만 있으면, 젊은 사람의 마음이라 입맛이 당기지 않진 못했던 것이다. 모시 다듬은 두루마기를 살랑살랑 휘날리며 한 손으로 책과 그림을 들고 각담을 돌아 뒤꼍으로 갔다.

　"아니 계시우."

하고 문 앞에서 대봉이가 불러 본다. 대문 앞은 채마밭이다. 안에서는 대답이 없다.

　"아니 계시우니까."

하고 또 한번 부르고는 형걸이를 보면서 눈을 하나 찔끔한다.

　"거, 누구요."

　가느다란 젊은 여자의 목소리다.

　"내웨다."

하고 제법 어른처럼 대답하곤 또다시 형걸이를 바라본다.

　"오만, 누구 찾아오신가 분데, 좀 나가 보시소고레."

　대문 밖에 서서 두 총각은 아름다운 여자 목소리를 흘리듯이 듣고 섰다. 이윽고 회청백이 낡은 걸 끌면서, 오십이 넘었을 부인이, 삼성 치마를 두르고 뜰을 건너 나와서 대문 빗장을 뽑는다.

　"어데서 오신 이들인가요."

　대문 앞에 와서 찾는 손이 시퍼런 학도 청년인 것을 본 여인은 좀 의아해서 두 사람의 얼굴을 번갈아 본다.

　"아랫거리서 온 사람인데, 주인 계신가요."

하고 이번에는 형걸이가 나섰다.

　"예, 아주이만 있슴네다. 그런데 무슨 일이신가요."

　이렇게 더듬더듬하고 있는데, 안에서 젊은 여자의 목소리가,

　"누구시든지 들어오시라구레. 으레껏 찾아오신 이들을."

　이 소리를 듣더니 여인네는 급작스레 벌신하니 웃으면서,

　"자, 누추한 방이지만 좀 들어들 오시소고레."

하고 대문 한편에 비켜 선다.

“에 좋수다, 여기두.”

하고 대봉이는 한번 사양해 보는데, 형걸이는,

“그럼 잠깐만.”

하고 대문 안으로 으쓱하니 들어선다. 그래 대봉이도 따라 들어섰다.

주렴발을 친 윗방에서 갓 단장한 듯한 기생이 쌩긋하니 웃으면서, 한 손으로 발을 들치고, 반들반들하게 물걸레질을 쳐놓은 마루로 나온다.

“수구레 누추한 집을 찾아 주셔서 죄송합네다.”

하고 고요히 한짝 무릎을 꿇고 반절을 하듯 한다. 예사대로 하자면 떨어지게 반말을 할 것이지만, 형걸이는,

“느닷없이 찾어와서 되레 안됐수다.”

하고 어름어름한다.

“자 이리로들 올러오시지요. 방은 누추하지오만, 이리로 들어오시지요.”

기생은 처음 마루를 권하였다가 다시 방 안을 권한다. 대봉이는 형걸이를 슬쩍 보더니,

“그럼, 좀 들어가서 이야기하세그려.”

하고 토방에 갓신을 벗고 마루로 올라선다. 기생의 안내로 그들은 방 안에 들어갔다. 기생 어미는 부엌 건너 외간방으로 들어가 버린다.

기생이 안내한 방은 늘레로 두 칸 방인데 *기직 위에 돗자리를 깔고, 아랫목에는 보료에 *사방침을 놓았다. 뒤꼍으로 뒤주, 자개 장롱, *의걸이를 쭈르니 늘어놓고, 아랫목 머리맡에는 문갑이 놓였다. 옷 곁에는 화초 병풍을 나직하니 둘렀고, 그 앞에 놋으로 만든 *유경(鍮檠)이 놓여 있다. 문갑 앞에는 흰 옥초합과, 놋재떨이 위에 긴 연죽이 하나 얹혀 있다.

기직
왕골 껍질이나 부들잎을 짚에 싸서 엮은 돗자리.

사방침(四方枕)
팔꿈치를 괴고 비스듬히 기대어 앉을 수 있게 만든, 네모난 베개. 길이가 한 자쯤 되는 널조각으로 여섯 면이 되게 짜고 겉에는 모양 있게 꾸민 헝겊을 씌운다.

의걸이
위는 옷을 걸 수 있고, 아래는 반닫이로 된 장.

유경
놋쇠로 만든 등잔 받침.

병풍 머리에 세운 가야금이, 천장 밑에 선반을 매고 모셔 놓은 손각시 들어 있는 챙지에까지 올라 대이었다.

"인젠 벌써 여름이라고 낮이면 더우신걸요."

하고 *태극선을 꺼내 권하고, 이어,

"의관 파탈하시고 앉으시지요."

한다. 두 사람은 들고 온 책과 그림을 놓고 모자를 벗어 보료 뒤로 밀어 놓는다.

보료 위에 두 젊은 손님을 모셔 앉히고 기생은 방 가운데 앉아서, 옥초합을 끌어다 담배를 담는다.

"평양서 온 지 오래웨까."

하고 형걸이가 말을 걸어 본다.

"한 달포 넘었어요. 일가 사람이 자파에서 사는데, 이 고장이 산수도 좋고 명미하다 하시기에 구경두 할 겸, 그리구 이곳서 옛날 부용(芙蓉) 이란 명기가 나지 않았습니까. 제 이름을 바로 부용이라 여쭙길래, 이 것저것 그리워서 한번 찾아온 것이야요. 너무 생소한 고장이라, 여러 나릿님 사랑만을 하늘처럼 믿고 온 셈이지요."

담배가 다 담기었다. 소털 같은 기새미가 노랗게 *대통에 들어 담 겼다.

"심심하실 텐데 담배 붙이지요."

가느다란 옥가락지와 금지환 낀 손으로 긴 연죽을 내대이니, 대봉이 가 사양 않고 끌어 받아서 입에다 물으려고 하다가, 문득 예수 믿는 사 람은 술 담배를 금한다던 말을 생각하고,

"모처럼 붙인 걸 사양키는 어려우나 미처 담배를 못 배왔소."

하고 점잖게 재떨이 위에 도로 놓는다.

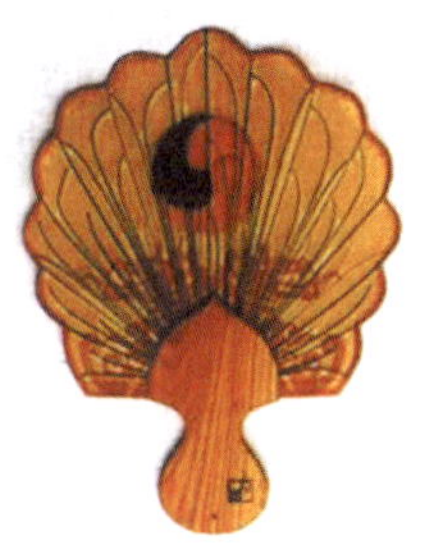

태극선(太極扇)
태극 모양을 그린 둥근 부채.

대통(−桶)
담배통. 담배설대 아래 에 맞추어 담배를 담는 통. 살담배를 넣어 두 는 통.

“이 서방님께서도, 그럼.”

하고 형걸이를 쳐다보니, 그는,

“나도 못 배웠습네다.”

하고 대답한다. 그러나 속으론, 부용이가 저더러 서방님이란 게 우스웠다. (이렇도록 장성해서 총각일 줄은 누가 보아야 생각지 못할 것이다.)

“참, 얌전들 하시구려. 무엄한 말씀이지만.”

하고 부용이는 그리 크지 않은 흰 이를 아래쪽만 내보이면서 웃어 본다.

“얌전해 못 배온 게 아니라, 잘 피우든 걸 요즈음 끊어서 못 먹는게라우.”

하고 형걸이도 웃는다.

“아니 담배를 끊으셨어요.”

갑자기 웃음을 털고 낯색을 정색하면서, 부용이는 형걸이를 쳐다본다.

“그런 게 아니라요, 인제 제대루, 우리 화장수를 시작해야겠군, 우리 둘이 화장수를 떠난 게라오.”

잠깐 대봉이를 쳐다보고, 형걸이는 까치다리 했던 걸 좀 풀었다가 도사리고 앉는다.

“우리가 댁을 찾어온 까닭이, 바루 우리들이 담배 술을 끊은 까닭과 같으외다. 직발 지름길을 해서 털어놓구 말해 보면, 부용이한테 우리가 예수를 믿으라고 전도하러 온 게외다.”

얼굴이 달걀같이 개름하고, 눈매가 정기 찬 부용이의 얼굴에 잠시 복잡한 표정이 오락가락한다.

예수를 믿으라니, 지나가는 농의 말인지, 혹은 비천한 계집이라고 실없이 놀려 대는 사설인지, 그렇지 않다면 무슨 깊은 딴 뜻을 두고 빗

대어 하는 말인지, 도무지 알 수가 없다. 혹 자기가 잘못 들은 말일는
지도 모르겠다고— 이렇게 부용이는 생각하고 있는 것이다.

"온 농의 말씀을 하셔도."

이렇게 한마디 나직이 종알거리다 말고, 그 아름다운 눈매로 약간 형
걸이를 흘겨보듯 하다가 끝을 새름하니 웃어 버린다. 형걸이는 그렇지
않다는 발명의 말을 하려고 입을 날름거리다가, 부용이의 입술이 흩어
지는 데 질려서, 얼굴을 바로 보지도 못한 채 한참 동안을 더듬는다.

"그럴 리가 있나요."

하고 앞을 지르고 나선 건 옆에 앉았던 대봉이었다.

"이걸 보소구려. 이게 찬미책하구 성경책이 아니웨까. 또 이 그림
하며."

수다스럽게 내놓고 *지정머릴 치려고 하는데, 부용이는,

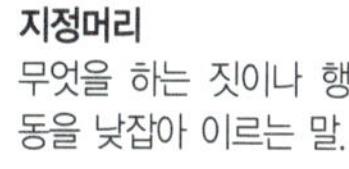

지정머리
무엇을 하는 짓이나 행
동을 낮잡아 이르는 말.

"저 같은 사람을 그처럼 생각들 해주시니 고맙긴 하외다만, 가령 제가 예수를 믿는다면, 어데 회당에라두 제법 갈 수 있는 몸인가요."
하고 약간 나무람 섞인 한숨조로 나온다.

"왜요. 어데 예수교에서 사람 차별 두는 줄 알우."
대봉이가 대서기는 했으나, 형걸이는 역시 부용이의 하는 말이 근경에 가깝다고 속으로 생각하였다.

"제가 괜히 예배당에만 가보셔요. 그날부터 점잖은 집 부인네는 하나도 오들 않을 겝니다."

"그래두 할 수 없지요. 예수라는 이는 사람에게나 어데 귀천을 가리거나 그렇진 않았으니까요."

대봉이는 어찌 되었든 건둥건둥 주워섬기고 있기는 하나, 형걸이는 이런 데 와서 전도고 뭐고 하는 게 역시 탈선처럼 생각되었다. 그러나 이왕 왔던 김이니 그대로 갈 수는 없다고, 가라앉는 제 기분을 속으로 느끼면서 이렇게 말해 보았다.

"그렇게 생각하는 건, 부용이의 잘못인 줄 압네다. 예수를 믿으라는 건, 그저 덮어두고 회당에나 오라는 말은 아니겠지요. 사람 따라서는 위선 오는 게 장땅이라고, 회당에 부지런히 소일 삼아 댕기는 가운데서, 차츰 예수교의 진리나 본정신을 깨달아 가는 이도 있겠지만, 부용이 같은 분이야 그럴 필요도 없겠지요. 회당엘 간다든가 안 간다든가 그런 것보담두, 위선 성경이든가 찬송가를 보구서 그 참정신을 깨닫고 매일 하는 생활 가운데 그 정신을 배어들게 하면 그게 더 중한 줄 압네다. 참 부용이 말마따나, 부용이가 회당엘 온다고 보면, 아직 낡은 습관에 젖은 완고한 분들이 눈살을 찌푸리고, 부인네들 중에는 회당에 안 오게 되는 경우가 생길는지두 모르겠습네다. 한 사람의 진정한 분을 얻기 위해서, 쓸데없는 가짜 신도를 백만을 잃는대도 가당할는지 모른다면, 그 말두 일리는 있지만 아직 이 세상이 그렇게까지 되기야 쉽습니까. 그러니까, 우리들이 부용이 집에 찾아온 진정은 어데 있든 간 전도 나왔던 김에 한번 놀러 들린 걸로 셈을 치고 어떻든 우리의 본 뜻만 저버리지 말아 주면 될 게 아니웨까. 이 책일랑 놓구 갈 테니까, *심심파적으로 보아 보소. 우리 생각은 사람은 본대 귀하거나 천하거 나 하는 구별이 있을 턱이 없다. 모두 한가지 같은 사람이 팔자를 잘 타구 나면 양반이요, 그렇지 못하믄 상놈이요, 이러니까, 이 뜻을 잊지 말구 마귀나 미신이나 이런 데 잡히지 말구서, 새 문명을 받아서 잘살 자는 겝니다. 이거 머, 화장수 타령이 너무 길어졌으니, 이건 이젠 이 만해 둠세.”

형걸이는 벌죽하니 웃으면서 대봉이의 얼굴을 쳐다본다. 그러는 동 안 부용이는 다소 흥분된 빛을 낮에 그리며,

“좋은 말씀을 들려 주셔서 감사하와요.”
하고 진정으로 감사한 생각을 가슴 깊이 새겨 넣은 듯이 가만히 머리 를 수그려 인사를 한다.

“허, 머 이럴 것까지 없구. 자 그럼 우린 또 딴 곳에 들러 볼 곳도 있 으니까, 인제 가보아야겠수다.”

모자와 나머지 책자를 들고 일어서니,

“아니, 원 이렇게 가시다니 될 말씀이웨까. 식혜나 *감주래두 한 잔 씩 올리려구 지금 막…….”
하고 따라 일어서서 문께를 막아 서며,

“오만, 저 화채든가 식혜든가, 얼런 상 좀 차리세요.”
하고 일변 또 건넌방을 향하여 소리를 지른다.

“아니올세다. 뒷날 또 놀러 오지요. 많이 놀았으니께루. 인제 다른 델 또 가보아야지요.”

대봉이는 어느결에 모자를 쓰고 두루마기의 주름살을 털면서, 주렴을 들치고 마루로 빠져나간다. 차마 처음 보는 남의 서방님(사실은 총각이지만)의 손을 붙들 수는 없어, 발을 동동 굴러 보고 싶게 안타까웠으나 어름거리다가는 또 한 분마저 놓칠까 저어하여, 부용은 형걸이 앞에 가로서서 피해 나갈 길을 막아 버린다. 형걸이는 모자를 짚고 다시 그림 뭉텅이를 집어 들다가 문득 생각되는 듯이,

“참 그림두 한 장 받아 두시오. 이게 예수 어렸을 적에 성모 마리아에게 안긴 그림이외다.”

하고 그 중에서 한 장을 뽑아서 문갑 위에 놓다가, 잠깐 마당 밖을 눈길해 보았다. 대봉이는 마당 가운데 서서 형걸이의 나오는 걸 기다리고 있다.

“온 이렇게 여럿을 함께 많이 주셔서 황송하온데. 그런데, 글쎄 저 서방님이 저렇게 나가셨으니 어떻게 합니까. 제가 나가 모시고 올 테니, 잠깐만 이대로 기다려 주세요.”

그러나 형걸이는 모자를 쓰고 두루마기 고름만 고쳐 맨다.

“자 비키시오.”

주렴에 손을 대려는 걸 덥석 두 팔로 잡고, 제가 지금 한 행동이 무언지도 채 생각지 못하면서, 동백기름 냄새가 풍기는 곱게 빗은 머리를 쌀레쌀레 내젓는다. 형걸이가 부용에게 잡힌 제 손을 내려다 볼 제, 비로소 부용이는 물감처럼 낯을 붉혔다. 그러나 그는 손을 놓지 못하고 한참 동안을 그럭하고 서 있었다. 발 친 방 안은 아무 데서도 보이지 않았다.

 며칠 전에 나카니시 상점에서는 이 고장에선 보지 못하던 잡화 상품을, 새로이 평양서 소달구지에 한차판이나 실어 왔다. 여태껏 평양과 이 고을과의 일백육십 리 길에 짐을 나르는 데는 마바리꾼이나 돌림장수 모양으로 당나귀나 노새에 싣고 다니든가, 도부꾼이나 납지개장수처럼 등에 지고 다니든가, 상싸에 겨울날 눈과 얼음을 이용하여 소발구를 쓰든가 하는 외엔 별 도리가 없었다. 그러므로 웬만한 이삿짐이나 잡곡이나 소금이나 그 밖에 해산물 같은 큰 짐은, 대동강을 치거슬러서 비류강까지 올라오는 뽀루대와 수상선 편을 이용해 왔었다. 두서너 집 포목점에서 주단이나 포목을 실어 오든가, 칠성이네가 자전거를 타고 평양 가서 물건을 해오는 것도, 이 배 편을 이용하였고, 나카니시네가 부폐짐이 되는 잡화를 상자로 해올 때나, 심지어는 김선구네가 그 알뜰한 과자를 몇 상자 해오는 데도 이 뽀루대와 수상선 편을 이용해 왔다.

 그러던 것을 단오를 앞두고 날이 가물어서 물이 적어진 관계로 배편은 날이 지체된다고 나카니시네는 단연코 새로 난 소달구지에 한차판을 실어서, 번뜻한 신작로로 밤낮 하루 해를 걸려, 평양서 이 고장까지 운반해 왔던 것이다.

 육중한 두 개의 커다란 바퀴가 붙은 달구지를, 황소가 헐떡이며 끌고서 돌차니 고개를 넘어서 망지다리를 지나 방선문으로 들어설 때, *후루매 입고 *게다 신은 젊은 나카니시는 물론, 그 밖에 많은 아이들과 일없는 한가한 친구들이 일부러 구경을 하러 마중을 나왔었다. 그들은

후루매
'두루마기'의 제주도 사투리.

게다
'나막신'의 일본어.

달구지를 따라 거리를 올라와서, 그 달구지 위에 실었던 짐짝을 내려 놓고 하나하나 끄르는 것까지 바라보고 있었다. 짐을 내려놓은 뒤에 소는 박성균네 마방으로 끌고 가서 여물을 먹이고, 따라온 달구지꾼은 방 안에 들어가서, 국수 두 돈 오 푼짜리를 세 그릇이나 조져 대었다. (국수는 박리균네가 누르던 것을 이즈음 집을 떨어 고치노라고, 분채를 성균네 부엌으로 옮겨 놓았던 것이다.)

어린아이들 중에는 달구지가 신통할 뿐 아니라, 달구지 부리는 험상궂은 작자가 국수 세 그릇을 먹어 대는 것이 또한 신기해서, 인차 나카니시네 집 앞에 몰려 있는 저희 동무아이들께로 뛰어가서, 좀더 이야기를 보탬해 가며 인제 달구지 끌고 온 장정이 연거푸 국수 다섯 그릇을 먹어 대더라고 헛소리를 놓았다.

그러나 그까짓 국수를 먹는 것보담 아이들은, 지금 한참 짐을 끄르는 대로 그 상자나 볏집 수세미 속에서 보지 못하던 이상하고 괴상한 물건이 자꾸만 쏟아져 나오는 것이 더 재미나고 신기하였다. 한 가지 물건이 나올 때마다 어른들 틈에 어깨를 걸고 서서, 그들은 그것이 무엇에 쓰는 것인지를 맞춰 대느라고 새새덕거리고 재깔대었다. 나카니시도 우쭐했고, 그 집 *고츠카이 '다로'라고 하는 군청 하인의 아들도 무슨 큰 벼슬이나 한 것처럼 의기양양하다.

*달구지에 실어다 부리고, 지금 가게에 벌여 놓고 싸 놓고 하는 상품 가운데서는, 석유(石油) 열 상자가 제일 돈 먹은 물건이었다. 미국 뉴욕 솔표 석유라고 쓴 나무상자 속에 흰 생철로 만든 왜유 초롱이 두 개씩 들어 있었다. 이놈을 아홉 상자는 그대로 져다가 뜰 안에 쌓아 놓고 그 분주한 통에 천천히 해도 좋으련만, 여러 사람이 보는 중에서 그 중 한 초롱을 쑥 뽑아 놓더니 아깝지도 않게

고츠카이
'사환'의 일본어.

달구지
소나 말이 끄는 짐수레.

장도리로 칼을 대고 구멍을 뚫는다. 그러더니 볏짚 수세미 속에서 양철로 만든 펌프를 빼들고 와서 구멍에다 넣고, 연신 쇠줄을 한 손으로 낚았다 놓았다 한다. 수채처럼 된 구멍에서 석유가 쪼루루 갓난아기 오줌 싸듯 나와서는, 남포 방등이 속으로 들어가는 것이 보인다.

남포등

뒤꼍에 쭈르니 매단 크고 작은 남포등 중에서 큰 놈을 하나 내리어서 갓을 씌우고, 알을 꽂고, 석유 든 방등 가운데 척 늘어진 심지 위 끝에 성냥을 그어 댄다. 해도 지기 전에 불을 켜놓는 것이다. 길 가운데 둘러서서 나카니시의 하는 품을 보고 있던 고을 사람들은, 신기해서 혀를 빼문다. 연신 그 가격이 얼마냐고 물어 대니, 장끼를 보아야 알겠다고 상점 사람은 장한 듯이 뻐겨 댄다.

새것을 갖고 이럴 지경이면, 지금 나카니시가 남포등에 불을 붙여 댄 갑에 든 성냥도, 이 고을엔 처음 오는 물건이었다. 부싯돌이나, 이런 것보다는 편리하다고 많이 사용해 오던 잎성냥 대신에, 끝에 노란 인이 붙은 놈, 아무 데나 되는 대로 대고서 찍 그으면 켜지는, 들고 다니기 간편한 가치로 된 성냥이 지금 처음 이 고장에 들어온 것이다. 이 쑤시개나, 댓자박이나, 삻가시 같은 놈을 돌잔등이나, 기둥이나, 바람벽에 그으면 불이 나니 신기하지 않을 수가 없다. 담배 붙이는 데는 일등 십상이겠다고 누가 말하니, 어린아이 있는 집에서 밤에 불 켰다 죽였다 하기에 무한 좋겠다는 사람도 있고, 또 밤중에 *통숫간에 가기에 알맞겠다고 말하는 이도 있었다.

통숫간
'뒷간'의 방언(황해).

구두 버선은 벌써부터 알고 있기는 하였으나 타래째로 묶어 놓은 놈은 처음이다. 갱고지 최관술이가 목다리까지 올려 엮은 구두 속에 꾸여진 놈을 삼성 자박지로 볼을 받아서 신고 다니는 것만 보았지, 무슨 생선 말린 것처럼 툭을 지어서, 맥기를 묶어 놓은 놈은 보지 못하였던 것이다. 갱고지 최주사 나리, 이젠 볼 받은 구두 버선은 안 신게 됐다고 누가 말해서, 둘러선 사람들은 모두 소리를 높여 웃었다.

쪽물을 들인 종이봉지에 불광을 그린 딱지를 붙인 건 양초요, 네모난 양철통에 색시가 서 있는 그림이 붙은 건, 오색이 각각 딴 봉지니 물감통이 분명하고, 단장 모양으로 강충하니 껍데기 구럭을 싸서 넣은 놈은 필시 양산일 게다. 커다란 나무상자를 조심성 있게 뜯고서 많은 수세미, 대팻밥을 집어 내길래, 그것이 무엇일꼬 하고 바라보니, 말깃말깃한 사발과 물이든가 밥알이든가 김치쪽이든가가 빤하니 들여다보이는 유리그릇과, 오줌을 누기엔 너무나 황송한 꽃 그린 찬란한 요강들이었다. 동창(東倉)이나 직동(直洞) 있는 토점이나 사기점에서 왜글지글한 커다란 놈을 시프르덩덩한 바탕에다 왜정빛으로 줄을 돌려 긋고, 생선 같은 걸 되는 대로 짓갈겨 그려서 구워 낸 쌍사발만 보아 오던 눈으로, 이 반들반들한 사기그릇과 유리그릇을 보니, 어디 김치나 된장국이나, 이런 걸 담아서는 금시에 흠이 나고 터질 것만 같다.

마지막으로 그리 크지 않은 상자가 둘이 남아 있다. 하나는 동아연초주식회사라고 쓴 것으로 미루어 히로 *궐련이 분명하다. 그보다 좀 더 작은 또 한 상자 속에서는 작은 말똥땅지로 만든 서너 너덧 상잣갑이 나왔다. 그 중의 하나를 아깝지 않게 터뜨리니, 그 속에서 작은 종이봉지를 하나 꺼내고, 다시 그 종이봉지를 터뜨려, 팥알처럼 발간 놈을 쪼루루 손에 쏟아 입에다 탁탁 털어 넣는다. 버작버작 씹어 삼키고는 하아 하고 고추 먹은 입을 불듯 한다. 그의 앞에서 입을 헤에 하니 벌리고 쳐다보던 김존위(金尊位)에게,

"하나 먹었소까."

하면서 나카니시가 너덧 알 집어서 치받치는 손에다 놓아 주니, 많은

궐련
얇은 종이로 말아 놓은 담배.

사람들이 보는 가운데서 그는 텁석부리를 헤치고 입 안에 한 알씩 집어넣고 정성들이 어금니로 잘근잘근 씹어 본다.

"맛이 있소까."

하고 물으니 존위는 후우하니 숨을 내뿜으며,

"맛이 있소. 맛이 있소."

하고 고개를 꺼뜩꺼뜩한다.

형선이는 학교에서 점심을 먹으러 오다가, 나카니시네 집 앞에 사람들이 많이 모여 선 게 수상해서, 대문간을 들어가다 말고, 그 집 앞에 가까이 와서 사람들의 등뒤로 가게 있는 쪽으로 넘겨다보았다. 불을 켜서 매단 남포등을 바라보고 지금 막 상자와 궤짝 속에서 꺼내서 벌여 놓는 여러 가지 상품을 한참 동안이나 바라보다가, 시간이 늦을까 하여 저희 집으로 뛰어들어갔다.

사랑에 아버지가 있었으나, 그는 안방으로 들어가서, 어머니보고,

"*등피랑, 구두 버선이랑, 양산이랑, 머 이런 거 많이 나카니시네 집이 왔습디다. 사랑에나 하구 두서너 방에 쓰게, 석유하구, 남포등 서너너덧 개 사옵세다."

하고 말해 본다.

"하나나 사오믄 사왔지, 거 네 개씩 무슨 소용이간. 아지까리 기름 대레 논 게 한 말이나 되는데, 건 언제 쓰간."

어머니는 실속을 차리려고 아들의 말엔 좀처럼 귀를 기울이지 않는다.

"글쎄 사다 한번 켜만 보시구레, 당초에 낮처럼 밝구, 그놈만 켜놓았으면 넓은 방 안이 왼통 낮같이 밝겠습디다."

"아바지보구 말해 보려므나. 내야 아니."

형선이는 서너 너덧 개라고 하지만, 두뭇골 집에서도 이곳에서 켜면
본따서, 너덧 개 쓸 것이니 적어도 열 개는 가져야 될 게라고 생각하는
것이다.

"온 참, 오마니도 무던히 딱하시외다."

혀를 차며 제 방으로 들어가는 형선이 뒤에서, 어머니 최씨는,

"무슨 돈으루 기름 세력을 할라구. 등피 없이두 비단저고리에 버선
코만 잘 기웠다."

하고 혼자말하듯 뇌고 있었다.

형선이는 제 방으로 와서 아내가 들어다주는 점심상을 받아 놓고도
한참이나 남포등이며, 구두 버선이며, 양산이며, 이런 걸 본 대로 아내
에게 설명해 주고 있었다.

이때에 맏형 형준이는 저희 방 윗목에서 낮잠을 자다가 깨어났다.
그는 끙 하면서 벌써부터 몇 놈씩 밀려 다니며 웅웅거리는 파리떼를,
손으로 휘날린다. 그러더니 아랫목에 앉아서 아이에게 젖을 먹이는 아
내에게,

"형선이는 뭐라구 저리 지껄인다나. 남 잠두 못 자게."

하고 잠투정을 한다.

"나카니시네 집에 남포등이라나, 등피라나가 왔다구, 오마니보구 사
라구 그럽네다."

하고 아내는 제 말 같지 않다는 듯이 종알거려 댄다.

"사올라믄 사오든지 하지, 떠들기는 왜 떠들어 대는 거야."

"누가 머 얼마나 떠들었나요. 생뚱한 소리 하지 말우. 또 괜히 의만
덧나지 말구."

아내가 핀잔 주듯 하니 형준이는 아무 말도 안 하고, 픽 돌아누워 다

시 잠을 청해 본다. 그는 아까부터 꿈을 꾸려고 안타까워하는 것이다. 뭣이든 꿈만 꾸면 곧 그놈을 풀어서 해몽을 한 다음 통수로 있는 신도감(申都監)을 따라서, 삼십육계(三十六計)의 덕대가 앉아서 기다리는 박이방네 뒷방으로 갈 참이다. 그런데 대낮에 일부러 잠을 청하려니 그게 좀처럼 올 리도 없거니와, 겨우 들었던 잠은 아이가 울든가, 파리가 콧잔등에 날아와서 간지럼을 피든가, 또 뜰 안에서 뭐라고 중얼거리든가 하면, 꿈도 채 맺기 전에 깨어 버리고 마는 것이다. 눈만 벌겋게 큉해 가지고 아무리 꿈꾼 것을 생각하려고 했자, 무어 시시펑덩한 걸 꾼 것도 같은데, 도무지 생각할 수가 없는 것이다.

지금도 겨우 으레 눈을 붙이고 잠을 이루었던 것을, 형선이가 안방 마루에서 어머니와 중얼대는 바람에 놀라 깨었는데, 그 다음은 다시 잠을 청하여도 눈만 새록새록해질 따름이었다. 꿈을 꾸었던 것 같기도 해서, 이리저리 머리를 가다듬어 갈피갈피 더듬어 보나, 어딘가 풀숲을 자꾸만 뛰어가다가 무슨 구렁텅이를 보고, 이걸 넘을까, 그렇지 않으면 돌아서 갈까, 하고 망설이다가 깬 것도 같고, 또 어떻게 생각하면 웬 한 처녀하고 나무를 베러 시퍼런 낫을 들고 산 속으로 들어가다가 깬 것도 같아서, 통히 어이 된 판국인 걸 알 수 없어 화만 더럭더럭 나는 판이었다.

염병할 놈의 남포등이고 뭐고, 그놈 까탈에 넝쿨째 떨어지려던 호박이 하늘로 올라가 버린 것 같아 금시 아무개고 손에 잡히는 대로 쥐어박기라도 하고 싶었다. 그러나 그렇지 않아도 뒤주 속에 시집올 때 갖고 온 돈을 뒤져 가지고, 며칠째 밖으로 나가는 통에 어지간히 골치가 틀린 아내가, 이런 대목에 화를 터뜨려 놓기만 하면 대낮에 그것도 적지 않이 두통거리겠다고, 그는 천둥같이 동하는 울화를 꿀꺽 들이삼키고 휙 몸을 뒤채 벽을 향해 돌아눕고 말았던 것이다.

형준이가 삼십육계에 손을 댄 것은 불과 얼마밖에 안 되는 최근의 일이다. 그가 남아돌아 가는 정력을 처치할 길이 없어, 하룻밤 막서리처 방에를 들어가려다가 형걸이와 부딪치던 그때만 해도 형준이는 도박이나 잡기의 성질을 띤 것엔 손도 대지 않았었다. 어렸을 때부터 투전장을 갖고 노는 데는 더러 섞였으나, 투전판을 따라 다닌다든가, 돈을 대고 큰 판을 벌여 놓든가, 그런 적은 한 번도 없었다.

그러나 두칠이 처 쌍네에 대하여 품었던 정이 제대로 쏠려 흐르질 못하고, 깊은 웅덩이 속에서 부글부글 끓어 오르고 있을 때, 그는 집안에 처박혀 있을 수는 없었다. 이런 때엔 어디, 신선한 산 속이나 해변 같은 데 여행을 하든가 했으면, 정신도 깨끗해지고 마음도 제법 후련해지련만, 그런 데까지는 미처 생각이 미치지 못하고, 그는 *곡우(穀雨)가 훨씬 지난 어느 맑은 날 아침 *소만(小滿)이 가까우니 꺽지 가리가 한창이겠다고, 평양 영감에게 자리그물을 한때 얻어 들고 비류강으로 나갔다. 안집에 처박혀 있으면 마음만 더 초조하고 집안 식구가 눈에 바로 보이지 않아서, 고기사냥이나 하면서 소풍이나 할 참이던 것이다.

갈로 결은 삿갓을 머리 위에 올려놓고, 다리를 종아리까지 활짝 걷어붙여서 맨발로 짚신을 신은 뒤에 으슥한 뒷대문을 나섰다. 방수성을 따라 조금만 내려가면 향교 골목과 직통하는 숭선교 다리에 이른다. 그는 다리에 올라서 난간도 없이 밋밋하니 저편 쪽 회진대 옆까지 뻗친 거머턱턱한 길을 건너간다. 다리 밑에는 맑은 강물이 급류가 져서 흘러간다.

천주봉 앞에서부터 십이봉을 끼고 둥그렇게 커다란 호수처럼 퍼졌던 강물은, 잔잔하니 강선루와 자복사의 탑을 거꾸로 비치면서 기름처

곡우
이십사절기의 하나. 청명(淸明)과 입하(立夏) 사이에 들며, 봄비가 내려서 온갖 곡식이 윤택하여진다는 뜻이다. 4월 20일 경이다.

소만
이십사절기의 하나. 입하(立夏)와 망종(芒種) 사이에 들며, 5월 21일 경이다.

럼 유유히 흐르다가 바로 다리 위 출운대 앞에서부터 여울이 져서 다리 밑에 이르러선 제법 욕계를 이룬 곳조차 있다. 초여름 아침 강바람에 볼편을 쏘이면서, 여물물에 어울려서 그는 콧속으로 흥얼흥얼 강서 메나리를 한 곡조 넘겨 본다.

　　조개는 잡아서 구럭에 넣고,
　　내 님은 잡아서 품안에 넣네.

　이렇게 한 곡조 뽑아 넘기고는 '홍야라 뎅야라 앙' 하면서 후렴을 정조 있게 가늘게 지어 뽑는다.
　그는 다리를 다 건너고 산길에 올라섰다. 고개를 넘어서 넘은 강으로 가려는 것이다. 비류강은 반도처럼 된 긴 산을 돌아서 다시 위쪽으로 흘러 오른 것이다. 앞 강에서 산 속으로 숨어들었던 물이 넘은 강에서 쾰쾰쾰 솟아오른다고 비류강이라고 이름지었다고 한다.
　고개를 돌아서 강기슭으로 내려오면서 그는 또 한 곡조를, 이번엔 흥에 겨워 소리를 바짝 높여 가지고 뽑아 본다.

　　당항라 적삼에 소낙비 맞은 님,
　　오리알 같은 젖통 좀 보소.

　이놈을 걸찍하게 한번 섬겨 놓고, 이제 다시 후렴으로 간드러지게 메겨 넘기려는데 산등에 있는 사직정 쪽에서 인기척이 난다. 이렇게 이른 아침에 어인 소리일런가—　해서 소나무 틈으로 소리나는 쪽을 보니, 사람들이 많이 모여서 웅성거리다가, 누가 이편을 가리켰는지

모두 형준이를 바라본다. 무얼 하는 사
람들이 남의 눈을 피하여 저렇게 둘러섰
는지, 갑자기 겁이 덜컥 났다. 그래서 못
본 셈치고 강기슭으로 덥벅덥벅 몸을 피
하려고 하는데 등뒤에서,

"형준네 재장 아닌가."

하고 아는 척하는 목소리가 따라온다.
돌아보니 신도감이었다. 호둘기 바람에
감투만 쓰고 그는 헬레벌떡하며 산을 내
려오는 것이다.

"아니 어데루 가는 길이와."

하고 거반 가까이 와선 발을 천천히 놀
린다.

"심심해서 꺽지래두 좀 잡아 볼려구요."

형준이가 대답하니, 도감은 그의 앞에 와
서면서,

"오라 참 꺽지 가리 할 때로구먼."

하고 대꾸를 한다. 그러더니 사면을 한번 둘러보고,

"임자 자미난 거 한번 안 해보려나."

하고 나직이 물어 본다.

그 말로 대강 짐작은 했으나 형준이는 짐짓,

"자미난 거라니요. 머 새박에 술추렴은 아닐 게구."

하고 반문하였다. 그랬더니 바른손으로 '그게 무슨 말이냐'고 툭 공기
를 휘젓듯 하면서,

"술추렴이 머 자미나는 겐가."

하고 다시 바싹 귀에다 입을 대더니,

"육계의 폭지 하나 안 써보려나."

한다.

"아니오. 내가 무슨 그런 걸 할 줄 아능가요."

형준이는 낯색을 달리하며 사양한다.

"그것두 머, 할 줄 알구 모르구가 있답마. 꿈꾼 대루 해몽해서 치장 붙이문 되는 게지. 임자는 일수가 좋을 테니까 해볼 만하웨니."

신도감은 형준이를 꼭 삼십육계판으로 끌고 가려고 한다. 순사의 눈이나 끄나풀의 눈을 피해서 날마다 자리를 옮겨 가면서 하는데, 오늘은 사직정 뒤 수풀 속에서 육계판을 벌여 놓았던 것이다. 인기척이 안 나게 조심해서 하던 차에, 마침 육계문을 열어 보니 만금(萬金)에 대포다. 그래서 육계꾼이 신기한 바람에 그만 처소를 잊고 으아 하니 환성을 올렸으나, 문득 아래쪽을 보니 그물을 메고 강가로 내려가는 삿갓 쓴 사람이 이쪽을 올려다보고 있었다. 그래서 막 대치장을 읽기도 전에 *주(走)자를 놓으려고 하다가, 신도감이,

"그게 박참봉의 맏아들일세."

하는 바람에 모두 달아나기를 그만두었던 것이다. 말이 다른 데로 나가면 재미가 없으니, 형준이를 붙들어다 한몫 끼워 놓자고 성론이 되어, 신도감이 그를 쫓아 이리로 내려왔던 것이다.

"인제 만금에 대포가 터졌는데, 육계꾼이 일수가 좋은가 볼세. 치장돈이 백 냥인데 *덕대가 삼천 냥을 물으려니 똥을 싸는 판일세. 자 이런 판에 한번 해보지 않구 언제 하겠나."

그래도 좀처럼 듣지 않으니,

"괜히 쓸데없는 고집은 그만두게. 임자가 너무 제기면 모두 끄나풀인 줄 알구, 또 무슨 일이 일어날지 알구 그러능가."
하고 은근히 위협하듯이 말이 나온다. 마음이 그리 꿋꿋지 못한 형준이는 하는 수 없이,
"내게 돈 가진 것두 없구."
"돈이야 내 얼마든지 꾸어 주지. 머, 임자만 해가지구야 돈 안 대줄 사람이 있겠나. 꿈만 바로 꾸었다믄 대구푼 대루 대게나."
하는 수 없이 형준이는 그를 따라 산으로 올라갔다.

가보니 사람은 불과 여남은 사람밖에 없었다. 그 중에 육계꾼은 다섯 여섯, 그 밖에는 덕대와 *치장과 *통수들이다. 통수들이 점잖은 사람들한테서 모아 온 폭지와 돈을 맡아 갖고 그들 대신 육계문 열 때 셈을 보아 주는 것이다. 난봉꾼이기는 하나 삼천 냥 돈을 물어내는 덕대는 그래도 상판이 새파랗게 질리었다. 그는 형준이도 잘 아는 이였다. 투전 잘하기로 유명하던 오만달이란, 사십이나 되었을까말까 한 건달 놈인데, 눈이 하나 해뜩한 알백이다. 지금 치장을 부르는 대로 커다란 전대에서 돈을 치러 주는데, 정각 뒤 수풀 속 웅덩이가 진 속에서는, 서너 너덧 육계꾼이 처소도 잊어버리고 떠들어 대고 있다.

"자 내 꿈을 좀 보게, 어찌 됐던 간에 흰 백설기를 한 시루 잔뜩해놓구, 이놈을 떡집 작은 메누리하고 마주앉어 서루 시시닥거리며 먹어 냈는데, 양껏 먹구 그 댐엔 그 색시와 또 적지 않게 의좋게 놀았단 말일세. 그러니 이놈이 꿈을 뭘루다 푼단 말인가. 처음은 떡을 실컷 먹은 것보다두, 색시와 논 게 더 생각이 내끼드라니. 사부인(四婦人) 가운데서 명주든가 상초루 쓰려구 했다가, 저 알백이가 사부인을 달았을 것 같진 않단 말야. 그리구 이놈이 또 첫 판이길래, 만금에다 썼네그려.

그랬더니 아 이놈 보게, 대포루 맞어떨어지데그려, 대포루. 참 그놈 신
통두 하데."
　이렇게 상투에 그냥 수건만 질끈 동인 젊은 녀석이 지껄여 대니,
맞은편에 앉았던 곰보딱지가,
　"내 평생에 꼬장떡을 또 배가 터지두룩 먹어 본 적은 금시 처음일세."
하고 꼬장떡 먹은 꿈 꾸고 만금에 붙였다가, 대포가 맞은 게 신기하다
고 지저귀어 댄다.
　"여보게 말 말게. 난 어젯밤 물 떠놓구 아주 손이 발이 되두룩 빌었네."
　시시평덩한 꿈타령을 주절대고 있으니 돈을 다 나누어 준 덕대는 눈
살을 찌푸리고,
　"인제 그만들 떠들게. 또 그러다가 감옥 구덩이 속에서 꿈꾸지 말구."
하면서 핀잔을 준다. 형준이는 정각 옆에 쭈그리고 앉아서, 덕대와 통
수들과 육계꾼들이 떠들어 대는 것을 멍하니 바라보고 있었다. 커다란
장지에 누렇게 들기름을 먹인 뒤에, 먹으로다 사람의 몸뚱어리를 그리
고, 서른여섯 고대에 각각 육계의 문을 적어 논 것이 판판한 잔디 위에
놓여 있다. 신도감은 그놈을 집어 들고 형준이 앞으로 온다. 또 한 손
으론 황양목으로 새긴 각판을 들고서, 종이를 쭉 판판한 땅바닥에 펼
쳐 놓더니,
　"자 이게 모두 삼십육문일세. 여기서부텀, 점괴(占魁), 판계(板桂),
영생(榮生), 봉춘(逢春)."
　한번 뚝 끊어지곤 각판을 찾아서 가르쳐 주고, 다시 이어서,
　"그 댐이 사부인으로 간옥(艮玉), 명주(明珠), 상초(上招), 합동(合
同). 알지 이건. 부인네와 합동해 본 꿈이거들랑 합동— 이렇게 되는
게니께루. 그 댐은 삼괴(三槐), 합해(合海), 구관(九官), 태평(太平), 자

이럭허군 목뎅이가 일산(日山), 의관이나 사포나 이런 건 화관(火官), 정리(井利), 발뒤축이 천량(天良), 눈은 광명(光明), 유리(有利)는 옹(翁) 유리라고 영감이나 두상망택이, 강사(江祠), 복손(福孫), 이렇게 쭉 내려가는 겔세. 아마 알겠지.”

형준이도 대강한 걸 알고 있기는 했으나 잠자코 들었다. 이렇게 신도감이 한참 동안을 설명하느라고 바쁜데,

“인제 앉은 자리에 한번 더 달아매 보자나.”

하고 덕대가 물어 본다. 그는 지금 삼천 냥이나 잃은 놈을 어떻게 반분이라도 *봉창을 대고 싶었던 게다. 그랬더니, 웅덩이 속에 있던 곰보가,

“꿈은 어떡허나.”

하고 앉은 자리에서 되짚어 벌여 놓는 것을 못마땅하다는 듯이 말해서,

“아니 여보게, 대포 맞히구 안 하는 법두 있는가. 꿈이야 눈 붙이면 꿀 게지. 인제 하자구 해.”

하고 마주앉은 수건 쓴 녀석이 팔을 두르며 뛰어나온다. 그래 그 자리에서 또 한판을 벌여 놓기로 했다. 신도감이 폭지라고 종잇조각을 갖고 형준이한테로 온다.

“집에 가서 써놔 두면 내 갖고 와두 되는데 한판에 섞이기가 좀 무엇하거들랑 그렇게 해보지.”

그러나 형준이는 아무 대답도 안 하고 폭지를 받았다. 그는 지금 어젯밤 꿈을 생각하고 있었던 것이다.

덕대는 종이와 붓을 갖고 외딴 쪽으로 간다. 그는 목을 매어 달아매일 육계문을 남이 모르게 쓰려고 숲속으로 가는 것이다.

“산꼭대기루 오를 땐 아마 곤산(坤山)이나 지고(志高)를 써널 모양이네그려.”

하고 웅덩이서 나온 곰보가 놀려 대니,

"잘 알거들랑 생각대루 폭지에 써넣게나."

하고 싱글싱글 웃으며 나무 수풀 속으로 사라진다.

형준이는 부끄러운 일이긴 하지만, 어젯밤 쌍네의 방엘 들어갔다가, 순사에게 붙들린 꿈을 꾸었던 것이다. 어찌 된 판국인지, 반항하는 쌍네를 끌어안고 한참 동안 뒤채고 엎치고 하면서 돌아가는데, 덜컥 문을 열고 달려든 장정이 있었다. 이게 두칠인가, 형걸인가 하고 놀라서 보니 뜻밖에 순사였다. 순사는 네가 지금 강도질을 하러 이 집에 들어온 게 분명하다고, 아무리 변명하여도 *박승을 지우며 잔말 말라고 정강이를 후려찬다. 덜미를 짚어 내동댕이치는 바람에, 문으로 내쏠리다가 문턱에 발뒤꿈치가 걸려서 막 앞으로 거꾸러지던 차에, 요행 눈을 뜨니 꿈이었던 것이다.

그러니 이 꿈을 갖고 사부인이나, 원길(元吉)이나, 원귀(元貴)나, 길품(吉品)을 써넣을 턱도 안 되고, 불가불 점괴나 써넣어야 할 텐데, 같은 점괴라도, 제 스스로 순검이 되어 봤다든가, 그들과 술추렴을 하든가 했다면 모르겠는데, 남의 유부녀 방에 들어갔다가 강도 혐의를 받고, 순사에게 결박을 당하여 문턱에 발뒤꿈치를 걸고 거꾸로 굴러 떨어진 꿈이 되고 보니, 어딘가 께름칙한 게 불쾌하였다. 그러나 쓰게 된다면, 점괴밖에 쓸 게 없다고 생각하면서, 남들이 모두 써넣기만 기다리고 있었다.

한참 만에 수풀 속에서 덕대가 보퉁이를 꾸려 들고 나오면서,

"육계문 목 매서 달아매네."

하고 소나무 가장자리가 꾸부정하니 가지를 챈 끝에 그놈을 꾀꼬리 둥지 모양으로 매달아 놓는다.

치장은 흰 종이에 각판을 들고 폭지가 들어오길 기다린다. 통수들도 모여들고, 다른 육계꾼도 어슬렁어슬렁 모여들었다. 그들은 돈과 각판을 기록한 폭지를 치장에게 내밀었다. 형준이도 하는 수 없이 점괴를 쓰고 있는데, 신도감이 찾아와서,

"얼마나 대겠습마. 한 스무 냥 대겠나. 첨인데."

하고 물어 본다.

"그러시구레."

형준이는 신도감에게 폭지를 주었다. 폭지를 조사해서 치장 붙이는 것은 형준이도 가까이 와 보았다.

"자, 육계문 연다."

알백이눈을 샐름샐름하면서 덕대는 나뭇가지에 손을 뻗쳐서 보자기를 따온다. 모두 그 보자기 푸는 것을 눈이 뚫어지게 들여다들 본다. 알백이는 재치 있게 풀어 젖히면서,

"이번에 아마 또 대포 맞는가 보다."

하고 싱글싱글 웃어 댄다.

"흥, 이번엔 아마 모두 헛불인가 볼세."

덕대의 웃는 품이 수상하다고 곰보가 건네 보는 수작이다.

"대포라는데 왜 이러나, 자 대포다, 대포 보게."

그러나 보자기 속의 육계문은, 필득(必得)이었다.

"누가 맞혔나."

필득을 써넣은 자는 곰보 하나밖에 없었다. 그러나 곰보는 제 꿈에 그리 자신이 없었는지 얼마 많은 돈을 대지는 못하였었다. 댄 돈에 사십 곱을 치러 주고 나니, 나머지 붙였던 돈은 모두 덕대가 휩쓸어 갖는다.

한 시간 안짝에 돈 스무 냥을 날리고 보니, 도박이나 잡기에 경험이 없는 형준이는 좀 입맛이 밍밍했다.

"아니 무슨 꿈이길래 점괘를 썼습마."

하고 신도감이 묻는다. 그래, 쌍네 방에 들어갔다든가 이런 건 쪽 빼고, 그저 순사한테 박승을 지워서 내굴리는 통에, 문턱에 발뒤꿈치가 걸려 넘어진 꿈이라고만 말하니,

"그럼 해몽을 잘못했네그려. 발뒤꿈치가 걸렸으니까, 필득이야 되잖나, 꿈은 참 잘된 꿈인데, 그걸 그만 점괘를 써서 틀렸네그려. 참 그 꿈 용하이, 자네는 좌우간 복은 잔뜩 지구 다니는 사람일세."

하고 진정으로 탄복을 한다.

가만히 생각해 보니 신도감의 말이 딴은 그럴듯도 했다. 발뒤꿈치가 걸려서 거꾸러지다가 깨었으니 필득이라— 그리고 보니 한 가지 꿈을 갖고도 여러 모로 되새겨 볼 필요가 있다고 그는 생각해 보았다. 스무 냥을 잃기는 했을 값이라도, 그놈의 노름도 재미나지 않는 건 아니라고 형준이는 신도감의 말마따나, 제가 짜장 일수가 좋거나 횡재할 운이 텄는지도 모를 게라고 생각해 보는 것이다.

그날은 그걸로 돌아왔다. 집에 와서 돈 스무 냥을 갖고 신도감 집을 찾아갔더니 신도감은 돈을 받으며,

"인제 내 좋은 판엔 가끔 알기울 게니, 꿈만 좋은 놈을 꾸시게, 판에 섞이기 싫으면 폭지만 써서 보내게나. 그러면 다 맡아서 좋도록 하지 않으리. 임자는 모르니 말이지 점잖게 사랑에 앉아서 통수들을 거쳐서 여기다 맛을 붙인 이가, 이 고을 안에도 유만부득일세. 심심파적도 되거니와 가끔 잘 맞아떨어지면 횡재도 하잖나."

그때에 형준이는 별로 또다시 삼십육계에 손을 댈 생각은 먹지 아니

하였다. 그러나 아침에 깨어서 지난 밤 꾼 꿈이, 하도 신기하고 그럴듯할 때엔 조반상도 잘 받지 않고 이러저러 육계문이나 각판에 맞추어서 해몽을 하는 것이 여간 재미나는 게 아니었다. 해몽해 논 게 잘된 것 같으면 한번 붙어 보고픈 생각이 자연히 생겨났다. 그래서는 아침을 먹고 바람을 쏘이는 겸, 아내의 뒤주에서 돈을 한 오십 냥쯤 꺼내 들고 신도감한테로 가보는 것이다.

만일 세 번이면 세 번, 그것이 전부 헛방을 놓았다면, 꿈이고 벼락이고, 무에 맞을 턱이 있는 노름이냐고 쉬 집어쳐 버렸겠는데, 장님도 문걸쇠 잡을 때 있다고, 그것이 꼭 한 번 맞아떨어진 적이 있었다. 그래 한 번 꿈이 들어맞은 데 입맛이 당겨서, 그 다음도 틈틈이 이 육계에다 손을 대게 된 것이다.

밥 먹으면 잠을 잔다고 야단이었고, 잠을 잔다고 누우면, 꿈이 꾸어지이다, 라고 일부러 손을 숨통 있는 가슴에다 올려놓고 빌어섬기며 지랄이고, 자다 깨어나선 미친놈 모양으로 눈이 멀개서 꿈을 풀어 보느라고 정신이 빠져 앉아 있는 것이다.

그의 아내는 처음, 제 남편이 이즈음 어이 된 일인 줄을 몰랐다. 가끔 바깥 출입이 잦고, 출입했다 돌아오면 노상 잠이다. 그래 미상불 어디 계집을 하나 두고 보아 다니는 겐 줄 알았다. 그리고 보니 남편의 태도도 어딘가 그전처럼 저에게 삽삽지가 못한 것 같다. 그래서 하룻날은 남편더러,

"요지음, 머 볼일이 생겼소."

했더니 그는,

"볼일은 무슨, 누가 금점이 좋은 게 있다길래 좀 가보는 게지."

하고 대답한다.

‘금점? 금점이라면 아버지도 알게 하지 않고 무슨 금점이랄까.’

그래서 다시 한번,

“어데 머 금점을 시작했소.”

하고 물어 보니,

“금점을 시작했다나. 좋은 겐가 나쁜 겐가 알구야 시작하지. 여편네가 공연한 참견이야.”

하고 성까지 내는 바람에 다시 그 이상은 캐어 묻지도 못했다.

오늘은 그런데 형준이는 낮잠을 자고 있다. 판이 좋고 육계꾼도 많을 텐데, 장근 산에서만 하는 것도 들킬 염려가 있다고, 이번엔 박이방네 집 뒷방에서 치장을 붙이고 육계문을 열기로 작정한 것이라고 신도감은 말한다. 그래서 아침부터 어젯밤 꿈은 신통치 않다고, 이렇게 새 꿈을 얻기 위하여 낮잠을 자고 있던 것이다. 겨우 눈을 붙여서 소원대로 꿈을 꾸었는지, 형준이는 인차 방을 차고 밖으로 나간다.

꿈은 커다란 배를 타고 비류강을 건너 본 것이니, 판계에 틀림없다고 생각한 것이다. 그래 제 손에 있는 대로 서른 냥을 댈 건가, 아내나 어머니에게 얼마를 더 타내서 한 쉰댓 냥 댈 건가, 하고 망설이다가 그대로 삼십 냥을 들고 신도감한테로 갔다. 신도감은 여태껏 기다리던 참이라고 그래 꿈을 잘 꾸었는가 묻더니, 오늘은 방이 좁고 그래서, 여럿이 모이는 건 위태한데 그래도 가보겠는가고 묻는다. 그렇다면 구태여 갈 필요도 없을 게라고 폭지에 ‘판계’라고 써서 꽁꽁 말아 주고 돈 냥을 곁붙여 주었다. 육계문은 밤중 으슥해서 열게 될 테니 어디 만날 장소를 정하고 기다리라고 한다. 형준이는 잠시 생각하다가, 그러면 우리 뒷대문 밖, 가시 울타리 앞에서 만나자고 말하였다.

벌써 저녁때였다. 그는 집으로 오다가 아까 형선이의 말을 생각하고, 나카니시네 집엘 들러 보았다. 거기서 이것저것 새로 들어온 물건 구경을 하다가 집으로 와서 저녁을 먹었다.

　밤이 이슥해지도록 그는 방 안에 들어 있었다. 형선이가 저녁을 먹고 사랑으로 안방으로 나들더니, 종시 남포등하고 석유 한 초롱을 사 왔다. 큰놈은 사랑에 매달고, 작은 걸 안방에 하나, 형준이 방에 하나, 형선이 방에 하나씩 매어 달았다. 저녁을 먹고는 이 남포등이 신통해서 모두 이야깃거리가 그것뿐이었다. 안방에서는 보패가 등잔불하고 비교해 본다고, 둘을 내놓고, 껐다 켰다 하면서 재깔대었다.

　형준이 처도 밝은 불 밑에서 고운 옷을 해본다고 시집 올 때 해갖고 온 영초 저고리에 깃을 달고 앉았는데, 성기와 어린 딸아이가 무릎에 기어올라서 성화를 부린다고,

　"넌 좀 아버지한테루 가려무나."

하고 성기를 형준이에게로 떠민다. 형준이는 삼십육계 생각을 하느라고 아이고 뭐고 그런 덴 도시 정신이 가질 않았다. 그런 걸 모르고 아이를 떠맡겼으니, 남편이 발끈하니 성을 내는 것도 까닭이 없지는 않았다. 그는 아이들 성화 받기 싫다고 벌떡 일어나더니 밖으로 나가 버

린다.

"아이 안 보랄 게, 나가지 마시구레."

하고 나직이 불러 보았으나, 그 말엔 귀도 안 기울이고 어디론가 상투 바람으로 나가 버렸다. 그는 남편이 이즈음 집안에 마음을 붙이지 못하는 게 제 불찰인 것 같아서 내심에 조심하고 오던 차이었다. 그래서 그는 지금 제가 남편에게 한 거동에 대해서도 곧 뉘우침이 갔다. 그러나 그만 일에 성을 내던 남편은 아니었다. 이러다간 남편의 애정을 영영 잃어버리지나 않을까 하는 두려움도 들어 간다. 쫓아 나가 남편의 팔이나 옷자락을 안고, 제발 안 그럴 게 나가지 말라고, 어리광이라도 피워 보고 싶었으나, 아직 시어머니와 시누이도 안방에 앉아 있고, 또 맞은 방에는 작은동서가 시아우와 자지 않고 불을 켠 채 있으니, 무엄하게 아무렇게나 굴어 댈 수도 없다. 하는 수 없이 화나는 것을 아이들께로 돌릴 수도 없어서, 옷가지를 반짇고리에 틀어박고 새침하니 입술을 다문 채 아이들을 끼고 누웠다. 그는 마음이 언짢아서 갑자기 울고 싶었다.

형준이는 사랑 마당 가운데 서서 하늘을 쳐다보았다. 날이 찌풋하다. 그믐이 가까우니 아직 달은 없고 별도 큰 것만이 이따금 반쩍반쩍한다. 저녁 바람은 선선하다. 박참봉이 나가 버린 사랑엔 오늘 새로 사온 대등피에도 불을 켜지 않았다. 마루에 와서 궁둥이를 걸치고 앉아 보나 삼십육계 생각만이 머리에 떠올랐다.

대체 대낮에 꾼 꿈하고는 여간 뚜렷하고 신통한 게 아닌데— 커다란 너벅선을 뱃사공이 이편 저편 장대로 짚으면서 건너던 것이며, 함께 배 위에 탔던 나뭇단을 옆에다 한 단씩 놓은 여편네들 하며, 이런 게 모두 지금도 눈앞에 선하니 나타난다. 그런데 한 가지, 무엇 하러 십이

봉에로 갔다가 배를 타고 오던 길인지, 그게 똑똑질 않았다. 그러나 그까짓 배를 타게 된 원인 같은 건 별로 소용이 없을 게다. 배를 타보았으니 '판계'면 그만이다— 이렇게 혼자 두루두루 생각해 가며 생담배가 타는 줄도 모르고, 이번엔 영락없이 떼어 낸 육계문이라고 좋아서 앉았는데, 두칠이가 뒷간 뒷길로 제 방에서 나오더니, 큰 대문으로 나가려고 마당을 건너다가 형준이를 보고 인사를 한다.

"어데 가나."

하고 물으니,

"일꾼두 두엇 얻구, 또 제삿집이두 좀 들렀다 올라구 합네다."

하고 공손히 서서 대답한다.

"누가 제산가?"

해서,

"문길덱(文吉德)이 아버지 첫돌이 아니웨니까."

하고 대답한다. 그는 잠시를 더 발을 땅에다 붙이고 주춤주춤하다가, 다시 인사를 하고 대문으로 나가 버린다. 그러더니 몇 발자국도 안 나가서, 도로 돌아서 들어와 안으로 빗장을 질러서 대문을 닫고 저는 온 길로 되짚어 돌아간다. 큰대문을 잠가도 좋을 시각이라, 그는 제 손으로 큰대문을 닫고, 물역 뒷대문으로 나가려는 것이다.

삼십육계의 '판계' 생각을, 마치 노루 때린 *몽치, 삼 년 동안 우려먹듯 하고 있던 형준이는, 이때에 문득 두칠이 처 쌍네의 생각을 하였다.

'형걸이는 그 뒤에도 두칠이가 어데 간 줄만 알면 그대로 드나드는 모양이다. 대체 아버지는 형걸이보고 무슨 책망의 말이나 했는가. 책망을 했는데도 형걸이는 저렇게 다니는 것일까.'

형준이는 지금 이런 것을 생각하고 있다.

　그러나 실인즉 형걸이는 이틀밖에는 드나들지 않았다. 형준이한테 들킨 건 별로 마음에 치부도 해두지 않은 양, 그 이튿날도 쌍네 방에 왔었으나, 비를 맞으며 집으로 돌아가서 어머니에게 핀잔을 듣곤 발을 끊듯이 여태껏 한 번도 발길을 안 했다. 하기는 그 이튿날 하루를 지나서 곧 두칠이가 돌아왔으니 올래야 올 수도 없었을 것이다.

　'오늘 밤도 두칠이가 좀 늦게야 돌아올 테니, 형걸이가 기색을 알었으면 또 올는지도 모르렷다. 이번엔 아주 단단히 타이르든가, 집안에 모두 알게 하든가, 그렇게래도 해야만 할 게다.'

　이렇게 생각이 갔으나, 그의 마음 한쪽에서는,

　'쌍네보고 형걸이와의 관계를 갖고 위협을 하면서 신도감이 찾아오는 걸 기다리기도 할 겸, 한번 장난이래도 쳐볼는가.'

　이런 걸 열심히 생각하고 있었다.

　삼십육계로 인해서 얼마간 잊었던 딴 정력이, 이때에 불쑥이 치밀어 오르는 걸 형준이도 의식한다.

　'어데까지든지 형 된 도리를 해야만 한다. 형의 책임이란 건 동생들의 행동을 감시하야 그릇됨이 없게 경계해 주는 데 있다.'

　겉으로는 이렇게 저 자신에게 타이르면서, 또 한편 깊숙한 속으론,

　'두칠이가 없는 방으로 들어가서, 쌍네에게 한 손으론 사탕을 주면서, 또 한 손으로 칼로 위협도 하면서, 그러면 염려없이 제 손아귀에 들게 되렷다. 그래서 한껏 속이 후련해져서 있노라면 신도감이 판계로 육계문이 딱 맞아떨어졌다고 삼십 냥의 삼십 곱이나 되는 돈을 듬뿍이 날라다 줄 것이고, 그럭하면 얼마를 처억 집어서, 신도감 수고했다고 쥐여 주고, 그 나머지에서 한 절반은 갈라서 쌍네에게다 주어 버릴 것이다. 안 받으려고 하면, 상전 서방님이 주는 돈은 받아야 한다고, 의

첫하니 꾸짖으며 그에게 억지로라도 들려 줄 것이다.'

이런 걸 생각하면서, 그는 마루에서 통숫간 뒤로 통한 길을 걸어 뒷대문께로 갔다.

두칠네 방은 캄캄하다. 벌써 자지는 않을 텐데— 바로 얼마 전에 상전댁 부엌에서 짐승의 여물을 들고 외양간으로 나들다가 제 집으로 밥광주리를 이고 나갔으니, 두칠이와 저녁을 먹고 지금쯤은 제 부엌을 겨우 치우고 난 뒤에, 방 안에서 종일 고되게 일한 몸에 다시 바느질 같은 걸 들고서 남편 돌아올 동안을 기다리고 있을 것인데, 이렇게 일찌감치 불을 껐다면, 이것이 혹 두칠이가 없다는 표적으로 형걸이를 끌어들이는 수단이나 아닌가. 그러나 쫙 열린 뒷대문 밖에서 흰 것이 하나 어른거리는 게 보이었다.

쌍네는 저녁을 먹은 뒤 겹옷 두어 가지를 애벌빨래를 해다가 지금 뒷대문 바깥 가시 울타리 옆에 고잇다리를 걸쳐서 널어 놓고 있던 참이었다.

대문 밖에 나서서 형준이는 쌍네가 빨래를 다 널기까지 그를 바라다보고 섰다가, 쌍네가 버주기를 한옆에 끼고 들어오려고 할 때에, 그의 옆구리 괴춤을 꽉 잡았다. 버주기를 빼앗아 겨우 깨지지나 않을 정도로 토방 위에 동댕이쳐 놓고, 덤석 쌍네의 허리를 돌려 안았다.

쌍네는 형준이의 행동이 뜻밖이었다. 얼마 전에 두뭇골 도련님이 제 방에 들어왔다 나가는 것 잡아 갖고 책망을 하더니, 그 이튿날은 기어이 그걸 상전 나리에게 일러바쳐 말썽을 일으켰고, 그뿐 아니라 늙은 종의 귀에까지 가게 이야기를 퍼뜨려 놓은 이가, 지금 스스로 내 몸에 손을 댄다는 건 도무지 알 수 없는 노릇이었다. 이런 것도 늙은 종이 쌍네를 불러 갖고 부엌에서 들었노라고 가르쳐 주지 않으면 알 턱이 없다. 사나이답지 않게 샐샐거리고 다니는 것이 아니꼽고 이튿날 다시 두뭇골 도련님이 왔다 간 뒤론 얼씬 발길도 안 하는 것이 필시 그 탓이라고 적지 않이 얄미웁게 생각하고 있는 터에, 이번엔 제 몸을 통째로 낚아 보려고 팔을 걸고 대서는 것이 아무리 상전 서방님의 하는 행동일망정 괘씸하기 짝이 없었다. 그는 몸을 꽉 가다듬었다.

"노시라구요."

이렇게 말하면서 제 허리에 감긴 팔을 홱 뿌리쳐 버렸다. 그럴 줄은 몰랐던 터에 뜻밖에 쌍네의 하는 품이 왈패스러운 데 놀라, 뒷들뒷들 한 발자국을 물러섰다가,

"아니 네가 이럴 참이냐."

하고 적이 위협조로 다시 대선다.

"이러지 않으면 어떻게 해요."

그 다음 말은 입 밖에 내진 않았으나,

'내가 남편에 대한 정조는 못 지킬 갑시, 인륜을 깨트리진 못해요.'

하는 *도고한 심보가 드러나 보인다.

"아니 너 정말 이러기냐."

하고 재우쳐 말하는 데는 쌍네는 아무 말도 대답지 않고, 딱 얼굴을 바로 세우고 쳐다보았을 뿐이다.

"오냐 그럴락커던 두칠이보구 말해서, 도무지 너들을 내 집안에 두질 않게 매련해 줄 테다."

이렇게 말해 놓곤 '이래도 좋으냐' 하듯이 또 한번 쌍네의 얼굴을 바로 본다. 쌍네가 아무 말 못 하는 걸 보고, 이건 필시 굴복임에 틀림없다고, 얼굴의 표정을 느긋하니 늦추고 바른손을 다시 내밀어 본다.

"맘대루 하시구려, 죽기밖엔 더 할라구요."

그러나 '맘대루 하라'는 것이 '내 몸을 서방님께 맡기니 마음대로 주무르며 놀아 대슈' 하는 뜻이 아니고 '죽으면 죽었지 난 당신 소청 들을 순 없소' 하는 의미라는 건 그의 어조로 넉넉히 짐작할 수 있었다. 그는 쌍네의 뺨을 하나 갈겨 대곤 그대로 가시울 문을 지나 물역으로 나갔다. 강기슭 방수성 위에 서서 잠시 기다리면서 마음을 진정시키고 있는데 신도감이 아래쪽에서 온다. 물어 보니 육계문은 '판계'가 아니고 '청운(靑雲)'이었다고 한다. 그는 아무 말도 안 하고 횡하니 문길덕이네 집으로 갔다.

싸리문 밖에서 웅성대는 안뜰을 향하여,

"두칠이 예 왔나."

하고 부르니 두칠이가 헐레벌떡하며 뛰어나온다.

"저를 부르셨습너니까."

도고하다
도덕적 수양이 높다.

형준이 앞에 서 있는 두칠이에게 그는,

"자네 아내가 행실머리가 없어 두뭇골 형걸이가 드나드는데, 그대루 두단 집안에 창피한 일 생길 테니 어데루 떠나가게."

느닷없이 하는 말이 무엇을 뜻함인지, 한참 동안 두칠이는 영문조차 몰랐었다.

13

바로 형준이가 쌍네한데서 마음을 이루지 못하고 삼십육계마저 헛 방을 짚은 뒤에, 문길덕이네 집으로 쫓아와 두칠이를 불러 내다, 형걸 이와 쌍네의 행동을 꼬챙이질하고 있을 때, 형걸이는 강선루 앞 관가 우물께를 호둘기 바람으로 거닐고 있었다.

형걸이는 어머니한테 두칠이 처를 보아 다닌다고 꾸중을 들은 이후, 어머니의 말대로 다시 쌍네의 방에 들어가지는 않았으나, 밤에는 일체 로 밖에 나가지 말라는 훈계의 말은 들으려고 하지 않았다. 한 이틀 동 안은 나가지 않았으나, 삼일 예배에 회당에 간다고 나간 뒤부터는, 안 나가는 날도 없지 않았으나, 무슨 일이 있으면 서슴지 않고 나다녔다. 박참봉이나 윤씨는 나가지 말라고 한번 이르기는 했으나 시퍼렇게 젊 은 놈을 울 속에 가두어 둘 수도 없을 뿐더러, 이루 못 나간다고 잘게 굴기도, 나이 찬 아들에게 미안스런 일이었다. 그래서 그 다음부터는 저야 장가 안 가겠노라고 한마디 뿌루퉁했던 김에 내뱉은 말이 있기는 하나 하루바삐 맞차운 규수를 탐문해서, 형걸이의 혼사를 작정해 놓는 게 부모의 할 도리라고 생각했었다.

형걸이는 오늘 밤 저녁을 먹고 날은 흐릿하고, 공부라고 별로 책도 읽기 싫고, 문교사의 집에나 놀러 갈까 하고 집을 나섰다. 그러나 대문 밖에 나서 구룡교 쪽으로 걸어나오며 생각하니, 문선생의 집에도 너무 자주 가면 외려 방해가 될 것 같다. 어젯밤에도 갔었는데, 오늘 밤 또 찾아간다면 언제 가나 싫은 낯 하지 않고 반갑게 맞아 주긴 해도, 문선 생 할 공부도 따로이 있을 텐데 역시 체면을 차려야 할 것도 같다. 그래 나왔던 김이라, 대봉이를 찾아갔더니, 그는 벌써 어디로 나가고 집에는 없었다. 이칠성이가 어디 간 눈치나 알고, 지금은 칠성이 처한테 가서 화투라도 치면서 놀고 있을 게 분명하다. 칠성이 처는 평양 사창 마당에서 국수장사하는 집 딸인데 처녀 적부터 좀 난봉기가 있었으나, 그런대로 어디 상원으론가 시집을 갔던 것이 남편이 어리고 정이 붙지 않는다고 제 편에서 남편을 소박하고 친정에 와 있었다. 칠성이는 본시 *돌림장수할 때부터 평양엔 자주 다녔으나, 좌전에서 세매끼장수로 돌아설 무렵엔, 사창마당 국숫집엘 제 집 다니듯 드나들었다. 그러다가 새서방 싫어 친정살이하는 그 집 딸과 눈이 맞아서, *부담마(負擔馬)를 태워다가 살림을 차린 것이다. 살림은 차렸으나, 제 버릇 개 주지 못하고, 칠성이가 장사로 다른 고장에 여행할 땐 심심해서 견딜 턱이 없다. 혼자서 투전목이나 화투장을 주무르고 앉았는 것도 한두 번이다. 시골에 와서 처박혀 고적도 하고, 칠성이 오면 원체 정없이 붙은 남편은 아니므로 그런대로 재미가 날 만했으나, 그가 어디론가 다니러 가면 혼자서 죽을 지경으로 쓸쓸하였다. 자행거 구경 왔던 대봉이는 그래서 곧 좋은 말동무가 되었고, 처음부터 대봉이를 딴생각 있어 놀러 오란 건 아니지만, 날이 거듭해 친근의 도수가 잦아지면, 나이 찬 총각이라 무슨 일이 지금쯤은 생겨났는지 아무도 알 이가 없다.

돌림장수
'도붓장수(이리저리 돌아다니며 물건을 파는 사람)'의 잘못.

부담마
부담롱(옷이나 책 따위의 물건을 담아서 말에 실어 운반하는 작은 농짝)을 싣고, 사람도 함께 타도록 꾸민 말.

형걸이는 대봉이의 근경을 대체로 짐작은 한다. 그러므로 칠성이네 집으로 대봉이를 찾아갈 생각은 먹을 염도 안 했다. 대봉이가 혼자서 들어가 논다면 모르거니와, 그렇지 않고 뜻밖에 칠성이라도 나오면 *면구스런 일이기 짝이 없다. 그때 형걸이는 쌍네 생각이 잠시 나긴 했으나 두칠이도 집에 있을 것이고, 또 그가 없다고 하여도 좀처럼 가고 싶진 않았다.

그래 그는 집으로 돌아와 잠이나 자버릴까 했다가, 문득 일전에 전도를 한답시고 찾아갔던 부용이 생각이 났다. 대봉이의 홀링이로 들어가서 객쩍은 수작을 늘어놓고 나오긴 했으나 기생이 예절답고 몸가짐이 품위가 있고, 그리고 무엇보다도 주렴발 옆에서 제 손목을 잡았다가 낯이 발개져서 어쩔 줄을 모르던 생각이 간절해서, 그는 저도 채 의식지 못하면서 강성루 쪽으로 거리를 올라가다가, 이렇게 관가 우물께로 휘어 돈 길을 거닐고 있던 것이다.

휘파람도 불지 않으면서 천천히, 그러나 속으론 부용이 생각을 이리저리 해보면서 걸음발을 옮겨 놓는다.

부용이는 지금 무엇 하고 있는가. 평양서 처음 온 기생이라 널리 알려지진 않았다고 해도, 그의 용모와 몸맵시와 사람 대하는 품으로 보아, 한번 본 사람이면 누구나 놀러 갈 만한 인물이니, 이렇게 날이 어둡고 별조차 드문 밤엔 한량이나 난봉꾼이 아니라도, 그의 집을 찾아가서 주안을 베풀고 가야금이라도 들으면서, 운치 있게 밤을 새기를 아끼지 않으리라 생각되었다. 달 밝은 밤에는 달이 밝아 맑게 노는 게 좋을는지 모르나, 이렇게 날씨가 묵죽한 기분을 돋우는 날, 오히려 술잔을 들어 감격을 나누는

가야금 치는 기생의 모습

면구스럽다
낯을 들고 대하기에 부끄러운 데가 있다.

이가 더 운치를 아는 이일는지 모른다. 그렇다면 예수교 전도라고 한 번 들렀던 저 같은 *약관이, 학도의 신분으로 기생의 집을 엿본대야 차례가 올 리도 없고, 차례가 왔단들 어느 기생이 있어 반갑게 맞아 줄 인들 있으랴 생각이 든다. 결국 그를 찾는다는 것도 공연한 허사라 생각이 되는 마음은 더 한층 울적하다. 그러나 그대로 돌아가기는 싫다. 담장 밖을 배회하며 방 안에서 나는 가야금 소리라도 듣고 싶다. 간혹 새어 나오는 맑고 고운 목소리라도 듣고 싶다.

그렇게 생각하면서 천천히 발을 옮기고 있는데 얼추 대봉이네 일갓집 된다는 그 집 대문 앞에 왔을 때, 입에 담을 수 없는 욕지거리를 하며, 얼건하니 취한 젊은이 둘이 부용이 집 담장을 돌아 행길로 나선다.

"촌놈들 버릇없이, 사람 잘못 봤다야 늘상 경이나 치기 알맞지."

이렇게 누구를 보고 하는 말인지 모르게 중얼거리며, 형걸이 쪽으로 가까이 오는 젊은이는 국자보시를 저마다 쓰고 지카다비를 신은 양다리에는 감발을 치고 저고리는 꺼머룩한 양복을 걸쳤다. 목에 수건을 매고 절반도 안 탄 히로 담배를 휙 던지며 나오는 게, 이 고장선 며칠 전부터 처음 볼 수 있는 측량사이기 갈 데 없다. 그런데 뒤 이어서 옷자락이 흩어진 채 몸을 가누지 못한 사십 줄 든 사나이가 하나, 누구에게 부축을 당하여 가느다랗게 아이구 소리를 뇌며, 바로 그 담장을 나오더니 저편으로 내려가 버린다.

측량사들은 휙 형걸이 옆을 지나친다. 지금 사람을 치고 나온 힘이 아직도 어깻죽지에 남아서, 형걸이 같은 건 보는 둥 만 둥, 툭 부딪쳐서 밀친 채 길 위에 침을 테 하고 내뱉는다. 저편에 선 또 한 자는,

"무에구 닥치는 대루 파김치를 만들어 버려."

하고 마치 지금 어깻죽지로 부딪쳐 밀친 어린아이 놈도 걸리는 대로

후려갈기라는 말조다. 형걸이는 가슴에 뭉클하는 것이 올라 솟구는 걸 느낀다. 그는 얼굴을 돌렸다.

"여보게, 자네덜 사람 그렇게 잘 치나."

깔보는 데 분이 난다기보다는, 지금 싸움이 필시 부용이 집에서 일어났으리라는 데 더 격분이 동한다.

"그래 좀 겪어 보려나."

국자보시는 일시에 머리를 뒤로 돌리고 이제라도 덤벼들어 올 자세를 취한다. 형걸이는 침착하니 서서 그들을 살펴본다.

"너이들 *사주 막 냈구나."

어린아인 줄 알았던 것이 돌이켜보니, 두 발로 꽉 땅을 딛고 태연하니 팔장을 결었다. 건방진 자식이— 이렇게 생각하면서, 얼찐하니 취한 머릿속에 은근히 격정이 화염처럼 퍼져 나갈 때, 어느결엔가 형걸이의 두 팔이 하나씩 그들의 멱암치를 받쳐 들었다. 머리로 받으려는 걸 미리 앞질러 놓는 태세다. 대가리를 둘러 보았자 *동발처럼 터거리를 받친 형걸이의 팔 힘을 이길 수가 없다. 바른손에 붙들린 자가 날쌔게 발길질을 하려 대드는 걸, 인차 멱암치를 낚아채며 앞 이마를 갖다 대니, 떡 소리가 나면서 이어 파김치가 되어 쓰러진다. 인제는 한 사람 대 한 사람이다. 그러나 숨을 돌릴 겨를도 없이 형걸이의 왼편 팔에 돌처럼 굳은 두 개의 손이 달려들어 온다. 두 손은 대장간 집게처럼 형걸이의 주먹을 부어뜯더니, 반신의 힘을 샇고 팔뚝을 휘어서 제 배통 가까이로 끌어 낚는다. 인제 다리만 후려차면 팔이 꺾이면서 형걸이는 저만치 가서 나가떨어질 판이다. 형걸이는 머리로 상대편의 앙가슴을 황소처럼 받으며, 왼팔을 잡힌 채 바른손으로 다시 멱암치를 놀려 잡는다. 손이 잘못하여 입술에 가 닿으니 수염이 지저분한 넓은 입이, 날

쎈 앞니로 형걸이의 손잔등을 물어뜯는다. 갑자기 전 몸뚱이를 휩쓸고 스쳐 가는 아픔은 그러나 오히려 마지막 힘을 다하게 하는 자극물이 되었다. 손이 찢어져도 좋다. 욱 하고 밀어서 맞은 집 바람벽으로 몰아 넣고, 죽으라고 배통이와 앙가슴을 받고 있는데, 저편도 기진하여 입 도 팔도 맥을 잃고, 그대로 건들거리다가 바람을 등진 채 물러앉고 만 다. 몸을 뽑고 갓신발로 대가리께를 한 번 넘겨 차니, 국자보시가 머리 에서 떨어져 구르고 사람은 맥없이 돌베개를 벤다. 피가 흐르는 손을 꽉 붙들고 다시 길 위에 나서니, 캄캄한 밤에 사람의 그림자가 웅성웅 성한다.

"거 맞은 건 누군데, 때린 건 누군가."

형걸이는 행길 쪽으로 뒤를 사리고 뺑소니를 쳤다. 순사가 오든가 하면 이편에 잘못은 없지만, 시끄러울까 *저어한 까닭이다. 강역으로 빠져나가서 가만히 숨을 돌리려는데 등뒤에 쫓아오는 이가 있다. 그는 그 그림자가 가까이 오기 전에 몸을 감추려고 방수성 밑으로 내려 뛸 까 한다. 그러나 뒤쫓아 골목길을 더듬어 내려오는 발자국 소리가 거 칠지 아니하여, 그는 잠시 동안을 엉거주춤한 자세대로 서 있어 본다. 제 어깨에 닿는 손이 저를 해하려 들면, 그대로 방수성 밑으로 끌고 떨 어져 물 속으로 굴러들면 그만이다. 그러나 거칠지 아니한 발자취마저 딱 멎어 버리고 강가는 예전처럼 고요해진다. 승선교 밑 여울물 소리 가 멀찌감치 들려 온다. 그는 고개를 돌이켜보았다.

손을 내밀면 잡힐 만한 곳에 뜻하지 아니한 웬 한 젊은 여자가 서 있다.

"누구요."

하고 물어 본다. 필시 싸움터에서 따라온 여자이기 분명한데, 이렇게 자기 등뒤에 와서 아무 말 없이 서 있을 여자는, 이 윗동네에는 있을 성부르지 않다.

"저올세다."

하고 대답하는 목소리는 아직도 기억이 찬란한 부용의 것이었다.

"부용이."

가느다랗게 형걸이도 중얼거려 본다. 그만큼 그는 뜻밖이고 또 반가웠던 것이다. 지금 제 손에 넘어진 두 측량기사, 부용이 집에서 행패를 하고 나오던 길인 줄은 짐작하였으나 싸움터에 구경꾼이 끼여서 부용이가 섞여 있던 것을 알 턱이 없었고, 뒷감당이 귀찮아서 주(走) 자를 놓을 때에 뒤를 밟아 따라온 이가 부용이었을 줄은 꿈 밖의 일이었던 문제이다.

형걸이는 길 위로 한 발자국 물러선다. 그곳에 부용이가 있다. 얼굴도 자세히 보이지 않는다. 가만히 걸어서 부용이 옆에 와 선다. 향긋한 기름 향기가 풍겨 돈다. 부용이는 아무 말도 못 한다. 형걸이도 아무 말을 못 한다. 가지런히 섰다가 형걸이가 한 발자국 위쪽으로 옮겨 놓으니, 가벼운 마른 갓신 소리가 그의 옆을 따라온다.

그들은 덤덤히 이화정 쪽을 향하여 비류강 안을 거슬러 올라간다.

강에서는 개구리 우는 소리가 나직이 들려 온다. 개구리 알을 까느라고 별 없는 캄캄한 밤에 개구리는 이를 갈듯이 안타까운 소리를 내는 깃이다.

부용이는 나이 열여덟이 되도록 누구의 앞에서 이렇도록 말 움이 오무라들어 보긴 이번이 처음이었다. 어렸을 때부터 손님 앞에서 인사성 있고 이야기를 잘 받는다고 귀염을 산 그였다. 인사 한마디 변변히 못 하고 치하의 말 한마디를 올리지 못한 채, 이렇게 덤덤히 사나이의 옆을 따라가 보기란 난생 처음 겪어 보는 일이었다. 가슴 안에 꽉차 있는 사연을 말해 보려고 애를 써본다. 그러나 입술을 열고 나오는 말이란 말이 하나도 제 마음을 그대로 아뢰어 주지는 못할 것 같다.

부용이는 오늘 저녁 어떤 선비처럼 차린 손님을 뫼시고, 술상을 배설한 뒤에 추수(秋水) 김부용(金芙蓉)의 *시담(詩談)으로 기름 조는 줄을 모르고 있었다. 그런데 밤이 이슥할 무렵에, 본 데 없는 왼데 녀석 둘이 보쌈에 꺽지 격으로 뛰어들어 휘두를 때였다. 손님이 있다고 좋은 말로 얼러 주는 것도 종시 듣지 않고, 생트집을 잡아서 드디어는 손님에게 무엄한 행패질까지 하고 말았다. 뫼시고 왔던 *가신이 겨우 손님을 부축해 갖고 나간 뒤에, 조금 있자 밖에서는 또다시 사람 싸우는 소리가 요란스럽다. 혹시 금방 옷고름도 가누지 못하고 돌아간 손님에게, 그 녀석들이 포학스런 행패질을 거듭하는 건 아닐까 하고 부리나케 쫓아나와 보니, 그 손님의 그림자는 간 곳 없는데, 행길 가까운 곳에서는 트리싸움이 벌어졌다. 벌써 구경꾼은 네다섯 모였는데 캄캄하여 똑똑지는 않으나, 세 사람 중의 두 사람은 조금 전에 제 집을 나간 외방 사람인 게 분명하였다. 한 자는 길 위에 거꾸러져서 두꺼비처럼 우무럭거리며 신음 소리를 올리고 있고, 또 한 자는 호둘기 바람인 웬한 청년과 얼러붙어 돌아가고 있다. 부용이 집에서 나오다가 이 청년과 다시 싸움이 어우러진 게 분명하다고 생각하면서, 그때는 벌써 여남은 사람 모인 군중 틈에서, 두 사람을 상대로 싸우고 있는 이가 누군지를 알려고 부용이는 안타까이 머리를 솟구어 본다. 그러나 바람벽으로 몰아다가 머리를 상대편의 배통이에 박고 처박아 대는 청년의 얼굴을 찾아볼 길은 바이 없었다. 두 사람은 서로 맞붙어서 한참 동안을 비벼 대고, 윽박질하고, 헛발질을 하고, 후려갈기고 하면서 옴짝을 안 한다. 한참 만에 어디를 단단히 꼬집히든가 물리든가 했는지, 씩씩거리는 숨결에 섞여서 외마디 비명이 들릴 때, 부용이는 그 목청이 어디서 들은 법하였고, 그래서 더 안타까이 얼굴을 가까이 가져가는데, 휙 그의 아는 얼굴이 하나 지나간다. 바람벽에 몰아박고 맥을 못 추게 굴렁이를 지운 뒤에, 민첩하게 몸을 뽑아 달아나는 청년의 얼굴— 그것은 일전 공일날 예수를 믿으라고 부용이 집에 찾아왔던 그 학도 청년의 얼굴이기 갈 데 없었다.

그 학도— 이름도 성도 모르지만 두 손목에서 울리는 억센 혈맥을, 그는 한참 동안이나 제 손목에 넣어 본 일이 있다.

항우 같은 두 외방 사람을 거꾸러뜨리기는 했으나, 한참 어울려 싸울 땐 비명을 올리리 만큼 그도 피곤하였을 것이다. 비호처럼 몸을 뽑아 행길을 건너 강기슭으로 달아나는 학도의 뒤를 쫓아, 부용이는 저도 모르는 흥분에 싸여 골목길을 뛰어내려왔던 것이다.

그러나 이렇게 그 청년 학도의 옆에서 덤덤히 위쪽을 향하여 고요한 강기슭을 걸어올라가면서, 부용이는 심장에서 뭉쳐들던 솜방망이 같은 것이 사뿐히 풀어지는 것을 느낀다. 그것은 와사처럼 가슴에 찼다가 목구멍과 코를 통하여 얼굴로 퍼져 올라간다. 그것이 전 몸뚱이에 퍼질 때 비로소 부용이는, 제가 행복된 분위기 속에 싸여 있다는 것을 느낀다.

"여기 앉아 봅시다."

이화정이 저 언덕에 우중충하니 서 있을 것이나, 칠흑 같은 밤엔 그것조차 보이지 않는다. 수양버들이 머리 위에서 간지럼을 피우는 걸로, 그들은 버들 포기 밑에 온 것을 아는 것이다.

늙은 버드나무 긁을 손으로 더듬어서 가지런히 두 자리를 찾아본다.

형걸이는 다치지 않은 한 손을 캄캄한 속에 내밀어 본다. 치마에 손끝이 스치는 듯하는데, 곧 따가운 섬섬옥수가 그의 손을 찾아든다. 먼저 제가 앉고, 그 옆에 부용이를 이끌어 앉혔다. 여자의 향기가 버드나무 밑에 엉켜 돈다. 천주봉만이 겨우 하늘 속에 희미하게 제 모습을 드러내고, 그 밑에 흐르는 강물도, *정각도, 아무것도 보이지 않는다. 승선교 위에 어화가 하나 별처럼 간들간들 졸고 있다. 개구리 소리조차 멀어졌다.

"내가 누군지를 아시겠소."

형걸이는 가만히 물어 본다.

"모르는 이를 따라서 별 없는 밤에 이렇게 무엄스리 굴 년이 있겠습니까."

형걸이는 한 손으로 부용이의 두 손을 꼭 잡아 본다. 가락지가 따끈한 손 속에서 산뜻하니 차다. 한 손 속에 두 손을 넣고, 부용이는 비로소 사나이의 바른손을 생각한다. 그리고 아까 싸움터에서 울리던 외마디 소리를 연상한다.

"오른손을 다치셨나요."

"대단친 않으나, 그 녀석이 물어뜯은 모양입니다."

"본데없는 치사한 놈들."

부용이는 꾸짖으며, 사나이의 손 속에서 두 손을 가만히 뽑아 손수건을 찾아보나, 엉겁결에 뛰쳐나오느라 그것조차 잊고 나왔다. 그는 소리 안 나게 치마 고름의 한끝을 끊는다.

"이걸로 동여맵시다."

"피는 멎은 모양이니 그대루 두어도 좋을 텐데."

"아뇨, 이걸로 더 맵시다."

캄캄한 속에서 잔등이 부풀어 오른 손을 부용이는 터매 준다. 그 손을 제 손 속에 가만히 올려놓고 쓰다듬듯 해본다.

"쑤시지 않아요."

"술취한 김에 물어뜯었을 테니까, 무슨 독을 깊이 먹었겠소. 두어 두면 낫겠지요."

그들은 이 이상 더 싸움 이야기를 하고 싶지 않았다. 이렇게 아름답고 좋은 밤에, 그런 쌍스러운 생각을 갖고 싶지 않았던 때문이다.

"이 고장이 마음에 듭니까."

이 말엔 선뜻 대답지 아니하고 부용이는 가만히 웃어 본다. 산도 좋고 물도 좋으나, 당신 탓에 더욱 마음에 든다고 대답하고 싶으나, 그 말이 차마 입 밖에 나오질 않던 때문이다. 그는 한참 만에 이렇게 대답하였다.

"뫼는 푸르고 물은 깊은데, 사람조차 외로우니, 여기가 도원이 아니겠소.”

형걸이는 부용이가 무산 십이봉과 비류강과 강선루를 읊은 옛 시를 들어 말함인 줄 알고 속으로 그 원시를 외워 보았다. 장문보의 시에,

山碧水深人寂寂(산벽수심인적적)
不知何處問桃源(부지하처문도원)

이라는 게 바로 그것이었다. 이것을 입 속으로 외우고 나서, 형걸이는 부용이더러 물어 본다.

“부용이, 강선루의 *압축(壓軸)을 들은 적이 있소.”

“온 지 얼마 되지 않아서 아즉 들은 적이 없습니다. 어떤 선비다려 물으니 그 양반도 모르노라 말하시두요.”

“난두 들은 데 얼마 되지 않은데, 가르쳐 주는 이도 지은이의 이름은 모르면서.”

잠시 말문을 닫았다가,

“응상에 운유습이요(凝想雲猶濕),

영정에 우불수라(榮情雨不收),

서기 조모우하야(庶幾朝暮遇),

십일에 구등루라(十日九登樓).”

한 번을 다시 외우고 난 뒤,

“별루 잘된 것 같지 않은데, 신선 내리는 누각이란 이름을 따서 지은 글 같습니다.”

부용이는 가만히 입 속으로 한구 한구 새겨 보다가,

“마지막이 어떻게 되던가요.”

하고 물어 본다. 형걸이가 한 번을 읽으니 뒤이어,

　"거이 아침나죽 만날까 하야

　열흘에 아홉 번 다락에 오르더라."

하고 글자를 따라 새겨 본다. 바람이 우수수하니 인다. 버드나뭇가지 흐느적거리는 소리가 쏴 하니 들린다. 이어서 바람은 자는 듯하면서 비가 푸뜩푸뜩 내린다.

　"비가 오나."

하고 형걸이는 손을 내밀어 본다. 빗방울이 하나 손 위에 떨어진다.

　"비가 옵니다. 옷을 맞추기 전에 어서 갑시다."

　형걸이는 일어서나, 부용이는 자리가 아까운 듯이 일어나지 않는다.

　"비 좀 맞으면 어떤가요."

하고 한번 졸라 보았으나, 형걸이가 일어서서 움직이지 않으니, 하는 수 없이 그도 따라 일어선다.

　"비 오시는데 제 집에 들렀다 가세요."

하고 형걸이 옆에 와 서면서, 부용이는 졸라 본다.

　"난 *시하에 달린 몸이라, 일찍 들어가야 합니다."

　"그래두 비가 오시지 않어요."

　"비가 오니까, 비 맞지 않게 얼른 가야 안 합니까."

　그들은 올라왔던 길을 천천히 내려가면서 도란도란 이야기한다.

　"집에 들리 우산 쓰고 가시면 되시 않아요."

　형걸이는 아무 말도 안 한다.

　"전날에 오셨다가두 총총히 가셨는데. 전 아직 성함도 모릅니다. 그게나 알으켜 주시구 가셔요."

　"이름 같은 거야 아나마나, 또 아시려면 여기서도 넉넉하지요."

시하(侍下)
부모나 조부모를 모시고 있는 처지. 또는 그런 처지의 사람.

그러나 그는 길 가운데서 제 이름자를 가르쳐 주려곤 하지 않았고, 강선루 앞 골목으로 올라서서 행길가에 나서면서도, 부용이가 이끄는 손을 뿌리치려곤 하지 않았다. 아까 싸움하던 자리엔 개새끼 한 마리 보이지 않는다. 예까지 오니 빗발만 제법 잦아졌다.

형걸이는 부용이 뒤를 따라 그가 안내하는 대로 대문을 들어섰다. 대문의 빗장을 들이고 제 방으로 들어서면서, 마루에 선 채 허성대는 형걸에게 수건을 내어 준 부용이는,

"어서 들어오세요. 비가 풍길는지도 모르니까."

하면서 발을 들치고 내어다본다. 형걸이는 전날 대봉이와 대낮에 찾아왔던 이 방이, 어쩐지 처음 보는 딴 방 같은 느낌을 주었다. 그는 윗문으로 가만히 방 안에 들어선다.

"온, 자리를 깔어 났으니, 참 어머니두 무던히는 성급하시지."

혼자 종알종알하며, 붉은 깃 달린 남빛 차렵이불을 접어서 발치 구석으로 몰아놓고, 보료를 내려 깔면서,

"비 맞으셔서 선선하실 텐데 아랫목으로 내려오세요."

하고 웃어 본다.

"비야 무슨 비를 맞었을까마는, 이렇게 호둘기 바람으로 파탈한 몸이라서 되려 미안하외다."

물기가 남아 있는 손으로, 얼굴을 내려 쓰다듬으면서 형걸이도 버륵하니 웃어 본다.

"온 별말씀도 다 하시네. 그러시지 마시구 어서 이리 좀 내려오세요. 방이 누추하다구서 너무 흠 삼지 말으시구."

제 방 안에 들어와서 유경에 켜놓은 불이 벌겋게 밝은 가운데를, 치마폭도 가볍게 오락가락하면서 주고받는 부용이의 말은, 밖에서보다

퍽 가벼워진 것 같다. 어석버석한 느낌이 없고, 마음을 허락한 사나이
란 듯이 거침없이 하는 말조다. 형걸이는 부용이가 그렇게 친밀스레
저를 대해 주는 게 되레 고마워서, 권하는 대로 아랫목에 와서 펄석하
니 까치다리로 앉는다.

　사나이를 아랫목에 모셔다 앉히고, 부용이는 다시 가만히 그의 얼굴
을 쳐다본다. 이마, 코, 눈, 입, 귀— 부용이는 만족한 듯이 낯을 수그
려 가슴과 무릎을 본다. 그러나 무릎 위에 놓인 손을 보고 그는 깜작
놀라 일어난다. 그 발로 장롱에서 눈덩이 같은 솜을 꺼내, 사온 지 얼
마 안 된 석유를 묻혀 오는 것이다.

　“아이머니나.”

　손으로 헝겊을 끌러서 상처를 보고 부용이는 또 한번 놀란다. 부풀
어 오른 손잔등에 이빨 자국이 또렷하다. 석유를 바르고 입술을 가까
이 대고 여러 번을 불어 주다가,

　“솜으로 좀 지져 볼까요.”

하는 것을,

　“내버려두시오. 만지믄 되레 오래 간다우.”

하고 형걸이는 웃어 버린다. 그러나 부용이는 솜으로 지지는 대신, 문
갑 서랍에서 흰 오징어 뼈를 내어, 칼로 갈아서 상처에 뿌려 준다.

　형걸이는 이렇게 부용이의 쓰다듬을 받으면서, 이상한 감흥을 느낀
다. 만일 이대로 집에 들어간다면 어머니가 눈이 동그래져서 이게 어
인 상처이냐고 법석을 대며 일변 솜으로 지진다, 약을 바른다 하고 서
둘러 대고, 한편으론 *상노아이 삼남이든가 종을 시켜 의술을 불러들
이며 야단이 날 만치 치료에 극진할 것이지만, 어머니의 애무와는 다
른, 어떤 형언할 수 없는 감흥을, 그는 부용이에게서 느끼는 것이다.

어머니의 사랑을 받을 때는, 사랑을 받는 자기보다, 사랑을 주는 어머니가 더 행복되리라 생각이 갔는데, 지금 그는 비로소 사랑을 받는 자기의 행복감에 그윽이 취하여 있는 것이다. 상처를 쓰다듬어 주는 부용이보다, 안심하여 가끔 사양하면서 상처를 내맡기고 앉았는 형걸이 자신이, 한없이 행복되어 보인다. 그는 일순간 이 상처가 길이길이 나을 날이 오지 않고, 이렇게 섬세하고, 따스한 체온이 흐르는 부용이의 두 손길이, 언제까지나 제 옆에서 떠나지 않을 것을 상상해 본다. 아름답고, 행복되고, 윤택이 나는 생활일 것이라고 막연히 생각해 본다.

"무얼 그리 생각하십니까."

묻는 말이 곱고 아름다워서 형걸이도 빙그레 웃어 본다.

"엉뚱한 생각에 잠겼던 중이었소."

이 말을 채 끝마치지 못했는데, 형걸이의 왼팔은 가만히 부용이의 등을 기어올라간다.

"몸은 문 위에 서 있으나, 마음은 그대 따라 길 위에 가도다."

이렇게 읊어 본다. 이윽고 부용이의 머리를 만져 보다 말고, 얼굴을 돌려 유경 있는 윗목을 바라본다. 병풍 앞에 놓인 등잔불이 너울너울 붉은 춤을 추고 있다.

身離倚門立(신리의문립)
魂逐美人去(혼축미인거)

그러나 부용이는 옛날 추수 김부용처럼,

驢勞凝我重(여로응아중)

添載一人魂(첨재일인혼)

이라고 대놓을 수가 없었다.

　나귀 힘들어하매
　어인 줄을 몰랐더니,
　그대 마음 더 얹쳐서
　이토록 무거웁네.

　이토록 뾰족하니 놀려 댄 추수의 마음이, 사나이를 위하고 사랑하는 마음에서 나온 것이라곤, 부용으로서 상상할 수 없었다. 이백 년도 더 오래인 옛날의 일이매, 지금의 부용으로서는 상상키도 힘드는 일이나, 옛날의 추수 김부용이가 어느 선비의 노래에 대하였다는, 그와 같은 구절 속에 품기어 도는 마음씨는, 결코 사랑하는 생각 속에선 나올 수 없는, 깜찍한 재주라고 오늘날의 부용이에게는 생각되는 것이다. 그러므로 형걸이의 읊는 노래에 그는 추수의 구를 갖고 대놓을 수는 없었던 것이다. 이렇듯 형걸이가 저에게 마음을 주는 것이 고마워, 지금은 아늑한 행복 속에서 밤이 깊은 줄도 모르고 있으나, 인제 한번 *환선(紈扇)을 들어 갈라진 뒤엔, 언제라고 다시 만날 기약인들 있으랴 생각하니, 추수의 유명한 상사시(想思詩)가 머리에 떠오른다. 그래 그 중의 한 구절을 들어,
　"사건에 눈물은 젖었으되, 만날 기약이 막막하외다."
하고 어리광 피운 말에 섞어서 가만하니 외워 보고, 얼굴을 들어 사나이를 본다. 바른팔을 뻗쳐 문갑 위에서 붓을 들어 둘둘 만 장지 위에,

紗巾有淚(사건유루)

紈扇無期(환선무기)

라고 적어 본다. 붓을 놓는 걸 기다려 형걸이는 왼손으로 다시 부용의 허리를 휘감아 본다.

"진정 그렇게 생각하오."

그러나 부용은 아무 말이 없다. 얼굴을 바짝 들고, 이렇게 젊은 여자의 마음을 다짐받는 청년의 열정이 어떤 것인가를 찾아보기나 하려는 듯이 형걸이의 두 눈을 바로 들여다본다. 두 눈이 딱 마주쳤다. 그러나 눈보다 입이 먼저 쭝긋쭝긋 흩어진다……. 껴안았던 팔을 놓고 형걸이는 부용의 손을 장난질한다. 마디가 없이 날씬하니 쪽 빠진, 옥 같은 손이, 발그스름한 핏빛에 홍도색을 띠고 있다.

"추수 비상에 각수명가(秋水臂上刻誰名),

묵입 설부 자자명이라(墨入雪膚字字明)."

가만히 중얼거려 보니, 부용이는 곧 걸게 실을 꿴 바늘과 벼루를 가져다 놓고,

"차라리 비류강물이 다하여라(寧有沸流江盡),

어이 그대와의 이 기약을 잊으리오(妾心終不負初盟)."

한참 동안을 그렇게 쳐다보다가 먹을 진하게 갈고, 제 왼팔을 걷어붙인다. 형걸이는 동여맨 바른손에 먹칠한 바늘을 들었다.

"무어라 새길까요."

"성함을 새기세요."

그때야 그는 부용이가, 아직 제 이름을 모르고 있는 것을 깨닫는다. 그러나 그는 제 이름을 기다랗게 부용의 팔뚝에 새기고 싶진 않았다.

"우리는 별이 됩시다. 해도 말고, 달도 말고, 캄캄한 밤에 혼자 빛을 내는 별이 됩시다."

형걸이는 부용이의 팔에 바늘 끝을 가져간다. 날카로운 바늘 끝이 하이얀 부용의 피부를 뚫는다. 까만 흑점이 또렷하니 새겨지도록 부용은 만족하니 웃고 있었다. 다시 형걸이의 바른 팔뚝에 까만 수영을 꿰고 나서, 둘은 덤덤히 기름 조는 소리를 듣고 있었다. 첫닭이 울어도 형걸은 부용의 집을 나오지 않았다.

14

문길덕이네 제사를 끝까지 보지 않고, 두칠이는 비가 푸뜩푸뜩 듣을 때에 제 집으로 돌아왔다.

처음 상전 댁 맏서방님 형준이의 말을 듣고, 그는 댓바람에 제 집으로 쫓아오고 싶었다. 아내에게 사연을 다져서 묻고, 대답이 애매하고 모호하면 분 나는 대로 한바탕 후려갈기기라도 해야만 속이 후련할 것 같았다. 그러나 그는 어이 된 일인지를 좀더 자기 혼자 되새겨보려고, 그대로 가만히 아무 일 없은 듯이, 같은 친구들이 모인 방 안으로 들어가 앉아서 한참 동안을 생각에 잠겨 있었다.

어디로 하루바삐 띠나 달라는 말은, 물론 대수롭게 여길 건덕지가 되지 못한다. 제아무리 맏서방님이라 할 값이라도, 집안일을 도맡아 처리하는 날이 오든가, 박참봉이 세상을 떠나든가 하기 전에는, 그가 나가라 들어오너라 할 그런 계제는 되지 못하는 걸 두칠이는 잘 알고 있다. 형준이가 박참봉보고 말해서 박참봉이 다시 이러니저러니 할 수는 있다 쳐도 형준이 그의 말만 갖고는 곧 집을 떠난다든가 그러지 않더라도, 과히 뒤탈이 없을 것쯤은 두칠이로서도 짐작이 된다. 박참봉까지도 친히 그렇게 생각하는 것이라면, 뒷날 다시 자기를 불러 놓고 분부가 있을 것이다. 그러므로 형준이가 하루바삐 이 집을 떠나 달라는 말은, 그렇게 겁나는 말이 되지는 않는다.

그러나 사실을 따져 놓고 보면, 집을 떠나 달라는 말이 사실이라고 하여도, 그로서는 결코 그것만으로 인하여 뼈아픈 일이 생기든가 그렇진 않을 것이라 생각한다. 단 두 식구, 이즈음 농토를 떠나서 신작로 닦는 델 쫓아다니든가, 측량대를 둘러메고 싸다니든가, 남의 짐을 지고 다녀도, 입에 풀칠이나 하기엔 그리 힘들 게 없다고 생각하는 것이다. 성한 몸이 하루 종일 뼈가 노곤하도록 일해 주고, 어디 가선 못 살 것이냐 하는 생각이 가끔 들었으나, 저에게 쌍네를 아내로 주고, 다시 절게로부터 막서리로 한 등 높여 주기까지 한 박참봉 나리 댁을, 아무 분부 없는데 제 편에서 뛰쳐나오는 것은, 배은망덕도 심한 일이라고 제 스스로 단념하고 마는 것이었다.

그러므로 박참봉이 친히, 이러저러한 까닭으로 인연해서, 너는 *차후로 내 집을 떠나서 살아라, 하고 말한다면 모르거니와, 그러기 전에는 형준이 말쯤을 갖고, 봇짐을 싸서 지는 게 되레 안 될 일이라고 생각하는 것이다.

그러나 두칠이의 생각이 외곬으로 흘러 웅덩이 속으로 침전해 버리는 것은, 그의 아내의 소위 '행실머리'와 두뭇골 도련님과의 관계 여부에 있었다.

두칠이도 물론 아내가 그를 달가워하지 않는 것은 잘 알고 있다. 머리를 올려 주기 퍽 전에 제가 아직 절게로 있을 때 일만 해도 그렇고,

그 뒤 두칠이가 분명히 쌍네의 남편이 된 뒤에도 아내가 그를 정성껏 모시든가 그러지 않는 것쯤은 두칠이도 잘 알고 있다. 그러나 어떻다고 반항을 하거나, 실없이 *포달거리거나, 구박을 하려 들거나, 그런 일은 없었으니, 날이 가고 아이가 생기고, 그러노라면 저절로 화합한 가정이 되리라고, 은근히 기다리고 있었다. 으레 잉태했던 아이를 유산을 해버려, 적지 않이 낙망이 갔으나, 그는 그것으로 결코 절망하지는 않았다. 아내는 그대로 아름다웠고, 비록 말은 없고, 보는 사람 따라서는 서먹서먹하다고도 할 것이나, 결코 그에게 슬픔을 주든가 그렇진 않았다. 부잣집 색시나, 첩들이 하는 것처럼, 간사하고 삽삽하고 살뜰스러운 맛은 없으나, 가난하고 비천한 집 아내답게, 건강하고 부지런하고 순박하다고 생각해 온 것이다. 그는 아내를 믿어 왔다. 아내를 사랑하는 마음은, 절게 시절보다 더하면 더했지, 조금도 변함이 없었다. 십 년이 하루 같은 고된 일을 하면서도, 아내를 생각하면 즐거움이 되었고, 하루 종일 일에 시달린 몸에서 *감발을 풀고, 저녁상을 받으면서 아름다운 아내의 얼굴을 보면, 이튿날 호미 들고 집을 나설 생각이, 괴로움이 되진 않았던 것이다. 쌍네만 옆에 있다면, 그는 무슨 일이라도 할 것 같았고, 그가 손을 잡고 쫓아만 온다면, 어디라도 무서울 것 없이 찾아갈 수 있을 것 같았다. 그러던 쌍네였고 그러던 아내이다.

지금 제 아내가 자기를 속이고 마음을 다른 사람과 나눈다는 밀을 처음 들었을 때, 두칠이가 한참 동안 그게 어이 된 수작인지 종잡을 바가 없었던 것도 결코 무리는 아니었다. 그럴 리가 없다, 그래서는 안된다고 속으로 몇백 번을 도리질을 하고 나서, 그러나 머리를 들어 보니 역시 맏서방님이 움직이지 않는 표정으로 제 앞에 서 있다. 분함보다 슬픔이 앞을 섰다. 말할 것을 간단히 해치우고는 형준이는 노한 사람처럼 뚜벅뚜벅 걸어가 버린다.

제 아내와 통한다는 사나이가 다른 사람이 아니고 바로 두뭇골 도련님이라니, 그렇다면 어이 된 영문으로 그 말을 맏서방님, 친히 제가 와서 나에게 일러바치는 것일까— 물어 보고도 싶었으나 이미 형준이는 그 자리에 없었다.

두칠이는 자리에서 일어나서 어디 뒷간이라도 잠깐 다녀올 사람처럼 길덕이네 집을 나왔다.

"주안 나오게 됐는데 어데 가나?"

하고 길덕이가 묻는 것을,

"요, 밖에 잠깐 다녀오겠네."

하고 대답해 버리었다. 대문 밖에 나서니 비가 푸뜩푸뜩 떨어진다.

걸음을 바삐 옮겨 놓으면서 얼굴과 머리에 찬 빗방울을 맞으니, 마음은 더한층 초조해진다. 강역으로 돌아서, 가시 울타리께로 와서 제 방을 바라보았을 때, 그는 난생 처음 무서운 격정이 화염처럼 가슴속에 꿈틀거리는 것을 느꼈다. 홱 문을 낚아채고 들어가면, 캄캄한 방 가운데서 뭣이든가 손에 잡히는 대로 휘둘러 칠 것 같다. 그는 제 자신이 두려웠다. 이대로 내버려두면 어디로 뛰어다닐지 모를, 성난 말처럼 생각이 갔다. 그는 손으로 울타리 문을 열고 뒤뜰로 들어서, 제 방문을 연다. 방 안은 캄캄하다. 문 여는 기척이 나면 안에서 일어나는 인기척이 있어야 할 텐데 그것이 없다.

"어데, 갔나?"

대답이 없다. 문 옆에 세운 물푸레채로 방 안을 휘저어 본다. 반짇고리가 걸리고는 아무것도 닿는 것이 없다. 방 안은 텅 빈 것이다.

'이것이 어데로 갔을까.'

'과연 형준이 서방님이 이르는 말은 사실일까.'

두칠이는 방 안에 들어갈 염도 하지 않고, 빗발이 제법 잦아진 뜰을 향하여 문턱에 허리를 걸치고 앉았다.

한참 앉았으려니 뽕밭 머리에서 발자취 소리가 잦게 들리고, 이윽고 가시 울타리 문을 밀더니, 쌍네가 비를 피하여 들어온다. 토방에 올라 서서, 어디서 얻어 쓴 것인지, 낡은 자루를 한 귀퉁이를 넣어서 꼬깔처 럼 둘러썼던 것을 벗어 놓고, 덥벅 문설주로 대서다가, 무릎으로 남편 의 정강이를 건드렸다.

"아이머니나."

하고 그는 약간 놀란다.

아내의 살 냄새가 비에 젖어서 두칠의 코숭이 앞에 풍겨 돌았다. 그 는 가만히 앉은 채로 묻는다.

"어데 갔더랬어?"

아내는 주춤거리다가 엉겁결에,

"품 한 자루 빌릴까 해서 꼬맹이 집에."

그 다음은 마무리를 채 않고 남편의 몸을 피해서 방 안으로 들어간 다. 눅눅하니 젖은 치마폭이 두칠이의 볼편을 스치고 방 안으로 넘어 간다.

쌍네는 방 안으로 들어가더니 천연스럽게 지리를 깔아 놓는다. 그는 지금 엉겁결에 한마디 내붙인 거짓말에 용기를 얻은 것이다.

형준이한테 그 일을 당할 뻔하곤, 쌍네는 한참 동안을 생각다 못해 점 잘 친다는 보살할미를 찾아갔었다. 조용히 늙은 노파를 마주 대하 고 앉아서,

“내가 지금 무슨 죽을 혼이 들었는지 큰일이 났소와요.”

하고 이야기를 시작할 땐, 그는 부끄럼도 아무것도 생각지 못하였다.

“임자 나이 몇이든가.”

“스물둘입지요.”

까맣게 때에 전 등잔에 콩알만한 작은 불심이 기름을 빨아 올리고 있다. 그 밑에 쭈그렁 바카지처럼 오골쪼골한 보살할미가 개다리상에, 길게 꿴 엽전 타래와 따로 몇 닢 꿰지 않은 엽전을 들고, 까치다리를 야무지게 한 채 당돌하니 앉아 있다.

“임자 서방의 나이는 몇이와.”

“아마 서른하나입지요.”

“서른 하나?”

지렁이 같은 가느다란 눈을 비집듯이 흡떠 본다.

“그래 말해 보시게.”

쌍네는 잠시 눈을 밑으로 깔고 가만히 생각해 본다. 생각이 먹혀서 찾아오긴 했으나, 털어놓고 제 몰골을 이야기하자니 부끄럽기 짝 없는 일이었다. 낯을 들어 한번 작은 방 안을 두리번두리번하는데,

“아무두 내 집엔 없으니 마음을 턱 놓으시게.”

하고 보살할미는 재촉한다. 쌍네는 손을 오므락오므락 만지면서, 가끔가다 주춤주춤하면서도, 쪼루루 단숨에 이야기를 놓는다.

“꽃 떨어질 때니께, 한 달반이나 된가 보외다. 우리집에서 촌에 한 이틀 보항간 새, 늘상 날보구 수상시레 구시던 셋째 도련님이, 밤에 내 방엘 들어왔으니 어떡할 도리가 있사와요. 그래 난두 젊은 마음에 장난으루다 치부대일 생각 치구서 그랬더니만, 그게 무슨 되집어쓴 병집인지, 두 번 되온 그이 생각이 도무지 머리빡을 떠나질 않소와요. 그러

자 우리집에서 돌아왔으니, 도련님을 뵈올 길은 없어졌는데, 또 일 숭하게 되려니 맏서방님마저 내게다 마음을 치시고 찐덕거리시는구만요. 그이는 내가 셋째 도련님과 그런 걸 알구 있지요. 인젠 오늘 밤 안으로 필시 우리집에서두 알게 될 테구, 이리 되믄 한 세상 구박받구 사는 바엔, 아여 일을 터쳐 버리는 게 외려 속 시언할 것두 같구, 아니 머내 손으루 일을 저지르지 않는대두, 세상은 뒤죽박죽되구 말 테니, 종차루 어찌야 좋을지 도무지 염이 나질 않는구려. 그러니 처음부텀 맘에 없는 서방 털어 버리구 사는 게 팔자소관인지, 도련님이 그러시는게 진정의 마음인지, 한번 장난에 그치는 겐지, 모두를 신령님께 물으시어, 청청히 밝혀 주시도록 한 괘 놓아 주시우다.”

보살할미는 반백이나 된 머리빡을 끄떡끄떡한다. 터거리로 쌍네의 손 있는 편을 한번 눈질하여 쌍네는 바른손에 쥐고 있던 백통전을 가만히 상 위에 올려놓았다. 돈을 본 다음에야 보살할미는 엽전을 들고 중얼대기 시작한다. 한참을 중얼대다가 엽전 타래를 휙 상 위에 던져본다.

“본서방과는 팔자에 없는 연분이군.”

이 말을 들으면서, 쌍네는 가슴이 덜럭 물러앉는 것 같은 착각을 맛본다.

“정녕 그런지 또 한번 던져 보시우다.”

이렇게 말하는 쌍네의 목소리는 약간 떨리는 듯하였다.

‘역시 팔자에 없는 연분임에 틀림없는가 보다. 처녀 적에 그렇게 싫던 두칠이다. 억지로 한자리에 누워서도, 아무 감흥이 내솟구지 않던 두칠이다. 내 속에 들었던 그의 씨가 세상 밖에 나오기 전에 흘러 버린 것도, 인연을 뒷날까지 남기지 않으려 한 때문일 게다. 모든 것이 높으

신 존신께서 점지하시는 일임에 틀림이 없다.'

개다리상 위에 두 닢 맞붙은 엽전이 하나도 없는 것을 물끄러미 들여다보며 쌍네는, 두칠이와는 갈라져야 할 팔자소관인 걸 거듭 생각하고 앉았다.

그러나 그렇게 생각은 하고 있으면서도, 장차 그와 갈라지게 되기까지의 일이 한심하고 두려웠다. 한편 측은한 생각이 두칠이에게로 가는 것도 속일 수 없는 진정이다. 두칠이가 그를 얼마나 미칠 듯이 사랑하고 있는지 쌍네도 잘 알기 때문이다. 그래서 그는 이 점괘에 틀림이 없는가를 다져 보듯이, 또 한번 엽전 타래를 던져 보라고 졸라 보는 것이다. 그러나 보살할미는 머리를 쌀레쌀레 내젓는다. 그는 염불 소리처럼 곡조를 붙여서,

"두 번 세 번 시끄럽게 굴면 존신 대감께서 노염이 나신답니다."

하고 쌍네의 요구를 거절해 버린다.

쌍네는 하는 수 없이 박참봉네 셋째 도련님, 두뭇골 도련님과의 연분이 팔자에 있는 것인가를 물어 볼밖에 없었다. 머리를 흔들흔들 놀리며 엽전 타래를 바른손으로 들 때에, 쌍네는 한없이 긴장하였다. 보살할미가 던지는 엽전 타래에 나타난 대로, 그의 운명은 결정이 된다고 생각는 것이다.

'도련님, 두뭇골 도련님, 키 크고 미츳하고 사나이다운 훌륭한 도련님. 어이 이 비천한 몸이 작히 귀하신 몸을 섬길 수 있겠나이까. 팔자에 없으소서, 지내가던 길에 한번 걷어차 본 돌멩이로 대해 주시소사.'

입 밖에 낼 듯이 쌍네는 속으로 빌어 섬긴다. 그러나 그의 내심이 이런 말과는 딴판이었던 것은, 보살할미가 휙 던지는 엽전 타래 맨 마지막에, 두 닢의 엽전닢이 맞붙은 걸 보고, 눈물을 흘릴 만치 기꺼워한 걸로도 족히 알 수 있을 것이다. 두뭇골 도련님과 쌍네는 하늘이 정해 준 배필이며, 존신이 점지해 놓은 연분이라고, 상 위에 흩어진 엽전 타래는 말하고 있지 아니한가.

쌍네는 보살할미의 집을 나왔다. 비가 내린다. 마음 같아선 비가 줄기차게 오는 속을 흠뻑 물에 젖으면서 걸어 보고 싶었다. 그러나 그는 꿰어진 자루 하나를 얻어서 고깔처럼 머리에 쓰고, 가만히 생각에 잠겨서 걷는다. 이미 그의 갈 길을 환하니 아는 바엔, 그것을 어떻게 실행에 옮길까가 문제가 되지 않을 수 없었다. 멫이든가 부딪치고 싶은 대로 부딪쳐 오라. 이미 하늘이 정해 논 배필이다— 이렇게 생각하면 팔을 걷어붙이고, 칼로 두붓모를 가르듯이, 썽둥썽둥 잘라 댓바람에 두칠이와의 관계도 처리해 버리고, 그리고 두뭇골 도련님과 어디 먼 곳으로 도망이라도 치고 마는 게 마땅할 것 같다. 그러나 과일이 여물어 꼭지가 물러서 떨어지도록, 나무 아래 누워서 입을 벌리고 기다리라, 이미 존신이 점지한 인연이니, 저절로 두칠이는 물러가고, 도련님이 무르익은 과일처럼 내 품에 떨어질 것이다— 하고 생각하면, 아무 말 않고 잠잠히 날이 오기를 마음을 굳게 먹고 기다리는 것이 온당할 것도 같다.

두루두루 이런 생각으로 맴을 돌듯 하다가, 채 생각이 결론을 잡기 전에, 그는 제 집에 다다랐던 것이다. 품 한 자루 내달라고 꼬맹이 집에 갔던 길이란 말은, 엉겁결에 지어 만든 생뚱한 거짓말이었다.

캄캄한 방 안에서 이불을 깔아 놓고 아무런 일이 없었던 것처럼 쌍네는 치마를 벗고 자릿속에 누워 버린다.

"냉수 한 그릇 떠와."

두칠이는 문턱에 앉은 채 심부름을 시킨다. 그러나 쌍네는 숨을 죽이고 가만히 누워 있다.

"귀가 메였나."

결코 이런 말을 재차 할 만한 사나이가 아니었다. 냉수를 떠다 달라는 것까지도, 두칠이 입에서 나옴직한 말이라곤 생각되지 않는다. 먹고 싶으면 아무 말 없이 제 발로 부엌까지 가서 제 손으로 사발을 들어 퍼먹었다. 설사 냉수를 떠오라고 심부름 조로 말했을 값이라도, 아무 대답이 없으면 혼자말로 '벌써 잠이 들었나' 하고쯤 말해 버리고 말았을 것이다. 그래야 할 두칠이가 오늘은 볼멘소리로 '귀가 메였나'고 호령이다. 필시 무슨 말이 두칠이 귀에 든 것이라고 생각한다.

"이래두 생게 냉큼 못 니러날까."

이 말이 채 떨어지기 전에, 쌍네는 푸시시 이불을 들치고 자리에서 일어났다. 그는 남편의 이 목소리를 들으면서 등살에 오싹 소름이 칼처럼 끼치는 것을 느낀 때문이다. 그는 비로소 사나이의 힘을 눈앞에 의식한다. 어떤 공포가 무서운 폭발력을 감싸고 이 캄캄한 비 내리는 어둠 속에 장비되어 있어, 어느 한귀퉁이를 잠시 건드리기만 하면, 벼락처럼 온 우주를 뒤엎어 버릴 것 같은, 그런 힘이 쌍네의 눈앞에 어른거리는 것만 같다. 왕대 사발에 냉수를 떠들고, 발끝을 조심히 더듬어서 남편이 앉은 곳으로 간다.

쌍네가 떠다 주는 물사발을 받아 들고, 두칠이는 일순간 아내의 얼굴에 물벼락을 들씌우고 싶은 충동을 느낀다. 그러나 그는 펄떡펄떡 뛰는 팔을 꾹 자제하면서, 사발의 물을 요란한 소리가 나게 덜컥덜컥 마셔 버린다. 비는 아직도 내린다. 한 방울이나 남았을까 한 빈 사발을 뜰 안쪽으로 쏟아 버리듯 하고, 그는 사발을 도로 아내에게 주었다.

“더 떠올까요?”
하고 묻는 말엔 두칠이는 아무 대답도 못 한다. 이렇게 물어 본 쌍네의 가슴에도, 불현듯이 남편에 대하여 측은한 생각이 솟아오르지 않진 못했던 것이다. 그러나 그것은 결코 남편 두칠이에 대한 애정이 소생한 것은 아니었다. 그것이 결코 사랑이 아니라는 것을 의식하였을 때, 쌍네의 가슴엔 눈물이 어리었다.

두칠이는 가만히 문턱에서 일어난다. 방 안에 들어서더니, 아내의 옆에 아무 말 없이 서 있다. 빗소리와 낙숫물 소리를 귀따갑게 들으며, 그는 아내의 잔등에 인손을 감았다. 그는 무서운 힘을 갖곤 아내를 부둥켜안았다. 두 눈으로 펑펑 쏟아지는 눈물을 덜컥덜컥 삼키면서,

“먼 데루 가 살자.”

아내의 앙가슴에 낯을 비비며,

“단둘이 먼 데루 가 살자.”

쌍네도 함께 솟아오르는 눈물을 참지 못하면서, 그러나 두칠이가 하는 말이 무엇을 뜻함인지 깨달았을 때, 소스라칠 듯이 온몸을 부르르 떨면서 놀라지 않을 수는 없었다.

이튿날 아침 두칠이는 일찌감치 조반은 먹고도, 해가 한 발이나 퍼지도록 밭으로 갈 염을 내지 않았다.

쌍네는 마음이 놓이지 않는 것을, 예전대로 상전 댁 부엌에서 늘상 하는 맡은 일을 습관대로 해내치고 있었다. 그러나 여느 때와는 다른 남편의 수상한 태도가, 장차 무슨 일을 저지를 생각인지, 종잡을 길이 없어 일이 손에 붙질 않았다. 연자간으로 겨를 푸러 갔다 오는 길에 두칠이가 사랑 마루에서 주춤거리고 있는 것을 보고, 그는 겨 담은 *버주기를 마당에 놓고 그늘에 숨어서, 남편의 하는 양을 눈붙여 보고 있었다. 흰 갓신이 놓인 것을 보니, 박참봉 나리가 두뭇골서 막 조반을 먹고 금박 나온 김인 듯싶다.

"나릿님, 저올세다."

손을 읍하고 두칠이는 서 있더니, 안에서 무슨 소리가 들린 뒤에,

"긴하게 여쭈울 말씀이 있사와 왔습너니다."

하고 두어 번 헛기침을 해본다. 들어오라는 분부가 났는지, 신을 마루 밑에 벗어 놓더니, 두칠이는 사랑방 문을 가만히 열고 안으로 들어간다.

그 다음은 목소리가 연자간 앞까지는 들려 오지 않는다.

쌍네는 가슴이 두근거렸다. 필시 적지 않은 사태가 종차로 벌어질 것 같은 무서운 예감이 가슴속을 구렁이처럼 설레고 돌아간다. 그는 허둥지둥 중대문을 들어서서 사랑방 부엌으로 들어갔다. 여물을 끓이는 겸 사랑에 군불을 때는 부엌이다. 그러나 이곳에서도 방 안의 말소

버주기
'버치'를 구어적으로 이르는 말. 자배기보다 조금 깊고 아가리가 벌어진 큰 그릇.

리는 들려 오지 않았다. 부엌과 방과의 사이에는 두꺼운 바람벽이 가로막혔을 뿐으로 한 짝의 문도 달리지 않았기 때문이다. 그는 미친 사람 모양으로 뿌르르 안부엌에 들어갔다. 찬장에서 놋대접을 꺼내 바리에 숭늉을 떠서 받쳐 들고 다시 사랑으로 나갔다. 부엌 안에는 아무도 없고, 둘째 아씨가 혼자서 볏짚물에 머리를 감고 있었다. 사랑에서 숭늉 떠오라는 호령이 언제 났던가 싶어, 꺼먼 머리칼을 놋대야에 담근 채 둘째 아씨는, 쌍네의 나가는 양을 잠깐 동안 바라보다가 만다.

사랑문 밖에 서서 쌍네는 물그릇을 든 채 귀를 기울인다.

"글쎄 자네 생각이 그렇다니, 나루서는 뭐라 말할 수는 없어 하대, 누가 도로 공부(道路工夫)루 나가 본 친구래두 있능가. 공연히 남의 꾀임에 떠서, 인간은 많지 않다 해두, 솔가해 몰려갔다가, 낭패보는 수두 많으닝께루."

이렇게 천천히 말하는 것은 박참봉이었다.

"따루이 또 이 고장을 떠나야만 할 긴요한 사정두 생겠삽구, 그래서 겸사겸사 한번 가보려구 결심한 것이올습너니다."

"응, 글쎄 그렇다믄 하는 수 없지. 지어 오던 농사나 누구에게 맡기구, 또 이왕이니 단오나 내 집에서 새구 가게 하시게. 지금 신작로가 어데까지 갔는지 모르나, 자네 내외가 내 집에 와서 해준 일이 적지 않어. 그러니 게까지 가는 노비나 그러한 건, 내 결코 섭섭하게 안 할 테니께. 단오나 지내서 떠나게 하게."

의젓하니 박참봉은 두칠이의 요구를 허락하고 앉았다. 이 고장을 떠나야 될 긴요한 사정이 무엇인지를 아는지 모르는지 그는 묻지도 않고, 두칠이가 이 집을 떠나서 원산 방면으로 도로 공부가 되어 가겠다는 것을 허락하고 앉아 있는 것이다.

쌍네는 이 이상 더 방 안의 이야기를 들을 필요가 없었다. 들고 있던 숭늉 같은 건 방 안에 들여놓으나마나, 그는 그것을 그대로 들고 다시 부엌으로 돌아왔다. 돌상 위에 물그릇을 놓고, 둘째 아씨의 눈마저 피하여 그는 혼자서 뒤꼍으로 나간다. 멍울이 밤알만큼씩 큰, 함박꽃 포기 앞에 와서 시름하니 쭈그리고 앉아, 그는 흐르는 눈물을 어이할지 모른다.

둘째 아씨 보부는 머리를 볏짚물에서 빼서 다시 맑은 물에 헹구고 있었는데, 쌍네가 치마폭에서 바람이 날 지경으로 부엌을 앞뒤로 드나드는데, 보아하니 *신색과 거동도 수상하고 금방 들고 나갔던 물그릇을 그대로 들고 들어온 것도 무슨 곡절이 있어 보인다. 얼마 전에 맏동서한테서

귀넘겨 들은 말로, 두뭇골 시아우가 쌍네 방엘 들어갔다는 걸 들은 법한데, 그런 걸로 인연해서 무슨 사연이 벌어진 것은 아닐까 생각이 간다. 수건으로 물을 적셔 내고, 머리카락을 대충

틀어서 비녀로 꽂은 뒤에, 그는 넌지시 부엌 뒷문으로 쌍네의 모양을 살펴보았다. 복날가리가 있고, 창포가 줄기차게 무성하고 빨랫줄이 건너간 뒤꼍에, 함박꽃 포기를 마주 대하고 앉아서, 쌍네는 어깨를 추며 있다. 울고 앉았는 것에 틀림없었다. 보부는 민망스런 생각이 가서, 잠시를 그대로 문설주에 손을 대고 내어다보다가, 가만히 발을 옮겨 놓아 쌍네의 곁으로 갔다. 뒤에 가서 섰는데도 쌍네는 돌아다도 안 본다. 아는지 모르는지— 그래서 보부는 한 발자국 그의 옆으로 대서면서, 바른손을 쌍네의 어깨에 얹어 보았다.

역시 손을 얹는 이가 누구인지를 알고 있는 양, 돌아다보지도 않고 쌍네는 슬며시 일어난다.

"왜 울어, 무슨 일이 생겼는가."

부드럽게 말을 건네니, 쌍네는 한번 더 덜컥 울음을 삼키고 발을 옮겨 놓아 움둥으로 들어간다. 밑은 땅 속으로 움이 되고, 그 위는 광이 된 컴컴한 두 칸 방이다. 떡시루, 모랭이, 다랭이, 체, 도투마리, 바가지짝, 쳇다리, 콩나물 시루— 이런 것이 지저분히 놓여 있을 뿐, 퀭하니 어둑시근한 시서늘한 방이다. 귀신을 모신 당지기가 벋장 밑에 선반으로 얹히어 있고 그 밑에 늘어뜨린 백지장이 너울너울 창살로 숨어드는 바람에 나부낀다. 보부도 따라 들어갔다. 조용한 곳에서 호소라도 해보고 싶다는 쌍네의 심보가 엿보였고, 그것이 그대로 젊은 보부의 마음을 건드리는 곳이 있었기 때문이다.

쌍네는 낡은 노전을 아무렇게나 깔아 놓은 데를 신발째 올라서서, 가만히 방 가운데 도사리고 앉는다. 무릎 위에 팔굽을 괴고, 한곳을 눈붙여 보고 있더니, 푸우 한숨을 내짚는다. 보부가 아직도 마르지 않은 머리카락에서 흐르는 물을 수건으로 묻혀 내고, 쌍네의 옆에 엉거주춤

히 섰으려니,

"아씨, 저의 일을 어떡허면 좋사와요."

하고 다시 한숨을 내짚는다. 이 바람에 보부도 눈을 약간 찡그리면서 그의 옆에 따라 앉았다.

"무슨 일인지 얘기해서 될 일이면 들어래두 보자꾸나. 들어서 될 일 두 아니겠지만."

하고 보부는 미간 새에 수심을 그려 보인다.

"전 인제 아씨 옆에두 못 있구, 먼 데루 가게 된답니다."

이야기를 시작하면, 잠시 설움이나 탄식은 잦아드는 법이다. 제 이야기가 남의 이야기 같아야, 이야기 투가 풍겨 내는 짠조롬한 구슬픈 맛에, 저 자신도 취하여 버린다. 이야기를 듣는 보부도, 어느결에 이 애처로운 조자에 휩쓸리듯, 마음속에 솟아나는 애끊는 애상을 맛보게 된다. 보부는 저보다 나이는 위이지만, 이렇게 어리광 조로 호소를 하는 쌍네의 감정이 어린애의 것처럼, 귀염성이 가고 애처로운 생각이 들었다.

"무슨 재미에 아무도 없는, 쌍트런 노동꾼만 사는 산 속에 가서, 무서운 세상을 살아야 한답니까."

그러나 보부는 잠시, 그의 이야기하는 사연이, 어찌 된 것인지를 알아듣지 못한다.

"아니, 난 듣는 배 처음인데, 그게 어찌 된 일인가, 좀 자상히 말을 해 봐야지."

나직하니 다정스레 보부는 재촉한다.

"어데서 무슨 소문을 듣구—"

여기서 잠깐 말을 끊더니 무슨 커다란 비밀이나 건드리는 것처럼,

목소리를 한층 더 낮추어서,

"맏서방님이 제 욕심 못 채우시군, 공연한 꼬창질을 해서, 인제 우리는 이 고장을 떠나야 될 판국이야요. 평시에 마음에 드는 사람이라믄 산 속에믄 어떻구 물 속이믄 어떻겠소마는, 팔자에두 없구 한 걸 어떻게 서늘쩍하게 살어간답니까. 그런데 그 화상은 부득부득 찰거머리처럼 못살게만 구는구만요. 이렇게 아씨랑, 마나님이랑 계실 땐, 이런 거 저런 거 마음이래두 쏘여서 그런대루 살어가든 걸, 인제 단둘이 떠나서 허구헌 날 그 화상을 눈앞에 보구, 어떻게 살어간단 말이웨까."

"그러니 어떡허니, 팔자 소관이 그래서, 연분으로다 작정된 남편인데, 바늘이 가는 데면, 실이란 건 따라가지 않을 순 없는 법이 아니냐. 마음을 돌려잡어서 여태껏 살어왔으니, 인제라구 급작스리 못살 변 있겠니."

"아니와요. 그런 것만두 아니와요, 어찌어찌해서 길을 잘못 잡은 게지, 팔자에두 없는 연분이랍니다. 생뚱한 딴사람 될 그런 화상이랍니다."

"그럼 무슨 딴 인연이, 어데서 불쑥 솟아난다는 말이냐."

이 말에 쌍네는 아무 대답도 아니한다. 낯을 푹 수그리고 덤덤히 앉아 있는 것을 보면서, 이때에야 문득 보부는 두뭇골 도련님의 생각을 하였다. 쌍네는 지금 제가 두뭇골 도련님과 하늘이 정해 놓은 배필이라고 말하고 싶은 것은 아닐런가. 쌍네의 여태껏 해온 말과 전닐 동서에게서 들은 소문과, 그리고 거침없이 해오던 말이 지금에야 급작스레 주춤거리는 품이 필시 두뭇골 도련님을 마음속에 그려 놓고 하는 말임에 영락이 없다고 보부는 생각해 본다.

그러나 보부도 생각이 여기에 미치매, 무어라고 입을 열어 말문을 터줄 수는 없었다. 오늘 아침 시어머니한테서 들은 말엔, 두뭇골 도련님의 혼사가 어젯밤으로 작정이 되었다는 것이다. 남전(南田) 강릉 최씨(江陵崔氏)의 규수인데 근본은 한다하는 양반이나 가세가 빈한해서, *측출(側出)과 혼사를 지내게 되었다고 한다. 혼사가 작정되었으니, 이젠 부랴부랴 편지 부치고 *예장 싸고 장가를 들여야 한다고 한다. 늦어진 장가이고, 또 그대로 두면 무슨 일이 생길는지도 모르니, 어서 급히 서두는 게 무방하다고, 시어머니는 며느리들 앞에서도 서슴지 않고 말하였다. 그러니 쌍네에게 이렇게 된 사유를 털어서 들려 주고, 공연한 딴마음일랑 먹지도 말고, 마음을 잡아서 여필종부의 부덕(婦德)을 지킴이 가당하다고 타이르고도 싶어지나, 그렇게 하는 것이 박정하다기보다는, 무슨 불순한 질투 비슷한 생각에서 나오는 언행 같아서, 보부로서는 선뜻 입 밖에 내놓을 수가 없는 것이다.

사실 보부는, 지금 아무렇지도 않은 것 같고, 또 저 혼자밖에는 그 일을 속속들이 아는 이조차 없다 쳐도, 기왕에 아무 일도 없었던 시아우라고 그대로 넘겨 버릴 수 없는, 한 가닥의 희미한 줄기가, 아직도 두뭇골 시아우에 대하여 뻗쳐져 있는 것이 진경에 가깝다. 남편 형선이와 시동생 형걸이를 바꾸어 보고, 고이고이 닫아 두었던 가슴을 열어 처음으로 잔잔한 물결 속에 파문을 그린 이가, 실로 두뭇골 시동생이 아니었더냐. 지난 늦은 겨울, 형선이가 저에게 장가를 드는 날까지, 보부는 형걸이에게 사모하는 마음을 보냈고, 장가온 새서방이 형걸이가 아니고 형선인 것을 알았을 때에도, 특별히 어떻다고 불만을 표시하든가, 불행을 예측하든가 그렇지는 않았을 값이라도, 역시 서운하고 쓸쓸하고 죄스러웠던 것만은 사실이라 아니할 수 없다. 그날 밤 마루에 큰 돌을 던진 키 큰 사나이는 혹시 형걸이, 그 사람은 아니었던가

하는 생각도 없지 않다. 그 뒤에 자기가 이 집에 시집온 뒤에도 형걸이
는 친밀히 드나들지 않았고, 저에게 대하여도 어떻다 할 행동이나 예
절의 표시가 없다. 형수면 형수, 그에 마땅한 예절의 표시가 있어야 안
하냐. 그러나 간혹 안뜰에까지 들어오는 경우가 있다 하여도, 그는 보
고 못 보는 태도다. 그럴 때마다 보부는 형걸이에게 대하여 뼈간지러
운 부끄러움을 느꼈다.

　형걸이가 두칠이 처 쌍네의 방에 들어갔었다는 말을 맏동서의 입에
서 들었을 때, 그는 처음엔 그 말을 믿지 않았다. 아무런 관계도 없는
그러한 시아우의 일이라면, 다른 사람에게는 몰라도 남편에게만은 잠
자리 속에서라도, ‘두뭇골 작은 이에게 이런 말이 들리는데’ 하고, 오
늘 아침 부엌에서 형님한테서 이러저러한 말을 들었노라고, 장난삼아
라도 옮겼을 것인데 보부는 그대로 귓등에 흘려들어 두었을 뿐, 누구
에게 그 말을 옮기지도 않았다.

　지금 이렇게 쌍네의 입에서 눈물 섞인 절절한 고백을 들으면서 컴컴
한 광 안에 앉아 있으니 이상한 느낌이 가슴속에 떠오른다.

　두뭇골 시동생이 쌍네의 방에 들어간 것이 사실이라 하여도, 그리고
쌍네와 단둘이서는 어떠한 맹서를 하였는지 몰라도, 그가 쌍네와 더불
어 한평생을 같이하리라고는 생각되지 않는다. 그저 발걸음 내치는 대
로 한번 들러 본 술막임에 틀림없을 것 같다. 그것이 공교롭게 퍼져 나
가서 일이 여기까지 되었는데, 아무리 비천한 쌍네의 몸이리고 힐지라
도, 형걸이의 행동엔 난폭하고 비겁한 데가 있다고 아니할 수 없을 것
같다. 그러나 수상하리만큼 보부는 시동생 형걸이가 저지른 행동에 대
하여 잘못을 가릴 생각이 나질 않았다. 결코 행실머리를 아무렇게나
가질 그러한 온당치 못한 청년같이 생각할 수가 없는 것이다. 맏동서

는, 첩 자식이니 행실머리를 가지는 게 아무래도 바르질 못하다고 입을 삐죽거렸으나, 그 말을 들을 때에도, 보부로서는 한결로 그렇게 생각할 수는 없다고 생각하였다. 그러면 자기는 역시 두뭇골 시아우에 대하여, 아직 한 가닥의 애끓는 사모의 마음을 품고 있는 것일까. 그러나 그것은 생각하는 것도 죄스럽고 불순한 온당치 못한 수작이었다. 그는 도리질을 한다. 역시 보부 자신이 형걸이와는 아무런 관계 없는 사람이 되어 버린 것처럼, 육체를 서로 나눈 쌍네도 차후에는 형걸이와 아무 관계 없는 딴사람이 되어 버릴 것이다. 막연하니 이렇게 생각하면서,

"두뭇골 도련님두 장가는 안 간다구 뻬기두만서두 어찌할 수 없는가 보데, 웃어른이 작정해 주시는 걸 거역하는 법은 없으니께. 그러니 이왕 남편이라고 섬겨 오던 바에야 지금 갑작스리 이러니저러니 할 수야 있나."

하고 말하였다. 이러한 말을 해가면서 보부는 뜻밖에 어떠한 가벼운 쾌감을 맛보았다. 이러한 자기의 말에 안색이 어두워 가는 쌍네의 표정을 말끔히 쳐다보고, 보부의 쾌감은 조장되는 것 같았다. 이 쾌감이 무엇인지를 알지 못한다. 그러나 이것은 자기의 잔인스런 성미의 탓이 아니라, 형걸이에 대한 질투에서 나온 감정의 한 가닥이라고 생각이 갔을 때, 보부는 제 자신에 대하여 한없이 놀라며 낯이 화끈 붉어지는 것을 깨닫는다.

그는 이러한 야속스런 자기의 심정에 염증을 느끼며, 몸을 털듯이 불쑥 일어난다.

"자, 누가 보나다나 해두 흉하겠다. 어서 밖으로 나가자. 생각한다구 별수가 나는 게 아니다. 될 대로밖에는 안 되는 세상이다. 자 어서 밖

으로 나가자."

보부는 앞서서 쨍쨍하니 밝은 초여름의 태양 밑으로 나서면서, 속으로, '두뭇골 형걸이는 나의 시동생이다' 하고 뇌어 보았다.

15

단오가 왔다. 단오를 맞고, 단오를 이용하기 위하여, 이 고을은 새로운 활기를 띠었었다. 그것이 드디어, 제철 만난 함박꽃과 부득꽃과 싱싱한 창포와 더불어, 난만하니 피어 터진 것이다.

방선문 안 박리균네는 박참봉한테서 집문서를 잡히고, 육자 변으로 사백 냥의 돈을 취해다가 집을 활짝 떨어고쳤다. 국수장사를 그만두고 방을 많이 갈라서 신식 여관을 차려 놓았다. 동명여관이라는 넉 자와, 주인에 박리균이란 다섯 자가 먹 냄새 상긋하니 나무현판 위에 찬연하다. 백묵을 갈아 나무에 바르고 지게 간 먹으로다 *반초로 흘려서 써붙인 것이다. 그의 동생 박성균네 집도 대충 낡은 군데를 고쳐서, 리균이가 하던 국숫집을 인계하여 크게 벌여 놓고, 전에 하던 마방도 그대로 겸하였다. 단오에 이 고장에 모여들 씨름꾼과, 각처에서 운동회로 인연해서 몰려들 학도들이 이 집에 들게 될 것을 미리부터 예상했던 것이다. 운동회가 끝난 뒤에도 손님이 잇대어 끊일 날이 없을는지는, 아무도 단언할 수 없을 것이다. 그러나 위선 출발만은 화려하였다.

눈치빠른 나카니시네가 단오 전에 달구지에 한 *차판을 실어 온 잡화 상품은, 단오도 되기 전에 대부분이 팔리어서, 그는 몇 가지 운동회 때 쓰일 상품을 더 첨가해서 다시 한 달구지 가까운 짐을 평양서 해왔

다. 집집이 남포등 없는 집이 없고, 양말 신지 않은 젊은이가 드물었다. 대팻밥으로 만든 *농립도 순식간에 팔려 버렸고, 몇 통씩 해온 히로담배도 날개가 돋친 듯이 사람사람의 호주머니 속에 날아가 들었다.

박참봉네 아랫집 김용구네는, 남처럼 밑천이 없어서 활짝 가게를 번화하게 늘리지는 못했으나, 어떻게 재치 있게 이익을 취해 보자고, 커다란 납지게를 하나 장만해다가 이층으로 덕대를 매고, 나무목판 두 개를 질 수 있도록 마련하였다. 이 지게에다, 호두엿이며, 쳇다리 과자며, 얼음과자며, 깨엿이며, 과실이며, 혹은 둥굴레나 각색 과일 같은 것까지라도 듬뿍 실어 가지고, 씨름터와 운동회장과 부인네들이 오르는 소재에를 번갈아 행상해 볼 생각을 먹었다. 밑천이 밭으면 밭은 대로, 자분자분히 이익을 내보자는 게 그의 심보다.

이 밖에 자행거를 처음 사온 것과, 평양서 하이칼라 색시를 얻어 온 걸로 인기를 끌었던 세매끼장수 이칠성이는, 이번 기회에 포목점을 벌여 보든가, 잡화상을 차려 놓든가 할 생각으로 두루두루 생각한 끝에, 포목점이라야 이 고장엔 벌써 다섯 개두 더 넘는 큰 상점이 전부터 있어서, 그 틈에 끼여 이익을 취하기도 힘들었고, 잡화상은 어름거리는 통에 나카니시네한테 눌리어서 단념해 버리고, 그 대신 자그마하니 두 세 종목을 골라서 그들과 경쟁해 볼 채비를 차렸다. 그래서 자전거를 타고 날래게 평양과 기타 원산지(原産地)를 오락가락하면서, 단오에 옷감으로 많이 쓰일, *당항라, 명주항라, *갑사, 모시, *고사, 이렇듯한 것만 골라서 여러 필씩 사다가 싸게 팔았고, 한편 잡화로는 석유하고, 농립하고, 양말하고, 성냥 같은 몇 가지만 밑지지 않을 정도로 헐값으로 팔아서 싸게 판다는 효과를 내어 인기를 끌었다. 그 덕에 쌀, 미역, 소금, 명태, 준치, 이런 것을 위주로 하던 세매끼장사가 제법 번

화시리 잘 팔리었다.

　떡장사, 국수장사, 지짐장사, 묵장사, 술장사— 이런 음식점들도 각
각 양껏 지략을 짜내어서 판로를 열어 보려고 애썼고, 이 밖에 서너
너덧 집 되는 마방에서도, 비록 박리균네처럼 신식 여관
은 못 차려 놓았으나, 깨끗한 손님을 맞아서 재울 수 있도
록 설비를 고쳐 놓았다.

　이리하여 이 고장에 근래에 없는 호화스런 단오가, 한창
가문 쾌청한 *천후를 타서 유감없이 벌어졌다.

　오월 초사흗날부터 놀이를 시작하여, 첫날은 부인네들로 하
여금 금산(錦山)에 올라 그네를 뛰게 하였는데, 특히 이날, 사자
춤과 학춤의 구경이 있었고, 이튿날 초나흗날은, 부인네들의 놀
이는 저대로 맡겨 놓고, 이와 어울려서 방선문 밖, 소우전 마당에
서 씨름을 붙였다. 씨름꾼이 양덕(陽德)이나 강동(江東), 삼등(三登)
등지의 다른 고을에서도 많이 쓸려온 탓에, 이틀을 잡아서 일정을
변경한 것이다. 대운동회가 이 고을에서 열리는 발련으로 씨름꾼이 이
렇게 많이 모여들게 된 것이다. 상품은 처음 송아지로 했다
가, 여러 고을서 쉽지 않게 모여들었는데 좀더 남부끄럽
지 않은 걸로 높여야 한다고, 송아지는 이등으로
돌리고 일등엔 살진 암소 한 마리를 내걸었다.
이렇게 이틀을 씨름으로 보내고 단오 이튿
날, 마지막 날에 이 고장서 처음인 대운
동회가, 향교밭 삼일경을 헝클어서
갓 닦아 놓은 동명학교 넓은 운동장
에서 열리게 된 것이다.

소재에 오르는 부인네들의 놀이도, 첫날은 금산, 둘쨋날은 십이봉, 셋쨋날은 향교 솔밭으로, 남정들의 씨름과는 관계없이 모이었으나, 대운동회가 열리는 날만은, 딴 모임은 일체 갖지 못하도록 명령이 내리었다. 씨름은 사나이들의 노름이라, 부인네들의 구경꾼은 하나도 없었으나, 운동회는 개화된 모임이어서 스스로 씨름 같은 것과는 다른 것이라고, 어린 색시나 처녀나, 새파란 집난이들은 할 수 없다 치고, 삼십을 넘어 사십 줄을 접어드는 삭가지 쓰는 축들이나, 늙은이, 기생들만은 많이 관람할 수 있도록, 날짜도 요량해서 작정하고 널리 장려도 하였던 것이다. 특히 동명학교의 문우성 교사나 정영근 교사나가 열심히 주장하여, 체육사상과 건강증진의 필요를 이런 기회에 부인네들 속에까지 널리 선전하여, 부인네들이 솔선하여 자녀들을 학교로 보내어 신학문을 공부하도록 장려하자는 취지를 대회의 주지로 삼는 것을 잊지 않았다. 그러므로 대회의 참모 본부가 있는 바로 옆자리, 가장 점잖은 자리를 택하여, 넓은 *차일을 치고 부인 관람석을 특설해서까지, 이네들의 참관에 편의를 돕고자 한 것이다. 대운동회의 회장은, 이 고을 군수요, 동명학교 교장인 강문필(姜文弼) 군수가 되었다. 그는 까만 연미복에 윗부리가 쫙 퍼진 윤나는 산고모를 쓰고, 앞자락에 커다란 꽃을 달고 운동회장에 임석하였다.

운동회에는, 평양서 대성학교와 일신학교 학도가, 각각 열 명씩 온 외에, 용강(龍岡)과 강서(江西)와 영유(永柔)의 *앞대에서 다섯 명 여섯 명씩 참가하였고, 가까운 고을에선 순천이 빠지고, 은산, 자산서 열 명씩, 그리고는 이 고장서 고을보다도 먼저 개화사상을 받아들인 대드리, 갱고지, 남전서 학교 생도 전부가 거진 참례하여서, 동명학교 학도까지 합하니 이백오십 명이 훨씬 넘었다. 동명학교 학도 중에는 머리를 아직 깎지 않은 학생까지 있어서, 운동회에 참여하지 않는 작자까지 있었으니 제복도 일치하지 못했으나, 평양이나 앞대에서 온 학도들은, 무명에다 검정 물을 들여서 양복을 일치하게 해 입고, 신발은 그대로 참신이나 메투리나 짚신이었으나, 흰 각반까지 한결로 깍듯하니 올려쳤고, 한두 명씩 나팔수까지 끼여 있어서, 그 복색하며, 조련하며, 거동이 제법 군대처럼 놀라웠다. 그들은 운동회를 앞두고, 혹은 초닷샛날, 초나흗날 가까운 곳에서는 당일 아침 새벽에, 각각 열을 정비하여 갖고, 한패는 평원 도로를 거쳐 방선문으로, 한패는 서쪽으로부터 승선교 다리로 비류강을 건너서, 또 한패는 윗길로부터 산비탈을 돌아서, 마중 나간 시민과 동명학교 학도들에게 영접되어 나팔 소리 유량하게, 이 고을로 들어와서, 숙소를 따라 흩어졌던 것이다. 동명학교 운동장으로 들어가는 향교 골목 입구에는 물론, 읍내의 처처에 커다란 *솔문을 세우고, 솔문에는 현판에 메밀이나 좁쌀로 크게 축하와 환영의 문자를 새겨, 흥성흥성한 기분을 돋우어 놓았다. 운동장에는 새끼줄을 돌려 치고 만국기를 오색이 찬란하게 날려 띄우고, 한쪽으론 차일을 치고, 그 밖에 일반 관람석에는 멍석과 노전을 깔아 놓았다. 아침이 되자, 조반을 먹어 치우고, 집집에는 운동장으로 행렬을 지어서 올라가는 학도들을 구경하느라고, 남녀와 노유가 모두 문 밖에 나와 서 있고, 내외하는 아낙들도 대문 틈과 바자 틈으로, 설거지를 하다 말고, 이 광경에 눈을 쏟고 있었다. 학도들이 숙소 따라 한패 한패 향교 고샅으로 올라가니, 그 뒤에는 운동을 관람하려는 시민의 무리가, 흰새의 떼처럼 몰리어 꼬리를 물고 줄을 만들어 뒤따라 섰다. 엄하게 내외하는 집 색시 처녀를 남겨 놓고, 이날 고을 안의 집집은 빈집처럼 텅 비었었다.

이 찬란하고, 화려하고, 흥분을 자아내는 날, 박성권, 박참봉은 다른 사람 따라없이, 무척 유쾌하였다. 그는 오늘에야 갓 마흔에 첫 버선이란 격으로 사십 평생 처음 하늘을 얻은 것처럼, 마음이 흡족하였다. 대운동회에 기부금을 오백 냥이나 하고, 씨름대회에도 이백 냥을 한 탓인지 모르나, 대운동회 부회장의 직함이, 그의 가슴에 커다란 붉은 꽃송이를 달게 한 것이었다. 진사, 초시도 많고, 생원, 좌수, 참봉, 이 밖에 아전의 경력을 가진 이가 한둘이 아닌데, 차함 참봉 박성권에게 부회장의 명예직이 떨어지게 된 것은, 시세가 벌써 어이 된 것을 말하는 증거이기도 하나, 한편 돈의 힘을 무언중에 설명하는 좋은 재료로도 될 것이다. 그러나저러나 박성권, 박참봉은, 이 고을 사람이 추대했고, 관청에서 인정한 운동회의 부회장 바로 강군수의 다음가는 자리에 올라앉게 된 셈이다. 그가 오늘 아침 유난히 유쾌하고 반가운 새날을 대하게 된 것도, 결코 이유 없음이 아닐 것이다.

이러니저러니 시끄럽던 형걸이의 혼사도 편지까지 부쳤으니, 이젠 다 된 혼사다. 마차운 곳이 없어서 이곳저곳 물색하던 중, 뜻밖에 좋은 혼처가 생겨났다. 세간이 기울어서 가난하다고는 하나, 문벌은 쩡쩡하는 남전 강릉 최씨다. 사돈집 가산이나 재물에 딴맘을 갖지 않은 바에야, 가난 같은 게 무슨 상관일 것이냐. 궁합도 맞고, 형걸이 모친 윤씨가 친히 *승교를 타고 가서 간선을 한 것이니, 인물도 나무랄 데 없을 게라고 생각했다. 두칠이 처 쌍네의 문제 같은 건, 본시 문제라고 할 것도 없었는데, 그것마저 두칠이가 먼 데로 색시를 둘러 지고 이 고장을 떠나가겠다니, 마침 십상으로 잘된 일이라 생각하는 것이다. 사사모사로 일은 쫙 펴이는데, 운동회의 부회장의 직함이 호박처럼 떨어져 굴러왔으니, 이제

승교(乘轎)
가마. 예전에, 한 사람이 안에 타고 둘이나 넷이 들거나 메던, 조그만 집 모양의 탈것. 연(輦), 덩, 초헌, 남여(籃輿), 사인교(四人轎) 따위가 있다.

야 운이 뻗칠 대로 뻗쳤다고 은근히 만족하는 것이다. 형걸이가 제 모친더러, 자기는 누구에게나 장가를 안 든다고 푸념질을 했다고는 하나, 덧나갔던 어린 마음에 한번 중얼거려 보는 말임에 불과할 것이다. 일은 잘된다 잘된다, 고 그는 혼자서 속으로 중얼거려 보았다.

지금, 대운동회 회장 강군수는 학도 일동을 모아 놓고 개회 연설을 한 뒤에 아침 한때만 회장석에 앉아서 시상을 하다가 오정 가까워 관가로 돌아가 버리고, 부회장 박참봉이 점심을 치른 뒤에 점잖게 앉아서 회장의 대리를 보고 있다. 그의 옆에는 벼슬 있는 사람과 이 고을 유지가 나란히 해 앉았는데, 넓은 운동장 안에서 지금 한창 경기중에 있는 줄다리기를, 흥미있게 바라보고 있다. 학도 전부를 두 번에다 나누어서, 그것을 다시 두 패로 갈라 갖고 굵고 기다란 줄을 양쪽에서 당기는 것이다. 한편에서 발을 벗디디고 힘을 다하여 '영차' 하면 또 한편에서도 이를 악물었다가 '영차' 하고 맞당기어, 굵은 닻줄은 활찍처럼 곧게 움직일 염을 안 한다. '영차' 소리만 세차게 들려 오다가, 한편쪽의 땅을 벗디딘 발이 앞으로 더듬더듬하는 듯하다간, 그만 쏴르르 무너져서, 줄은 순식간에 한편으로 끌리어 가고, 이어서 '와―' 하는 함성과, 군중의 우레 같은 박수 소리가 하늘을 뒤흔들 듯이 요란스럽게 일어난다. 자리를 바꾸고 다시 경기가 시작되려고 할 때에, 비로소 관람석에서는 재재 하니 이야깃소리가 떠오르는 것이다.

박참봉은 커다란 갓을 단정하니 올려놓고, 기골이 장대히고 괸골이 찬 얼굴로 운동장 쪽을 향해서, 버륵하니 의젓한 미소를 입가상에 띤다. 다듬은 모시 두루마기에 항라 겹바지를 옹구뿔로 척 늘어뜨렸는데, 두 짝의 흰 갓신이 삼성버선을 뺑뺑하니 둘러싸고, 책상의 밑다리 위에 올려놓여 있다. 이윽고 그는 커다란 부채를 들어 두어 번 쓰적쓰

적 앞자락께를 부쳐 본 뒤에, 옆에 앉은 사돈 정좌수더러,

"이런 습속이 앞대에는 아직도 남아 있는 모양입지요."

하고 물어서, 정좌수도,

"아직 남쪽에서는 쥐불이라든가 이런 것과 함께 퍽 치성한 모양입니다마는, 그것을 개화된 운동으로 고쳐 놓고 보니, 상당히 자미스런 경기 같으오."

하고 대답한다. 그러나 그들은 다시 운동장에서 일어나는 함성에 휩쓸리어 이야기하던 것을 중지하고 앞을 바라본다.

줄다리기가 끝나니, 이긴 편이 쭈르니 나란히 하여 대표가 받아 간 상품, 연필 두 자루씩을 나누어 받고 있는데, 이편 준비를 맡아 보는 쪽에서는, 나팔을 한번 띠따띠따 불어서 일반의 주의를 환기한 뒤에, 다음은 기마전(騎馬戰)이라고 경기자들의 출동을 외치고 있다.

"기마전이라면 말을 타고 싸우는 것인가요."

하고 누가 물어서,

"말이야 있겠소마는, 어떤 자는 말이 되고, 어떤 자는 기수가 되겠지요."

하고 대답하는 이가 있다.

'추립' 소리가 나고 '기척', '우로 나란히', '번호' 소리가 연달아 난 뒤에, 두 패로 갈라 선 학도들은, 각각 인솔자의 뒤를 따라 운동장 가운데로 들어온다.

박참봉은 얼굴에 점잖은 미소를 띠고 누가 누군지 분별키 힘든 학도들의 행렬을 바라보다가, 붉은 끈을 머리에 동인 형걸이를 오른편 쪽 패 첫머리에서 발견하고, 잠시 그의 거동을 눈붙여 보았다. 윗저고리는 벗어붙여서 흰 속적삼만 입은 형걸이가, 세 사람으로 된 말 안장을

툭툭 두들겨 보면서, 기고만장하여 싱글벙글하고 있는 것이 보이었다.

　'그렇게 내세우고 보니 그놈만한 인물이 없겠군.'

하고 박참봉은 속으로 만족하니 그를 바라보고 있다. 무어라고 삑 호령을 치니 양쪽이 모두, 어슬렁거리며 말안장 위에 기어올라간다. 튼튼한 자가 앞에 서고, 그 뒤에 두 사람이 나란히 서서 어깨와 손을 잡아 안장을 만든 것이다. 형걸이는 저희 집 흰 말을 타던 본새로 대번에 휙 하고 올라 앉는다. 바른손으로 잠시 말이 된 앞사람의 머리를 어루만지듯 하다가, 이윽고 높직이 하늘가로 팔을 들어 본다. 한편에 기마가 열 필씩이다. 도합 스무 필의 기마가, 홍백으로 갈라 서서 백병접전을 할 판이다. 정영근 교사가 마당 가운데서 두 편을 바라보며 기합과 호흡을 맞추다가 장안이 숨을 죽이고 조용해졌을 때, 호각을 불고, '시작, 접전' 하고 하늘이라도 울릴 듯이 호령을 부르니, 기수들은 번쩍 손을 들고 쌍방에서, '아—' 하는 함성을 지르고 어슬렁어슬렁 뛰어나온다.

　박참봉은 이러한 '으아' 하는 젊은이들의 함성에 가슴이 뿌엿하니 끓어 오르려는 것을 느꼈다. 그는 울렁거리려는 제 가슴의 고동을 가만히 향락하면서, 형걸이를 찾아보았다. 홍군 쪽의 선두를 서서 말잔등에서 익숙한 몸짓으로, 연신 허리를 일으켜 세우고, 바른손을 높직이 들고서 적의 진지로 달려들고 있다. 마침 저편에서 선두를 선 기마와 처음으로 접전을 하려고 달려붙는다. 왼손으로 말 된 사람의 어깨를 툭 쳐서 무어라고 신호를 건네니, 말은 비스듬히 커브를 돌아서 적수의 옆으로부터 습격해 들어간다. 백군의 기수가 양손을 뻗쳐서 형걸이의 가슴 있는 쪽을 잡을 듯하는 것을, 몸을 휙 비틀어서 피하고 난 뒤, 인차 바른손을 밑으로 솟구어 적군의 팔때기를 잡아 휘둘러 친다.

안 떨어지려고 말 위에서 허우적대는 것을, 멱살치를 잡아서 또 한번 밀어 버려서, 적수는 몸의 균형을 잃어버리고, 드디어 헝클어지는 안장에서 미끄러 떨어진다. 말에서 떨어지든가, 머리에 동인 끈을 빼앗기면 전사자로 된다. 하나를 거꾸러뜨린 형걸이는, 헝클어진 자세를 정비하여 갖고, 지금 한창 벌떼처럼 맞붙어서 닝닝거리고 돌아가는, 백병전이 벌어진 가운데로 들이덤빌 채비를 차렸다. 말머리를 쓰다듬 듯, 앞장선 친구의 어깨를 뚜덕뚜덕 두드려 주면서 막 앞머리를 돌리려고 하는데, 뒤로부터 제비처럼 날쌔게 적기 하나가 달려든다. 서로 맞붙어 싸우자는 것이 아니라, 그저 옆을 한번 뽐내면서 스쳐가고 말 듯이, 적기는 비스듬히 곡선을 그으면서 화살처럼 몸을 뽑아 나가더니 형걸이의 뒷잔등께서 핑 채려는 매마냥으로 그의 머리에 동인 붉은 끈을 낚으려 한다. 하마터면 앗기고 말 것을, 용하게 몸을 돌려 손을 맞잡아서, 그대로 접전이 되고 말았다. 처음은 허리를 돌리고 맞잡고 싸우다가, 형걸이 탄 말머리가 돌아서서 겨우 본 격식대로 싸움이 벌어졌다.

박참봉은 눈덩어리 굴듯이 돌아가는 마당 가운데에서는 좀 떠나서, 변두리 가까운 귀퉁이에서 벌어진 두 적수의 접전을 흥미있게 바라보고 있었다. 형걸이가 먼저 하나를 무난히 넘어뜨리는 데는 별로 아무렇지도 않은 듯하더니, 지금 간간한 위기를 벗어나서 겨우 몸을 제 자세대로 가지려고 할 때엔, 이상하게도 두 주먹이 꽉 쥐어졌다.

몸을 내솟구기는 했으나, 형걸이는 힘에 꿀리는지 덮치는 손을 피하면서, 말 한편 잔등으로 자꾸만 밀려가는 것 같다. 말안장이 된 두 학도가 연신 팔에다 힘을 주어, 형걸이를 말께서 떨구지 않으려고 젖먹은 힘까지를 다하여 뻗대는데, 앞장선 학도는 자꾸만 몸이 흔들리어

사시나무처럼 상반신을 후들후들 떨고 있다. 이것이 한참을 계속하니, 박참봉은 가슴 조이던 것을 좀 풀어 놓고, 주먹 쥐었던 것을 가만히 펼쳐 본다.

'내 자식이라서 이토록 마음이 조이는가.'

생각해 보니 우스웠다. 제 편벽된 생각이, 아이들처럼 채신머리없이 보여서 눈을 딴 데로 팔려고 하나, 시선은 다시 형걸이에게로 옮아 간다.

형걸이는 월등히 말에 능하다. 말잔등에서 떨어져서 배통 옆구리에 달리어서도 좀처럼 굴러 떨어지질 안했다. 왼손으로 저희 편 앞장선 학도의 어깨를 북 끌어서 누르는 듯하더니 형걸이의 몸은 금시에 불길처럼 솟아 오른다. 밑에서 허우적대던 것이 절굿공이처럼 불쑥 치솟는 바람에, 상대편 기수는 형걸이의 바른손에 머리를 눌리었다. 어느새에 낚아채는 손길에 머리에 동인 끈을 빼앗겼을 뿐 아니라 남은 힘에 밀려서, 뒤꼍으로 허공에 두 손을 허우적대다가 발디딤보를 잃어서, 마당에 떨어진다.

몇 초 동안에 번개처럼 해내치는 형걸이의 표범 같은 거동을 바라보고 있다가, 박참봉은 하마터면 무릎을 딱 칠 뻔했다. 들었던 손은 아무도 모르게 가만히 무릎 위로 내려놓았는데, 갑자기 옆자리의 부인석에서 높은 함성이 들리어서, 그 소리는 마치, 제 손으로 무릎을 때린 소리처럼 박참봉의 귀에는 들리었다. 어떤 부인이 안타깝게 마음을 졸이다가, 저렇게 감탄하는 함성을 부끄럼 없이 내쏟고 있는 것일까, 필시 형걸이의 눈부시는 경기를 보다가, 엉겁결에 지르는 소리임에 틀림없는데, 자기는 아비라서 그렇다 한들, 차일 속에 앉은 부인 중에 누가 있어서 그렇도록 유심히 형걸이를 보고 있던 것인가, 아닌게아니라 괴이쩍은 생각도 안 나는 것이 아니었다.

적기 둘을 넘어뜨리고, 형걸이는 의기가 양양해서 진(陳) 가운데로 들어온다. 벌써 말잔등에서 내려서 마당에 앉아 전사자가 된 이가 수두룩하다. 남은 것은 오륙 기, 그러나 남은 오륙 기가 어우러져 붙기 전에 *정전(停戰)의 호각이 울었다. 한 개의 차로써 백군이 이겼다. 만세를 부르며 패군의 장수 형걸이는 제 진지로 말을 탄 채 들어온다. 박참봉은 만족하였다. 그리고 스무 살 전후의 자기의 생활이 눈앞에 뻔히 떠오르는 것 같았다.

만장의 박수 소리를 젊은 벌판을 휘몰아치는 비바람 소리처럼 들으면서, 박참봉은 저의 가슴속에 젊은 혈기가 떠오르는 것을 느꼈다. 청춘— 생각하니 마흔에 있는 그는 이미 청춘이 갖는 모든 즐거움을 잃어버린 것 같다.

좌석을 돌아다보니, 점잖은 유지 신사가 두런두런 이야기를 주고받고 하면서, 조용히 경기를 구경하고 있어, 자기처럼 흥분한 혈조를 몸이나 낯에 나타내인 이는 하나도 없는 것 같다. 박참봉은 일시에 제 가슴속을 찬 가을 바람이 스쳐가는 듯한 쓸쓸함을 맛보았다.

재산을 모으기에 이십 년 동안, 그는 모든 젊음과 열락을 버렸던 자기를 지금 새삼스럽게 발견하였다.

경기는 그러는 동안에 이인삼각을 지나 장내 일주 경주의 결승전이 시작되었다. 각 곳에서 온 학도들과 동명학교 대표 선수와의 전부의 예선에서 선발된 여덟 사람의 경주였다. 그 중에 형걸이가 있었다. 형선이도 경주는 잘했으나 결승에까지는 못 오고 떨어졌다. 대봉이도 떨어지고, 이 고장 출신으론 형걸이와 또 한 학도의 두 명이 겨우 뽑히고 그 외에는 전부 딴 고장 학도였다. 힘이나 기운으론 이 고장 학도들이

개시개시 꿀릴 리 만무였으나, 워낙 바르게 훈련을 받은 평양이나 앞
대의 학도들에게 뜀박질에 견딜 턱이 없다. 그래도 그 틈에 두어 사람
뽑힌 것만 다행이라고 모두 이들이 이기기만 바랐다.

　"자제분께서는 개사 명창이군요."
하고 뒷자리에서 누가 말을 건네서,

　"몸은 성해서 다행이올세다."
하고 박참봉도 대답하였다.

　여덟 사람의 경주자는, 횟가루로 줄을 그은 마당에, 왼발을 하나씩
내짚고, 호각 소리가 나기를 기다리고 있다. 주먹을 쥐고, 다리엔 아킬
레스건을 긴장시키고, 두 눈은 땅 위를 뚫어지라고 내려다보고 있다.
미상불 귀는 초롱불처럼 밝게 뚫려 있을 것이다.

　"하나."
하고 정영근 교사가 쨍쨍 울리는 목소리로 손을 들며 외치니, 일반 관
중은 모두 그쪽으로 눈을 쏜다.

　"둘."
　그 다음은 삑 하고 호각을 분다. 다듬이질 소리 같은 궁글르는 소리
가 일어났다. 여덟 명의 경주자는 마당을 달아난다. 둥그렇게 양쪽으
로 새끼줄을 친 가운데를 쏜살처럼, 달음박질치는 것이다. 윙 하니 커
브를 도는 것을 보니, 형걸이가 앞장을 섰다. 이것을 본 관중은 와 하
고 소리친다. 빅참봉도 님이 지르는 소리를 좇아서 와 하고 소리를 한
번 질렀으나, 인차 본정신이 들어서 그만두었다. 그런데 형걸이의 바
로 뒤에서, 부리나케 쫓아가는 선수 하나가 있었다. 그는 그다지 악도
안 쓰면서 한 발자국 떨어져서 유유히 따라간다. 그곳에서 서너 자 가
량 떨어져서야, 나머지 여섯 명은 각각 삼등을 다투면서 따라가고 있

었다.

이윽고 두 사람은 결승점으로 달려 들어온다. 그러나 박참봉이 앉은 방향에선 똑똑히 보이질 않는다. 둘이 똑같이 줄을 넘는 것만 같다. 관중은 와 하니 고함을 지르며, 손뼉을 두드리며 야단들이다. 부인석에서도 고함 소리가 들린다.

"누가 일등입니까."

하고 묻는 소리가, 이곳저곳서 들렸으나,

"나두 잘 모르겠쇠다."

하는 소리뿐, 아무도 똑똑히는 모른다. 그러나 상을 타러 오는 것을 보니, 일등은 평양서 온 학도였다. 결승점 바로 앞에서 형걸이는 이등으로 떨어졌던 것이다. 형걸이는 둘째로 서서 벌건 깃발을 메고 싱글싱글 웃으면서 이쪽으로 걸어온다. 박참봉이 일등에게 상을 주면서,

"참 장하오."

하고 말하다가, 흘낏 뒤꼍에 선 형걸이를 보니, 그는 부인석으로 딴 눈을 팔고 있다.

상을 다 받아 가지고 박수 소리에 싸여

선수들은 제자리에 물러간다. 박참봉은 가만히 얼굴을 돌려 부인석을 보았다. 엇비스듬하니 앞이 휘어서 차일 속은 안 보였으나 앞쪽은 엿볼 수가 있었다. 중늙은이들 틈에 이쁜 젊은이가 하나 유난히 눈에 띈다. 장옷도 안 쓰고, 머리를 기름 발라 빗은 품으로 기생이 분명하다.

박참봉은 인차 눈을 돌렸으나, 운동장 저편을 멀리 바라보는 양하고, 또 한번 부인석을 엿보았다. 기생은 마침 이쪽을 바라본다. 눈이 마주치니, 기생은 얼굴에 부끄럼을 그리고 곧 낯을 돌린다. 일찍이 본 기억 없는 기생이다.

박참봉은 다시 운동장을 보았다. 장애물 경주의 준비로, 경주장 군데군데에, 그물, 사다리, 밧줄, 이런 걸 배설해 놓고 있는 것이 보인다. 그러나 박참봉의 눈앞에는 금시 옆자리에서 본 기생의 얼굴이 떠나질 않았다. 남에게 눈치채이지 않도록 또 한번을 슬며시 바라보니, 아름다운 젊은 여자의 그림자는 그때엔 벌써 보이지 않았다. 어디로 갔을까. 그는 나의 눈길을 의식하고 어디로 몸을 감추어 버린 것일까. 그렇다면 대체 나의 눈에 어떤 수상한 기색이 나타났었다는 말인가. 먹을 것을 노리는 이리 같은 눈길이었단 말인가, 그렇지 않으면, 젖을 달라는 어린 아기의 눈동자였단 말인가. 그는 자기가 누구인지를 알고 있는 것일까, 그리고 대체 그는 어디서 온 기생일는가— 박참봉은 자기가 속으로 이런 것을 몸달게 안타까이 친칙하고 있는 것이 괴이쩍고도 부끄러웠다. 나이 찬 자식이 수북하고, 손자까지를 두고, 첩 큰댁을 두고, 방금 형걸이가 헛눈을 팔고 있던 부인석을 흘낏흘낏 엿보고서 마음이 들떴다면, 그리고 이런 걸 누가 안다면 얼마나 부끄러운 일이냐 싶었다.

'나는 어느새에 이렇게 늙었는가.'

그러나 운동장에서 일어나는 호각 소리에 정신을 차리면서 그는,

'그러나 나는 아직 사십이 아니냐.'

하고 혼자 속으로 뇌어 보았다.

16

대운동회마저 지나고 나니 웅성대던 고을 거리는 장마 걷힌 뒤인 것처럼 갑자기 쓸쓸해졌다. 각처에서 모여들었던 씨름꾼과 학도들이 제 고장을 따라 뿔뿔이 흩어지고, 운동 구경 한다고 가까운 농촌에서 쓸려들었던 늙은이 젊은이가 하루 사이에 없어지고 난 뒤엔, 지저분한 종잇조각, 대팻밥, 쓰레기가 디굴디굴 굴러다니는 어수선하고 허청한 거리로 변하였다. 색이 낡아서 누르스름한 솔문이 떨어져 가는 현판을 매어단 채 이곳저곳 우중충하니 서 있고, 씨름터와 운동장과 소재와 산에는, 짓밟힌 풀과 흩어진 쓰레기만이 지저분하다. 변화가 한번 지나가고, 숙조한 기색이 초여름이 찾아드는 이 고을의 거리를, 애수를 담북이 지니고 흘러간다.

오늘은 오월도 초여드레, 운동회가 지나서 벌써 사흘째 되는 날이다.

쌍네는 저녁도 아니 먹고 실낱 같은 야윈 달이 모우봉 위에 잠깐 솟았다가 그대로 넘어가 버리는 것을, 실심하니 바라보면서 뒤곁 토방 위에 앉아 있다.

두칠이는 얼마 되지도 않는 짐을 대충 꾸려 놓더니, 친구들끼리 헤어지는 마지막 술추렴을 한다고 조금 전에 집을 나갔다.

쌍네는 인제 마지막 순간이 찾아온 것을 느끼면서, 제 몸을 어떻게

조처를 대어야 할지를 차근차근히 되새겨 보려고, 이렇게 캄캄한 토방에 혼자 앉아 있는 것이다. 두칠이는 박참봉의 허락을 맡아 가지고, 제가 부치던 밭과 논을 남에게 떠넘긴 뒤에 내일 아침 새벽 원산 방면으로 길을 떠날 차비를 차린 것이다.

두칠이를 따라 원산 방면으로 가야 할 것이냐, 그렇지 않으면 그의 손아귀에서 벗어나서, 새로운 생활을 개척하여야 할 것이냐. 그는 보살할미의 점괘를 지금도 잊어버리지 않고 생각하고 있다. 그곳에 믿음을 걸고 있는 만큼, 이렇게 궁경에 빠져 있는 이 찰나에라도 어떤 기적이 생겨날 것만 같아서 그것을 한편으론 무한히 갈망하고 있다.

절망에 빠져서 어이할 바를 모르고, 이렇게 이 궁리 저 궁리를 되풀이하다가, 아무러한 줄거지도 붙잡지 못한 채, 드디어 마지막 길을 택하여 허둥지둥 캄캄한 밤길을 깊숙한 심연을 향하여 걷고 있을 때, 난데없는 빛이 나타나든가, 옛날 이야기책 모양으로, 비몽사몽간에 허이연 영감이 나타나서 갈 바를 지시해 주든가― 그런 것이 다 허황하다면, 내가 내일 남편과 함께 먼 곳으로 떠나는 것을 알고, 두뭇골 도련님이 나를 구하러 무슨 계책을 세워 갖고, 지금 저기 저 강가로 뽕밭 머리를 지나, 가시 울타리께로 성큼성큼 뛰어오는 그런 기적 아닌 이변이라도 일어나 줄 것을 안타까이 바라보기도 하는 것이다. 꼭 있을 것만 같다. 꼭 있어야 할 것만 같다. 그는 귀를 기울인다. 벌떡 일어나 본다. 캄캄한 뽕밭 머리에서 거친 사나이의 발소리가 들리지는 아니하는가. 캄캄하여 보이지는 않으나, 저기 저 가시 울타리께 도련님이 살며시 찾아와서 기색을 살피고 있는 것은 아닐까. 퍽 전부터 그러고 서서 뜰 안쪽이 고요하여 생각을 단념하고, 그대로 돌아갈 생각을 먹고 있는 것이나 아닐까. 이렇게 안타까이 되새겨 보면, 꼭 그럴 것 같고,

그럴 것임에 틀림없을 것 같다.

쌍네는 뿌르르 맨발째로 토방을 뛰어내린다. 가시울타리 문께로 뛰어와 본다. 문은 열렸다. 두 손으로 허공과 앞뒤를 저어 보나, 아무것도 손에 걸리지 않는다.

"여보세요."

하고 불러 보아도 아무 대답이 없다. 제 숨소리가 제 귀에 높다.

"거 누구요."

불러 보나 숨을 쉬고 있는 동물은 쌍네 저 혼자뿐이었다. 아무도 없다. 아무것도 없다. 모든 것이 거짓이었던가.

푸 한숨을 짚고, 울타리 문에 손을 얹은 채, 암담한 절망에 흠뻑 젖어 본다.

'역시 모든 것이 꿈이고, 거짓이었다. 보살할미가 형걸이와 내가 연분이라고 한 것도 거짓 점괘였다. 하늘이 정했고, 존신이 점지한 나의 남편은, 저 못생기고, 징글징글하고, 염치없고, 소처럼 둔하고, 송진처럼 추군추군한, 저 두칠이가 아닌가. 두뭇골 도련님에겐 새로운 배필이 어엿하니 작정되었다. 이쁘고, 나이 젊고, 살매가 곱고, 몸맵시가 날씬하고, 귀태가 나고, 학문이 있고, 그런 색시가 양반집에서 도련님의 품 안에 찾아들기로 이무 작정이 된 뒤이다. 도련님이 지나치던 길에 한번 들러 본 술막을, 지금까지 생각에 묻어 두었을 턱이 있을 거냐.'

다시 쌍네는 토방으로 돌아와 앉는다.

'결국 나는 두칠이를 따라가야만 한다.'

이런 생각을 제 마음에 타이르고, 그것이 가장 온당한 처사라고 생각해 본다. 저 같은 것이 어디다 머리를 솟고, 도련님에게 염을 낸다는 말일까. 하룻낮의 꿈이었다. 일생에 단 한 번 위태위태하나, 찬란한 무지개를 타본 데 지나지 않는다. 이무 무지개는 없어졌고, 저는 저대로 두칠이의 옆에 앉아 있다. 어이 무지개가 다시 그려지길 기다릴 것이며, 무지개가 뻗쳐진다 한들, 어이 저 같은 몸이 두번 다시 그 위에 올라앉을 수 있을 것이냐.

'할 수 없다. 그것만은 내 힘으로도 어찌할 수 없다.'

그는 머리를 감싸 들고, 등골을 떨면서 토방에서 일어났다. 여태껏 어떻게 그의 옆에서 잠을 이루었는지, 이상하다. 여태껏 어떻게 그와 함께 잠자리를 같이 할 수 있었는지 수상하다. 여태까지 어떻게 저의 몸을 그가 주무르는 대로 내맡겼었는지 괴이쩍다.

그는 발검음이 내치는 대로, 울타리 문을 벗어나서, 허둥지둥 캄캄한 가운데를 줄달음질쳤다. 눈물이 자꾸만 볼편을 뜨겁게 적시면서 흘러내렸다.

한참을 미친 사람 모양으로 뛰다 멎으니 두뭇골 앞이다. 개울물의 징검다리를 건너뛰고, 느티나무가 선 가까이로 가면 두뭇골댁이다. 그는 발을 멈칫하고 사방을 두루 살핀다. 넓은 들 위엔 캄캄한 암흑이 가득 차 있을 뿐, 아직 밤이 마악 찾아드는 초아지내, 드문드문 창문에 비치는 불광이 눈에 든다.

그러나 쌍네는 그리 오랫동안 그곳에 머물러 있지 않는다. 그는 그대로 낯익은 작은 길을 더듬어서 개울께로 내려가, 성큼 징검다리를 넘어 뛴다. 자갈을 밟는 소리가 우쩍 한다. 이 소리에 개가 컹컹 짖는다. 그러나 쌍네는 개 짖는 소리를 개의치 않고 느티나무께로 걸어간다. 그는 박참봉 댁 사랑 마당과 통하는 대문 앞에 서서야, 걷던 다리를 멈추었다.

사랑방은 캄캄하다. 벌써 박참봉은 잠자리에 든 것일까. 저녁을 먹은 지 얼마 안 되는 초아지내이니, 그가 벌써 잠자리에 들었을 리는 없을 텐데…… 그리고 생각하는데 퍼뜩, 박참봉이 저녁에 강군수의 초청으로, 강선루에 *대연이 있어서, 저녁도 안 먹고 그리로 행차하던 것을 생각하였다. 그는 강선루에서 아직 돌아오지 않은 것이 분명하다. 그렇다면 지금 이 집에는 종과, 상노아이와 윤씨와, 도련님만이 있을 것이다. 도련님은 제 방에 혼자 누워 있는가, 앉아서 책을 읽고 있는가— 두루 이런 것을 생각해 보다가 그는 대문턱 위에 올라섰다.

인제는 마지막 이야기라도 들어 보고, 아니 그것이 안 되면 얼굴이라도 한번 바라보고, 나의 갈 길을 떠나리라. 무엇이 무서우며, 무에 겁날 것이냐. 쌍네는 마음을 도고하게 먹고 대문을 들어섰다. 그러나 문을 들어서서 그는 다시 걷던 다리를 멈추었다. 개라도 컹컹 짖으면 하는 수 없이, 개를 꾸짖으며 안으로 성큼성큼 들어가야 할 것을, 개마저 어디로 숨었는지, 안방엔 불이 밝고, 도련님이 있는 방에도 불이 환한데, 발길이 차마 앞으로 나가질 않는다. 어느 문 앞에 가서 누구를 찾을 것이냐. 안방 앞으로 가서 마나님을 부르고, 내일 떠난다는 인사나 여쭈자면 못 할 것도 없을 것이다. 그러나 그의 목적은, 어떻게 도련님을 만나 보는 데 있었다. 그리고 욕심대로 한다면, 대체 나를 어떻게 해주겠느냐고, 단 한마디 도련님의 대답을 듣고 싶은 데, 여기까지 달려온 목적이 있었다. 그러나 마나님을 불러 놓고야 어떻게 다시 도련님을 뵈올 길이 있을 것이냐. 역시 성큼 뜰 안으로 내려서서, 안방 앞으로 갈 수는 없을 것 같다. 그렇다고 도련님 방으로 곧바로 찾아갈 수는 더욱 힘드는 일이 아니냐— 이렇게 잠시 동안을 서서 망설이고 있는데, 도련님 방에서 불빛이 확 뜰 안으로 빗자루처럼 뻗치더니, 이어 방문 여는 소리가 난다. 엉겁결에 쌍네는 문턱을 도로 넘어서 대문 밖으로 나왔다. 대문 옆에 숨어서 귀를 기울여 본다. 신발 소리가 나고, 그 다음엔 분명한 도련님의 목소리.

"어머니, 문선생 댁에 잠깐 다녀오겠습니다."

안방문이 열리는 소리. 이어서 윤씨의 대답.

"아버지두 안 오셨는데, 그럼 속히 다녀오너라."

다시 문 닫는 소리. 그리고 대문께로 점점 가까이 오는 갓신 끄는 소리. 발자취 소리는 이쪽으로 가까워 온다. 그것은 대문으로 들어선다. 문턱을 넘는다. 드디어 보이지 않는 검은 그림자가, 공기의 파동을 지으며 힁 하니 쌍네의 앞을 지나갔다. 쌍네는 문판장에 붙이고 섰던 몸을 떼었다.

단오를 지난 뒤 동명학교는 한 주일 동안 임시 방학을 하였다. 형걸이는 운동회가 지난 뒤 외지에서 왔던 단체가 출발할 때마다, 잠시 잠시 전송을 나갔을 뿐, 사뭇 집 안에 처박혀서 이무 결정이 된 제 혼사에 대하여 생각하여 보았다. 남전 사는 강릉 최씨의 딸이라고 하나, 어떻게 생겼는지, 성품이 어떤 인지는 알 턱이 없다. 어머니는 큰댁 어머니가 친히 승교를 타고 가서 간선을 하여, 아주 마음에 딱 맞는 색시라 하였으나, 그이들의 보는 눈, 보는 생각이 젊은 형걸이의 생각과 일치할 리도 만무할 터이요, 설사 그것이 장님 문걸쇠 잡는 격으로, 용하게 일치했다고 할 값이라도, 형걸이로서는 부모의 작정대로 호락호락 따라갈 수 없을 몇 개의 곡절이 있다.

두칠이 처 쌍네의 생각은 그렇게 깊게 생각지도 않는다. 그 역시 자기를 아무렇게도 생각지 않으리라고 쓸어 버리는 것이다. 맏형 형준이가 가운데 나서서 이러니저러니 하고 쏘다니는 것도 귀찮았고, 실상인즉 이무 부용이와 같은 세련된 아름다움을 경험한 형걸이에게는, 쌍네에게 갖던 강렬한 애욕은 잠시 동안 그의 가슴에서 한 보를 물러나지 않을 수 없었던 것이다. 그러나 결혼에 대하여 곡절이 있다는 것은 결코 부용이와의 약속을 염두에 둔 것만은 아니었다. 무어라무어라 하여도 부용이는 기생이다. 아무개나 꺾을 수 있는 노류장화다. 그리고 서로 나눈 정을 영원히 잊지 말자고, 살에 수영을 끼어 서로 맹서는 하였으나, 그것은 결코 형걸이의 결혼과는 별문제라고 부용이도 생각하고 있을 것이다. 처음 부용이가 형걸이를 알아 사귀고, 비로소 애정을 팔뚝에 새겨서 맹서할 때에도, 형걸이도 이무 처자가 있는 남의 새서방인 줄 알고 한 일이었다. 그러므로 형식상으로 보자면 형걸이는 결혼을 하든, 장가를 가든, 부용이의 애정에 변함은 없을 것이라고 생각할 수 있을 것이다. 그러나 막상 당하고 보니, 형걸이로서 부용의 애정은 적지않이 그의 행동을 견제하였다. 부용이는 어떻게 생각하는지 모르나, 형걸이 자신만은 부용이를 잊을 수 없을 것 같다. 그렇다고 그와 어엿하니 결혼생활을 이루어 보자면, 어떻게, 무엇부터 차비를 차려야 옳을는지 도무지 염이 나질 않았다.

이러한 생각 외에 그는 문우성 교사에게 말로 서약은 안 했으나, 그의 앞에서 조혼사상에 대한 자상한 설명을 들을 때에, 아직도 미혼인 것을 좋은 기회로 뜻을 세우기까지는 완고한 풍습에 희생이 되지 않으리라, 내심에 결심한 바가 있었다. 그는 문교사에게도 이야기하지 않고, 저 혼자 제 자신과 굳게 약속한 이 결심을, 그대로 흐르는 물 가운데 쉽사리 씻어 버리고 싶지는 않았다.

그러나, 이러한 그의 생각을 세우자니, 종차로 벌어질 일이 결코 단순치가 않을 것 같다. 싫어서 죽겠다고 야단이던 손대봉이도 오는 보름날, 박성균네 집 금네한테 종시 장가를 들기로 되었다고 한다. 그런 이야기를 들을수록 그는 제 앞에 다가오는 문제를, 점점 초조하게 생각지 않을 수 없었던 것이다.

문우성 교사에게나, 혹시는 부용이에게나, 이런 걸 털어놓고 상의하는 건, 결코 잘못된 일이 아닐 것 같다. 될수록은 말썽을 일으키지 않고 해결을 지을 수 있는 방책을 찾아보든가, 그렇지 않으면 그들의 조력이라도 구하여, 어떻게든지 이 난관을 벗어나야, 첫번 당하는 희생에서 자기 자신을 구원할 수 있을 것처럼 생각되었다. 어찌 되면 문교사에게 부용이의 이야기까지 털어놓아도 괜찮으리라 생각되기도 한다.

그래서 오늘은 저녁을 먹고, 군수가 운동회의 관계자를 초청하여 강선루에서 베푼 대연에서, 아버지가 돌아오기를 기다리다 못해, 지금 제 방을 나와 대문 밖으로 나서던 참이다. 그는 어머니에게 허락을 맡아 갖고 마당을 지나 대문으로 올라섰다. 대문턱을 나서서 버드나무와 우물이 있는 옆으로 느티나무 그늘을 선선하게 느끼면서, 징검다리를 건너지 않고 개울을 낀 채 실금실금 걸어가는데, 뒤에서 발자취 소리가 나는 것 같다. 그는 제 귀를 의심하면서, 그 자리에 멈칫하고 서보았다.

"도련님, 저올세다."

나직한 떨리는 목소리는 틀림없는 쌍네의 것이었다. 형걸이는 뜨거운 불길이 등골을 스치고 지나가는 듯하였다. 진정 뜻밖이었다. 그러나,

"도련님, 저와요."

하고 또 한번 등뒤에서 들었을 때, 형걸이는 낯을 돌리었다. 짜장 뜻밖이기는 했으나, 돌이켜 생각하면 쌍네가 저를 찾아온 데 까닭이 없다할 수는 없었다. 그는 내일 두칠이와 함께 먼 곳, 원산 방향으로 일터

를 찾아서 길을 떠난다고 아니하는가. 길을 떠난다는 소리를 듣고 형걸이는, 그것으로 쌍네와의 관계는 짧은 한 토막의 삽화처럼, 영구히 그의 청춘의 한 모퉁이에 잠겨 버리고 말 것이요, 쌍네 역시 기구한 일생에 한 점 색채를 점 찍은 채, 그대로 평범한 생애의 가운데로 다시 흘러들어가는 기회가 되고 말 것처럼 생각하고 있었다. 그것은 커다란 비류강의 강물 같을는지도 모를 것이라고 생각했었다. 물은 웅덩이에서 오랫동안 감돌다가, 때로는 급한 여울물을 흐를 때도 있다. 작은 바위가 있으면, 그와 부딪쳐서, 구슬을 뿌리며 물결은 찢어지고 흩어지나, 곧 그것을 넘으면, 다시 제 결대로 넘쳐서 대동강으로 황해 바다로 흘러간다. 형걸이나 쌍네나, 감격에 넘치고 정열에 싸였던 이틀 밤은 결국, 물결이 작은 바위를 만났던 거나 같은 것일 게라고 생각해 본 것이었다. 커다란 강물이 바다를 향하여 흐르면서, 도중에서 만났던 바위와 돌멩이를 생각지 않는 것처럼, 쌍네도 형걸이도, 그 짧은 기억을 오랫동안 담아 두진 않을 것이라고 생각해 보았던 것이다. 그러나 지금 그렇게 생각했던 쌍네가, 중대한 시일을 앞두고 밤을 타서 형걸이를 만나러 왔다. 형걸이의 가슴에는, 뭉게뭉게 *회오와 자책에 섞인 뉘우침이 떠오르지 않을 수는 없었다. 그러나 그런 걸 되새겨 볼 필요나 경황조차 없이, 캄캄하여 보이지는 않으나, 형걸이의 얼굴에는 당황해하는 기색이 붉은 혈조를 그리면서 지나쳤다.

형걸이가 몸을 돌이키는 것을 보더니 희끄무레하게 희미한 쌍네의 몸은, 자분자분 몇 발자국을 앞으로 걸어온다. 형걸이는 그러나 화석이 된 것처럼 암쩍을 못 하고, 그 자리에 덤덤히 서 있을 뿐이다. 쌍네는 형걸이의 한 발자국 앞에서 겨우 발을 멈췄다. 그는 억한 생각에, 형걸이의 손길이 치마폭에나 옷자락에 스치기만 하여도, 그대로 푹 몸

회오(悔悟)
잘못을 뉘우치고
깨달음.

을 실리든가, 뜨거운 열정에 내맡겨서, 형걸이의 몸을 부여뜯고야 견딜 것 같은 욕망을 겨우 억제하고 섰는 것이다. 형걸이의 대답, 그것이 입술에서 떨어지기만 하면, 쌍네는 아무것도 돌보지 않고, 사나이에게 온몸을 맡겨서 처분대로 내버려둘 것 같다. 가슴속이 뜨거운 질식할 듯한, 마른 증기로 꽉차 있는 것 같다. 그러나 형걸이는 아무 말이 없다. 그는 쌍네의 욕망과 애욕을 의식지 못하는 것일까. 얼굴도 몸도 보이지는 않는다. 그러나 가슴에 떠오르는 화염같이 강렬한 정열을 누르느라고, 몸을 떨고 서 있는 난만한 육체의 파동이 끼치는 첫여름의 캄캄한 공기를, 형걸이의 젊은 피부는 감촉하지 못하는 것일까.

"도련님, 저와요."

또 한 마디를 가만히 뇐 뒤에, 그러나 그 이상, 쌍네는 저의 가슴을 억제할 길이 없었는지, 덥석 형걸이의 가슴을 향하여 조약돌처럼 날려 들더니, 그 다음은 어깨를 추며 흑흑 느껴 운다. 두 팔은 형걸이의 몸 뚱이를 끌어안고, 눈물이 뜨겁게 흐르는, 불덩이처럼 달뜬 쌍네의 얼굴은, 황소처럼 사나이의 가슴에서 몸부림쳤다.

형걸이는 적지않이 쩔쩔맨다. 그러나 그는 두 팔을 들어 미친 물결처럼 덤비는 쌍네의 몸을 가만히 안아 주었다. 그러고는 두 손으로 쌍네의 얼굴을 찾아서, 눈물을 흘리는 두 눈을 입술로 찾았다. 다시 얼굴을 가슴에 묻어 주었으나,

"길에서 누가 보믄 어쩌는가. 자 저리로 비켜, 응."

하고 쌍네를 달랠 만큼, 그는 냉정한 기색을 잃지 않았다. 쌍네는 어리광처럼 또 한 번을, 온 몸뚱어리로 사나이의 살을 부비어 보았으나, 이윽고 가만히 그곳서 물러났다. 그들은 길가에서 두어 발자국 밭두둑께로 물러섰다. 둘은 잠시 덤덤한 채 서 있었다. 상긋한 풀 냄새를 풍기며 초여름 바람이 길을 건너, 벌판으로 뻗어 나간다. 바람은 두 사람을 어루만지며 캄캄한 밤에 개울을 건너 버드나무와 느티나무를 우수수 울린다.

쌍네는 달떴던 얼굴에 바람이 스쳐서 한결 두 눈이 버석버석해졌다. 다소곳하니 식어 내리는 격정을 맛보면서, 그는 잠시 무엇 하러 제가 도련님을 찾아왔는가를 생각해 보았다. 마지막으로 그를 만나 보러, 그리고 그의 마지막 말을 들어 보려고 찾아온 것임에 틀림은 없을 것이다. 그러나 만나 본 뒤엔 어떻게 하려던 것일까. 그와 같이 도망이라도 쳐달라고, 어떻게 하든지 두칠이의 손아귀에서 자기를 뽑아내 달라고 요구하러 온 것이었던가. 처음 생각은 또렷하니 그랬던 것 같지도 않다. 그러나 이렇게 그의 옆에 와서, 바로 칠흑 같은 장막 속에 싸여서, 그의 체온을 제 근육으로 느끼고 마음속으로 향락하고 있으려니, 슬며시 그러한 욕망이 생겨나지 않는 것도 아니다. 보살할미의 점괘가 그의 머리를 스쳐간다. 그러나 한편 제 마음대로 사나이의 몸뚱어리를 주무르고 나서도, 역시 저와는 어떠한 *상거가 있는 사람 같은 느낌을

상거(相距)
서로 떨어져 있음. 또는 떨어져 있는 두 곳의 거리.

금할 수는 없는 것 같다. 두 몸이 한 몸이 된다든가, 두 마음이 그대로 한 마음이 된다든가— 높고 강렬한 감격 속에서도 이러한 통일된 생각을 맛볼 수가 없고, 어딘가 자기는 이 사나이를 남편으로 섬기든가 그럴 수는 없는 사람같이 느껴지는 것이다. 그와 나는 피가 서로 다른 사람일런가. 쌍네는 다시 쓸쓸해졌다. 두칠이의 얼굴이 눈앞에 선하니 떠오른다.

"어째 이 밤에 이런 델 왔어."

쌍네에게 던지는 첫마디 말이다. 그러나 무척 서먹서먹한 말이다. 어째 이 밤에 이런 델 왔는가고, 형걸이는 묻는 것이다. 대체 그는 그 까닭을 몰라서 묻는 것일까. 쌍네는 대답지 아니하였다. 대답할 말이 없기 때문이다. 대답할 필요가 없기 때문이다. 쌍네는 순간에 퍼뜩 본 정신이 든 듯이 낯을 들었다. 머릿속을 찬바람이 씽 하고 지나가는 듯하다.

"도련님은 까닭을 모르십니까."

난생 처음 말해 보는 날카로운 말이었다. 쌍네는 이 말을 가까스로 뱉어 놓곤, 온몸을 부르르 떨었다. 그 자리에 이렇게 더 섰을 수가 없도록 몸과 마음이 사시나무처럼 떨렸다. 그는 힝 하니 그곳서 몸을 돌렸다. 길로 내려서서 캄캄한 가운데를 덤성덤성 걸어갔다. 형걸이, 그이에게 걸었던 가느다란 희망의 닻줄은 끊어져 버린 것이다. 단 한 마디의 그 말, 이무 그것은 사랑하는 사람의 말이 아니었다.

'나는 어째서 그를 찾아, 염치도 무서움도 돌보지 않고, 이렇게 밤을 타서 그를 만나러 왔던 것일까.'

"여보."

"여보."

하고 부르는 형걸이의 목소리가 들려 온다. 그러나 들을 필요가 없었다.

"내 말을 듣고 가요."

"이럴 게 아닌데그래."

뒤쫓아 오다가 길 가운데 서서, 형걸이는 안타까이 쌍네의 등뒤로부터 중얼거린다. 그러나 쌍네는 두 손으로 귀를 틀어막고, 구룡교로 통한 길을 눈물에 어리어서 덤성덤성 달음질치듯 하였다. 그는 제 집 가는 길로 올라서지 않고 비류강 방수성 있는 쪽으로 나갔다.

자정이 훨씬 넘도록, 두칠이가 기다리는 방 안에는, 쌍네의 몸은 나타나지 않았다.

캄캄한 장막 속으로 덤성덤성 뛰어가는 쌍네를 불러 보다가, 멍하니 길 위에 서서, 형걸이는 금방 저와 만났던 여자가 쌍네가 아닌 딴사람처럼 생각되었다. 그러나 그는 역시 틀림없는 쌍네였다.

무엇으로 얻어맞은 듯이 머리빡이 띵하다. 여태껏 대수롭지 않게, 문제 밖으로 밀어 놓았던 사건이 불쑥, 아닌 밤중에 솟아나서 홍두깨처럼 그의 머리를 후려갈기고 달아났다. 그는 비로소 제가 저지른 행동에 대하여, 뼈아프게 책임을 느꼈다. 그것은 난생 처음으로 겪어 보는 경험이었다. 지금 그는 쌍네에 대하여 생각지 않을 수가 없어졌다. 그러나 그까짓 생각 같은 것이 쌍네에게 무슨 일을 치를 것이냐. 그는 나의 단 한마디 말에서, 모든 것을 예단하고 그대로 줄달음질치고 말았다. 그는 내일 아침이면 나와 모든 사람과 이 고을을 아주 하직하고, 좋건 글렀건 새생활의 개척을 위하여 길을 떠날 것이다. 이 지경에 이르러 저는 어떠한 행복을 쌍네에게 덧붙여 줄 수 있을 것이냐. 그러나 어쩐지 마음 한귀퉁이에, 묵직한 납덩어리 같은 것이 엉켜돌아서 마음이 가볍지를 않다.

누구에게 모든 것을 말하고, 제 행동의 그릇됨을 사죄하고 싶은 마음이 생긴다.

그는 다리를 옮겨 놓았다. 역시 문교사를 만날밖에 없다. 결혼 문제, 쌍네에 대한 문제, 그리고 끊을 수 없는 애정의 뿌리가 박혀 버린 부용에 대한 문제— 이런 걸 털어놓고 상론해 볼 수 있는 사람, 그는 문우성 선생밖엔 없었다. 그러나 교회당으로 가는 길 도중에서 부용이의 집 앞을 지나치려니, 역시 부용이를 먼저 만나 보고 싶은 생각이 난다. 쌍네에게 얻어맞은 머리를 깨끗이 씻어 줄 이는, 그리고 그에게 상처 당한 가슴을 고스란히 풀어 줄 이는, 우선 부용일 것같이 그의 젊은 마음에는 생각되는 것이다. 그는 골목 어귀에서 한참 동안을 서서 망설이다가, 종시 발길을 부용이의 집으로 돌려 놓았다. 그를 만난 지도 퍽 오래된다. 운동회 때문에 못 만나고, 그 뒤에도 운동회날 운동장에서 먼발로 그의 웃는 낯을 눈넘겨 바라보았을 뿐, 한 번도 만나지 못하였다. 눈앞에 가로누운 이 집 안에서, 부용이가 달림하니 앉아서 추수의 상사리를 읊으면서, 생각에 잠겼을 걸 그려 보니, 발꿈치를 윗길로 떼어 놓을 수가 없었던 것이다.

그는 골목을 지나 대문께로 갔다. 지금 누가 나왔는지, 혹은 금방 누가 안으로 들어갔는지, 대문이 걸리지 않고, 방싯하니 열려 있다. 그래서 주인을 부르지 않고, 잠시 문 앞에 서서 귀를 기울이려니, 부용이 방에서 이야기 소리가 난다. 누구 손님이 온 것인가, 그렇다면 하는 수 없이 문선생 댁을 먼저 다녀올밖에 없다고 두루 생각하면서, 불이 빤히 밝은 방을 다시 한번 들여다보았다.

그러나 그 순간 형걸이는 얼굴을 대문에서 떼고, 귀를 의심하였다. 방에서 들려 오는 목소리는 몹시 귀에 익다. 아니 귀에 익다뿐 아니라,

그 목소리는 바로 그의 아버지 박참봉의 목소리가 아니냐. 그는 저도 모르는 짧은 시간에, 몸을 그늘에 숨기고 막혔던 숨을 겨우 쉬었다. 아버지, 그가 어째서 이 집에를 오게 된 것인가. 그는 형걸이와 부용이의 관계를 누구한테 듣고, 차후를 조심해 달라고 부탁의 말을 하러 온 것일까. 그러나 아무리 생각해도 그런 상스런 수단을 취할 아버지가 아니었다. 역시 강선루에서 오는 길에, 좌석에 불리었던 부용이와 함께 돌아오다, 지나는 걸음에 잠시를 들른 것에 틀림없을 것이다. 그렇게 생각하면서 겨우 형걸이는 숨을 돌렸다. 그리고는 약간 미소까지 입가장에 그려 보았다. 그는 호기심에 끌리어 다시 가만히 귀를 기울여 본다.

"그래 그렇도록 너는 내가 싫으냐."

아버지답지 않은 목소리에, 형걸이는 낯이 화끈 달아 올랐다. 아버지는 적지 않이 취하였다. 부용의 말은 잘 들리지 않았다. 뭐라고 도란도란 대답하는 말이 끝나기도 전에 다시 탁 하고 늘어진 아버지의 목소리가 덮치듯이,

"그럼 어째, 내 말은 안 들으려니 응."

하고 추근스레 들려 온다. 또 아무런 대답이 부용에게서는 들리지 않는다. 형걸이의 눈앞에는, 지금 방 안에서 벌어지고 있을 광경이 자꾸만 선하게 나타나서 견딜 수가 없었다.

부용이는 어떡하고 앉았는가, 몸을 도사리고 아버지 입에서 나오는 요구를 좋은 말로 흘려 넘기면서. 그리고 아버지는 어떡하고 앉았는가. 갓을 쓴 채, 술이 잠뿍이 취하여, 눈과 얼굴에는 이글이글한 정이 차서, 두 손으로…… 형걸이는 얼굴을 문에서 떼고 등살을 폈다. 그는 가슴속에 이상한 격정이 끓어 오르는 것을 참을 수가 없는 것이다.

'아— 아버지는 취하셨다. 정신을 잃고 계시다.'

속으로 그렇게 중얼거려 보나, 가슴은 가라앉지 않는다. 그러나 어떻게 할 도리가 있단 말인가. 가도오도 못 하고 대문에 서성대고 있는데, 갑자기 부용이의 깔깔대는, 교태가 담북하니 담긴 웃음이 흘러나왔다. 그 웃음에, 부용이답지 않은 교태가 섞인 것이 형걸이에게는 적지 않게 불쾌하였다.

"나리가 참 미치셨나. 그러시지 마시구 어서 약주나 드세요."

"허허, 난 인제 술은 싫다. 그래 무엄하게, 나 나더러 미쳤다니. 그래 내가 미쳤다. 아닌게아니라 너한테 내가 미쳤다."

말이 끊어졌다. 형걸이는 이 이상 말을 더 들으려고도 아니한다. 그러나 대화가 끊어진 동안, 방 안에선 무슨 일이 일어나 있는 거냐, 그것을 깨우쳐 생각하는 건 더욱 무서운 일이었다. 귀를 기울이니, 역시 목소리를 낮추어 이야기는 계속되고 있었다.

"그래 그 뜻을 말해 봐라."

아버지의 말소리가 높아져서 나직하나 똑똑하게 들려 온다.

"그래 어서 그 뜻을 말해 봐. 아무렴 내가 노헐 턱이 있겠나 원."

한참 동안을 묵직한 침묵이 흐르더니, 이윽고 적지않게 당황해하는 어조로,

"아니 말은 않고 어째 우느냐."

이 소리를 들으며 형걸이는 긴장하였다. 몸을 바위처럼 굳게 땅 위에 붙이고, 저도 의식지 않으면서 귀를 기울이는데, 그 다음엔 울음에 섞여서 무어라고 두어 마디 부용의 말이 들리고,

"아니 뭐."

하는 돌연스레 높직한 놀라는 아버지의 목소리가 문풍지를 울린다.

"천륜을 깨뜨려?"

훤한 문풍지 위에 육중한 박참봉의 그림자가 우뚝 솟았다. 그 그림
자가 갑자기 커졌다가 이어서 문 여는 소리.

"나리, 잠깐만 참으셔요."

하면서 쪼루루 뒤따르는 긴 치마의 그림자. 그러나 박참봉은 벌써 뜰
안에 내려서서 갓신을 발부리에 꿰고 있었다.

형걸이는 엉겁결에 캄캄한 그늘에 몸을 숨겼다. 대문을 잡아 젖히더

니, 성난 짐승처럼 씨근거리며 박참봉이 대문을 넘어선다. 갓이 후들
후들 떨리면서, 그는 격분한 감정을 누르지 못한 채 골목을 지나서 없
어진다. 아버지의 뒷모양을 배웅하고 나서도 형걸이는 그림자 속에서
훤한 데로 나설 용기가 나질 않았다. 그는 그대로 한참 동안을 숨을 죽
이고 그늘 속에 파묻혀 있었다. 부용이가 뜰을 건너 대문께로 온다. 그
는 박참봉이 간 방향을 잠깐 바라보고는 문설주에 손을 얹고 푸 한숨
을 짚고 있다.

형걸이는 부용이의 얼굴을 살피었다. 피로가 가득 찬 얼굴에 눈물
줄기가 먼 불광에 한번 번뜩 하고 빛난다. 형걸이는 가만히 가서 등뒤
로부터 부용이를 껴안고 그의 등을 어루만져 주고 싶었다. 그는 그의
얼굴에서 어떤 성스러운 표정을 발견하는 것 같았다. 그러나 그의 발
은 땅에서 떨어지지 않았다.

이윽고 부용이는 문을 잠그고 뜰을 건너 제 방으로 들어가 버린다.
방문이 닫히는 것을 기다려, 형걸이도 비로소 대문 앞까지 나섰다. 대
문 판장 틈으로 부용이 방의 불광이 은은히 보인다. 그는 잠시 종교적
인 정신적 분위기를 그 불광에서 느껴 본다. 그는 한참 동안을 그럭하
고 서 있을 뿐이었다.

만나고 싶고, 만나면 아무 말도 않고 그의 아름다운 얼굴을 마주 처
다만 보고 싶었으나, 그는 찾지도, 그의 방에 들어갈 수도 없는 자기를
마음속 깊이 깨달아 본다.

그는 애끓는 생각에 서리어서, 다시 눈익혀 부용이의 방을 바라보다
가, 이윽고 용기를 내어 발을 옮겨 놓았다.

길 가운데 나서서, 사방이 괴괴해진 걸 느꼈다. 아직도 선선한 바람
이 행길을 휭하니 지나간다. 어디로 갈 것인가. 그러나 다시 생각해볼

필요도 없이 뻔한 일처럼 생각되었다. 그는 제가 아까 문우성 선생의 집을 찾아서 교회당으로 가던 것을 다시 한번 뇌어보듯 생각해 보았다. 머리가 갑자기 거뿐해지는 것 같다.

문선생한테로 가자! 그러나 문선생을 찾아가는 목적은 아까와는 판판 달랐다. 어떻게 할 바를 몰라 해결의 방도를 상론하고 위안을 받으러 가는 것이 아니고, 새로운 결심을 실행하는 첫 계제로 그를 찾는 것이다. 문선생은 벌써 전도자의 지위에서, 수단을 조력해 주는 원조자의 지위에 내려선 것이다.

형걸이의 마음속에 이루어진 결심, 그것은 막연하기는 하나, 오늘 밤 안으로 이 고장을 떠나서 평양으로든가, 더 먼 곳으로든가, 새로운 행방을 잡아 보자는 것이었다. 그는 몇 시간 뒤에 평원 도로를 향하여, 방선문 밖 신작로를 걸어나갈 것을 상상하며, 문우성 선생이 기숙하고 있는 예배당으로 병대처럼 뚜벅뚜벅 걸어갔다.

『대하』, 백양당, 1947.

경영

(經營)

1

아홉 시에서 아홉 시 반까지, 현저동 *사식 차입집 앞까지, 차 한 대만 꼭 보내게 해달라고, 며칠 전부터 신신부탁이지만, 바쁜 틈에 혹시 잊어버리지나 않을까 근심되어서, 최무경(崔武卿)이는 사무실을 나오려고 할 때에 다시 한 번 자동차 영업소로 전화를 걸었다. 그러나 마침 말하는 중이었다. 다른 또 하나의 전화번호를 불러도 통화중이었다. 수화기를 걸고 의자를 탄 채 바람벽에 걸린 시계를 쳐다보고, 캘린더를 무심히 스쳐 보고, 그리고는 다시 수화기를 쥐었으나, 그때에 전화는 밖으로부터 걸려 와서, 책상 밑에 달린 종이 요란스럽게 울었다.

"야마도 아파트 사무실이올시다."

하고 언제나 하는 버릇대로 먼저 지껄여 보았으나 이내,

"네, 저올시다. 제가 최무경이에요. 안녕하신가요? 네, 지금 막 나가려던 참이었어요. 네? 내일루요."

그리고는 다시 대답을 이어 나아가지 못하고, 그저 들려 오는 목소리에만 귀를 기울이고 있었다. 한참 만에야 그는 탁상 전화를 틀어 쥐듯이 하고 입을 바싹 *들여댄 뒤,

"내일루 연기라지만, 그러다가 아주 틀어지는 거나 아닌가요?"

하고 따지듯이 물어 본다. 그러나 한참 만에,

"글쎄요, 그렇다면 몰라두요. 무슨 본인의 잘못 같은 걸루 일이 시끄럽게 되는 건 아니겠지요? 네, 그럼 안심하겠습니다. 내일은 틀림없겠죠? 그럼 그렇게 알구 있겠습니다. 안녕히 계세요."

맥없이 전화를 끊고 멍청하니 의자에 기대어 본다.

클라이맥스를 향해서 한 장면 한 장면 접쳐 올라가던 판에 필름이 뚝 끊어진 때처럼 허파의 공기가 쑥 빠져 버리는 것 같다.

내일 이맘때까지 스물네 시간, 눈이 뒤집힐 듯이 바쁘던 며칠이 있은 끝에, 갑자기 찾아온 텅 빈 공간 같은, 예측하지 않았던 시간이다.

회전의자여서 분김에 발부리로 책상 다리를 차면, 몸은 핑그르르 돌아가 저절로 강영감을 보게 된다.

강영감은 꾸부리고 앉아서 손주딸이 날라 온 벤또에 차를 부어서, 훌훌 소리가 나게 젓가락질을 하고 있었으나, 전화 받는 품으로 대강한 사연을 짐작은 하였다는 듯이, 힐끗 젊은 여사무원의 얼굴을 쳐다보곤,

"그저 재판소 일이란 게 그렇다니께. 제에길."

그러더니 먹은 그릇을 덜그럭거리며 치우고 나선,

"그래, 또 무슨 까닭인구?"

하고 뻐끔히 주름살이 구긴 얼굴로 무경이를 바라본다.

"전들 무슨 심판인지 알 수 있에요. 변호사의 말은 예심판사가 아직 검사의 승낙을 못 받았단답니다. 언제는 검사의 승낙을 얻기에 힘이 들구 애가 씌었다더니. 나와야 나오는 게지, 변호사의 말이라구, 제멋대로 주어섬기는 걸 믿을 수가 있어야죠. 그렇다구 하나하나 따져 볼 수도 없는 일이구……."

"아무렴, 그런 일이란 건 으레 그런 법인걸. 이편은 바쁘지만 저희들야 무어 바쁠 것 있어 제 볼일 다 보구 생각나믄 뒤적거려 보는걸. 그러나 머, 낙심허실 것 없이, 여태 기대렸으니께 그깟 것 하루쯤야, 또 그래야 만나 뵈시는 데 재미두 더허구, 흐흐흐……."

이가 군데군데 빠져서 입김이 샌다. 선량한 늙은이의 얼굴을 보고

있으면 쓸쓸하고도 정다운 생각이 들어서, 무경이는 빙그레 웃음을 입술 위에 가지게 되는 것이다. 그러나 그런 웃음은 강영감과의 오랜 생활에서 거의 습관처럼 되어진 것이기 때문에, 속으론 딴것을 희미하게 생각하고 있었다.

어떻게 할까? 집으로 가서 어젯밤의 되풀이를 또 한 번 치를 것인가. 저녁은 외식을 하고, 나오는 분을 맞다가 아파트에 안내한 뒤, 일러도 열한 시나 자정이 되어야 집으로 돌아오게 될 것이라고, 아침에 나올 때에 일러두었는데…… 역시 간단히 무어든 간 사먹고 가리라 생각하는 것이다.

무경이는 택시 영업소로 전화를 걸고 사무실을 나와서 구내 식당으로 들어갔다. 사무실에 강영감이 있듯이 식당에는 산쨩이라는 어린 소년이 있어서, 그는 이 안에 들어설 때마다 반가운 표정을 짓게 된다. 새로 빨아서 깨끗이 다린 흰 옷을 입은 어린 소년은,

"어유, 최선생님이 어쩐 일이유. 저녁 진지를 식당에서 다 잡수시구."

그의 뒤를 달랑달랑 쫓아오면서 생글거리기 시작한다.

무경이는 구석진 테이블에 앉아서, 눈이 마주친 손님들께 가벼운 인사를 나누는데, 상 머리에 서서 나막신 끝으로 시멘트 바닥을 울리면서 말끄러미 무경이의 눈동자를 지키고 섰던 산쨩은,

"사진 구경 가실려구. 어딘지 맞히리까?"

하고 똥그란 눈을 삼빡거린다.

"사진 구경은 누가 산쨩인 줄 아는 게군."

유쾌로운 얼굴로 백을 식탁에다 놓고 웃어 보이니까,

"오오라, 참, *부민관, 내 참 음악횐 걸 까빡 잊었네."

쉴새없이 핑글핑글 돌아가는 전기 시계를 펀뜻 쳐다보더니,

부민관
일제 강점기에 '시민회관'을 일컫던 말. 지금의 서울시의회 건물.

"늦었수. 어서 가세야지. 무어 잡수실려? 라이스모논 카레하구 하야 시만 남았는데. 빨리 될 걸룬 가케우동."

무경이는 소년의 지껄이는 것이 재미나서,

"그럼 가케우동 하지."

마치 음악회나 가려는 것처럼 대답해 보내는 것이다.

음악회— 참말 음악회의 표를 미리 사서 간직해 두었던 것을 지금서야 생각한다. 까빡 잊었다. 첫날 치였으니까, 벌써 시효도 넘었다.

백에서 속갈피를 뒤적이니까 한편 구석에서 티켓이 나왔다. 일 년에 잘 해야 한 차례씩이나 얻어들을 수 있는 교향악단의 밤이었다. 지금쯤은 차이코프스키의 파테티크가 연주되기 시작하였을 것을. 그는 요즘 며칠 동안 제정신이 어디로 팔려 버렸던 것을 새삼스럽게 생각해 본다. 그러나 기뻤다. 어떤 숭고한 일에 정성을 썼다는 만족이 그의 마음을 느긋하게 어루만져 준다. 음악회 티켓 같은 것, 열 장 스무 장이 무효로 되어 버려도 그는 도무지 아깝지 않다고 생각해 보는 것이다. 음악회라면 하찮은 학생들의 연주회에도 빠지지 않고 쫓아다니던 것을…….

우동이 왔다. 두어 젓가락으로 빨간 국물만 남는 깜찍한 우동 그릇이 오늘처럼 그의 마음에 합당한 때는 없었다. 그는 따끈한 국물을 마시고 식당을 나왔다. 그 길로 삼층을 향하여 올라가는 것이다. 복도를 돌아서 그는 하나의 도어 앞에서 발을 멈춘다.

방 앞에 서면 언제나 감격이 새로워서 가슴이 울렁거린다.

이 년이 되어 온다. 그런데 아직 예심 종결도 나지 않았다. 예심이 종결되기 전에 보석 운동을 하기란 여간 힘든 게 아니었다. 처음은 면회도 할 줄 몰랐다. 변호사를 대고 차츰 이력이 나서, 졸라 보고, 떼를 쓰고, 계교도 꾸며 보고, 갖은 애를 써서 면회도 비교적 잦아졌고, 그러고 두 달 전부터는 보석 운동에 손을 댈 욕심까지 가져 본 것이다. 그러한 정성이 지금 여기에까지 이른 것이다.

핸드백에서 열쇠를 꺼내 잠갔던 문을 여니까, 쌍긋한 꽃의 향기가 몸에 안기는 것 같아서, 그는 그것을 함뿍이 들이마시면서 눈을 감고 한참 동안 문지방에 선 채 움직이지 못했다. 서편 창으로부터 맞은 언덕을 넘어가는 낙조가 푸른 *문장에 비쳐서 은은한 광선이 꽃병이 놓인 나지막한 서가를 비스듬히 비치고 있다. 서가의 두 칸대는 텅 비었으나, 가운데 칸대에는 신간과 새 달의 종합 잡지들이 가지런히 꽂혀 있다. 그 가운데 경제 연보가 두 책. 하얀 바람벽에는 흰 테두리 속에 들은 수채화가 한 폭. 흰 요를 깔아 놓은 침대는 북쪽 바람벽에 붙어서 누워 있고, 침대 머리맡에 전기 스탠드, 그 밑에 철필과 잉크를 놓은 작은 탁자. 양복장과 취사장이 지금 무경이가 서 있는 옆으로 나란히 설비되어 있으나, 물론 그 안에는 아무것도 들어 있지 않았다. 훤하게 유리알이 발린 남쪽 창문을 옆으로 하고 간단한 응접 세트와 사무 탁자. 응접 테이블 위에는 화분이 하나.

무경이는 구두를 벗고 신장을 열어서, 거기에 들어가 있는 새 슬리퍼를 꺼내어 신고 방 안으로 들어선다. 이 커다란 건물 안에서 그중 좋은 방이거나, 제일 큰 방은 아니지만, 조촐하게 독신자가 들 수 있을 남향으로 된 아파트의 한 칸이다. 침대 위에 놓인 옷 보퉁이를 한옆으로 밀어 놓고 그 옆에 털석 걸쳐 앉아서, 그는 벌써 한 주일째나 하루 두세 번씩은 해보곤 하는 마음과 눈의 작은 절차를 오늘도 세 번째나 되풀이해 본다.

무어 부족한 거나 없는가? ― 방 안을 쭉 돌려 살피는 것이다. 옷 보퉁이에는 새 잠옷이 있고, 침대는 이만했으면 쇠약한 몸을 편하게 가로눕힐 만큼은 편안하고, 방 안의 장치도 설비도 만족할 정도는 아니지만 간소한 대로 정성을 다한 것, 오랫동안 새로운 지식에 굶주렸으니 그 동안의 사회 정세의 변동이나 추세나 짐작할 정도의 신간, 경제를 전문하던 터이니 경제 연보의 새것을 두 권, 그리고 복잡한 세계의 분위기나 두루 살피라고 종합 잡지를 사다 꽂았다. 꽃을 한 묶음 화병에 꽂고, 집에서 정성들여 기르던 꽃화분을 하나 탁자에 준비하고……이만했으면 우선 그를 맞아들이기에 시급한 준비는 된 것이라고 그는 거듭 생각하는 것이다. 그는 한참 동안 입술 가에 만족한 웃음을 그리면서 앉아 있다가, 갑자기 생각난 듯이 핸드백을 들고 그 안에서 사나이의 회중시계를 하나 꺼내었다. 커다란 크롬 껍질의 월쌈이 제깍 소리를 울리며 기다란 쇠줄을 끌면서 나타났다. 손에 쥐어 보면 묵직한 것이 믿음성이 있다.

오시형(吳時亨)이가 학생 시대부터 차고 다니던 것이다. 사건의 취조가 끝나고 검사국으로 송치가 된 뒤, 검사 구류기간 열흘이 지나서 드디어 예심으로 회부가 되어 시형이가 영영 *영어의 몸이 되어 버렸을 때, 입고 들어갔던 옷가지와 함께 취하(取下)해 가져온 물건 중의 하나였다. 그때로부터 이 년 가까이, 이 묵직한 회중시계는 주인의 품을 떠나서, 언제나 무경이의 핸드백 속에서 시간의 흐름을 가리키고 있었다. 이 장침과 단침은 대체 몇천 번이나 빤뜩빤뜩한 흰 판을 달리고 돌았는가? 초침이 한초 한초씩 시간을 먹어 들어가는 소리를 물끄러미 듣고 앉았다가 그는 시계를 가만히 제 얼굴에다 부비어 보았다. 차갑다. 그러나 가슴속에선 누르고 참았던 감정이 포근히 끓어 올라서, 이내 그의 볼 편의 체온은 크롬 껍질을 따끈하게 데우고야 만다.

가슴을 복받치는 울렁거리는 혈조를 가라앉히기 위해서 그는 한참이나 낯을 침대에 묻고 가만히 엎디어 보았다.

어머니에게 저희의 관계를 승인시키기에 얼마나 애가 쓰였는가. 집과 인연을 끊듯이 한 시형이의 차입을 대고, 보석 운동을 하느라고 얼마나 발이 닳도록 뛰어다니고, 뼈가 시그러지도록 일을 하였는가. 그 때문에 직업에도 나서 보았다. 재판소, 변호사, 형무소를 통하는 길을 미친년처럼 쫓아도 다녔다.

그는 가슴속으로 맑고도 숭고한 쾌감을 포근히 느껴 보면서 침대에서 낯을 들고 시계를 백에 챙겨 넣은 뒤 방을 나왔다. 내일, 내일 저녁이면, 그러한 정성이 하나의 보답을 받는다……

밖은 벌써 땅거미가 꺼멓게 기어들고 있었다. 아직도 채 식지 않은 공기가 바람에 불리어서 훈훈하게 움직인다. 그러나 땀발이 잡히려던 피부엔 넓은 언덕에서 흔들리는 저녁 바람은 선뜩하였다. 북아현정 쪽의 푸른 주택지를 잠시 바라보고 섰었으나, 오랫동안의 습관으로 거리 위에 나서면 그는 늘 바쁜 사람처럼 종종걸음으로 서두른다. 감영 앞, 종로, 안국동 이렇게 세 군데서나 차를 바꾸어 타는 것도, 어쩐지 분주한 듯이 서둘러 대고 싶은 마음에 합당한 것 같아서, 오늘 저녁의 그에게는 다시 없는 가벼운 흥분으로 즐겁게 느껴지는 것이다. 화동 골목까지 치마폭에서 휘파람 소리가 날 지경으로 활개를 치며 걸어올라간다.

어머니보고도 같이 가시자고 말해 보리라. 처음엔 믿음직 못 하다고 한사코 나무랐으나, 그런 것 때문에 이 년 만에 돌아오는 그를 대견하게 맞아 주지 못할 것이 무엇인가. 인제 누가 뭐래도 장래의 사위가 아닌가. 예식만 갖추면 아들 맞잡이, 단 하나의 어머니의 사위가 아닌가.

어머니도 요즘엔 은근히 기다리고 계셨다. 같이 가시자면 기뻐하실 것이다. 나오는 당자의 기쁨은 말할 것도 없을 게구…….

저의 집 대문을 들어설 땐 콧노래까지 흥얼거리고 있었다.

"엄마 있수?"

하고 응석을 담아서 불러 본다. 꽃화분이 *쭈루니 얹히어진 높직이 층계가 진 선반 옆에 선 채 무경이는 어머니 방을 향하여 불러 보는 것이다. 그러나 대답이 없다. 식모 방에서, 이 집에 들어온 지 겨우 한 달밖에 안 되는 식모가 툇마루로 뛰쳐나오며,

"아이구, 아가씨가 오셨네."

하고 얼굴에 크림이라도 바르고 있었는지, 당황히 옷고춤을 매만지고 섰다.

"마님은 손님이 오셔서 같이 나가셨는데, 인제 늦지 않게 곧 다녀오신다구서…… 그런데 아가씬 웬일이세요?"

"내일 저녁으로 연기야."

하고 대답해 주곤 무경이는 곧바로 제 방문을 열었다.

"대야에 물 좀 떠놔! 그러구 밥 있어?"

식모는 댓돌에서 해진 고무신을 발부리에 꿰면서 뜰로 내려선다.

"네. 그래두 찬이 시언찮으신데…… 아가씬 왜, 저녁, 밖에서 잡수신다구 하시군……."

수도에서 물을 받아서 놋대야를 대청으로 나르고 비눗곽과 수건을 갖다 놓고는 부엌으로 들어간다.

무경이는 낯을 씻었다. 다시 제 방으로 들어가서 볼 편에 크림을 바르고 있는데,

"진짓상 이리루 드릴까요?"

하고 식모가 문지방 밖에서 엿보듯 한다. 안방 어머니 방에서 함께 모여서 먹는 것을 알고 있는 식모는, 밥은 역시 그곳에서 먹는 것을 *정칙으로 생각하고라도 있는 것 같다.

"그래. 내 인제 건너갈게. 어머니 방으루 들여다 놔."

"찬은 머, 굴비허구 장아찌밖엔 없는데 어떡허실까……."
하고 걱정하는 것을,

"그게면 되지, 찬물에 풀어서 한술 들면 될걸 뭐."

분첩으로 볼 편을 두어 번 뚜들기고 무경이는 어머니 방으로 건너가서 상 앞에 주저앉았다. 밥술을 막 들려고 하는데, 길마리 머릿장 밑에 보지 않던 부채가 한 자루 있었다. 무경이는 그것을 잠시 물끄러미 바라다보았다.

"아이, 손님이 부채를 노시구 가셨네."

무경이의 눈길을 따라가 본 식모는, 대청 마루에 엎드리듯이 턱을 받치고 주인 아가씨의 진지 드는 모양을 바라보려다가, 눈에 띈 부채에 대해서 그러한 설명을 들려주었다. 그러나 벌떡 상반신을 일으키더니 부채를 들어서 책상 위에 올려놓고 다시 뜰로 나가 버렸다.

무경이는 술을 든 채 밥그릇으로 손을 옮기진 못하였다. 그는 술을 놓고 일어서서, 지금 식모가 챙겨 놓고 나간 부채를 가져다 펼쳐 보았다. 틀림없는 사나이의 소유물이었다. 곱게 색채를 써서 그린 산수화가 있고, 위하곡 대인청상(爲河谷大仁淸賞)이라고 쓴 밑에 청산(靑山)이란 화가의 낙관이 찍혀 있다. 이것으로 보아, 청산이란 화가가 그림을 그려서 하곡이란 분에게 선물로 보낸 부채라는 것을 알 수 있었다. 이 부채의 임자는 하곡이란 *아호를 가진 분이다. 그리고 어머니는 이 하곡이란 분과 함께 외출하신 것이다— 그런 것을 알 수 있었으나, 무경이는 첫째 하곡이란 분을 알지 못하였다.

'하곡? 하곡.'
하고 입 안으로 두어 번 뇌어 보았으나 그러한 아호와 함께 나타나는 환상은 아무것도 없었다.

'낯도 잘 알고, 이름도 잘 아는 분이면서도, 내가 그이의 호를 모르고 있는지도 모르지.'

그렇게 생각하면서 부채를 다시 책상 위에 놓은 뒤에 밥상 앞으로 돌아왔고,

"많지두 않은 찬에 *어란을 잊었었네."
하고 변명하듯 하면서 가지고 들어온 식모의 손에서 접시도 그대로 묵묵히 받아 놓았으나, 어쩐지 마음은 말끔히 가시지 않았다.

어머니와 같이 나간 손님이 어떻게 생긴 분인가를 식모에게 물어 보려다가 그것도 그만두었다. 그는 잠시 더 멍청하니 상 앞에 앉아 있었으나, 식모에게 눈치채일까 저어하며, 이내 밥통을 열고 물 대접에 밥을 말았다. 그리고는,

"나 혼자 먹을게 나가 있어."
하고 식모도 밖으로 쫓아 버렸다.

마른 반찬에 얼려서 두어 술 떠놓고 그는 다시 방 안을 살펴보지 않을 순 없었다. 장롱과 의걸이, 문갑, 책상, 책상 위의 성경책들, 모두 다 놓았던 자리에 놓여 있다. 그러나 책상 밑을 들여다보았을 때 무경이는 다소 마음이 뜨끔했다. 치렛거리로 놓아

문갑

두던 놋재떨이에 피우다 버린 담배꽁초가 하나 부비어 꽂혀 있기 때문이다. 손님은 담배를 피우는 분이었다는 것을 그것으로 알 수 있었다. 그리고 그것은 결코 대수롭지 않은 발견은 아니었던 것이다. 어머니의 아는 분으로서 담배를 피우는 이는 무경이의 기억 속에는 들어가 앉아 있지 않았다. 이십여 년 동안 예수교 풍속에 젖어 온 분이고, 그 속에서 청상과부를 지켜 온 어머니로서 끽연의 습관을 가진 사내 손님을 가지고 있었을 리 만무하다.

"다 먹었으니까 상 치어."

하고 외치듯 하고는 무경은 제 방으로 돌아와 버렸다.

부채, 하곡, 담배— 이런 것이 함께 엉켜 돌면서 종시 그의 머리를 놓아 주지 않는다. 그리고 이러한 그의 의심은 다시금 얼마 전에 경험한 한 가지 사건을 그의 머릿속에 불러내는 것이었다.

달포 전의 일이었다. 화창한 초여름의 공일날, 벌써 몇 해째의 습관에 따라 무경이는 오랜만에 만나는 휴일을 집에서 책을 읽었고, 어머니만 예배당에 가신다고 집을 나갔었다. 오정이 좀 넘으면 으레 예배당에서 돌아오셨으므로, 그는 돌아오시는 어머니와 함께 점심을 먹고, 잠시 *본정이라도 다녀오려고 그 시간이 되기를 기다리고 있었다. 그러나 어머니는 어쩐 셈이신지 한 시가 되어도 돌아오지 않았다. 강설이 길어져서 예배시간이 오래 되는 것이라고 얼마를 더 기다렸으나 두시가 되어도 종내 돌아오지 않았다. 그래서 무경이는 혼자서 점심을 먹고 집을 나왔다. 안국동 네거리를 거진 나왔는데, 예배당 전도 부인을 길에서 만났다.

"오래간만이올시다."

하고 이 근년에 신통치 않아진 '타락된 교인'은, 목사나 전도 부인을

본정
일제 강점기에 '충무로'를 일컫던 말.

만나면 다소 면구스러워져서 그다지 기다란 인사를 늘어놓지 않는 습
관이 있었다. 그러면 도회인답게 경우가 빠른 목사나 전도 부인도 이
내 무경이의 태도를 눈치채고, 그 이상의 긴 수작을 늘어놓으려고 하
지 않았었으나, 오늘만큼은 간단히 인사를 마치고 돌아서는데,

"어머님이 예배당엘 안 오셨게 무슨, 몸이래두 편치 않으신가 해서,
난 있다 저녁녘에 잠시 들러 보려던 참인데……."
하고 무경이를 붙들어 세우려 들었다.

"아뇨, 별일 없으신데, 그리구 어머닌 예배당에 가신다구 오전에 나
가셔서 여태 안 들어오셨는데요."

그러나 그 이상 이야기를 연장시키고 싶지 않아서,

"아마 도중에서 누굴 만나셔서 예배당에두 못 들르시구 어디 급한
일이 있어 그리루 가신 게구면요."
하고 간단히 처치해 버렸다. 그리니까 전도 부인도,

"글쎄 그러신 게구면."
하고 가버렸다.

초여름의 태양이 쨍쨍하고 유쾌해서 전차도 안 타
고 본정까지 걸어가면서도 무경이는 그것에 관해서
별로 깊은 생각은 품어 보려 하지 않았다. 그래서 볼
일을 보고 그는 두어 시간 만에 다시 집으로 돌아왔
다. 어머니는 그때에도 돌아와 있지 않았다. 참말 무

일제 강점기에 다니던
전차의 모습

슨 일이라도 생겼는가 해서 궁금했으나, 어머니는 해가 질 녘에야 낯
이 좀 발그레하니 끄슨 것처럼 되어서 총총한 발걸음으로 돌아왔다.

"가정 *심방에 같이 따라나섰다가 진력이 났다."
하고 묻기도 전에 어머니는 변명한다. 무경이는 깜짝 놀라 어머니의

경영 475

낯을 건너다보지 않을 순 없었다. 가정 심방? 예배당에도 안 가셨던 분이 전도 부인과 목사와 함께 가정 심방이라니 어떻게 하시는 말씀일까? 어머니는 그때 옷을 벗어서 옷장 안에 들여 걸고 있었으므로 다행히 딸의 변해진 눈초리와 놀란 표정을 눈치채진 못하였으나, 무경이는 한참 동안 마루 위에서 움직이지 못하고 굳어진 조각처럼 서 있었다. 다시 어머니가 마루로 나오면서,

"난 김장로 댁에서 저녁을 먹었는데 너희들이나 어서 먹어라. 그리구 애, 나 물 좀 다우."

하고 서둘러 댈 때엔 무경이는 낯을 돌리고 딴 쪽을 향하여 일부러 어머니의 얼굴을 피하였다. 어머니의 하는 말이 지어낸 공연한 거짓인 걸 아는 바엔, 당황하고 부끄러운 마음을 감추려고 벙뗑하니 서둘러 대는 어머니의 표정을 정면으로 추궁하기가 겸연쩍은 것이다.

어머니는 어디를 갔었기에 이렇게 나를 속이시는 것일까— 따져 보면 아무렇지도 않은 일일 것 같으면서도, 홀어머니의 자식으로서 믿고, 의지하고, 응석을 부려 오던 어머니인만큼, 자기를 속였다는 그것 한 가지 사실만으로 그는 한없이 쓸쓸하고 슬퍼지는 것을 느끼게 되는 것이었다. 물론 그 뒤엔 그것을 깊이 기억하고 있지도 않았었지만, 그 때로부터 달포나 지내었을까 한 지금, 추측할 수 없는 사내 손님이 어머니와 같이 외출을 하였다는 사실에 부딪치면, 민첩한 처녀의 예감은 벌써 어떤 길하지 못한 사태에 대하여 생각의 촉수를 뻗어 보게 되는 것이다.

무경이는 제 방에 와서도 일손이 잡히질 않아서 멍청하니 책상 머리에 쭈그리고 앉아 있었다. 어젯밤처럼, 세상에 나올 오시형이를 생각하면서 즐거운 환상을 향락하고 있을 마음의 여유도 생겨나지 않는다.

상상력이 뻗을 수 있는 턱까지 공상을 거듭하면서 사정의 이면으로 파고들려 애써 보나, 엉크러진 생각이 붙드는 결론은 언제나 그의 마음을 쓸쓸한 구렁텅이로 떨어뜨리고 만다. 그럴 때마다 그는 다투기나 하듯이 머리를 흔들었다. 설마 어머니가…… 그럴 리는 없다. 나 하나를 믿고 청춘을 짓밟아 버린 어머니가 아닌가. 모든 잡념을 떨어 버리고 유혹의 손을 물리쳐 버리기 위해서, 젊은 감정과 정서를 송두리째 뜯어서 파묻어 버리기 위해서 살림에 군색하지는 않은 처지면서 스스로 원하여 병자를 다루는 직업 가운데 자기의 위치를 선택하였던 어머니가 아니었던가. 스물다섯의, 서른의, 서른다섯의, 어려운 고비를 성스럽게 넘기고 사십의 고개를 이미 넘어 버린 어머니가 설마 그럴 리야 있는가.

제 생각을 채찍질하고 제 마음에 모욕을 주면서 어머니가 돌아오는 것을 기다렸으나, 열한 시가 가까워서 어머니의 발자국 소리가 대문 밖에 들릴 때엔, 그는 기계적으로 전기 스탠드의 줄을 낚아서 불을 끄고 캄캄한 방 속에 숨어서 어머니의 얼굴과 마주 대하기를 스스로 피하여 버렸다. 식모가 어머니에게, 그가 일찍이 돌아오게 된 사연을 아뢰는 것을 귓결에 들으면서도, 그는 귀를 틀어막듯이 하고 방바닥에 엎드려서 숨을 죽이고 어깻죽지를 가느다랗게 떨고 있었다.

2

어디까지나 어디까지나 끝이 없이 뻗어 나간 것 같은 붉은 벽돌의 높직한 담장에 위압을 느끼듯 하면서, 불광이 흐릿한 굳이 닫힌 출입구 앞에서, 최무경이는 벌써 한 시간 동안이나 왔다갔다하고 있었다. 너무 일찍이 찾아왔었다. 그러나 다른 데서, 언제라고 꼭 작정이 없는 시간이 오기를 멍청하니 보내고 있을 수는 없어서, 그는 해가 그믈그믈할 때 아파트의 구내 식당에서 간단한 저녁을 먹고는 곧 영천행의 전차를 잡아타고 예까지 쫓아와서, 이렇게 혼자서 문이 열리기를 기다리고 있는 것이다. 사람의 내왕도 드문 언덕이었으나, 그가 와서 기다리고 있는 한 시간 남짓한 동안엔, 오늘 검사국에서 간단한 취조를 마치고 새로이 이곳에 입소하는 피의자의 패거리와, 공판정이나 예심정에 취조를 받으러 나갔던 피고들을 태운 자동차가, 두세 차례나 이 커다란 문을 드나들었고, 낮일을 여태까지 보고 늦게야 집으로 돌아가는 간수들도 작은 문을 열고는 안으로부터 꾸부정하니 허리를 꾸부리고 불쑥 양복 입은 몸뚱어리를 나타내곤 하였다. 이럴 때마다 문 열고 닫는 소리는 깜짝깜짝 무경의 신경을 때리고 가슴을 울렁거리게 하는 것이었다. 이 년 가까이 차입을 하느라고 드나든 관계로 그 중에는 안면이나 어렴풋이 있는 간수도 있었으나, 문 밖에서 만나면 그들은 언제나 처음 보는 사람들처럼 무표정한 얼굴로 그를 지나치곤 하였다.

밖으로부터 들어갈 사람이 다 끝났으니까, 인제 안으로부터 석방되는 사람이 나올 시간도 되었을 게다, 혹시 오시형이를 석방하라는 검사와 예심판사의 영장을 아까 재판소에서 돌아오던 간수 부장의 커다란 가방이 가지고 들어간 것이나 아닌가, 지금쯤은 오랫동안 친숙해진 *미결감의 한 방에서 영장을 받아 들고 밖으로 나올 준비에 바쁘고 있는 것이나 아닌가— 이런 공상에 취하였다가, 덜카당 하고 문에서 쇠여는 소리가 나면 그는 깜짝 놀라서 그편으로 쫓아가 보곤 하였으나 그때마다 문으로 나타나는 것은, 간수거나 사식집 사환아이거나, 그런

미결감(未決監)
미결수를 가두어 두는 감방.

사람들이어서 그는 번번이 속아 떨어지지 않으면 안 되는 것이었다.

아홉 시가 넘어서 한참이 되니까 부탁하였던 자동차도 왔다. 자동차가 세가 나는 요즘 같은 때에 오랜 시간을 기다리게 하는 것이 미안해서 그는 자동차에서 내려서,

"아직 시간이 멀었습니까?"

하는 운전사에게로 가까이 가며,

"인제 얼추 시간이 되었을 거야요. 미터를 돌려서 시간을 계산해 주세요. 바쁘신데 자꾸 무리를 여쭈어서 죄송합니다. 그러나 머 딱히 정한 시간이 아니니까 따로 도리가 있어야죠. 대개 아홉 시 가량이면 나올 수 있다니까 인제 얼마 기다리지 않을 거예요."

자꾸만 시계를 불에다 비추어 보면서 운전사에게 미안의 변명을 늘어놓아 보는 것이었다. 아파트에서 특약하고 쓰는 곳이어서 안면이 있는 운전사는 아무 대꾸도 하지 않고 다시 운전대에 올라가선 카드를 들고 연필로 무엇을 끄적거려 보고 앉았다. 미터의 시계가 짤각거리다가 딸깍 하고 십 전씩 넘어서는 소리가 조용한 가운데서 무경이의 초조한 신경을 자극하고 있었다. 그러나 십 분이 넘고 이십 분이 되어도 아무러한 소식이 없었다. 이러다가 오늘도 또 헛물을 켜는 것이나 아닌가— 그렇게 생각하면 꼭 그럴 것만 같이 생각되어 그는 더욱더 초조하게 바지바지 타는 심정을 누를 길이 없었으나, 누구에게 물어 볼 수도 없고, 저만큼 전찻길 있는 데까지 뛰어내려가서 변호사한테 다시 전화를 걸어 보고 싶은 조바심까지 생겨나는 것을 인내성 있게 안타까이 참아 보고 있는 것이다.

그러고 있는데 아래쪽에서 어떤 양복 입은 신사가 하나 휘우청휘우청 올라오고 있었다. *맥고자를 벗어 들고 조끼

맥고자

맥고모자. 밀짚이나 보릿짚으로 만들어 여름에 쓰는 모자. 위가 높고 둥글며 갓양태가 크다.

입지 않은 가슴을 부채질하면서 자동차의 옆을 지나다가 가벼운 양장으로 몸을 꾸민 무경이를 발견한즉, 그곳으로 가까이 오면서,

"당신 누구요?"

하고 퉁명스럽게 물었다. 미처 대답할 말이 없어서 멍청하니 서 있으려니,

"당신 이름이 무언가 말요?"

하고 신사는 다시 제 물음을 설명하였다.

"최무경이에요."

"최무경? 누구 나오는 걸 기다리구 있소?"

"네, 오시형이란 사람이 *보석으로 나온다구 마중 왔습니다."

신사는 수첩을 꺼내 들고 불빛 밑으로 무경이를 오라고 하였다.

"나는 서대문 경찰서 고등계에 있는 사람인데 성함이 누구라구 했지요?"

그리고는 무경이가 말하는 대로를 수첩에다 옮겨서 썼다.

"주소는 화동정…… ×십오 번지."

그렇게 나직이 흥얼거리다가,

"오시형이가 당신의 무엇이 됩니까?"

하고 말한다. 무경이는 돌연한 물음에 잠시 말문이 막힐 듯이 되었으나 이내,

"약혼한 사람입니다."

하고 대답한다. 그러니까 형사는 한참 묵묵히 붓방아를 찧고 있다가,

"나이엔노쓰마(내연의 처)와는 그럼 다른 셈이죠?"

하고 묻더니, 대답도 별로 기다리지 않고 무어라고 수첩에 기록하고 있었으나,

“연령은요?”

하고 또다시 질문을 던졌다.

“스물넷입니다.”

“그럼, 오시형이가 나오면 이 주소에 있게 되는가요?”

빠끔히 무경이의 낯을 건너다본다.

“아니올시다. *죽첨정에 있는 야마도 아파트 삼층 삼백이십삼호실에 있게 되겠습니다. 바루 경찰서에서 마주 바라다뵈이는……."

그러나 형사는 연필을 든 채 머리를 끼우뚱하고 있다가 다시 무경이를 쳐다본다. 어째서 거처할 곳이 그리로 되는가를 채 이해하기 곤란하다는 표정이었다. 그래서 무경이는,

“아직 예식을 올리지 않았다구 조선 풍속에 따라 그때까지 아파트에 드는 겁니다.”

하고 설명을 첨부하였다.

“그럼, 이 아파트에는 아무도 같이 있지 않는 거지요?”

“네.”

“그럼 좀 곤란한데요. 이렇게 되면 당신이 책임 있는 신원의 책임자가 되기가 힘들게 됩니다. 물론 자기가 저지른 사건에 대해서 *개전(改悛)의 빛이 확실히 나타났으니까 재판소에서도 보석 같은 걸 허가한다고 생각합니다만, 일단 형무소 밖으로 나오면 책임은 그 시각부터 경찰에게로 옮겨지는 거니까요. 만약에 행방이라도 자세하지 않아지는 경우가 생기면 큰일이 아니어요? 똑똑한 인수자가 없으면 경찰서에서 당분간 신원을 보호해 줘야 합니다. 주소가 다른 당신을 믿고 미가라(신병)를 석방하기는 힘들지 않습니까. 형식상으로라두……."

“제가 낮에는 거기서 사무를 보고 있습니다.”

하고 무경이는 다시금 생기는 난관을 넘어서려고 열심한 태도로 말해
본다.

“그런 게야 무슨 조건이 될 수 있습니까?”
하고 미소를 띄우더니 잠시, 어떻게 하나? 하는 자세로 머리를 끼우뚱
하고 생각한다.

“모처럼 재판소에서 허락해서 세상에 나오는 분이고, 또 몸도 몸이
려니와 그만큼 판사나 검사도 인격을 신용하고 석방하는 것이니까, 나
오는 날로 불쾌스럽게 다시 유치장 잠을 재운다든가 해서야 피차에 유
쾌하지 못한 일이 아닙니까? 그러니까 이건 법칙상 위법이지만 내일
안으로 아파트의 책임자라든가, 누구, 한 주소에 사는 분을 보증인으
로 정해서 알려 주시오. 그렇게 한다면 오늘 밤으로 최선생을 신용하
고 그대로 데려 내다가 맡겨 버릴 터이니까요. 내일 아침에 보고서를
작성해서 주임께 바쳐야 하니까 그 전에 알려 주십쇼.”

“아이, 고맙습니다. 내일 아침에 말씀하시는 대로 하겠습니다.”
하고 마치 이 형사가 오시형이를 석방해 주는 권리를 가진 거나처럼
무경이는 그에게 대하여 감사의 마음을 표하여 보였다.

“그럼, 잠깐 동안 기다리십쇼. 대개 준비하고 있을 테니까 인제 들어
가서 곧 데리고 나오죠.”
하고 수첩을 접어 넣고 문 있는 대로 걸어가는 뒤에서, 무경이는 다시
공손히 머리를 수그리었다.

형사는 문지기 간수에게 안내를 구하고, 문이 열려서 이내 안으로
사라졌다.

“인제 곧 나온답니다. 경찰서에서 오질 않아서 이렇게 늦었던가 봐
요. 너무 기다리게 해서 미안합니다.”

무경이는 다시 운전수에게로 와서 사례의 말을 건네었다.

이러구러 한 십여 분이 지난 뒤에 형사와 함께 양손에 짐을 들고서 휘뚤거리며 시형이가 문 밖에 나타났다. 짐이 많아서 문 안에 섰던 간수가 몇 차례씩 내보내 주는 것을 시형이는 허리를 꾸부리고 받아서 옮겨 놓고 있다. 무경이와 운전사는 그편으로 쫓아갔다. 운전사는 무거운 책 꾸러미를 양손에 들고 그것을 자동차로 날랐으나, 무경이는 손으로 짐을 거들 생각도 미처 못 하고 그곳에 서 있는 오시형이를 잠시 멍청하니 바라보고 있다. 시형이도 흐릿한 불광 밑으로 잠시 무경이를 건너다보았으나, 이내 형사를 향하여,

"그럼, 그렇게 하죠."

하고 말하였다. 그러니까 형사는,

"최선생, 틀림없도록 해주시오. 난 그럼 여기서 갑니다."

하고 무경이 쪽만 바라보며 맥고자를 잠깐 들었다 놓고 그곳으로부터 언덕 밑을 향하여 사라져 없어졌다.

짐을 차에다 옮겨 싣고 두 사람은 나란히 자리에 앉았다. 시형이는 흥분을 고즈넉이 숨기고 가만히,

"아, 저 불 봐라!"

하고만 말하였다. 차가 움직이었다. 무경이도 무슨 말을 건네야 할지 몰라서 덤덤한 채 앉았다가,

"불이 그렇게 신기해요?"

하고 웃는 표정으로 시형을 쳐다본다. 사내는 눈을 떨어뜨려 옆에 앉은 애인의 눈길을 받아서 비로소 오래간만에 그의 얼굴을 자세히 바라보았으나,

"그럼."

하고 대답하곤, 이내 낯을 돌리고, 이어서 궁둥이께를 음칠거리면서 자리를 도사리고 창 밖에 지나치는 거리의 풍경을 물끄러미 내다보고 있다.

무경이는 나직이 숨을 짚으며 앞을 바라본다. 왼편 옆구리에는 안에서 보던 책들이 어깨에 닿도록 쌓여 있다. 창고에서 풍기는 냄새가 옷보퉁이와 책과, 그리고 시형이의 몸에서까지 흘러나오는 것 같았다. 흥분이 가슴속으로 가라앉고 안심과 만족이 포근히 떠오르는 것을 그는 향락하듯이 느끼고 있다. 이윽고 차는 커다란 아파트의 앞에 와서 멎었다.

강영감이 자지 않고 기다리고 있다가 차 소리를 듣고 나와서 짐을 옮겨 주었다. 그러나 승강기도 없는 수면 시간에, 짐을 삼층까지 끌어

올리는 것은 여간만 거추장스러운 일이 아니어서 그들은 강영감의 생
각대로 짐을 일단 사무실로 들여놓았다가 내일 아침에 끌어올리기로
하였다.

자동차가 돌아간 뒤에 무경이는 오시형이를 강영감에게 소개하고,
그를 삼층 아파트의 한 칸으로 안내하였다. 오래간만에 걷는 걸음이라
고, 생각처럼은 쇠약한 것 같지 않았으나, 후뚤거리는 다리가 못 미더
워 무경이는 시형이에게 높직한 층층계를 올라가는 동안 자기의 어깨
와 팔을 빌려 주었다. 삼층의 마지막 계단을 돌아 올라가면서,

*"제칠천국 같으네."

하고 무경이가 웃는 것을, 시형이는 그저 벌씬하니 감회가 깊은 미소
로 대하였고, 복도를 돌아서 어떤 방 앞에 마주섰을 때, 잠시 동안 쭈
루루니 나란히 하여 있는 문들로 하여 지금 다녀 나온 구치감을 연상
하는 듯하다가,

"가만, 내 문을 열게."

사내의 어깨 밑에서 빠져나와서 쇠를 열고 잠갔던 문을 젖혔을 땐,

"이런 좋은 방을 다 준비했어."

하고 판장문의 핸들께를 한 손으로 붙들고 의지하듯이 서 있었다.

"인제 불을 켤게요."

무경이는 가볍게 뛰어들어가서 바람벽에 설비된 스위치를 켰다. 천
장에서 드리운 불과 침대 옆 작은 탁자 위에 놓인 스탠드의 불이 일시
에 켜져서 크지 않은 방 안은 구석구석까지 대번에 시형이의 두 눈 속
에 들어왔다.

시형이는 잠시 동안 방 안과 방 안에 장식된 도구를 물끄러미 바라
다보다가, 제 발을 굽어보며,

제칠천국
일제 강점기에, '전당
포'를 이르던 말.

“이 년 전에 벗어 놓은 구두를 맨발에 신었더니 발에 곰팽이가 묻었는 걸.”

하고 쪼그라진 구두 속에서 발을 뽑았다.

“가만 계세요. 내 걸레 갖다 드릴게.”

먼저 방 안에 들어가서 문을 활짝 열어 놓고 시형이가 들어오는 것을 기다리고 있던 무경이는 취사장께로 가서 낡은 타월에 물을 축여 들고 와서 발을 닦아 주었다.

그리고는 신장에서 슬리퍼를 내놓고,

“이걸 신구…….”

모시 적삼에 베 고의를 입은 사내를 이끌듯이 해서 침대에다 앉히면서,

“어때요? 비둘기장처럼 또 좁은 방으로 모시는 건 안됐지만 무경이가 한 주일이나 걸려서 준비한 거래누.”

하고 응석을 섞어서 제 두 손을 사내의 무릎 위에 얹는 것이다. 오시형이는 무릎 위에 놓인 손을 잡아서 만지면서,

“무경 씨껜 너무 수골 시키구 욕을 뵈서 어떡허나.”

하고 나직이 감격을 넣어서 말하였다.

“별소릴 다아.”

그렇게 말하면서, 그때에 사내가 힘있게 쥐어 주는 손을 저도 꼭 쥐어 보고는, 두 손을 쏙 뽑아서 호들갑스럽게 두어 발자국 물러나선,

“내가 뭐, 그런 소릴 듣겠다누.”

하고 일부러 샐쭉해 보인다. 그러나 그의 얼굴에 떠오른 칭찬에 대한 만족한 자긍은, 무엇을 쫓아가다가 놓쳐 버린 때처럼 손 둘 곳을 모르고 멍청하니 쳐다보고 있는 젊은 사내의 눈에는 적지 않이 교태를 띤

것으로 느껴졌다. 시형이는 아무 말도 입 밖에 내지 못하고 가슴속으론 우심한 갈증을 의식하면서 무경이의 눈만 쳐다보고 있었다. 눈을 바라보던 시형이의 눈이 입술로, 그리고 턱밑으로 떨어져서 가슴패기로 이동할 때, 무경이는 영리하게 사내의 마음을 낚아채듯이 발딱 몸을 옮겨서 방 가운데 놓은 탁자 뒤로 돌아가며,

"이게 무슨 꽃인지 아시죠? 제가 봄부터 여름내나 손수 길른 거예요."

코를 꽃 속으로 묻고 발름발름 향기를 맡듯 하다가, 시형이가 나직이 한숨을 짚은 뒤,

"수국이지, 내가 그걸 모를라구."

하고 대답하였을 때, 다시 낯을 들면서,

"아이, 수국을 다 아시네. 상당하신데."

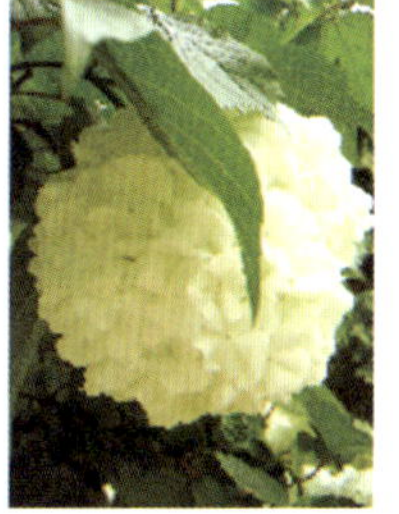

수국

사내가 픽 하고 웃으면서,

"그럼, 그것두 모를라구. 빨간 잉크를 부으면 빨개지구 푸른 물감을 쏟으면 파래지구 한다는 걸……."

하고 침상에 앉은 채로 말을 받을 때엔,

"아아주, 그런 식물학도 경제학에 있는감!"

무경이는 기쁨이 온몸을 붙든 때처럼 다시 책상 옆으로 가면서,

"이 테이블에선 편지 쓰구 공부하구, 저기선 세수하구 양치하구, 또 저기에단 책을 쭈루루니 꽂아 놓구……."

양복장 있는 데로 가서는 잠옷 한 벌을 꺼내서 침상 위에 놓는다.

"웬 돈이 있어 이렇게 호사를 하구 치레를 했어."

시형이는 무경이의 애정에 대하여 감격하는 기쁜 마음을 그러한 핀잔으로 표현하고 싶었다. 그것이 더 무경이의 마음에 드는지,

"피."

하고 그는 침대에 앉으면서,

"아아주 주인인 체하시네. 허긴 인제 주인이지 머. 어머니도 금년부턴 진심으로 허락하셨으니까…… 인제 또 평양댁의 허락이 있어야지만……."

또다시 시무룩해지다가 시형이의 왼팔이 제 어깨에 감기니까,

"평양댁에서두 잘 말하면 허락하실 테지. 그렇죠?"
하고 낯을 들어 사내의 얼굴을 쳐다보았다.

"글쎄, 그 안에 있는 동안 아직 아버지 친필룬 한 번두 편지가 온 일이 없었구, 또 무언가 그전 그러던 약혼 이야기도 그러허고 있는 모양이니깐…… 그러나 그런 게 무슨 소용이 있수. 나를 그 속에 있는 동안 물질적으로나 정신적으로나 먹여 살린 게 무경 씨구, 또 그 속에서 이렇게 나를 내온 게 우리 무경인데……."

시형이는 감격조로 말하였다. 그리고 안았던 팔을 그대로 꽉 디리싸면서 뜨거운 입김을 무경이의 얼굴에 퍼부었다. 오랫동안 기다렸던 감격 속에 휩쓸리듯이 취하여 버리면서도, 무경이는 사내에게 입술만을 주고는 꽉 붙드는 두 팔뚝의 억센 포옹에서 빠져 나왔다.

감정과 정서에 주리었던 사내는 미칠 듯한 어조로,

"왜? 왜 도망해? 내가 미덥지가 못해서 그리우?"
하고 침상에서 쫓아 일어났다. 무경이는 시형이의 감정과 신경의 상태에 깜짝 놀라면서, 그러나 열심스러운 낯으로,

"일어나지 마세요. 일어나면 전 가겠어요. 다시 거기 앉으세요."
하고 명령하듯 외친다. 이러한 기세에 질리어서 사내는 주춤하니 선 채 잠시 동안 자신의 마음을 돌아보는 태도였다. 시형이는 다시 침상에 걸터앉는다. 흥분된 제 가슴의 불길을 끄려는지 낯을 슬며시 외면

한다.

무경이는 시형의 낯에 수치심의 색조가 떠오르는 것까지 보고는 그 이상 더 사내의 태도를 지키고 앉았을 수가 없어서 창문께로 몸을 피하였다. 그의 가슴도 달락거리는 소리가 들리리만큼 한없이 뛰고 있었다. 맞은편 캄캄한 언덕의 주택지에는 불빛이 빤짝거린다. 하늘에도 까만 호라이즌 위에 뿌려 놓은 듯한 별들. 마포로 가는 작은 전차가 레일을 째면서 언덕을 기어올라가는 것이 굽어 보인다. 산뜻한 밤공기에 낯을 쏘이면서 천천히 가슴의 *동계를 세어 본다.

역시 그렇게 하는 것이 온당하다. 건강도 건강이려니와, 결혼식까지는 무슨 일이 있어도 우리는 이 이상 감정의 닻줄을 늦춰서는 아니 된다.

어느새에 땀이 났었는지, 블라우스의 속갈피를 스치는 바람에 등이 차갑다. 어떤 가볍지 않은 의무를 단행한 때처럼 그는 달콤한 자위 속에 안겨서 언제까지나 언제까지나 이렇게 높은 삼층의 들창으로부터 하늘과 길과 언덕을 바라보고 싶은 심리였다. 그런데 등뒤에서,

"몇 시나 되었을까. 이 년 동안이나 시간을 모르구 지냈는데 밖에 나오니까 어느새 시간이 알구 싶어지는군그래."
하는 느직느직한 오시형이의 소리. 깜짝 놀라듯이 제정신을 차리며 무경이는 몸을 돌렸다. 시형이의 다정스런 미소.

무경이는 금시에 두 눈을 반짝거리며 핸드백이 놓인 테이블로 쫓아간다. 백을 들고 와선 시형이의 앞에 마주서며,

"내, 무어 드릴려는지 아세요?"
하고 입술과 눈이 함께 생글생글 웃으려는 걸 꼭 참고 있다.

"거, 알 수 있나."

하고 능청맞게 대답하니까,

"피, 것두 몰라."

그리고는 백을 열고 크롬 껍질의 묵직한 회중시계를 꺼내서 기다란
쇠사슬의 한끝을 쥐고 대룽대룽 쳐들어 보이고,

"이거! 이걸 제가 이 년 동안이나 갖구
다녔에요."

침판을 들여다보고는,

"아유, 열한 시 반, 이렇게

늦었어!"

그러나 시형이는, 학생시대부터 졸업한 뒤 여기, 증권회사 조사부에
취직한 후에까지 언제나 몸에 붙이고 다녀서, 그것을 꺼내 볼 적마다,

"아유, 무겁지도 않은감!"

하고 무경이가 놀려먹던 것을 생각하고, 지금 소리를 내어 유쾌하게

웃고 있었다. 이윽고 무경이가 두 발을 모두고,

"그 동안 덕택에 지각도 안 하고 착한 사람이 되었습니다. 인제 관리인으로부터 소유자에게."

시계를 두 손으로 치켜들고 꾸뻑 인사를 한다. 시형이가 건네주는 물건을 기쁜 웃음과 함께 받으니까,

"보관료는 톡톡히 내셔야 해요."

하고 또다시 웃음조로 다짐을 받고, 핸드백을 챙긴 뒤에 갈 차비를 차렸다.

"내일 아침 일르게 들를 게요. 허긴 시계가 없어져서 지각할런지두 모르지만…… 이내 불 끄구 푸욱 쉬이세요."

그러나 시형이는 시계를 놓고 뒤따라 일어섰다. 잊어버린 것을 채근하려는 듯한 성급한 표정이다. 구두를 신고 섰는 무경이의 곁으로 쫓아올 때, 무경이는 그러나 그러한 것에는 일부러 신경이 미치지 못하는 척, 이내 도어를 열고 복도로 빠져나오면서 손가락을 제 입술에 대어 키스를 건넬 뿐, 이미 가라앉은 두 사람의 가슴에 다시금 불을 지르려 하진 않았다.

조용해진 아파트를 나와서 안전지대 위에 섰다. 전차를 기다리며, 삼층, 오시형이가 들어 있는 방을 쳐다보니 불이 꺼졌었다. 무경이는 안심한 마음을 품고 돌아갈 수가 있을 것 같았다.

아침 일찍이 짐을 올려다가 방을 정돈해 주고, 의사를 불러다가 건강 진단을 시키고, 어머니와도 정식으로 대면시키는 기회를 만들고, 옳지, 신원 보증인으로 아파트의 주인을 교섭해서 경찰서로 알릴 일이 무엇보다도 바쁘고…….

안국동에서 전차를 버리고 그는 그러한 생각에 잠겨서 집을 향하여

걸었다. 길에는 사람의 내왕조차 드물다. 그는 집이 가까운 것을 느낀 뒤에야 비로소 젊은 여자가 거리를 걷는 시간으로선 지나치게 늦은 시각인 걸 생각하고 걸음을 재게 놀리며 골목 어귀를 휙 돌았다. 그때에 어떤 신사와 마주칠 뻔하고, 그는 깜짝 놀라 비켜 섰다. 노타이 셔츠에 회색 양복을 입고 *파나마를 쓴 뚱뚱한 신사— 그는 잠시 손을 모자 차양에다 대고 실례의 인사를 표하고는 무경이의 옆을 돌아 큰 거리로 걸어나갔다. 그러나 무경이는 움직이지 못하고 한참 동안 그 자리에 서서, 신사가 섰던 곳에 신사의 환영을 붙들어 세워 놓고, 가슴이 받는 충격을 가라앉히기에 애를 쓰는 것이다.

골목 안에는 물론 저희 집만이 있는 것은 아니었다. 스무남은 집이나 남아 쭈르루니 문패가 달려 있다. 지금 골목을 나간 신사가 어느 집 대문으로부터 나온 사람인지, 혹시 집을 찾으러 골목 안에 들어왔다가 헛물을 켜고 돌아가는 사람인지, 그것은 모두 무경에게는 알 수 없는 일인지 모른다. 그러나 무경이는 첫눈에 그 신사가 자기 집 대문에서 나오지 않았는가 하는 착각을 받았고, 그리고 지금 그 신사는 하곡이라는 아호를 가진 부채의 주인공은 아니었을까, 하는 엉뚱한 생각에 붙들려 있는 것이다.

무경이의 가슴은 다시 무거운 압력 속에서 불쾌스런 동계를 시작하였다. 대문이 저만큼 보인다. 문은 닫혀 있고, 문 등은 띠꾼하게 요강덩이처럼 달려 있고…… 언제나 즐거움을 가지고 드나들던 이 대문이 어쩐지 께름칙하게 느껴져서 견딜 수 없다. 그러나 그는 그쪽을 향하여 걷지 않을 순 없었다.

대문을 미니까 달랑달랑 하는 종소리를 내면서 제대로 열리었다. 식모가 나왔다. 자던 눈이다.

"아가씨, 지금 오세요?"

무경이는 대답지 않고 대청으로 올라서서 어머니 방을 건너다보았다. 자리에 누웠다가 일어난다. 아무 구석을 맡아 보아도 사람이 다녀나간 기척이 없어서 그는 비로소 의심에 붙들렸던 가슴을 가라앉힌다. 그러나 제가 쓸데없는 억측에 붙들렸던 만큼 제 마음에 대하여 염증과 혐오감이 따르는 것은 어떻게 할 수도 없었다.

"지금 오니?"

하고 어머니는 푸른 등을 끄고 촉수가 강한 전등으로 실내를 밝힌다.

"네."

나직이 무경이는 대답할 뿐. 그러나 대청 한복판에 유쾌하지 못한 *심화를 품고 서 있는 채 그는 움직이지 못한다.

"그래, 오늘은 나왔니?"

"네."

"응, 참 잘됐다. 그래 얼굴이 과히 못 되진 않었든?"

어머니는 자리에서 몸을 일으킨다. 잠옷도 입지 않고 알따란 속옷만 입었다. 무경이는 머리가 헝클어진 어머니의 살을 처음으로 보기나 한 듯이, 안방으로부터 눈을 돌리고 캄캄한 제 방으로 뛰어들어갔다. 어머니가 또다시 무엇이라고 묻는 소리가 들려 왔으나, 캄캄한 암흑 속에 떠오르는 것은, 여자로서의 살의 냄새를 잃지 않은 *군살〔贅肉〕이 목과, 배와, 허벅다리에 알맞게 오르기 시작하는, 어머니의 육체뿐, 만복한 식욕이 지방이 많은 음식물을 대했을 때처럼, *늑지한 군침이 입 안에 돌고 비위가 불쑥 목구멍을 치밀어오르는 것을 무경이는 참을 수가 없었다.

3

이르게 나온다고 약속은 하였지만, 이러구러 집을 나온 것은 여느 때나 다름없는 오전 아홉 시였다. 세탁해 두었던 시형이의 여름 양복과 내의를 싸서 구두약과 함께 옆구리에 끼고 아파트에 이른 것은 반 시간이 넘어서였다. 잠시 사무실에 들렀다가 시형이의 방으로 올라가 보니, 그는 잠옷 바람으로 강영감이 급사와 함께 날라다 준 것이라고 책을 풀어서 서가에 꽂고 있었다.

"제가 차입하지 않은 것두 많은가 보오."

하고 무경이는 그의 뒤에 가서 본다.

"어머니가 가끔 부쳐 준 걸루 그 안에서 구입해 보았으니까……."

그리고는, 마침 농이를 풀다가 맨 위에 놓여 있는 작은 *암파문고를 툭툭 먼지를 털어서 보이며,

"그 안에서 읽은 것 중 내가 가장 감격한 책이 이게요."

하고 허리를 폈다. 무경이는 아무 말도 아니하고 책을 받아 들었으나,

"아침을 잡수서야지. 그리구 내의하구 양복을 가져왔으니까 이걸로 바꾸어 입으시구, 인제 의사를 청해다 진찰을 받으시구, 그리면 어머니도 보러 나오실 거니까……."

"아침은 강영감이 안내해서 식당에 내려가 먹었구, 어머닌 내가 찾아가 뵈어야지."

"으응, 인제 나오신댔는데……."

보꾸러미를 탁자 위에 놓은 뒤에야 의자에 손을 짚고 서서 무경이는 시형이가 준 책을 보았다. 플라톤의 『소크라테스의 변명(辨明)』, 『크리

암파문고
일본 이와나미(岩波) 출판사에서 펴낸 문고판 책.

톤』이란 책이었다. 무경이는 플라톤과 소크라테스의 이름을 들었을 뿐
으로, 책의 내용은 알지 못하므로, 그대로 표지와 서문 같은 것을 들춰
보고 있는데 오시형이는 잠옷째로 침상에 앉아서 혼자말처럼 이야기
를 시작하였다.

"소크라테스의 사정이 나의 그때 환경과 비슷한 탓이라구도 말할 수
있겠지만, 오히려 글의 내용에서 오는 감명은 그런 것과는 달리, 나의
환경을 완전히 잊어버리게 하는 데 있는 것 같기도 해. 읽고 나서 나의
정신이 나의 환경으로 다시 돌아오면, 오히려 소크라테스의 그 훌륭한
태도는 나의 경우에는 직선적으로 통하지 않는 것 같애 불쾌한 느낌까
지 주었으니까……."

물론 무경이에게는 이해되지 않는 독백이었다. 무어라고 대꾸할까
를 몰라 멍청하고 서 있으려니 그는 자리에서 일어서서 옷 보퉁이를
끌렀다.

"허 허! 오래간만에 만나는 그리운 양복이로구나."
하고 그는 감개무량하게 나프탈렌 냄새가 풍기는 양복을 펼쳐 안았다.
그것을 잠시 보고 있다가 무경이는 경찰서에 신원 보증인을 통지한다
고 아래층으로 내려갔다. 아파트의 주인은 이 집에 살지 않으므로, 대
개 언제나 이 아파트에서 잠자리를 갖는 강영감에게 부탁하여 보증인
이 되어 달랐다. 그것을 경찰서에 알린 뒤에 다시 그는 오시형이의 방
으로 올라왔다.

시형이는 셔츠 밑에 양복 바지를 입고 다시 서가 앞에 서성거리고
있었다. 무경이는 신원 보증인에 대해서 결정한 대로를 알리고 구두약
을 가져다가 꼬드라진 꺼면 구두를 닦기 시작하였다.

"그래, 그 안에서 그 책을 다 읽었수?"

하고 솔질을 하면서 무경이가 묻는다.

“어째! 절반이나. 대부분이 불허가니까…….”

“불허가?”

하고 깜짝 놀라기나 한 듯이 무경이는 구두 닦던 손을 멈칫하니 붙이고 시형이 편을 본다.

“경제 방면 서적은 전부가 불허가지.”

그렇게 대답하면서 시형이는 다시 일어나서 침대에 걸터앉았다.

“그러나 생각해 보면 다행이야. 경제학에 관한 서적을 읽었다면 생각을 돌려 볼 길이 없었을런지 모르니까. 그런 의미에서 경제학은 나에게 있어서는 변통성 없는 완고한 학문인지도 모르지. 이렇게 무경 씨 얼굴을 명랑한 여름날 아침에 다시 볼 수 있는 건 철학의 덕분인 것이 사실이니까.”

시형이의 말하는 투는 보통 대화조가 아니고 어딘가 연설 같은 느낌을 주는 어조였다.

“경제학과 철학과의 차이가 있을라구요. 학문이야 같을 텐데…….”

하고 무경이는 제 의견을 나직이 말해 보았으나 시형이는 그러한 것에 개의치는 않고 다시 제 생각을 펼쳐 보았다.

“내 자신이 서 있던 세계사관(世界史觀)뿐 아니라, 통틀어 구라파적인 세계사가들이 발판으로 했던 사관은 세계일원론(世界一元論)이라구도 말할 수 있는 것인데, 이러한 경우에 동양 세계는 서양 세계와 이념(理念)을 달리하는 것이 아니라, 동양 세계는 대체로 세계사의 전사(前史)와 같은 취급을 받아 온 것이 사실이었죠. 종교사관이나 정신사관뿐 아니라 유물사관의 입장도 이러한 전제로부터 출발했단 말입니다. 그러니까 동양이란 하등의 역사적 세계도 아니었고 그저 편의적으로 부르는 하나의 지리적 개념(地理的概念)에 불과했었단 말입니다. 그러나 만약 이러한 세계일원론적인 입장을 떠나서, 역사적 세계의 다원성(多元性) 입장에 입각해 본다면, 세계는 각각 고유한 세계사를 가지고 있다는 것을 알 수도 있고 증명할 수도 있지 않은가. 현대의 세계사의 성립을 이러한 각도에서 이해하려고 한다면 우리가 가졌던 세계사관에 대해서 중대한 반성을 가질 수도 있으니까……."

물론 남이 말하는데 구두를 닦고 있을 수도 없어서, 그대로 귀를 기울이고는 있으나 무경이로선 시형이의 하는 말을 어떻다고 생각할 준비가 없었다. 그래서 그저 뻐끔히 그의 얼굴을 바라보고 있을 뿐이었다. 그러나 시형이는 혼자서 제 자신에게 타이르기나 하듯이 창문을 바라보며 이야기에 열을 올려서 제 이론을 전개해 보고 있었다.

"가령 동양이라든가 서양이라든가 하는 개념도 로마의 세계에서 성립된 것이고, 또 고대니, 근세니 하는 특수한 시대 구분도 근세의 구라파 사학에서 성립된 구분이니까, 이런 것에서 떠나서 동양과 동양 세계를 다원 사관의 입장에서 새로이 반성하고 성립시킬 필요가 있지 않은가. 이것은 동양인의 학문적인 사명입니다, 동양인 학도가 하지 않으면 아니 될 의무입니다."

그는 말을 뚝 끊었다. 그리고는 자리에서 일어났다. 창문께로 가서 오래간만에 맛보는 흥분을 고요히 식히고 있다. 무경이는 구두를 신장 안에 넣고 약과 솔을 치운 뒤에 수도에 손을 씻었다.

"의사를 부르지요. 너무 흥분하셔도 몸에 좋지 않을 텐데……."
하고 말하니까 시형이는 몸을 돌리고 소리나는 편을 향하였다. 그러나 무경이의 물음에 대답하려 하지 않고 그는 창백해진 낯으로 이렇게 말하였다.

"독일이 파란(폴란드), 노르웨이, 덴마크를 무찌르고 *화란, *백의
이(벨기에)를 정복하고 불란서를 항복시켰다는 건 결코 작은 사실이
아니니까. 이러한 세계사의 변동에 제휴해서 동양인도 동양인다운 자
각이 있어야 할 거야."

그리고는 침대로 가서 몸을 눕히었다.

무경이는 무어라고 말할까를 몰랐다. 본시부터 오시형이가 어떠한
사상을 가지든 그것에 간섭할 생각이나 준비는 저에게는 없다고 생각
하여 왔다. 그에게는 오직 안에 있는 사람을 건강한 채로 하루라도 이
르게 구하여 내는 것만이 임무라고 생각되어졌었다. 그러니까 지금 오
시형이의 열의 있는 독백을 들어도 그것에 관하여 이렇다할 의견을 건
네려 하진 않았다.

그리고 있는데 도어에 노크 소리가 들리고 어머니가 들어왔다.

시형이는 자리에서 일어나서 양복 웃저고리를 두르고 무릎을 꺾어
절을 하였다.

"그만두시게. 고단한데 안 하면 어떤가. 그래, 그 안에서 얼마나 고
생을 했었나. 어디 몸이 과히 *말짼 데나 없나?"

"네, 건강은 아무렇지두 않은 모양입니다. 밖에 계신 분들께 너무 폐
를 끼치구 근심을 시켜서 되려……."

"온 별말을 다 하시지. 이러니저러니 해도 안에서 고생하는 사람에
게다 대겠나."

무경이는 바륵바륵 웃으면서 어머니와 시형이의 옆에 서 있다가,

"어머니, 그게 뭐유?"

하고 손에 든 것을 물어 본다.

"이거 말이냐? 지금 한약국에 들러서 약을 한 제 지어 갖구 오는 길

이다. 건강이 아무렇지 않다구 해도 그대로 두어서야 쓰겠니. 몸을 보하구 그래야지. 그러구 아침은 일러서 헐 수 없다 쳐도 저녁일랑은 집에 와서 먹게 하구, 약두 여기 가스불이 있다군 하지만 그걸로 어데 대릴 수 있겠니. 다리가 처음은 고단하겠지만 내일부터래두 집에 와서 약을 자시구 끼니두 별건 없지만 집에서 자시게 해야지…… 남의 눈도 있구 해서 한집에 있진 못하지만 운동 삼아서…… 그렇지 않니, 무경아?"

시형이가 황송한 낯으로 사양의 말을 건네려 하는데 무경이는 이내 어머니의 말을 받아서,

"참, 그렇게 하시지. 아침두 전 일러서 시간에 대어 먹지만 오선생님은 어머님이랑 같이 좀 늦게 잡숫게 하시지. 그러구 거기서 책이라도 보시면서 노시다가 점심 잡숫구, 약 잡숫구, 저녁 잡숫구 밤에만 여기 와서 주무시지…… 그렇게 합시다. 며칠은 다리가 아파서 걸어 다니시기 힘들 테니까 오늘은 그저 요 근방에나 조끔씩 걸어 보시구……."

저희들끼리 사귄 사이라고 불만해했고, 그 다음은 '믿지 않는 사람'이라고 꺼려했고, 그가 법망에 걸려 들어간 때에는 더욱더 완고하게 무경이의 생각을 탓하였다. 그러나 다른 일로는 어머니의 성미에 거역한 적이 없는 무경이도 이것만은 귀를 기울이려 하지 않았다. 차입을 대기 위하여 처음으로 직업 전선에 나서는 것을 보고 어머니는 깜짝 놀랐다. 얼마간 모녀 새에는 의까지 상하였었다. 그러나 무경이는 들으려고 하지 않는 것이다. 밥과 옷은 여전히 집에서 얻어 먹고 입고, 제가 버는 봉급으론 오시형이를 위하여 책과 밥을 차입하는 것이다. 이렇게 하기를 이 년— 드디어 어머니는 딸의 열성에 탄복한 것이다.

어쨌든 어머니의 오늘의 태도를 무경이는 감동된 낯으로 바라보았다. 이러한 날이 꼭 찾아올 것을 믿기는 하였지마는 그 동안 제가 겪은

곤욕이 큰만큼, 지금 눈앞에 그러한 장면을 친히 경험하고 있으면, 그의 가슴속엔 짜릿한 전류가 흐르도록 기쁨은 감격을 자아내는 것이다.

"오정에 너 나올 수 있건 어디서 같이들 점심이라두 먹자. 요 근방엔 어디 식당 같은 게 없니?"

어머니는 시형이의 방을 나가면서 딸에게 말하였다. 무경이도 문지방에 선 채,

"이 부근에야 무어 벤벤한 게 있나요. 종로나 본정으로 나가야지. 그럼 내 자동차로든가 전차로든가 모시구 나가께, 어디서 시간 약속하고 기다리시구료."

그래서 결국 본정 입구에 있는 양식당으로 시간을 정하고 그들은 방을 나갔다. 방을 나갈 때 시형이는 종잇조각에 적은 것을 주면서,

"전보 한 장 급사 시켜서 쳐주시오. 집에, 나왔다는 소식이나 알려야죠."

하고 무경이에게 말하였다. 무경이는 어머니를 따라 아래층으로 내려왔다.

"틈나는 대루 박의사를 좀 와달랠까요? 그렇잖으면 데리구 나가서 뵌든지."

딸이 어머니에게 의사의 진찰을 상의하니까,

"사정을 아니까 와달래도 오실 거다."

하고 어머니는 대답하였다.

*

일이 밀려서 다섯 시를 칠 때까지 잡념에 머리를 쓰지 않은 것은 오

히려 다행한 일이었다. 무경이는 점심을 먹고 돌아와서는 오시형이를 삼층으로 데려다 주고 줄곧 사무에 골돌하였다. 그러나 한 가지 일이 끝나고 다른 일로 손을 옮길 때마다, 자꾸만 어머니의 약속이 머리를 스치곤 하는 것은 어떻게 뿌리쳐 버릴 수도 없었다. 일이 바빠서 이내 머리를 털어 버리고 장부 정리와 숫자 계산에 정신을 묻었지마는 다섯 시를 치는 소리에 장부를 접고 고개를 들면 다시 어머니의 말이 머리에 떠올랐다.

유쾌하고도 가벼운 흥분 속에 점심을 먹고 나오는데, 시형이를 앞세워 놓은 뒤에서 어머니는 무경이에게 나직이 귀띔하듯이 말하였던 것이다.

"너, 오늘 몇 시에 나올 수 있니?"

"네 시면 나오지만 일이 좀 밀려서 다섯 시나 넘어야 퇴근할 거예요."

"그럼, 다섯 시 반까지 경성호텔로 좀 나오너라. 이야기할 것도 있구⋯⋯."

"혼자서?"

"응, 너 혼자만 나오너라."

이야기는 그것뿐이었다. 그리고 지금 다섯 시 치는 소리를 듣고 장부를 접어 꽂은 뒤에도, 어머니의 이야기란 것을 도무지 상상할 수가 없는 것이다. 무엇 때문에 호텔로 나오라는 것일까. 저녁이나 같이 먹으면서 이야기하자는 뜻인 건 추측할 수 있지마는, 점심에 외식을 하였는데 다시 또 저녁을 사준다는 것도 이상하고, 단둘이 언제나 집에서 만나 조용히 이야기할 수 있으면서 새삼스럽게 장소를 밖으로 잡은 것도 알 수 없는 일이다. 오시형이와의 결혼에 대해서 무슨 색다른 이야기라든가 의논이 있는 것일까. 도무지 어인 영문인 걸 상상할 수가 없었다.

"밖에 일이 있어서 나가는데 저녁은 오늘까지만 이 식당에서 잡수세요. 양식보다도 저녁 정식은 *화식을 잘하니까 화식 정식으로 잡수세요. 내 일곱 시나 여덟 시경에 들리께……."

시형이에겐 그렇게 말해 놓고 무경이는 아파트를 나와 전차를 탔다. 호텔에 이르니까 로비에 어머니 혼자 앉아 있었다. 무경이는 그의 앞에 가서 아무 말도 건네지 않고, 힐끗 어머니의 표정을 엿보면서 의자에 앉았다.

"오신 지 오래유?"

하고 물으면서 다시 어머니의 낯빛을 살피니까, 시계를 쳐다보고는,

"응, 조금 지냈다."

그리고는 이야기를 시작하거나, 식당으로 들어가잔 말도 없이 그대로 낯을 좀 외면하고 멍청하니 유리창을 바라보고 앉았는 것이다. 어려운 말을 시작하기 전에 사람들이 항용 가지는, 자리잡히지 않은 태도였다. 얼굴엔 무표정을 의장하지만 속에는 여러 가지 궁리가 오락가락하고 초조한 조바심까지 문풍지처럼 바람에 떨고 있는 것이다.

무경이는 질식할 듯한 시간을 오래 끌고 나가기가 안타까워졌다. 무슨 어렵고 놀라운 이야기라도 쏟아져 나오기를 기다리는 긴장된 자세가 오랫동안 계속해 나아가면 신경은 피곤에 시달려서 관자놀이께가 쑤시는 것 같은 착각까지 느껴진다. 그는 드디어 결심한 듯이 낯을 들고,

"무슨 말인지 어서 하시구려."

하고 어머니를 쳐다본다.

화식(和食)
일본식 요리.

“응?”

하고 낯을 돌렸으나, 다시,

“응, 인제 좀 있다가…….”

그러고는 무경이의 뚫어지게 바라보는 눈초리를 피하여 낯을 외면한다. 그러나 무엇을 생각하였는지 어머니는 결심의 표정으로 낯빛이 해쓱해진 얼굴을 다시금 무경이에게로 돌리면서,

“이야기랄 건 별로 없구, 어차피 네게 알려야 할 일도 있구…… 그래서 오늘 누굴 네게 소개할런다.”

하고 더듬더듬 말하였다. 이야기를 끝마치고 난 어머니의 얼굴에 흥분 탓인지 혹은 부끄러움 때문인지 붉은 혈조가 볼 편과 눈 가상에 엷게 떠오른 것같이 보여졌다. 이야기한 것을 따지자면 내용은 분명치 않았으나, 그런 것을 천착해 볼 겨를도 없이, 어머니의 태도와 표정에서 무경이는 대번에 사건의 핵심을 이해하는 것이었다. 그러나 그것이 무엇인지를 딱히 제 머릿속에 깊이 의식하지도 못했을 때에, 유리 밖으로 층계를 올라오고 있는 한 사람의 신사를 발견한 어머니의 두 눈은 벌써 당황의 빛이 농후해진 표정 속에서 적이 침착성을 잃고 있는 것처럼 무경이에겐 느껴졌다.

아래층 클로크에 모자와 단장을 맡겼는지, 맨머리 바람에 바른손으로 단장 들던 버릇으로 부채를 약간 치켜서 들고 흰 양복 입은 신사는 그들이 앉아 있는 곳으로 가까이 왔다. 기품 있게 갈라 재운 머리는 짧게 다듬은 수염과 함께 희끈희끈 흰 것이 섞여 있었다. 무경이는 얼른 그의 부채를 보았다.

어머니가 자리에서 일어났을 때 오십을 넘어 얼마가 되었을 점잖은 사내는,

　“오래 기다리셨지요.”

하고 미소를 띠어 어머니께 인사한 뒤에 다시,

　“아, 이분이 무경양이시군. 이야기론 늘 들었었지만 여태 뵈온 적이 없었군요. 난 정일수(鄭一洙)라구 합네다. 바쁜데 나오시라구들 해서……."

하고 무경이를 바라보았다. 무경이는 지금 자기가 경험하고 있는 사태와 입장을 엉겁결에 의식하면서 굳어진 몸 자세대로 고개만 약간 수그려 보인다. 그러니까 정일수 씨는 옆에 와 섰는 보이에게,

　“준비가 되었지요?”

하고 물은 뒤,

"자, 그럼, 저리루들 들어가시지."

무경이와 어머니에게 뜰 안을 가리키었다.

따로 떨어진 방 안에서 그들은 광동 요리를 먹었다. 일이 고되지나 않은가, 아파트란 것도 새로 생긴 경영 형태지만 요즘 주택난과 하숙난이 심하니까 상당히 중요성을 띠겠다든가, 야마도 아파트엔 방이 얼마나 되는데 그것이 전부 꼭 찼는가, 하는 등속의 이야기로부터, 건축난, 주택난에 대해서 말이 옮아가고, 그러는 동안에 저녁이 끝났다. 그러한 정일수 씨의 말에는 어머니가 가끔 대꾸를 하였을 뿐, 무경이는 묻는 말이나 마지못해 나직이 대답하는 정도로 침묵을 지키지 않을 수 없었다. 먹는 것이 끝나니까 정일수 씨는 시간 약속이 있다고 먼저 나가고 모녀간만이 잠시 더 방 안에 남아 있었다. 무경이는 음식도 많이 먹지 않았으나, 단둘이 되었어도 혼자서 무엇을 생각하고 있는지 별로 이야기를 건네려 하진 않았다— 물론 어젯밤 집 앞에서 부딪칠 뻔하였던 그 신사는 아니었다. 그러나 정일수 씨가 하곡이라는 아호를 가진, 산수 그린 부채의 주인인 것은 틀림없는 사실이었다. 점잖고 단정하고 기품이 있는 신사의 얼굴을 께름칙하게 생각하여 보기는 이것이 처음이라고 그는 막연히 제 심리를 뒤적여 보고 앉아 있다. 어머니는 혼자 말하듯이 뜨즉뜨즉이 이야기를 시작하였다.

"네겐 너무 돌연스레 된 일이 돼서 서먹서먹하구 어인 셈판인 걸 모를 게다. 그러나 벌써 오래전부터 있어 왔던 이야기다. 내가 세브란스에 있을 때니까 십 년이나 되지 않니. 그때부텀 여태껏 사람을 다릴 놓아서 말을 붙이구, 또 스스로 대면해서 말하는 걸 나는 십 년을 여일하게 거절해 왔었다. 사람이나 그 집 내력이야 무어 하나 탓할 데 없는 분이지만 내가 널 두구 새삼스레 무슨 결혼을 하겠니…… 그랬더니 어쩐 셈판인 걸 나도 모르겠다. 너희들 사일 허락하구 나니 마음이 갑재기 탁 풀려 버리는구나…… 자식들이 있다지만 다 장성들해서 시집보낼 덴 시집보내구 아들은 세간까지 내서 딴살림을 배포해 주었단다…… 나이두 인저 사십을 넘으니까 어찌 된 일인지 늙은 몸을 의탁하구야 살아갈 것만 같구나. 어쭙잖게 생각지 말구 에미 하는 짓을 웃구 쓰려쳐 버려라. 너희들 예식이나 올려 주군 천천히 어떻게 채비를 대일까 한다만……."

어머니는 죄지은 사람처럼 딸의 눈치를 살펴 가며 간단히 그렇게 말하였다. 무경이는 여태껏 제가 품고 있던 생각이 다른 감정으로 뒤바뀌는 것을 경험하고 묵묵히 앉아 있다. 눈시울이 따가워서 손수건으로 그것을 묻혀 내었다. 마흔둘! 아직도 어머니는 젊다.

나는 왜 좀더 이르게 어머니의 행복에 대해서 생각해 보지 못하였을까. 딸 하나만으로 젊은 어머니가 행복될 수 있으려고 얼마나 많은 무리(無理)가 그곳에 감행되었을까. 그렇던 나마저 어머니의 옆을 떠나면서 어째서 나는 어머니의 행복에 대해선 터럭만큼도 생각함이 없었을까. 스물에 홀몸이 되셔서 나 하나만을 위하여 청춘을 불사르고 화려한 꿈을 짓밟아 버린 어머니가 아니냐. 이제 무슨 염치에 나는 어머니에 대해서 심술이나 투정을 부리려고 하는 것일까. 어머니도 나머지 여생을 행복하게 보내셔야 한다.

무경이는 눈물을 숨기지 않고 낯을 들어 어머니를 건너다보았다. 젊은 시절의 사진처럼 어머니의 얼굴엔 아름다운 살결이 아지랑이에 싸여 있는 것같이 눈물어린 눈에는 비치어졌다.

"엄마!"
하고 소리를 내어서 무경이는 어머니의 무릎에 낯을 묻었다.

어제 좀 지나치게 걸었더니 발바닥이 솔고 다리가 아프다고 시형이
는 식당에서 아침을 먹고는 이내 침대에 누워서 잡지와 신간 서적을
뒤적거리고 있었다. 내일부터나 화동 집으로 약과 밥을 먹으러 가겠다
고 그는 말하고 있다.

무경이는 사무실에서 임금 전표를 정리하면서, 어떤 기회에 어머니
와 정일수 씨와의 결혼 이야기를 시형이에게 전달할 것인가 하고 가끔
생각에 잠겨 보곳 한다. 펜을 전표 위에 세운 채 가만히 생각해 본다.
이치로 따져 보거나, 여태껏의 어머니의 생애를 생각해 보거나, 무경
이로 앉아 응당히 기뻐하고 찬성해 드릴 일임에 틀림없었으나, 하루를
지내 놓고 어머니가 없는 곳에서 문뜩 생각이 그곳에 미치면, 가슴이
뚱 하고는 지그시 심장을 압박하는 가슴의 동계가 마음을 한없이 설레
게 하는 것이다. 그러고는 누를 수 없는 심술이 두 눈에 심지를 꽂아
놓는 것이다.

'내가 왜 이럴까. 어머니와 나와의 평화하고 행복된 생활을 먼저 파
괴하고 나선 것은 내가 아닌가. 어머니의 고백에 의하면 어머니는 십
년 동안 나와의 행복을 지키기 위해서 정일수 씨에게 고집을 세웠다고
한다. 나는 어머니를 위해서 무엇을 했나. 기독교의 신앙과 풍속 가운
데서 안온한 생활을 이어 나가려는 어머니의 마음을 슬프게 교란시킨
것은 내가 아닌가. 기독교율에 의탁해서 젊은 정열을 희생하고 속세적
인 행복에서 자기를 격리시킨 뒤, 그 가운데서 성실한 생활을 설계해
보려던 어머니에게 있어, 딸이, 단 하나의 딸이 예수교의 교율을 거역
했다는 것은 얼마나 타격적이고도 슬픈 일이었을까. 어머니의 결혼이
만약 유쾌치 못한 성사라면, 그것의 원인을 이룬 것은 다른 사람 아닌
내가 아닌가?'

이렇게 수없이 자기 자신을 탓하면서, 이러한 생각을 고스란히 그대로 그에게 들려주면, 처음에는 놀라고 수상쩍게 생각할는지 모를 시형이도, 마지막에는 모든 것을 깊이 이해하게 될 것이라고 생각하는 것이다. 그렇게 생각하고 나면 그는 일시 유쾌한 상상을 머리에 그려 보게 되기도 한다.

우리 결혼식이 있은 뒤엔 또 한 쌍의 신랑 신부의 혼례식이 있을 텐데, 그게 누굴는지 아세요? 그게 바로 우리 엄마라나, 하고 말하면 아마 오시형이는 깜짝 놀라 *경동을 할 것이다. 생각하면 우습기도 해서 그는 혼자 발씬하니 웃고 다시 장부를 들친다.

"허허어, 생각하면 생각할수록 기쁜 일이렷다."
하고 멋도 모르는 강영감은 시형이가 출감한 것에다 둘러붙여서 무경이의 웃음을 놀리려 들었다. 그때에 시계가 열한 시를 쳤다. 그것이 다 치는 동안을 기다려서 무경이는 등을 돌리고,

"제가 무엇 때문에 웃는 줄이나 아시구 그러세요."
하고 말하였으나, 그때에 사무실 밖에 한 사람의 신사가 자동차를 내려서 들어온 때문에, 강영감도 무경이도 함께 이야기를 중단하고 그편으로 시선을 돌렸다.

신사는 아파트의 현관을 들어서서 그대로 위층으로 뻗어 올라간 층계를 잠시 바라보듯 하였으나, 이내 사무실 쪽으로 낯을 돌리고 가까이 오면서,

"이 아파트에 오시형이라는 사람 있습니까?"
하고 밭게 앉는 강영감에게 물었다.

"네, 삼층 삼백이십삼호실에 계십니다. 삼층에 올라가셔서 그저 이십삼호실만 찾으시면 되겠습니다."

하고 무경이가 의자에서 일어서면서 사무적
으로 대답하였다. 신사는 흘낏 무경이의
낯을 건너다보았으나, 이내 의식적으로
시선을 피하듯 하고, 막연히 사무실의
구명을 향해서 사의를 표하듯 모자 끝
에 손을 댄 뒤, 흰 단장 끝으로 복도
의 바닥을 짚어서 위의를 갖춘 뒤
에 알맞추 비대한 몸을 층계 위로
옮겨 놓았다. 무경이는 첫눈에 오
십을 넘었을까 말까 한 이 신사의
풍채에서 평양서 부회 의원과, 상업
회의소에 공직을 가지고 있다는 오시
형의 아버지를 간파하였다. 그럴수록 신사의 태도에는 자기에 대한 어
떤 모멸감이 들어 있는 것 같은 느낌을 털어 버릴 수는 없었다. 무경이
는 그의 찾아옴이 너무 돌연스럽고, 그의 태도에서 오는 위압과 모멸
감이 너무 몸에 부치는 것 같아서 의자에 앉을 염도 못 하고 멍청하니
그곳에 서 있었다.

　"오선생의 춘부장 되는 양반이신가?"
하고 묻는 강영감에게 무어라고 대답해 주어야 할 것인가 당황했으나,
　"그런가 봐요."
하고 새파랗게 질린 채 나직이 대답해 줄밖에 딴 도리가 없었다. 자기
네들의 사정을 알고 있기는 하지만 상세한 집안 내용까지는 모르고 있
는 강영감이었다. 무경이와 시형이와의 관계를 평양 있는 그의 아버지
는 인정치 않으려고 하던 것, 그는 그대로 도지사를 지냈다는 지명 있

는 명사의 딸과 약혼설을 진척시키고 있던 것— 이러한 미묘한 사정은 아무것도 모르고 있는 강영감이다. 그러니까 시형이의 아버지의 방문과 그의 태도에서 받는 충격에 대해서 그는 아무것도 이해할 길이 없을 것이다.

무경이는 가만히 자리에 앉아서 다시 펜을 들었으나 머리를 사무에 묻을 수는 없었다.

이 년 동안 친필로는 편지도 안 하였다던 아버지가 전보를 받고 아들을 찾아왔다. 물론 부자간의 정의로 당연한 일임에 틀림은 없으나, 사상과 여러가지 가정문제로 의견을 달리하던 부자가 오늘 이 년만에 만나서 다시 아름답지 못한 충돌이나 거듭하지 않을 것인가. 그 동안 아버지는 아버지대로, 아들은 아들대로 제가 가졌던 생각과 태도와 고집에 대해서 반성하는 곳도 양보하는 곳도 생겼을 것이다. 아버지는 과연 아들의 결혼 문제를 순순히 허락할 만한 준비를 가지고 올라온 것일까. 불안과 궁금증과 초조와 공포심과 의혹이 뒤섞이고 합치고 엇갈려서 무경이는 고개를 푹 수그린 채 정신없는 사무를 보고 앉아 있다.

한 삼십 분만에 시형이의 아버지는 층계를 내려왔다. 그러나 단장도 모자도 두고 잠시 다니러 나오는 모양이었다. 얼른 눈을 유리창 밖으로 돌렸으나 그의 태도와 무표정한 얼굴로부터는 아무러한 암시도 받을 수가 없었다. 두 사람 사이에 이야기는 순조롭게 진척이 된 모양같이 느껴지기도 하였다. 그러나 그는 맨머리 바람으로 어디를 나가는 것일까. 그는 나갔다가 한 십 분만에 다시 돌아와서 역시 사무실 쪽은 보고 못 본 척, 무표정한 얼굴에 위엄기만을 나타내고 층계를 올라가 버렸다. 무경이는 어디다가 발을 붙이고 공상의 줄을 뻗어 볼 수가 없었다. 그런데 또다시 한 이십 분만에 자전거 탄 양복장이가 샘플을 보꾸러미에 싸가지고 아파트를 들어와서 꾸뻑 인사를 하고 위층으로 올라가려 하였다.

"어디로 가십니까?"

하고 강영감이 소리를 치니까, 양복점원은 멈칫 하고 층계에 한 발을 올려놓은 채 이편을 바라보며,

"삼층 이십삼호실입니다."

하고 말하였다. 이편에서 별로 말이 없으니 점원은 그대로 위층을 향하여 올라가 버렸다. 열두 시의 사이렌이 울었다. 양복장이는 주문을 받았는지 인사성 있게 웃어 보이면서 사무실을 지나 밖으로 나갔다. 그러나 그와 엇바뀌듯이 하여 이번에는 구둣방에서 찾아왔다. 자전거 뒤에다 커다란 트렁크를 두 개나 싣고 온 양화점원은 모자를 벗고 공손히 사무실 앞에서 안내를 구하였다. 강영감은 신이 나서 대답하였다. 양화점원이 올라가는 것을 물끄러미 바라보고는 무경이 쪽을 돌아보면서,

"아버지가 오시드니 양복 짓구 구두 사구 한 벌 미끈히 채려 내세우실 모양이군."

하고 반갑게 웃었다. 무경이는 펜대를 든 채,

"그런가 봅니다."

하고만 대답한다. 그는 지금 속으로 적지 않이 불안스런 사태를 한 갈피 한 갈피 분석해 보듯이 뒤적여 보고 앉았는 것이다.

아까 시형이의 아버지가 맨머리 바람으로 밖에 나갔던 것은 양복점과 양화점을 부르러 갔던 것임에 틀림없다. 여기서는 멀리 떨어져 있는 두 상점을 부르기 위하여 그는 전화를 걸었을 것이다. 전화를 걸러 밖으로 나갔던 것이다. 그는 어째서 일부러 전화를 걸러 밖으로 나갔

던 것일까? 사무실 전화를 쓰지 않고 일부러 밖으로 나간 것은 무슨 때문일까?

여기까지 생각해 보고는 무경이는 잠시 멈칫하니 물러선다.

나를 피하기 위하여, 나의 낯을 대하기가 싫어서 나 있는 사무실의 전화를 쓰지 않기 위해서, 그는 밖으로 딴 전화를 찾아 나갔던 것임에 틀림없다!

이렇게 단정하기엔 여러 가지 주저가 따라왔다. 무경이로 앉아 차마 그렇게 생각해 버릴 수가 없는 것이다.

그것은 무엇을 의미하는가. 오시형이의 아버지가 무경을 모욕하는 것으로 된다. 무경이와 시형이와의 관계를 인정하지 않겠다는 증거로 된다.

그래서 무경이는 생각을 딴 데로 돌려 보려고 애쓰는 것이었다. 그러나 시형이의 아버지가 밖으로 나갔던 것을 무엇으로 설명할 수 있을 것이며, 그의 무경이에 대한 태도를 어떻게 생각해 볼 수 있을 것인가.

정식으로 대면이 있기 전에 며느리 될 사람을 이런 처소에서 만나는 것을 꺼리는지도 모르지. 직업이 나쁜 것은 아니나 역시 그들의 습관으로 보아 이러한 처소에서 며느리 될 여자와 낯을 대한다는 것은 아름답지 못한 일일는지도 모르지. 그래서 그는 일부러 사무실 쪽을 못 본 척, 무경이의 존재를 무시하려고 애쓰는 것인지도 모르지.

한참 만에 구둣방 점원도 나가고, 또 얼마 뒤엔 오시형이의 아버지도, 이번엔 모자와 단장을 쓰고 들고 시형이의 방으로부터 내려와서 밖으로 나갔다. 시형이는 그의 아버지가 나간 뒤 십 분이나 지나서야 아래층으로 내려와서 사무실에 얼굴을 나타내었다.

"아버지가 오셨어!"

그렇게 말하고는,

"이거 구두두 한 켤레 얻어 신었는걸! 이게 온 오십오 원이라니!"

번쩍 다리를 들어서 보이었다.

"어제 전보를 보시구 오신 게로군요."

하고 천연스럽게 무경이도 대꾸하면서 자리에서 일어났다.

"아침 차에 내리셨답니다."

"그럼 어디 여관에 들으셨게?"

"저, 무언가 비전옥에!"

무경이는 앞서서 사무실을 나와서 식당으로 갔다. 점심을 주문해 놓고 두 사람은 뻐끔히 마주 쳐다보았다. 묻고 싶은 사연이 한두 가지가 아니었으나 무경이는 그것을 토설하기가 어쩐지 무서운 생각이 났다.

"아버지가 종내 꺾이었지. 아무 말씀 없이, 몸이 과히 상한 데나 없니 하구 물으시던데……."

하고 벌쭉벌쭉 웃어서, 무경이도 따라 웃었다. 그러나 무경이는 제 질문을 꾹 눌러서 억제하며 다시 시형이의 말을 기다리려는 자세를 취한다.

"부자간의 정이란 우스운 건가 봐."

하고 시형이는 혼자말처럼 지껄였다.

"이 년 동안이나 편지 한 장 없으시던 분이 나왔다니까 그날로 쫓아오신 걸 보면."

무경이는 그러한 말에도 별로 대꾸하지 않았다. 주문한 점심이 와서 두 사람은 덤덤히 식사를 마치었다. 다 먹고 나서 차를 마시며 시형이는 다시,

"아버지가 시굴로 내려가자는군그래."

하고 무경이의 낯을 건너다보았다. 무경이는 그때에 가슴이 뚱 하고 물러앉는 것 같은 충격을 경험하였으나 애써 낯색을 헝클지 않으려고 노력하면서 입에 가져가던 찻종만 그대로 들고 있었다.

"몸두 쇠약했는데 서울 있어 가지구야 치료가 되겠니, 집에 가서 몸이나 좀 추세거던 어데 온천에라도 가서 정양을 해야지, 그리군 또 재판소에서도 이런 데서 주소도 일정치 않구 옛날 친구라도 내왕이 있구 그러면 앞으로 예심 종결이나 공판에도 지장이 생기지 않겠느냐구……."

아버지의 말을 옮기듯 하고는 찻종으로 눈을 가리며 훌쩍 차를 마셨다.

무경이는 마음이 좀 진정되는 것을 느꼈으나 시형이의 말에 대해서 무어라고 대꾸할 만한 기력은 생기지 않았다. 그들은 식당을 나왔다. 테이블을 돌아 나오려고 할 때에 무경이는 가벼운 현기증을 느끼고 잠시 탁자 언저리를 붙든 채 서 있다가 간신히 시신경(視神經)에 힘을 주면서 시형이의 뒤를 따라 복도로 나왔다.

복도에 나와서는 곧바로 층층계를 향하여 걸었다. '제칠천국' 같다고 하던 계단을 하나하나 올라가면서 무경이는 덤덤히 생각에 잠긴다. 아파트에 들어와서 침대에 걸터앉는 시형이의 낯을 보고야 무경이는 의자에 앉으면서,

"도흰 공기도 나쁘구 그런데, 갈 데만 있으믄야 조용한 데루 가셔야죠. 그리구 재판소에서도 역시 서울서 빈둥거리는 것보다는 가정이 있는 곳으로 가 계시는 걸 좋아할 거예요."

하고 비로소 명랑한 어조로 말하였다. 시형이는 힐끗 무경이의 웃는 낯을 건너다보았으나, 그의 심정을 모를 만큼 둔감도 아니란 듯이 침

대에 눕더니,

"옛날과는 모든 것이 다른 것 같애. 인제 사상범이 드무니까 옛날 영웅 심리를 향락하면서 징역을 살던 기분도 없어진 것 같다구 그 안에서 어느 친구가 말하더니…… 달이 철창에 새파랗게 걸려 있는 밤, 바람 소리나, 풀벌레 소리나 들으면서 잠을 이루지 못할 때엔 고독과 적막이 뼈에 사무치는 것처럼 쓰리구……."

그렇게 가느다랗게 독백처럼 말하고 있었다. 무경이는 돌아서서 창밖을 바라보는 척하면서 수건으로 가만히 눈을 닦았다.

*

그렇게 하고 사흘째 되는 날이다. 한 달을 두고 가물던 날씨가 *물크고 무덥고 그러더니 드디어 장마가 시작되었다. 비가 내리다간 그치고 그쳤다간 또 맥없이 내리고 하는 오후에, 오시형이는 저희 아버지를 따라 평양으로 떠났다. 종내 그들은 무경이를 정식으로 알려고도

물크다
물기가 많다.

소개하려고도 하지 않았으나, 무경이는 그런 것에 개의하지 않고 정거장까지 나가서 시형이의 떠나는 것을 보았다.

정거장을 나와서, 아주 영영 돌아오지 않을 사람을 떠나 보낸 것 같은 슬픈 심회를 가슴에 지니고 비 내리는 전차에 올라탔다. 후줄근히 젖어서 물이 흐르는 우장 외투를 그대로 입은 채 그는 사무실에도 들르지 않고 곧바로 시형이가 들었던 방으로 들어가는 것이다.

새 양복과 바꾸어 입은 뒤 아무렇게나 벗어 던지고 간 세탁한 낡은 시형이의 양복이 침대 위에 뒹굴고 있었다. 신장을 여니까 무경이가 손수 닦았던 꼬드라진 낡은 구두도 초라하게 들어 있었다. 테이블 위에는 수국의 화분— 며칠째 물을 못 먹고 그것은 희끄무레하게 말라들고 있었다. 다시 물감을 부어도 빨개질 것 같지도 파래질 것 같지도 않게 시들어 버리고 있었다.

시형이를 위하여 얻었던 방이었다. 시형이를 맞기 위해서 저금통장을 빈텅이를 만들면서 장식해 보았던 방이었다. 그는 인제 가버리고 여기엔 없다.

시형이를 위하여 나섰던 직업 전선이었다. 시형이의 차입을 대기 위해서 선택하였던 직업이었다. 시형이도 나오고 인제 직업도 목적을 잃어버렸다.

무경이는 가만히 앉아서 빗발이 유리창 위에 미끄러지는 것을 물끄러미 바라보고 있다. 회색빛의 멍—한 하늘이 얼룩하게 얼룩이 져서 보인다.

어머니에겐 정일수 씨가 생기고, 인제 나는 어머니에게도 필요하지 않은 딸이 되었다.

울고 싶은 생각도 나지 않는다. 그저 제 몸에서 빈 껍질만 남겨 두고 모든 오장과 육부가 몽땅 빠져나가는 경우가 있었으면 하고 막연히 그런 경지를 생각해 보고 있었다.

그런데 똑똑 노크 소리가 나고 급사가 문을 열었다.

"주인님이 나오셔서 장부 좀 보시잡니다."

급사의 말에 그는 정신을 차려 몸을 일으키었다. 그는 문에 쇠를 잠그고 층계를 내려갔다. 내려가면서 점점 제 다리에 기운이 생기는 것을 느꼈다.

'방도, 직업도, 이제 나 자신을 위하여 가져야겠다!'

그런 생각이 사무실을 들어설 때에 그의 마음속에 이루어지고 있었다.

『맥』, 을유문화사, 1947.

맥(麥)

1

삼층 이십이호실에 들어 있던 젊은 회사원이 오늘 방을 내어놓았다. 얼마 전에 결혼을 하였는데 그 동안 마땅한 집이 없어서 아내는 친정에, 그리고 남편인 자기는 그전에 들어 있던 이 아파트에 그대로 갈라져서 신혼생활답지 않게 지내 오다가 이번에 돈암정 어디다 집을 사고 신접살림을 차려 놓기로 되었다 한다. 오후 여섯 시가 가까운 시각, 아마도 회사의 퇴근 시간을 이용하여 *양주가 어디서 만난 것인지 해가 그물그물해서야 회사원은 색시 티가 나는 아내와 함께 짐을 가지러 트럭과 인부를 데리고 왔다. 인부가 한 사람 있다고는 하지만 삼층에서 밑바닥까지 세간을 나르고 그것을 다시 트럭에 싣고 하기에는 이럭저럭 한 시간이 걸렸다. 최무경(崔武卿)이는 아파트의 사무원일 뿐 아니라 회사원이 있던 방이 바로 제가 들어 있는 옆방이어서 여자의 몸으로 별로 손을 걷고 거들어 줄 것은 없다고 하여도 짐이 다 실리는 동안 아래층 사무실에 남아 있어서 그들의 이사하는 모양을 바라보고 있었다. 사무실에서 일을 보는 늙은 강영감이 제법 위아래로 오르내리며 짐을 챙겨도 주고 양복장이며 책장이며 탁자며 하는 육중한 것은 한 귀를 맞들어서 인부와 회사원과 함께 운반에 힘을 돕기도 하였다.

짐을 대충 실어 놓고 회사원은 아내와 같이 사무실로 들어왔다.

*"부금(敷金) 일백오 원 중에서 이번 달 치가 오늘까지 이십팔 원, 그것을 제하고 칠십칠 원이올시다."

미리 준비해 두었던 지폐를 손금고에서 꺼내서 최무경이는 그것을 회사원에게로 건네었다. 회사원은 한 손으로 받아서 약간 치켜들듯 하

양주(兩主)
바깥주인과 안주인이라는 뜻으로, '부부(夫婦)'를 이르는 말.

부금
부과금. 일정한 기간마다 내거나 받는 돈.

여 사의를 표하고 그것을 그대로 주머니에 넣으려고 한다.

"세어 보세요."

그러한 말에 회사원은, 무어 세어 보나마나 하는 표정을 지어 보았으나 다시 어떻게 생각하였는지 넣으려던 지폐를 꺼내서 불빛에다 대고 손가락에 침도 묻히지 않으면서 한 장 두 장 세어 보고 있다.

"꼭 맞습니다."

하고 낯을 들었을 때 무경이는 펜과 영수증을 놓으면서,

"영수증이올시다. 사인하시고 도장 쳐주십시오. 수입인지는 아파트 쪽에서 한턱내었습니다."

하고는 회사원의 아내를 바라보며 웃었다. 젊은 아내는 무경이의 웃음에 따라서 흰 이를 내놓고 웃었다.

"고맙습니다."

영수증을 받아서 서류와 함께 금고에 챙긴 뒤에 무경이는 두 신혼부부의 낯을 새삼스레 쳐다보았다. 행복에 넘친 듯한 얼굴들이다. 진부한 형용이지만 역시 행복에 넘쳐 있는 표정이라는 말이 제일 적절할 것처럼 무경이는 생각하는 것이다.

"저어 돈암정 바로 삼선평이올시다. 거기서 바른쪽으로 향해서 들어가면 새로 분할한 주택지가 있습니다. 큰 골목으로 접어들어서 다시 셋째 번 골목 둘째 집이 저희들 집이올시다. 사백오십번지의 십칠호. 한번 교외에 산보 나오시는 일이 계시건 찾아 주시기 바랍니다."

아무리 총명한 사람일지라도 이러한 지도의 설명을 잊지 않을 사람이 없을 것이건만 사람들은 노상에서 만난 친구들께 곧잘 이러한 방식으로 저의 집의 주소를 가르쳐 준다. 그러나 듣는 사람도 또 지금 말하는 설명을 모두 머릿속에 챙겨 넣기나 한 듯이,

"네 네, 한번 나가면 꼭 들르겠습니다."

하고 대답하는 것이었다. 무경이가 들르겠다는 말을 진심으로 믿는 것
인지 아마 그들 자신도 딱히 그러한 모든 것을 의식하면서 건네는 인
사는 아닐 것이나 두 부부는,

"고맙습니다."

하고 가지런히 인사를 하였고 다시 회사원은 문 밖으로 아내가 나가
버린 뒤에도 문턱 안에 남아서,

"덕택에 참 내 집이나 진배없는 생활을 할 수 있었습니다."

하고 사례를 말하였다. 두 사람은 어둠의 장막이 내려 드리우려는 길
위로 가벼운 발걸음을 옮겨 놓으며 무어라 나직이 소곤거리고 있었다.
그것을 최무경이는 한참 동안 바라보고 서 있었다.

강영감은 빈방의 뒷설거지를 마치고 비와 쓰레기통과 바께쓰를 들
고 위층에서 내려왔다. 물을 담았던 바께쓰에는 버리고 간 찻그릇 *곱
푸 등속 낡은 모자 같은 것이 그득히 들어 있었다. 신접살림이라 무어
든 간 새로 준비했을 것이니 홀아비살림 때에 쓰던 것으로 소용이 없
을 것은 공연히 짐이나 된다고 이렇게 내버려두고 가는 것이리라, 강
영감은 그것을 모아다가 넝마장수에게 팔기도 하고 저의 집에 가져다
쓰기도 하는 것이었다. 장부를 정리하고 저녁이 늦어서 손수 지을 수
도 없으므로 무경이는 식당으로 갔다. 돔부리(덮밥)를 거의 다 먹었는
데 전화가 왔다고 강영감이 부른다.

"방이 있냐구 물어서 한 방 비었다구 했는데……."

하고 식탁에까지 와서 강영감은 여사무원에게 말한다.

"어떤 사람이랍니까?"

차를 마시면서 무경이는 묻는다.

“글쎄, 그건 물어 보지 못했는데 하여간 나가서 전화 받아 보시지. 여자 목소리던데.”

“여자요? 또 여급이나 그런 사람이 아닌가요? 그런 사람들이건 애초에 방이 없다구 거절허실 걸 갖다.”

무경이는 앞서서 식당을 나왔다. 사무실로 와서 책상 위에 내려놓은 수화기를 들면서,

“여보세요, 오래 기다리게 하여서 미안합니다. 네 야마도 아파틉니다. 거기 어디신지요? 네? *명치정 청의 양장점이오? 네에 네, 그럼 방을 쓰실 분은 바로 양장점에 계신 선생님이신가요?”

잠시 저편의 설명에 귀를 기울인다.

“대학의 강사 선생님이시라구요? 네 그럼 친히 오셔서 방을 보시지요. 방세는 삼십오 원, 정지 가격이올시다. 부금을 석 달 치 전불하기로 되었습니다. 그럼 들러 주십시오, 네에 네, 고맙습니다.”

대학 강사로 논문 쓸 것이 있어서 임시로 몇 달 동안 방을 구한다고 한다. 전화를 건 분은 대학 강사의 무엇이 되는 여자인가. 그러나 그런 것을 오래 생각하지는 않고,

“지금 찾아오마 했는데 방 구경 시키구 마음에 든다면 저에게 알려 주세요. 전 그럼 방에 올라가 있겠습니다.”

하고 사무실을 나왔다. 강영감은 지금서야 벤또를 먹고 있었다.

무경이는 제가 쓰고 있는 삼층 이십삼호실로 올라왔다. 대학 선생이 책이나 읽고 글이나 쓰고 있으면 뒤숭숭하지 않아서 좋을 것이라고 생각해 보면서 그는 회사원이 조금 전에 나가 버린 옆방의 앞을 지났다. 잠갔던 문을 열고 스위치를 넣어서 제 방에 불을 켰다.

방 안에 들어와서는 언제나 하는 버릇으로 손을 씻었다. 슈트의 웃

저고리를 벗고 얄따란 스웨터로 바꾸고는 가볍게 화장을 고친다. 오래지 않아 삼월이라지만 밤은 역시 추웠다. 스팀의 마개를 조절해서 방안에 온도를 맞추고는 잠시 침대에 걸터앉아 본다. 아까 아파트를 나간 회사원의 두 부부가 생각되었다. 그들은 행복에 취하여 있는 듯이 보이었다. 남의 눈에 그렇게 보였을 뿐 아니라 당자들도 그렇게 생각하고 있을 것이다. 트럭을 먼저 앞세워 놓고 나란히 서서 문 밖으로 나가던 두 사람의 뒷그림자…… 그러나 그는 문득 생각해 보는 것이다.

'그들은 끝끝내 행복할 수 있을 것인가. 젊은 회사원은 그의 아름다운 아내를 끝끝내 사랑할 수 있을 것인가. 그들의 사랑과 신뢰는 언제나 무슨 일을 당하여서나 변함이 없이 굳건한 것으로 지니어 나가고 지탱해 나갈 수가 있을 것인가?'

쓸데없는 군걱정이었으나 최무경이는 역시 그것을 믿을 수가 없는 것이라고 생각해 보는 것이었다.

누가 그것을 증명할 수 있으랴! 저 회사원이 앳되고 어린 꽃 같은 색시를 언제나 변함없이 사랑하리라고 누가 감히 증명할 수 있을 것이랴!

이렇게 해서 최무경이는 조금 아까 행복된 낯으로 아파트를 하직하고 돈암정의 새 집으로 총총히 마음을 달리던 젊은 부부의 앞날에 불길한 예언을 던져 보고 앉았는 것이다.

'안온한 일생을 평정하게 보내는 부부가 이 세상에는 얼마든지 있는 것을 나는 안다. 그러나 누가 아내의 마음을 보증할 수 있으랴! 누가 남편의 사랑을 보증할 수 있으랴! 아니 누가 감히 저 자신의 마음을 보증할 수 있을 것이랴!'

그는 떠오르는 흥분을 고즈넉이 맛보면서 머리를 털고 침대에서 일어났다.

‘나는 혼자서 산다. 혼자서 살아갈 수 있다.’

바람벽에 걸린 어머니의 사진을 쳐다본다. 무경이와 함께, 어머니가 시집가던 작년 가을에 박은 사진이었다. 둘이 다 뭉틀 하고 서서 어딘가 쓸쓸해 보인다. 어머니는 흰 옷으로 몸을 단장하였다. 무경이도 금박이 자주고름에 치렁치렁하는 남치마를 입고 나들이옷으로 몸을 가꾸었다. 스물에서 마흔두 살까지의 이십여 년을 혼자서 딸 하나만을 데리고 살아오던 어머니도 정일수(鄭一洙) 씨에게 시집을 갔다. 생각해 보면 혼자서 살겠다는 자기의 마음도 또한 보증할 수는 없으리라고 되새겨진다. 그러나 인제 다시 누구를 사랑하고 누구와 함께 그는 새로운 생활을 설계해 볼 수 있을 것인가. 상처가 너무도 컸다. 아직도 완전히 끝이 났다고는 보아지지 않는만큼 보증할 수 없는 저의 마음을 채찍질하면서라도 그는 지금 ‘혼자서 사는’ 것을 다시금 또 다시금 결심하지 않으면 안 되는 것이었다.

지난 여름의 일이다. 2년 가까이 입감해 있던 오시형(吳時亨)이를 그는 백방으로 서둘러서 보석을 시켰다. 오시형이와 무경이의 관계는 양쪽 편 집이 모두 반대하였었다. 어머니는 오래인 장로교인으로서 오시형이가 ‘믿지 않는 사람’이라고 꺼려하다가 그가 사건에 걸려서 입감한 뒤에는 더욱더 완강히 그와의 결혼에 반대하였다. 한편 오시형이네 집에서는 그의 아버지가 극력으로 반대하였다. 물론 평양서 부회의원을 지내면서 상업회의소에도 얕지 않은 지위를 가지고 있는 그의 부친이 반대하는 것은 아들이 선택한 최 무엇이라는 여자뿐만이 아니었다. 대학을 졸업하고 서울서 증권회사 조사부 같은 데 취직해 있는 아들의 태도에 반대였고 사상이나 생활 태도 전체에 대해서 그는 아들의 생각과 뜻이 맞지 않았다. 그는 우선 아들이 평양으로 내려와서 자기 앞에서 친히 일을 보기를 희망하였고 자기가 생각하고 있는 도지사를 지냈다는 저명 인사의 총명한 규수와 약혼을 할 것을 바라고 있었다. 그는 그의 생각하는 길이 아들을 출세시키는 최단거리라고 믿는 것이었다. 그래서 부자가 서로 옥신각신하던 통에 뜻밖에 아들이 그만 온당하지 못한 사건에 걸려서 *입감을 하게 되었다. 이것은 아들의 장래를 자기의 연장으로서 설계해 오던 아버지에게 있어 놀라운 일이었을 뿐 아니라 그의 명예와 지위를 위해서는 치명적인 사건이 아닐 수 없었다. 아버지는 세상을 향해서 당황하였다. 그는 노하였다. 그는 드디어 아들과의 관계를 통히 끊어 버리듯 하였다. 나이라도 많으면 늙은 마음이 자식을 생각하는 정의에 이겨 나가질 못할 것이나 그는 오십 전후의 정정한 장년이어서 아들의 고생 같은 것은 보고 못 본 척할 수 있었다.

이렇게 해서 이 년이 흘렀는데 이 이 년 동안 무경이는 오시형이를 위하여 직업에 나섰고 어머니의 마음을 움직여서 오시형이와의 관계를 인정하게 하였을 뿐 아니라 보석 운동이 주효해서 그에게 다시금 태양의 빛을 쐬게 만들었다. 지금 무경이가 쓰고 있는 야마도 아파트의 삼층 이십삼호실은 보석으로 출감하는 오시형이를 위하여 무경이가 준비해 두었던 방이었다.

그러나 오시형이가 출감하면서 동시에 연달아서 뜻하지 않았던 사건이 튀어나왔다. 우선 오시형이는 그전에 포회했던 사상으로부터 전향을 하였었다. 그의 전향의 이론을 그 자신의 설명으로 들어 보면 경제학으로부터 철학에의 전향이요, 일원사관(一元史觀)으로부터 다원사관(多元史觀)에의 그것이라 한다. 이러한 결과로 하여 학문상으로

입감(入監)

죄수가 감방·감옥에 갇힘.

도달한 것이 동양학(東洋學)의 건설이었고 사상적으로도 세계사의 전환에 처하여 시시각각으로 변하는 국제 정국에 대처해서 하나의 동양인으로서의 자각이 있어야 한다는 것이다. 그러나 사상이나 학문 태도가 변하였다든가 전향하였다고 하여서 그들의 사이에 어떠한 틈이 생길 리는 없는 것이었다. 본시 최무경이는 오시형이가 어떠한 사상을 품게 되든 그런 것에는 깊이 개의하지 않는 것이라고 믿어 왔고 또 그러한 것에 대해서 깊이 *천착(穿鑿)하고 추궁할 만한 준비나 여유가 없다고 생각해 왔었다. 그러므로 오시형이의 이러한 전향이란 것이 어떠한 정신적인 내용을 가지고 있는 것인지 또 그러한 내면적인 정신상의 문제가 자기와의 관계나 혹은 생활 태도 같은 것에 어떠한 영향을 줄 것인지에 대해서는 아무러한 생각도 가지지도 못하였다. 그는 변함없는 애정이면 그만이었고 자기가 그 동안 실천한 *불요불굴한 행동에서 오는 자긍과 도취로 해서 통히 그런 것에 생각이 미치지도 못하였다. 그러나 오시형이의 내면 생활은 무경이가 생각하는 것보다는 좀더 복잡한 과정을 경험하고 있었다. 이 년 동안 독방 안에서 경험하는 내면 생활에 대해서 밖의 사람은 단순한 해석밖에는 가지지 못한다. 아버지, 여태껏 무슨 큰 원수나 되듯이 생각하여 오던 오시형이의 아버지가 아들의 출감을 듣고 상경하여 아파트를 찾아왔을 때에 시형이의 내부생활의 복잡한 면모는 하나의 표현을 보였다. 그는 당장에 아버지와 타협한 것이다. 인정과 격리되어서 애정에 주린 생활을 영위하던 사람이 죽일 놈 살릴 놈 하던 아버지의 돌변한 태도에 부딪쳐서 감격과 흥분을 맞이한 때문만은 아니었다. 아들과 아버지의 사이란 하나의 혈통이니까 커다란 불화가 있었다 해도 칼로 물을 벤 것과 진배없어서 그들은 언제나 다시 화합해야 할 핏줄을 가졌다고만 해석하는 데도 다소간의 불충분은 없지 않을 것이다. 그런 것과 관련을 가지면서도 결정적인 원인을 지은 것은 오시형이의 가슴에 아버지까지를 포함시켜 그가 여태껏 상대해 오던 일체의 '대립물(對立物)'을 받아들일 만한 준비가 되어 있었다는 점일 것이다. 여하튼 그는 아버지를 따라서 평양으로 내려갔다. 그러나 그것뿐만은 아니었다. 오시형이의 출감과 전후해서 무경이는 또 하나의 돌발 사건을 맞이하게 되었다. 그것은 어머니의 결혼이었다. 어머니가 어떤 남자와 교제를 가지고 있다는 것을 눈치챘을 때 무경이는 커다란 실망과 함께 여자다운 질투와 어머니의 육체적인 체취에 대해서 늑찌한 구역을 느꼈다. 그리고 어머니를 잃어버리는 데 대해서 누를 수 없는 서러움을 경험하였다.

단 하나의 어머니도 잃어버리고 단 하나의 애인도 잃어버리었다. 직업에는 오시형이의 차입을 위하여 나섰던 것이요, 아파트의 방은 보석으로 나오는 그를 맞이하기 위하여 얻었던 것이었다. 의지하였던 것도 믿었던 것도 사랑하던 것도 희망하는 것도 일시에 없어져 버린 것이다. 산다는 것의 의미와 생존의 목표를 어디서 찾아볼 수 있을까 하여 그는 잠시 동안 멍청하니 공허해진 저의 가슴을 처치해 볼 길이 없었다.

그러나 그는 희망을 잃지 않고 살아 나아가겠다는 하나의 높은 생활력 같은 것을 천품으로서 가지고 있었다. 그러한 생활력은 제 앞에 부딪쳐 오는 어떤 어려운 문제라도 꿰뚫고 나아가야 한다는 강력한 의지력으로 나타날 때가 있었다. 사람은 제 앞에 부딪쳐 오는 어려운 문제를 회피하지 않고 그것을 맞받아서 해결하고 꿰뚫고 전진하는 가운데서 힘을 얻고 굳세지고 위대해진다고 생각해 본다. 어떻게도 할 수 없는 난관에 부딪히고 함정에 빠져서 그가 생각해 본 것은 모든 운명의 쓴 술잔을 피하지 않고 마셔 버리자 하는 일종의 '능동적인 *체관(諦

觀)'이었다. 그는 우선 어머니와 오시형이를 공연히 비난하고 시기하고 질투하지 않으리라 명심해 본다. 자기 자신을 그들의 입장 위에 세워 보리라 생각했다.

오시형이는 이 년 동안 옥중에서 충분한 사색과 반성을 가질 수 있었을 것이다. 그의 생각은 섬세해지기도 하였고 치밀해지기도 하였고 풍부해지기도 하였을 것이다. 그는 자기의 정신상 갱생을 사상과 학문상의 전향에서 찾으려 하였고 그의 육체와 생명은 다시금 빛 없는 생활에 얽매이지 않기를 본능적으로 갈망하고 있을 것이다. 아버지와의 관계에 있어서도 좀더 원만하고 원숙해지리라 명심하고 있을 것이다. 사실 그는 가정이 있는 평양으로 내려가는 것이 건강에나 또는 당국 관계에 있어서도 편리할 것이라고 믿지 않을 수가 없었을 것이다. 오시형이가 아버지를 따라 평양으로 가는 것 그것은 그의 금후 생활을 영위하기 위해서 반드시 필요한 일이라고도 생각되어진다. 그렇다면 이까짓 방 같은 것이 합체 무엇이며 무경이의 마음이 다소 섭섭해지는 것 같은 것이 하상 무엇이냐고도 생각되어진다.

어머니의 입장도 이와 마찬가지였다. 어머니는 이십 전에 홀몸이 되어서 자기 하나만을 믿고 살아왔다. 자기가 어떤 사내와 결혼하면 어머니는 누가 모시며 어머니가 마음을 의지할 사람은 장차 누구일 것이냐? 어머니의 신뢰와 애정을 거역하고 나선 것은 딸이었다. 딸의 문제를 허락하였을 때 어머니가 그를 믿고 팽팽하게 당길 수 있었던 닻줄을 팽개쳐 버리면서 갑자기 독신생활에 대해서 신념을 잃어버렸다는 것도 넉넉히 이해할 수 있지 아니한가. 그렇다면 딸의 마음이 서운해질 것을 염려치 않고 어머니가 장래의 생애에서 행복된 설계를 가지려 하였다고 그것을 탓할 수는 없는 노릇이었다. 오시형이는 그의 앞날을 위하여 영위함이 있어 마땅한 일이며 어머니는 어머니의 남은 생애를 위하여 설계함이 있어 마땅한 일이 아니냐. 그러면 뒤에 남아 있는 최무경이 자기 자신은? 그는 생각해 본다.

'나는 나 자신을 위하여 생활을 가져 보자!'— 이것이 그를 구렁텅이에서 구하여 낸 결론이었다.

시형이를 위하여 얻었던 방에는 제가 들기로 하였다. 어머니가 결혼하여 정일수 씨와 동거하게 되었을 때 어머니와 무경이가 살던 집은 팔아 버렸다. 마침 가옥 시세가 가장 대금이던 때라 그리 새 집은 아닌 것인데 한 칸에 칠백 원씩 받아서 일만 오천 원의 거액이 무경이의 저금통장에 기입되었다. 살림도 간단히 추려서 대부분은 어머니한테 맡겨 두고 신변에 필요한 몇 가지와 취사도구의 간단한 것만 아파트로 옮겨 왔다. 아직도 아버지의 명의대로 남아 있는 칠십 석 남짓한 땅은 으레 무경이에게 상속이 되었으나 정일수 씨한테 관리시키고 일 년에 이천 원씩을 받아다가 저금통장에 기입시키기로 작정하였다. 한 집안에 살기를 권하다가 그들의 뜻을 이루지 못한 정일수 씨와 어머니는 될수록 무경이에게 편의를 도와 주려 힘썼고 딸에 대한 그들의 애정을 극진히 표시하려고 애썼다. 무경이는 전과 다름없는 여사무원의 직업을 그대로 가지고 있었다.

그러나 이러한 조처를 대어 놓고도 오시형이와의 애정에 대한 신뢰만은 덜지 않으려고 생각하였다. 하기는 시형이가 아버지와 타협하고 평양으로 내려간다는 고백을 들었을 때에 이 사건을 통해서 맨 먼저 느낀 것은 여자다운 직관력만이 날카롭게 간파할 수 있는 애정의 동요이었다. 평양에는 진척시켜 오던 약혼설이 있다. 도지사를 지낸 저명인사의 *영양이 있다. 무경이는 고백 뒤에 어물거리는 그림자로서 그것을 눈앞에 그려 보았던 것이다. 그러면서도 그들은 한 가지로 그 문제에 대하여는 아무러한 이야기도 나누려 하지 않았다. 무슨 일이 있어도 오시형이의 마음만은 변하지 않으리라고 믿었던 것일까. 또는 아무리 따져 놓고 약속을 굳게 하여 두어도 흐르는 수세는 당해 낼 재주가 없는 것이라고 단념해 버렸던 것일까. 어떤 날 어머니는 딸에게 이런 말을 물었다.

"시형이 아버지가 그 무슨 도지사의 딸이라든가 허구 약혼하라던 건 그 뒤 무슨 이야기가 없다든?"

이 날카로운 질문을 받고 무경이는 잠시 당황했으나,

"무슨 별 이야기 없던데요."

하고 대답하였다. 그러나 어머니는 마음을 놓을 수가 없다는 듯이 또 다시 무어라고 입을 나불거리다가 여러 번 주저하던 끝에,

"글쎄, 그렇다면 좋거니와. 손수 올라와서 데리구 가는 바엔 그런 이야기두 있었을 법헌데. 그럼 무어 너허구의 결혼에 대해서두 아직 이렇다할 의사 표시는 없은 셈이로구나."

하고 나직이 말하였다. 무경이의 가슴속에서는 꿍 하고 물러앉는 것이 있었다. 당황해지는 저의 마음을 부둥켜 세우며,

"마음대루 허라지요. 도지사 딸한테 장갈 들려건 들구 귀족의 딸한테 장갈 들려건 들구……."

어머니는 이러한 딸의 언행에서 적지 않은 경악을 맛보았으나 그 이상 이야기를 이어나가지는 못하였던 것이다.

서울을 떠난 오시형이한테서는 내려간 지 일주일이 지나서 한 장의 편지가 왔다. 윤택이 있는 다정스런 문구는 하나도 없고 적지 않이 고민이 섞인 생경한 문구로 적히어 있었다.

지금 내가 생각하고 있는 것은 나의 장래에 대한 것이오. 내가 어떻게 하면 정신적으로 재생하여 자기를 강하게 하고 자기를 신장시킬 수 있을까 하는 문제입니다. 일찍이 나는 비판의 정신을 배웠습니다. 그러나 이러한 자기 자신에 대한 비판만 되풀이하고 있으면 그것은 곧 자학이 되기 쉽겠습니다. 나는 자학에 빠져 버리고 싶지는 않습니다. 뿐만 아니라 외부세계에 대한 준열한 비판만 있으면 모든 것이 그대로 이루어지리라는 요즘의 지식인들의 통폐에 대해서는 나는 벌써부터 *좌단(左袒)을 표명할 수가 없었습니다. 비판해 버리기만 하는 가운데서는 창조는 생겨나지 않을 것이기 때문입니다. 그러므로 설령 그러한 결과 도달하는 것이 하나의 자애(自愛)에 그치고 외부 환경에 대한 순응에 떨어지는 한이 있다고 하여도 나는 지금 나의 가슴속에 자라나고 있는 새로운 맹아에 대해서 극진한 사랑을 갖지 않을 수는 없겠습니다. 새로운 정세 속에 나의 미래를 세워 놓기 위해서 지금까지 도달하였던 일체의 과거와 그것에 부수되었던 모든 사물이 희생을 당하고 유린을 당하여도 그것은 또한 어떻게도 할 수 없는 일일까 합니다.

물론 결혼에 대한 문구는 아무 데서도 찾아볼 수 없었다. 무경이는 애정에 대한 것만은 변치 않았고 또 앞으로도 변치 않으리라고 생각하여 보았다. 그러나 무경이는 어떤 급처를 마치 보자기로 송곳을 싸 들고 있는 것 같은 위태로운 심리로 가만히 덮어 놓고 있는 것도 희미하게 느끼지 않을 수는 없었다. 보자기를 조금만 힘을 주어서 잡아당기면 날카로운 송곳이 보자기를 뚫고 벌처럼 폐부를 찌르기를 사양치 않을 것이다. 그것을 잘 알고 있기 때문에 보자기를 어름어름 가만히 덮어 놓아 보는 것이다. 그러나 이러한 상태는 오래 지속될 수는 없었고 또 무경이의 성격이 그러한 상태에 어물어물 배겨 있도록 철부지도 아니었다. 드디어 오시형이의 편지 내용이 결코 추상적인 문구만이 아니고 실상은 생생한 구체적 사실의 진행을 그러한 추상적인 문구로 표현하여 놓은 데 불과하다는 것이 명백히 밝혀질 시기가 왔다.

그 뒤 무경이의 몇 장의 편지에 대해서 오시형이에게선 도무지 회답이 없었다. 그러다가 어떤 날 짤막한 편지가 한 장 왔는데 그것은 *정양하러 어느 온천으로 간다, 통신 관계가 빈번한 것은 여러 가지로 재미롭지 않아서 아무에게나 여행한 곳은 알리지 않기로 되었으니 양해하라는 내용의 글이었다.

오시형이가 자기의 사상을 정비하고 정신을 통일시키는 데 방해가 되고 장애가 될 만한 이야기는 될수록 삼가서 편지를 쓰던 무경이었다. 그의 문제를 그 자신이 처리하고 있는 데에 다른 사람의 수작이 하상 무슨 관계냐고 무경이도 생각해 보았던 것이다. 그로 하여금 그의 문제를 처리케 하라! 새로운 사상의 체계를 세워서 생명의 구원을 받게 하라! 그것이 무경이의 진심이었다. 그러나 이 편지가 내용하는 것은 무엇인가. 그런 것과는 관계없이 최무경이라는 석 자의 이름과 그 이름으로부터 오는 기억 속에서 해방되겠다고 하는 하나의 전혀 별개의 사실이 아닌가.

무경이는 보자기를 뚫고 올라온 송곳 끝이 제 심장을 쓰라리게 찌르고 있는 것을 느끼며 얼마를 보내었다. 가을이 왔다. 겨울이 왔다. 새해가 왔다. 봄이 닥쳐왔다. 물론 오시형이의 소식은 그대로 끊어진 채로. 그러나 이러한 가운데서 그가 가진 것은 '혼자서 산다'는 억지에 가까운 결심과 자기도 누구에게나 지지 않을 정신적인 발전을 가져 보겠다는 앙심이었다. 나도 나의 생활을 갖자! 나의 생각을 나의 입으로 표현할 만한 자립성을 가져 보자! 오시형이의 영향으로 경제학을 배우던 무경이는 또 그의 가는 방향을 따라 ‘철학을 배우리라’ 방침을 정하는 것이다. ‘너를 따르고 너를 넘는다!’ㅡ 이러한 표어 속에 질투와 울분과 실망과 슬픔과 쓸쓸함과 미움의 일체의 복잡한 감정을 묻어 버리려 애쓰는 것이었다.

무경이는 어머니의 사진 앞에서 머리를 털어 버리고 이내 테이블로 왔다. 그는 몇 달 전부터 ‘암파(岩波)’의 『철학강좌』를 읽어내려 오고 있었다. 알 듯한 곳도 모르는 대목도 많은 것을 이를 악물고 시험공부 하듯이 대들었으나 날이 거듭될수록 어쩐지 제가 점점 어른처럼 되어가는 것 같은 느낌을 금할 수 없었다. 그것이 무한히 반가웠다. 책을 접고 침대에 누우면서 또는 아침에 침대에서 일어나서 책을 들면서 그는 언제나 ‘나는 어른이 되어 간다’는 생각을 되풀이하면서 빙그레 웃고 하였다.

아홉 시를 친 지 한참을 지나서 강영감의 발자취 소리와 하이힐이 복도를 울리는 소리가 들리더니 옆의 방문을 열고 무어라고 중얼거리는 말소리가 희미하게 들려 왔다. 방을 보러 온 것이라고 생각하면서도 무경이는 그대로 책상 앞에 걸터앉아 있었다.

논문을 쓰는 동안이라면 무슨 논문인지는 모르나 길대야 삼사 개월의 기간이 아닐까. 삼사 개월밖에 들어 있지 않을 사람에게 순순히 방이 비었다고 말한 것은 저의 입으로 한 말이었으나 되새겨 보면 이상한 일이 아닐 수 없었다. 주택난이 우심한 요즘에 일이 년의 장기간 동안 떠나지 않고 눌러 있을 손님을 골라서 두기도 그다지 어려운 일은 아닐 터인데…… 하고 역시 제가 한 대답이 경솔하였던 것을 느끼지 않을 수 없는 것이다. 지금 거절하여도 결코 늦지는 않다고 생각해 보면서도 사람을 오래 놓고서 어떻게 점잖은 사이에 무책임하게 신의 없는 소리를 뱉어 놓을 수 있을까고 망설어 보는 무경이었다. 실인즉 그는 철학 공부를 시작하면서 은근히 대학이라는 존재에 대해서 마음이 움직이었고 읽은 책 가운데 모를 대문이 많으면 많을수록 학자라는 존재에 대해서 어떤 흠모의 마음이 은근히 동하게 되어 있던 것이다. 이랬거나 저랬거나 주판알처럼 사무에 밝은 그가 특별한 천착도 없이 방을 허락한 데는 이러한 요즘의 그의 심경이 은연히 움직인 데 까닭이 있다고 보지 않을 수 없을 것이다.

무경이의 방문에서 노크 소리가 난다. 뜨즉뜨즉이 두 번씩 두들기는 건 강영감의 노크다. 그는 책상 앞에서 떠나서 문께로 갔다.

"방 보시구 마음에 든다는데……."

하고 나직이 귀띔하듯이 말하였다. 무경이가 신을 신고 복도로 나가니까 양장한 여자는 앞서서 층계를 내려가고 있었다. 그의 뒤를 따라 강영감과 무경이도 아래층으로 내려왔다.

"이리로 들어오시지요."

하고 무경이는 복도로부터 사무실 안으로 안내하였다. 삼십이 넘었을 짙은 화장을 한 아름다운 중년 부인이었다. 양장점을 경영하는 여자이니만큼 옷도 기품이 있게 몸에 붙도록 지어 입었다. 화장이 좀 지나치게 야단스러워서 무경이와 같은 여자의 눈에는 마치 여배우나 여급과 같은 직업의 여자와 얼른 분간을 세우기 힘든 인상을 주었다.

"아파트에서 일보는 사람입니다. 최무경이라고 여쭙니다."

하고 인사를 드리니까,

"문란주(文蘭珠)올시다. 밤늦게 소란스레 굴어서 미안합니다."

그러나 열 시 전이니까 그다지 늦은 밤도 아니란 듯이 맞은 바람벽에 걸린 시계를 힐끗 쳐다보고는,

"방이 마음에 듭니다. 오늘 밤으루 이사해두 괜찮겠지요?"

한다.

"그러시지요. 원체는 한두 달 계실 손님에겐 방을 거절하라는 것이 아파트의 정칙인데……."

하고 열적은 소리기는 하지만 한마디 끼어 보지 않고는 태평할 수가 없었다.

"논문 쓰는 동안이라군 하지만 또 오랫동안 빌려 놓구 이용하실는지 두 모르지 않어요. 동경 같은 데선 소설 쓰는 사람들이 자기 주택 외에 모두 아파트 한 칸씩을 빌려 갖구 있다든데요."

그리고는 익숙한 매무시로 호호호 하고 웃어 넘겼다. 웃음을 알맞게 끊고는,

"그럼 곧 이사하겠습니다. 시키킨(전세 보증금) 같은 건 내일 아침에 치르기루 헐까요?"

"그렇게 하시지요. 아침은 될수록 이른 편이 좋겠어요. 그럼."

하고 강영감을 향하여선,

"영감님 좀 늦으셔두 이사하시는 것 보아 드리구 방문 잠그십시오. 그리구……."

다시 문란주 편을 향하여 낯을 돌리고는,

“특별히 규칙이랄 건 없지만 여러 사람이 단체 생활을 한다구 무어 이런 걸 만들어 둔 게 있습니다. 참고삼아 틈 있거든 보아 주십시오. 또 그리군 오시는 선생님의 성함자도…….”

하고 인쇄물과 카드 조각을 내어놓았다. 문란주는 연필을 들어 종이에 이관형(李觀亨)의 석 자를 써주고 인쇄물을 받아서 들고는 사무실을 나갔다.

“그럼 또 뵈옵겠습니다.”

“안녕히 가세요.”

한 여자는 밖으로 나가고 또 한 여자는 위층으로 올라갔다. 그때에 연회에서 늦게야 돌아오는 회사원의 한 패가 밖으로부터 몰려 들어오며 강영감에게,

“곰방와(안녕하세요).”

“아아 늦어서 미안합니다.”

하고 중얼거리는 소리가 들려 왔으나 이내 또 아파트 안은 조용해졌다. 무경이는 다시 제 방에 들어와서 문을 잠그고 책상 앞으로 갔다.

2

테이블과 양복장 같은 것은 방에 붙은 것이 있으니까 새로이 끌어들일 턱이 없다면 그럴 수도 있는 노릇이지만 참고서적도 많을 것이요 침구라든가 신변 도구 같은 것의 운반으로 하여 적지 않이 시간을 잡아먹을 이사일 줄 예상하였고 어련히들 주의야 하겠지만 동숙인들이 잠든 시간에 혹시 안면 방해가 되는 일이나 없을까고도 생각해 보았던

만큼 자정도 되기 전에 발자국 소리 외엔 별반 요란스러운 음향도 없이 아주 쉽사리 간단하니 반이나 끝난 듯싶어졌을 때엔 무경이는 일변 안도하면서도 다소 실망을 느꼈다.

하기는 집이 서울 안에 있으니까 간단히 가방깨나 날라 오고 뒷날 차차 소용되는 대로 짐을 날라 들일는지도 모를 것이므로 무경이는 그런 것을 오래 생각지는 않았다. 이관형이와 문란주의 관계가 어떻게 되는 것인지를 상상할 수가 없어서 다소 궁금하다면 궁금하였으나 이사 오는 사람이나 동숙인의 가정 관계를 소상히 알고 싶다는 필요하지 않은 악취미에서 벗어난 지도 이미 오래인 그이므로 이사가 끝나고 한참 있다가 하이힐이 복도를 지나 층계를 내려가 버리는 것을 듣고는 그런 것에도 별반 오래 머리를 쓰지는 않았다.

하룻밤이 지나고 아침이 되어도 물론 새로운 일이 생겨날 리 만무였고 여느 때보다 출근하는 사람이 많은 이 집안은 아침이 가장 뒤숭숭한 시간이라 문소리 발자국 소리 말소리 같은 것이 어느 방 어느 사람의 것인지를 분간할 수도 없는 것이었다. 무경이는 어느 날이나 진배없이 일찌감치 일어나서 물을 끓여 세수를 하고 간단히 아침을 지어 먹었다. 아홉 시가 출근시간이므로 그때가 되기까지는 방 안에서 책을 읽었다. 아홉 시 치는 것을 듣고야 사무실로 나갔다. 무경이가 나가는 것과 교대해서 사무실을 치워 놓고 스팀에 석탄을 지피는 일을 끝막은 강영감이 일단 집으로 돌아간다. 열 시가 되어 점심 벤또를 끼고 강영감이 나타나고 조금 있다가 주인이 나타났다. 무경이에게 이 년 동안이나 일을 맡겨 둔 주인은 오전 중에 아무 때나 잠시 얼굴을 내놓고 장부나 검사해 보고는 다시 나가 버리는 것이었다. 그래도 무경이는 그가 들어올 때를 기다려서 장부를 정비해 두었다가 하루 동안의 일을 소상히 보고하였다.

"어제 삼층 이십이호에 있던 회사원이 나가고 밤 안으로 이관형이라고 하는 대학 강사가 새로 들어왔습니다. 나간 사람의 보증금 중에서 이번 달 치를 제하고 지출한 것이 이게고……."

하면서 그는 전표를 가리킨다.

"새로 들어온 사람의 회계는 아직 보지 않았으나 오전 중에 계약이 끝날 것입니다. 오늘 들어온 걸루 헐라구요. 그리구 이건 각각 이번 달 치 방세들하구 또 이 지출은 전등료."

주인은 가느다란 도장을 들고 하나하나 장부와 전표 위에 인장을 눌러 치우고는 아무 말 없이 입금 중에서 얼마를 남겨 놓고 사무실을 나갔다. 식당을 한번 돌고 복도를 삥 시찰하듯 하고는,

"그럼 난 나가우."

하고 뚱뚱한 몸을 길 위로 옮겨 놓았다. 주인이 나간 뒤 얼마가 지나서 보일러를 돌아보고 온 강영감이,

"어젯밤 새루 들어온 양반 회계 끝났었나?"

하고 물었다.

"글쎄 여태 아무 소식두 없구먼요."

강영감은 숙직실 앞으로 가다가 멈칫 하고 서면서,

"그 양반의 직업이 무엇이라구 허셨지?"

하고 돌아본다.

"대학 강사랍디다. 왜요?"

"대학 강사."

그렇게 다시 나직이 뇌기만 하고는 그 이상 이야기를 잇지 않았으나,

"그 한번 채근해 보시지."

하고 무경이 앞으로 걸어왔다.

"글쎄, 오늘 일찍이 회계를 보기루 일러두었는데 세상 물정에 어두운 학자님이시라 그런 건 통히 잊어버린 게로구먼요. 그럼 영감님 수고스럽더래두 한번 올라가 보시구려."

강영감은 잠시 눈을 꿈뻑꿈뻑하고 서 있었다. 오래지 않아 봄이라는데 그는 여태 털 떨어진 방한모를 귀밑에까지 푹 눌러쓰고 보일러 칸으로 드나든다. 바지 위에 작업복이 낡아서 푸르등등한 놈을 껴입고 웃저고리 위에도 털 떨어진 *체부 옷을 단추가 두 개나 떨어진 대로 껴입고 있었다. 신발만은 아파트의 손님이 신다가 내버린 틀어진 깃도 단화였다.

"그럼 내 올라가 보지."

모자를 벗어서 놓고 맹숭맹숭하게 갓 깎은 머리를 갈구리 같은 손으로 한번 써억 젖혔다. 그리고는 슬근슬근 복도를 걸어나갔다.

무경이는 강영감의 태도에서 마땅치 않아하는 눈치를 느낄 수 있었으나 제 비위에 맞지 않을 때엔 가끔 있는 일이므로 공연한 오해일 것이라고 생각해 본다. 연세가 연세인지라 자기가 못마땅히 생각하여도 남의 앞에서 그런 것을 경솔히 지껄이지는 않는 성미였다. 그저 꿈뻑꿈뻑 눈을 감았다 떴다 하는 것이 그러할 때의 표정이었다. 어젯밤 찾아왔던 양장한 여자를 물끄러미 쳐다보면서도 강영감은 그런 표정을 지어 보였었다. 역시 그런 것이 원인이 되어서 일종의 오해까지도 품어 보게 된 것일 게라고 생각은 해보는 것이나 아침 일찍이 회계를 보자고 언약해 놓고서 일언반구의 이렇다할 말이 없는 것도 심상치 않은 일이거니와 열한 시가 되어 오는데 식당에도 내려오는 기척이 없으니 어느새 취사도구를 정비해 놓고 아침을 손수 지어 먹은 것인가 도무지 어인 일인지 감감 동정을 알 수가 없었다. 양장한 여자가 그런 사연을 통히 전달하지 않았다고 생각할 수도 없고 또 그랬었다면 그 양장한 여자라도 이르게 얼굴을 보이어야 하는 게 아니냐고도 노상히 생각되어지지 않는 바는 아니었다.

그러고 있는데 한참 만에 강영감이 적이 뚜우한 낯짝을 하고 어슬렁어슬렁 위층으로부터 내려왔다. 하회가 궁금한데도 이내 입을 열지 않았다. 대단 불유쾌한 표정이었다. 잠시 책상 언저리를 빙빙 돌다가 혼자말로,

"고오연 친구여 젊은 사람이!"

하고 한마디 툭 뱉었다. 무경이는 종시 말썽이 생기나 보다고 내심 걱정이 되면서도,

"왜요?"

하고 입술 위엔 웃음을 그려 본다.

"흥, 그 사람이 대학교 선생이라구? 온 참!"

또 한번 그렇게 뇌더니 무경이의 앞으로 와서 이야기를 털어놓기 시작하였다.

"당최 어떻게 된 사람인 걸 알 도리가 있어야지. 자아 이거 보겠나. 늘 하는 본새로 떵떵떵떵 그 노크라는 걸 허지 않었나. 대여섯 번 겹쳐 해두 도무지 *하회가 없겠다. 그래서 또 한 번 커다랗게 두드렸더니 그제야 누구인지 들어오시오, 점잖다면 점잖고 또 거만하다면 거만하달 대답이 들리길래 문을 비틀어 보았더니 참말 문을 잠그지는 않었어. 그래서 낯을 문틈으로 들여보내려구 허는데 방 안에 자욱한 연기 그대루 곰을 잡을 작정인지 그냥 담배연기가 눈을 뜰 수 없게시리 가득히 찼더란 말이여. 그러나 나야 또 무어 글이래두 쓰면서 딴정신이 없어

하회(下回)
윗사람이 내리는 회답. 또는 어떤 일이 있은 다음에 벌어지는 일의 형태나 결과.

서 담뱃내 찬 것두 모르는 줄 알았지. 침대에 번듯이 자빠 누웠는 줄이야 알았을 도리가 있나. 그 입은 것 허며 그 머리라 낯짝이라……."

차마 입에다 옮길 수 없다는 듯이 주름살진 표정을 잠시 쭈그러뜨려 보이고 말을 끊었다가,

"내 벌써 어젯밤부터 꼬락서니를 보고서 콧집이 찌그러진 줄 알았었지만, 자아 어젯밤 최선생 올라간 뒤에 그 양반들 이사 오던 꼬락서니 좀 보았나. 그저 가방 하나만을 들고 차에서 내려서 껑충껑충 들어오는데 그 야단스런 부인네는 조꼬만 보꾸레미를 하나 들고서 앞서서 뛰어들어가고 이 대학 선생이란 양반은 모자를 썼겠다. 무어 벤벤한 양복깨미나 허긴 낡아빠진 외투는 꺼칠허게 뒤집어썼으면서두…… 어쨌던 벌써 콧집이 틀려먹은 걸…… 그런데 이 사람이 오늘은 번뜻이 침대에 누워설랑은 그저 담배만 죽여 대인 모양이지. 그래서…… 저 여기 규칙대루다 보증금 석 달 치허구 한 달 치 선금일랑을 치르셔야 허겠는뎁쇼 하고 말했을 것 아니여. 그랬더니 그저 암말 않고 나가 있어 한마디뿐이라. ……아니올세다, 규칙대루 헌다면 보증금과 선금 치른 뒤에야 이사하는 건뎁쇼. 선생님껜 특별히 규칙 위반으루다 대접해 드린 것이올세다. 이렇게 또 한번 공순히 설명해 드렸는데두 그러게 잔말 말구 내려가 있으라는군그래. 부애가 나서 견뎌 배길 도리가 있나. 아니올세다. 규칙대루 이행허시기 싫은 분은 부득불 방을 내기루 되어 있는뎁쇼. 허구서 한번 을러 놓았드니 허 허어 거 참! 영감은 소용 없으니 주인을 보내래눈! 돈은 사무실에 내려오서서 치르게 되었는뎁쇼. 허구서 또 한번 빈정거렸더니 벌떡 일어나면서 잔말 말고 나가서 주인을 보내! 허구 호령이겠지. 난 당최 그 입은 것 허며 낯바대기가 무서워 수작을 걸기두 싫여서 엥이 문을 찌끈 닫고 내려와 버렸지. 거 참!

그 무슨 오라질 대학교 선생이람! 대체 어저께 왔던 그 여펜네가 잡년야, 그게 바루 여급 아냐, 술집에서 술 따르는 그러잖으면 활동사진 박히는 광대년이든지…….”

“양장점 경영하는 부인네랍니다.”

별로 변호해 준다는 의식은 없었으나 좀 과장하는 버릇이 있는 강영감인지라 무경이는 나직이 그렇게 설명해 주었다.

“양장점?”

“네 부인네들 양복 짓는.”

그랬더니 강영감은 기가 좀 사그라지는지,

“양장점을 허는지 무얼 허는지 모르지만…….”

하고 숙직하는 방으로 갔다.

“수고하셨습니다. 내 그럼 올라가 만나 보지요. 허긴 나두 주인은 아닌데.”

무경이는 농말을 지껄여서 가볍게 취급해 버리며 사무실을 나왔으나 물론 강영감의 보고는 그를 적지 않게 불쾌하게 만들었다. 이십이호실 앞에 서니까 제법 마음이 긴장되었다. 노크를 하니까 강영감의 이야기처럼 참말 ‘누구신지 들어오시오’ 하는 느린 목소리가 들려 왔다. 남자가 혼자 들어 있는 방이라 주저도 되었지만 가만히 핸들을 비틀고 얼굴보다 스커트 자락과 구두를 먼저 안으로 들여보냈다. 찾아온 사람이 여자라는 것을 알고 그에 합당한 예의를 갖추라는 예고로서 하는 것이다. 잠시 동안을 두고 밖에서 기다리는데 연기에 찬 방 안의 공기가 문틈으로 새어 나왔다. 이윽고 그는 얼굴을 나타내고 열어 젖힌 문으로 몸을 완전히 방 안에 들여세웠다. 그러나 침대 위에 누워 있는 사내는 그대로 번뜻이 천장을 바라보며 담배만 피우고 있을 뿐 이편

쪽으론 눈길도 보내지 않았었고 그러니 무경이가 구두나 스커트를 먼
저 들여놓았다든가 하는 세밀한 기교도 알아줄 턱이 만무하여 통히 들
어온 사람이 젊은 여자라는 것에도 생각이 미치지 않는 모양이었다.
얄따란 차렵이불을 배퉁이께로부터 발치 위에 덮었고 상반신은 여자
의 것이기 확실한 화려하고 화사한 가운을 두르고 있었다.

"아이 연기."

나직이 그렇게 말하면서 사내의 귀에 들리도록 인기척을 만들었다.
사내는 빠끔히 머리를 들어 보았다. 여태껏 여자인 줄은 몰랐었던지
이윽고 벌떡 자리에서 상반신을 일으킨다. 머리가 뒤
설켜서 구숭숭한데 면도를 넣은 지 오래되는 얼굴 전
체에는 지저분한 반찬 가시 같은 수염이 쭉 깔렸다.
얼굴은 해사했으나 몹시 창백한 것 같았다. 옆구리에
놓았던 것인지 빵조각이 침대에서 굴러 떨어진다.

사내는 자기의 모양하며 옷 주제하며가 여자의 앞
이라 다소 부끄러웠었던지 잠시 당황하는 듯한 표정
을 지어 보았으나,

"아파트의 주인은 안 계시고 제가 그 대리를 맡아
보는 사람입니다."
하는 침착한 젊은 여자의 목소리를 듣고는 다시 무뚝
뚝한 낯색으로 표정을 고치고,

"당신네 집이선 어째 손님에 대한 예의가 그렇습니
까."
하고 외면을 한 채 항의 비슷한 트집을 쏟아 놓기 시
작하였다.

“글쎄올시다, 여러 분을 대하게 되는 관계상 소홀하게 되는 수도 많으리라고 믿습니다마는 지금 올라왔던 영감님께서 어떤 실수를 하셨던가요?”

무경이도 지지 않고 따질 것은 따져 놓자는 뱃심이었다. 사내는 잠시 말을 끊었으나,

“집세고 보증금이고 치르면 될 거 아닙니까. 손님에게 무례한 짓을 하지 않고도 받을 돈은 받을 수 있지 않아요?”

“그야 그렇겠습지요. 그러나 말씀하셨던 언약이 잘 지켜지지 않고 또 어젯밤에 하신 말씀과는 잘 부합되지 않는 곳도 있으니까 아마 영감님의 욱된 생각에 그만 실수가 된 것 같습니다.”

“언약이 잘 지켜지지 않았다든가 어젯밤에 하던 말과 부합되지 않는 곳도 있다니 대체 내가 당신네들과 무슨 굳은 맹서를 하였단 말이오?”

무경이는 잠시 말을 끊었다. 사내는 침대에 다리를 뻗고 앉은 채 자기는 문지방에 선 채 이런 다툼을 서로 건네고 있는 것이 우습기도 하였지만 아파트를 대표해서 이야기하는 이상 따질 대로는 따져 본다고 다시 생각한다.

“선생님과는 지금이 초면이니까 그런 약속이 있었을 리 만무하지만 어저께 오셨던 부인네의 말씀을 신용하고 방을 빌려 준 것이지 본시부터 선생님을 친히 뵈옵고 언약이 된 것은 아니었습니다.”

사내의 자부심을 다소 건드려 주는 말투였다. 사내는 침대에서 내려섰다. 양복 위에 여자의 가운을 입은 품이 어쩐지 우스웠다.

“대체 어떤 내용의 언약입니까. 손님에게 아무런 무례한 짓을 하여도 움찍달싹 않겠다는 약속이라도 했었던가요?”

사내는 면바로 무경이를 쳐다보았다.

"어제 부인네의 말씀에는 손님의 직업은 제국대학의 강사요, 방을 빌리는 목적은 논문을 쓰시는 데 있다 하였고 방세와 보증금은 오늘 새벽에 치르기로 되어 있었습니다."

사내는 갑자기 말문이 막혀 버렸다. 말문이 막혀 버렸을 뿐 아니라 몸 자세에서도 기운이 쑥 빠져 버리는 것이 옆의 사람의 눈에도 현저하게 보이었다.

그는 가만히 외면하고 침대 옆으로 가 섰다.

"대학 강사."

하고 나직하니 외우듯 하는 것이 들려 왔다. 그러나 그는 이내 다시 몸을 돌리어 이편 쪽을 보면서,

"내 직업이 대학 강사라든가 내가 이 방 안에서 논문을 쓴다고 말했다면 그건 거짓이었으니까 내 입으로 취소하겠습니다. 그러나 중요한 건 결국 보증금과 방세 문제 아냐요. 남에게 방해되는 일이 아닌 이상 논문을 쓰든 글을 읽든 그런 것에 관계할 필요는 없을 테구 또 직업 같은 것두 대학 강사라야 된다는 규정이 있을 턱은 없을 거구……."

"글쎄, 그렇게두 말씀하실 수 있겠지요."

"그럼."

하고 사내는 양복 주머니에다 손을 넣었다.

"돈은 오늘 안으루 해드릴 터이구 또 그때까지 믿으시기 힘들다면 나를 인질루 잡아 두는 겸 내가 몸에 지니구 있는 소지품이라군 이 금시계가 하나 있을 뿐이니까 이걸 그럼 그때까지 맡어 두십시오."

시계를 꺼내서 보이었다.

"온 별 말씀을! 여기가 무어 전당폰 줄 아십니까?"

"그럼 어떡하라는 겁니까? 몇 시간의 여유도 헐 수 없으니 당장에

나가라는 말입니까?"

이렇게 적이 난처한 장면이 벌어지려 할 때에 마침 층계에서 발자국 소리가 나고 어저께 왔던 양장한 여자가 커다란 물건 꾸러미를 들고 또 한 사람 운전사에게 이불 보퉁이 같은 짐을 들려 갖고 올라오고 있는 것이 무경이의 곁눈에 띄었다.

"아이 안녕하십니까. 늦어서 죄송합니다."

하고 문란주는 문지방에 서 있는 최무경이에게 인사하였으나 그들의 소 닭 보듯 하고 서 있는 엉거주춤한 몰골을 보고는,

"어째 이러십니까. 무어 말썽이 생겼습니까?"

무경이를 향해서는 유쾌한 웃음을 보내면서 일변 운전사의 손에서 보꾸러미를,

"영치기."

소리를 내어서 옮겨 놓고 눈살을 찌푸리고 뚜우해서 서 있는 사내에겐,

"왜 이렇게 장승처럼 서 있수."

그러나 곧 무경이 쪽을 보면서,

"내 인제 곧 내려갈게요."

하고 말하였다.

무경이는 어떻게 또다시 이야기를 이어나갈 멋도 없고 부인네에게 지금 지낸 사연을 옮겨 들려주고 따져 볼 맛도 없어서 그대로 멍청하니 서 있었고 또 이관형이라고 하는 방 안의 사내도 어떡하라는 것이냐고 따지는 것도 한낱 실없는 일이었다는 생각이 든 것처럼 시무룩해서 침대에 가서 벌떡 누워 버린다. 어이가 없어서 무경이는 그대로 문을 닫아 주고 아래층으로 내려왔다. 사무실에 돌아오니까 강영감은 보

이지 않았다. 그는 마음이 불쾌하고 노엽다느니보다도 우스꽝스런 생각이 들어서 견딜 수가 없었다. 대체 어떻게 된 판국인지 저도 한몫 끼긴 하였으나 정신을 차릴 수가 없는 것 같다.

이관형이라는 사내는 어떠한 부류의 사람일까, 모양이나 차림차림은 그 지경이지만 물론 강영감이 보는 바와 같은 인상만을 주는 사람은 아니었다. 그렇다고 대학 강사가 아닌 것도 확실하고, 그러면 문란주는 어째서 거짓 직업을 주워 부르면서 하필 대학 강사를 골라 대게 되었던 것일까. 회사원이래도 그만이요, 광산가래도 그만이요, 그 밖에 어떠한 직업으로 손쉽게 불러 댈 것이 많은 중에서 하필 대학 강사이었던지 알 수 없는 일이었다.

문란주가 내려왔다. 그는 사무실로 들어오면서 대강한 사연은 들었는지,

"늦게 와서 미안합니다."

하고만 말하고는 상냥스레 웃어 보였다. 오늘도 역시 화장은 짙게 이쁘장스럽게 하였다. 눈과 입술과 턱밑으로 자세히 보면 퍽 솜씨 있고 능숙한 화장이었다. 그는 그 이상 아무 말도 않고 핸드백을 열어서 지갑을 꺼냈다. 가느다란 흰 손가락 끝이 빨간 에나멜이어서 이상스레 연약하고 화사스런 인상을 주었다.

"보증금이 석 달 치니까 일백오 원이시죠! 그리군 일 개월분 방세가 삼십오 원, 일백사십 원이면 되겠지요?"

무경이는 별로 대꾸도 하지 않고 펜을 들어 서류를 꾸미고 돈을 세어서 금고에 넣었다. 그리고도 숙박기를 꺼내서 정식으로 이관형이의 이름을 기록하였다.

"직업은요?"

하고 새삼스럽게 물어 놓고는 직업란 위에 펜대를 세운 채 가만히 기다려 본다.

"글쎄, 직업이 생각해 보니 우습게 되었군요."
하고 머리 위에서 문란주가 말하였다. 시방 위층에서 그것 때문에 말썽이 있었던 것인지,

"실상인즉요, 얼마 전꺼정 대학에 강사루 있었는데 그만 그 방면에서 실패를 하셨답니다. 그래서 어저께는 그냥 대학 강사라구 했었는데 그러니 지금이야 따져 말하자면 무직이지요. 당자두 무직이 좋다니까 그대루 무직이라구 적어 두세요. 연령은 스물일곱 아니 작년에 스물일곱이었으니까 지금은 이십팔……."

3

독신용의 방이 서른여섯에 가족용의 두 칸씩 맞붙은 방이 스물다섯이나 되어서 백 명이 훨씬 넘는 식솔이 살고 있는 집이고 보니 들고나는 사람의 얼굴을 하나하나 따져서 기억해 둘 수도 없고 또 그 이상 그 사람들의 성품이나 생활 습속 같은 것에 대해서 눈여겨볼 겨를이나 흥미도 없으므로 일단 사람을 들여놓은 뒤에는 특별한 일이나 없으면 그다지 밀접한 교섭은 이루어지지 않았다. 하기야 무경이가 한집안에서 자고 먹고 하였고 또 출입구가 있는 옆에 사무실이 있어서 손님들측으로 보면 눈에 익은 존재였으나 무경이 편으로 보자면 한 달에 한 번씩 방세나 받고 난방비나 전등료나 급수료 같은 것이나 받아 치우면 규칙을 문란하게 하지 않는 이상 아무러한 교섭이나 간섭 같은 것을 가지

게 될 리 만무하였다. 사무실 밖에서 상서롭지 못한 일로 무경이가 그들과 직접 대면하는 일은 거의 없어 그런 때마다 강영감이나 주인 자신이 나서서 처리해 왔으므로 무경이는 복도에서 만나도 오래된 사람이 아니고는 그대로 인사조차 나누지 않고 지내는 사람이 많았다. 이관형이도 응당히 그러한 사람 중의 한 사람이 되었을 것임에 틀림이 없다.

그러나 며칠 동안 한집 옆방에 같이 지내면서 그의 낯을 다시 대해 본 적도 없었으나 어쩐지 그의 생각만은 이내 머리에서 떠나지 않았다. 들어오는 날부터 교섭이 이상해졌고 또 사람 된 품이 보통 평범한 사람이 아니라는 것도 이유가 되겠지만 하루 한두 번씩 그를 찾아오는 문란주를 주목해 보는 때마다 역시 이관형의 존재는 언제나 머리에 떠올랐다. 그래서 자기 방으로 돌아갈 때엔 대체 이 사람은 나의 옆방에서 하루 종일 무엇으로 소일을 하는고 하는 생각을 가지게 되곤 하였다.

대학 강사에서 실패한 사람. 그대로 대학 강사래도 모르겠는데 그것에서 실패하고 그리고 수염을 지저분하게 기르고 여자의 가운을 걸치고 번듯이 침대에 누워서 담배만 피우고 빵 조각이나 씹다가는 머리맡에 팽개쳐 두고…… 이런 것이 가끔 이상하고도 우스꽝스러워서 무료할 때마다 때때로 머리에 떠오르곤 하는 것이다. 그런데 또 강영감은 강영감대로 문란주가 나타나는 것만 보면 으레,

"양복점 주인 아씨가 또 오셨군, 대학교 선생 심방하리."

하고 말하곤 하여서 무경이는 책상에 머리를 묻고 사무에 열중하다가도 그들의 관계로 생각이 미치게 되었다.

"영감님은 그 여자완 기쓰구 해봅니다그려."

하고 웃는 말로 하면,

“흥.”

하고 코방귀를 뀐 뒤엔,

“무어 그럴 일도 없지만 난 그 부인네와 사내의 관계가 이상스러워서 그러지 않나. 친척이라든가 그런 관계는 아니여, 내 눈은 속이지 못하지. 대학교 선생이라구 뻐기면서두 내 눈이야 어디 속였나.”

무경이의 대답이 없어도 입 안으로,

“심상하잖어! 내 눈이야 속이나.”

그렇게 중얼거리면서 보일러칸으로 내려가는 것이다. 그래서는 무경이도 영감의 이끄는 대로 문란주와 이관형이의 관계로 생각을 달리게 되는 수가 있었는데 남들의 남녀관계에 젊은 여자가 무슨 참견이냐고 낯을 붉히면서도 가끔 그러한 것을 천착해 보고 앉았는 저 자신을 발견해 보게 되는 것이었다.

이관형이가 이 집으로 이사를 온 지 엿새째 되는 날이었다. 여느 날처럼 출근시간에 사무실로 내려가니까 그와 교대해서 저희 집으로 가는 강영감이,

“거 이상허지. 하루에 한두 번씩은 꼭 오군 허는 그 양복점 아씨께서 어제는 결근을 허셨어. 밤에나 올련가 했더니 거 웬 셈일까.”

하고 혼자말처럼 중얼거렸다. 무경이는 그저,

“그래요.”

하고만 대답하고 그러한 이야기에 깊이 생각을 묻지는 않았다. 그런데 오정이 넘고 한 시가 되었을 때였다. 사무실 안에서 별로 할 것도 없고 하여 잡지를 들고 앉았는데 이 집에 이사 온 지 처음으로 이관형이라는 그 사내가 휘우청휘우청 층계를 내려오고 있었다. 머리와 낯바닥은 그대로였으나 옷은 양복뿐으로 물론 여자의 가운 같은 것은 둘렀을 리

만무하였다. 무경이는 잡지를 든 채 그의 거동을 눈여겨보았다. 그는 층계를 내려오더니 우선 복도를 한번 쭉 살펴본다. 아래층은 절반 이 상이 식당과 당구장과 목욕탕이 되어 있으므로 그런 것을 *패쪽을 따 라서 하나하나 살펴보는 것이었다. 그리고는 흥미가 있는지 느린 다리 를 이끌며 패쪽 밑으로 가서 기웃기웃 방 안의 설비 같은 것을 엿보듯 하더니 다시 제 방으로 올라갔다. 한참 만에 그는 편지 봉투를 하나 들 고 내려와서 이번에는 곧바로 사무실로 들어왔다.

그는 문 안에서 껀뜩 머리를 수그리었다. 무경이도 자리에서 일어나 서 인사를 받았다.

"전화 좀 빌려 주십시오."

무경이는 아무 말 않고 전화통을 옮겨 주었다. 그는 다시 전화번호 책을 찾아서 뒤적거리더니,

"여기서 가까이 대 두구 쓰는 *용달사가 없습니까?"
하고 묻는다.

"있습니다."

그리고는 번호를 가르쳐 준 대로 번호를 부르고 메신저 하나만 보내 달라고 말하였다. 전화를 끊고는 메신저가 오는 동안 제 방에 올라가 있을 것인가 여기서 기다릴 것인가를 망설이는 듯이 잠깐 주춤 하고 서 있다.

"여기 앉으시오, 곧 올 겁니다. 그리구 전화는 삼층에두 하나 설비해 놓았으니까 스위치를 돌리시구 인제부터 거기서 이용하시지요."

"아, 네에, 그렇습니까. 미처 몰랐습니다."

이관형이는 의자에 앉았다. 무경이는 사내와 낯을 마주 대하고 앉았 기가 면구스러워서 잡지에 눈을 묻었으나,

“거 어째 이발소가 없습니까?”

하고 사내가 물어서 그는 얼굴을 들었다. 그리고는 사내의 시선과 부딪쳐서 이상스럽게 웃음이 나오려고 하는 것을 참았다. 인제 이발할 생각이 나는 게로군 하고 생각해 보니 웃음이 나왔던 것이다.

“이발소는 처음에 시작했으나 요 바루 맞은편에 오래된 이발소가 있어서 도무지 영업이 되질 않았답니다. 이 집 사람들만 가지구야 영업이 성립되겠어요. 일백이삼십 명 된다구 허지만 그 중엔 부인네두 많구 한 사람이 두 번씩 깎는다 쳐두 한 달에 오륙십 원 수입밖에 더 되겠어요. 이발사 한 사람을 채용해두 수지가 맞들 않습니다. 그래 가까운 데 이발소두 있고 해서 폐지를 했답니다.”

“하하아 그렇겠군요.”

이관형이는 감탄하는 듯이 목을 주억거렸다.

“그 이발소 자리는 오락장이 되었지요, 바로 목욕탕 옆방.”

“예에.”

그리고 있는데 메신저가 들어와서 이관형이는 편지를 그에게 맡겼다.

“이 윤선생이 안 계시다면 아무한테두 보이지 말구 그대루 갖구 돌아와.”

하고 타일렀다.

“돌아오건 좀 제 방으루 보내 주십시오.”

부탁하고 이관형이는 위층으로 올라갔다. 한 사십 분 걸려서 메신저가 돌아왔다. 윤아무개한테 편지는 전한 모양이었다. 그리고 또다시 한 삼십 분 지난 뒤에 둥실둥실하게 생긴 멀끔하고 정력적인 젊은 신사가 아파트를 찾아와서 이관형이를 물었다. 무경이는 그에게 방을 가르쳐 주면서 이 사람이 아까 용달을 보냈던 윤아무개가 아닌가 하고 생각하였다.

인제 오래인 잠을 깨어나서 차차 움직이기 시작하는구나 하고 생각해 보면 어쩐지 이관형이의 거동이 탈피작용(脫皮作用)을 하고 있는 동물처럼 생각되어 웃음이 났다. 그러나저러나 대학 강사가 되었다가 실패하곤 저런 판국을 경험하게 되는 것인가고 생각하면 어떤 엄숙한 인생의 문제에 부딪히는 것 같아서 마음이 적지 않이 침울해졌다. 그럴 때마다 그는 오시형이를 생각해 보게 되었다. 사내들이란 어떤 커다란 문제 앞에 서면 저렇게 평상되지 않은 행동을 가지게 되는지도 모른다. 그러다가 아주 그러한 구렁텅이에 굴러 떨어져 버리면 타락자가 되고 낙오자가 되어 버리고 마는 것일까. 이관형이의 오늘 행동이 그러한 구렁텅이로부터 정상된 생활 상태로 복귀하려는 사람의 몸부림 같아서 그는 지금 아까와 같이 웃음이 떠오르지도 않는 것이다.

얼마 해서 윤아무개는 나갔다. 한참 뒤에 이관형이가 다시금 층계 위에 나타난 것은 그때에 마침 강영감이 사무실에 있어서,

"어유 저 사람이 어떻게 된 셈판인가, 목욕할 생각을 다 내구."

참말 밖을 내다보니까 이관형이는 수건을 들고 복도에 내려서고 있었다. 잠시 목욕간을 넘겨다보고는 이편 쪽으로 낯을 돌리고 사무실로 들어온다.

"이거 자주 들러서 사무 보시는 데 죄송합니다. 미안하지만 은행 시간이 넘었구 해서 말씀 여쭙는데 *소절수 한 장 바꾸어 주실 수 없을까요?"

시계는 세 시 반이 넘었었다.

"글쎄, 얼마나 쓰시려는지요. 돈이 많지는 못한데."

소절수
수표. 은행에 당좌 예금을 가진 사람이 소지인에게 일정한 금액을 줄 것을 은행 따위에 위탁하는 유가 증권.

“천 원짜리지만 우선 있는 대루 돌려 주시지요. 적어두 좋습니다.”

“한 이백 원.”

“네, 그게믄 충분합니다.”

그는 양복 안주머니에서 소절수 한 장을 꺼내서 무경이에게 넘겼다. 윤갑수라는 사람의 소절수였다. 무경이가 금고를 여는 동안 이관형이는 무료히 서 있다가, 문득 강영감을 발견하고,

“일전 일루 영감께선 여태 노하셨습니까?”

하고 처음으로 소리를 내어 껄껄 웃었다. 강영감은 관형이가 웃는 바람에 적지 않이 겸연쩍어져서,

“온 천만에 말씀을, 고만 일에 노헐 나입니까.”

하고 제법 여태까지의 일은 잊어버린 듯이 대답하였으나 그래도 그다지 마땅하지는 못한 것인지 슬며시 문을 열고 복도로 빠져나갔다.

그것을 보고는 무경이도 함께 미소를 입술가에 그려 보았다.

"이백 원이올시다. 세어 보십시오. 그럼 이 소절수는 맡아 두었다가 내일 찾아다 드리지요. *식산은행이시죠?"

관형이는 돈을 받아서 넣으며,

"고맙습니다."

그리곤 휙 낯을 돌리다가 시계 밑에 붙여 놓은 길쯤한 거울 속에 비친 제 얼굴에 놀란 듯이 여자가 옆에 있는 것도 불구하고 잠시 그것을 들여다보고 있었다. 그는 손으로 터거리를 한번 쓱 쓸어 본다. 그리고는 무경이를 곁눈질하고 씨익하니 웃었다.

조선식산은행

"면도를 빌려 드릴까요?"

그러니까 사내는 머리를 긁적긁적 긁으며,

"에이 뭐 면도는요."

하고 데석을 썰레썰레 털었다. 그러나 잠시 더 멍청하니 서서 거울을 바라보다가,

"제 면도가 아마 여기 있을 거예요."

그러니까 힐끗 무경이를 본다. 남의 남자에게 면도를 빌려 준다는 것도 생각해 보면 수상쩍은 일이어서 나직이 변명하듯이 서랍에서 면도를 찾으며 중얼거린다.

"이사 올 때 잊었다가 핸드백에 넣었더니 배가 불러서 꺼내 두었었는데…… 여기 있습니다. 잘 들는지 모르지만 써보시지요. 전 통히 쓰지 않습니다."

그래서 이관형이는 면도를 얻어 들고 비눗곽을 타월로 잘라 맨 것을 디룽궁디룽궁 휘저으며, 욕탕 있는 데로 갔다. 그 뒷모양이 우스워서

앵구장
일제 강점기 때 '장충
동1가'를 일컫던 말.

권면
알아듣도록 권하고 격
려하여 힘쓰게 함.

무경이는 욕탕 안으로 사라질 때까지 그것을 창문 너머로 바라보고 있
었다.

네 시가 가까워서 사무실은 강영감에게 맡겨 놓고 무경이는 다녀온
지도 얼마 되고 하여 어머니한테로 갔다. 어머니와 정일수 씨는 장충
단 이편 *앵구장이라는 주택지에 살고 있었다. 가면 언제나 반가워하
고 쓰다듬어 줄 듯이 고맙게 친절히 해주었으나 한 시간쯤 앉았노라면
으레 인제 아파트의 사무원은 그만두는 게 어떠냐는 *권면(勸勉)이 퉁
겨 나오곤 하였다. 먹을 것이 없니 입을 것이 없니 방 한 칸을 빌려 갖
고 사는 건 살림이 간편해서 네 말마따나 좋을는지 모른다 쳐도 무엇
때문에 남에게 구속받는 생활을 하면서 뭇사람의 시중을 드느냐 하는
것이 언제나 판에 박은 듯이 나오는 어머니의 말이었다. 어머니나 정
일수 씨가 그렇게 생각하는 것도 무리는 아니었고 무경이 자신조차도
그러한 생각을 먹어 볼 때가 있으므로 그런 말이 나올 때마다 그는 그
저 좋은 말로 어루만져 두는 것이었으나 오늘은 기어이 속시원히 동경
같은 데루 학교나 가보는 것이 어떠냐는 말까지 나오고야 말았다.

무경이는 저녁도 얻어먹지 않고 붙잡는 어머니를 바쁜 일이 있다는
핑계를 대서 뿌리쳐 버리고 앵구장을 나섰다. 교외에 나가 보면 봄이
한 걸음 한 걸음 닥쳐오는 것이 눈에 띄었다. 그는 해질 무렵의 거리를
걸으면서 생각에 잠긴다.

어머니와 아버지는 오시형이와 자기와의 관계가 이미 파탄이 나버
린 지 오래다고 생각하고 있는 것이 분명하였다. 입 밖에 내지는 않았
으나 속시원히 공부나 더 해보라는 권면 뒤에는 벌써 그러한 눈치가
숨겨져 있는 것을 알 수 있었다. 사실 오시형이와 나와의 관계는 남들
이 생각하듯이 완전히 끝이 나버린 것일까, 시형이가 들었던 방과 시

형이를 위하여 얻었던 직업을 이렇게 놓아 주지 않고 있는 것은 남들이 보듯이 쓸데없는 고집에 불과한 것은 아닌 것일까.

맥이 풀려서 그는 지나가는 자동차를 잡아타고 아파트로 돌아왔다. 돌아와서 빈방 안에 앉아 보아도 마음은 그대로 침울하였다.

시형이의 애정을 인제는 믿지 않는다고 제 마음에 타일러 온 것은 벌써부터의 일이었다. 그러나 그렇게 스스로 타이르고 뇌보고 하는 것을 지금 새삼스럽게 인정하려 들면 역시 마음은 어느 귀퉁이에선가 도리질을 계속하는 것이다.

사람의 일이 설마 그럴 수야 있을까. 설마 그럴 수야— 이 설마에 매달려서 그것을 생활의 유일한 기둥으로 나는 생각하고 있는 것이나 아닐까.

그는 머리를 털고 일어나서 전등을 켰다. 열심히 방을 정돈하였다. 문을 열어 젖히고 활짝 먼지를 털고 걸레를 치고…… 그러면 가슴이 좀 후련해졌다. 그는 식당으로 가서 오래간만에 정식을 먹었다. 거의 다 먹었는데 이관형이가 아주 딴판인 모습으로 식당엘 들어오고 있는 것이 보였다. 손님이 더러 있어서 그는 이내 무경이를 발견하지는 못하였으나 식당 안에 들어와 본 것이 처음인지 방 안을 한번 휘둘러 살피다가 무경이가 밥을 먹고 앉았는 것을 발견하였다. 옷은 별것이 아니었으나 면도를 하고 안 하는 데 사내의 얼굴이란 저렇게 달라지는 것인지 불빛 밑이라 낯빛은 의연히 창백했으나 그럴수록 부드럽게 감아서 말린 머리카락 밑에 *백석(白晳)이란 형용이 들어맞을 온후하면서도 날카로운 얼굴 모습이 뚜렷하게 드러나 보이는 것이었다. 면도를 빌려 주기 잘했다고 생각하면서 밥 먹던 손을 놓고 그가 가까이 오는 것을 맞아 주듯 하였다.

백석
얼굴빛이 희고 잘생김.

“진지 잡수러 오십니까?”

“네, 처음으로 식당을 좀 이용해 보려고요. 참 면도는 선생님이 안 계셔서 제 방에 가져다 두었는데 선생님께선 오늘 늦게까지 사무 보십니까?”

이관형이는 옆의 테이블에 앉으며 말을 건네었다.

“저두 이 집에서 기거합니다. 바로 선생님 옆방인 걸요.”

그걸 여태 몰랐다는 듯이 사내는 ‘네에’ 하고 놀라면서,

“그런 걸 모르구 일주일 가까이 지냈으니…….”

따라온 보이에겐,

“나도 저 선생님 잡숫는 걸루 갖다 주게.”

하고 일러 놓곤 무경이의 시선과 마주쳐서 허허어 하고 웃었다.

“그러시면 이십삼호든가 사호든가!”

“네, 이십삼호요.”

“그래서 면도가 다 있으셨군그래.”

그리고는 또 웃어 보였다. 식사 끝이 화려한 것 같아서 무경이는 유쾌하였다.

“전 그럼 먼저 실례하겠습니다.”

하고 관형이의 시킨 것이 오기 전에 그는 자리를 떴다. 방으로 돌아와서 찻잔을 부시고 가스에 물을 끓였다. 불을 밝히고 마음을 가라앉히어 책이나 읽으리라 생각하는 것이다. 한참 만에 주전자의 물이 끓어서 그는 잔을 내어 놓고 홍차를 만들었다. 그러고 있는데 노크 소리가 났다. 문을 여니까 이관형이었다.

“면도 가져왔습니다. 난 또 남의 방에 잘못 들어오진 않나 하구서…….”

"그대루 두시구 쓰실 걸 그랬지요. 그러나저러나 좀 들어오세요. 지금 막 홍차를 만들던 중입니다. 들어오셔서 한잔 잡수세요. 립톤이 좀 남은 게 있어서, 자아 방은 누추하고 좁지만."

관형이는 문지방에서 잠시 머뭇머뭇하였으나,

"방을 아주 깨끗이 정돈하셨군요. 이렇게 청결해야만 되는 건데 우리 같은 사람은 도시 이런 아파트 생활에 부적당합니다."

침대가 있는 데와 취사상이 있는 데는 모두 두터운 커튼을 쳐서 여자의 방 같은 화사한 색채는 그다지 눈에 띄지 않았다.

"그럼 한잔 얻어먹을까. 오래간만에…… 이거 너무 실례가 많습니다."

그리고는 문을 닫고 방 안으로 들어섰다. 응접 의자로 안내하고는 조그만 앞치마를 스웨터 위에다 두르고 무경이는 홍차를 만들었다.

"선생님 공부하십니다그려."

하고 놀란 듯이 뒤에 놓은 서가와 그 옆으로 쌓아 놓은 많은 서적을 굽어본다. 무경이의 것 외에 오시형이가 미결감에서 보던 것이 대부분 그대로 있어서 서적은 의외로 많았었다.

"그저 허는 시늉이나 합니다."

"아니 거 대부분이 철학이 아닙니까."

그는 참말로 놀라는 표정을 지어 보였다. 차를 가져다 앞에 놓아도 무경이의 얼굴만 감탄하는 낯으로 뻐언히 쳐다보고 있었다.

"너무 그러시지 마세요. 부끄럽습니다."

그러나 열심히 공부한다는 칭찬을 받는 것은 그다지 불쾌한 일은 아니었다.

"어서 식기 전에 차 드세요."

관형이는 깊이 감동된 듯한 얼굴로 가만히 앉았었으나 이윽고 차를 들어서 맛보듯이 입술로 가져갔다. 무경이도 마주앉아서 차를 들었다.

"선생님은 대학에서 무엇을 가르치셨에요?"

"나요?"

그러고는 찻종을 놓았다.

"일전에 대학 강사라구 사칭했던 건 취소하지 않았습니까."

그러나 입술은 빙그레 웃고 있었다.

"그렇게 놀리시지 마십시오. 그때엔 사정이 그렇게 되어서 실례를 했었지만."

무경이도 그때의 일을 회상하면서 그렇게 말했다.

"가르쳤달 것까진 없지만 영어를 좀 강의했습니다."

"그럼 영문학이 전공이세요?"

"네, 선생님의 철학으루 보면 아주 옅은 학문이올시다."

"온 천만에, 제가 또 철학이니 무어 벤벤히 공부헌 줄 아시구 그러세요. 저 책두 대부분이 제 것이 아니랍니다. 어찌어찌 그렇게 될 사정이 있어서 요즘 좀 뒤적거려 보지만."

관형이는 다시 서가 있는 쪽을 돌아다본다.

"니체, 키에르케고르, 베르그송, 뒤르케임, 딜타이, 하이데거, 세렐, 페기, 올테가, 짐멜, 슈미트, 로젠베르크, 트레루치, 듀이……."

그렇게 책 이름의 밑을 따라가며 입 속으로 중얼중얼하다가,

"어유우 이거 머 굉장한 거물들이 아주 뭇별처럼 찬연히 빛나고 있습니다그려. 모두 세계 정신을 저저끔 떠받들고 구라파를 구해 보겠다는……."

그러고는 낯을 돌려 찻잔을 다시 들면서,

"나두 인제 저 사람들을 좀 공부해야지……."

저의 여태껏의 생활이 엉망이었던 것을 부끄러워하는 낯으로 가만히 그렇게 뇌었다. 그러나 무경이는 어쩐지 낯이 간지러웠다. 책은 쪼르르니 꽂아 놓았지만 저는 아직 그 뭇별처럼 빛나는 구라파의 사상가들이 무엇을 하는 사람인 것도 알고 있달 자신이 없었다. 자기를 무슨 큰 공부꾼이나 되듯이 착각하고 있는 젊은 학자를 눈앞에 앉혀 놓고 그는 난데없는 부끄러움을 맛보고 있다. 그럴수록 오시형이의 생각이 난다. 그이에게 구원을 준 사람은 그의 말에 의하면 저 철학자와 사상가들이라 한다. 하긴 저 사람들은 오시형이의 애정까지도 무경이에게서 빼앗아 갔지만.

그런 것을 마음속으로 생각해 보다가 무경이는 낯을 들었다.

"선생님, 제가 하나 여쭈어 볼 말씀이 있습니다."

"무어 말입니까? 저는 그런 방면은 아무것도 모릅니다."

무경이는 그러한 사내의 겸사의 말엔 귀도 기울이지 않고 열심스러운 태도로 물어 본다.

"동양학이라는 학문이 성립될 수 있을까요?"

동양학은 어떻게 해서 오시형이를 저토록 고민 속에 파묻히게 만드는 것일까, 동양학으로 가는 길이 무엇이건대 그것은 오시형이와 최무경이의 관계를 이토록 유린하고 무시해 버릴 수 있는 것일까. 그의 질문에는 학문과 애정의 문제가 함께 얽혀져서 마치 그의 생활의 전체를 통솔하고 지배하는 열쇠 같은 것이 간축되어 있는 것이다. 사내들 세계는 알 수 없는 수수께끼라 한다. 사실 그는 오시형이가 평양으로 내려간 뒤부터 그를 이해하고 있달 자신이 없어졌다. 지금 그의 앞에 앉아 있는 이관형이라는 사내 역시 정체를 붙들 수 없는 사람은 아닌가.

이렇게 마주앉아 있는 것을 보면 교양 있고 얌전한 지식인 같다. 그러
나 한편으론 문란주와 같은 나이먹은 여자와 강영감의 말은 아니지만
심상하지 않은 관계를 맺어 놓고 질서 없는 비위생적인 생활도 버젓하
게 벌여 놓을 수 있는 사람.

무경이의 묻는 말에 처음은 농말조로 받아넘기려다가 그의 태도가
지나치게 진지한 데 눌리어서 이관형이도 잠시 제 머리를 정리해 보듯
한다.

"전문 부분이 아니어서 상식적인 것밖에는 대답할 수 없겠습니다.
그리구 그런 정도로도 잘못된 해석이나 또 엉터리 없는 추상이 많을
줄 압니다마는…… 내 생각 같애선 서양 사람이 자기네들의 학문적 방
법을 가지고 동양을 연구하는 것과 동양인이 구라파의 학문 세계에서
동양을 분리할 생각으로 동양을 새롭게 구성해 보려는 노력과 이렇게
두 가지루다 나누어서 생각해 볼 수가 있는데 어느 것이나 독자적인
학문을 이룬다든가 하는 것은 어려운 일인 줄 생각합니다. 서양 학자
가 구라파 학문의 방법을 가지고 동양을 연구한다고 그것을 동양학이
라고 말한다면 그것은 지역적인 의미밖에 되는 게 없으니까 별로 신통
한 의미가 붙는 것이 아니고 그저 편의적인 명칭에 불과할 것이요, 또
동양인인 우리들이 동양을 서양 학문의 세계에서 분리해서 세운다는
일에도 정작 깊은 생각을 가져 보면 여러 가지 곤란이 있을 줄 압니다.
가령 동양학을 건설한다지만 우리들의 대부분은 구라파의 근대를 수
입한 이래 학문 방법이 구라파적으로 되어 있지 않겠습니까. 대학에서
공부한 사람의 거의가 구라파적 학문의 방법을 배운 사람들이니 그 방
법을 버리고서 동양을 연구할 수는 없지 않습니까. 그렇지 않다면 동
양이 가지고 있는 고유의 학문 방법으로 동양을 연구하여야 할 터인데

내가 영국 문학을 한 사람이라 그런지 사회과학이나 자연과학이나 철학이나 심리학이나 구라파적 학문 방법을 떠나서는 지금 한 발자국도 옴짝달싹 못 할 것입니다. 그러니까 니시다 같은 철학자도 서양 철학의 방법을 가지고 일본 고유의 철학 사상을 창조한다고 애쓴다지 않습니까. 한동안 조선학이라는 것을 말하는 분들도 우리네 중에 있었지만 그 심리는 이해할 만하지만 별로 깊은 내용이 없는 명칭에 그칠 것입니다. 요즘에 율곡 같은 분의 유교 사상을 서양 철학의 방법을 가지고 연구해 보려는 분들이 생기고 있는 모양이지만 이런 의미에서 본다면 동양학의 성립이란 애매하고 또 내용 없는 일거리가 되기 쉽겠습니다.”

“그러나 서양 학자들이 동양을 연구하는 데는 좀더 다른 의미도 들어 있지 않을까요? 말하자면 서양의 몰락과 동양의 발견이라든가 하는.”

“네 잘 알겠습니다. 요즘 그렇게들 말하는 분이 많습니다. 그리고 물론 그것은 결코 거짓이 아니겠지요. 구라파 정신의 몰락이라던가 구라파 문화의 위기라던가 하는 소리는 이 쭈루루니 책장에 꽂혀 있는 뭇 별 같은 사상가들이 오래전부터 떠들어 오는 말이고, 구라파 정신의 재생이나 갱생책을 생각해 보는 과정에서 동양을 발견하는 일이 많다고도 말할 수 있겠는데 그러나 그들은 결코 구라파 정신을 건질 물건이 동양의 정신이라고는 믿지 않고 있습니다. 뿐만 아니라 그들은 한 가지로 세계를 건질 정신은 역시 구라파 정신이라고 깊이 확신하고 있습니다. 이것은 서양 사람으로서는 물론 당연한 일이고 우리 동양 사람은 감정적으로래도 항거하구야 견뎌 배길 일이지만 그러나 구라파 학자의 동양 발견이라는 것은 그 이상의 것은 아닙니다. 서양 학자가 동양에 오면 도시의 근대 건축이나 그런 것에는 조금도 감탄하지 않고 고적이나 유물 앞에서는 아주 무릎을 친답니다. 그를 안내한 동양 학자는 이것을 설명해서 서양 사람들은 위안(慰安)으로밖엔 감탄하지 않는다고 말합니다. 유물이나 고적에서 서양을 건져 낸다던가 세계 정신을 갱생시킬 요소를 발견하고 감탄하는 것은 아니란 것입니다. 이런 점은 우리 동양 사람이 깊이 명심할 일입니다."

무경이는 가만히 듣고 앉아 있다. 그러나 마지막으로 오시형이의 이론을 그대로 옮겨서 또 한번 질문을 던져 본다.

"앞으로의 현대의 세계사를 구상해 보는 데 있어서 서양사학에서 떠나 다원사관에 입각하여 여러 개의 세계사를 꾸며 놓는 것은 어떨까요?"

학문적인 술어가 마음대로 입에 오르지 않아서 그는 더듬더듬 자기의 의사를 표현해 놓는다.

"동양에는 동양으로서 완결되는 세계사가 있다, 인도는 인도의, 지나는 지나의, 일본은 일본의, 그러니까 구라파학에서 생각해 낸 고대니 중세니 근세니 하는 범주를 버리고 동양을 동양대로 바라보자는 역사관 말이지요. 또 문화의 개념두 마찬가지 구라파적인 것에서 떠나서 우리들 고유의 것을 가지자는 것. 한번 동양인으로 앉아 생각해 볼 만한 일이긴 하지요마는 꼭 한 가지 동양이라는 개념은 서양이나 구라파라는 말이 가지는 통일성을 아직껏은 가져 보지 못했다는 건 명심해 둘 필요가 있겠지요. 허기는 구라파 정신의 위기니 몰락이니 하는 것은 이 통일된 개념이 무너지는 데서 생긴 일이긴 하지만. 다시 말하면 그들은 중세를 가지고 있지 않습니까. 그 중세가 가졌던 통일된 구라파 정신이 자꾸 깨어져 버리는 데 구라파의 몰락이 있다고 하지 않습니까. 그러나 그들이 그들의 정신의 갱생을 믿는 것은 통일을 가졌던

정신의 전통을 신뢰하기 때문이겠습니다. 불교나 유교는 이러한 정신
적 가치로 보면 훨씬 손색이 있겠지요. 조선에도 유교도 성했고 불교
도 성했지만 그것이 인도나 지나를 거쳐 조선에 들어와서 하나도 고유
의 사상이나 문화의 전통을 이룰 만한 정신적인 힘은 가지고 있지 못
하지 않았습니까. 허기는 그건 불교나 유교의 탓이라기보다는 우리 조
상들의 불찰이기도 하지만."

어느 한귀퉁이를 비비고 들어가 볼 틈새기도 없을 것 같았다. 이관
형이의 이러한 생각을 듣고 있으면 그가 비위생적인 생활 태도를 가지
는 데도 어딘가 이해가 가는 듯이 느껴졌다. 동양인으로서 동양을 저
토록 *폄하(貶下)하지 않을 수 없는 것도 하나의 비극이라고 생각되어
지기도 하였다. 그는 잠시 오시형이의 편지를 생각해 보았다. 비판만
하면 자연히 생겨나리라고 생각하는 것이 요즘의 지식인들의 하나의
통폐라고 말하면서 비판보다도 창조가 바쁘다고 한 것은 이러한 것을
두고 말하였던 것일까.

잠시 말을 끊고 앉아 있던 이관형이는 주머니를 뒤져서 담배를 꺼
냈다.

"미안하지만 담배 한 가치만 피웁시다."

그러고는 성냥을 그어서 담배를 붙였다. 한 모금 깊숙이 빨고는,

"요즘 내가 가장 사랑하는 말이 하나 있습니다. 반 고호라는 화가의
말인데."

다시 한 모금을 빨아 마신 뒤에,

"인간의 역사란 저 보리와 같은 물건이다. 꽃을 피우기 위해서 흙
속에 묻히지 못하였던들 무슨 상관이 있으랴, 갈려서 빵으로 되지 않
는가. 갈리지 못한 놈이야말로 불쌍하기 그지없다 할 것이다. 어떻습

폄하
가치를 깎아 내림.

니까?”

그러고는 또 한번 뜨즉뜨즉이 그것을 외우고 있었다. 무경이도 그의 하는 말을 외어 가지고 다소곳하니 생각해 본다. 그러나 한참 만에,

“그게 어떻단 말씀이에요. 흙 속에 묻히는 것보다 갈려서 빵이 되는 게 낫다는 말씀입니까. 그렇잖으면 흙 속에 묻혀서 많은 보리를 만들어도 그 보리 역시 빵이 되지 않는가 하는 말씀입니까?”
하고 물어 보았다. 이관형이는 싱글싱글 웃으면서,

“여러 가지루 해석할 수 있을수록 더욱 더 명구가 되는 겁니다, 해석은 자유니까요.”

“그럼 전 이렇게 해석할 테에요. 마찬가지 갈려서 빵가루가 되는 바엔 일찍이 갈려서 가루가 되기보담 흙에 묻히어 꽃을 피워 보자.”

이관형이는 여전히 싱글싱글 웃었다.

“구라파 정신이 막다른 골목에 처했을 적에 그들이 니힐리스틱하게 던져 본 말입니다. 이렇게 구라파가 몰락해 버리는 데 정신을 신장해 보는 사업에 종사해 본들 무엇 하랴, 이건 하이데거 같은 철학자의 해석이랍니다. 선생님의 해석은 건강하고 낙천적이고 미래가 있어서 좋습니다.”

“선생께선 그런 사상을 가졌으니께 대학에서두 실패를 보신 거예요.”

“대학에서 실패를 보구 그런 사상을 가졌다는 편이 진상에 가깝겠지요.”

"영국 문학을 하셨구 그런데 바로 그 정신의 고향인 자유주의와 개인주의의 영국이 지금 망하게 되었으니께 선생님이 그런 생각을 가지게 되시죠."

관형이는 담배를 껐다.

"그런 것만도 아닙니다. 대학에서 실패한 건 되려 자유주의적이 못되기 때문이었구, 또 내 정신의 고향이 결코 영국인 것도 아닙니다. 우린 동양 사람이 아니여요. 대학에서 몇 년 배웠다구 그대루 영국 정신이 터득된다면 큰일이게요. 오히려 병집은 그 반대인 데 있습니다. 구라파 문화를 겉껍질루만 배운 데. 그럼 내 자신의 이야기를 하지요. 그러나저러나 내 자신의 이야기를 털어놓는다고 하면서도 여태 서루 *통성두 없었군요. 저는 이관형이라고 부릅니다."

그래서 무경이도 제 이름을 가르쳐 주고 인사를 하였다. 그러고는 마주보며 웃었다.

"그러면 내 정신의 비밀을 들어 보십시오…… 아까 동양을 여행하는 외국 사람들이 우리 서양식 건축과 문명을 구경하고는 감탄은 샘스러 그저 누추한 모방품을 본 듯이 유쾌하지 못한 낯짝을 한다는 의미의 말씀을 드렸지요. 바로 그 서양식 건축 같은 가정이 우리집이라구 해두 과언이 아닙니다. 내 아버지는 서울서두 손꼽이에 들 수 있는 무역상입니다. 말하자면 부르주아올시다. 아버지의 세 자식은 모두 근대적인 교육을 받았습니다. 나는 보시는 바 영문학을 하였고 내 누이동생은 음악학교를 나왔고 내 끝동생은 금년 봄에 *삼고(三高) 독문과를 나옵니다. 모두 문화의 가장 *찬연한 정수를 전공했습니다. 우리 가정은 그것 자체로 하나의 현란하고 난숙한 부르주아의 가정이올시다. 그런 의미에선 티피컬한 가정이라구 해두 과언은 아니겠습니다. 그런

데……."

　그는 잠시 숨을 돌리듯 하며 말을 끊었으나 다소 침울한 빛이 눈가 상에 떠올랐다.

　"그런데 우리 조선이 근대를 받아들인 상태를 이것과 대조해 보면 우리집 가정의 타입이 더 뚜렷해지리라고 생각합니다. 개화가 있은 지 가령 칠십 년이라고 합시다. 이때부터 구라파의 근대를 수입해 왔다고 쳐도 실상은 구라파의 정신은 그때에 벌써 노쇠해서 위기를 부르짖고 있던 때입니다. 우리들은 새롭고 청신하다고 받아들여 온 것이 본토에 서는 이미 낡아서 자기네들의 정신에 의심을 품고 진보라는 개념 자체에 회의를 품어 오던 시대입니다. 그러니까 우리는 남의 고장의 노후하고 낡아빠진 문명과 문화를 새롭고 청신하게 맞어들인 것입니다. 구라파가 결딴이 났다고 우리들이 눈을 부실 때엔 벌써 이미 시일이 늦었습니다. 받아들인 문명과 문화는 소화도 하지 못하고 있는데 벌써 구라파 정신은 갈 턱까지 가서 두 차례나 커다란 전쟁을 경험하고 있습니다. 나 같은 사람이 영국 문학을 하였으나 조금씩 조금씩 깊은 이해를 가져 보려고 노력하면 노력할수록 나는 어떻게도 할 수 없는 그들의 답답한 정신세계에 자꾸만 부딪치게 됩니다. 우리 아버지란 그러한 아들을 가지고 있는 상인입니다. 무역상이라고 하니까 앞으로 자유주의 경제가 완전히 통제를 당하고 보면 당연히 결딴이 나겠지요. 지금은 상업적 수단이 있어서 되려 시국을 이용하고 있는지도 모르지만. 우리들은 이층에서는 양식을 잡숫고 아래층에 와서는 깍두기를 집어 먹는 그런 사람들이요, 또 그 정도로 아주 될 대로 되어 버려서 모두 권태와 피로를 경험하고 있습니다. 노인네들 말대로 하면 우리집도 장차 쇠운에 빠지고 말 것이 분명합니다. 누이동생은 음악이 전공이지만 그것에 몰두할 수 없은 지 오래고, 고등학교 다니는 학생은 벌써 학문이나 학업에 권태를 느껴 온 지 오랩니다. 내 매부는 비행가였었는데 이 용기 있고 참신한 청년은 얼마 전에 향토 비행을 하다가 울산 부근에서 안개를 만나 불시 착륙하였으나 바위와 충돌해서 비행기와 함께 세상을 떠났습니다.”

“얼마 전에 신문에 났던?”

“네 아마 그것이겠지요. 그러한 가운데 나는 살고 있었습니다. 그런데 또 한 가지 이상한 건 작년부터 약 일 년 가까이 내 주위에는 참말 아무짝에도 쓸모가 없는 사람들이 욱적거리고 있었습니다. 가령 문란주 같은 여자가 그 중의 한 사람입니다. 이 사람은 약 일 년 전에 우연히 알게 된 사람인데 처음부터 나는 이 여자를 데카당스의 상징처럼 느껴 왔습니다. 그 사람이 들으면 노할는지 모르고 또 그 자신 그렇지 않은 사람인지도 모르나 나는 그를 볼 때마다 퇴폐적이고 불건강한 것의 대표자처럼 자꾸 느껴진 것입니다. 그러니까 나는 자꾸 그를 피하고 물리쳐 왔지요. 또 오늘 나를 찾아와서 소절수를 주고 간 양반, 이 분은 내 아저씨뻘 되는 분인데 몸도 건장하고 정력도 좋고 돈도 먹을 만치는 있고 한 청년 신삽니다. 그는 하나의 정복욕을 가지고 있습니다. 그러나 그 정복욕은 여자를 정복하는 데만 쓰였습니다. 그는 그 방면에 *레코드 홀더가 된다고 스스로 말하고 있습니다. 또 백인영이라는 은행가가 있었는데 이 양반은 잔재주를 너무 부리다가 그것 때문에 은행에서 실패했습니다. 그의 첩은 바로 저 문란주의 *지기지우입니다…… 이런 분위기 속에서 나는 일 년 동안 싸워 왔습니다. 그러나 그렇던 내가 교내의 파벌과 학벌 다툼에 희생이 되어서 아주 실패를 보게끔 되었습니다. 요 얼마 전입니다. 나는 그날 술에 취하였습니다. 술

레코드 홀더
기록 보유자.

지기지우(知己之友)
자기의 속마음을 참되게 알아주는 친구.

에서 깨어 보니까 문란주네 이층에 가 누웠습니다. 이야기를 들으니까 명치정에서 문란주가 오뎅 해서 한잔 먹고 나오는데 내가 비틀거리고 오더라나요. 나는 사오 일 동안 이층에서 번듯이 누웠었습니다. 아주 기력이 없고 수족을 놀리기도 싫어진 겁니다. 무슨 정신에 집에는 여행 가노라는 엽서는 띄워 놓았지요. 나는 집에 들어가기도 싫어졌습니다. 또 문란주 씨네 집에 그대로 묵고 있는 데도 싫증이 났습니다. 그래서 옮아 온 것이 이 아파트올시다. 이사하자 막 늙은 영감과 또 최선생과 말다툼을 하였고⋯⋯."

"잘 알겠습니다."

하고 무거운 머리를 들어 관형이에게 인사를 하듯 하고 무경이는 일어나서 다시 가스 불을 열어 놓았다.

"그러나 나 같은 사람은 비위생적인 데도 철저히 빠져 있을 수 없는 사람인 모양입니다. 빵가루가 되기보담 어느 흙 속에 묻혀 있기를 본능적으로 희망하는 인물인지도 모르지요. 그것이 더 비극이지만."

물이 사르르 하고 더워 오는 소리가 들려 온다.

"실상은 저도 그것과는 다르지만 그 비슷한 정신적 비밀을 가지고 있습니다."

남의 신변의 비밀을 듣고 나니 어쩐지 제 비밀도 털어놓아야 할 것처럼 생각되어졌다.

그러나 이관형이는,

"그러시겠지요. 요즘 청년치고 그런 것 가지고 있지 않은 분이 쉽겠습니까."

할 뿐 그 이상 이야기를 듣고 싶은 표정은 없었다. 무경이는 일어나서 홍차를 한 잔씩 더 만들었다. 차를 쭉 마시고는,

"이거 이야기가 너무 길어졌습니다. 공연히 방해되셨지요?"

관형이는 의자에서 일어났다.

"그럼 안녕히 주무십시오."

하고 인사하였을 때 방을 나가려는 사내는 작은 약병을 꺼내 잘랑잘랑 흔들면서,

"잠이 안 오면 이걸 먹고 잡니다."

그러고는 시니컬하게 웃어 보였다. 이관형이를 보내고 난 뒤 책을 펴놓았으나 물론 읽혀지진 않았다. 침대에 들어가 누워도 잠도 이내 오지 않았다.

늦게야 잠이 들었으나 아침은 또 이르게 눈이 뜨였다. 침대에 누워서 일어나기가 싫다. 어젯밤에 들은 이관형이의 이야기를 생각한다. 인간의 역사란 보리와 같다고! 비밀을 털어놓고 샅샅이 들어 보면 그러한 생각에 찬성을 하건 안 하건 이해는 가질 수가 있다. 오시형이도 지금 그런 것을 생각하고 있는 것일까. 그러한 정신세계를 헤매고 있는 것일까. 이관형이보다 복잡하면 복잡하였지 단순할 것 같진 않아 보인다. 그럴수록 그를 만나고 싶다. 만나서 모든 것을 들어 보고 싶다. 그는 지금 어디 있는 것일까.

그러나 오시형이를 만나고 싶다는 그의 욕망은 곧 이루어질 수 있게 되었다. 오시형이는 지금 무경이가 사는 이 서울에 올라와 있다고 한다.

아침도 먹기 전이었다. 어디서 전화가 왔다고 하여서 그는 전화통 있는 데로 갔다. 오시형이를 보석시켜 준 변호사한테서 온 것이었다. 오시형이가 공판에 올라왔을 텐데 어디서 유하는지 모르느냐는 전화 내용이다. 무경이는 당황하였다. 차마 모른다고 말하기는 창피하였으

나 역시 그렇게 대답할밖에 도리가 없었다.

오늘이 공판인데 좀 상의할 일이 있다고 하면서 변호사는 전화를 끊는다. 오늘이 공판? 그러면서 어째서 오시형이는 나에게 그런 것 조차도 알려 주지 않는 것일까. 서울에 올라왔으면서 어째 여관도 알리지 않고 한번 찾아도 오지 않는 것일까.

아침을 먹을 수 없었다. 사무실에는 잠시 나갔다가 머리가 아프다고 들어와 버렸다. 아무리 생각하여도 공판정으로 찾아가 볼밖에 도리가 없었다. 시간은 퍽 지났을 것이지만 그는 이내 아파트를 나와서 재판소로 달려갔다. *정정(廷丁)에게 물어서 공판정에 들어가니까 재판은 퍽 진행이 되어 있었다. 방청객이 더러 있었으나 그런 것엔 눈이 가지도 않았다. 공범 여섯이 앉아 있는 앞에 머리를 청결하게 깎은 *국민복 입은 청년이 서 있었다. 그것이 오시형이었다. 심리는 얼추 끝이 날 모양이었다.

"피고가 학문상으로 도달하였다는 새로운 관념에 대해서 간명히 대답해 보라."

재판장은 온후한 얼굴에 미소를 그리고 질문을 던진다. 서류 위에 *법복 입은 두 손을 올려놓고 그는 오시형이를 내려다보고 있다.

"구라파 사람들은 역사에 대한 하나의 신념을 가지고 있다고 생각합니다. 그들은 역사란 마치 흐르는 물이나 혹은 계단이 진 사다리와 같은 물건이라고 믿고 있습니다. 맨 앞에서 전진하고 있는 것은 구라파의 민족들이요, 그 중턱에서 구라파 민족들이 지나간 과정을 뒤쫓아 따라가고 있는 것은 아시아의 모든 민족들이요, 맨 뒤에서 쫓아 오고 있는 것은 미개인의 민족들이라는 사상이 그것입니다. 고대에서 중세

공판정으로 끌려가는
죄인의 모습

로 근대로 현대로 한 줄기의 물처럼 역사는 흐르고 있다 합니다. 그러니까 설령 그들이 가졌던 구라파 정신이 통일성을 잃고 붕괴하여도 새로운 현대의 세계사를 구상할 수 있고 또 구상하는 민족들은 자기들이라고 생각하고 있습니다. 이것이 역사에 있어서의 말하자면 일원사관일까 합니다. 그러나 이러한 생각에서 떠나서 우리의 손으로 다원사관의 세계사가 이루어지는 날 역사에 대한 이 같은 미망은 깨어지리라고 봅니다. 역사적 현실은 이러한 것을 눈앞에 보여 주고 있습니다.”

“그러면 피고의 그러한 생각으로 현재 진행되고 있는 전쟁과 세계사적 동향은 어떻게 포착할 수 있다고 생각하는가?”

피고는 말을 끊고 숨을 돌리듯 하고는 다시 이야기의 머리를 잠깐 돌려 보듯 하였다.

“저의 사상적인 경로를 보면 딜타이의 인간주의에서 하이데거로 옮아 갔다는 느낌이 듭니다. 하이데거가 일종의 인간의 검토로부터 히틀러리즘의 예찬에 이른 것은 퍽 깊은 감명을 주었습니다. 철학이 놓여진 현재의 주위의 상황으로부터 새로운 문제를 집어 올린다는 것은 최근의 우리 철학계의 하나의 동향이라고 봅니다. 와츠지(和辻) 박사의 풍토사관적 관찰이나 다나베(田邊) 박사의 저술이 역시 국가, 민족, 국민의 문제를 *토구하여 이에 많은 시사를 보이고 있습니다. 제가 과거의 사상을 청산하고 새로운 질서 건설에 의기를 느낀 것은 대충 이상과 같은 학문상 경로로써 이루어졌습니다.”

재판장은 만족한 미소를 입술에 띠었다. 무경이도 숨을 포 내쉬었다. 그러나 바로 그때였다. 피고석 뒤에 놓인 방청석으로부터 젊은 여자가 약간 허리를 드는 것이 그의 눈에 띄었다. 이윽고 재판장은 오후에 심리를 계속하고 일단 휴식에 들어간다는 선언을 하였다. 젊은 여

토구(討究)
사물의 이치를 따져 가며 연구함.

자는 완전히 일어섰다. 흰
두루마기를 입은 키가 날씬한
여자였다. 무경이는 가슴이 뚱
하고 물러앉는 것을 느꼈다. 그 여
자의 옆자리엔 오시형이의 아버지,
그리고 또 옆자리엔 어떤 늙은 신사,
피고석으로부터 돌아온 오시형이는 긴장한 얼굴을 흐트러 놓으며 그
여자가 서 있는 곳으로 가는 것이 보였다. 무경이는 뒤숭숭해진 공판
정의 소음에 앞서 복도로 나왔다. '그 여자이다! 도지사의 딸!'— 그리
고 이것으로 모든 문제는 끝이 나는 것이 아닌가. 복도 가운데 서보았
으나 몸을 유지할 수가 없어서 그는 허턱대고 걸어 본다. 뜰로 나왔다.
날이 쨍쨍하다. 몹시 현기증이 난다.

　어떻게 그래도 용하게 아파트는 찾아왔다. 문 밖에서 지금 막 아파
트를 나오는 문란주와 만났다. 그는 겨우 인사를 하였다.

　"사무실에서 들으니까 몸이 편하지 않으시다드니……."
하고 말하는 문란주의 얼굴도 핏기가 없어 보인다.

“네, 그래서 병원에 다녀옵니다.”

문란주는 잠깐 동안 가만히 서 있었으나,

“그럼 잘 조리하세요.”

하고 걸어나갔다. 데카당스의 상징 같다고 하는 문란주와 그는 차라도 마시고 싶은 충동을 느껴 보았으나 그대로 제 방으로 올라왔다.

‘인제 나는 어떻게 할 것인가?’

침대에 누우니까 처음으로 눈물이 나서 그는 실컷 울었다. 그런데 얼마가 지나서 노크 소리가 났다. 두들기는 품으로 보아 어젯밤에 찾아 왔던 이관형이의 것이 분명하다.

“네에.”

하고 대답해 놓고는 낯을 고치고야 문을 열었다.

“어젯밤은 실례했습니다. 어데 편하지 않으시다고요.”

“아뇨, 괜찮습니다.”

“글쎄, 그러시면 다행이지만…….”

잠시 말을 끊었다가,

“지난 생활을 청산해 보려고 어데 훨훨 여행이나 떠나 보렵니다. 방은 그대루 두고 다녀와서 정리하기루 하겠어요. 우리집엔 실상은 아저씨한테 돈 취해 갖고 지금 경주 방면에 여행하는 중이라고 알려 두었는데 헛소리를 참말로 만들어 볼까 합니다.”

“그럼 경주로 가십니까?”

“뭐 작정은 없습니다. 휘 한바퀴 돌아보면 마음이 좀 거뜬해질까 해서 보리알을 또 한 번 땅 속에 묻어 볼까 허구서.”

그는 껄껄거리며 웃었다. 아까 다녀 나가던 문란주의 얼굴이 눈앞에 떠올랐으나,

“잘 생각하셨습니다. 그럼 어저께 소절수를 마저 찾아 드리지요.”

“죄송합니다.”

소절수를 찾으러 강영감을 은행으로 보내고 무경이는 사무실 의자
에 혼자 앉아 있었다.

‘나두 어데 여행이나 갈까?’

‘아예 어머니 말마따나 동경으루 공부나 갈까?’

그런 것을 생각해 보았으나 원기도 곧 솟아나지 않았다.

『맥』, 을유문화사, 1947.

1911년 _1세 평남 성천 출생, 본명은 효식(孝植).

1929년 _19세 평양고보 졸업. 일본 호세이대학 재학중 카프(KAPF) 가입. 카프 동경지부 발행 동인지 ≪무산자≫에 임화, 안막, 이북만 등과 함께 참여.

1930년 _20세 평양고무공장 노동자 총파업 참여, 선전선동 활동 수행. 희곡 「파업조정안」을 씀.

1931년 _21세 호세이 대학 재학 중 독서회 사건으로 제명됨. 처녀작 「공장 신문」을 ≪조선일보≫에 발표. 10월 카프 1차 검거 때 검거됨. 부인 사망.

1933년 _23세 조선중앙일보 기자.

1935년 _25세 경기도 경찰국에 카프 해산계 제출.

1939년 _29세 ≪인문평론≫ 편집장. 작품집 「대하」(인문사), 「소년행」(학예사) 간행.

1940년 _30세 「사랑의 수족관」(인문사) 간행.

1945년 _35세 임화와 함께 조선문학건설본부 설립.

1946년 _36세 조선문학가동맹 중앙집행위원회 서기국 서기장.

1947년 _37세 월북. 작품집 「맥」(을유출판사), 「3·1운동」(아문각) 간행.

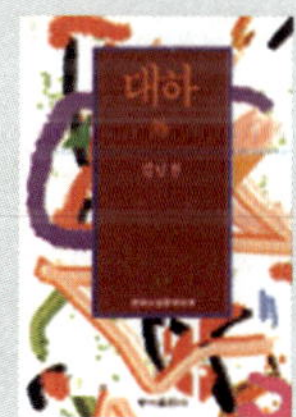

1948년_38세 북한 최고인민회의 제1기 대의원.

1953년_43세 남로당 숙청 때 임화 등과 함께 숙청. 1953년 혹은 1955년에 사형되었다고도 하고, 1977년까지 생존하였다고도 함.

  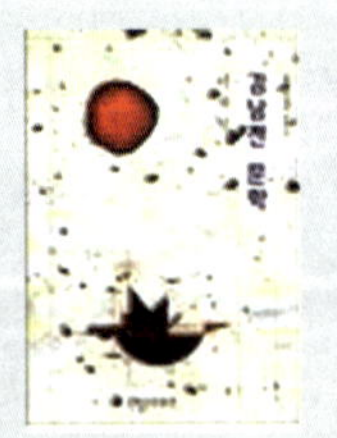 

사회 변혁에서 자기 고발과 풍속 탐구를 거쳐
전향 비판까지

김 외 곤(서원대학교)

1. 끊임없이 자기 변화를 꾀한 성실한 작가

평양에서 동북쪽 원산 가는 길로 백 육십 리쯤 되는 곳에는 대동강 지류인 비류강을 끼고 평안남도 성천 고을이 자리 잡고 있다. 1911년에 성천에서 태어난 김남천은 어린 시절을 고향에서 보내고 평양 고등보통학교를 졸업한 뒤, 1929년에 일본 동경으로 건너가 법정(法政) 대학을 다니게 된다. 학교 동창인 한재덕의 소개로 잡지 『무산자(無産者)』의 중심인물 안막(安漠)을 만난 그는 사회주의 사상을 받아들이고 일본 내의 조선공산당 재건 운동에 가담하였다. 『무산자』를 펴내던 무산자사는 사회주의 문학예술 단체였던 조선프롤레타리아예술동맹, 즉 카프(KAPF)의 동경(東京) 지부(支部)를 계승한 조직으로 일본 내 조선 사회주의자들의 중심 기관이었는데, 김남천은 거기에서 조직적 사회 운동에 처음으로 가담했던 것이다. 이후 1930년 8월에 평양 고무공장 여직공들이 파업을 일으켰을 때, 그는 한재덕과 더불어 평양의 사회주의자들과 연락하여 파업을 측면에서 지도하게 된다. 또 이듬해 2월에 국내로 들어와서는 카프의 간부로 일하면서 동시에 일본 경찰에 의해 궤멸된 조선공산당을 다시 조직하기 위해 조선공산주의자협의회라는 비밀 단체에서 활동하기도 한다. 하지만 일본 제국주의가 1931년 9월 18일에 만주사변을 일으키기 전에 미리 식민지 조선의 사상운동을 탄압할 때 김남천은 박영희, 임화 등 카프의 핵심 인사들과 함께 일본 경찰에 체포되기에 이른다. 이것이 이른바 '카프 제1차 검거 사건'이다. 재판 과정에서 카프의 다른 간부들은 모두 석방되었지만, 그는 실형을 선고받고 2년여의 감옥 생활을 하게 된다.

이처럼 일본 유학 시절부터 국내에 돌아와 옥중 생활을 할 때까지 치열하게 사상운동을 전개했던 김남천은 문학 활동도 병행하였는데, 처음부터 소설 창작과 비평 활동을 동시에 전개하는 특이함을 보였다. 다시 말해 그는 한편으로 허구를 통해 현실의 모습을 형상화하면서, 다른 한편으로는 그것을 보완하기라도 하듯 자신의 문학이 나아갈 바를 논리적인 글을 통해 표현했던 것이다. 이와 같은 이중적 글쓰기는 해방 이후 북한에서도 계속되었거니와, 특히 1930년대 후반에는 비평을 통해 이론적 입장을 펼친 뒤에 소설 창작을 통해 그것을 실천하는 보기 드문 광경이 펼쳐진다. 이로써 우리는 문학 이론과 창작의 관계가 어떤 것인지를 파악할 수 있는 좋은 기회를 가지게 되었다.

김남천의 문학 활동이 보여주는 또 다른 특징은 시대의 변화에 따른 끊임없는 자기 변신이다. 감옥에 들어가기 전에는 공장 노동자들의 모습을 그려내다가 감옥에 들어가서는 거기에서 겪은 일들을 묘사했으며, 카프가 해산된 1935년 무렵부터는 '고발문학론'이라는 이론을 펼치면서 누구보다도 철저하게 과거에 자신이 했던 활동을 반성하였다. 뒤이어 일본 제국주의의 억압으로 인해 침체된 우리 문학을 되살리기 위해 자라나는 소년을 주인공으로 하여 풍속을 탐구하는 작업을 하기도 하였다. 또한 식민지 시대 말기에 이르러 문학인들에게도 친일이 강요되자, 감옥에서 전향하고 나온 지식인을 등장시켜 친일 문제를 사상적으로 검토하는 진지함을 보여 주었다. 이처럼 끊임없이 현실의 흐름에 따라 문학 활동의 변화를 꾀한 김남천의 성실함은 오늘날의 작가들에게 하나의 귀감이 되고 있다.

2. 노동 소설의 창작과 감옥 체험의 형상화

김남천이 국내 활동을 본격화한 1930년 이후, 카프는 공산주의 혁명에 성공한 러시아 공산당(볼셰비키)을 모방하여 구성원들에게 급진적인 정치의식으로 계급투쟁을 전개하라고 요구한다. 이것이 일명 볼셰비키화론으로 불리는 '카프 제2차 방향전환'이다. 당시 이것을 주도한 사람들은 일본에서 귀국한 임화, 안막, 김남천 등의 소장파들이었다. 이처럼 과격한 방향전환을 통해 카프 조직을 장악한 소장파의 일원으로서 김남천은 볼셰비키화론의 연장선상에서 「영화 운동의 출발점 재음미」(『중외일보』, 1930. 7)를 비롯한 여러 편의 평론을 발표하고, 「공장 신문」(『조선일보』, 1931. 7), 「공우회(工友會)」(1932.2) 등의 몇몇 소설도 창작한다. 이 중 「공장 신문」은 식민지 시대에 평화 고무 공장에서 벌어진 투쟁을 다룬 '노동 소설'이다.

일본의 자본이 침투하여 우리나라의 공업을 지배하고 있던 식민지 시대에는 노동자들이 자신의 권리와 이익을 보호하기 위해 노동조합(그 때 용어로는 직공조합)을 만드는 일이 지금보다 쉽지 않았다. 무엇보다도 노동조합의 간부를 포섭하려는 공장 경영진의 음모가 있었고, 거기에 응해서 자기 동료들의 이익보다 경영진들의 이익을 옹호하는 사이비 노동조합 간부들이 있었기 때문이다. 이 소설의 주인공 관수 역시 경영진의 부당한 대우에 항의하고 투쟁의 열기를 고조시키려 하지만, 경영진에게 포섭된 노동조합의 어용(御用) 간부 김재창 때문에 뜻을 이루지 못한다. 김재창의 정체를 폭로하기 위해 고민하던 중 지도적 인물이면서도 정체를 숨긴 채 위장 취업해 있는 창선이를 만난다. 이후 창선의 지도로 관수와 그의 동료들은 타락한 간부의 음모를 폭로하는 공장 신문을 만들어 배포하고, 다음날 관수는 노동조합 준비위원으로 위촉된다.

이와 같은 소설의 내용에서 우리가 주목할 부분은 정치적 수준이 높은 창선이라는 지도적 인물의 존재이다. 당시 카프에 소속되었던 소설가들의 작품에 공통적으로 등장하는 이러한 인물 유형은 작가들이 카프 지도부의 볼셰비키화론을 어느 정도 따르고 있었다는 것을 보여주는 증거라고 할 수 있다. 비록 공공연하게 노동자와 농민의 입장을 옹호하던 카프였지만, 지식인들이 주도했기 때문에 이런 한계를 드러낼 수밖에 없었다. 한편 노동자의 정치의식을 끌어올리기 위해 사용하는 공장 신문이라는 언론 역시 지도적 인물이 그렇지 못한 인물들을 각성시키는 손쉬운 수단이다. 이처럼 「공장 신문」은 지식인 중심의 계몽적 성격이 여전히 남아 있는 작품이긴 하지만, 식민지 시대의 노동 현장과 노동조합이 어떤 모습을 띠고 있었는가를 알 수 있는 귀중한 자료라고 할 수 있다.

　이처럼 노동 소설로 시작한 김남천의 소설 창작은 순탄하게 이어지지 못한다. 위에서 언급한 '카프 제1차 검거 사건'으로 감옥에 갇히면서 창작의 자유를 박탈당했기 때문이다. 짧지 않은 감옥 생활 이후에 그가 첫 번째로 창작한 작품은 감옥에서의 체험을 다룬 「물!」(『대중』, 1933. 6)이라는 소설이다. 사실 이 작품은 그 자체보다 임화와 벌인 논쟁 때문에 더 유명해진 작품이라고 할 수 있다. 흔히 '「물!」 논쟁'이라고 부르는 두 사람 사이의 논쟁은 이 작품이 간수와 수감자 사이의 계급투쟁을 다루지 않고 오로지 감방에서 물을 갈망하는 생물학적 인간을 그렸을 뿐이라는 다음과 같은 임화의 혹평에서 비롯되었다.

　　계급적 인간 대신에 '산 인간', '구체적 인간' ─기실 조금도 구체적이 아닌─이 대치되어 있고 옥내(獄內)의 사상범들의 정치적 ××적 행동 대신에 '생생한' 물에 대한 '산 인간'의 열화와 같은 욕망이 약동하고 있다.(임화, 「6월 중의 창작」, 『조선일보』, 1933. 7. 18)

　이러한 주장에 대해 김남천은 작가의 실천을 통해 작품을 평가해야 한다고 반박한다. 다시 말해 자신은 투쟁을 하다 감옥에 갔으니 자기의 작품은 다른 사람들의 작품보다 훌륭하다는 논리를 펼쳤던 것이다. 이러한 자신감은 카프 구성원 가운데 오직 자신만이 감옥 생활을 하고 나왔다는 사실에서 유래한 것이라고 할 수 있다.
　하지만 이와 같은 자부심에도 불구하고 「물!」의 주인공은 끝내 갈증이라는 육체적 욕구에 굴복하고 마는데, 이념이나 사상이 육체보다 약하다고 묘사한 것은 김남천이 신봉

하던 사회주의 사상이 그렇게 튼튼한 것이 못 된다는 것을 스스로 인정한 것이나 마찬가지다. 이와 관련하여, 이 논쟁 이후 그가 카프의 문학 이념에 대한 본격적인 회의(懷疑)를 시작하게 된 것은 결코 우연이 아니다. 한편 작가의 실천을 보고 작품을 평가해야 한다는 김남천의 주장은 현실을 얼마나 제대로 반영했는가를 기준으로 작품을 평가해야 한다는, 이른바 리얼리즘 이론에 바탕을 둔 임화의 주장에 크게 밀리게 된다. 1930년대 후반에 접어들면 김남천은 리얼리즘론에 과도하게 집착하게 되는데, 그것은 상당 부분 이 논쟁으로부터 촉발된 것이다.

3. 소년의 눈을 통한 어른들의 세계 비판

1930년대 후반은 일본의 식민지 상태에 놓여 있던 우리 사회가 새로운 전환기를 맞게 되는 시기이다. 무엇보다도 그 동안 우리의 힘이 아니라 일본 제국주의자들에 의해 강제적으로 진행된 근대화 과정이 커다란 시련을 맞게 되었던 것이다. 사회주의든 자본주의든 또는 리얼리즘이든 모더니즘이든 간에 그 때까지 식민지 조선의 문학인들이 추구한 것은 모두 서구의 근대가 만들어낸 것이었다. 그런데 독일의 나치즘, 이탈리아의 파시즘, 일본의 군국주의 등과 같은 전체주의의 등장으로 인해 우리가 모델로 삼고 있던 서구적 근대가 위기에 봉착한 것과 때를 같이하여 국내에서도 커다란 소용돌이가 일어나게 된다. 그 중에서 가장 두드러진 것은 대륙 침략을 준비하던 일본 제국주의가 사상운동에 가한 탄압으로 인한 것이었다. 사회주의 문학 단체인 카프도 이런 상황에서 예외일 수는 없었다. 1934년에 벌어진 '카프 제2차 검거 사건'으로 중심 구성원들 거의 모두가 경찰에 체포되는 신세로 전락하였던 것이다. 이듬해 카프가 해산된 뒤에 대부분 위장 전향을 하고 감옥에서 풀려났지만, 현실은 예전 같지가 않았다. 사상운동이 더 이상 불가능한 상황에서 근대 문학의 위기를 돌파할 방안을 모색하는 것이 1930년대 후반의 문학인들에게 주어진 지상 과제였다.

과거와 구별되는 새로운 주체로서의 자기를 확립하는 일이 당시 대부분의 문학인들에게 우선적으로 제기되었던 문제이다. 그 동안 카프에 소속된 문학인들은 비록 소시민 출신이었음에도 불구하고 조직이 내세운 정치적 문학 운동, 즉 사회주의 사상에 입각한 문학 운동을 함으로써 출신 계급의 한계를 극복하고 노동자나 농민의 계급의식을 가질 수 있었다. 그런데 그런 일이 더 이상 불가능해지자 박영희나 백철 같은 사람들은 더 이상 사회주의 문학을 하지 않겠다는 전향 선언을 함으로써 이 문제를 해결하고자 하였다. 자신들을 이끌던 조직이 없어진 만큼 소시민으로 돌아가겠다는 것이 그들의 선택이었다. 감옥에서 풀려난 지 얼마 되지 않아 제2차 검거 사건에서 제외되었던 김남천의 경우에도 카프가 해산되어 더 이상 사회주의 사상을 신봉하는 일이 불가능했기 때문에 새로운 변화는 불가피했다.

이 때 김남천이 내세운 것은 소시민 출신 지식인 작가의 자기비판을 주요 목적으로 하는 '고발 문학론'이었다. 그에 의하면 고발의 정신은 "일체를 잔인하게 무자비하게 고발하는 정신, 모든 것을 끝까지 추급하고 그곳에서 영위되는 가지각색의 생활을 뿌리째 파서 펼쳐 보이려는 정열!(김남천, 「고발의 정신과 작가」, 『조선일보』, 1937. 6. 5)"이다. 여기서 말하는 모든 것이란 소시민으로서 자신이 가진 모든 것을 의미하는데, 구체적으로는 자신의 이익만을 생각하면서 생기는 우유부단함, 허위의식 등과 같은 소시민성이다. 김남천은 과거 카프 시절에 나온 이기영의 「고향」과 같은 작품들이 성공할 수 있었던 것은 작가가 자신의 소시민성을 과감하게 극복하고 노동자와 농민의 시각으로 현실을 묘사했기 때문이라고 생각했다. 그렇다면 이처럼 소시민성을 비판한 다음에 세워질 주체는 어떤 존재일까? 이에 답하기 위해 김남천이 주장한 것은 '모럴(moral)론'이다. 그가 생각한 이상적 모럴은 사사로운 일에 연연해하지 않는, 철저한 자기 해체를 거치는 것이었다. 이런 모럴을 바탕으로 하여 '인물로 된 이데(idée)'라는 개념이 도출되는데, 이것은 아직 내부 분열을 경험하지 않은 순수한 인물을 의미한다. 그의 많은 작품들에서 이 개념은 소년의 모습으로 등장한다.

작가 자신이 분류한 바에 따르면 「남매」, 「소년행」, 「무자리」, 「철령까지」 등이 소년을 주인공으로 삼은 작품들이다. 널리 알려진 바와 같이 소년은 아직 타락하지 않았기 때문에 편협한 소시민에 대해 비판을 수행할 수 있고 세계와 폭넓게 교섭할 수 있는 장점을 지닌 존재이다. 이러한 소년을 주인공으로 하여 작가는 타락한 어른들의 세계를 비판한다. 대부분의 작품에서 소년과 어른 사이에는 매개적 인물로 기생인 누나가 설정되어 두 인물 사이의 갈등을 부추기는 역할을 담당한다. 「남매」에서 비판의 대상으로 등장하는 어른은 의붓아버지 학섭이다. 그는 강에서 잡은 고기를 가족들이 나누어 먹었으면 좋겠다는 주인공 봉근이의 희망을 무시한 채 고기를 팔아 돈을 챙길 생각만 하거나, 봉근의 누나인 계향(봉희)이를 기생으로 만들고도 부족하여 돈 많은 가겟집 주인에게 접근하도록 종용하기도 한다. 「무자리」의 아버지 역시 타락하기는 마찬가지다. 딸을 기생으로 보내고 아편에 중독되어 있는 무능력자이기 때문이다. 아버지 다음으로 비판의 대상이 되는 것은 기생이 된 누나이다. 비록 기생이 되었지만, 좋아하는 남자만 사랑할 줄 알았던 누이가 돈 때문에 가겟집 주인과 잤다는 것을 알고 봉근이는 가출을 하게 된다. 「소년행」에서 봉근이는 「남매」에서 자신의 기대를 저버렸던 누나를 몇 년 만에 만나게 되는데, 비참한 모습일 줄 알았던 누나가 큰 탈 없이 잘 살고 있는 것을 보고 내심 실망을 한다. 이러한 봉근이의 내면 풍경은 타락한 누나에 대한 간접적 비판에 해당하는 것이라고 할 수 있다. 세 번째로 비판의 대상이 되는 것은 전향한 사상 운동가이다. 「소년행」에서 봉근이의 눈에 비친 박병걸은 과거에 사회주의자로 감옥살이까지 치르고 나왔음에도 불구하고 이제는 금광 일에 종사하고 있는 협잡꾼에 불과하다. 마지막으로 작가는 소년 주인공을 무자비하고 냉혹한 삶의 현장으로 내모는 세상 자체를 비판한다. 「무자리」의 주인공 운봉은 서울서 기생 노릇을 하는 누이만 믿고 상급 학교 진학을 꿈꾸지만, 자신을 뒷바라지해줄 것으로 기대했던 기생 누이가 가난한 사람의 아기를 가지고 귀향하는 바람에 꿈을 접어야만 한다. 결국 그가 선택할 수 있는 것은 자신처럼 누이를 기생으로 보낸 학구처럼 광산 노동자가 되는 길뿐이다.

4. 개화 풍속을 매개로 한 근대화 과정 탐구

김남천의 대표작으로 꼽히는 「대하」는 신문에 연재되지 않고 전작(全作) 장편 소설로 출간된 것으로, 식민지 시대 말기에 유행한 연대기(年代記) 소설의 대표작이라고 할 수 있다. 우리 사회의 변화에 대한 역사적 접근을 시도한 이 소설의 주인공도 역시 소년으로 설정되었는데, 다른 작품과 달리 생기발랄한 성격을 가진 것이 특징이다. 이 소설을 쓸 무렵 김남천은 자기의 소시민성을 철저하게 비판한 작가가 나아갈 곳은 풍속의 파악에 있다고 하면서 모럴론에 이어 '풍속'론을 주장하게 된다. 그런데 그가 말하는 풍속은 우리가 흔히 생각하는 세시 풍습과는 약간의 거리가 있다. 무엇보다도 인간이 살아가는 토대로서의 사회의 생산 관계의 양식에까지 연결된 개념이기 때문이다.

풍속이란 사회적 습관과 밀접한 관계를 갖고 있다. 그리고 사회적 습관 습속은 사회의 생산기구에 기(基)한 인간 생활의 각종의 양식에 의하여 종국적으로 결정을 본다. 이리하여 이것은 일방으로 '제도'를 말하는 동시에 타방으론 '제도의 습득감'을 의미한다. 풍속, 습속은 생산 관계의 양식에까지 현현하는 일종의 제도(예컨대 가족 제도)를 말하는 동시에 다시 그 제도 내에서 배양된 인간의 제도 습득감(예컨대 가족적 감정, 가족적 윤리 의식)까지를 지칭한다.(김남천, 「일신상 진리와 모랄」, 『조선일보』, 1938. 4. 22)

이를 통해서 보면, 풍속은 한편으로 '제도'를 의미하고 다른 한편으로 '제도 습득감'을 의미하기 때문에 일종의 사회적 규범으로서 사상적 성격까지 지니고 있음이 드러난다. 이후 풍속은 우리 사회에서 봉건 제도가 사라지고 근대적 자본주의가 자리 잡는 동안에 겪게 되는 가족, 학교, 신분 제도 등의 변화뿐만 아니라 정신적 측면의 변화까지를 보여

주는 데 핵심적 역할을 하게 된다. 한편 김남천은 이와 같은 풍속이 가족사(家族史) 및 연대기와 결합하면 현실을 왜곡시키지 않고 문학적으로 묘사할 수 있을 것이라고 생각하였다. 그래서 「대하」에서는 2대에 걸친 가족의 역사를, 개화기라는 특정 시대의 풍속을 통해 다루고 있다.

이 작품의 주인공인 박형걸은 "시대 정신의 구현된 성격으로 발랄하여 전통의 파괴자, 가족 계보의 이단자를 청소년에서 구하되, 서자 학도(庶子學徒)로 할 것"(김남천, 「작품의 제작 과정」, 『조광』, 1939. 6, 154쪽)이라는 계획 하에 만들어진 인물이다. 일단 서자이자 혈기왕성한 학생으로 설정된 것만 보아도 '적서차별(嫡庶差別)'이라는 전통적 신분 질서에 강하게 반항하리라는 것을 예상할 수 있을 것이다. 실제로 그는 여러 가지 면에서 당시 풍속의 실천자로서 개화기의 시대적 성격을 몸소 보여주는 인물이다.

첫째, 형걸은 댕기머리를 자르는 단발(斷髮) 행위를 통해 개화기의 과도기적 성격을 보여 준다. 사실 형걸이가 머리를 자른 것은 자신의 결혼 상대자로 예정되어 있던 정보부가 이복형 형선과 맺어졌기 때문이다. 그런 점에서 단발은 일차적으로 적서차별에 대한 반항이라고 할 수 있다. 그런데 친구인 손대봉과 단발을 감행하면서 형걸은 한편으로는 시원하기는 하나 또 한편으로는 걷잡을 수 없는 서운한 생각에 사로잡힌다. 말하자면 그는 단발을 하면서 새로운 문명을 받아들이는 기쁨을 느끼지만 동시에 익숙한 것과 결별하는 두려움도 느낀다. 봉건과 근대의 중간 시대인 개화기의 성격과 유사한 이율배빈적 감정은 형걸 자신뿐만 아니라 대봉, 형걸 어머니 등 단발을 둘러싸고 나름의 반응을 보이는 인물들의 반응을 통해서도 확인할 수 있다.

둘째, 형걸은 다양한 애정 행각을 통해 완전한 근대적 연애에 이르기 직전의 중간적 형태를 보여 준다. 그는 정보부와의 결혼이 무산되자 방황하다가 자기 집에서 절게살이를 하는 두칠이의 처 쌍네와 육체적 관계를 맺기도 하고, 기생 부용과 사귀면서 그녀의 몸에 문신을 하기도 하는 등 다양한 형태의 사랑을 한다. 이 가운데 쌍네와 사랑에 빠지는 과정이나 부용에게 문신을 새기는 행위는 고전적이지만, 부용과 사랑을 나누는 행위는 상당히 근대적이다. 두 사람은 기독교 선교와 상처 치료를 계기로 자유연애를 시작했고 봉건 시대에는 볼 수 없었던 운동회를 통해 눈빛으로 정을 나누기도 하기 때문이다. 이와 유사한 근대적 남녀 관계는 칠성이 처와 대봉이의 사이에서도 일부 찾아볼 수 있다. 이처럼 형걸의 사랑 행위는 봉건적인 성격과 근대적인 성격이 혼합된 어정쩡한 상태에 놓인 것이었다.

셋째, 형걸은 신체를 통해 근대적 교육의 효과를 드러내는 운동회가 개인에게 어떤 의미가 있는지 보여 준다. 이 작품에서 운동회는 매우 다양한 의미를 담고 있다. 단오날에 열리기 때문에 씨름과 그네가 등장하여 전통적 축제의 모습을 띠기도 하고, 신식 교육을 담당한 교사들이 학생들에게 근대적 교육의 효과를 역설할 수 있는 강연의 형태를 띠기도 하며, 나카니시처럼 장사하는 사람들에게는 자본의 힘을 과시하고 새로운 소비층을 창출할 수 있는 계기가 되고, 박성권 같은 신지배층에게는 재력과 신분 상승을 과시할 수 있는 장소가 되기도 한다. 그러나 운동회의 가장 중요한 의미는 사람들로 하여금 속박에서 벗어나 해방의 기분을 만끽할 수 있는 계기를 제공한다는 데 있다. 특히 형걸에게 운동회는 서자로서의 설움을 날려버릴 수 있고 사랑하는 여인에게 자신의 건강한 신체를 과시할 수 있는 절호의 공간이었다.

형걸이라는 인물만큼이나 우리의 눈길을 강하게 끄는 것은 풍부하게 묘사된 개화기의 풍속이다. 그 가운데 김남천이 말한 '생산 관계의 양식'을 잘 보여주는 것은 박성권과 일본인 나카니시가 돈을 모으는 과정에서 드러나는 경제 제도이다. 먼저 박성권의 경우 청일전쟁의 와중에 군인들을 상대로 장사를 하면서 돈을 모았고, 그 돈으로 토지를 사고 고리대금업을 하였다. 이처럼 돈을 모으는 과정에서 드러나듯 그는 봉건적인 속성에서 벗어나지 못한 인물이다. 명문 집안이 아닌 것을 아쉬워하며 아이들의 이름을 항렬(行列)에 따라 다시 짓는 데서도 이러한 속성은 드러난다. 그렇다고 해서 그가 근대적 자본주의의 속성을 전혀 모르는 문외한이었던 것은 아니다. 박리균 형제가 돈을 빌리러 왔을 때, 여관이나 잡화상 같은 것이 앞으로 융성할 것을 알고 있었다는 점이 그것을 증명한다.

박성권이 옛날 방식으로 돈을 모으는 과정을 보여준 인물이라면, 나카니시는 자본주의 사회에서 돈을 어떻게 벌어야 하는지를 몸소 보여주는 인물이라고 할 수 있다. 그는 새로운 상품을 소개하는 과정에서 새로운 수요를 창출하여 부(富)를 축적한다. 처음에 그가 평양에서 성냥을 가지고 왔을 때, 생전 처음으로 성냥을 보게 된 사람들은 부싯돌과는 비교도 할 수 없을 정도로 편리하다는 데 놀라게 된다. 사정은 석유를 쓰는 남포등이나 구두버선으로 불린 양말, 씹어 먹는 담배 등의 경우에도 마찬가지였다.

눈치 빠른 나카니시네가 단오 전에 달구지에 한 차판을 실어온 잡화 상품은, 단오도 되기 전에 대부분이 팔리어서, 그는 몇 가지 운동회 때 쓰일 상품을 더 첨가해서 다시 한 달구지 가까운 짐을 평양서 해왔다. 집집이 남포등 없는 집이 없고, 양말 신지 않은 젊은이가 드물었다. 대팻밥으로 만든 농립도 순식간에 팔려 버렸고, 몇 통씩 해 온 히로담배도 나래가 돋친 듯이 사람사람의 호주머니 속에 날아가 들었다.(김남천, 「대하」, 429~430쪽)

위의 인용문은 개화기에 처음 들어온 외래 문물이 얼마나 빠른 속도로 생활 속에 정착되어 갔는지를 매우 실감나게 서술한 부분이다. 두말 할 것도 없이 단오라는 명절과 운동회라는 교육 제도를 물건을 팔 수 있는 좋은 기회로 인식한 나카니시의 의식은 전형적인 근대 자본가의 그것이라고 할 수 있다. 이후 일본인 나카니시의 세력이 확대되자, 이에 자극을 받은 박리균 형제, 이칠성, 김용구 등 조선인 영세 자본가도 대거 등장하게 된다. 이와 같이 경제적 변화를 깊이 있게 다룬 점이야말로 「대하」의 풍속 묘사가 이룩한 성과의 하나로 볼 수 있을 것이다.

이 밖에도 「대하」에는 개화기의 결혼 제도와 종교 제도에 대한 자세한 형상화도 포함되어 있다. 먼저 결혼 제도의 경우에는 박형선과 정보부의 결혼식을 통해 그 면모가 드러나는데, 전체적으로는 전통 혼례의 모습을 띠고 있다. 하지만 신랑 집에서 후행(後行)을 가는 박성권의 처남 최관술은 개화된 사람들이 쓰는 신식 모자 국자보시에다 신식 지팡이인 개화장(開化杖)을 든 차림을 하고 있다. 이를 통해서 보면, 전통적인 혼례에 부분적으로 서양식이 혼합되는 양상이 빚어졌다는 것을 알 수 있다. 한편 종교 제도와 관련하여 개화기에는 쌍네처럼 여전히 점쟁이를 찾아가는 사람이 있었는가 하면, 문우성이나 그의 제자인 형걸과 대봉이처럼 기독교에 입문하는 사람들도 대수가 존재했다. 그리고 최관술처럼 동학을 믿는 사람들도 간혹 있었다. 김남천은 「대하」의 제2부인 「동맥」에서 이와 같은 개화기 종교 제도의 양상을 기독교와 동학 간의 갈등을 중심으로 깊이 있게 다룬 바 있다.

5. 자기 고발과 전향에 대한 사상사적 검토

김남천의 작품 가운데 고발문학론에서 주장했던 소시민성 비판이 가장 적나라하게 드러난 것은 전향 소설에 속하는 작품이라고 할 수 있다. 넓은 의미의 전향이란 한 사람의 사상이 변화하는 현상을 일컫는 말이지만, 좁은 의미에서는 사회주의를 신봉하던 사람이 그 사상을 포기하는 것을 의미한다. 우리의 근대 문학사에서 특히 문제가 되는 것은 뒤의 경우이다. 앞서 살펴본 대로, 1930년대 후반에 이르면 사회주의 사상은 탄압을 받게 되고 카프의 핵심 구성원들은 대부분 제2차 검거 사건으로 경찰에 체포된다. 김남천은 카프 제1차 검거 사건으로 감옥 생활을 하고 나온 지 얼마 되지 않았기에 다시 검거되지 않았다. 대신 그는 『조선중앙일보』 기자의 신분으로 동료들의 재판 과정을 신문 지상에 보도하는 일을 맡는다. 그리고 동료들이 수감되어 있는 동안에 카프의 서기장이었던 임화, 원로인 김기진과 함께 카프 해산계를 경찰에 제줄하는데, 이는 식민지 조신에서 10여 넌긴 문단의 중심축을 형성하였던 사회주의 계급 문학이 공식적으로 종말을 고한 사건이었다. 카프가 해산된 이후 감옥에 갇혔던 카프 동료들은 한동안 감방 생활을 한 끝에 위장 전향을 하고 모두 풀려나게 된다.

전향 소설은 대부분 한때 사회주의 활동을 하던 전향자가 감옥에서 나온 뒤에 사회로 복귀하는 과정에서 생긴 일들을 중점적으로 다룬다. 김남천의 전향 소설은 「춤추는 남편」, 「요지경(瑤池鏡)」처럼 주인공 자신의 입을 통해 자기의 과거를 비판하는 작품들과 「처를 때리고」, 「녹성당(綠星堂)」처럼 아내나 친구 등 주변 인물들을 통해 전향자를 비판하는 작품으로 나눌 수 있다. 앞의 경향에 속하는 작품들에서 주인공은 자신의 무기력과 나약함을 집중적으로 드러내면서 과거에 자기가 가졌던 사상이 얼마나 현실과 동떨어진 것이었던가를 반성한다. 말하자면 지식인의 자기비판이 이루어지는 것이다. 이에 비할 때 뒤의 경향에 속하는 작품에서는 출옥한 후에도 여전히 사상운동에 미련을 갖고 있는 주인공의 행동이 일상생활을 열심히 꾸려온 주위 사람들에 의해 적나라하게 비판당한다.

전향의 문제를 지식인의 자기비판에서 나아가 사상의 차원에서 다루고 있는 작품으로는 「경영」과 「맥」 연작을 꼽을 수 있다. 이 연작에는 오시형이라는 전향자와 그의 약혼녀인 아파트 관리원 최무경, 영문학을 전공하다가 서구의 몰락을 보고 허무주의에 빠진 이관형이라는 대학 강사가 중심인물로 등장한다. 이들 가운데 오시형은 다른 전향 소설의 주인공들과 마찬가지로 한때 사상운동에 헌신했다가 감옥살이를 하고 나온 인물이다. 그는 자신의 전향 이유를 다음처럼 뚜렷하게 밝히고 있어 우리의 주목을 끈다.

"옛날과는 모든 것이 다른 것 같애. 인제 사상범이 드무니까 옛날 영웅 심리를 향락하면서 징역을 살던 기분도 없어진 것 같다구 그 안에서 어느 친구가 말하더니…… 달

이 철창에 새파랗게 걸려 있는 밤, 바람 소리나, 풀벌레 소리나 들으면서 잠을 이루지
못할 때엔 고독과 적막이 뼈에 사무치는 것처럼 쓰리구⋯⋯." (김남천, 「경영」, 515쪽)

오시형이 밝힌 전향의 이유는 '영웅 심리의 소멸과 고독감의 증대'로 요약할 수 있다.
일본 제국주의에 의한 강제적 압박이 전향의 중요한 원인이었지만, 대중으로부터의 고립
도 또 다른 계기가 되었던 것이다. 하지만 이는 표면적 이유에 불과한 것일 수도 있다. 보
다 근본적인 차원으로 들어가면 전향자들의 내면은 일본 제국주의가 당시에 표방했던
'서양의 근대에 대한 극복'이라는 과제와 연결되어 있었기 때문이다. 당시 서구는 나치의
침략으로 위기에 처해 있었는데, 일본 제국주의는 이를 기회로 삼아 영국과 프랑스 등 서
구 국가의 아시아 식민지인 동남아시아에 대한 침략을 계획하고 그 사상적 기반으로 동
양문화론을 내세우게 된다. 동양문화론의 핵심은 그 때까지 일본이 본받을 대상으로 생
각하던 서구를 넘어서기 위하여 서양 중심의 역사관을 비판하는 데 있었다. 달리 표현하
면 서양인의 시각에서 동양을 보지 말고 동양인의 시각에서 동양을 보자는 것인데, 이는
일본이 아시아의 맹주로서 대동아공영권(大東亞共榮圈)을 형성하여 서양과 맞서 보겠다
는 사고와 곧바로 연결되는 것이다. 오시형이 전향의 근거로 삼은 것은 바로 이와 같은
동양문화론이었음은 물론이다.

"가령 동양이라든가 서양이라든가 하는 개념도 로마의 세계에서 성립된 것이고, 또
고대니, 근세니 하는 특수한 시대 구분도 근세의 구라파 사학에서 성립된 구분이니까,

이런 것에서 떠나서 동양과 동양 세계를 다원 사관의 입장에서 새로이 반성하고 성립시킬 필요가 있지 않은가. 이것은 동양인의 학문적인 사명입니다. 동양인 학도가 하지 않으면 아니 될 의무입니다." (김남천, 「경영」, 497쪽)

이와 같은 전향 사상이 실제적 힘을 얻었던 것은 히틀러의 무력 앞에 프랑스가 무너지고 영국마저 위태로운 처지에 놓인 서구의 정세 때문이라고 할 수 있다. 「경영」과 「맥」에서 위기에 처한 서구를 대변하는 인물은 영문학을 전공한 이관형이다. 그의 집안은 서구적 의미의 자본가 집안이지만, 서구에서 블록 경제가 성립되면서 자유주의 무역이 끝장난 것처럼 일본이 통제 경제로 전환하면 곧 몰락할 운명에 놓여 있다. 또 그 자신도 서구가 몰락하는 마당에 서양 학문을 공부하는 것이 무슨 의미가 있느냐고 말한 하이데거의 말을 신봉하며 허무주의에 빠져 있는 상태이다. 김남천은 이러한 이관형을 통해 당시 조선 지식인의 한 부류, 즉 서구를 이상적 모델로 설정했지만 몰락해 가는 서구를 보면서 절망하고 여전히 서구보다 훨씬 뒤떨어진 조선의 현실을 보고 다시 절망하는 지식인들을 비판한다. 다른 한편으로는 역설적이게도 바로 이와 같은 서구 지향적 지식인의 입을 빌려 오시형이 대표하는 친일 전향자들도 동시에 비판의 대상으로 삼는다. "동양이라는 개념은 서양이나 구라파라는 말이 가지는 통일성을 아직껏은 가져 보지 못했다는 건 명심해 둘 필요가 있겠지요"라는 이관형의 말은 동양을 하나의 운명 공동체로 묶으려는 일본의 대동아공영권 사상에 동조하는 전향자들을 겨냥한 것이라고 할 수 있다. 동양의 인도, 중국, 일본 등은 각기 다른 전통과 문화를 가지고 있는 만큼 쉽게 하나로 묶어질 수 없다는 말을 통해 오시형 같은 전향자들이 과거에 자기가 믿던 사상을 버리고 대동아공영권의 새로운 질서 건설에 나서는 것을 에둘러 공격하고 있는 것이다. 이처럼 김남천의 전향 소설은 단순히 지식인의 자기비판을 그려내는 것에서 나아가 전향의 원인을 고찰하고 이를 사상적 차원에서 비판하는 데까지 도달한 수준 높은 소설이었다. 유독 사상적 측면에서 많은 약점을 보여 온 우리 문학의 흐름을 생각할 때, 김남천이 월북한 이후 자신의 문학적 재능을 제대로 펼치지 못한 채 사라지고 만 것은 참으로 큰 손실이 아닐 수 없다.